Людмила Улицкая
Лестница Якова

роман

РЕДАКЦИЯ
ЕЛЕНЫ ШУБИНОЙ

Издательство АСТ

Москва

УДК 821.161.1-31
ББК 84(2Рос=Рус)6-44
У48

Оформление переплета и макет — Андрей Бондаренко

Фото автора на переплете — Peter Hassiepen

Книга публикуется по соглашению с литературным агентством ELKOST Intl.

Улицкая, Людмила Евгеньевна.

У48 Лестница Якова : роман / Людмила Улицкая. — Москва : Издательство АСТ : Редакция Елены Шубиной, 2017. — 731, [5] с. — (Новая Улицкая).

ISBN 978-5-17-103191-6

"Лестница Якова" — это роман-притча, причудливо разветвленная семейная хроника с множеством героев и филигранно выстроенным сюжетом. В центре романа — параллельные судьбы Якова Осецкого, человека книги и интеллектуала, рожденного в конце XIX века, и его внучки Норы — театрального художника, личности своевольной и деятельной. Их "знакомство" состоялось в начале XXI века, когда Нора прочла переписку Якова и бабушки Марии и получила в архиве КГБ доступ к его личному делу...
В основу романа легли письма из личного архива автора.

УДК 821.161.1-31
ББК 84(2Рос=Рус)6-44

ISBN 978-5-17-103191-6

© 2015, Людмила Улицкая — автор
© ООО "Издательство АСТ", 2015

Оглавление

ГЛАВА 1
Ивовый сундучок (1975) 13

ГЛАВА 2
Часовая мастерская на Мариинско-Благовещенской (1905–1907) 44

ГЛАВА 3
Из сундучка. Дневник Якова Осецкого (1910) 54

ГЛАВА 4
Закрытый Чехов (1974–1975) 76

ГЛАВА 5
Новый проект (1974) 82

ГЛАВА 6
Одноклассники (1955–1963) 89

ГЛАВА 7.
Из сундучка. Дневник Якова Осецкого (1911) 104

ГЛАВА 8
Сад величин (1958–1974) 110

ГЛАВА 9
Смотрины (1975–1976) 126

ГЛАВА 10
Фребеличка (1907–1910) 136

ГЛАВА 11
Письмо Михаила Кернс сестре Марии (1910) 142

ГЛАВА 12
Особенный Юрик. Йеху и гуингнмы (1976–1981) 148

ГЛАВА 13
Главный год (1911) 172

ГЛАВА 14
Женская линия (1975–1980) 189

ГЛАВА 15
Неприкрашенный человек (1981) 197

ГЛАВА 16
Тайный брак (1911) 211

ГЛАВА 17
Из сундучка. Записные книжки Якова (1911) 220

ГЛАВА 18
Марусины письма (декабрь 1911) 229

ГЛАВА 19
Первый класс. Ногти (1982) 233

ГЛАВА 20
Из сундучка. Письма Якова. Вольноопределяющийся Осецкий
(1911–1912) 238

ГЛАВА 21
Счастливый год (1985) 243

ГЛАВА 22
Из сундучка. Письма с Урала и на Урал
(октябрь 1912 — май 1913) 260

ГЛАВА 23
Новое направление (1976–1982) 300

ГЛАВА 24
Кармен (1985) 308

ГЛАВА 25
Брильянтовая дверь (1986) 315

ГЛАВА 26
Из сундучка. Переписка Якова и Марии
(май 1913 — январь 1914) 321

ГЛАВА 27
Нора в Америке. Встреча с Витей и Мартой (1987) 347

ГЛАВА 28
Левая рука (1988–1989) 355

ГЛАВА 29
Рождение Генриха (1916) 363

ГЛАВА 30
Исходы (1988–1989) 370

ГЛАВА 31
Лодка на тот берег (1988–1991) 384

ГЛАВА 32
Из сундучка. Семейная переписка (1916) 397

ГЛАВА 33
Киев — Москва (1917–1925) 423

ГЛАВА 34
Юрик в Америке (1991–2000) 430

ГЛАВА 35
Письма Марии Якову из Судака (июль–август 1925) 468

ГЛАВА 36
Леди Макбет Мценского уезда (1999–2000) 485

ГЛАВА 37
Узун-Сырт — СТЗ (1925–1933) 496

ГЛАВА 38
Первая ссылка. СТЗ (1931–1933) 507

ГЛАВА 39
Возвращение Юрика (январь 2000) 521

ГЛАВА 40
Из сундучка. Бийск. Письма Якова (1934–1936) 533

ГЛАВА 41
Пятая попытка (2000–2009) 572

ГЛАВА 42
Семейные тайны (1936–1937) 583

ГЛАВА 43
Война. Письма из сундучка (1942–1943) 611

ГЛАВА 44
Вариации на тему "Скрипача на крыше" (1992) 628

ГЛАВА 45
Около Михоэлса (1945–1948) 642

ГЛАВА 46
Московская встреча (2003) 654

ГЛАВА 47
Театр теней (2010) 666

ГЛАВА 48
Освобождение (1955) 676

ГЛАВА 49.
Рождение нового Якова (2011) 693

ГЛАВА 50.
Архив (2011) 701

Эпилог 723

Генеалогическое древо семьи Осецких 727

Благодарность родственникам и друзьям 731

Лестница Якова

*...продленный призрак бытия
синеет за чертой страницы,
как завтрашние облака,
— и не кончается строка.*
ВЛАДИМИР НАБОКОВ

ГЛАВА 1
Ивовый сундучок
(1975)

Младенец был прекрасен с первой минуты появления на свет — с заметной ямкой на подбородке и аккуратной головкой, как будто из рук хорошего парикмахера: короткая стрижка, точно как у матери, только волосы посветлее. И Нора его сразу же полюбила, хотя заранее не была в себе уверена. Ей было тридцать два года, и она считала, что уже научилась любить людей по заслугам, а не просто так, из-за родственной близости. Младенец оказался вполне достоин немотивированной любви — спал хорошо, не орал, сосал исправно, разглядывал с большим интересом сжатые кулачки. Дисциплину он не соблюдал: спал то два часа, то шесть без перерыва, просыпался, делал чмоки в пустой воздух — и Нора сразу прикладывала его к груди. Она тоже дисциплины не любила, так что отметила это общее свойство.

С грудью произошли сказочные изменения. Еще во время беременности она красиво вспухла и, если прежде на плоском блюдечке торчали одни соски, теперь, когда пришло в изобилии молоко, грудь стала очень важной птицей. Нора смотрела на нее с уважением, ощущая странную приятность этого изменения. Хотя физически это было скорее неприятно — постоянное натяжение и неудобство. В самом кормлении содержалась посторонняя, к делу не относящаяся подозрительная сладость... Прошло уже три месяца, как он появился, и он назывался уже не "младенец", а Юрик.

Поселен он был в комнате, прежде считавшейся маминой и ставшей ничейной после окончательного переезда Амалии Александровны в Приокско-Террасный заповедник к мужу Андрею Ивановичу. За две недели до родов Нора комнату наскоро побелила и Юрик был помещен туда в белой реквизитной кроватке из второго акта "Трех сестер". Сейчас это уже не имело никакого значения, но в прошлом сезоне весь театр содрогался от скандала, связанного с закрытием этого спектакля. Нора была художник-постановщик, режиссер — Тенгиз Кузиани.

Тенгиз, когда улетал в Тбилиси, сказал, что в Москву больше не вернется. Через год позвонил Норе, сообщил, что его пригласили в Барнаул, на постановку "Бесприданницы", и он раздумывает. В конце разговора предложил поехать с ним художником-постановщиком... Он как будто не знал, что у Норы родился ребенок. Или делал вид? Это и удивительно: неужели на этот раз закулисное радио сплоховало? Театральный мир — поганая помойка, где частная жизнь всегда выворачивалась наизнанку, публиковалась любая незначительная деталь, а уж кто кого любил — не любил, кто с кем случайно пересекался на гастрольных простынях провинциальных гостиниц и от кого какая актриска сделала аборт — мгновенно распространялось.

К Норе это отношения не имело — она не была звездой. Всего-то и было, что блестящий провал. Ну, еще родила ребенка. Молчаливый вопрос театральной общественности: от кого? Про ее роман с режиссером было всем известно. Но муж ее был не театральный, "из публики", да и сама она — так, молодой художник, только начинающий делать карьеру. И, кажется, закончивший… По этим причинам большого внимания театральная шушера ей не уделила — ни шепота за спиной, ни переглядываний. Все это теперь не имело никакого значения — из театра она уволилась…

Юрик с восьми часов не спал. К девяти Нора ждала медсестру Таисию — делать прививку, но шел уже одиннадцатый час, а та все не появлялась. Нора пошла в ванную стирать. Звонок услышала не сразу, выскочила, открыла дверь. Таисия с порога затрещала… Она была не просто медсестра из детской консультации, но человеком миссии: воспитывала неразумных мамочек, приобщала их к великому таинству взращивания младенцев, а попутно делилась с ними вековой женской мудростью, наставляла в семейной жизни, была экспертом по взаимоотношениям со "свекровками" и прочей родней мужа, включая и бывших жен. Веселая сплетница, болтливая переносчица, она была уверена, что все эти малыши без ее патронирования — должность так и называлась "патронажная сестра" — плохо бы выросли. Никаких фасонов взращивания, кроме своих собственных, она не признавала. Имя доктора Спока выводило Таисию из равновесия.

Из всех "мамочек" больше всего она любила таких, как Нора — одиноких, первородящих, без материнской подпоры. Нора была просто идеалом: по причине послеродовой слабости она берегла силы на выживание и Таисиной науке не сопротивлялась. К тому же у Норы был опыт работы в театре, где актеры, как малые дети, вечно ссорились, завидовали, ревновали, и она научилась выслушивать любую чушь с декоративным вниманием, промолчать где нужно, кивнуть сочувственно.

Нора стояла возле Таисии, слушала ее трескотню, наблюдала, как снежинки на иголках меховой шубы превращаются в мелкие капли и скатываются вниз...

— Извини, задержалась, ты представляешь, к Сивковым захожу — знаешь Наташу Сивкову, в пятнадцатой квартире? Девочка восьмимесячная Оленька, прелесть, невеста твоему будет, — а у них скандал в разгаре. Свекровка приехала из Караганды, с претензиями, что за мужем не ухаживает, за ребенком плохо смотрит, что диатез от плохого питания. Ну, ты меня знаешь, я там все по местам расставила.

Таисия двинулась в ванную мыть руки, на ходу делая замечания:

— Сколько раз тебе говорила, мыло детское для стирки бери, порошки-то не годятся никак. Ты слушай, что говорю, — я плохого не скажу...

Было начало двенадцатого. Юрик уже заснул, будить его Норе не хотелось. Предложила чаю. Таисия уселась в кухне на хозяйском месте. Ей шло сидеть во главе стола — большая голова в кудрях, подобранных зубастой заколкой в пучок, — пространство уважительно организовывалось вокруг нее, она сразу оказывалась в центре чашек и блюдечек, которые подтягивались к ней, как овцы к пастуху. "Композиция хорошая", — отметила Нора автоматически...

Нора поставила на стол коробку с летящим оленем. Гости иногда приносили в дом, а Нора сладкого не любила, дареный шоколад копился "на случай", покрываясь белым налетом.

Таисия, роняя капли с волос на стол, выбрала рукой на расстоянии, какую конфетку из дорогого набора клюнуть, и, остановив руку в воздухе, спросила неожиданно:

— Нор, а ты вообще-то замужем?

Передает мне тайны по уходу за младенцем и хочет получить мои, в обмен на детское мыло... Тенгиз научил вот так понимать диалоги, их внутреннюю канву.

— Замужем.

Лишних слов нельзя произносить, можно все испортить, диалог сам должен катиться, она сама должна спросить...

— Давно?

— Четырнадцать лет, со школы.

Пауза. Отлично все строится.

— А чего как ни приду, ты дома одна... он тебе не помогает, и в консультацию ты одна ходишь...

Нора на мгновенье задумалась: сказать, что капитан дальнего плаванья? Или — срок отбывает?

— Он у меня приходящий. С матерью живет. Человек особенный, очень талантливый, математик, а в жизненном отношении — как Юрик приблизительно, — сказала Нора правду. Одну десятую правды.

— Ой, — оживилась Таисия, — я аналогичный случай знаю!

Но тут чутким ухом Нора расслышала какое-то шевеление и пошла к мальчику. Он проснулся и смотрел на мать как будто с удивлением. За спиной стояла Таисия, вот на Таисию он и уставился.

— Юрочка, мы проснулись? — расплылась Таисия.

Нора вынула сына из кроватки. Он повернул голову в стороны медсестры, смотрел выжидательно.

Не было у Норы пеленального столика. Был секретер с откидной крышкой, и на нем Юрик уже с трудом помещался. Да Нора его и не пеленала. Ей в пошивочном цеху сшили два комбинезона, "перепечатали" девочки-швеи с какого-то заграничного. Таисия немного поворчала по поводу капиталистических трусиков с резиновой подкладкой, в которой мокрая пеленка производила опрелость, поцеловала ребенка в попку, велела разложить чистую простыню на тахте и пошла готовить прививку...

Намешала что-то из одного-другого пузырька, набрала жидкость в шприц и легонько ткнула его иглой. Ребенок скривился, хотел было закричать, но раздумал. Посмотрел на мать, улыбнулся.

"Умница, ведь все понимает", — восхитилась Нора.

Таисия пошла на кухню выбросить ватку и заорала на пороге:

— Вода! Нора! Вода убежала! Потоп!

Ванна переполнилась, вода растеклась по коридору и подбиралась уже к кухне. Сунули Юрика в кроватку, но, видно, слишком нервно, поспешно, и он заплакал. Нора выключила кран, покидала на пол полотенца, стала собирать воду. Таисия ловко ей помогала. Тут, под вопли оставленного в кроватке ребенка, зазвонил телефон.

"Соседей затопила", — подумала Нора и побежала к телефону сказать, что воду уже собирает...

Но это были не соседи. Это был Норин отец, Генрих Яковлевич.

"Как всегда, не вовремя..." — успела подумать Нора. Юрик орал обиженно, и первый раз в жизни так громко, и эта вода, которая уже заливает соседей...

— Пап, у меня потоп, я тебе перезвоню.

— Нора, мама скончалась, — медленно и торжественно произнес он. — Сегодня ночью... дома... — и добавил уже вполне человеческим голосом:

— Быстренько, быстренько прибегай, я не знаю, что делать...

Босая Нора швырнула отжатую тряпку об пол: как всегда, не вовремя, почему ее родственники даже для смерти выбирают самое неудачное время?

Таисия мгновенно все поняла: кто?

— Бабушка.

— Сколько лет?

— За восемьдесят, я думаю. Она скрывала всю жизнь, молодилась, паспорт меняла... Ты меня отпустишь на пару часов?

— Иди, иди. Я побуду.

Нора в очередной раз вымыла руки, что было исключительно глупо, потому что руки были мыты-перемыты, метнулась к Юрику и сунула ему грудь. Он сначала обиженно оттолкнул сосок, Нора поводила соском по губам, он заглотил его и утих.

Таисия тем временем, сняв юбку и кофту, ловко собирала воду в ведро, быстро сливала в уборную, ее розовые панталоны, белая короткая комбинация, толстые струи волос из распавшегося пучка так и мелькали в коридоре, и Нора не могла не улыбнуться ее проворству, красоте и точности движений...

— Не знаю, надолго ли... Позвоню. Она тут рядом живет, на Поварской.

— Иди, иди, я отменю два вызова. Только сцедись на всякий случай. Вдруг задержишься. Такое дело...

"Вот так, — подумала Нора. — Случайный вроде бы человек, а включилась с пол-оборота... Потрясающая баба..."

Через десять минут Нора уже неслась по бульвару, свернула у Никитских ворот и еще через десять минут жала в звонок, под которым висела маленькая медная пластинка с надписью "Осецкие". Остальные семь фамилий были написаны на общей картонке...

Отец, с изжеванным мундштуком погасшей папиросы в углу рта, обнял ее какой-то ослабшей рукой и заплакал. Потом передумал плакать, сказал:

— Представляешь, я позвонил Нейману, сообщить, что мама умерла, а оказывается, он тоже умер! Да, врач из "Скорой" приезжала, дала справку о смерти, и теперь надо ехать еще за какой-то бумагой в поликлинику и надо решить, где хоронить. Мама говорила когда-то, что ей все равно, только не с отцом...

Все это он говорил, идя за Норой по длинному коридору. Из одной двери высунулся жирный сосед, бабушкин недруг Колокольцев, из другой кургузая Раиса, а по коридору навстречу шла тетя Катя-Первожилка. Так она сама себя называла: мать ее жила здесь прислугой с са́мой застройки дома, в комнате при кухне Катя и родилась, знала все про всех и по сей день писала свои безграмотные доносы на соседей, о чем соседям было известно. Впрочем, она была человеком столь простодушным, что заранее предупреждала: имейте в виду, я на вас на всех напишу!

В пыльной бабушкиной комнате пахло куревом — отец надымил — и тройным одеколоном, которым бабушка всю жизнь брызгала из пульверизатора вокруг себя. Эту процедуру она производила вместо уборки. Теперь она лежала на самодельной тахте, в белой ночной рубахе в мелких штопках на вороте, маленькая, с гордо запрокинутой головой и не вполне закрытыми глазами. Челюсть слегка опущена, рот немного приоткрыт, а на лице тень улыбки...

Горло перехватило от жалости. Нора увидела вдруг, как горько и достойно она жила. Идеологическая бедность. Голые окна. Занавески, по ее убеждениям, — атрибут мещанства. Две задекорированные, скорее, забаррикадированные двери прежде анфиладной квартиры — одна буфетом, вторая книжным шкафом. Пыли в нем было не меньше, чем книг. У Норы с детства начиналась аллергия, когда она тут ночевала — в те годы, когда звала бабушку Марусю Мурлыкой и обожала детской страстью. Книги знакомые все до единой. Читаные, хорошо читаные. И по сей день Нора сражает всех невежд глубиной культуры — и вся культура ее происходила из этих двух сотен книг, подобранных как на необитаемый остров, испещренных мелкими карандашными заметочками на полях. От Библии до Фрейда. Ну да, необитаемый остров. Впрочем, вполне обитаемый — здесь паслись стаи клопов. Нору они в детстве заедали, а бабушка их не замечала. Или они ее?

На двери висели остатки сюзане, сроду не знавшего ни стирки, ни чистки. Голая лампочка Ильича, которого бабушка глубоко и испуганно почитала. Да, знакома была с Крупской, с Луначарским, изучала культуру — что-то говорила про то, как устраивала театральную студию для беспризорных... Какой причудливый мир — в нем бесконфликтно уживались Карл Маркс и Зигмунд Фрейд, Станиславский и Евреинов, Андрей Белый и Николай Островский, Рахманинов и Григ, Ибсен и Чехов! Конечно, любимый Гамсун! Голодающий журналист, который уже и кожаные шнурки сжевал, красиво галлюцинирует от голода, пока не приходит ему в голову умопомрачительная мысль — а не пойти ли работать? И нанимается юнгой на корабль...

Занималась бабушка какими-то эзотерическими танцами, потом забытой и гонимой наукой педологией, в поздние годы жизни называла себя "очеркисткой". И жила духовной жизнью... Такой же далекой от сегодняшней жизни, как юрский период... Все это на Нору разом обрушилось, когда она стояла, еще не сбросив куртки, перед окончательно ушедшей бабушкой.

Как много Нора от нее всего получила... Бабушка играла на этом пианино, а Нора под музыку "вытанцовывала настроение"... здесь, на углу стола, Нора нарисовала синюю лошадь... и как бабушка восхищалась: вспоминала "Синего всадника", Кандинского... Они ходили в Пушкинский музей... в театры... Как же Нора страстно любила ее тогда... и как жестоко разочаровалась и холодно бросила. Бабушка ненавидела всякую буржуазность, презирала мещанство, называла себя "беспартийной большевичкой"... Они смертельно разругались восемь лет тому назад, стыдно сказать, по политическим мотивам... Какая нелепость... какой бред...

Вместе с отцом они переложили твердое тело на раздвинутый стол. Нетяжелое тело. Отец ушел на кухню курить, а Нора взяла ножницы и разрезала ветхую ночную рубашку. Она расползалась в руках. Потом налила в тазик прохладной воды и стала обмывать тело, похожее на узкую лодку, изумляясь физическому сходству с собой: тонкие длинные ноги, ступни с высоким подъемом и выдающимися вперед большими пальцами с давно не стриженными ногтями, маленькая грудь с розовыми сосками, длинная шея и узкий подбородок. Тело было моложе лица, кожа белая, безволосая... Отец курил в огромной кухне, заставленной персональными, по числу семей, столами, время от времени подходил к висевшему в коридоре древнему телефону и оповещал родственников... До Норы доносился его трагический голос и один и тот же текст: мама скончалась сегодня ночью, о похоронах сообщу дополнительно...

Когда тело было обмыто и вытерто разорванным пододеяльником, Нора почувствовала, что теплая струя течет по животу. Она как будто очнулась — как это она забыла про Юрика, это его молоко растекается напрасно. Она хотела сесть на тахту, но заметила, что на простыне осталось пятно, последние соки и шлаки из мертвого тела. Нора сорвала простыню, скомкала и бросила в угол. Нашла себе другое место, в кресле у окна, где бабушка обычно читала всё те же книги из шкафа, потому что новых не прибавлялось, сколько себя Нора помнила. Подставила большую кружку с отбитой ручкой — знала ее с детства — и быстро сцедила молоко, почти доверху. Вылила в таз — и помыслить невозможно нести отсюда домой эти триста граммов... Вытерла грудь своей майкой — все вещи в комнате казались зараженными смертью и ни в чем не повинная кружка тоже.

Оделась, вышла в коридор — отец в ратиновом пальто, в шапке пирожком опять курил на кухне. Он уже пришел из поликлиники, которая была недалеко, на Арбате, с нужной справкой.

— Не могу дозвониться в крематорий. Все время занято. Поеду туда, хочу, чтоб поскорее все это... — и сделал неопределенное круговое движение рукой, что обозначало: скорее закончилось. И снова стал куда-то дозваниваться.

Потом Нора набрала свой номер, Таисия тут же подошла:

— Не волнуйся, Норочка, не волнуйся. Я уже и домой позвонила, Сережка сам управится, я до самого вечера могу... Спит, спит Юрик.

Нора полезла в гардеробную — угол за буфетом, где на трех вешалках висели все бабушкины вещи. Господи, какая смиренная нищета — зимнее пальто с барашковым воротником шалькой, истертое дотла, синий костюм, перешитый из старого мужского, две блузки — каждую тряпку Нора помнила с детства. Судя по фасону, конца двадцатых годов... Нора выбрала из двух блузок ту, что была менее заношена.

По этим останкам одежды можно было изучать историю костюма... На рукавах сохранился след какого-то псевдоегипетского орнамента.

Тело застыло, как застывает гипс, блузку пришлось разрезать на спине. Разложила рядом с телом.

"Надо будет аккуратно перекладывать в гроб, — подумала Нора. — Но одену сейчас, чтоб не лежала голой".

Вдруг почувствовала, что в комнате очень холодно. Захотелось одеть ее потеплее — сняла с вешалки жакетку. Юбку разрезать не пришлось, натянула через ноги. Бабушка была дитя Серебряного века, его продукт и жертва. Два смутных от пыли портрета юной красотки висели над пианино. Хороша. Очень хороша...

Нора достала из загнанного под тахту чемодана старые туфли — архаика, музейная вещь: шлейка на кожаной пуговке, каблук рюмочкой. В них бабушка ходила во времена НЭПа... На негнущуюся ногу надеть не смогла.

Все делала Нора так, как будто всю жизнь только этим и занималась. На самом деле — первый раз. Как умирала другая бабушка, Зинаида, Нора не помнила, ей было тогда лет шесть. А дедов своих она практически не знала... Женская семья. Один мужчина был — Генрих. Долго ли жил он с ними, на Никитском? Амалия с ним развелась, когда Норе было лет тринадцать...

С Марусей поправить ничего нельзя. Опоздала помириться, а теперь обмывает, одевает... и давнее чувство раздражения против всего мироустройства, против этого жуткого футляра когда-то горячо любимого человека поднялось со дна... Саркофаг. Каждое мертвое тело — саркофаг... Можно было бы поставить такой спектакль — все живые герои в саркофагах, а умирая — из них выходят... В том смысле, что все живое уже мертвое... Надо это Тенгизу сказать...

Молоко опять стало прибывать. На майке проступило темное пятно. Какой плен физиологии — конечно, Маруся ей первая об этом и сказала. Биологическая трагедия женщины... Бедный и робкий борец за женское достоинство, за справедливость. Ре-во-лю-цио-нЭр-ка! Как она испугалась, когда Нору выгнали из школы! От дома отказала! Торжественно и высокопарно! Помирились. Но года через три разругались по-настоящему — советская власть черной кошкой пробежала между ними, на этом закончилось и доверие, и близость... А потом еще Чехословакия... Сейчас только улыбку это вызывало. Какая глупость...

Нора глянула в окно. Стекло грязное, годами не мытое. Видно было, что серый снег за окном сменился серым дождем. Почему же я ничего для нее не делала? Какая глупость была обижаться на старуху... Я черствая сволочь...

Но ведь любила-то ее больше всех на свете! Неслась почти каждый день после школы по привычной дороге мимо кинотеатра повторного фильма, переходила дорогу у Никитских ворот, потом мимо магазина "Консервы", в паутину переулков — Мерзляковский, Скатертный, Хлебный, Скарятинский — выныривала на Поварскую, к бабушкиному дому. И сердце от счастья замирало, когда бегом поднималась по лестнице на третий этаж и утыкалась носом в Марусю...

Но какая же белая кожа... Глаза подглядывали из-под век, смотрели на нее, казалось, безразлично. Разрезала со спины блузку, половину надела с правой руки, половину с левой, приподняла тяжелую голову, чтобы соединить сзади разрезанный воротничок. За последние двадцать лет Маруся, кажется, не внесла в дом ни единой новой вещи. От бедности? От упрямства? Из какого-то непостижимого принципа?

В дверь робко постучали — это был отец, боялся увидеть свою мать обнаженной. Вошел с деловито-радостным лицом, с пальто в руках:

— Норка, я заказал гроб. Привезут завтра утром, к десяти. Даже справку не спросили! Только спросили, какого роста покойник. Я сказал, метр шестьдесят.

— Метр пятьдесят восемь, — уточнила Нора. — И не зови меня так. Нора меня назвали. Твоя мать назвала меня Норой. Ибсена читал?

Выглянувшее на мгновенье солнце осветило на минуту комнату, бабушку, сверкнуло в перламутровой пуговке под воротничком и снова ушло в серую морось.

Нора подоткнула под бок разрезанный надвое жакет с круглой латунной брошкой на отвороте. В нем Маруся ходила на собрание в какой-то профком — журналистов или драматургов...

— Останешься здесь на ночь? — спросила Нора отца.

— Нет, мне домой надо, — испугался он. И заторопился. — Но я завтра к девяти здесь буду. Ты придешь, доченька? — спросил он не очень уверенно. — Мне еще в крематорий... Хорошо бы завтра успеть.

— Да можно и послезавтра...

— Хотелось бы поскорее. Попробую. Я позвоню тебе вечером.

Генрих Яковлевич проявлял чудеса проворства.

— Я в девять здесь буду, — кивнула Нора сухо. Она чувствовала, что невозможно оставлять покойницу одну. Но невозможно было и ночевать здесь с Юриком.

Нора вышла в коридор, свернула два раза по знакомому с детства коленцу коридора. На кухне Катя-Первожилка стояла к ней спиной и что-то резала на столе, сильно ворочая локтями.

— Теть Кать, поговорить надо...

Катя развернулась всем туловом — шея у нее отсутствовала, голова крепко сидела прямо на плечах:

— Чего тебе, Нюра? — прелестная эта идиотка всю жизнь ее так звала.

— Переночуешь у Маруси в комнате?

— Тебе надо, ты и ночуй. На что оно мне надо?

— У меня ребенок маленький, куда я с ним?

— Родила, что ли?

— Да.

— И Нинка моя родила! А Генька чего ж не поночует?

— Домой спешит. Я тебе денег заплачу.

— Нюра, я тогда и буфет возьму. Он мне нравится.

— Хорошо,— согласилась Нора. — Возьми. Только к тебе не влезет.

— Так я же и комнату возьму. Вселюсь, и кто мне что скажет? Нинка-то живет у мужа, а прописана здесь!

— Да, да, — безразлично кивнула Нора и представила, как будет Катя шарить по комнате в поисках поживы.

— Десять рублей, Нюра! Меньше не могу, — зажмурилась от собственной наглости Катя.

— Десять — это за ночь и за уборку! — уточнила Нора.

На том и порешили.

На другой день с Юриком вызвалась посидеть Таисия, так что Норе и не пришлось голову ломать — кого позвать. Подруг, которых можно было позвать, было две — Наташа Власова и Марина Чипковская по прозвищу Чипа, со времен театрального училища. Обе были надежные, но у Наташи был пятилетний мальчик, а Чипа работала как безумная на трех работах, содержала мать-инвалида и младшую сестру...

В комнате у бабушки Нора застала несколько человек — отец, его помощник Валера Безбородко, Катя с дочкой Нинкой, соседка Раиса и еще одна тетка из домоуправления в рыжем кривом парике. Женщины были заняты тихой, но оживленной беседой — решались материальные вопросы, догадалась Нора.

— Жалко-то как Марусеньку, — закачала мелко головой Раиса. — Ведь пятьдесят лет без малого прожили вот так, через стенку. Я ей во всю жизнь плохого слова не сказала… Я хотела на память…

— Раиса, что вы там хотели? — неожиданно резко перебил ее Генрих.

— Нет, Геня, я только говорю, почти что пятьдесят лет, можно сказать, душа в душу… — и попятилась к двери.

"Вот воронье слетелось…" — и Нора их всех быстро, но решительно выставила. Отец посмотрел на нее с благодарностью: он жил в этой квартире с детства, помнил этих старух молодыми бабами, но так и не научился с ними разговаривать — все неровно у него получалось, то свысока как будто, то искательно. И Нора знала, что он не умеет общаться с людьми на равных, всегда эта лестница — выше, ниже… "Бедняга", — пожалела отца, даже ощутила теплоту. И он понял, руку положил ей на плечо. Неуверенно. Он с раннего Нориного детства считал, что уже тем, что она его дочь, он выше стоит, разговаривал с ней начальственно, а потом она выросла, расставила все по местам… Ей было лет восемнадцать, когда она пришла к нему в его новый дом, в новую семью, и он, уединившись, стал ей пенять, что редко приходит и что это, несомненно, влияние ее матери, которая не хочет, чтоб они общались. Нора обрезала его: "Па, неужели ты не понимаешь, если бы мама не хотела, я бы и не ходила… ей просто все равно…"

И он с тех пор не предъявлял никаких претензий...

В десять привезли гроб. Два гробовщика ловким приемом поставили гроб на стол, сдвинув покойницу, молниеносно, даже артистически, подняли ее, и тело с деревянным стуком сразу легло куда надо. Отец вышел с гробовщиками, оставив Нору одну. Он расплачивался с ними в коридоре, под дверью, и Нора слышала, как они его благодарили. Отец явно им дал больше, чем те рассчитывали получить.

Нора подоткнула раздвинувшиеся надрезанные вещи, расчесала седые редкие волосы на пробор, как бабушка носила, убрала выбившиеся пряди назад и залюбовалась ее немного покатым высоким лбом и длинными веками. Была в бабке некоторая интегральная линия, она просматривалась в очерке скул, на переходе шеи к плечу, от колена к пальцам... Норе даже захотелось немедленно взять в руки карандаш... За ночь покойница как будто похорошела. Красивым лицо ее не было — оно было прекрасным, узким, и лишняя старческая кожа, которая при жизни висела под подбородком, подобралась, она помолодела. Жаль, что в нее лицом не вышла...

— Нора, соседи говорят, надо стол накрыть, это... поминки... — отец смотрел на нее с ожиданием.

Нора подумала минуту — бабушка всю жизнь терпеть не могла, когда соседки заходили к ней в комнату. Но теперь было все равно.

— Скажи Катьке, чтоб на стол собрала и дай денег. А накроет пусть на кухне. Только пусть водки много не покупает, а то обопьется. У нас без поминок никак нельзя...

Отец согласился:

— До войны столов было меньше, всегда на кухне накрывали. Много стариков тогда в квартире жило. Все умерли. Но я на поминки не ходил, и мама не ходила. Как ни странно, ходил на эти поминки мой отец...

Чуть ли не первый раз в жизни Генрих упомянул отца... Нора отметила это, удивилась: в самом деле, о Якове Осецком ей никогда ничего не говорили. Что-то смутное, из детства... Хотя она его помнила — однажды он был у них на Никитском, какие-то отдельные черты — усы щеточкой, длинные большие уши да еще рукодельный, из цельного дерева, костыль с изгибом ствола, превращенным в рукоять. Больше она его никогда не видела.

Отец пошел отыскивать только что изгнанную Катю. Она обрадовалась и предложению, и деньгам, сказала, что купит все в Высотке. Отец кивнул. Ему было все равно, а Кате большое развлечение. Почти одновременно Нора и Катя вышли из дому, одна на Арбат в цветочный магазин, другая в сторону площади Восстания. Катя была в большом возбуждении, денег было — полторы ее пенсии, и она прикидывала, как бы по-умному закупиться, чтобы немного скроить...

В цветочном магазине на Арбате Нору ждало чудо — впервые в жизни она увидела такие роскошные гиацинты, целое ведро. Она купила все — и сиренево-голубые, и белые, и несколько розово-лиловых. Выложила всю свою наличность. Цветы ей сначала завернули во много газетных слоев, а потом еще дали впридачу и ведро. Так и шла она с деревенским ведром сначала по отрезку Трубниковского переулка, оказавшегося по старо-арбатскую сторону новой магистрали, потом пересекла Новый Арбат, и снова оказалась в Трубниковском, в его более длинном отрезке. Накрапывал дождь или снег, не разбери что, свет был серо-перламутровый, ведро тяжелое, сапоги промокли, уже начинало прибывать молоко, но свернутые пеленки были уложены в лифчик, а поверх этой снасти она еще была обвязана старым платком — это рано утром прибежавшая Таисия скандальным голосом объявила ей, что если платок не повяжет, то на похороны она ее не пустит. Нора засмеялась и обвязалась.

Пришла она одновременно с катафалком. Поднялась первой, до похоронной обслуги. В комнате стояло несколько унылых фигур дальних родственников, подходили смутно знакомые люди, целовали Нору и Генриха, что-то говорили казенное, с разной степенью теплоты. Одна маленькая старушка в белом шарфике и в беретке тихо рыдала, ей наливали в углу валериановые капли в бабушкину "капельную рюмку" для успокоения. Незнакомая старушка.

Нора бросила гиацинты в гроб, они не нуждались в том, чтобы их особо раскладывали. Было волшебство уже в том, как эти цветы все вокруг преобразили — бедность обернулась роскошью, как в сказке про Золушку. Нора, опытный, казалось бы, человек, театральный художник, вся профессия которого только в том и заключается, чтобы техническими способами преображать искусственное пространство сцены, от восхищения замерла. Это как волшебный фонарь, который давным-давно использовали в постановке "Синей птицы" во МХАТе, в сцене, когда Тильтиль и Митиль приходят в страну мертвых, к бабушке и дедушке. Да, конечно, именно Маруся и водила ее, пятилетнюю, на этот спектакль... Ей показалось, что в узкой полоске между неплотно закрытыми веками мелькнуло одобрение. Гиацинты обладали какой-то невероятной силой — они заполнили мощным ароматом комнату, перебив и запах тройного одеколона, и запах пыли, и валерьянку. И Нора даже подумала, что вся эта комната, прикоснись к ней волшебной палочкой, станет дворцом, а бедная бабушка с большими амбициями — тем, кем она всю жизнь хотела стать и не стала...

Потом четверо мужчин подняли гроб и вынесли его на улицу. В катафалк село с десяток родственников, а отец покатил на своем "Москвиче" следом.

До Донского крематория ехали недолго, прибыли раньше времени и еще полчаса топтались, ожидая очереди. Потом погрузили гроб на какую-то вокзальную тележку и впустили Нору с Генрихом прежде других. Нора опять занялась цветами. Ей показалось, что со времени покупки гиацинты распушились и раскрылись полностью. Теперь она разложила их не в хаотическом беспорядке, а осмысленно, с идеей: розовые поближе к пожелтевшему лицу, а лиловые сплошным рядом вокруг головы, вдоль рук. А все те неприличные гвоздики, что внесут сейчас родственники, Нора решила бросить в ногах.

Потом вошли провожающие, все сплошь в черных тяжких пальто с красными гвоздиками, и обложили гроб родственной подковой. Все слегка мерцало, но видно было отчетливо. В этой отчетливости она вдруг осознала, что все родственники делятся на две разные породы: двоюродные братья отца, слегка похожие на ежей растущими вперед со лба жесткими волосами, длинными носами с рыльцем на конце и коротковатыми подбородками, и бабушкины племянницы — узколицые, глазастые, с треугольными, рыбьими ртами...

"И я из этой ежиной породы", — подумала Нора и почувствовала какую-то горячую дурноту. Тут заиграл Марш Фунебр Шопена и разрушил это странное видение — марш этот давно превратился в звуковую непристойность. Только для комической сцены годится...

— Подержи шапку, — шепнул стоявший рядом Генрих, сунул ей в руки свой каракулевый "пирожок" и полез в портфель — проверить, не забыл ли дома свой паспорт... Нора мгновенно уловила хранившийся в шапке запах его волос, с детства ей неприятный. Да и ее собственные волосы, если не мыть каждый день, тоже отдавали этой сложной смесью грубого жира и какого-то противного растения...

Административная женщина в костюме прочла по бумажке какую-то официальную ахинею. Потом отец сказал что-то не менее бесцветное, а Нора затосковала от свершающейся пошлости и бездарности. Внезапно скучную унылость разрушила та крошечная старушка, которая рыдала в комнате. Она подошла к изголовью и на удивление ясным голосом произнесла настоящую речь, начав ее, впрочем, с казенного оборота — "Сегодня мы прощаемся с Марусей...". Но продолжение ее речи было неожиданным и страстным...

— Мы все, кто здесь стоит, и множество тех, кто уже в могилах, в земле — испытали потрясение, большое потрясение, когда появилась Маруся в их жизни. Я не знаю никого, кто просто так был с ней знаком. Она всех переворачивала с ног на голову, с головы на ноги. Она была такая талантливая, такая яркая, даже своевольная, как никто. Можете мне поверить. Люди от ее присутствия начинали удивляться, начинали думать своей головой. Вы думаете, Яков Осецкий был такой гений сам по себе? Нет, он был такой гений, потому что с девятнадцати лет у них была такая любовь, про которую только пишут в романах...

В темной кучке родственников пошел шепоток, старушонка это заметила:

— Сима, а ты помолчи! Я наперед знаю, что ты там говоришь! Да, я его любила! Да, я с ним рядом была последний год его жизни, и это было мое счастье, но не его счастье. Потому что она его оставила, и не надо вам знать, зачем она это сделала. Я и сама не понимаю, как это она могла… Но я у ее гроба перед всеми хочу сказать — я перед ней не виновата, я никогда не сделала бы даже одного шага в сторону Осецкого, он был бог, а Маруся была богиня. А что я была? Фельдшер я была! Я не виновата перед Марусей, а вот виновата ли Маруся перед Яковом…

Тут Генрих подхватил старушку, и пыл ее сразу стих, она слегка поотбивалась сушеными ручками, а потом, сгорбившись, быстрым шагом пошла прочь из зала.

Все смялось, подскочила административная тетка, снова заиграла невыносимая музыка, и гроб поехал вниз, вниз, где его поглотил огонь неугасимый, и серный дождь, и геенна огненная… Однако черви вряд ли там выживут… Надо спросить отца, что это за старушка, что за история…

К тому времени, как вся эта тягостная процедура закончилась, Нора совершенно забыла о поминках. Напомнил отец: "Поехали?"

Родственники дисциплинированно сели в автобус. Нора — в отцовский "Москвич". По дороге он спросил Нору, не отводя глаз от дороги:

— Что же, твоя мать не сочла нужным приехать попрощаться?

— Она болеет, — легко соврала Нора. На самом деле Нора ей и не позвонила. Успеет узнать. Маруся после развода Генриха встречаться с Амалией перестала…

Дверь в квартиру была распахнута, из коридора бил блинный дух. Открыта была и дверь в бабушкину комнату — запах тройного одеколона и вымытого пола смешивался здесь с запахом кухонным. Окно в комнате тоже было распахнуто, и от сквозняка колебалась белая наволочка, накинутая на зеркало.... Нора вошла туда, сняла куртку, бросила в кресло. Села на куртку, стянула шерстяную шапку, огляделась — даже вековечная пыль с крышки пианино была вытерта. На этом инструменте бабушка учила ее играть, когда ей было лет пять. Две подушки подкладывала на табурет. Но тогда Норе гораздо больше хотелось играть с табуретом — она его клала на бок, садилась на единственную ногу и пыталась крутить сидение как руль. Нора потрогала табурет — когда-то лакированный, давно уже облезший... "Может, взять пианино для Юрика?" — подумала она, но тут же и отказалась от этой мысли: грузчики, настройщик, передвигание мебели... нет, нет...

Потом в комнату вошел весь автобус, в том порядке, как сидели, парами: отцовы двоюродные братья-ежи, четверо, разделись и положили свои черные пальто на тахту. Потом женская команда, рыбьей породы, косячком просочилась в открытую дверь. Они все были в шубках — три бабушкины племянницы с двумя молодыми дочками, Нориными троюродными сестрами, у всех подбородочки книзу заостренные, прелесть. И еще пара неизвестных дам. Сестричек этих Нора встречала в детстве на праздниках, которые бабушка устраивала для нескольких родственных детей. Но все они были младшими и потому Норе скучны. Нора младших людей не любила, всегда предпочитала старших. Из женской команды одна заметно выделялась — рослая Микаэла, чернявая, с усиками, годов около шестидесяти. Нора пыталась вспомнить, чья она дочь или жена, но забыла, забыла... Она вообще всю эту родню видела раз в десять лет, на каких-то семейных событиях — последний раз отец всех собрал в честь защиты докторской диссертации... Люша, Нюся и Верочка звали двоюродных теток, дочек — Надя и Люба... И эта непарная Микаэла...

Женщины топтались на половике перед Марусиной дверью, сбивали налипший на обувь грязный снег. Свалили шубы на тахту. Тут Нора заметила, что с ее подошв натекла лужа на чистый пол...

Вереницей все пошли на кухню, куда приглашали соседки. Нелепость происходящего ни от кого не укрылась: в середине коммунальной кухни стояли два покрытых газетами стола, в центре возвышалась стопка блинов, а остатки дожаривала на трех сковородках Галия, старая актриса, бывшая бабушкина задушевная подруга, с которой они последние лет двадцать не разговаривали. Катя переливала из кастрюли в умывальный бабушкин кувшин в мелких трещинках теплый кисель, в умывальном тазике от разлученной пары вздымался экономичный винегрет, который Катя собственноручно накрошила из привезенных сестрой бесплатных овощей. Кроме водки, никаких напитков не было.

На бабушкином крохотном столе — она никогда не готовила, предпочитая общепит или сухомятку — уже стояла рюмка с водкой, накрытая куском черного хлеба. Нора испытала прилив острого раздражения: все было фарсом, бредом. Бабушка в жизни не сделала и глотка водки, для нее и винопитие было на грани разврата... Опять какая-то нелепость получилась: Нора чувствовала себя ответственной за происходящее. Ну что стоило сказать определенно — "Нет, никаких вам поминок не будет!". Но режиссура оказалась в руках соседей, теперь надо было дотянуть до конца эту коммунальную тризну.

Соседка Катя чувствовала себя хозяйкой на этом празднике жизни, родственники — приглашенными на ее торжество, Генрих благодушествовал — все неприятности позади. Водку разлили и выпили не чокаясь. Пусть земля будет пухом...

Голодный Генрих набросился на еду, и Нора испытала к отцу привычное раздражение, которое как будто развеялось, пока он бегал по похоронным делам. Он энергично жевал, а Нора, с детства евшая мало и очень медленно, вспомнила, как в те годы, когда отец жил в семье, с раздражением наблюдала, как он жадно ест.

"Как же я к нему беспощадна, — подумала Нора. — У него просто аппетит хороший".

Она выковырнула из винегрета кусочек свеклы. Свекла была вкусная. Но вообще еда в рот не лезла. Да и грудь болела — пора было сцеживаться...

Старый Колокольцев сидел на маленьком табурете, задница в тренировочных штанах свисала с сиденья. Раиса привела дочку Лорочку, старую деву с интеллигентным лицом, неизвестно откуда взявшимся. Катина Нинка тоже заняла свое место, с Нинкой у Маруси были когда-то добрые отношения. Маруся, считая себя большим специалистом по воспитанию детей, занималась ей все пять лет, что та ходила в школу. В раннем детстве Нинка донашивала Норины одежки. Но годам к восьми она переросла Нору, хотя была на два года младше. Потом плохие девчонки научили ее воровать, все пошло наперекосяк, и Маруся очень горевала, когда Нинку упекли в детскую колонию. Маруся считала, что у Нинки хорошие задатки...

Нинка с хорошими задатками сидела на табуретке, уложив толстые сиськи на стол. Ей хотелось с Норой поговорить про детей — кого родила, как рожала, кормит ли. Она тоже недавно родила, молока у нее почти не было, кормила смесями, ребенок орал не переставая...

Так получилось, что родственники все сели по одну сторону стола, а соседи по другую. Стенка на стенку. И Нора уже видела спектакль, который можно было бы на этом месте разыграть. Вот в этих самых декорациях. С интересным социальным подтекстом. Как они вдруг начинают вспоминать покойную, и оказывается... выплывает... А что оказывается и выплывает, Нора додумать не успела, потому что за плечо ее потянула та женщина из домоуправления в кривом парике, что заходила накануне вместе с соседями: Нора, на минутку. Поговорить. В коридоре.

Там уже стоял отец. Домоуправская женщина сказала, что комната отходит государству, завтра ее опечатают, а что надо взять, пусть сегодня забирают. Отец промолчал, Нора тоже.

— Пойдемте, посмотрим, — предложила тетка.

Вошли к комнату. Окно уже прикрыли, но было холодно, зеркало светило наволочкой как бельмом. Верхняя лампочка перегорела, от настольной шел жиденький свет.

— Я сейчас новую вкручу, — сказал отец, который всегда это делал. И полез за лампочкой. Он знал, где что лежит. Вкрутил лампочку, она была сильная, резкая. Абажура у бабушки не было — без мещанства.

"Театральная среда", — опять подумала Нора.

Отец взял с пианино шарообразные часы размером с большое яблоко, память от деда-часовщика.

— Больше мне ничего не нужно, — сказал он. — Нора, бери что хочешь.

Нора огляделась. Она взяла бы все. Хотя кроме книг, ничего нужного для жизни здесь не было. Очень жестко. Очень.

— А завтра нельзя решить? Разобрать нужно бы, — заколебалась она.

ГЛАВА 1
Ивовый сундучок

— А завтра участковый придет опечатывать, не знаю, утром, днем. Я вам советую сегодня закончить с этим делом, — и она деликатно удалилась, оставив Нору с печальной мыслью, что эта тетка с соседками состоит в преступном сговоре, цена которому две копейки, а цель — чтоб Нора с Генрихом ушли поскорее, а уж потом они тут все сами отшмонают.

Генрих тоскливо оглядывал комнату — место своего первого жилья. Киевскую квартиру деда, где он родился, он почти не помнил, а эта длинная комната с двумя окнами была тем домом, где жили они когда-то втроем, с матерью и отцом, до его четырнадцати лет, пока отца не арестовали в тридцать первом году.

Ничего, ничего из этого бедного имущества Генриху не было нужно. Да и что б сказала Иришка, его теперешняя жена, приволоки он в дом этот хлам.

— Нет, нет, Нора, мне ничего не нужно, — и потопал на кухню, догуливать поминки.

Нора прикрыла дверь. Даже защелкнула медную маленькую щеколду. Села в бабушкино кресло и последний раз обвела глазами дом, который был еще жив, хотя хозяйка уже умерла. На стенах висело несколько маленьких картинок, размером чуть больше открыток. Нора их наизусть знала. Фотография бабушкиного брата Михаила, фотография Качалова с автографом, фотография — самая маленькая — мужчины во френче, с подписью, цепляющей щеку — "Марии". Непонятно, кто... Почему-то никогда не спрашивала у бабушки, кто этот господин. Спросить у Генриха. Нора посмотрела на часы — пора было домой. Бедная Таисия весь свой выходной у нее провела...

Под окном стоял сундучок, сплетенный из ивовых прутьев. Нюра откинула крышку — полон старыми тетрадками, блокнотами, стопками исписанной бумаги. Открыла верхнюю — не то рукопись, не то дневник... Пачка открыток, вырезки из газет.

Вот и все — возьму книги и сундучок. Но, оглядевшись, сунула в сундучок фотографии со стен, узкую серебряную рюмку, в которой бабушка держала шпильки для волос, вторую — лекарственную, и одинокое фаянсовое блюдечко без чашки, которую Нора разбила собственноручно когда-то в детстве. Потом достала из буфета маленькую сахарницу и щипчики для колки кускового сахара — у бабушки был диабет, она обожала сладкое и откусывала этими щипчиками время от времени крошечный, со спичечную головку, осколок сахара. Вспомнила про умывальный кувшин с тазиком, но они уже начали новую жизнь на старой кухне — в качестве общественной посуды. Пропади все пропадом.

Через час, когда родственники расползлись, вдвоем с отцом Нора снесла сундучок и книги в машину. Сундучок влез в багажник, а книги горой завалили все заднее сиденье, загородив стекло. Отец довез Нору до дома и помог втащить всю эту рухлядь в квартиру. Внутрь не вошел, остановился у дверей, да Нора его и не приглашала. Он был здесь месяца два тому назад, на смотринах внука... Когда-то здесь, в трех небольших комнатах, жила семья из четырех человек — он с женой и дочкой и теща. А теперь — двое...

"Хорошая, удобная квартира. Хорошо, что теперь не уплотняют", — подумал он. И промелькнуло где-то рядом — жаль все же, что мамина комната государству отошла...

И поехал в свой новый дом, в Тимирязевку, к Иришке.

Таисия быстренько собралась, чмокнула Нору в щеку, перешагнула через гору рассыпающихся книг, выходя из квартиры, встрепенулась: "Да, звонила тебе какая-то Туся, Витя два раза и армянин, имени не запомнила…"

И убежала.

Наконец, все закончено…

На кухонном столе сверкали три чисто вымытых бутылочки — шестьсот граммов усосал малыш. Нора заглянула в его комнату — он спал, перевернувшись на живот и подогнув ножки. Личика видно не было — только круглая щека и приросшая мочка уха. Не стянув шапку, Нора вытащила лист бумаги и карандаш — несколько движений, рисунок сразу получился. Хороший рисунок. Много лет Нора так и жила: увидит глаз какую-нибудь малую радость — сразу ее тащит на бумагу. А потом копится, копится — и выбрасывает. Но как будто память требует для фиксации любого момента этого ручного движения.

Двигала карандашом бездумно, механически…

Потом оглядела кучу книг у порога и поняла, что спать сегодня не ляжет, пока всего не разберет. Больше всего мешал запах пыли. Намочила тряпку, отжала и стала протирать книги одну за одной, даже не глядя ни на корешки, ни на обложки. Она их узнавала с одного касания — знакомые. Заполнила пробелы в двух больших шкафах, потом начала строить стопки в проходной комнате, где была у нее мастерская. В четыре часа закончила с книгами, теперь оставался сундук. Но сил больше не было. Она присела на венский скрипучий стул, передохнуть. Тут Юрик заворочался, она сняла с себя пропыленную одежду, встала под душ, и пока он кряхтел, недоумевая, почему не поступает питание, обтерлась и побежала голая, с двумя переполненными молоком грудями к сыну. Он улыбнулся светлыми глазами и открыл рот. Пока он ел, она задремала, а когда он заснул, проснулась. Надела пижаму и рухнула на тахту в соседней комнате.

Заснула намертво, как камень, проснулась — как от ожога. Огляделась — по ней ползли дорожкой клопы, оставляя за собой отметины укусов. Потрясла головой, посмотрела на часы — начало восьмого. Двух часов не проспала. Вскочила, дошла до двери и поняла — клопы отогрелись и пошли из щелей между прутьями на промысел. Нора откинула крышку — сундук был полон бумагами, там были гнезда многих поколений насекомых, и она почуяла характерный клопиный запах. Вот наследство досталось! Мерзость какая...

Она потянула сундук за одну из двух сохранившихся боковых ручек. Балкон был в Юриковой комнате, она протащила сундук мимо белой прутяной кроватки, открыла балконную дверь и, впустив тугую струю холодного воздуха, вытолкнула его на улицу. Пусть перемерзнут враги народа! Заперла балконную дверь.

Юрик проснулся, блаженно улыбался и потягивался. На детском одеяльце сидел в задумчивости иссохший от недоедания клоп. Нора с омерзением стряхнула его на пол, сразу же подобрала и выбросила на балкон. Малыш улыбнулся — он уже начинал играть и взмахи материнских рук понял как приглашение к игре и тоже замахал кулачками.

Нора промазала керосином всю дорогу от двери к балкону, перетряхнула свое белье и стала ждать, появится ли новое пополнение. Но клопы, как выяснилось позже, все нашли свою смерть на балконе. Да Нора и забыла на время и о сундуке, и о клопах.

На другой день ударили поздние морозы, потом полились проливные дожди. В мае Нора переехала на съемную дачу в Тишково и прожила там почти безвыездно больше трех месяцев. Когда вернулась и стала вычищать пропылившуюся за лето квартиру, увидела на балконе забытый сундук. Прутья слегка разбухли и, отмытый дождями, он выглядел даже лучше, чем сразу после эвакуации. Она открыла крышку и обнаружила сплошное месиво из раскисшей бумаги с расплывшимися следами чернил. Карандашные записи вообще размылись.

"Ну и хорошо, — подумала она, — не придется окунаться в это раскисшее прошлое". Она принесла из кухни помойное ведро и стала перекладывать в него дурно пахнущую бумажную массу. Вынесла на помойку четыре ведра, а на дне сундучка обнаружила тщательно упакованный в розовую аптечную клеенку сверток. Развернула — там были аккуратно перевязанные тесемочками пачки писем. Она вытащила верхнее письмо — на конверте стоял адрес — "Киев, Мариинско-Благовещенская улица, 22" и почтовый штемпель "16 МАРТА 1911 ГОДА". Адресовано оно было Марии Керис. Отправитель — Яков Осецкий, Киев, Кузнечная, 23. Эта была огромная переписка, тщательно разобранная по годам. Интересно. Очень интересно. Несколько записных книжек, заполненных старомодным мелким почерком. Она тщательно просмотрела пачки — не хотелось бы снова подвергать дом клопиной заразе. Все было чисто. Она положила сверток вместе с клеенкой в свой театральный архив, который к тому времени уже существовал. И забыла на много лет.

Лежащие во тьме бумаги созревали долгие годы — до тех пор, пока не умерли все люди, которые могли бы ответить на вопросы, возникшие при чтении старых писем...

ГЛАВА 2
Часовая мастерская на Мариинско-Благовещенской (1905–1907)

Мария родилась в Киеве, куда прибыл ее отец Пинхас Кернс в 1873 году, почти за двадцать лет до ее рождения, из маленького городка Ла Шо-де-Фон в западной Швейцарии. Отец был часовщиком в третьем поколении и намеревался открыть собственную фирму наподобие небольших швейцарских, которые в ту пору начинали свое победное шествие по миру. Пинхас был в дружеских отношениях с владельцем часовой мастерской Луи Брандтом, будущим основателем фирмы "Омега", именно он и навел его на эту идею. Пинхас был первоклассным сборщиком и, при его трудолюбии и добросовестности, мог бы наладить сборку часов из швейцарских деталей в Киеве и стать сборщиком богатой жатвы в звонкой монете на новом месте. Луи Брандт даже отчасти финансировал это начинание.

Свою почетную миссию представителя западного капитализма Пинхас постепенно провалил, хотя к новому месту прирос, женился на местной еврейской девушке, завел трех сыновей и дочь Марию. Выучил со временем оба новых славянских языка. Их парность была для него привычна, поскольку в родном его Ла Шо-де-Фон, наряду с французским, почти равноправно существовал и немецкий, и это привычное двуязычие дополнялось еще двумя еврейскими — домашним языком идиш и приличествующим еврею "высоким" ивритом.

Швейцарские деньги, вложенные в переезд и обустройство, не совсем пошли прахом, потому что, быстро убедившись, что торговое дело у него идет значительно хуже, чем ремесленное, Кернс открыл мастерскую по починке всяческих, чаще совсем беспородных произведений местных мастеров на Мариинско-Благовещенской улице. Он высоко ценил свое ремесло и с презрением относился к коммерции, считая ее разновидностью жульничества. Хотя "Капитал" Маркса к этому времени был уже написан и еще не вошедший в полную силу мировой гений упоминал в этой перспективной книге родной город Пинхаса Ла Шо-де-Фон самым лестным образом, рассматривая его как образец капиталистической специализации производства, часовщик никогда не прочитал этой библии коммунизма. Всю свою жизнь он оставался ремесленником и не дорос не только до коммунистического мышления, но даже и до капиталистического… Зато дети его рано освоили передовые идеи человечества и, любя своего доброго, веселого и всесторонне положительного отца, постоянно подтрунивали над его архаическими привычками, французским акцентом и старомодными швейцарскими сюртуками, которые он донашивал чуть ли не сорок лет.

Все дети Кернс чирикали по-французски, и это обстоятельство превращало их в странных птиц — единоплеменники говорили на другом наречии. Потомки часовщика, хотя и прекрасно владели языком матери, любили перекинуться между собой на аристократическом французском, который совсем уж не был в ходу на их улице. Образование они получили домашнее, причем учитель для старших двух мальчиков, Марка и Иосифа, был нанят во времена относительного благополучия семьи, а младшего брата после разорения обучали старшие. Михаил, подросши, занимался с сестренкой. В лучшие времена в дом ходил даже учитель музыки, господин Косарковский, из студентов, превратившийся в друга семьи… Мария проявляла к учению большое рвение. Всех детей Кернс связывали нежнейшие отношения, а младшая сестра была объектом обожания. Уверенность в любви окружающих, в особенности мужчин, порой сильно подводила ее во взрослой жизни, но в юности только придавала ей обаяния.

Гимназия с процентной нормой, по обстоятельствам тех лет, оказалась для детей Кернс закрыта. Иосиф, самый старший, рано ушел в пролетарии. Второй брат Марк в гимназию не прошел из-за процентной нормы, Михаил и не пытался — оба сдавали гимназический курс экстерном.

Деловые связи Пинхаса Кернса с владельцем фирмы, Луи Брандтом, давно зашли в тупик, но добрые отношения, в их письменном виде, продолжались и с наследником, старшим сыном Луи. Свой долг Пинхас выплатил в срок и время от времени закупал у "Омеги" часовые детали. Семья медленно и верно беднела. Несмотря на бедность, дом оставался гостеприимным, с постоянными чаепитиями и музыкальными вечерами, на которые сходилась разнообразная и разношерстная молодежь. Свободомыслящая… Особенно много народу собиралось в теплое время года, когда ставили самовар в маленьком дворике, примыкавшем к их квартире в первом этаже. Бедность веселью не мешала.

В октябре 1905 года в Киеве разразился еврейский погром, который довершил этот медленный процесс разорения: мастерская была полностью разгромлена, семейное имущество разграблено; что не унесли, то попортили. Даже и самовар ухитрились растоптать.

Киевское торговое и ремесленное еврейство было разорено, но последствия погрома носили не только материальный характер. Пережившие этот погром евреи почувствовали, как тонка пленка, отделяющая их от полной погибели. В уныние и печаль погрузились ученые талмудисты, наполненные божественными текстами и историческими сведениями из тысячелетнего прошлого. В моду входил сионизм, проповедующий собирание евреев-изгнанников на Святой Земле для восстановления исторического Израиля, но не меньшим успехом среди еврейской молодежи пользовались идеи социалистические. Революция 1905 года потерпела поражение, но мысль о новой, очистительной и освободительной революции тревожила сердца. Политика вошла в моду. Один только Пинхас Кернс, любимым развлечением которого смолоду было чтение газет на доступных ему языках, утратил вкус к спорам журналистов и политиков, забросил газетное чтение и вместо этого занялся починкой старинной музыкальной шкатулки, искалеченной погромщиками. Он лишь вздыхал, молча выслушивая бесконечные разговоры своих сыновей и их приятелей о переустройстве негуманно устроенного общества, о грядущих переменах и о борьбе, от которой старый Пинхас ничего, кроме новых погромов и неприятностей, не ожидал.

Пятнадцатилетняя Маруся, которую трое суток погрома, с восемнадцатого по двадцатое октября, соседи Яковенки, добрые люди, продержали в своей спальне, а в самые опасные часы в подполе, вышла на божий свет христолюбивой радикалкой. Характер ее совершенно созрел в эти постыдные для Киева дни, и прежде приветливый мир разделился теперь грубо надвое, без всяких теней и нюансов: одни были борцы за человеческое достоинство и свободу, другие — их враги, эксплуататоры и черносотенцы. Яковенки, спрятавшие Марусю, кормившие и сохранявшие ее все эти ужасные дни, не принадлежали ни к первым, ни ко вторым, и она для удобства причисляла их к родственникам, которых любишь в силу естественной близости.

Пока Пелагея Онисимовна Яковенко вынимала выставленную в окне между двумя рамами небольшую икону Божьей Матери с Младенцем, Маруся смотрела на этот кусок крашеного дерева и испытывала чувство смятенной благодарности к обеим: к монументальной, с крошечными глазками и накладной косой украинской соседке и к еврейской женщине Мириам, ее тезке Марии, с Младенцем Христом, которые защитили ее от орущей зверской толпы людей, именующих себя христианами. В этом месте происходило какое-то завихрение мысли, внутренняя определенность рассыпа́лась, и мир делился уже не пополам, между плохими и хорошими, а каким-то иным способом. Пелагея Онисимовна и дядя Тарас были монархистами, владельцами двух домов и трактира, то есть эксплуататорами, но люди-то они были хорошие, даже героически хорошие. Ходили слухи, что в эти ужасные дни погромщики убили русскую семью, которая укрывала еврейскую старуху. Яковенки наверняка сильно рисковали, принявши в дом Марусю... Все это так плохо складывалось в сознании, одна мысль мешала другой, ни ясности, ни порядка не было — только беспокойство и чувство, что необходимо как-то круто менять жизнь. Да она и сама, без Марусиных решений, менялась: старший брат Иосиф, участник отряда еврейской самообороны, как и все, кто в дни погрома взял в руки оружие, был сослан на три года в Иркутскую губернию. Марк покинул семью еще раньше — после окончания юридического факультета Петербургского университета он остался в столице, получил незначительную должность в адвокатской конторе. К большому огорчению отца, Марк оплатил свое "высокое" образование низкой, как считал отец, ценой: принял лютеранство. В семье об этом не говорили, как не говорят о постыдных болезнях.

Старый Пинхас, всю жизнь читающий газеты, религиозным фанатиком не был, но в синагогу захаживал и связи с единоверцами не прерывал. Поступок старшего сына он не одобрял, но молчал и тихо скорбел. Марк приложил много усилий к тому, чтобы и брат Михаил учился в Петербурге. Вскоре и Михаил покинул Киев, записался в Петербургский университет вольнослушателем.

Положение семьи — если не считать того, что из погрома все они вышли живыми, — было печальным. Но жизнь налаживалась сама собой. Из "Комиссии по сбору пожертвований в пользу пострадавших от погрома" прислали денег и вещей — немного поношенных, но хороших, только все большого размера. Мать села за шитье — порола, подкраивала, подгибала. Такого красивого платья прежде у Маруси не было: из шерстяной байки каштанового цвета, с шелковым кантом. Купили ботинки на пуговках, первый раз не детские, с каблучком. Маруся стала барышней.

Когда братья разъехались, Маруся, избалованная вниманием множества молодых людей, ходивших в дом, привыкшая к культурным разговорам, бурным спорам, к домашнему веселью, шуткам и розыгрышам, обнаружила, что питалась чужой жизнью, сама же ничего собой не представляет и никто в дом их теперь не ходит, кроме скучных дальних родственников, Мишиного друга Ивана Белоусова, с которым он прежде учился вместе, да Богдана Косарковского, бывшего учителя музыки, а теперь кларнетиста в оркестре оперного театра.

Тоска, тоска. Музыка перестала звучать в их доме — старое пианино было разбито в мелкую щепу погромщиками, а о покупке нового в теперешних обстоятельствах и речи быть не могло. Вместо веселых застолий — редкие письма от старших братьев и множество коротких открыток от Михаила, описывающего яркую петербургскую жизнь. От этих открыток настроение у Маруси еще больше портилось.

Отец вставил выбитые в мастерской и в квартире окна, побелил стены и починил часовой ящик, в котором хранились чудесные пружинки и железочки, повесил его возле своего рабочего стола. Большую часть дня отец проводил в мастерской, но занимался не посетителями, которых почти не было, а починкой музыкальной шкатулки. Помятый цилиндр, исполняющий роль нотного листа, Пинхас трудолюбиво восстанавливал, дело это было кропотливое — снова подогнать восстановленные шпеньки-ноты к "звукоснимающей" гребенке, которая тоже была попорчена.

Мария, всегда предпочитавшая молчаливое общество отца постоянному бормотанию матери, обжила себе уголок в отцовской мастерской и, свернувшись калачиком в старом кресле, читала одну за другой книги, чудесным образом доставшиеся брату Михаилу. Этот подарок, целая библиотека из двухсот книг, был прислан в дом писателем Короленко, узнавшим, что во время погрома у еврейского студента были изорваны и уничтожены все книги...

Кто бы мог предвидеть, что эти книги будут сопровождать Михаила до конца жизни и послужат основой знаменитого книжного собрания, которое и по сей день хранится у его внучки Любы, троюродной сестры Норы Осецкой, в квартире на Тверской улице в Москве.

Исхудавшая, с голубыми подглазьями, Маруся держала в руках выпуск "Нового журнала для всех" за 1903 год, с синей печатью на обложке — "Из книг Владимира Галактионовича Короленко" — и в третий раз подряд перечитывала рассказ Чехова "Невеста". Как понимал он все не только про героиню рассказа, выскочившую из пошлости провинциального прозябания в новую, высшую жизнь, но и про нее, Марусю, которая тоже хочет вырваться из этой скуки и тоски, к жизни свободной, осмысленной, неопределенно-прекрасной?

Мать позвала обедать. Маруся отказалась. Отец, стирая с рук металлическую пыль чистой тряпочкой, позвал ее еще раз, но она покачала головой: при виде куриного супа подступала тошнота. Даже от запаха, который доносился из задней комнаты, начинало мутить.

— Хорошо, тогда посиди здесь. Если кто-нибудь придет, позови меня, — отец почти неотлучно сидел в мастерской, боясь упустить посетителя.

Как только отец вышел, звякнул дверной колокольчик. Маруся положила журнал на стопку книг, собравшихся возле кресла за последние недели, и открыла дверь. Вошла дама в суконной жакетке, обшитой бархатными полосками, в шляпе, похожей на низкий цилиндр с крыльями, каких не носили ни в Киеве, ни в каком другом городе. Маруся впустила даму и попросила присесть и минуту подождать, пока она пригласит отца.

Пока Маруся ходила за отцом, а отец мыл руки, дама просматривала стопку книг, лежавших на полу перед креслом. "Новый журнал для всех" не привлек ее внимания. Но обложка другой книги ее заинтересовала — неужели эта субтильная девица читает по-французски недавно выпущенную книгу модного автора Ромена Роллана "La vie de Beethoven"?

Этот вопрос задала дама пожилому часовщику, появившемуся через несколько минут.

— Это моя дочь, любительница чтения.

Часики, принесенные в починку, оказались, само собой разумеется, круглой золотой "Омегой" из первых моделей, столь памятных часовщику. Разговорились. Мадам Леру оказалась швейцаркой, родители ее были из Верхней Юры, она, как и Пинхас, давно покинула родные места, но даже одно произнесение названий рек и долин доставляло удовольствие обоим. За приятным разговором часовщик вскрыл заднюю стенку корпуса и, вставив стеклышко в костяном ободке в глаз наподобие монокля, вытащил пинцетом какой-то ерундовый винтик, порылся в ящике стола и достал точно такой же. На крышечке циферблата недоставало одного мелкого камешка. Пинхас спросил, какого цвета был камешек.

— Красный был камешек, — сказала дама. — Они все красные.

Пинхас кивнул — камешек надо было выписывать из Швейцарии, запаса осколочных рубинов у него не было.

Любительница чтения, отбившись от ненавистного супа, бесшумной тенью скользнула в мастерскую. Посетительница, забыв о своих часиках, обернулась к барышне.

— Вы читаете по-французски? И вам нравится книга? — спросила она по-французски.

— Да, очень.
— Вы любите Бетховена?
Маруся кивнула.

С этой минуты и началась та новая жизнь, по которой она так долго томилась. Мадам Леру, секретарь городского Фребелевского общества, начальница народного детского сада, после десятиминутной беседы пригласила Марусю посетить их исключительное заведение. В январе, через неделю после своего дня рождения, Мария Кернс получила свою первую должность — помощника воспитателя в недавно организованном заведении для детей бедных родителей и наемных работниц. Так в шестнадцать лет Маруся вступила во взрослую жизнь. Осенью того же года она поступила на вновь открытые курсы Фребеля при Киевском университете. Стала фребеличкой, "детской садовницей", как их называли.

ГЛАВА 3
Из сундучка.
Дневник Якова Осецкого
(1910)

6 ЯНВАРЯ

Проболел больше недели, так сильно никогда еще не болел. Несколько дней был как во сне — в который вдруг всовывалась мама с чашкой чая, доктор Владимирский и какие-то незнакомые лица, частично очень приятные, но все время позади них был кто-то очень опасный, даже страшный. Не могу его описать, но даже вспоминать неприятно. Временами я находился в каком-то ужасно плоском и темном пространстве и осознавал, что я уже умер. Я чувствую, что если не запишу, все растворится безвозвратно. А там было что-то неизмеримо важное — про мою совсем будущую жизнь. Завидую писателям — у меня не хватает слов.

10 ЯНВАРЯ

Снова начал чтения. Даже с жадностью. Я просто оголодал за то время, что проболел. Сейчас читаю из биологии. Дарвина прочитал все, что мне принес Юра.
(Снайдер. Картина мира в свете естествознания.
Троэльс-Лунд. Представление о небе и миропонимание.)

Мысли о дарвинизме: теория эволюции органической жизни представляется мне в виде главной оси, от которой идут разветвления. Представители существующего животного мира располагаются на концах, из центральной оси нам известны не все, так как виды переходные не долговечны. Исполнив свое назначение (если о таковом вообще можно говорить), т.е. послужив ступенью к другому виду, — они исчезают.

Самым интересным вопросом является отыскание места человека на этой таблице. Есть ли он переходная ступень для чего-нибудь другого (например, к сверхчеловеку Ницше), или он занимает место на каком-нибудь конце разветвлений, что обуславливает более молодой возраст его как органического вида.

Сейчас мне пришло в голову такое решение этого. Если мы будем размножать какое-нибудь животное, очень быстро размножающееся, например, низшие или простейшие, или бактерии, то через некоторое время мы можем получить сотни поколений, последние поколения в силу закона эволюции уже будут, может быть, резко отличаться от первых. Заметив, через сколько поколений появляется разница, зная, сколько времени нужно для того, чтобы одно поколение выросло и сумело давать жизнь другим, мы сможем вывести отношение между возрастом жизни и периодом появления отличий.

Это отношение можно применить к жизни человека и узнать, когда могли или смогут появиться у человека такие отличия, при посредстве которых мы сумеем определить, где его место в родословной существующих и существовавших видов.

Теорийка эта вытекает из того, что я предполагаю прямую пропорциональность между возрастом человека и периодом, по истечении которого он может давать жизнь другим.

Теперь же, после того, как я написал все это, у меня сейчас же есть возражение. И даже тогда, когда я дописывал предыдущую страницу, я уже знал, что когда кончу "теорию", я напишу возражение.

Дарвин доказал только закон эволюции органической жизни, прибавив к нему еще свое объяснение этого: теория естественного подбора.

Вставить в систему эволюции и человека Дарвин не решился. Сделал это Томас Гексли, признав (по происхождению) ближайшим родственником человека — обезьян.

На самом деле неверно. Дарвин часто повторяет: "Происхождение человека от какого-нибудь низшего животного неопровержимо. От общего родоначальника произошли и обезьяны".

Биогенетический закон Геккеля состоит в том, что "онтогенетическое развитие или развитие зародыша схематически повторяет собой филогенетическое развитие или историю развития вида".

Девственное размножение, или партеногенезис, или размножение без участия самцов и их семенных тел, распространено в природе (например, трутни).

Если сперматозоидов можно заменять искусственной средой, то роль их, вероятно, сводится к толчку, даваемому женскому яйцу. То же воздействие оказывают и искусственные физические и химические манипуляции.

С другой стороны, известны некоторые случаи так называемых "мерогоний", или развития и размножения семенного тельца. Процесс оплодотворения оказывается, таким образом, и у высших животных лишь одним из способов, которым природа достигает цели размножения. Если б не музыка, то можно было бы заниматься биологией. Это самое интересное за последнее время, что я читал из науки.

Но музыка мне важнее!!!

15 ЯНВАРЯ

Теперь я уже полюбил и свой дневник, и наслаждение писания.

Кончаю уже первую книжку, первый том полного собрания сочинений Я. Осецкого.

Второй том я уже буду начинать с бо́льшим удовольствием, чем первый.

Тихо кругом…

Открыл форточку — воробьи чирикают, и на душе покойно, немного грустно, чувство удовлетворенности после заметок в дневнике. И почему-то грусть перед неизвестным будущим…

Сегодня я первый раз вышел из дому.

1 ФЕВРАЛЯ

До чего человек слаб! Имею, кажется, и принципы, и миросозерцание, и понятие о воле, и понятие о половой нравственности, а стоило мне увидеть несколько большее декольте у прачки, как моментально чувствую прилив крови к сердцу (именно к сердцу), ничего не могу соображать, и меня невольно влечет ближе к ней…

Уходит она — я опять здоров, только чувствую небольшую дрожь в руках. Возмутительно так не уметь владеть собой. Я уверен, что стоит любой женщине мигнуть мне — я побежал бы, как собачонка; забыл бы Элл.Кей, и Толстого, и Пэйо.

Какие контрасты! После этого сажусь читать Э. Кей.

Для укрепления натуры, вероятно, той самой натуры, которая завтра уже сама побежит за прачкой.

15 ФЕВРАЛЯ

Сегодня я решился поговорить с папой про дальнейшее образование. Весной я заканчиваю Коммерческое училище и хочу дальше заниматься музыкой. Я говорил излишне горячо, сейчас это понимаю. Папа выслушал меня очень безразлично, как будто решение его было принято давно и окончательно. Он сказал, что я должен поступать в Коммерческий институт, но он согласен оплачивать мои занятия по музыке в том случае, если я стану студентом Коммерческого института. Мне был этот разговор очень неприятен. Именно из-за денег. О чем бы он ни говорил, всегда сводит к матерьяльности, к деньгам.

7 АПРЕЛЯ

Читал "Летопись" Римского-Корсакова. Произвело на меня сильнейшее впечатление. Безумно захотелось играть талантливо, захотелось в Петербург, к талантливым людям, захотелось самому быть талантливым. Читал, и верилось мне, что выбьюсь на ту же дорогу. Быть может, через 5–6 лет я буду смеяться над теперешними мечтами...

11 АПРЕЛЯ

Уроки музыки. Новый учитель, господин Былинкин. Как будто я ничем прежде и не занимался. Это ДРУГАЯ музыка! Я совершенно по-новому стал слышать. Я играл до этого времени НЕПРАВИЛЬНО!

19 АПРЕЛЯ

У Бердслея есть графика "Баллады Шопена (ор. 47)"

20 АПРЕЛЯ

Сегодня я сделал открытие, кот. я уже успел опровергнуть.

В силу темперированности рояля нижние и верхние тона не совпадают. Так что для C контр-октавы унисон в IV октаве будет не C, a Cis. Сейчас же родилась мысль такая: безпрерывная октава C в контр-октаве.

На ее фоне течет маленький мелодический рисунок, построенный на C IV октавы. Аккорд звучит гармонично. Затем рисунок, не изменяясь, переходит в III, II, I, малую, большую и в контр-октаву.

Маленькая ошибка нарастает и в контр-октаве превращается уже в диссонанс.

Это можно назвать "постепенный переход консонанса в диссонанс". Идея очень интересная!

Вообще на почве темперированности рояля можно разные "фокусы" делать.

24 АПРЕЛЯ

Я никогда бы не мог жить один. Я люблю общество, только в обществе жив, весел, остроумен.

Я совсем не могу представить себе будущее без общества. Мечтаю об обществе, где я — центр.

Самые сокровенные мечты возносят меня на эстраду, где мне кричат, аплодируют. Кругом фраки, ленты, плечи... цветы без конца... А без общества?

"Вы, господа, не можете себе представить, как тяжело человеку, когда ему некуда идти. Человеку нужно куда-нибудь уходить". Даже Достоевский, самый мрачный, тяжелый из писателей, устами Мармеладова говорит про тоску одиночества. Даже гигант Достоевский не выдерживает ужаса одиночества!..

Страшно становится. Именно это — человек, сидящий в темной комнате, приводит меня в ужас. Я теперь пишу в уютной комнате после занятий. Думаю о том, что сейчас пойду в гости к знакомым курсисткам. От этой мысли становится тепло на душе. А кто-то одинокий сидит в комнате и думает…

Пойти бы к нему, ласково взять его, повести в общество, заставить говорить. Сказать бы ему, как это все тяжело и нелепо… Ни умения на это нет, ни ловкости, ни силы…

11 МАЯ

Отчего не пишут этюдов, упражнений для оркестра. Ему особенно необходимы упражнения в "слитности" всех звуков для образования особого "оркестрового" тона.

Мне только что Илья предложил вступить к ним в кружок и написать для него (кружка) работу по искусству. Не знаю еще, приму ли я предложение; очень хочется принять его. Как раз у меня и мысль интересная есть: "Характеристика соврем. муз. момента". Мне кажется, что основной чертой соврем. музыки является тоска по силе… Да и не только в музыке, если подумать.

19 ИЮНЯ

Слушаю квартет Глиера. В одном отношении существует сходство между новейшим течением в области художества — пуантилизмом, импрессионизмом и современной музыкой.

В картине неясность, лирика, главное — неуловимость, легкость. Картина в точках и штрихах как будто покрыта легкой завесой воздуха, plein'air'а. В музыке — полифоничность, сложность, тоже неясная лирика, и тоже — неуловимость.

Это, конечно, хорошо, что сходство есть.

Значит, есть идеи, теоретич. основы, общие для всех видов искусства.

Мне хочется теперь писать, много писать.

Играют vivace, III часть…

Кончили скерцо, маленькая изящная часть.

И вместе — сложная, нравится мне этот композитор — Глиер.

Странное совмещение у него русского стиля и модернизма.

Русская мелодия сменяется сложным отсутствием ее.

IV часть начинается восточной темой.

Сложнейше разработан этот квартет.

Декадентская разработка в восточной мелодии, в скрипке.

Вот странно. Какой-то новый, зловещий колорит.

Опять русская мелодия.

4 АВГУСТА

"Там, где молчит слово, — там говорит звук. Безсильная в передаче акта воли, музыка может глубоко и интенсивно раскрыть внутреннее состояние человека, передать чистую эмоцию".

20 АВГУСТА

Больше двух недель я не писал. Многое действительно решилось. Поступил в Коммерческий институт и, главное, в музыкальное училище. Свершилось! Именно свершилось.

Планов на этот год — бездна!

Учиться много музыке, сдать к Рождеству в Институте 5 экзаменов, в мае еще 4, занятия немецким языком, хочу пару уроков иметь. Придется мне пробыть в институте целых четыре года. Все для правожительства. Тогда прощай и музыка, и педагогика, и "заграница". Впереди дорога банковского служащего, мелкая, поганая, с ежегодными надбавками. Постепенно и помаленьку втянешься в лямку до той поры, пока не почувствуешь невозможность оторваться от должности. Если я еще брошу музыку, то совсем погибну. Бывают иногда времена, когда исключительно живу грезами, когда я совсем ухожу от повседневной жизни. Во мне живет большая часть Рудина и Пер Гюнта. Боюсь, что я никогда не исполню, по слабости своей, и сотой доли своих мечт.

5 НОЯБРЯ

Страшный день. Скончался Толстой. Я теперь совсем спокоен, и как-то даже отрадно вспоминать, что полчаса назад я стоял в темной передней, рыдая в платок, и страшно боялся, чтобы кто-нибудь не услышал. После слез легче становится на душе. Действительно, слезами выплакивается горе.

На улице продают маленькие листки. Как-то страшно стало на душе, с замиранием проходил мимо читавших листки.

Дождь льет медленно, непрестанно, одуряюще.

В окне магазина большой портрет Толстого. Карточка "скончался 4/XI 1910".

Приду домой — расскажу, нет, не расскажу.

Всегда если слышишь новость — первая мысль: скорее другим рассказать. Не скажу дома.

Вот мир, весь мир переживает такое несчастье, а я упорно, не переставая, думаю только о самом себе. Слушаю свои мысли, сочувствую своему горю, думаю о печальном выражении лица.

А Генрих в Одессе, наверное, тоже плачет. Лежит на кровати и плачет. Самый близкий, старший брат. Жаль, что его нет рядом.

Я у стола, а дождь льет. Не выдержал: "Мама, Толстой умер". Не удержался я и заплакал, выбежал в столовую, в переднюю и сильно плачу… Они ничего, совсем ничего не понимают.

Думаю — это такой общий, общественный закон? Или наша семейная трагедия? Почему мои родители, такие добрые, любящие — никак не могут понять, чем мы все живем. Ни мои мысли, ни чувства? Неужели и со мной то же будет — и мои дети будут смотреть на меня с недоумением и думать: отец, такой добрый и любящий, но говорить с ним не о чем. Он погружен в свой мир, скучный и неинтересный. Нет, не может такого со мной случиться. Дал себе слово, что буду стараться понять жизнь своих детей, даже жить одной с ними жизнью. Только вот не знаю — возможно ли это?

5 НОЯБРЯ

Толстой не умер! Он жив! По телеграфу во все города мира сообщили, что он умер, но сообщение оказалось, к счастью, ложным!

7 НОЯБРЯ

Да, Толстой умер, только сегодня, 7 ноября в 6 ч. утра.

Я (опять я!) принял это известие почти совсем спокойно. Свое я уже выплакал раньше.

Когда-то я говорил следующее: смерть — это такая страшная штука, что самое лучшее — это о ней никогда не думать. Кто всегда думает о смерти, тот, конечно, перестает видеть смысл жизни, даже не смысл жизни, а смысл наших повседневных маленьких дел; такому человеку нужно только повеситься.

Но люди не вешаются, значит, в повседневных маленьких делах есть смысл, значит, не нужно думать о смерти.

Эти мысли в моей голове имели такой стройный крепкий вид; изложенные на бумаге, они какие-то недодумано-наивные, детские. Но я знаю, что говорю. Человек умер — тотчас все люди должны забыть его. Когда-то я говорил, что на своем смертном одре я разорву все свои фотокарточки, бумаги, попрошу детей не говорить обо мне. Запрещу носить траур.

Нужно подтолкнуть процессы, кот. и без того время сделает.

Вообще кошмарно-страшно все прошедшее, которого нельзя вернуть. Жизнь мчится ужасающе-быстро.

"Жизнь — миг". Поэтому нельзя отдаваться воспоминаниям, отравляющим настоящее, в кот. только и есть смысл. Что может быть более ушедшего времени?

8 НОЯБРЯ

Бывают времена, когда я положительно не терплю своих родителей; это бывает, когда я часто говорю с ними серьезно. Когда же я их не вижу, то меня начинает тянуть к ним. Однажды я рассказывал одной знакомой о папе очень много, до того говорил, что чуть не расплакался: слезы в горле начали звенеть, а вот теперь мне неприятно, что нужно сегодня вместе обедать. Мы совершенно чужие люди, и я почему-то живу на его счет. Когда мы вместе идем или должны ходить куда-нибудь вместе (всего этого я тщательно избегаю), то я начинаю болтать и молоть всякий вздор, чтобы не молчать. Он никогда не интересуется мною; он, кажется, совсем не уважает меня, моих убеждений, привычек и вместе с тем любит меня, наверное. Странная любовь!

Я чувствую, что они главным образом меня озлобляют и раздражают по пустякам. Часто я виноват только тем, что рассказываю то, чего не следует; что возбуждаю разговоры, которые, наверняка, их не убедят. Теперь я меньше и меньше разговариваю с ними.

Маму я иногда люблю, но совсем не уважаю. Это что-то страшное. Чужие люди собрались, грызут друг друга, портят только жизнь и вдобавок живут все на чужой счет. Папа работает как вол. А со стороны кажется, что "счастливая семейная жизнь". Хуже всего, что я сам мало-помалу чувствую, что у меня будет такая же семейная жизнь.

Нет, неправда, этого у меня не будет! Я горячо верю в это.

9 НОЯБРЯ

Роденбах. "Bruges la Morte". Искусство, питающее корни свои в смерти. Страшно. Нельзя об этом думать.

Два года назад умер дедушка, смерть кот. меня не тронула ни капельки.

На днях я держал Раечку на коленях. Она слабая, хилая, бледное красивое личико с оттенком интеллигентной задумчивости. Думал о ее смерти. Казалось мне, что я хожу по комнате, держа в руках умирающую

Раечку. Вдруг я понял этот миг, когда прижимаешь холодный трупик к груди и чувствуешь гигантское безсилье удержать уходящую жизнь.

Вот я теперь пишу это и что-то в горле начало щекотать, когда я вспомнил это… Раечка сейчас в другой комнате поет песню про комарика.

Самое лучшее — вырвать в тот миг из своего сердца все место, принадлежавшее умершему, вычеркнуть его из воспоминаний, забыть любовь. Забыть!.. Невозможно-трудно, но нужно!

С другой стороны, зачем человеку насиловать свои чувства. Время само загладит все неровности и угловатости переживаний. Человеку хочется поплакать, погрустить, пожаловаться на несправедливости судьбы. Хочется отдаться воспоминаниям, как завтра захочется помечтать?..

Что-то на душе неспокойно. Какое-то неясное ощущение тяжести, чего-то, что должно случиться…

А в Астапове лежит спокойно Толстой, обмытый, одетый в рубашку. Лицо спокойно-спокойно.

Вероятно — даже торжественно. Внимательно слушает всю мировую суету вокруг.

10 НОЯБРЯ

В церкви. По ком-то панихида. Эти дни меня посещают мысли о религии, о славе, в особенности славе. Разум мне доказывает ненужность славы, чувством же я страстно, напряженно хочу славы, славы самой пустяшной, лишенной всякого внутр. смысла. Андрей Болконский, то есть Толстой, об этом размышлял. О тщете и ничтожности "любви людской". А мне хочется, чтобы на перекрестках упоминалось мое имя, чтобы все хвалили меня, восхищались мной.

Я прекрасно знаю, что если бы я достиг такого положения — я скоро разочаровался бы в нем. Все люди знаменитые подтверждают это. Толстой, Арцыбашев, Чехов и др. Я знаю, что слава несет с собой внешний эффект и внутреннюю пустоту, несет с собой массу лишений, неприятностей, горя, в особенности тяжесть отсутствия одиночества, постоянного общества, знаю еще, что слава ничто пред самым великим в нашей жизни — смертью (как Арцыб. еще сказал). Он так хорошо и тепло рассказал о смерти поэта Башкина: "…перед лицом умирающего, пред утихающей грудью, делающей последние судорожные вздохи, — как ничтожна, как мелка показалась мне моя слава, громкое имя, литературные заслуги".

Разум мой все это принимает, но душа хочет видеть "Я. Осецкий", напечатанное жирным шрифтом в газетной статье. Как это мелко и ничтожно, но все-таки этого хочется.

Того же дня вечером. Занимаюсь по теории музыки.

…Еду по трамваю, стою на задней площадке, смотрю вниз на полотно.

Вечер. Вагон мчится, а из-под него быстро, быстро выползают рельсы и, быстро двигаясь и блестя, аккуратно укладываются в две параллельные полосы. Этот момент особенно запомнился мне.

Тогда я особенно почувствовал бег времени, скачку секунд.

Вот только что мы были на этом месте, глядишь — оно уже в нескольких аршинах, саженях, кварталах.

…Болтлив я очень! Случится слушатель — наговорю три короба, а дома съем себя за это. Зачем много нужно рассказывать всем, что я мечтаю о дирижерской карьере.

Толстой говорит... Кстати о Толстом: сегодня газета вся посвящена столетию со дня рождения Пирогова. О Толстом уже только две статьи. Завтра будет одна, послезавтра — только хроникерская заметка, на первой странице будет: юбилей начальника станции "Киев".

Да, так и будет, и быть должно. Время заглаживает воспоминания и приносит другие события.

Это так резко замечается по газетным статьям.

Грустно немного...

20 НОЯБРЯ

Мне кажется, что лучше всего сны описаны у О. Дымова. Есть у него и та неуловимость, и то чувство, которое является по утрам в постели, когда грустишь о позабытом сне.

Только что проснулся, помнится что-то, но никак не можешь вспомнить, что снилось.

Занимаюсь сейчас по-немецки. Кончил рассказ и откинулся на спинку стула, сознавая, что кончил урок. Приятное сознание... Легкий сон... Проснулся и помню, что снилось несколько разных сцен, с разными лицами, разными событиями, но помню только сцену в фойе театра, какая-то женщина расстегивает несколько пуговиц на лифе...

Из остального — ничего не помню, ни мелочи, ни одного слова, ни как-ниб. подробности...

Помню только что это было приятное... Нашел описание гимнастических упражнений для двухлетних детей: навалив несколько подушек на пол, заставлять детей барахтаться на них. Дети затрачивают массу усилий, чтобы слезть с них. Надо с Раечкой так поиграть — ей понравится, я думаю. Это ведь школа движения. Ее проходят естественным путем, а упражнения должны это свойство (движения) совершенствовать.

22 НОЯБРЯ

Последнее время проходит очень продуктивно. Как никогда еще. Теперь занимаюсь по многим предметам и почти по всем успеваю. Буду держать через месяц (теперь ноябрь) три экзамена в институте: статистику, полит. экон. и истор. полит. экон. Статистику я уже кончил, полит. экон. учу; ежедневно занимаюсь по-немецки час и очень успеваю; ежедневно играю около 3 часов, два раза в неделю хожу на урок музыки (уходит 2 часа) и 2 раза — на теорию музыки. Вот только не каждый день читаю.

…Вообще хорошо… Даже так странно — хорошо, что я не знаю даже, чего мне теперь нужно.

Все есть, всем занимаюсь… Разве недостает еще "близкого друга", которого все это так же радовало бы, как и меня. Вот это верно. У меня совсем теперь нет друга (без различия возраста, национальности "и пола").

1 ДЕКАБРЯ

Только что пришел из театра. "Хованщина". Пришел — захотелось писать… Первый акт я прослушал с редким вниманием. Вообще первые акты я хорошо слушаю. Следил одновременно за общим ходом, отдельными артистами, особенно оркестром, дирижером.

…Мне кажется, что русский стиль в музыке однообразен и утомителен. Но Глинка непревзойден. Даже Рим.-Корс., написавший массу русских опер, называл себя "глинкианцем". А к "Хованщине" я в общем отнесся спокойно. Хотя в ней есть драматические эпизоды. Музыка везде спокойна, однообразна даже... Хотелось бы взрывов, трагической страсти — этого нет.

...В антракте заметил молодую девушку. Сидела близко. Она мне сильно понравилась. Последний акт слушал слабо: думал о ней. Мне было грустно, что вот она мне очень нравится, что она этого не знает, что я ее больше никогда не увижу, и — что самое худшее — я скоро забуду ее лицо. Я жадно глядел на нее, стараясь запечатлеть ее лицо. Посреди акта она начала сильно кашлять. Меня это очень встревожило. Я уже решил, что у нее больные легкие. Стало грустно. Очень хорошее лицо у нее, даже красивое. Она в белом большом воротнике с синим галстучком. Очень хорошо на ней сидит. С нею были два противных студента.

Когда я мысленно воскресил образ, вижу теперь, что он очень бледный и скоро забудется.

По дороге я злился на себя: десятки лиц с улицы, с трамвая запоминаются легко, а эта милая головка скоро забудется.

Сейчас же начал мечтать: иду по улице, встречаю ее, она одна (непременно одна), подойду и познакомлюсь, потом мы пойдем в театр... Сейчас же я сочинил, что́ я ей буду говорить...

Если встречу ее на улице — сейчас узнаю и запомню ее лицо надолго. Только встретить бы.

Сел писать о другом, увидел последнюю строку сразу предыдущей записи "Только встретить бы". Пахнуло вчерашним, далеким вчерашним. Сегодня я об этой барышне вспомнил только один раз утром. Больше не вспоминал.

Последнее время я как-то осязательно стал чувствовать свое счастье. В самом деле, у меня есть все необходимое. Есть музыка, есть образование, есть чистая комната, новый костюм, хорошее пальто, сонаты Бетховена, — чего еще?

Если бы мне дали сейчас рублей 20 — я не знал бы, куда их деть. Разумеется, я истратил бы их: купил бы ноты (которых я не играю), купил бы фисгармонию и что-ниб. Можно "постараться" истратить. Но нет не только сильного желания, но есть такое маленькое желание, которое граничит с безразличием (и деньги у меня есть, на театр достаточно).

Сижу сейчас в своей комнате, занимался немецким яз.

Занес себе стакан чаю в комнату. Пью чай и меня охватывает чувство покоя, уюта и… семейственности.

В никелированной лампе отражается микроскопическая фигурка, пьющая чай. И кажется мне, что откуда-то сверху вижу я маленького человечка Я. Осецкого, его жизнь. Он такой маленький-маленький.

Тихо… Спокойно…

5 ДЕКАБРЯ

Читал рассказы Чехова. Очень много пишет о женщинах. И все мне кажется, что уничижительно. Как мог бы писать человек, который от женщин много плохого претерпел. Надо об этом хорошо подумать. "Анна на шее"! Как Анна, почуяв свою силу, гонит Модеста Алексеича: "Пошел прочь, болван!" Просто дух замирает. В один миг такой переворот характера! И как едет по улице — и пьяный отец, братья, с такой симпатией написаны, а она мимо… Особенно ужасно — "Тина". Такая страшная хищница. Как будто он мстит за то, что сам не может от ее прелестей отказаться! Еще и с антисемитским настроением. А ведь после Толстого, самый великий — Чехов! Здесь что-то я не понимаю — как будто вся прелесть женщин с изящными руками, с белыми шеями и завитками, из прически выпадающими, только для того и созданы, чтобы разбудить в мужчине самое низменное. Но ведь это не так!!!

Соната для форт. и скрипки Штрауса.
Скрипка под сурдинкой, рояль — пассажи, pp.
Очень красиво! Последнее время благодаря наполненному дню я почти перестал мечтать. И к лучшему! Пока! Думаю только о лучшем распределении дня, о занятиях музыкой, о немецком яз.
Кончили играть II ч. — e'impivisations.
Теперь — финал.
Самые далекие мечты теперь не заходят дальше лета, кот. я думаю использовать особенно продуктивно.
Последние дни нехорошо успеваю по музыке. Квартет Es-moll.
Читал про Брамса — он умер в 1897 году. То есть, когда он умер, мне было уже семь лет.

О симметрии
В природе нет симм. Природа не симметрична и не несимметрична: природа вне ее.
Симметрия есть только там, где есть человек, замечающий симметрии. Только человек замечает частный случай разнообразия природы: когда две половинки ему кажутся похожими друг на друга.
В природе нет и эстетики. Физика, химия, особенно механика — есть, а эстетики (и еще несколько дисциплин) не существует. Нет и классификации, нет неважного и важного. Все это создает человек.

19 декабря

Грустно... И еще грустно, что сейчас буду обыденными словами рассказывать обыденные ощущения.

Только что закрыл книгу Дымова, самого грустного, самого нежного поэта, которого я читал. Даже нежней Чехова. Отчего мне грустно?

...Слушаю музыку — грустно: отчего я так не играю, отчего я не играю даже своих пьес так хорошо, как хочется...

Смотрю на сильных, на красивых и опять протестует душа: отчего?..

Пишу сейчас и вспоминаю рассказ Дымова "Вечерние письма".

Без даты (в конце записной книжки)

Быть может, именно в искусстве и должна быть провозглашена безпочвенность.

Нет критериев, нет теории искусства. Есть художник — нет истории искусств, а есть каталог картин.

Каждый берет от искусства что ему нравится. Нет объективности, есть субъективность.

Творчество Дункан.

Если можно еще уловить характерные черты современного искусства, то нарисовать теорию, кот. подходила бы ко всем эпохам и худ., — соверш. немыслимо.

Тангейзер (вообще Вагнер).

1) Творчество художника зависит от личности, эпохи и среды. Причем худ. не копирует среду, а лишь создает ее идеалы.

2) Отсутствие в искусстве критериев. Как это тяжело отражается на художниках, особенно критиках и толпе.

3) Характер современного творчества. Тоска по силе, стремление к мощи. Роден, Врубель, Вагнер, Брюсов, Беклин, Рерих.

4) Отражение стиля модерн в архитектуре.

5) Характеристика технических средств, кот. обладает модерн.

6) Современное искусство в целом вовсе не представляет той картины, кот. я нарисовал. В нем лишь намечается вышесказанное стремление.

7) Стремление современности к архаизму, к "возрождению". Рерих, Сомов, Бенуа, Мусатов.

8) Недостатки этого стремления.

9) Искусство должно быть современно. Нужно помнить, что история поймет непонятное.

10) Слабое отражение современности в нашем искусстве.

11) Слабое распространение искусства в прикладном виде.

Художники не любят служить промышленности. А это самый верный путь. Старые мастера.

В "Пиковой Даме", в момент появления видения графини, в оркестре звучит гамма целых тонов.
Фауст

6 petits preludes pour le commençants
12 petits preludes
Врубель, Боттичели,
Роден, Беклин, Бердслей
Риль, Баумбах
Доминант-аккорд
(квинт-секст-терц-кварт)

Читать:
Чехов "Невеста"

Времени! Не хватает времени! Надо спать меньше! Где-то я прочитал, что Наполеон спал три часа в день.

ГЛАВА 4
Закрытый Чехов
(1974)

Шел одиннадцатый год их связи. Тенгиз сказал, что Чехова пора закрывать. Нора изумилась: зачем? Какой русский театр без Чехова? Но Тенгиз сказал, что давно к этому готов. И начал разбирать по косточкам "Три сестры", неожиданно остро и убийственно. Он поднимал свои красивые, очень красивые руки, удерживал их в воздухе, а Нора ни одного отдельного слова не слышала, а как-то впитывала в себя целиком странные фразы, которые и пересказать было невозможно. Говорил по-русски он не совсем правильно, но исключительно выразительно. Акцент грузинский был довольно сильный, из-за него немного смещался смысл. И даже расширялся. Почему так происходило, Нора никогда не могла понять, но всегда радовалась, чувствуя, что дело не только в языке, но во всем строе мыслей человека другой земли и культуры...

— Скажи мне, почему они Эфроса закрыли? Правильные "Три сестры" он поставил! Бедные, их так жалко. До слез жалко! С девятьсот первого года эту пьесу всё поднимают и поднимают, всё выше, в небеса поднимают. Да? Я не могу больше это смотреть! Уже хватит, да? — свое длинное, с повышающимся хвостом "да" он просто обрушивал на Нору.

— Нора! Нора! Толстой говорил про "Трех сестер" — скверная скука! Лев Толстой что-нибудь понимал? Или нет? Все тоскуют! Никто не работает! В России никто не работает, в Грузии тоже, между прочим, не работают! А если работают, то с большим отвращением! Ольга, директор гимназии, это же отличная работа, начало века, женская гимназия, женское образование, начинают науку преподавать, не только вышивание и Закон Божий, появляются первые профессионалы, девочки-профессионалы! А ей скучно, Ольге, из нее по каплям силы и молодость выходят! Маша влюбилась от скуки в Вершинина, очень благородный, но очень глупый! Беспомощный! Что это за мужчина? Не понимаю! Ирина работает в управе, на телеграфе, бог ее знает где — работа скучная, утомительная, все плохо! Работать не хочет, в Москву хочет! Жалуются! Все время жалуются! А что, что они в Москве будут делать? Ничего! Потому и не едут! Андрей — ничтожество! Наташа — "шершавое" животное! Соленый — животное настоящее! А бедный Тузенбах — как можно жениться на женщине, которая совсем тебя не любит? Мусорная жизнь какая-то! Нора! Ты понимаешь, кто главный герой? Ну, понимаешь? Ну, думай! Анфиса! Анфиса главный герой! Нянька ходит и за всеми убирает! У нее жизнь осмысленная, Нора! У нее веник, швабра, тряпка, она стирает и моет, она убирает и гладит! Все остальные — дурака валяют и скучают. Им скучно! А кругом что? Начало века, да? Начинается промышленная революция, да, капитализм? Железные дороги строят, фабрики, заводы, мосты! А им в Москву хочется, только не могут до вокзала дойти! Ты поняла меня, да? Да?

Нора уже улетела далеко, она уже знала, что́ сейчас нарисует, что́ построит, знала, как Тенгиз будет радоваться тому, что она сразу, с места не сходя, все придумала, весь спектакль! Она уже видела Прозоровский дом, вскрытый, обнаженный, сильно вынесенный на авансцену — а справа, слева, кругом стройка, подъемные краны, вагоны едут по своим делам, и жизнь движется, скрежещет, какие-то гудки, сигналы... но в доме Прозоровых совсем, совсем не замечают этой деловой жизни, движения, преобразования, они бродят по дому, пьют чай, беседуют... только Анфиса таскает ведра, тряпки, выливает тазы... Отлично, отлично! Все герои тени, одна Анфиса плотная. Одеты все в кисею, в дым, и военные тоже полурастворенные. Анемия. Вымороченное пространство. Сад почти бесплотных душ. А оденет она всех в сепию, как на старых фотографиях, такие блеклые обесцвеченные одежды. Такое историческое старье! Да, конечно, Наташа Прозорова плотная, в теле. Густо-розовое платье, зеленый пояс! На фоне всеобщей сепии, бесцветно-бежевого, коричневатого... Это будет гениально!

Нора сказала — да. Тенгиз обхватил, смял, прижал к себе: Нора, мы сделаем такое, такое, чего не видели! И никогда не увидят! Нас, конечно, разорвут! Но мы сделаем! Будет лучшее из всего, что мы с тобой делали!

Два месяца они не расставались. Тенгиз репетировал. Чеховский текст, бытовой, обыденный, всегда насыщаемый режиссерскими тонкими подтекстами, дополнительными смыслами, превращался в автоматический лепет, а семейное вязкое пространство становилось сновидческим, как будто мечты и неосуществимые планы и были реальностью жизни, воздушным узором воображения. Театр теней! Но трудились в этом зыбком пространстве только двое — Анфиса со своей тряпкой и Наташа, прибирающая к рукам всю плоть жизни — комнаты сестер, дом, сад, местного городского начальника, весь доступный ей мир.

Тенгиз не раскрывал актерам своих убийственных планов, и они раз за разом произносили заезженный текст в скучном недоумении. Что и нужно было Тенгизу.

Жил Тенгиз у своей московской тетушки Мзии, вдовой пианистки, которая обожала его. Нора, по требованию Тенгиза, перебралась в ее квартиру в странном двухэтажном строении — чудом сохранившихся службах разрушенного имения, на задах Пушкинского музея. Мзия отвела им две крохотные комнатки во втором этаже, сама жила на первом, в большой комнате со старинным, неизмеримой глубины ледником под полом. Когда-то там держали все лето лед с реки, а теперь хранилась сырая гулкая пустота, закрытая дощатой крышкой.

В который раз Нора справляла с Тенгизом этот праздник — все границы и рамки сметались под напором работы и любви, невероятного подъема всех сил и способностей. Полнота и плотность жизни была изумительной, Нора теряла представление о прошлом и будущем, и все люди — близкие и друзья — исчезали до полного растворения. Раза два-три за эти два месяца Нора звонила матери. Звонить было сложно, обычно с Центрального Почтамта, с уведомлением, с ожиданиями, с плохой связью. Амалии приходилось ходить за три километра на почту, в переговорную. Но все равно обижалась, что Нора редко звонит, робко сердилась.

На самом-то деле все было давно и бессловесно расставлено: Амалия Александровна обожала своего Андрея Ивановича и с того времени, как он появился в ее жизни, отодвинула в сторону дочь. Этот пожар старческой, как полагала Нора, страсти пожрал весь мир — они уехали в Приокско-Террасный заповедник, родные места Андрея Ивановича, он устроился смотрителем, купили дом и завели там свой невыносимый для Норы рай. На этот раз мать пригласила Нору приехать к ним в деревню "со своим режиссером", Нора пообещала. Обычно она не врала, но в этот раз ей неохота было тратить время на пустой разговор.

За неделю Нора сделала из ватмана прирезку, черновой макет сценического пространства, тщательно его собрала. Тенгиз, рассматривая подъемные краны, почти задевающие крышу Прозоровского дома, и нарисованные на заднике не то небоскребы, не то готические соборы, стонал от восторга. Спектакль возникал просто сам собой — проходила Анфиса перед еще закрытым занавесом, подтирала пол на авансцене, потом раздавался шум стройки, открывался занавес и все пространство сцены начинало жить преувеличенно-индустриальной жизнью: грохотал металл, визжали отбойные молотки, и двигались стрелы кранов. Потом стройка замирала, растворялась в воздухе, и проступал из-за светового занавеса дом Прозоровых... Утро... Накрытый стол... "Отец умер ровно год назад, как раз в этот день, пятого мая..."

Все происходило само собой, естественно, как трава на дворе растет, только очень быстро. Надменный и важный завпост этого заслуженного, замшелого театра Свисталов отнесся к Тенгизу с неожиданным почтением, слегка перепутав его с Темуром Чхеидзе. Он отдал распоряжение цехам, и сразу же начали делать декорации — такого "зеленого света" еще никогда не бывало. Всем был известен характер Свисталова, он любил показать свою личную власть: и Боровскому перечил, и Бархину препятствовал, и на Шейнциса собак спускал — то есть всем, всем Нориным любимым художникам пакостил... Чудо, просто чудо случилось! Может, действительно завпост расчувствовался перед грузинской внешностью, потому что грузин в России как-то, в общем виде, любили, в отличие от всяких евреев, армян и азербайджанцев...

Они влетали парочкой, в любовном облаке, через служебный вход — и вахтер им улыбался, и буфетчица, и такое счастье их держало в коконе, что Нора чувствовала, как они слаженно двигаются, не то балетные, не то фигуристы, и как летают, летают...

Спектакль закрыли накануне премьеры, успели только отыграть генеральную, в костюмах, в декорациях. Когда уже своя публика, папы-мамы начали расходиться, а остались только министерские людоеды, которые специально и пришли-то на день раньше, чем собирались, и стало ясно, что сейчас разразится скандал, Тенгиз вышел на сцену и попросил дорогих зрителей остаться на обсуждении. Но от этого министерские спецы стали только злее, убийство спектакля длилось всего пятнадцать минут.

Тогда Тенгиз снова поднялся на сцену, ведя за руку очень почтительно Нору, и сказал громко, белым от злости голосом:

— Уважаемые! Вы дали Эфросу отыграть тридцать три спектакля! Неужели наши "Три сестры" настолько лучше?

Нора проводила его в аэропорт. Хмурая весна, без единого солнечного дня, хмурый Тенгиз. Нору он как будто не видел, никто им больше не улыбался, любовное облако развеялось — он улетал в Тбилиси к жене и дочке на тяжелом железном самолете. Стоял понуро, небритый, с сединой на висках, лоб неандертальский, заваленный назад, несло от него перегаром, по́том, почему-то мандаринами. Он вынул мандарин из кармана, сунул ей в руку, подмигнул, клюнул в щеку и побежал на посадку.

ГЛАВА 5
Новый проект
(1974–1975)

Из аэропорта Нора приехала к Мзии и две недели провалялась на втором этаже, в постели, где пахло Тенгизом. Дней десять ужасно болели кости, потом перестали. Мзия приносила ей по утрам чай, Нора делала вид, что еще спит, та ставила на столик с нардовой наборной столешницей чашку и уходила, притворив дверь. Почти каждый день около двенадцати снизу начинали подниматься гаммы — приходили ученики. Были начинающие, с этюдами Черни, несколько уже бегло играющих, а один мальчик, который приходил дважды в неделю в вечерние часы, играл замечательно, и Мзия с ним занималась подолгу. Он разучивал какую-то сонату Бетховена, но Нора не могла вспомнить, какую. Точно не Семнадцатая и не три последние... Музыкальную школу Нора бросила в шестом классе, не доучившись. Способностей больших не было, но память музыкальная — от отца — хорошая.

Инструмент у Мзии звучал хорошо, но был слабенький, тихий... Под музыку было не так больно. Проснувшись, Нора говорила себе — сегодня встать не смогу, может, завтра. Но завтра тоже встать не получалось. Иногда Мзия подходила к двери, звала поесть.

ГЛАВА 5   Новый проект

На пятый день Нора спустилась вниз. Мзия ничего не спрашивала, и Нора была ей очень благодарна. Только теперь она разглядела породистое лицо, разлинованное тонкими морщинами, подрумяненные щеки, выкрашенные по-кавказски густой хной волосы, собранные в пучок на макушке, тонкие ноги на тонких каблуках, выстукивающие ритм… Пока здесь был Тенгиз, Нора почти не замечала его молчаливую тетушку. Даже и ее затейливую квартиру не рассмотрела как следует. Теперь она сидела внизу, за столом, покрытым винным бархатом, Мзия поставила перед ней тарелку с двумя бутербродами и порезанное лодочками очищенное яблоко.

— С тех пор как мой муж умер, я ни разу еду не готовила, — извинилась Мзия, и Нора почувствовала, что они, кажется, одной породы…

"Да я своему мужу вообще ни разу в жизни ничего не приготовила", — подумала Нора. Улыбнулась впервые за эти дни и сказала:

— Простите меня, Мзия, что я тут на вас свалилась.

— Живи, живи, девочка. Я привыкла одна жить. Я давно одна. Но ты мне не мешаешь.

— Я еще несколько дней, хорошо?

Мзия кивнула, и больше они не разговаривали. Ни о чем.

Нора пролежала на Тенгизовых простынях, пока запах его почти улетучился, только иногда подушка вдруг отдавала какую-то тень его тела. И Нору передергивало.

"Это просто такая молекула, молекула его пота, — думала Нора. — А у меня такая болезнь, сверхчувствительность к этому запаху. Что за напасть? Почему эти короткие разряды так прожигают, оставляют такой след, такой шрам? А если бы он был обыкновенным любовником, с которым едешь на неделю в Крым или заводишь роман на гастролях — был же чудный мальчишка в прошлом году в Киеве, или старый Лукьянов, актер, бабник, любитель деталей и подробностей, почти на двадцать лет старше… — не так бы болело?" Ответа не было…

Шестой раз Нора с Тенгизом расставалась, и каждый раз это было все тяжелее.

Она нюхала подушку, но его запах исчезал, пахло сыростью, пылью, известкой. Засыпала, просыпалась. Снизу поднимались гаммы и голос Мзии: "Миша! В терцию! Правая рука начинает с ноты «ми»! В дециму — правая начинает с ноты «ми», но на октаву выше! Миша!"

Разбегались гаммы, Нора засыпала, просыпалась, снова засыпала…

"Не могу разлюбить, надо его похоронить! Только придумать как. Чтобы не от длинной болезни, а сразу! Пусть утонет в море или в горах разобьется… А лучше пусть погибнет в автомобильной катастрофе. Нет, мы вместе погибаем в автомобильной катастрофе. Два закрытых гроба рядом. Приезжает его жена из Тбилиси, в черном… рыдает моя мама. Приходит Витя с безумной Варварой. И Варвара тоже плачет!" — и тут она улыбалась, потому что свекровь ее на дух не переносила и, наверное, на похороны Норины пошла бы как на праздник… Бедные, бедные… Оба сумасшедшие… Нет, все глупость ужасная.

В полусне Нора то получала телеграмму о смерти Тенгиза, то рвала его паспорт, то несла на помойку его куртку, запихивала ее в мусорный бак — освобождалась от него. На второй неделе она стала придумывать себе новую жизнь. Уйти из театра — это раз. И что-то совершенно новое придумать — даже не рисова-

ГЛАВА 5 — **Новый проект**

ние преподавать в кружке пионеров, куда давно звали, а совсем другое. Получить новое образование. Химиком стать или биологом. Или классной портнихой... Нет, с бабьем работать не хотелось. Словом, пока что правильного дела для себя она не находила. Но одна занятная мысль вдруг запала в голову, и она начала к ней потихоньку привыкать, очень осторожно... И это уж будет точно для себя... Прежде такое ей в голову не приходило...

Еще через три дня Нора сползла с совершенно опустевшей кровати и пошла прощаться. Мзия поцеловала ее, просила приходить, не забывать. Тетка была потрясающая — ни одним словом о Тенгизе не обмолвилась! Нора оценила.

Из замкнутого двора вышла через Знаменку к Арбатской площади. Все рядом. Шла Нора медленно, потому что — оказалось — сил совсем нет. Мелкий дождь висел в воздухе. Миновала Арбатскую площадь, подошла к дому. У подъезда встретила соседку Ольгу Петракову с коляской. Помогла втащить ее в лифт. Соседка была немолодая, за сорок, у нее была довольно большая девочка, лет пятнадцати, и вот еще образовался новый ребенок.

— Чего так смотришь? Это внучка моя. Наташка наша родила. Ты что, не знала, что ли? Весь дом знает!

Понятно, блядовитая школьница принесла в подоле. В девятом, что ли, классе. Интересно. И я в девятом классе... супермена нашла... Никиту Трегубского. Потому что я была смелая и бесстыжая. И гордая. Но рожать? В то время скорее аборт бы сделала!

Нора заглянула в коляску — один нос торчал из розовой шапки.

— Хорошенькая! — одобрила Нора приплод. Подтолкнула внутрь лифта коляску. — Поезжай, я пешком.

— Да чего хорошенького? Вылитый отец! Смотри, носешник какой! Армянский! — и, задержав рукой съезжавшиеся двери, закончила: — Там вся семья просто на пупе вертится, что значит — армяне!

Нора поднималась на четвертый этаж и, когда подошла к своей двери, уже твердо знала, что теперь устроит себе такую интересную жизнь, какой прежде не было.

Дверь в квартиру была заперта на оба замка — значит, приезжала мама. Сама Нора обычно запирала только на нижний. Мама с мужем Андреем Ивановичем в Москве появлялись редко. В кухне на столе лежала записка: "Нора, тебе звонила Анастасия Ильинична, Перчихина и Чипа. Позвони. Мы будем в пятницу вечером, останемся на субботу. Целую. Мама".

Непонятно было только, какая это пятница — прошлая или позапрошлая. И дни недели, и числа совершенно выпали из головы.

Не заходя в свою комнату, полезла в ванну. Долго отмокала. Даже задремала. Тенгиз все пытался прорваться к ней в полусон, напомнить о себе, Нора его гнала прочь. Тогда он подослал Антона Павловича с его сепиевыми сестрами, и это было его ошибкой, потому что три сестры, унылые и несчастные, выталкивали ее в жесткую жизнь без сантиментов, с задачами и решениями... И она заторопилась, поднялась из остывающей воды, включила очень горячий душ.

"У меня новый проект", — сказала она себе, выпрыгнула из ванной, растерлась махровым халатом, потому что чистое полотенце забыла взять, и почувствовала сильный голод.

"Сегодня никак не может быть пятница, скорее, среда. Сейчас сбегаю в «Кишку», — так называли продовольственный магазин с длинным торговым залом, у Ни-

ГЛАВА 5

Новый проект

китских ворот, — куплю еды и позвоню Вите. Верный, верный Витася! Шуточный муж, с которым ни дня вместе не прожили. Да и невозможно. Гений, аутист, сумасшедший. Поженились сразу после школы… И никакой любви — один расчет. Вернее, глупая месть. Что кому хотела доказать? Никите Трегубскому… Встретила его лет через пять в кафе «Синяя птица», он подошел, шевеля плечами, спортивной походкой, как будто вчера расстались, как ни в чем не бывало… Боже, какой идиот! Манекен пластмассовый! Во что влюбилась, идиотка? И что с этим поделать? Тенгиз, тоже суперменская порода! Хотя и другого рода… Гормоны чертовы! Новый проект! Новый проект! Витя, Витася!"

Позвонила. Подошла Варвара Васильевна, сразу трубку передала сыну. Разговаривать не стала. Свекровь Нору ненавидела, сильно и глупо. Они все-таки оба здорово не в порядке — и мать, и сын. В разном жанре.

— Придешь, Витася? Вечером?

— Приду…

"Может, я плохо придумала? Но ведь вышла я за него зачем-то замуж? Попробую. Нет, все правильно. Вдруг гения рожу?.. И тогда эта детская глупость будет оправдана…"

К вечеру дождь усилился. Нора надела куртку с капюшоном и побежала в "Кишку" покупать сосиски… Мужа кормить.

Прошел год с тех пор, как Тенгиз уехал, даже больше. Нора поменяла в жизни все, дотла. Хотела, чтобы не осталось следов от прошлого, чтоб никогда больше не случалось таких пожаров, потопов, землетрясений, потому что надо жить, надо выжить, а Тенгиз уезжает всегда, уезжает навсегда… со своей небритой щекой, с рукой скульптурной, как у Давида Микеланджело, с неправильным прикусом, запахом деревенского табака, с узкими бедрами и тощими, как у собаки, ногами, и никогда, никогда больше не удастся сыграть этот великий, убийственный спектакль...

Переписка между ними не была принята. Редкие телефонные звонки в одну сторону — от Тенгиза к Норе. То ли он оберегал от нее свою тбилисскую жизнь, то ли все их долголетние отношения были взяты в скобки как нечто особо ценное и не смешивающееся с потоком неизвестной для Норы Тенгизовой жизни, где были и женщины, и родственные отношения с каким-то крупным криминальным человеком, который иногда вытаскивал его из неприятностей... Единственное письмо, которое Нора получила от Тенгиза, пришло через полгода после его отъезда, после его месячного пребывания в Польше, в лаборатории Ежи Гротовского. Письмо было коряво написано на оберточной как будто бумаге, коричневатой, с виду старой. Он сообщал ей, что поменял веру, все прежнее разбито, а обломки оказались лучше целого... "Надо поговорить" — было нацарапано внизу. Но разговор этот состоялся только через два года.

Юрик уже ходил, покачиваясь и падая на попку.

ГЛАВА 6
Одноклассники
(1955–1963)

Вите Чеботарева должны были бить. Просто обязаны были бить. Но ему повезло, и били другого, Гришу Либера. И не сильно, а так, слегка, скорее чтобы показать свое отвращение к еврею-вундеркинду. Оба они были вундеркинды, но Гриша — еврейским детенышем-недоростком, розовым и толстеньким, а Витя был ростом хорош, силен и обезоруживал полнейшим непониманием предъявляемого ему общественного недовольства. Витина верхняя губа была слегка приподнята скученными зубами, и это придавало ему добродушное выражение. Он был в некоторой степени аутист, "странненький", как оценивала его родная мать, Варвара Васильевна. Она, женщина деревенская, простая и умная, возвысившаяся из домработниц до секретаря ЖЭКа, даже водила своего Витю еще до школы к знакомому по прежней, домработничьей жизни старичку-профессору, который и сказал ей, что мальчик ее вовсе не дебил, скорее даже гениальный, но с особенностями. Такие дети редко рождаются в мир и с ними надо вести себя внимательнейшим образом: при правильном отношении из таких деток вырастают великие ученые, а при неправильном они прозябают на задворках жизни... Это Варвара с восторгом приняла и своего отпрыска пальцем не трогала, берегла и ожидала от него больших успехов. Она и сама была человеком, поднявшимся очень высоко от того положения, с которого ее жизнь начиналась. Работая у хороших хозяев, смогла закончить и семилетку, и техникум по коммунальному хозяйству, и комнату получила, а потом, уже в ЖЭКе работая, доросла и до отдельной квартиры в центре, правда, в цокольном этаже, как уважительно называли почти подвальный этаж вросшего в землю дома в близком соседстве от последней квартиры Гоголя. Вот такая карьера была у Варвары Васильевны — это как из водопроводчиков в академики шагнуть. Так что на сына своего, рожденного от не совсем удачной любви, возлагала большие надежды. И он материнских надежд не обманул. Перетерпела Варвара Васильевна первые годы Витиного обучения, когда учительница жаловалась на его невнимательность, рассеянность и неспособность влиться в детский коллектив, но в пятом классе, когда вместо простой арифметики появились алгебра и геометрия, Витя расцвел. Учитель математики сразу выделил его из всех других школьников, стал посылать на школьные олимпиады, тут и началась первая Витина слава.

Старичок-профессор оказался прав! Невнимателен Витя был к тому, что ему неинтересно, а в том, что касалось всяческого умственного соображения, он оказался быстр, остер и жаден до всякого знания. При необыкновенной памяти и врожденной логике мышления в эмоциональном отношении он был туповат, а чувство юмора отсутствовало даже в зачатке. Какое такое короткое замыкание произошло в его голове — неизвестно, но в результате этого замыкания он пребывал счастливейшим образом в отвлеченных полях математики, а любой литературный текст, начиная от сказки про Красную Шапочку и кончая "Королем Лиром", прочитанным в отрочестве, вызывал у него глубокое недоумение отсутствием логики, натяжками и нарушением причинно-следственных связей в поведении и героев, и авторов.

Одноклассники с их футболом и морским боем его всегда мало интересовали, один только Гриша Либер был ему собеседником. Они составляли забавную парочку — маленький Гриша, который ростом одноклассников не догонял, а весом превосходил, катался около долговязого тощего Вити как шарик и что-то ему постоянно доказывал. Витя же молча выслушивал, кивал, почесывал выпуклый лоб. От Гриши Витя узнавал много интересного, потому что Гришин отец был физик, многое с сынишкой обсуждал, а Гриша был по характеру общителен и даже болтлив, так что парочку они составляли смешную — говорливый шарик и молчаливая жердь. Когда одноклассники добрались до "Дон Кихота", то Гришу стали звать "Санчо Пансой". И точно, конфигурация была та самая. Благодаря Грише Витя даже познакомится в конце концов со своими одноклассниками, которые его настолько не занимали, что он даже не всех знал по имени.

В пятом классе слили мужские и женские школы, но Витя и этого будоражащего кровь события почти не заметил. Но и на него девочки внимания не обращали. Единственной, с кем он изредка разговаривал, была Нора, их общение целиком лежало на совести преподавательницы литературы и классной руководительницы Веры Алексеевны, которая назначила Нору, любительницу чтения с врождённой грамотностью, подтягивать Витю по своему предмету. В процессе этих занятий они не подружились, но по крайней мере познакомились. Так, до девятого класса, Нора его и подтягивала.

Он вызывал Норин интерес критическим прочтением любого предлагаемого произведения и безошибочной точностью, с которой он указывал то на несостоятельность отдельно взятой метафоры, то на принципиальную нелогичность и нестрогость гуманитарных наук в целом. По русскому и литературе выше троек он не поднимался, но многолетнему победителю всех школьных олимпиад по математике многое прощалось.

В классе Витю не любили, девочки считали его "воображалой", но никаким воображалой он не был — воображение его было специфическим и к этому времени только пробуждалось, да и то в такой области, где девочки отсутствовали, и даже духа их там не витало.

В седьмом классе прошла эпидемия, вроде ветрянки, — все повлюблялись. Девочки ссорились и плакали, мальчики дрались больше обыкновенного, — легкий электрический заряд висел в воздухе. Витя вообще никогда не дрался. Да Витю девочки и не занимали.

Облако напряжения сгущалось около Нины Князевой, начинающей красавицы, и Маши Нерсесян, которая достигла раннего восточного расцвета в четырнадцать лет. Было еще несколько хорошеньких девочек, вызывающих мужской интерес, но не столь острый. Нора к ним не относилась. Но и у нее появился поклонник — милый и смешной Гриша. Нора Гришу полностью игнорировала. Проявлявшая с детства самостоятельность и независимость, на этот раз она пошла по общему пути...

Никита Трегубский отвечал всем девичьим представлениям о мужском совершенстве: хорошо двигался, хорошо улыбался, был ласков и нагл. У него конкурентов почти не было — остальные мальчики еще не набрали достаточной для успеха мужественности.

ГЛАВА 6 — Одноклассники

У половины девочек класса при виде Никиты включалась программа продолжения рода — не избежала этой напасти и Нора. Влюбилась она в Никиту без памяти еще в шестом классе, а в восьмом бесстрашно и бесстыдно вовлекла его в самую настоящую любовную связь. Нора не подозревала, какой дивный мир открывается между простынями, и она счастливо отдавалась этому открытию в течение нескольких месяцев при каждом удобном случае. Позднее Никита, к молчаливому смятению Амалии Александровны, оставался у Норы ночевать.

Тайну эту хранили юные любовники целый год. В начале девятого класса по школе пошел шепоток, сплетни... Скорее всего, Никита похвастал своей победой перед мальчишками, в конце концов, дошло до учительской. Классная руководительница Вера Алексеевна взялась педагогично поговорить с Норой с благим намерением замять назревающий скандал. Почесывая на нервной почве голову, глубоко взволнованная Вера Алексеевна начала эту щекотливую беседу с краткого введения о нравственных устоях... Нора не дала договорить. Она очень холодно сообщила, что не собирается обсуждать здесь свою личную жизнь, что ее отношения с мужчинами — так и сказала, "с мужчинами"! — (тут Вера Алексеевна зачесалась с удвоенной энергией) никого не касаются, кроме нее самой и второго человека, о котором она не собирается здесь распространяться. Словом — не ваше дело!

Вера Алексеевна оскорбилась. Вера Алексеевна пошла на скандал. Парторг школы Элеонора Азизовна предложила провести внеочередной педсовет, посвященный исключительно преступлению несовершеннолетних девятиклассников. Пригласили родителей преступников. Ромео повел себя слабовато, публично покаялся в любовной связи и выдвинул довольно убедительную версию, что он был не инициатором, а скорее жертвой. Багровый папаша "жертвы", хоккейный тренер размером с трехстворчатый шкаф, произнес обличительную речь в адрес Амалии Александровны. Он оказался достаточно хорошо информирован о семейной жизни матери малолетней преступницы — а в то время Амалия Александровна еще не была замужем за Андреем Ивановичем, то есть состояла в связи с женатым мужчиной, о чем и поведал Трегубский сладострастно замершему учительскому собранию. Нора взглянула на мать, сидевшую в углу классной комнаты с убитым видом, и на нее напала вдруг такая ярость, какой она никогда в жизни больше не испытывала. Как посмел этот старый кабан обидеть ее мать! Мир показался ей огненно-красным — и ее прорвало. Она потом так и не смогла вспомнить, что она такое выдала старшему Трегубскому, а заодно и всему педсовету, но слов этих в словаре Ожегова не было. Взяв мать за руку, вышла вон, хлопнув дверью. Исключение последовало немедленно, даже без обсуждения.

На следующий день Нора, с красными от полопавшихся сосудов глазами, собранная, как парашютист перед прыжком, пошла в школу и забрала документы, а потом три дня рыдала без перерыва. Амалия Александровна пыталась ее утешить, но Нора отвергала всякое участие матери в свалившейся на нее неприятности. Бедная Амалия была не менее дочери травмирована экзекуцией. Нора была оскорблена больше за мать, чем за себя, с новой силой раздражалась на Андрея Ивановича, поставившего свою возлюбленную в столь двусмысленное положение, яростно ненавидела Никиту и одновременно очень хотела, чтобы он немедленно, сию минуту занялся бы с ней преступными упражнениями, замечательно снимающими всякие казенные неприятности.

С этим событием был связан важный жизненный опыт: во-первых, она решила, что никогда в жизни не заведет роман с женатым человеком, как это произошло с ее матерью, и, во-вторых, она поняла, что любовь делает человека беззащитным и уязвимым, что секс следует отделить от человеческих отношений из личной безопасности. И третье, что она сказала сама себе: не хочу, чтобы меня жалели. И сама себя не буду жалеть.

В день, когда вывесили на доске приказов сообщение об отчислении Норы, а слухи о скандальном педсовете поползли среди старшеклассников, перед входом в школу произошла драка не драка, а, скажем, стычка. Гриша Либер остановил Трегубского, который, как часто с ним бывало, опаздывал, и произнес торжественно: ты подонок, Трегубский!

Гриша запланировал благородную пощечину, размахнулся, но театральный жест не удался — Никита опередил его и врезал кулаком по мягкому Гришиному личику. Никакой дуэли не получилось. Гриша рухнул наземь, ударившись дополнительно о железную ручку двери, а Никита проскочил в распахнутую дверь и помчался на третий этаж. Он жил рядом со школой и, единственный из всех, прибегал в школу без пальто в любую погоду... Школьная медсестра отвезла окровавленного Гришу в ближайший травмпункт. Грише наложили шов на скулу. Происшествие он объяснил тем, что споткнулся и разбил скулу о дверь... Этот шрам в виде легкой галочки, воспоминание о его первой и тайной влюбленности в Нору, он сохранил на всю жизнь.

О том, что Нору исключили, Витя узнал спустя неделю, от нее самой. Пришел к ней и сел, ничего не говоря и ни о чем не спрашивая. Вытащил тетрадку по литературе. Проходили Гончарова.

— Вот, Обломов, — сказал он.

— Да ты что, хочешь, чтобы я с тобой занималась? Меня же из школы выгнали!

Он как-то ухитрился не заметить такого шумного и широко обсуждаемого в мужской, как, впрочем, и в женской, уборной события. Тут Нора засмеялась. Рассказала ему о своей истории с Трегубским. Витя посидел минут пятнадцать, про Обломова и "обломовщину" им обоим говорить не хотелось, а больше было не о чем. Он выпил чаю с пятью ложками сахару, съел всю предложенную ему еду, опустошив полностью холодильник, и пошел к двери. Вдогонку Нора, повеселевшая от этого неожиданного визита, пригласила его заходить, если понадобится написать сочинение. Приход его был тем более приятен, что ни одна из Нориных одноклассниц у нее не появилась. Впрочем, она ни с кем из класса и не дружила. Была только одна Чипа — Марина Чипковская, с которой она подружилась не в школе, а в художественной студии, куда ходила в тот год.

Витя приходил к Норе регулярно, но не очень часто. Появлялся на пороге, и Нора не могла взять в толк, почему он к ней таскается — не за чашкой же чая! Но он и сам бы не смог объяснить, зачем ходит. Скорее, была какая-то инерция встреч, почти условный рефлекс: литература, Нора, сочинение... Так проходил он к Норе до окончания года, а летом встречи их прекратились, что было вполне естественно — занятий в школе уже не было.

Летом Нора легко сдала экзамены в театрально-художественное училище и с нового учебного года ездила каждый день на троллейбусе "Б" на Сретенку, и все ей было интересно — от троллейбусного маршрута до предметов, которые там преподавали. Главное же ее приобретение — учитель, мастер, Анастасия Ильинична Пустынцева, Туся, настоящий театральный художник, преподавательница и воплощенный, по Нориному представлению, идеал современной женщины. Учиться на театрального художника было интересно, и Нора радовалась, что ее выгнали из школы, иначе пришлось бы тосковать на предпоследней парте еще два года.

Единственное, что омрачало ее жизнь, — собственная внешность, которая никогда ее не удовлетворяла, но в тот год особенно. Но театр давал новый подход к жизни! Нора начала эксперименты по поиску нового образа — стала сильно краситься, постриглась почти наголо, похудела — ненароком, но ей это понравилось. Все-таки пухлые щечки напоминали о розовом пупсе, а провалы под скулами — стильно, остро. Свою худобу она стала беречь. Наложила запрет на сладости — который, кстати, сохранила на всю жизнь — сказавши себе однажды "я этого не люблю". И как будто действительно разлюбила. Начала курить — сильно, много, совершенно без всякого удовольствия. Амалия чуть не плакала, выбрасывая окурки из пепельницы: "Нора, лучше бы ты пила, чем курила. Мало сказать вредно, но пахнет так противно! Чехов говорил, что поцеловать курящую женщину все равно что облизать пепельницу". Нора отмахивалась, смеялась:

— Мамочка! Мне с Чеховым все равно не придется целоваться...

Вообще целоваться очень хотелось, очень нужна была какая-нибудь маленькая любовная победа, а еще лучше — несколько. Она холодно осмотрела горизонт и обнаружила, что парней вокруг много, но самый привлекательный парень с третьего курса, с оформительского, Жора Бегинский, хотя внешне на Никиту Трегубского похож не был, слегка напоминал его повадками. Нет, нет! Этого не нужно! Влюбляться она больше не собиралась. Никогда. Особенно в суперменов. Объектов среднего качества или вообще без качества среди будущих машинистов сцены, осветителей и звукооператоров было хоть отбавляй. Довольно скоро Нора добилась первых мелких побед. Стоили они недорого, это она прекрасно понимала, но в этот период жизни ее интересовала только техническая сторона любви, и она упражнялась в этом новом искусстве при любом удобном случае, с каждым более или менее подходящим партнером. С каждой победой ее женское самоуважение поднималось.

Витя оказался в этом ряду невольной добычей, и добычей благодарной. Попал Норе под руку где-то в районе сочинения о "Тихом Доне". Для него оказалось полной неожиданностью, что на свете есть удовольствия, не имеющие отношения к математическому анализу... И он готов был ради этих новых радостей потерять часть бесценного математического времени, несмотря на то, что шел десятый класс, и ему предстояло поступление на мехмат — высокая планка даже для него, победителя всех математических олимпиад. Они стали встречаться — в прежнем режиме, но резко поменяв содержание.

В Вите не было и тени игры — честность, серьезность и добросовестность присутствовали во всем, за что он брался. Вопрос о том, хороша она или нет, Нору совершенно переставал волновать в его присутствии: он просто не замечал всех тех экспериментов, которые она над собой проделывала в поисках красоты, стиля и успеха. Заметил только, что она постриглась не по-женски...

ГЛАВА 6 — Одноклассники

Присутствие в Нориной жизни устойчивого Вити — Витаси, как она его называла, — каким-то образом освободило ее от беспокойства по поводу внешности. Даже вопрос — нравится она мужчинам или не нравится — был снят с повестки дня. Оба они были по горло заняты учебой, встречались у Норы, когда возникали просветы в набитой занятиями жизни, все было легко и хорошо получалось. Разговаривать было не о чем, но не для разговоров, в конце концов, они встречались!

Ближе к концу учебного года Норе пришло в голову, как забавно было бы после скандального изгнания из школы заявиться на выпускной вечер в белом платье с фатой в качестве Витиной невесты. Очень, очень забавно! Пусть проглотят эти старые кошелки, пусть Никиту перекосит, а я посмотрю! И она предложила Вите пожениться — для смеха. Идея эта не показалась ему особенно забавной, но его жизненных планов женитьба не нарушала. К тому же свои представления об общечеловеческой жизни он строил в основном исходя из маминых бормотаний, и именно благодаря ей у него сложилось представление, что сексуальные отношения вне брака почти преступны и уж во всяком случае неправильны!

...Они пошли в ЗАГС, никому об этом не сообщив, и подали заявление.

Заявление у них приняли, хотя с заминкой. Нора, склонив голову и соединив на животе руки калачиком, шепнула чиновнице, что у нее есть основания поторопиться. Та смекнула — не первый случай в практике. Тетка попалась сердобольная и понимающая, объяснила процедуру. Вскоре все бюрократические препятствия, связанные с недостаточным возрастом новобрачных, Нориными усилиями решились — благодаря деятельной помощи одного старшекурсника из художественного училища, промышлявшего изготовлением поддельных справок, пропусков, проездных билетов и прочих несложных документов, — и в самом начале июня их свежие паспорта украсила нужная печать.

Позднее Нора отменила белое платье, сообразив, что на выпуску вечере будет много невестообразных девушек в белых нарядах, и соорудила вместо этого нечто театрально-экстравагантное.

Явилась Нора в школу на выпускной вечер с Витей под руку и с порога объявила всему школьному обществу, что они поженились. Одета она была черт-те как, то есть в высшей степени неприлично, и выглядела среди девушек в светлых, почти свадебных платьях как ворона на снегу: в черных потертых шортах и в черной совершенно прозрачной блузке, поверх которой напялила белый атласный корсет на китовом усе, позаимствованный в костюмерной театра Станиславского. Задуманный эффект удался — учителя, живо помнившие о скандале двухлетней давности, встрепенулись — может, выгнать? Или пусть попляшет на празднике, которого сама себя лишила? Репутация Норы как распутницы и хулиганки была подтверждена.

Сильнейшее впечатление этот театральный номер — с женитьбой и появлением Норы на выпускном вечере — произвел на Гришу. Он и не подозревал, что тихий Витя так преуспел в любовном промысле... Гришина школьная любовь к Норе давно прошла, остался только шрам на скуле: куда более глубокое впечатление произвело на него то, как это Витя удержал в тайне от него, своего единственного друга, отношения с Норой? Не говоря уж о женитьбе...

Витя, которого преподаватели рассматривали как очередную жертву Норы, не заметил Нориного экстравагантного наряда. Он ждал одного — поскорее бы закончилась официальная церемония, и тогда они с Норой пойдут к ней домой, закроют дверь и займутся тем увлекательным делом, которое порой казалось ему даже более интересным, чем решение математических задач. В сторону Никиты Трегубского Нора и не посмотрела. А тот подойти не решился, только хлопал своими бараньими глазами в крутых ресницах. Ради него она и придумала весь аттракцион с замужеством. К сожалению, никакого удовольствия Нора не получила.

Оба они быстро забыли об этом разовом выступлении, родители молодоженов только года через два узнали о странном браке, который фиктивным назвать было нельзя, но и нормальным — тоже. Варвара Васильевна была вне себя от этой выходки и долго пребывала в недоумении, а потом оно прошло, сменившись живой ненавистью к невестке, которую она в глаза не видела. Когда они познакомились при случайных обстоятельствах, Нора ей сильно не понравилась и, как казалось, навеки. Амалия же, узнав о тайном браке дочери, только руками развела: "Ну, Нора! Твои фокусы не разгадаешь!"

Витя Норе изредка звонил, они виделись, но она забывала о нем от встречи до встречи. Пару раз она предъявила кому-то из подружек свой паспорт с казенным штампом, скорее для смеху, но сам статус замужней женщины освобождал от девичьего беспокойства, которым все вокруг страдали.

На третьем году брака у Норы завелся лихорадочный роман, который продлился две недели. Это был первый роман не с мальчишкой-ровесником, а со взрослым человеком, режиссером, забежавшим в мастерскую к Тусе поздравить ее с минувшим днем рождения. В первый вечер режиссер слегка отбивался, Нора же просто колесом ходила вокруг него, и он, привычливый к женским домогательствам, лениво согласился. Его всегда тянуло к телесным женщинам с большими грудями, волосами, ногами, а девчонки на тонких ножках, с прозрачными ушками на почти голой голове и жадными ртами его пугали. Их стало в последнее время много в актерской среде, и до сих пор ему удавалось обороняться. Но в этот вечер он устал, потерял бдительность, выпил, размяк от разговоров и сдался без боя. Никакой московский роман не входил в его планы, но девчонка его не выпустила из рук, и две недели они все не могли расстаться, разлепиться. А потом он уехал, унося возросшее к себе уважение и благодарность к Норе, своей яростной любовью разбудившей в нем сокрытые и предназначенные, конечно, для чего-то иного силы.

Нора осталась в опустошенной Москве, пытаясь заштопать дыру, которая была больше ее самой. Оказалось, что случай с Никитой Трегубским, из которого она извлекла вроде бы прекрасный урок, ничему не научил: влюбилась. Но теперь она уже знала, что клин вышибается клином. Она мобилизовала своих поклонников, кувыркалась с ними в разных позициях и обстоятельствах, но чертов этот Тенгиз все не развеивался. Тогда она еще надеялась, что это обойдется. Ни он, ни она не могли тогда предположить, что эта история пожизненная.

С Витасей Нора в тот год почти и не виделась. Случайно, возле метро, встретились, и на время оживились их отношения. В это время как раз Андрей Иванович дозрел до развода, Амалия ушла из своего конструкторского бюро, где чуть ли не двадцать лет проработала чертежницей, и они уехали жить в деревню, в Приокско-Террасный заповедник. Поначалу еще приезжали в Москву, а потом перестроили дом, со всеми почти удобствами, завели животных и стали приезжать все реже и реже.

Витася опять стал захаживать, иногда ночевал. Варвара Васильевна укреплялась в своей ненависти к невестке-невидимке, но та об этом и не догадывалась. И это тоже было обидно свекрови — что за отношения такие? Она уже была не прочь и высказать ей все, что она думает, и всласть поругаться, но случая не выпадало. Долго, очень долго не выпадало этого случая. Да, откровенно говоря, так во всю жизнь и не подарила Нора свекрови возможности объясниться...

ГЛАВА 7
Из сундучка.
Дневник Якова Осецкого
(1911)

1 ЯНВАРЯ

Сегодня утром проснулся довольно рано, припомнилась вдруг с необыкновенной ясностью картинка из далекого детства. Тринадцать лет назад. Мне еще нет семи. Мама со мной учится. Ежедневно пишу две странички чистописания. Сижу я в столовой нашего крошечного домика в Ртищеве ("собственный дом"), вечер уже. Переписал целый рассказ, а еще остается две странички свободные. Пишу на них: Яков Осецкий, 1 января 1898 года. Мама говорит — до 1 января еще два часа осталось, теперь еще декабрь. Отвечаю: "Ну, все равно я ведь спать уже иду".

А утром пришла прислуга, какой-то незнакомый мужик, поздравляли с Новым годом и обсыпали рожью, ячменем. Газета "Жизнь и Искусство" получилась очень большая, с картинками. Потом приехал Генрих, мой старший брат, какое счастье! Как же я его тогда любил! Впрочем, он и сейчас самый интересный и образованный в нашей семье. Мать его умерла в родах, его приняла тетка, у которой тогда был грудной ребенок, и выкормила его. Так он и остался в той семье. А когда отец женился второй раз, на маме, мои родители хотели его забрать, но тетка не отдала. Как же я по нему тосковал, когда был маленький. Но я и сейчас скучаю, когда долго его не вижу. Полтора года уже, как он уехал в Германию, учится в Геттингенском университете. Там богатая семья, а у отца нет возможности послать меня в Германию. Но я уверен, что со временем я сам заработаю себе на учебу и поеду в Германию, как Генрих. В Геттинген или в Марбург.

Как здорово, что есть старший брат, хотя я так редко его вижу… Младшие — совсем другое дело. Малыши все чудесные, но Иву я сейчас больше всех люблю и чувствую. И я для нее тоже больше всех значу. Это на всю жизнь. Она уже не ребенок, барышня, настоящая женская грудь выросла, и она стала стесняться. Прелестное существо. Мне так странно думать, что какой-то мужчина будет ее любить и вся эта плотская история с ней произойдет, и дети. Отчего-то неприятно мне про это думать. Мне через три недели исполнится двадцать лет, а я все не могу про себя решить — взрослый я или еще подросток. Думается мне, что когда я серьезно занимаюсь музыкой, или математикой, или читаю книги хорошего сильного содержания, я совершенно взрослый, но стоит мне оказаться с моими младшими, как я опускаюсь в возрасте лет на пять-семь. Как вчера веселились, играли, и я как сумасшедший с ними скакал, пока Раечка не упала и нос не расквасила… Неужели и у меня будут дети, много детей. Но ведь сначала жена — смутно вижу ее. Мне кажется, что я узна́ю ее. Но вряд ли это случится скоро.

10 ЯНВАРЯ

Юра вчера сказал, что в Киев приезжает Рахманинов. Два концерта! 21 и 27 января! Теперь у меня самое главное дело — достать билет. Продажа еще не началась, я сегодня же побегу к Радецкому, попрошу его обратиться к его тетушке, которая в Киевском Музыкальном обществе секретарь много лет, чтобы добыла для меня билет — могу на колени встать, только не знаю, перед Радецким или перед его тетушкой!

22 ЯНВАРЯ

Вчера писать не имел сил. Да и сегодня — не имею. Но все кажется, если не запишу все, от первой до последней минуты со мной произошедшее, оно исчезнет. Такой бури я в жизни еще не переживал, и главное — как будто произошло начало жизни только вчера, а до того всё были упражнения, этюды какие-то. Гаммы, гаммы!

Сначала — Рахманинов. В первом отделении он дирижировал симфоническим оркестром. Вторая симфония. Я прежде не слушал. Гений нового времени. Но надо много слушать, много для меня нового. Он был не во фраке, как полагается, а в длиннополом сюртуке. Коротко стрижен, и внешность — как будто он авиатор или ученый-химик. Не артист. И внешность его такая мощная, что с первой минуты уже понятно, какой это колосс, гигант! И все первое отделение я просто не знал, где я нахожусь — на небесах? Только не на земле. Но место это не божественное пространство, а человеческое, только очень высокочеловеческое. В нем и мелодическое начало очень сильное. Какое-то совсем иное направление, чем у Скрябина, и оно больше соответствует моей натуре. Даже было такое чувство, что внутри моего тела органы — сердце, легкие, печень — по отдельности радуются этим звукам. Билет, между прочим, у меня в партере, не за тридцать копеек. Отец подарил мне десять рублей ко дню рождения. Наверное, Ива ему сказала, что я мечтаю на этот концерт попасть. Да мне бы хоть на галерку, хоть на лестнице постоять. Но я — в партере. Это имело важное последствие. После первого отделения зал аплодировал стоя десять минут. Такого успеха я никогда не видел. Вышел в фойе, публика наэлектризована, отовсюду слышны восторженные слова. Просто гудят все! И тут я вижу: стоит возле колонны девушка худенькая, бледная, шея тонкая из большого белого воротника как белый стебель вырастает. Я вижу ее чуть сбоку и сразу же узнаю́. Она! Та самая! Синий галстучек из-под белого воротника. Да я лица почти и не вижу — кидаюсь к ней: "Какое счастье! Я знал, что я вас встречу непременно! И на таком концерте, на таком концерте!" Она смотрит на меня спокойно и с удивлением: "Извините, это какая-то ошибка! Мы с вами не знакомы". — "Конечно, конечно, не знакомы! Но я видел вас на представлении «Хованщины». Вы были с двумя студентами! Очень противными!" — это у меня вырвалось, я тут же ужаснулся сам, как это выскочило с языка. А она посмотрела на меня с величайшим удивлением, а потом засмеялась таким чудным девчачьим смехом, как Ивочка смеется.

— Чем же вам не понравились молодые люди? Один из них мой брат, второй — его хороший друг! Вы удивительно неудачно решили начать знакомство!

И она, все еще улыбаясь, сделала движение в сторону, и я понял, что она не одна, а с ней крупного телосложения дама, весьма немолодая, в мудреной сеточке на сивых волосах, по виду классная дама.

Я ужасно испугался, что сейчас все рухнет, она уйдет и больше я уже никогда ее не встречу, и я вцепился в рукав ее платья совершенно как безумный и задержал ее. Она нисколько не испугалась, отвела мою руку и сказала, что ей надо подниматься на верхний ярус и она желает мне получить еще большее удовольствие от второго отделения.

Все, все — теперь она уйдет навсегда и все, все! Умоляю вас, умоляю, не поднимайтесь на галерку, мне мой отец подарил сегодня билет в партер, день рождения, понимаете ли… Прошу вас, поменяемтесь местами, это пятый ряд, середина, одиннадцатое место.

Она посмотрела на меня с большим сочувствием, закивала головой: прошу вас, не волнуйтесь так, я с удовольствием перейду на ваше место, тем более, что с моего не только ничего не видно, но и слышно плохо. Весьма благодарна за любезность.

Она помахала своей спутнице и сказала по-французски: "Мадам Леру, я встретила знакомого, который предложил поменяться со мной билетами, у него партер!"

Девушка держала билет неуверенно, как будто предлагая его француженке, но та оживилась, отвела ее руку, подняла брови и сказала даже с юмором что-то вроде — идите, идите, Мари… и посмотрите, нет ли у вас еще одного знакомого в партере?

И мы обменялись с ней билетами, я проводил ее на свое место, усадил, и она мне кивнула благодарственно, но свободно. Она, вероятно, девушка исключительно хорошего воспитания — такая простота общения бывает только у хорошо воспитанных людей.

Я взобрался на галерку, когда Рахманинов уже садился за рояль. Он взял первый аккорд — и я просто пропал, пропал. Сейчас прошло почти двое суток, и я уже достал партитуру через Филимонова, кларнетиста, посмотрел, и еще буду долго изучать, но все же осталось ощущение, что первая часть недосягаемая. Это начало разговора в верхнем и среднем регистре, и низкие звуки фа контр-октавы, самое начало, и мощная тема, и вступление струнных и кларнетов… Концерт был огромным по содержанию, в нем нет ни одного пустого поворота, ничего декоративного, одна суть! Кончилось второе отделение, просто буря поднялась! Публика была в каком-то восторженно-нервном состоянии, а Рахманинов был так спокоен и невозмутим, гигант, гигант! Хлопали мерно, отбивая ритм, и вроссыпь, и снова в ритм!

О Господи! Я забыл, полностью забыл о чудной барышне. Когда слушатели устали от оваций и уже расходились, я вспомнил про девушку и понял, что я ее потерял, она уже ушла и никогда уже не найдется. Я буквально скатился с лестницы, и действительно, народ уже расходился, я кинулся в гардероб за своим пальто, и хотя магия музыки меня еще не оставила и я еще был счастлив, но уже был и несчастлив, потому что понимал, что я потерял то, что теперь уже никогда не отыщу. Я схватил свое пальто и, на ходу натягивая, бросился к выходу, чтобы — если повезет — нагнать ее на лестнице или возле трамвайной остановки… И я зацепил полой пальто за какую-то даму, которая сидела на бархатной банкетке и надевала ботики. Я извинился — это была она! У нее было измученное музыкой и очень светлое лицо. Она, конечно, про меня забыла, даже не сразу узнала.

Я проводил ее домой — она живет на Мариинско-Благовещенской улице, в пяти минутах ходьбы от нашего дома. Ее зовут Мария. Мария. Мария.

ГЛАВА 8
Сад величин
(1958–1974)

Еще в восьмом классе Гриша Либер и Витя Чеботарев отправились на мехмат, записались в кружок. Там два десятка мальчиков и две случайные девочки зажили совсем особенной жизнью. Но даже в этом отборном питомнике талантов Витя выделялся. В том же году он занял первое место среди московских школьников и, что особенно удивительно, победил он среди девятиклассников! Через год выиграл на первой математической олимпиаде школьников в Бухаресте, правда, получил второе место, а не первое. Это его не огорчило, а скорее удивило. К этому времени он уже привык, что среди сверстников равных ему не было. Но он не тщеславился, потому что был прирожденным ученым и лучшей награды, чем победить трудную задачу, для него не было.

В девятом классе осенью Гриша принес заболевшему ангиной Вите книжку. Это была "Теория множеств" Хаусдорфа, книжечка довоенного издания, неказистая и потрепанная, через многие руки и умы пришедшая к Вите, чтобы раз и навсегда изменить глубочайшим образом всю его жизнь.

Вечером, после ухода Гриши, выпив положенную таблетку и прополоскав горло, Витя разлегся на диване, чтобы перед сном просмотреть книжку, которую Гриша велел не мусолить и беречь. Ценная. Он открыл книгу. Ничего подобного он не видел! И сон, и ангина, и само чувство реальности покинули его. Он провалился! С каждой прочитанной страницей он ощущал себя физически изменившимся. Несколько лет он решал разрозненные хитроумные задачи и полагал, что занимается математикой, но только этой ночью он вошел в пространство настоящей математики. Это была целая планета чудесных и разнообразных множеств. Утром он посмотрел в окно и отметил, что мир ничуть не изменился, и непонятно было, как это дома стоят и не падают, когда в мире есть такое!

Витя так никогда и не прочитал известных строк Мандельштама, но переживал то самое чувство, которое смутными словами описал поэт:

И я выхожу из пространства
В запущенный сад величин,
И мнимое рву постоянство
И самосогласье причин.
И твой, бесконечность, учебник
Читаю один, без людей —
Безлиственный дикий лечебник, —
Задачник огромных корней.

Словом, он попал в тот самый сад. Ничего прекраснее нельзя было и вообразить.

К десятому классу Витя стал настоящим математиком. Его слегка расширенный в лобной части череп — как это бывает у детей, перенесших легкую гидроцефалию, — вмещал мозг, в котором двигалась, дышала, варилась и пенилась расширяющаяся вселенная, а все прочие сигналы организма — есть, пить, совершать естественные отправления — были лишь помехой постоянной работе его счастливого от напряжения мозга. Ничего, кроме математики, его не интересовало, и даже дружба с Гришей слегка увяла. Гриша как собеседник перестал его удовлетворять. Точнее, наслаждение, которое он испытывал от звуков математической музыки, настолько превосходило все прочие радости, включая и радость общения, что он с легкостью отказывался от всего "постороннего". Само физическое возмужание он воспринимал приблизительно как ангину, как нечто мешающее, и в тот период отрочества, когда подростки остро страдают от гормональных революций, Витя нашел простой способ избавляться от мешающего напряжения: посильнее нагрузить голову...

Нора, обитавшая на окраине интересующего Витю мира, как раз в это время очень своевременно поменяла статус репетитора по литературе на сексуально-дружеский и с готовностью приняла его созревшую мужественность. Она была незаконным дитятей сексуальной революции, о которой ничего еще не слышала — если не считать Марусиных смелых, но старомодных речей о полной эмансипации женщины в социалистическом мире, произнесенных шепотом из страха перед соседями...

Витя был благодарен Норе за освобождение от гнета гормонов, которое наступало сразу же после их кратких и бурных встреч. Технических встреч... Последовавший сразу после окончания школы шуточный брак ничего не поменял в их отношениях. Иногда он заходил к Норе, целенаправленно и по-дружески, иногда и Нора звонила ему: они встречались, а расходясь, не назначали следующей встречи. Когда-нибудь... Витя все силы отдавал другому роману — с математикой. Нора с превеликим удовольствием рисовала, слушала лекции по истории театра и читала книги.

ГЛАВА 8

Сад величин

Витя поступил на мехмат и в первый же год с головой ушел в теорию множеств — относительно недавно, в середине девятнадцатого века возникшую область математики, куда постоянно тянуло безумцев и самоубийц. И его засосало. Человеческие судьбы, характеры и биографии еще не стояли за названиями теорем. Только несколькими годами позже, когда начали переводить на русский язык многотомник по математике и ее истории, написанный группой математиков, укрывшихся под псевдонимом Николя Бурбаки, Витя узнал о судьбе основоположника всего направления, Георга Кантора, уроженца Петербурга, создавшего понятие актуальной бесконечности, философа, музыканта, исследователя Шекспира, заплутавшего в сложностях созданного им самим мира и умершего в нервной клинике в Галле. После него, кроме всего перечисленного, осталась "проблема Кантора", она же "континуум-гипотеза", которую, как убедились последующие поколения математиков, невозможно ни опровергнуть, ни доказать... Узнал Витя и о смерти Феликса Хаусдорфа, покончившего с собой в сорок втором году, перед отправкой в концлагерь, оставившего потомкам Хаусдорфово пространство и парадокс Хаусдорфа, а также много всего другого, касающегося не столько математики, сколько самих математиков.

Весь четвертый курс Витя писал работу по вычислимым функциям, вызвавшую восторг заведующего кафедрой, тоже весьма экзотического человека.

Университетское начальство, вынужденное считаться с выдающимися заслугами заведующего кафедрой, всемирно известного ученого, прощало его чудачества, но Вите, его ученику, ничего не прощалось. Стиль тех лет задавал партком, деканат был у него в послушании. Студентов держали в узде — обязательные комсомольские собрания, политинформации, общественные поручения. Витю время от времени наказывали за пренебрежение законами существования, однажды не допустили к экзаменам за несдачу зачета по физкультуре, другой раз едва не отчислили из университета из-за "картофельно-морковной истории".

Всех студентов каждый сентябрь отправляли "на картошку". Более приспособленные к условиям советской жизни заблаговременно добывали медицинские справки. У Варвары Васильевны, по ее положению секретаря ЖЭКа, были хорошие связи во всей округе и добыть нужную справку ей было раз плюнуть, но Витя вовремя не попросил и пришлось ему исполнять эту комсомольскую повинность.

На этот раз студенты работали с большим энтузиазмом, поскольку комсоргом курса Денниковым было обещано, что их отпустят, как только они выкопают всю картошку с колхозного поля необъятного размера. Ребята, воодушевленные таким обещанием, работали от зари до зари, собрали урожай в две недели и радовались, что выиграли для себя лично пятнадцать дней свободной жизни. Однако Денников к окончанию уборки смылся, его отозвали по комсомольским важным делам, а другой объявившийся вместо него "партайгеноссе" объявил, что теперь они будут убирать морковку. Тут же начались дожди.

Студенты взвыли и вышли на поля за морковкой. Но не все — несколько принципиальных уехали. Витя тоже уехал — не из принципа, а по болезни. Простуженный, с высоченной температурой залег в постель и предался математическим грезам. С ним случилось то, что он в более зрелые годы назвал "интуитивной визуализацией", он даже пытался описать свое переживание мира множеств, леса или кружева красивейших связей, передвигающихся в пространстве, ничего общего не имеющем с грубой реальностью, где кипел и выкипал на кухне чайник, преследуемые Варварой Васильевной неистребимые тараканы шастали по кухне, в окно его полуподвала пыхали выхлопные газы с Никитского бульвара. Описание не удалось...

Туманные виденья, непостижные уму, перемежались полузабытьем, в котором присутствовала тень Норы, предлагавшей ему какие-то изумительные предметы на большом плоском блюде из светлого металла, и предметы эти были алгоритмы, и они были живыми, слегка шевелились и взаимодействовали между собой. Витя чувствовал, что ему необходимо записать какую-то изящнейшую мысль, но чего-то не хватало, чего-то все не хватало... По длинному коридору с сияющей дырой в конце шел высокий человек и нес то самое блюдо, которое он видел в руках Норы, а на блюде лежали те самые существа, они и были теорией функций и функционального анализа. Человека звали Андрей Николаевич, и Вите необходимо было, чтобы этот Андрей Николаевич непременно его заметил, но по какому-то всем известному закону он не смел его окликнуть, а надо было ждать, чтобы тот сам его заметил. Потом была какая-то перебивка и высокий человек ушел, а блюдо с алгоритмами оказалось в руках Вити, но только все они уже были мертвые и не шевелились, и его охватил ужас...

Болел он долго, с осложнениями, а когда пришел в университет, как раз происходило собрание, на котором исключали из комсомола студентов, сбежавших "с картошки", вернее, "с морковки". Судьба их была предрешена: после исключения из комсомола неизбежно следовало отчисление из университета. Вопрос

Виктора Чеботарева обсуждался отдельно: справка о болезни у него была, но датирована была двумя днями позже, то есть задним числом.

С точки зрения логической, он был виновен и снисхождения не заслуживал, но с точки зрения гуманистической — действительно был болен; к тому же был еще аспект чисто медицинский: два предшествующих выдаче справки дня могли быть инкубационным периодом болезни, когда симптомы еще не проявились, но инфекция уже делала свое злое дело в организме.

Словом, Вите, принимая во внимание вышеизложенные обстоятельства, дали скидку в виде строгого выговора, в то время как остальные преступники были из комсомола исключены.

Пока он сидел на комсомольском собрании, он силился вспомнить, почему он вступил в комсомол. Этот факт его биографии совершенно выпал из памяти. Потом вспомнил — мать настояла. Да, Варвара Васильевна считала это необходимым. Сама была членом партии, точно знала, что есть такие вещи, где нужно быть как все и даже немножко лучше, — чтоб не нарушать законов жизни. Витя, никогда по пустякам матери не возражавший, написал заявление о приеме в комсомол в восьмом классе с той же легкостью, с которой два года спустя написал заявление в ЗАГС.

В вещах, мало его занимавших, он никакой принципиальности не выказывал. Но на этот раз он вдруг почувствовал несправедливость: их всех обманули, пообещав отпустить после того, как картошка будет выкопана. И не отпустили. Так в чем же они виноваты — что поверили? Ведь произошел обман!

— Молчи, молчи, дурак, что ты делаешь-то? — шепнул приятель, Слава Бережной. — Нам не поможешь, только себе хуже сделаешь!

Так и получилось — исключили и Витю. Он был совершенно потрясен произошедшим. Вернулся домой и лег на диван. И замолчал. Варвара Васильевна никак не могла допытаться, что же случилось, и составила свою картину происходящего, и назначила ответственной за Витино подавленное настроение Нору, свою мифическую невестку. К этому времени они уже были друг другу представлены, и Варвара Васильевна раздобыла ее телефон, что для работника ЖЭКа было несложно; позвонила, но толкового ответа не получила. Решила, что Нора что-то темнит.

Через неделю приехал к ним домой однокурсник Слава Бережной и все ей объяснил. Но со Славой Витя тоже ничего обсуждать не стал и вообще весь вечер молчал. Зато Варвара Васильевна все поняла, поехала в университет, прямо в партком, поговорила с тамошним факультетским начальником по-хорошему, как коммунист с коммунистом, он по-человечески все понял: трудно одинокой женщине, солдатской вдове, сына растить... Тут Варвара немного ситуацию приподняла от неблаговидной реальности: и не совсем она была солдатская, и не совсем вдова... Но была в ее речах и чистая правда: Витя впал в депрессию и вытаскивала Варвара Васильевна сына с помощью хорошего лекарства, на что ушло почти три месяца. Зато в комсомоле Витю восстановили, а из университета не отчислили. Слово свое замолвил и заведующий кафедрой: старый чудак хоть и испугался, но терять выдающегося студента не хотел. Так и сказал — это будущее советской математики!

Витя был оставлен в университете, получил академический отпуск, но вся эта история его глубоко травмировала. В жизни, кроме булки с колбасой на завтрак, математики и эпизодической Норы, обнаружились неопознанные прежде трудности — он их очень не хотел ни знать, ни принимать во внимание. К этим сложностям у него не было никакого иммунитета, и в дальнейшей жизни это ему часто вредило.

Но Варвара Васильевна, в отличие от сына, соображала в житейских вещах очень хорошо, не зря она в ЖЭКе работала: обзавелась хорошей справочкой в психоневрологическом диспансере, что Чеботарев Виктор Степанович подвержен приступам депрессивного психоза, а в остальном практически здоров. И сделала она это, как потом показала жизнь, совсем не напрасно.

И все наладилось. Витя защитил диплом наилучшим образом и был оставлен в аспирантуре на кафедре и через три года приготовил к защите диссертацию по теме совершенно новой — "Вычислимые операции над множествами". Нематематической голове этого не понять, да и не всяким математикам доступно, но на кафедральной предзащите профессор N, блестящий представитель самоновейшей, не всеми принятой "конструктивной математики", но очень почитаемой как раз на кафедре математической логики, выступил с резкой критикой, упрекая диссертанта, что он не следует принципам этой самой "конструктивной математики". Витя его наскоков не принял и спокойно возражал, настаивая на том, что самые что ни на есть конструктивные объекты, в том числе и его любимые алгоритмы, можно рассматривать в рамках классической логики и математики, каковые рамки приняты на всех остальных кафедрах. Началась дискуссия, в которой Витина диссертация была лишь поводом, потому что глубже научных проблем лежали отношенческие, Вите неведомые разногласия. Витя слушал эту свару и никак не мог понять, о чем они спорят — его оппоненты и защитники. Он пытался что-то произнести, но ему и слова не дали сказать — и он тихо вышел из аудитории.

На заседании кафедры еще долго спорили — предзащита не состоялась. Витя же привычным маршрутом проследовал к дивану, на котором пролежал очередные три месяца.

Варвара Васильевна тоже проследовала привычным маршрутом в психдиспансер, выписала сыночку лекарства, и он постепенно приходил в себя.

Тем временем благополучно миновал шестьдесят восьмой год. Никаких политических событий, сотрясающих социалистический мир, Витя не заметил. Его математический дружок Слава Бережной, который время от времени заходил к нему в гости поговорить про важные вещи, обнаружив совершенное политическое младенчество друга, сказал:

— Ты просто как Лузин!

Тут Витя встрепенулся, он Лузина как математика высоко ставил:

— Что ты имеешь в виду, Слава? Причем тут Лузин?

Слава пересказал Вите анекдот, который профессор Мельников на лекции рассказывал: как великий Лузин, выступая после войны на семинаре, сказал: в 17-м году произошло величайшее событие моей жизни — я начал заниматься тригонометрическими рядами...

— И что? Дальше что он сказал? — поинтересовался Витя, потому что Мельникова он тоже высоко ставил.

Слава удивился такой невинности:

— Ничего! Семнадцатый год всем людям запомнился другим событием!

— Каким? — поинтересовался Витя.

Слава махнул рукой: Витя, октябрьская революция произошла в 17-м году!

— А-а-а, понятно...

Благосклонный к Вите руководитель диссертации — он же заведующий кафедрой — спустя две недели после неудавшейся предзащиты лично сам приехал к Вите домой. Витя к этому времени управился со своей травмой и думал "в будущее". Два частных критических замечания оппонента, разрушившего его предзащиту, касающиеся леммы 2.2 и теоремы 6.4, содержали в себе некий росток мысли, которая стала его сильно занимать. Он уже и сам разглядел некие если не дефекты, то темно́ты в своей диссертационной работе, забеспокоился и ринулся в самые дебри подвижных и ветвящихся множеств, далеко выходящих за границы бедного трехмерного мира.

Заведующий кафедрой провел в приподвалённой квартире у Никитских ворот два часа и ушел, опечаленный тем, что ученик его покинул реальное, как он полагал, пространство математики и проскочил в ту область, где пасутся поврежденные огромной нагрузкой интеллекты. В этом состоял профессиональный риск математиков, и уже дважды в жизни профессор наблюдал такие драматические сбои. Досадно. Парень способный, может, гениальный, закончил аспирантуру, защищаться отказывается... Без работы, конечно. Без средств к существованию. Что можно для него сделать? Нет, помочь ему было невозможно.

Но в данном случае профессор отчасти ошибся. Витя полгода вгрызался в замки и шлагбаумы теорем и выскочил из создавшейся ситуации совершенно неожиданным, прямо-таки чудесным путем. Сел и написал статью. После чего позвонил Норе, и она его приняла несколько рассеянно, но с радостью. Он провел у нее три дня, и даже какая-то нежность промелькнула в их отношениях. Уже уходя, Витася спросил Нору:

ГЛАВА 8   Сад величин

— Может, поженимся в самом деле? Хорошо ведь получается...

— Куда уж дальше? — засмеялась Нора. — Мы и так женаты. Вместе жить? У тебя?

— Ну, это нет, — трезво оценил положение Витя, прикинув картину совместного проживания Норы и Варвары Васильевны. — Если только у тебя...

— У меня? Нет, извини...

Нору окружали самые разнообразные люди: художники, артисты, полутеатральные и четверть-театральные, одаренные, интересные и свою интересность всячески демонстрирующие, а вот такого особенного, лишенного даже тени общей пошлости и декоративности, ни одного не было. Всем хотелось быть гениями. Но не были! На гения больше всех был похож Витася, Нора еще в школе об этом догадалась. И доказательств не требовала. Но не в доме же его держать!

Ценили Витю еще несколько друзей-математиков. Вечный друг Гриша Либер, Слава Бережной. Да и много ли друзей надо? Витя был эмоционально туповат, к разговорам на общие темы был вообще не годен, так что обречен был на дружбу исключительно математическую.

Именно Слава Бережной, изгнанный из университета по "морковному" делу, закончивший вечерний МВТУ, увлекшийся программированием в самые ранние времена, устроил его на работу в вычислительный центр, и работа эта пришлась Вите совершенно по вкусу. От теории алгоритмов до программирования было шаг шагнуть. Никогда еще занятия математикой не сулили Вите никакой практической пользы, одна восхитительная умственная игра, а теперь алгоритмы, записанные на искусственном, простом и логичном языке, приводили к решению самых разнообразных задач, собственно с математикой не связанных.

Начальство его ценило, Слава гордился Витиными успехами больше, чем своими собственными, а Витя впервые в жизни получал зарплату, которую тратил на книги по математике и на дорогие конфеты. Он был даже не сладкоежка, а настоящий гликоман — без сладкого жить не мог.

Работа оставляла достаточно времени. Он чуть-чуть отодвинулся от строго поставленной задачи написания программы, решил несколько задач, которые отчасти сам и создал, и даже написал две статьи в научный журнал. Однако одну из них, которую сам Витя считал большой удачей, вернули с отрицательным отзывом, весьма невежливым по тону, так что он обиделся и забрал обе работы. Пережив незаслуженную обиду, подумал и послал обе статьи по почте в американский математический журнал. Только через год узнал, что их напечатали.

В то же самое время, благодаря Витиной топорной честности, у него произошел конфликт с руководителем центра, Богдановым. Тот был, по тогдашним меркам, человек вполне приличный, но карьерист. Незадолго до того он уже получил какую-то тайную награду от правительства — часть работ ВЦ была закрытой, по военной тематике, а теперь отлаживалась эта самая новая программа, которая должна была оставить запад в полной заднице. То есть не догнать, а перегнать...

Богданов номинально числился руководителем проекта, но никакого участия в разработках не принимал. И не мог принимать, потому что в программировании мало что понимал. Он вообще был из партийных, а не из ученых, и компенсировал недостаток научного уровня тем, что постоянно ставил свою фамилию в авторские коллективы.

Работали пятеро, старшим был Витася, младшим — студент-дипломник из физтеха, Амаяк Саргсян. С отличной, надо сказать, головой.

Витя многого не знал об административном устройстве ВЦ. Сам компьютер представлял собой солидное здание. Оно было набито перфокартами и девушками, перекладывавшими их с места на место, так что вычисление включало в себя еще и энергетические затраты цокающих между этажами сотрудниц на высоких каблуках. О существовании еще одного уровня, невидимого, связанного с отношениями между людьми, Витя не подозревал. Словом, в какой-то момент, когда программу должны были отправить на отзыв наверх, Витя обратил внимание, что фамилия Богданова, ничего не вложившего в программу, стоит первой в списке авторов, а фамилия толкового студента, который сильно Витясе помог, особенно в отладке программы, вообще отсутствует.

Витя пошел на прием к Богданову. Возможно, начни он разговор более дипломатично, дело закончилось бы иначе. Но Витя начал с того, что считает несправедливым, что Богданов поставил свою фамилию на первое место в списке авторов, в то время как он имеет отдаленное представление о достоинствах и недостатках программы, а Саргсян принимал участие в разработке и много в работу реально вложил, а имя его отсутствует по неведомой причине. Богданов сухо ответил, что разберется.

После этого разговора Витя больше не смог к нему попасть. Он безрезультатно ходил и ходил на еженедельные приемы, пока ему секретарша не шепнула, чтоб ходить перестал — проку не будет. Вот тогда-то

Витя прорвался в кабинет и устроил форменный скандал. Даже что-то прокричал про государственные интересы, которых начальник не принимает во внимание! Бедный Амаяк был немедленно изгнан из ВЦ. Ему не дали защитить диплом, а написать новый он, будучи человеком исключительно обстоятельным и добросовестным, не успел. Витина жажда справедливости принесла бедному Амаяку многие бедствия, но укрепила веру в человека.

Через полтора месяца и сам Витя оказался без работы. Он находился в глубоком недоумении и унынии. И не столько из-за того, что его фамилия тоже была исключена из списка авторов программы, сколько по причине абсолютного непонимания всей этой хищной и жестокой операции.

Витя бессловесно лежал на диване, новую работу искать не собирался, а на вопросы матери едва отвечал. Варвара Васильевна, все еще продолжавшая надеяться, что сын ее гений, усомнилась в том старичке-психиатре, который незадолго до своей смерти предрек Витеньке какое-то особое, выдающееся положение. Так где, где оно?

Витя о своей особой одаренности никогда не задумывался. Уволенный из Вычислительного Центра, он по инерции продолжал придумывать программы. Пролежав некоторое время на диване, сообразил, что программу можно улучшить. И он занялся работой, которую даже предъявить кому-то было уже невозможно. Но такова была его собственная программа, на которую был настроен его организм: мозг его не умел жить без интеллектуальной работы, как у нормальных людей тело не умеет жить без пищи. Он рад бы был заняться чем-то другим, но другого не умел. Заползал все глубже в бессонную депрессию, пока Варвара Васильевна не сообразила, что пора показать его врачам. Это была та же самая западня, что и перед защитой злополучной кандидатской диссертации.

Стояла холодная дождливая весна, похожая на осень. Тенгиз уехал, как всегда, навсегда. Нора собралась начать новую жизнь. Позвонила Витасе и пригласила прийти. Он пришел. Пока ел сосиски, рассказал Норе, какой оказался подонок его начальник. Объяснял, чем хорошая программа отличается от плохой. Нора его немного послушала и перевела стрелку в сторону спальни.

Витася честно и серьезно выполнил возложенное на него дело. Началась новая жизнь. Юрик родился в начале семьдесят пятого.

ГЛАВА 9
Смотрины
(1975–1976)

Андрей Иванович проболел тяжелым воспалением легких всю осень, до начала зимы, и Амалия Александровна просидела с ним безотлучно до полного выздоровления. Так получилось, что первым родственником, который посетил нового мальчика, был Генрих. Он пришел со своей женой, добродушной и говорливой Иришкой, с подарками и гостинцами. Имечко ей родители выбрали самое для нее неподходящее. В представлении Норы имя Ирина должно было принадлежать женщине тонкой, стройной, острой, а эта была такая распущенная медведица, с расплывчатым носом и мягким подбруйником вместо подбородка. Ей бы быть Домной или Хавроньей, так считала Нора…

Но подарки на этот раз были дельные — подвесные качели и большой, милый своим уродством медведь, слегка напоминающий саму Иришку. Юрик, кстати сказать, очень медведя полюбил и спустя два года стал называть его "дугмидедь", и это было одно из его первых слов.

Обычно отец дарил Норе какие-то исключительные по ненужности вещи — то коробку с формочками для выпекания печенья разных фасонов, то набор ножей такого размера, что пригодиться они могли лишь рыночному мяснику, а однажды ни с того ни с сего подарил дорогую меховую шапку из чернобурой лисы, которую Нора немедленно снесла в театр.

Еда, принесенная отцом из кулинарии ресторана "Прага", была привычно-вкусная. Бабушка Маруся и сама лакомилась в этой кулинарии, и внучку угощала паштетом в круглом воловане или заливной рыбой, просвечивающей из-под прозрачного желе как из-подо льда. Иришке очень хотелось потискать малыша, но под охлаждающим взглядом Норы отдернула руки, только издали поагукала. Юрик посмотрел на нее с удивлением, а Нора обрадовалась: "Свой парень! Все понимает!" Генрих не посягал на прикосновения, но рассматривал младенца вполне положительно, с вниманием:

— А он в нашу породу пошел, голова круглая, уши большие... И не губастый, собранный ротик-то!

Нора с некоторым огорчением вынуждена была согласиться. Какие-то Генриховы черты и впрямь проглядывали.

Амалия приехала спустя полтора месяца, конечно, с Андреем Ивановичем. С порога, еще не сняв пальто, она обхватила Нору и немедленно заплакала. Сильно, с детскими слезами:

— Прости, доченька! Прости! Не могли раньше выбраться! Но ты же все понимаешь, умница моя!

Нора понимала. С тех самых пор, как появился Андрей Иванович, она все понимала, хотя лет ей было тогда едва-едва десять. Когда он впервые пришел в дом, показалось, что лицо его знакомо. Она приметила его, когда он стоял на Никитском бульваре и поглядывал на них с мамой во время прогулок, или когда отвозил ее с приступом аппендицита в Филатовскую больницу, или когда встречал их с мамой, выходящих из театра, и шел, как тень, позади, чтобы провести с любимой

Малечкой двадцать призрачных минут — мать только изредка оглядывалась и улыбалась: и ради этого он выбирался из дому, наврав что-то жене, и мчался к окончанию спектакля... Какой еще влюбленный на такое способен?

Нора подросла и пережила множество чувств по отношению к этому строгому, поджарому человеку — ревность, глухое раздражение, восхищение, смутную влюбленность... Он стоял позади матери в своей всегдашней позе защитника, готового немедленно вступиться, отбить любое нападение, разметать всех обидчиков. Даже обнимая мать, Нора не могла отделаться от ощущения измены, совершенной матерью по отношению к ней, единственной дочери. Амалия так сильно полюбила своего Андрея, что наносила ущерб другой любви — к дочери.

И вот теперь плачет. Значит, понимает... Нехорошо: ни в последние недели Нориной беременности, ни на роды, ни даже в те первые дни, когда ребенка принесли в дом, не появилась. Этот никогда не предъявленный счет Нора держала в голове, поглаживая мать по драповой спине. Андрей Иванович стоял позади, виноватый. Он во все время своей болезни много раз гнал свою Малечку в Москву, но она никак не хотела оставить его одного, больного, в деревне... И теперь мать капала на Нору слезами, а Нора гладила ее по вязаной шапке и жалела, и завидовала, и наполнялась чувством превосходства, потому что сама она не такая — уж плакать бы не стала...

Нора помогла матери расстегнуть пальто, но Андрей Иванович ринулся, схватил пальто, щелкнул пряжками ее ботинок, присев на корточки, подсунул ей под ноги домашние тапки. Амалия тем временем машинально приглаживала редкие волосы на его склоненной макушке. Его руки скользнули вверх по икре... тайно погладили колено — заметила Нора краем глаза.

Бывали такие минуты, когда Нору словно огнем прожигало от их постоянных любовных прикосновений. Они были неприличны. Раздражала эта тяга, эта неувядающая страсть немолодых людей.

"Это во мне говорит зависть, — осекла себя Нора. — Стыдно".

Нора была беспощадна ко всем — и к себе тоже.

Мать тыльной стороной ладони вытерла со щек слезы:

— Ну, давай, показывай внука!

Нора распахнула дверь: с порога видна была белая кроватка и младенец, лежащий на пузе, лицом к входящим.

— Гос-споди! — выдохнула Амалия. — Какой же красавец!

И ловко вытащила его из кроватки, прижала, начала шумно обнюхивать, похлопывать по спинке.

— Сладкий какой! Нора! Кончишь кормить, мы его к себе заберем! Да, Андрей? А что? Воздух чистый, молоко козье, ягоды лесные, новые яблони стали плодоносить... — начала она радостно, уверенно, а потом замедлилась, ожидая Нориной реакции. — Вот, до внуков дожили, Андрюшенька!

Андрей Иванович был человеком немногословным, к тому же и заика. Не заикался он только с любимой Амалией. Она протянула мужу малыша, и он взял его на одну руку, второй обнял жену.

Да они же не старые еще. А выглядят вообще на сорок... Странный, странный человек, привлекательный очень, мужской такой мужчина, и краснеет, маму-то понять можно, да, парочка... Как их бросило друг к другу. Прямо как меня к Тенгизу. Только Тенгиз не Андрей, из другого теста. Этот моложавый, светловолосый, и седина незаметна. А Тенгиз поседел рано и стареет рано. Андрей Иванович, пожалуй, выглядит моложе Тенгиза, хотя лет на двадцать старше. И оба из деревни, на земле выросли.

Они стояли втроем, как скульптурная композиция, — мама, Андрей и малыш, к которому оба обращены. А ведь, пожалуй, можно, действительно можно будет малыша к ним на лето отправлять, когда подрастет...

Впервые Нора допустила такую мысль — оставить сына на маму. Тут же вспомнила то, о чем давно забыла: какой же она была веселой и легкой подружкой Норе в детстве — смешливая, подвижная, все девчонки завидовали. Мама была лучшей из всех подружек. Позднее, конечно, уже бабушка Маруся, но в другом роде... Хотя мальчику больше нужен мужчина... И Андрей Иванович — тот самый мужчина, который нужен: солдат, лесник, все умеет руками, хоть избу поставить, хоть колодец вырыть... Ну да, мальчику нужен отец. Или хоть какой-то мужчина в доме... Ну, не Витася же, в конце концов...

Позднее, когда они ушли, Нора сделала карандашный набросок. Хорошо получилось. Пока рисовала их по памяти, сообразила, что когда они познакомились, были совсем молодые, немного старше, чем Нора сейчас. Тридцать восемь? Тридцать девять? Могли бы и своего ребенка завести. Что-то там не сошлось — сначала Амалия долго взвешивала, каково это рожать без мужа, а он долго развестись не мог, все ждал, пока дети вырастут. А дети выросли, видеть его после развода не захотели, измену не простили... Да, пожалуй, сейчас они за Юрика ухватятся. И Нора испытала ревность: своего не отдам. И опять себя окоротила — собствен-

ГЛАВА 9 — Смотрины

ническое чувство, нехорошо, Нора. И ребенку надо, чтобы его много людей любило. Пусть любят.

Знакомство Юрика с полным кругом ближайших родственников закончилось к году. На первую встречу с сыном Витя собирался долго. К этому времени Витя привык к интересному факту, что Нора родила ребенка и ребенок этот его сын. Вите трудно было принять этот факт. Дело было отчасти в том, что пока их ребенок превращался из комка клеток в диск, вытягивался, отращивая новые ткани и зачатки органов, сам Виктор погружался в депрессию. Когда Норин живот приобрел убедительность, она пригласила мужа, чтобы оповестить о скором появлении ребенка. Витя отнесся к этому сообщению с большим внутренним протестом — категорически и бесповоротно против. Собственная жизнь представлялась ему навязанной и мучительной и производить на свет еще одно страдающее существо, подобное ему самому, он не желал. К тому же у него была и моральная претензия к Норе: как она могла решиться на такой шаг, его не предупредив! Он был прав, но она совершенно не собиралась рассматривать всерьез его претензии. Она спасалась от своего любовного недуга, к тому же и бесплодного в биологическом смысле, — рождение ребенка представлялось ей самым разумным выходом, а Витася в расчет не принимался. Она и не рассчитывала на него как на полноценного отца... Производитель.

Витя был оскорблен. Пожалуй, это была самая сильная из Витиных эмоций за все время их пунктирного общения. Весь тот год выдался для Вити очень тяжелым. Он провел три месяца в психиатрической клинике. Его там подлечили, вышел он еще менее общительным, сильно располневшим, но, как считали врачи, острый период миновал.

Звонок Норы, приглашавшей его на день рождения сына, застал его врасплох, и он так растерялся, что сообщил об этом матери. Варвара Васильевна, с ее сложными и вполне отрицательными чувствами к "этой так называемой жене", сразу же создала свою версию: Нора родила ребенка от другого мужчины, а от Вити хочет теперь алиментов. Тем не менее она выразила желание пойти с Витей посмотреть на "так называемого внука".

Вите гипотеза матери не подходила, но на первую встречу с Юриком они пошли вместе.

Сам он лгать не умел, его нетривиальный умственный аппарат, во многих отношениях превосходивший возможности обыкновенных людей, некоторых простых вещей не воспринимал — ни лжи, ни хитрости, ни корысти.

К визиту мужа и свекрови Нора готовилась: вымыла полы в квартире, купила торт "Прага", Витасин любимый, надела на Юрика бархатные штаны, выкроенные из собственных старых. Варвара Васильевна долго колебалась, стоит ли ехать на эти смотрины, хорошо это будет для Вити или худо. Разбросала пасьянс на "да" и "нет" — и он сошелся. Карты сказали — ехать!

Нора была предупреждена, что Витя приедет с матерью, ничего хорошего не ожидала, но считала, что визит этот сам по себе означает большую победу ее безразличия над многолетней ненавистью бедной Варвары.

Пришли родственники с часовым опозданием. Юрик стоял в дверях детской и слегка покачивался, намереваясь двинуться в сторону гостей. Витася загораживал весь дверной проем, так что Варвара Васильевна едва выглядывала сбоку. Вид Вити Нору поразил: бледное малоподвижное лицо, нездоровая полнота, скованность... Острая жалость поднялась в душе: бедный, да он совсем больной... Ужасно... Неужели я и в этом виновата? Она, как и бедная Варвара, тоже много лет отмахивалась от мысли, что Витася болен психически. Но теперь это было очевидным.

— Давай знакомиться, — медленно сказал Витася и протянул большую пухлую руку. Юрик заплакал — он никогда еще не видел таких огромных рук и таких огромных людей. Витася испугался не меньше Юрика и попятился. Варвара пришла на помощь — протянула Юрику красную пожарную машину. Нора еще не покупала ему никаких машинок, эта была в его жизни первая, и такая прекрасная. Нора про себя изумилась — не ожидала от свекрови такого блестящего во всех отношениях выбора.

Юрик сразу же утешился. Он вцепился в машинку, постучал ею об пол и очень быстро обнаружил прекрасные металлические колесики. Покрутил их, попытался засунуть в рот. Варвара встрепенулась:

— Нора, он в рот тянет!

— Ничего, ничего, — успокоила ее Нора, — у него зубы режутся. Он десны все время чешет. Пусть он пока привыкнет к вам, потом сам придет. Чай? Кофе?

Варвара исподволь оглядывала квартиру невестки. Жилье показалось ей грязным, но вполне культурным. Видела за все эти годы Варвара свою невестку раза два-три, и у нее сложилось такое мнение, что она из бедных. Но теперь она поняла, что семья-то у нее скорее господская. Эту меточку она всегда ставила — из простых или из господских... Чай был подан не в кухне, а в комнате, напоминающей столовую, с небольшим овальным столом и закрытым буфетом. Настоящий, не чешский. Чашки фарфоровые старинные, ложечки серебряные, торт перемещен из картонной коробки на круглое блюдо, а сбоку лежала специальная лопаточка. Малыш лупил в соседней комнате машинкой по полу и урчал от удовольствия.

Пили и ели. Нора положила на тарелку Вите второй кусок торта. Он безучастно, но довольно быстро съел второй кусок. Нора взяла Юрика за руку и подвела к столу. Мальчик с опаской посмотрел на Витю, но тот уже не обращал на него никакого внимания. Варвара нервничала — все было неправильно. Не надо было ей сюда приходить. И Витю не надо было пускать. Но у нее была надежда, что малыш как-то прорвет Витино тягостное безразличие. Напрасно, напрасно!

Едва ли не в первый раз в жизни Нора думала то же самое, что и свекровь. Как же он изменился! Он, конечно, гений, но гений больной. И это надо признать. Какая может быть гарантия, что унаследует малыш от отца его гениальность, а не его болезнь? Или и то и другое одновременно? Но что было делать: с Тенгизом-то не получалось, а с Витасей — сразу же, без длительных тренировок. Витя доедал торт. Юрик к этому времени заинтересовался Витиным ботинком и пытался наехать на него машинкой. Варвара отодвинула блюдо с тортом от сына. Он не понял намека.

Варвара засобиралась, поблагодарила Нору, похвалила младенца:

— Хороший малыш.

Уже спускаясь по лестнице, она повторила, на этот раз сыну:

— Хороший малыш. Жаль, что не наш.

— В каком смысле? — попросил уточнить Витя.

— Ну, хороший малыш у Норы, но это не твой ребенок.

После длинной паузы Витя ответил:

— Какая разница, мама?

ГЛАВА 9

Варвара остановилась от изумления:

— То есть как это — какая разница?

— Теоретически — для меня это не имеет значения. Практически — есть какие-то методы определения отцовства.

И больше Витя ни слова не произнес до самого дома. А войдя в дом, сказал всего три слова:

— Торт был хороший.

ГЛАВА 10
Фребеличка
(1907–1910)

Маруся назад не оглядывалась, полностью забыла те унылые два года, что просидела в часовой мастерской возле отца, в хаотическом чтении и тоске, в ожидании настоящей жизни, которая все не начиналась. И, наконец, началась. Теперь она вставала рано, совершала свой гигиенический туалет, на швейцарский манер, холодной водой, надевала рабочее платье, нечто вроде униформы медицинской сестры, которую носили все служащие детского сада для детей бедных наемных работниц, и бежала на работу… Создали и содержали этот дневной приют прекрасные, по большей части, немолодые дамы, жены или дочери богатых эксплуататоров этих бедных работниц. Инспектором этого приюта была мадам Леру, посланная Господом Богом для призрения пролетарских детей и выправления Марусиной судьбы. Маруся действительно бегом бежала, потому что детей приводили к семи часам утра, а ей надо было их встретить. И еще — потому что в час дня она заканчивала занятия по пению в младшей группе, обедала в маленькой столовой для служащих супом с хлебом и бежала дальше — на занятия, на Высшие Фребелевские курсы.

Приняли ее исключительно благодаря содействию мадам Леру, Жаклины Осиповны, как называли швейцарку сослуживцы. Она была значительным лицом, присланным от Фребелевского Общества для налаживания дел в Киеве, пять лет уже трудилась без устали и достигла всяческого уважения от губернского начальства и их жен. Маруся сдала положенные экзамены без всякого блеска, но удовлетворительно. Большая часть слушательниц были выпускницы гимназии, и Марусе трудно было с ними конкурировать. Но никакой конкуренции на самом деле и не было — взяли практически всех желающих, способных платить за обучение. Плата была не маленькой — пятьдесят рублей за год. Брат Марк прислал ей нужную сумму. Деньги шли долго, сложным путем, по "еврейской", как говорится, почте — какие-то друзья родственников или родственники друзей привезли деньги слишком поздно, когда Маруся уже обрыдала и бедность, и свою несчастную судьбу. Получив деньги, она в тот же день поехала к казначею Фребелевского общества, Варваре Михайловне Булгаковой, которая любезно приняла плату, хотя занятия уже начались.

Варвара Михайловна, дама понимающая, вдова, оставшаяся с семью детьми и двумя племянниками, с ничтожным пенсионом за мужа, детям своим, среди которых был и будущий писатель, не уставала повторять — наследства я вам не оставлю, единственное, что могу дать — образование. Принять должность казначея вынудили ее не только соображения высокого порядка — развивать женское образование, — но и матерьяльная нужда.

Теперь Маруся вовсе не завидовала ни брату Михаилу с его петербургскими успехами, ни Ивану Белоусову, изгнанному с историко-филологического факультета и отдавшегося полностью нелегальному революционному движению. От него она получала полунамекиполупредложения следовать единственно правильному пути, но не соблазнилась. Она получила то, о чем мечтала, — возможность учиться.

Здоровье ее, всегда слабое, поправилось не в санатории, куда хотели отправить ее родители, а в невероятно напряженной жизни, которую она сама себе выбрала. Мигрени, нервические припадки, недомогания разных видов, которым она была прежде подвержена, прошли сами собой. Вся ее дальнейшая жизнь подтвердила, что здоровье ее ухудшалось всегда, когда она оказывалась без дела, и немедленно поправлялось, как только перед ней возникали какие-нибудь грандиозные задачи вроде исправления человечества.

Занятия на Фребелевских курсах доставляли ей такое большое наслаждение, что трудности жизни казались незначительными. Многие годы спустя она вспоминала это время как счастливейшее. То хаотическое чтение, которому она предавалась до поступления на курсы, теперь оказывалось вовсе не напрасным: все ее книжные знания, полученные из замечательной энциклопедии или из чтения художественной литературы, укладывались в нужные места, в новые дисциплины. И какие дисциплины! Маруся слушала лекции каждый день — история литературы, философия, психология, дикция и декламация, и к тому же физиология, и зоология, и ботаника, и даже гимнастические упражнения для детей! И читали эти лекции лучшие профессора, имена которых всю дальнейшую жизнь Маруся произносила то с гордостью, то с ужасом, то и вовсе боялась произнести. Но ни одного не забыла…

Однако все эти знания, которые она еле успевала переваривать, не имели самостоятельной ценности, они нужны были только для того, чтобы служить большой цели — воспитания прекрасного, свободного, нового человека. Мадам Леру не бросила свою протеже — изредка звала в гости, выспрашивала ее мнение об учителях, делилась и своими планами. Несколько раз приглашала с собой в театр, в концерт, давала читать книги по педагогике, последние новинки из Швейцарии и Италии. Марусе и в голову не приходило, что мадам Леру готовит из нее помощницу.

Маруся тем временем все более увлекалась и занятиями в детском саду. Теперь она не только вела уроки пения, но и ставила со старшими детьми маленькие сценки, Жаклина Осиповна очень ее поощряла. У Маруси не оставалось сомнения, что единственным достойным занятием может быть только педагогика, а революционные идеи старшего брата Иосифа, который застрял в Сибири, не казались ей уже такими привлекательными — пороки общества исчезнут сами собой, если давать детям правильное и сообразное их способностям нравственное направление и трудовое воспитание.

Просветительская работа Ивана Белоусова была, конечно, в другом роде, общественно полезна, но ее работа с детьми тех же пролетариев, которых просвещал Иван, гораздо больше соответствовала Марусиным представлениям об общественной пользе.

Приехавший на Рождество Михаил нашел свою маленькую сестру взрослой, развитой и развившейся физически молодой женщиной и несколько растерялся: прежний шутливо-игривый тон совсем не подходил теперь, первое время даже возникла некоторая напряженность в отношениях. Он, привыкший, что сестренка слушает его как оракула, встретил в ней вдруг самостоятельность суждений и неожиданную резкость, которой прежде никогда в ней не замечалось. Он уже не был для нее кумиром, она не восхищалась больше его стихами, которые он писал теперь не для домашней забавы, а с сокрушительной серьезностью.

Она оскорбляла брата охлаждающими краткими оценками его стихов: Не Блок. Не Надсон. Даже не Брюсов. Обидно было и то, что провинциальная девочка, которую он с детства развивал, в его отсутствие, без его руководства, научилась самой главной науке — учиться.

С приездом Михаила дом оживился. Даже старый Кернс, глубоко переживавший ссылку старшего сына, от которого приходили редкие скупые письма, взбодрился. Он молчаливо присутствовал на дружеских вечерах и веселел с приходом молодых людей. Кроме старых друзей Михаила, Ивана Белоусова и Косарковского, появились новые лица. Вместо разбитого пианино в доме появилась гитара. Неравноценная замена. Но с ней изменился и музыкальный репертуар застолий — стали больше петь. Чего только не пели — песни еврейские, песни украинские, русские романсы…

Михаил покупал билеты в театр и в филармонию Марусе, по пять билетов сразу, правда, на галерку, и это доставляло Марусе дополнительную радость, потому что она могла пригласить с собой двоюродных сестер или приятельниц. Мишина щедрость была необыкновенна, и каждый его приезд домой сопровождался теперь праздником. Пожалуй, единственное, что несколько отравляло эти праздничные приезды — возникающее каждый раз чувство завистливого раздражения: Михаил вращался в каких-то совершенно поднебесных столичных кругах и просто на крыльях летал от восторга. Маруся много лет хранила одно из его писем того периода, но предъявила ему это письмо много лет спустя, во время одной из глубоких идеологических ссор как свидетельство его тщеславия и пустозвонства…

"Хлестаков! Хлестаков!" — злилась Маруся на брата. Письмо это сохранялось в сундучке, вместе с важной перепиской, которую Маруся все собиралась разобрать, но так и не успела.

ГЛАВА 11
Письмо Михаила Кернс сестре Марии
(1910)

САНКТ-ПЕТЕРБУРГ — КИЕВ

25 ноября 1910 года
8 ч. утра (вернее, ночи, ибо просыпаясь в 7 часов,
я еще на два часа зажигаю лампу. За окнами — ночь.)

Мое дорогое! Маруся!

Ты пишешь мне, что с негодованием отметила факт, что я пишу чужим серьезнее и подробнее, чем тебе. Чтобы хоть в одном письме дать пищу твоей любознательности, твоим требованиям (вполне справедливым), — я начну с… описывания своей повседневной жизни (не удивляйся перемене чернил: за это время я успел пройти весь Литейный проспект, перейти через Семеновский мост (через реку Фонтанку), — пройти всю Караванную улицу и часть Невского, где я теперь сижу в конторе Т-ва "Ж. Блок" и пишу сие письмо). По моему описанию ты можешь подумать, что я сделал 5 верст, но все это занимает ровно 11–12 минут ходьбы. Мостов здесь видимо-невидимо и много грандиозных: погоди — увидишь. (Часто бывает — думаешь, что ты на широчайшей улице, ан — это Троицкий или Литейный мост.) Продолжаю: до конца октября было солнце — бывали ясные дни et cetera — теперь же хоть

ГЛАВА 11 — Письмо Михаила Кернс сестре Марии

лопни — ни одного светлого куска неба! И так будет до конца февраля. Ни одного хорошего дня! Затем — насчет дня-ночи: действительно, светает лишь к ½ 10-го утра. Ну, впрочем, — у нас зимой-то, — разве в 7 часов утра легко можно читать или писать? Темнеет здесь в 3 часа или в ½ 4-го дня. Согласись, что и у нас зимою, да еще в пасмурные дни тоже бывает! Словом, клевещут на наш Питер!

Продолжаю: встав в 7 часов утра (ночи), я зажигаю лампу и приступаю к туалету. В СПБ я должен всегда бриться, ибо хочу выглядеть интересным и молодым (хотя бы для редакторов), — больше не для кого здесь!.. Потом — к 8 часам Марья подает самовар (все это при вечернем освещении). Марья — милая старая ворчунья, разговаривающая большей частью с неодушевленными предметами: с плитой, с самоваром, с лампой, с печкой, половой щеткой и т.д. Картинка из жизни. Происходит следующий монолог: Марья (нежно-ласково и сострадающим тоном): "Бедненькая! Чего не горишь? О Господи! Фитиль-то, фитиль у тебя короткий! Что же делать-то! А? Милая ты моя! Ну, ничего, я схожу-куплю тебе новый фитиль, — и будешь ты гореть, — хорошо гореть!.."

Когда швейцар зовет меня к телефону и затрудняется в произнесении фамилии, она быстро говорит: "Знаю-знаю, раз уж выговорить нельзя — стало быть наш-то!.."

Продолжаю: в 9 часов пунктуально — я в конторе. Раньше я спал до двух часов дня. Здесь работаю (веду книги, пишу стихи, рассказываю анекдоты всем служащим — их ровно 15 человек) до 5 часов дня (вечера) с маленьким перерывом из двух стаканов чая и ¼ ф. ветчины. Ровно в пять часов я иду обедать. Теперь обедаю в историческом ресторане "Капернаум". Я думаю, что в литературе ты встречалась с этим рестораном, ибо он воспет многими нашими великими писателями. Здесь — весь литературный Петербург. (В "Веке" только ужинают — здесь же все обедают.) Здесь в свое время бывали Достоевский, Грибоедов, Пушкин, Лермонтов, Жуковский, Салтыков, Шеллер, Тургенев, — словом, долго перечислять! Здесь видишь Куприна, Потапенку, Баранцевича, Порошина, Градовского, Скабичевского, Арцыбашева — всех модернистов, всех кошкодавов, словом, всех, всех! Я бываю там ежедневно от ½ 6-го до 7 часов.

От 7 ч. я начинаю жить душою: по редакциям, лекциям (не пропускаю ни одной литературно-научной лекции, ибо — учиться надо!). В пятницу был на литерат. закрытом (не для публики — значит, а только для литераторов) собрании. Читал В. С. Лихачев около 60-ти своих стихотворений. Хорошо! Для того чтобы ознакомить тебя с кругами, в которых я теперь вращаюсь, сообщу кой о ком из новых моих знакомых, с которыми всегда и запросто беседую: Анненский ("наш" председатель), Батюшков, Овсянико-Куликовский (тот самый), Богучарский, Венгеров, Линев (Далин) (помнишь его "Не сказки"?), Брусиловский, Андрусон, Порошин (последние трое бывают и у меня на дому), Мережковский (Дмитрий Сергеевич — умница), Лихачев, Градовский (мой покровитель и друг — в три раза старше меня, я получил от него его книгу "Две драмы" с авторской теплой надписью). От И. А. Порошина тоже, Чюмина, да, чуть не забыл: наша любимица, которой мы восхищались, — милая Надежда Александровна Лохвицкая (Тэффи) — теперь моя собеседница, слышавшая даже и о тебе. Я не хочу дальше перечислять всех их, ибо ты можешь треснуть от зависти.

ГЛАВА 11 — Письмо Михаила Кернс сестре Марии

Распускаюсь, как ароматный лопух! Свои стихи читаю только литераторам и поэтам. Для широкой массы публики читал только один раз свое "В маст. часовщика" и "Видения ночи" (новость — громадный успех, как пишут иногда на афишах). Пишу много, говорю и чувствую: около "микиток" крылья вырастают... Мои стихи приняты: в "Журн. для всех", "Образование", "Бодрое слово", "Мир" и "Даль" (с-д.). Для начала недурно. Гонорар в некоторых редакциях мне дают такой же как Рославлеву и Дяде-Феде: 40 коп. за строчку. Около февраля буду мильонером, — пока же — в долгах и не знаю, выберусь ли из долгов к Новому году, ибо 50 рублей моего теперешнего жалованья — только понюхать... Тебе, Маруся, не волнуйся, деньги на оплату года обучения я добуду литературным трудом! Не все же к Марку! Да! "У зеркала" пойдет в "Театр и Искусство". Кроме того, гастрольно работаю у Аверченки (Сатирикон). То целковый, то два — и то деньги.

Ты пишешь, что мамочка сердится, что я ей не пишу. Пусть она войдет в мое положение: я так много и сильно занят, что просто минуты нет свободной. Кроме того, ведь, когда я пишу тебе, я вижу всех вас перед собою и говорю со всеми вами. Объясни им это. Пожалуйста!

Думаю, что этим письмом ты останешься "ублаготворена" за истекшее время.

Пиши мне тоже на тонкой бумаге и вместительным "петитом". Кой-когда буду марки посылать. Что у нас слышно? Мерзнут? Боже мой, как мне тяжело становится, когда я думаю о скверных делах, о морозе в комнатах, etc, etc...

В пятницу я в Обществе Литераторов и Ученых, где читает Градовский (он должен был читать в эту пятницу, но заболел, и вместо него читал Лихачев). Там всегда по пятницам.

Вообще, пятница — самый хороший у меня день, ибо в пятницу я плаваю в облаках "химерических наклонностей" (как говорит милый Иван Иванович Маржецкий) и нахожусь в кругу светлой литературной семьи. Я, кажется, тебе уже сообщал о том, что получил именной билет в СПБ Литературное Общество, и мне предложили баллотироваться. Я кочевряжился (для формы), а в душе пело. К Новому году буду избран — ибо мое имя печатается (так принято) и рассылается всем членам для того, не знает ли за мною каких-либо грехов кто-нибудь. Затем меня "оглашают" на двух очередных собраниях и потом лишь приступают к закрытой баллотировке. Что-то вроде древнего феодального обычая "посвящения в рыцари". Робею, ибо я еще, кажется, особенных "вкладов" в литературу не делал... Словом, грядущее безоблачно и голубо! (Кажется, никто еще этого слова не говорил: "голубо!".) Люблю новые слова: "быстреет", "близнь", "итаксигрансталь", "покомопсткжопактотепепль...". Люблю "звучный и нечистый дух..". Словом, я — модернист. (У меня есть драматическое стихотворение "Я модернист", за которое я бы себя выпорол.) На всякий случай я тебе его вышлю. В пандан стихотворению "Книга", я написал стихотворение "Газета". Оно пойдет. Где — не знаю, ибо это нужно хорошенько обдумать. Знаю только, что ни одна газета его бы не поместила.

Что Мама? Неужели она и теперь возится с печкой? Это меня сильно огорчает! Вы все не можете себе представить, как сильно мне хочется, чтобы вы зажили хорошо, тепло, беззаботно! Ой, как нужно мне сделаться корифеем! Не для славы, так для денег! Все равно! Есть у меня стихотворение: "Гастроному". Тебе необходимо его прочесть. Увидишь, сколько там правды! Пойди к пани Nelli, кланяйся ей, поцелуй Аню-Асю-Басю-Мусю-Дусю-Верусю и всех наших кузин, которые не рифмуются. Кланяйся Буме. Не забудь. Отчего не ответила? Не помню, я, кажется, писал ей. Передай пока Nelli, что я очень сдружился с польским литератором А. Немоевским. Читала она его? Скажи, что один господин, который сидел у нас в Правлении в течение трех дней ни с кем не говоря ни слова (я принял его за англичанина), оказался поляком, и когда я с ним заговорил по-польски, он чуть не бросился меня целовать (наш варшавский агент) и не хотел от меня отойти ни на шаг. Здесь я не стесняюсь и говорю по-польски, как природный... турок! Ошибок, конечно, масса!

Нужно еще много писать, но на сегодня хватит! У меня все — крайности!

В случае, ежели что... пиши "до востребования" или Т-ву "Ж.Блок" Невский, 62. мне.

Получаю несколько газет и журналов. Покупаю книжки...

Здесь много голубых глаз — но все они моей душе немилы...

На твое письмо ушло 4 часа. Больше не в силах! Будет!

ГЛАВА 12
Особенный Юрик.
Йеху и гуингнмы
(1976–1981)

Прошло не меньше года с рождения ребенка, прежде чем Нора поняла, какие глубокие перемены произошли в ней самой. Кроме вещей общепонятных, банальных, — что с появлением Юрика она оказалась в пожизненном рабстве, в глубокой физиологической зависимости от того, голоден, здоров, в хорошем ли настроении ее ребенок, — обнаружила, что восприятие мира стало как будто двойным, приобрело стереоскопический эффект: приятное дуновение ветра из окна стало одновременно пугающим и тревожным, потому что Юрик заворочался в кроватке от воздушного потока возле лица; стук молотка из верхней квартиры, который прежде она почти и не заметила бы, воспринимался болезненно, и она отзывалась на эти удары глубиной тела, точно так же, как младенец; привычно горячая еда стала обжигать, тугая резинка от носков раздражала и множество других вещей как будто стали измеряться двумя разными термометрами — взрослым и детским.

Привычка к постоянному анализу так быстро укоренилась, что она немного испугалась за самое себя: не ожидала, что материнство меняет до глубины всю биохимию, и надеялась, что после того, как перестанет кормить, ее привычный мир восстановится. Но этого не происходило. Напротив, она как будто вместе с младенцем проходила освоение мягкого, жесткого, горячего, острого, смотрела на ветку дерева, игрушку, на любой предмет с первозданным любопытством. Как и он, рвала газетный лист, вслушиваясь в шорох разрываемой бумаги, лизала его игрушки, ощущая, что пластмассовая уточка приятнее на язык, чем резиновый котик, а однажды поймала себя на том, что, покормив Юрика, собрала рукой со стола жидкую манную кашу и подумала, что есть приятность в размазывании ее по столу... Юрик обрадовался, увидев это движение матери, и начал лупить ладошкой по пролитой на стол каше. Оба шлепали руками по столу. Оба были счастливы...

Нора сполна разделила изумление и восторг малыша, когда он впервые увидел падающий снег, заснеженную землю, топал валенками и рассматривал рубчатые следы галошных подошв, ловил снежинки, тянул их в рот, хотел прожевать, но они таяли, он не понимал, что происходит, тянул в рот варежку и облизывал ее. А Нора стояла возле него и пыталась смотреть вокруг его глазами: огромная собака, которая возвышается над тобой на целую голову, высоченная скамья, на которую ни влезть, ни сесть, памятник Тимирязеву — одно подножие, а невидимый глазу монумент уходит в небеса.

Вместе с сыном Нора заново переживала чувство воды — наливала полную ванну, забиралась туда вместе с малышом и наслаждалась, наблюдая, как он бьет ладошками по воде, пытается пить текущую струю, пытается ухватить и поднять воду, недоумевая, почему она проливается сквозь пальцы.

Чувствуя, как малыш с его изумительным миром уводит ее в зыбкие области, решила бросить якорь —

завела себе "развнедельного" любовника, молоденького Костю, из подросших участников юношеской студии, которую она вела несколько лет тому назад. "Чистка крови" — так она называла его торопливые вечерние визиты. Витасю она для этой цели уже не приглашала, он был обижен, никак не мог ей простить наглого использования его в биологических целях. Костя был легок, резв и почти бессловесен, ничего от Норы не требовал. Иногда даже приносил цветы. Однажды эти абстрактные гвоздики Нора поставила с вечера в вазу, а утром, проснувшись, увидела забавнейшую картину — Юрик залез на стол, вытащил цветы из вазы и, морщась, ел гвоздичную головку. Нора стащила его со стола и немедленно пожевала цветок. Было невкусно, но съедобно. То есть, если быть уверенным в том, что это еда, можно и полюбить.

Дыру, пробитую Тенгизом в ее существовании, полностью не прикрывал даже Юрик, и она залатывала ее любым пригодным для этого материалом. "Развнедельный" Костя пробоины этой не затыкал: маленький пластырь на большую рану. Лучше всего дыра конопатилась работой, она бралась за любое дело, не требующее выхода из дому.

Она купила несколько акварельных склеек по двадцать листов и каждый вечер, уложив малыша, — если не приходили всякие театральные друзья, облюбовавшие ее дом как удобный перекресток московских маршрутов, — рисовала его пальцы, ухо, спину, складочки, пыталась уловить жесты… Только одно на свете тело она знала так же подробно: голова с немного плоским затылком, круглые тонкие уши, гораздо более нежные, чем все остальное, грубые надбровья, глубоко сидящие ореховые глаза, длинные морщины вдоль щек, горбатый нос с тонкой переносицей, подобранный рот с выдвинутой вперед нижней губой, и довольно редкие зубы. Кончиками пальцев, губами она пропутешествовала по этому телу так подробно, что могла бы его слепить, — наизусть знала, как немного провисает увядающая кожа на шее и там, где громоздятся мышцы — на груди, на предплечье, какие складки образовываются на животе, когда он сутуло сидит, сложив тощие ноги по-турецки. Но Тенгиз за те годы, что она вникала в него, во все изгибы его устройства, — с большими перерывами, но все глубже и глубже, — только старел, а малыш ежемесячно обрастал чудесными подробностями, он рос, из рыхлой пухлости возникали первые рельефы, подошва ноги из подушечки уплощалась, ступня становилась рабочей поверхностью, вырастали зубки, немного скученные под верхней губой, менялась форма рта...

Нора пыталась устроить свою жизнь так, чтобы освободиться от Тенгиза. Смешно сказать — от его отсутствия...

Он появился, как всегда, в тот момент, когда Норе уже стало казаться, что она с ним окончательно рассталась и смирилась с мыслью, что кино, которое с ним рядом было цветным, в его отсутствие становится черно-белым, но все равно интересным... Тут он позвонил и спросил, удобно ли будет, если он зайдет минут через пятнадцать.

— Заходи, конечно, — ответила Нора непринужденно. Больше двух лет он не появлялся...

Повесила трубку и заметалась. Звонок в дверь раздался почти сразу же, она не успела справиться с нервным ознобом, который на нее напал. Он стоял в дверях, одетый в старый пастуший полушубок, от которого всегда воняло кислой овчиной, а в руках держал медведя. Точно такого же, как тот, которого подарил Генрих. И старинный саквояж, с которым он всегда путешествовал.

— Ты меня не выгонишь? — сбрасывая полушубок, спросил Тенгиз.

Тогда Нора сказала про себя — выгоню! И одновременно вслух — заходи!

Колотун закончился: Нора поняла, что в одну минуту вошла в главное состояние своей жизни — быть рядом с Тенгизом. Это лучшее, что может быть, лучше всего ей известного — говорить с ним, сидеть за столом, спать, молчать.

— Мне одинаково сильно хочется тебя выгнать и уложить в койку. Я Козерог, Тенгиз. Для Козерога мир перестает существовать, когда он занимается любимым делом. А у меня любимое дело — ты...

— Я тебя обожаю, Нора. А я, как выяснилось, Дракон! Нателла увлеклась астрологией, и это самое лучшее безумие, которое у нее было.

— Подожди, Дракон — из другого календаря. По китайскому я не Рыба, а Коза, кажется.

— Драконам это все равно! Они мудрые и блестящие, и им во всем везет! Как мне!

Диалог еще продолжался, но одежда уже лежала кучей возле вешалки и Нора вдыхала этот единственный в мире запах, на который были настроены все ее рецепторы, — овчина, деревенский табак и Тенгизово тело. И он шумно выдохнул, как бегун, порвавший финишную ленточку.

— Не обращай внимания, просто меня давно здесь не было.

Но он уже был здесь, и был все тот же, цельный и безущербный. Возможно ли такое точное совпадение? Вдох, выдох, пульс, группа крови, что там еще... Нора выплюнула шерсть, которая сразу же набилась в рот. Тенгиз засмеялся, снял с ее губ шерстинку. И в прошлый раз, когда он был в Москве, была зима, и полушубок верно им служил во всех непредсказуемых приключениях.

Полуторагодовалый Юрик проснулся, вылез из кроватки и притопал к ним. Сразу приметил лежавшего возле двери медведя и схватил его. На Тенгиза не обратил никакого внимания. Нора, прыгая на одной ноге, влезала в вывернувшуюся брючину. Тенгиз тряхнул полушубок, взметнув облако овчинного запаха, и повесил его на вешалку.

— На чем мы остановились? — спросил у Норы и вытащил из саквояжа бутылку коньяка и пригоршню мандаринов. Абхазских, с чуть увядшей кожей мандаринов.

— На этом самом месте, — засмеялась Нора. Нет, не расстались. Нисколько не расстались.

Нора взяла Юрика вместе с медведем на руки и стала одевать.

Пока Юрик знакомил своих медведей, Нора пошла на кухню.

— Ты голоден?

Тенгиз кивнул:

— Со вчерашнего дня ни крошки.

— Гречневая каша. Квашеная капуста. Больше ничего.

— Отлично.

Пока он ел — медленно, как будто нехотя, как будто не голоден, как едят все воспитанные грузины, — Нора сидела, опустив подбородок в сплетенные пальцы, и не чувствовала ничего, кроме того, что он сидит рядом с ней, молча ест, а все ее тело еще полно его присутствием и сияет от счастья.

Положил в пустую тарелку вилку и сказал:

— Вот! Начинаем, Нора, новую работу. Куклы. На этот раз будем работать с куклами. Куклы будут большие. Архитектурные. Актеры внутри. С возможностью выходить наружу! Гулливера играет живой актер.

— Подожди, подожди! Я с куклами никогда не работала! Что за пьеса? И где?

— Нора! Свифт, конечно!

— Гулливер в стране лилипутов?

— Да, только речь идет о йеху и гуингнмах! О людях, потерявших человеческий облик, и лошадях, которые выше людей! А Гулливер только инструмент для измерения этой температуры!

— А пьеса?

— Нора, какая пьеса? Нет такой пьесы!

— Но хоть текст?

— Мы сначала должны все придумать, а текст я знаю, кого попросить писать, — Тенгиз был в самом лучшем своем виде, в большом рабочем возбуждении, и этот жар уже передался Норе, хотя Свифта она читала в детстве, в сокращенном и адаптированном издании и плохо помнила.

Тенгиз вытащил из саквояжа сильно потрепанную книгу — на!

Нора взвесила на руке томик Свифта, стала рассматривать — книга на русском языке, с синим библиотечным штампом с грузинскими буквами. Издания сорок седьмого года.

— Украл в библиотеке?

— Для дела взял!

— Мне надо перечитать.

— Садись и читай.

— Юрика надо выгулять, хоть часик.

— Какой вопрос! Одевай мальчика, я погуляю, а ты читай, читай!

Пока Нора Юрика одевала, немного поскандалили, потому что он хотел взять на прогулку обоих медведей, а Нора пыталась их отобрать и совала лопатку.

— Какая проблема! Вместе с мишками идем! Мальчик! — с грузинским твердым "л" произнес Тенгиз решительно. — Пойдем гулять!

Нора была совершенно уверена, что Юрик не пойдет с Тенгизом. Но он пошел! Тенгиз на ходу натягивал полушубок, Юрик прижимал к себе своих плюшевых зверей. Нора смотрела им вслед, как они топали к лифту на пол-пролета вниз, и испытывала небывалую душевную смуту — вот двое мужчин, главных мужчин ее жизни соединились, но невозможно сделать так, чтобы это длилось больше, чем часовая прогулка по Никитскому бульвару...

Вечером, уложив Юрика, продолжили разговор.

— Ну, хорошо, предположим... Почему в куклах? Кукольные театры у нас все детские, для кого мы спектакль делаем? И второе, о чем ты ни слова не сказал, — где ставим?

Тенгиз отмахнулся:

— Почему детские? Откуда ты взяла? Ты же все знаешь! В семнадцатом веке, уже после Шекспира, английский парламент запретил драматический театр. Билл, эдикт, не помню точно. Было такое дело, да? И что? Тогда расцвел кукольный! Играли на площадях, на рынках! Это же высший класс! Ничего детского! Ну, говори, какие возражения? Смотри, этот йеху, люмпен, хам, и рядом благородное животное, лошадь! Ты верхом-то когда-нибудь ездила? Вообще, лошадей знаешь? А театр хороший! Как всегда, провинциальный. Алтай! Предложение есть. Договор еще не подписан. Вот обсудим с тобой и я туда полечу... И вообще, должен тебе сказать, сейчас самое интересное именно в кукольных театрах происходит. Там свобода... Ну, кукольная, конечно...

Нора помотала головой. Тенгиз ждал от нее возражений, это была их всегдашняя забава — именно на ее вопросах он строил свои режиссерские ответы. И лучше нее никто не умел это делать.

— Не знаю я лошадей. Мы не держали лошадей. Мы даже кошек не держали! У нас аллергия... И кукольного театра я не знаю. Мне надо книгу дочитать. Я так не могу, из воздуха.

Чтение Нора закончила под утро. Она читала быстро, но самую глубину ночи провела без Свифта — Тенгиз обнял, сказал:

— Ты читай, читай, не отвлекайся!

Но они отвлеклись. Потом проснулся Юрик, он плакал. Норе показалось, что у него поднялась температура, но он быстро заснул, и лечение было отложено до утра.

Мужчины спали долго. Нора закрыла Свифта. Там было так много всего, что требовало размышления. Сварила овсянку и упрятала кастрюльку под подушку. Взяла мягкий карандаш и нарисовала лошадь. Первую лошадь в жизни... И все думала, чем же гуингнмы отличаются от лошадей... а йеху от людей. Проснулся Юрик — совершенно здоровый. Съели кашу. Нора сказала "да".

Тенгиз, получив согласие Норы, улетел на Алтай подписать договор и обсудить детали. Главным режиссером театра был его однокурсник по школе-студии МХАТ, где он два года проучился в незапамятные годы... Все складывалось отлично. Через три дня вернулся счастливый — нашел там актера, как он говорил, гениального.

Началось самое счастливое время Нориной жизни — втроем, с Юриком и Тенгизом.

Постановка рождалась из обсуждения почеркушек, из споров о самом здесь существенном — границе, где человек становится животным, животное — человеком, и в чем, собственно, заключается это различие и как оно пластически может выражаться... При более внимательном прочтении книги Нора пришла к заключению, что общество гуингнмов не бог весть как хорошо — они туповаты, ограниченны и вообще довольно скучная скотинка... Тут Нора опечалилась, потому что размышления об обществе лошадином и человеческом как-то не укладывались в язык кукольного театра. Но это спустя какое-то время само собой уложилось. Тенгиз несколько утешил ее: нам для работы достаточно высказывания Гулливера-Свифта о человечестве — "Не встречал более безобразного животного, которое с первого же взгляда вызывает к себе такое отвращение".

— Чтобы работать с этим материалом, следует отодвинуть подальше нашу догадку, что благородные гуингнмы туповаты в эмоциональном отношении, они не знают любви и дружбы, страха, печали, а гнев и ненависть испытывают только к йеху, которые в их мире занимают примерно то же место, что евреи в нацистской Германии.

Нора такое условие приняла. Границы определились. Тенгиз с Норой поехали в одноэтажный полуразваленный дом в Мансуровском переулке, у Кропоткинского метро, к пожилой драматургессе, вдове авангардного режиссера, погибшего еще до войны от счастливого несчастного случая, избавившего его от ареста. Вдова, истертая жизнью бабочка Серебряного века, налила им жидкого чая, обласкала, одарила роскошью глубокого сочувствия и симпатии и мгновенно поняла, что им нужно. Текст она написала за неделю, он был удачный, в ходе репетиций совсем немного пришлось его поформовать... А вот гонорар от театра получить она так и не успела — пока театр заключал договор, проводил через министерство культуры заявку, она успела умереть.

Нора работала добросовестно — решила для начала пообщаться с живой природой, пошла с Юриком в зоопарк, посмотреть на всяких копытных. Юрика же больше всего интересовали воробьи и голуби, являющиеся не экспонатами, а скорее обслуживающим персоналом. И даже сам слон не произвел на него никакого впечатления. Слона, по несоответствию масштабов, он просто не приметил. Нора сделала несколько набросков в блокнотике и поняла, что идет по ложному пути. Отвергнув идею изучения натуры, погрузилась в изобразительное искусство. Сидела в библиотеках, изучала всяких нарисованных лошадей. В библиотеку ВТО ее пускали с Юриком — с тамошними сотрудницами она почти два десятилетия состояла в дружеских отношениях. Для походов в другие библиотеки приходилось вызывать Таисию. Иногда Юрика перехватывала Наташа Власова, приводила его к себе домой и отдавала на попечение Феди, который замечательно развлекал малыша.

Вскоре Нора точно знала, какие лошади ей нужны. И какие йеху!

Тенгиз, уезжавший в Тбилиси устраивать какие-то домашние дела, вернулся и с порога заявил, что через неделю начинают репетиции.

Нора положила перед ним стопку бумаги. Он взял в руки верхний лист. Гулливер был изображен сбоку листа, наблюдателем, а в центре — две сквозистые лошади, собранные как будто из металлических планок детского конструктора, свинченные грубыми шайбами, суставчатые, на шарнирах, с полым брюхом, в котором помещалась площадка для актера. Морды у них были несколько человекообразные, улыбающиеся, с обнаженными зубами — но страшноватые.

— Ты гений, Нора! Ты все сделала.

На втором листе Гулливер выбирался из домика с кольцом на крыше, протискиваясь через откидную дверь. Вокруг бесновались лохматые существа с дикими, но определенно человеческими мордами. Все они были закреплены на одной сетке.

— Отлично, — одобрил Тенгиз. — Толпа.

И взял следующий лист.

Он сидел, она стояла перед ним, и они были почти одного роста. Он поскреб пальцами серую щетину на щеке, пощелкал губами, поморщился и сказал с оттенком грусти:

— Ты так все придумала, что дальше уже можно и без меня!

— Без меня, Тенгиз, без меня!

— Как это?

— Я не могу с тобой ехать. Юрика не на кого оставить.

— Да кто же его оставит? Мы с мальчиком едем. Я двухкомнатную квартиру снял. Трехкомнатной во всем городе не нашли. Большая. Поместимся.

Нора покачала головой: нет, не поеду.

— Ты с ума сошла! Я не могу без тебя работать! Я знаю! Я пробовал! Как ты можешь меня бросить? Мы летим все вместе, через три дня, и мальчик с нами. Билеты нам уже куплены.

Тут пришлепал Юрик и полез на руки к Тенгизу. Нора поняла, что поедет. И полетит, и поползет. Куда угодно. На Алтай. На Колыму. К черту на рога...

— Гулять пойдем? — спросил Тенгиз. Юрик побежал к себе в комнату и притащил оттуда двух мишек.

— А что там с мастерскими? Здесь конструкция довольно сложная, меня консультировал лучший московский кукольник, это не всякий мастер построит.

— Там какой-то военный завод закрыли. У них два таких мастера в цеху, они тебе не то что лошадь, ракету соберут!

Потом приехала Амалия. Сказала, что заберет Юрика в Приокский заповедник. Чистый воздух, молоко козье, овощи деревенские... И Андрей Иваныч считает, что тащить ребенка в такую даль будет ошибкой...

Про Андрея Ивановича и про ошибку она напомнила напрасно. На этом самом месте не однажды происходило возгорание.

— Мама, позволь мне делать мои ошибки. Если б я их не делала, то была бы не я, а ты.

— Да пожалей ты ребенка! В кого ты такая... жесткая? — вопрос был риторический и не предполагал ответа, но ответ последовал:

— В тебя.

Тут Амалия заплакала, а Нора расстроилась: могла бы промолчать! Нора обняла мать, зашептала в ухо: Малечка, прости, больше не буду, а ты не приставай ко мне... Не руководи, пожалуйста...

И расстались они в мире. И стало даже лучше, чем раньше: обе чувствовали себя виноватыми.

Опять начался счастливый кусок жизни — в провинциальном алтайском городе, с большой рекой, с праздничной работой. Нора обнаружила, что кукольники — особая порода актеров, не очень далеко ушедшие от балагана, от народного праздника. Таких занятных, самоигральных ребят в драматическом не сыщешь! Директор театра, бывшая партийная начальница, оказалась замечательной женщиной, невиданно замечательной, за что ее потом и сняли с работы, к счастью, не за "Гулливера", а за следующий... За "Гулливера" она всего лишь получила выговор.

Для Юрика это алтайское время тоже оказалось очень важным — запаздывающий в речи, именно здесь он начал говорить, заговорил сразу сложными предложениями и страшно забавно. И, как выяснилось много лет спустя, именно здесь пробудилась его необыкновенная память: его самые ранние воспоминания относятся к театру, к театральным цехам и к Тенгизу, которого он назначил отцом.

Премьера состоялась пятнадцатого сентября. В тот день утром Тенгиз получил телеграмму, что умерла его мать. Спектакль отыграли, и он улетел. Премьера прошла прекрасно. Публика была в восторге, но Тенгиз на поклон не вышел — он уже летел на хлипком местном самолете в большой город Новосибирск, а оттуда через Москву в Тбилиси.

Нора с ним едва успела попрощаться. Она просидела в театре еще три дня, успела даже прочитать в местной газете восхитительно разгромную рецензию заместителя местного отдела культуры товарища — умри, лучше не придумаешь! — Полукоржикова, который усмотрел в спектакле "буржуазный авангардизм и пикассизм"! Вторая критическая статья отмечала существенное: "Откуда такое неуважение к человеку? Уж не хочет ли автор постановки показать, что люди хуже животных? Не поклеп ли это на советского человека?"

Нора с Юриком вернулась в Москву во второй половине сентября. Весь июль и август шли дожди, а в виде компенсации выдали настоящее "бабье лето". Тенгиз не звонил. Он говорил между прочим, что собирается осенью во Вроцлав, в лабораторию Ежи Гротовского. Польша была самой свободной из социалистических стран, а Грузия — самой свободной из советских республик, и он уже получил принципиальное разрешение от министерства на эту поездку. Никаких писем от Тенгиза ни про Гротовского, ни про кого другого не было. И Норе пришлось заново переживать окончательное расставание. Но на этот раз оно шло мягче, чем в прошлый раз. Может, Юрик смягчал?

Втроем они прожили полгода, дальше пошла другая жизнь, к которой надо было опять привыкать и опять затыкать свистящую дыру Тенгизова отсутствия.

Снова началась жизнь без Тенгиза. Но теперь было ощущение, что он еще появится, войдет со своим саквояжем, в полушубке, или в свитере-самовязке, или в растянутой майке, и снова будет праздник...

Таисия, которая так и осталась помощницей "по вызову" и почти членом семьи, считала, что мальчик отстает в развитии. Но когда Юрик встретил ее после двухмесячного пребывания на Алтае словами "Таисия волосатая к Юрику пришла, конфету принесла" — она на время отстала от Норы с настойчивыми рекомендациями посетить психоневролога, дефектолога или детского психолога...

Нора почувствовала, что Юриково младенчество ею отработано. Она по-прежнему рисовала его, но теперь на тех же листах ватмана она записывала его высказывания. Записывать надо было немедленно: порой они были так странны и невразумительны, что Норе надо было еще расшифровать, что он имеет в виду.

ГЛАВА 12. Особенный Юрик. Йеху и гуингнмы

Мыл руки в ванной, крутил краны — то холодную воду пускал, то горячую. Нора терпеливо ждала.

— Нора, а почему у холодной воды голос мужской, а у горячей женский?

Нора задумалась: она не слышала этой разницы. Так и сказала. Тогда он махнул разочарованно рукой:

— Ну тогда скажи, где у воды середина…

Нора чувствовала, что это она отстает от сына по части феерического всасывания мира и разворачивания в нем.

— Во всех вещах есть немного огня, — заявлял мальчик, играя с веревкой.

— Не понимаю, что ты имеешь в виду, — склонилась над ним Нора.

Он зажал веревку в одной руке, а второй сильно дернул.

— Вот видишь, в веревку положили немного огня и она жжется…

Он разжал руку, на ладошке был розовый след.

— Мам, а у веревки кругом лицо?

Годам к пяти у Юрика появилось новое увлечение. Норин приятель, актер-кукольник Сережа Николаев, подарил ему настоящий африканский барабан "джембе" и выбил простенький ритм — старый барабанщик, старый барабанщик, старый барабанщик крепко спал… Незатейливая эта игрушка на несколько месяцев стала самой любимой. Часами Юрик лупил по барабану — то руками, то ложкой, то палочками, то костяшками пальцев — и при этом неистово скакал вокруг него. Нора изнемогала от постоянного треска, старалась отвлечь, переключить внимание на какое-нибудь менее шумное занятие. Пожаловалась как-то Сереже, что он испортил ей жизнь. Сережа отмахнулся, но принял к сведению — следующий его подарок, детский ксилофон, действительно несколько исправил положение: теперь Юрик занялся новым музыкальным инструментом и, надо сказать, ксилофонный звон меньше раздражал, чем треск "джембе".

"Надо было взять бабушкино пианино, — подумала Нора. — Может, он музыкальный? Жаль, оставила пианино соседкам..." Сама она прекрасно помнила, как бабушка пыталась с ней заниматься и какая это была для нее пытка. Впрочем, и для бабушки тоже... В ту сторону ее совершенно не тянуло. Может, слух был недостаточно чуткий? У Генриха слух был замечательный, и Нора помнила, как в давние годы он пел в любом застолье, после первой же рюмки, длинные оперные арии... Амалия вечно мурлыкала какие-то советские песни. Дед Норы по матери был регентом, значит, тоже с отличным слухом. Может, Юрик пошел в Генриха или в того прадеда...

"Подрастет, отдам в музыкальную школу", — решила Нора.

Потом он научился читать. Самостоятельно. Нора обнаружила это случайно. Он долго не засыпал, просил читать. Шел двенадцатый час, уже и Нора устала. Закрыла книжку:

— Все. Спи.

Он обиделся:

— Тогда я сам себе читать буду.

Нора старалась ему ни в чем не перечить. Согласилась:

— Хорошо. Только тогда вслух читай. Я тебе читала, теперь ты мне.

И он неожиданно стал читать — не очень уверенно, с остановками, но не по складам. Это была сказка о молодильных яблоках, и он не мог знать ее наизусть, первый раз читали. Нора промолчала, не стала спрашивать, когда это он научился. Только подумала — все, еще один детский возраст закончился, еще какую-то черту перешли. Витасикова голова. Наверное, математиком будет. Или физиком.

И ничего в этом хорошего не находила...

Юрик постоянно изумлял Нору. Севши на корточки, долго рассматривал молодую траву.

— Что ты там увидел? — интересовалась Нора. Не отрывая глаз от травы, он спросил:

— Нора! А я расту вверх головой или вниз ногами?

Потом вдруг обнимал дерево, прижимался ухом к стволу, гладил кору, сжав кулачки, тихонько стучал, снова прислушивался. Когда Нора спросила, что он там услышал, он мотал головой:

— Ничего не слышал. Думаю, почему у людей нет таких красивых фигур, как у деревьев? Не поняла? Это потому что они стоят красиво, а люди все бегают, бегают...

И он становился рядом с деревом, раскидывал ручки и замирал. Малыш в красной курточке с карманом на пузе...

Тенгиз надолго не пропадал — теперь он вызывал Нору на совместную работу то в Прибалтику, то в Сибирь. Страна была большая — от Бреста до Владивостока. Их стали приглашать вдвоем. Эта пара обеспечивала успех, иногда скандальный. Получали попеременно то награды, то выговоры. Тенгизу предложили театр в Кутаиси. Он подумал и отказался. Более всего из-за Норы. Положение главного режиссера не давало возможности так вольно разъезжать по стране, а Нору пригласить в Грузию он не мог. Да она бы и не поехала. В доме у Норы он изредка бывал, но старался там не ночевать, уходил в гостиницу. Мальчик выбрал его в отцы... всякий раз так вцеплялся в него, что создавать иллюзию семьи было жестоко. Да и самому Тенгизу все труднее...

Ближе к шести годам Юрик стал интересоваться, где папа. Нора заранее готовилась к этому вопросу. Витася, видевший Юрика только однажды, в годовалом возрасте, полностью выветрился из детской памяти, он заезжал к Норе раза три, но всякий раз, когда малыш спал. Витя успел привыкнуть к мысли, что Нора его обманула, родивши несогласованного ребенка, и смирился с тем, что ребенок этот уже есть. Поэтому, когда Нора позвонила и спросила у него, хочет ли он повидать сына, он ответил вялым согласием. Точку зрения своей матери он не рассматривал. Договорились, что на этот раз Нора с Юриком приедут к нему в гости.

И Нора опять, улыбаясь про себя, купила торт "Прага" и отправилась в гости к родственникам. За эти годы Витя с матерью были переселены с Никитского бульвара на станцию "Молодежная", и это географическое перемещение поставило дополнительную точку в длинном многоточии их прерывистых и надуманных отношений.

Визит был недолгим. Варвара, раздираемая противоречивыми чувствами — ненавистью к Норе и любопытством, — ушла к соседке. Витя расставил фигуры на шахматной доске и показал Юрику, как они ходят.

— Это игра в войну? — поинтересовался Юрик. Витя подумал и согласился.

— Зачем столько пешек, они же одинаковые? — задал вопрос Юрик.

— Ну, они как пехота, чтобы защищать короля и королеву и нападать.

Витя сделал первый ход:

— Начало называется дебют.

— А можно по-другому? — поинтересовался Юрик.

Через пятнадцать минут Юрик втянулся и сказал, что он хотел бы начать по-другому. Но Витя отказался, сказал, что бросать партию будет нечестно... И быстро выиграл. Начали новую партию. В разгар третьей партии между сыном и полупризнанным внуком Варвара все-таки вернулась. Любопытство одолело. Вела она себя на этот раз даже глупее обыкновенного, потому что сделала вид, что не знала о намеченном приходе Норы с сыном. Она разыграла неожиданную встречу, но простодушный и негнущийся в своей честности Витя немедленно ее разоблачил своим голубоглазым удивлением:

— Мам, да ты что? Я же тебе говорил!

Она только махнула рукой:

— Ой, Витя, ничего у тебя не разберешь!

Юрик проигрывал третью партию подряд и готов был уже зареветь, когда Витя ему сказал:

— Дружок, ты очень хорошо играешь! Я в твоем возрасте играл похуже! Сейчас я покажу тебе одну вещь, и никто больше тебя не обыграет.

Витя заново расставил фигуры, чтобы показать Юрику "вилку". Юрик сразу понял, засмеялся и попросил показать еще какой-нибудь фокус. Вите мальчик понравился настолько, что он был не прочь с ним время от времени общаться.

— Прекрасно! Можешь приезжать к нам. Будешь с ним в шахматы играть. Только звони предварительно.

Пока ехали домой на метро, Нора все обдумывала, что же ей говорить, когда он снова спросит про отца. И ничего не сказала. Через недели полторы Юрик задал невзначай вопрос, который нес в себе и удовлетворительный ответ:

— Мама, а бывает двоюродный папа?

Кто из Нориных мужчин родной, кто двоюродный, не уточняли… Витя стал изредка захаживать. Он не особенно выделялся среди прочих многочисленных посетителей "перекрестка". Юрика любили и баловали все Норины друзья — и те, кто находил его необыкновенно умным и занятным, и те, кого он настораживал странностью… К последним относилась Таисия, которая все настойчивей тянула Нору пройтись с ребенком по психоневрологам и прочим специалистам. Однако начала медицинские обследования Нора только после того, как поняла, что Юрик различает цвета только по их интенсивности. Сначала она пошла к окулисту, который объявил ей после десятиминутного разглядывания таблиц, что у мальчика дальтонизм и, кажется, довольно редкой формы. Направили к невропатологу, а дальше Нора прошла с ним по всем специалистам детской поликлиники. В конце концов ей дали направление в Институт дефектологии, где Юрика осматривала целая бригада врачей. Нора присутствовала на этом консилиуме и поражалась неточности врачебных вопросов и точности Юриковых ответов. Для начала они выяснили, знает ли он элементарные геометрические фигуры — треугольник, круг, квадрат. Потом спросили, какой формы елочка.

— Круглая, — ответил он мгновенно.

Они снова предъявили фигуры и повторили вопрос.

— Круглая, — ответил мальчик. Далее последовало новое объяснение и повторный вопрос.

— Да я же сверху смотрю! — раздраженно ответил Юрик, и Нора еле сдержала улыбку. Она-то знала о его способности смотреть на вещи со своей собственной позиции.

ГЛАВА 12. Особенный Юрик. Йеху и гуингнмы

Врачи переглянулись и дали ему следующее задание. На листе бумаги, расчерченном на четыре части, была изображена голова лошади, собака, гусь и санки.

— Какая картинка здесь лишняя? — сладким голосом спросила пожилая дама в белом халате с лаковой плетенкой на голове.

— Лошадь, — твердо сказал Юрик.

— Почему? — хором спросили все врачи вместе.

— Потому что все целые, а от нее только кусок, одна голова.

— Нет, нет, неправильно, подумай еще, — попросила плетенка.

Юрик подумал, разглядывая картинку с большим вниманием:

— Гусь, — решительно ответил Юрик.

И снова они все удивились:

— Почему?

— Потому что лошадь и собаку можно впрячь в сани, а гуся нельзя.

Тетки в халатах снова переглянулись со значением и попросили мать выйти. Тут Нора догадалась, наконец, что правильный ответ был "сани" — единственный неодушевленный предмет в этом зверинце. Нора вышла.

В коридоре ей уже смешно не было, она злилась на себя — зачем она потащила своего умненького мальчика к этим идиотам. Они даже не поняли, насколько у него мозги лучше организованы, чем у них. Но диагноз был поставлен — задержка психического развития. Кроме бумажки с диагнозом Норе дали также направление в школу-интернат для детей с психическими отклонениями.

Никогда в жизни! В будущем году, когда ему исполнится семь, он пойдет в ту самую, в которой учились ее, Норины, родители, в бывшую сто десятую, в Мерзляковском переулке... Ее туда в свое время не взяли, потому что из-за нового районирования часть Никитского бульвара, примыкавшая к Знаменке, отходила к другой школе, о которой Нора и вспоминать не хотела. Но до школы оставался еще год, и Нора решительно потащила Юрика записывать в музыкальную. Ближайшая была возле консерватории, Центральная Музыкальная школа, одна из лучших в Москве, местечко рафинированное и снобское. Школа, выселенная на время ремонта, только что вернулась в свое родное здание. Все вокруг было казенно-зелено-коричневым и сильно пахло краской. Юрик потянул носом. Собеседование проводила полная пожилая дама с изумительным черепаховым гребнем на собранных в жидкий пучок волосах. Сначала дама предложила Юрику спеть, но он наотрез отказался, сделав даме встречное предложение — сыграть в шахматы. Дама подняла тень брови и отказалась от предложения. Она постучала пальцами по крышке пианино и попросила простучать то же самое. Юрик положил пальцы на крышку и выстучал нечто длинное, сложное, но совершенно не похожее на предлагаемый ритм. Он свой африканский барабан вспомнил... Дама оказалась излишне настойчива и, склонившись к нему, предложила повторить несложный ритмический рисунок. Но он опять пробарабанил что-то свое. Преподавательница открыла пианино и произвела до-ми-соль-ми-до. Стоявший рядом Юрик потянул носом и сказал:

— Здесь все очень плохо пахнет.

Возможно, если бы дама душилась не старомодными уже тогда духами "Красная Москва", а каким-нибудь "Серебристым ландышем" или "Кармен", жизнь Юрика прошла бы по другому руслу...

Они шли к дому. Юрик всю дорогу молчал и что-то сосредоточенно обдумывал. Возле подъезда он остановился, потянул мать за руку и спросил:

— Нора, а почему я "я"?

Нора сглотнула воздух. Как ответить ему на вопрос, на который никто не знает ответа?

— Ну, дружочек, ты же знаешь про себя, что ты человек отдельный, особый, что ты — "Я". А все остальные люди — другие, но у каждого есть такое же "Я".

— А ты откуда знаешь, что я человек особый? — они топтались перед подъездом, он теребил Нору за руку. Нора была в замешательстве.

— Все особые. И я, и бабушка, и Таисия. А я думал, только я "особенный".

— Ты правильно думал, — согласилась Нора, чувствуя полную беспомощность.

— И еще Витася особенный! — добавил Юрик, подумав.

Нора остолбенела: он прав! Они оба отличаются от остальных людей как гуингнмы от йеху...

ГЛАВА 13
Главный год
(1911)

Девятьсот одиннадцатый год начался замечательно. Рождество Маруся провела с братом Михаилом, который приехал из Петербурга с подарками, одетый по-столичному, модно причесанный, с маленькой бородкой и заостренными усиками. Он всегда был красив, а теперь внешность его стала даже несколько вызывающей. Маруся испытывала двойственное чувство — с ним было весело пройтись по бульвару, встречные дамы на него поглядывали с интересом. Марусе было приятно, что на него смотрят, да и на нее заодно, но примешивалось и неудобство — пальто на ней было старое, какого-то давно вышедшего из моды фасона, да к тому же и велико, и ей было неловко от неуклюжести этого дрянного пальто, а еще более неприятно то, что она, развитая и образованная девушка, страдает по такому недостойному, низкому поводу!

Зато шляпка у меня чудо как хороша, — бодрилась Маруся, но тут же себя и останавливала: ну что за глупое мещанство! Ну, к лицу шляпка! Разве в этом дело? Важно ли это? Другое важно — теперь Миша с ней беседовал о предметах серьезных и значительных как с равной, а не как с бессмысленной барышней.

ГЛАВА 13
Главный год

Мишины друзья наполняли дом каждый вечер, все восхищались Марусиной красотой, серыми глазами в черных, как будто накрашенных — никогда! никогда! что за пошлое кокетство! — ресницах, ручками редкого изящества, и грациозностью, и легкостью. Пальто-то было старое и невидное, зато платье ей пошили новое, из чудесной шерстяной ткани, купленной в мануфактуре Исаака Шварцмана, за экономные деньги, потому что отрез был неполномерный, разве только на девочку, но Марусе эта маленькая мера подходила — мама сопровождала Марусю, не забыв взять сантиметр, все промерила и сказала, что скроит. Долго мучилась, все боялась резать ценную материю, накалывала на Марусю и так, и эдак, но в конце концов получилось платье и нарядное, и скромное, и не без кокетства — с галстучком! Одного не хватало Марусе — собственного пышного бюста, чтобы натягивал лиф и немного выглядывал сверху. Но заботливая мама, носительница изобильных грудей, сдерживая улыбку, посадила лиф на сборочку, так что недостаток был замаскирован, а достоинство — узкая талия — подчеркнут.

Весь январь стал сплошным праздником — и день рождения Марусин отметили славно, ее поздравили все, даже Жаклина Осиповна! Первый раз в жизни Маруся пользовалась таким успехом, каждый вечер ее приглашали то в театр, то на вечеринку, и — венец всего! — Жаклина Осиповна пригласила пойти с ней вместе на концерт Рахманинова! Такого великого концерта Маруся в жизни не слышала и понимала, что будет вспоминать его до конца своих дней, потому что вряд ли когда еще выпадет такое счастье.

Еще одно событие — опять судьба решительно действовала через мадам Леру — произошло в середине февраля. На курсы, по приглашению Жаклины Осиповны, приехала с лекциями легендарная Элла Ивановна Рабенек. Выученица Грюневальдской школы, основанной Айседорой Дункан, любимица великой босоножки, основательница одной из первых школ пластики в Москве, актриса, вышедшая на сцену без обуви и без чулок, скандально-полуобнаженной, преподавательница пластики и ритмики в Художественном театре Станиславского явилась перед слушательницами Фребелевских курсов в строгом, лишенном какой бы то ни было женственности костюме и в цветастом шелковом шарфе, более пригодном для обивки кресла, чем для украшения дамы. Слушательницы все замерли от ожидания. Маруся, которая к этому времени из помощника преподавателя сама стала преподавателем и уже не бегала к семи часам утра встречать приютских детей, а приходила к девяти часам и вела с ними незатейливые музыкальные занятия, на первой же лекции поняла, для чего она изучила всю эту историю и литературу, анатомию и ботанику, для чего слушала все полупонятные разговоры взрослых и умнейших, ходила в театры и в концерты — чтобы немедленно пойти учиться к изумительной госпоже Рабенек!

Лекция была вдохновляющей! Одни только имена каковы! Ницше, Айседора Дункан, Жак Далькроз... ритмы мира, ритмы тела... И все эти ритмы зашифрованы в музыке, которая сама по себе есть отражение пульса космического. О создании нового человека путем слушания и воспроизведения этих космических ритмов Маруся пока еще не успела узнать, но уже скоро... скоро... Конечно, это было именно то, о чем Маруся мечтала, — стать таким новым, свободным, мыслящим и чувствующим человеком, новой женщиной, и помогать другим идти по этому пути! О, предчувствие чудесной перемены!

ГЛАВА 13 — Главный год

Но событие самое главное, может быть, главнейшее в жизни, произошло в день, когда Элла Ивановна прочитала свою последнюю лекцию и провела под музыку демонстрацию. Она сменила свой мужественный костюм на белый короткий хитон. В движениях ее не было ничего балетного — свобода и энергия, естественность и смелость. Это мое! Это совершенно мое! — почувствовала Маруся всем своим телом. После лекции она летела домой как на крыльях, походка ее изменилась в один час: спина выпрямилась, плечи опустились, длинная шея как будто еще удлинилась, а ступни легко скользили по земле как по льду.

Мама уже спала, отец сидел в ночном колпаке возле керосиновой лампы, читал какую-то старую французскую книгу, и не с кем было поделиться радостью, новостью, даже некоторой пьяностью... Она легла в угловой комнате, бывшем чулане, думала, что не сможет заснуть, но заснула мгновенно. Встала рано, легко, сделала свой швейцарский туалет, добавив в холодную воду несколько капель одеколона "Брокар", Мишин подарок, надела новые панталоны, а корсетик, подержав в руках, отбросила с тем, чтобы никогда больше не стягивать своего тела этой гадостью, старомодной гадостью, потому что ее тело со вчерашнего дня хотело быть свободным, не зажатым, не зашнурованным, а гибким, античным, греческим...

Надела старое ореховое платьице, а противное пальто надевать не стала, натянула поношенную тужурку, надела круглую меховую шапку, повязала сверху платком, посмотрела на себя в зеркало, понравилась себе, подумала "Что за прелесть эта Маруся!". И засмеялась, потому что прекрасно помнила, какая из любимых героинь Толстого это произносила, радуясь весне и молодости.

Был десятый час, когда она вышла из дому, — погода была солнечная, но довольно холодная, было ясно и чисто, к ней вернулось вчерашнее чувство легкости и свободы, и она улыбнулась вчерашнему дню. Но оказалось, что не вчерашнему дню она улыбается, а молодому человеку, который стоял возле витрины часовой мастерской. Он был кудряв, рыжевато-рус, в студенческой фуражке и в шинели, и лицо его, не совсем незнакомое, сияло такой же радостью, какой полна была Маруся.

— Мария! А я уже отчаялся вас встретить! Помните, мы были на концерте Рахманинова!

И хотя почти месяц прошел с того дня, Маруся вспомнила, сразу же вспомнила студента, который уступил ей место в партере, а потом довел до дома. Он произвел тогда впечатление очень воспитанного молодого человека, и теперь он держался очень почтительно.

— Вы разрешите, я вас провожу? — спросил он, предлагая руку, чтобы она на нее оперлась. Рукав черной шинели был из тонкой дорогой материи.

— Куда? — Маруся и в самом деле сама не знала, куда она собралась идти! Занятий с детьми в тот день не было, а до лекции было еще два часа.

И они пошли гулять куда глаза глядят.

Улица Мариинско-Благовещенская, длинная и горбатая, то поднималась, то опускалась. Это было лучшее время жизни этой улицы: ей, как и всему городу, недолго предстояло украшаться причудливыми, фантастической архитектуры домами, потому что уже вызревала в подпольях революция, гражданская война, а в пространствах ближних, осязаемых, — неделя, две! — совершится убийство мальчика Андрюши "из личных видов" неизвестно кого, и уж точно лучше бы он жил, но он был убит, и дело Бейлиса вот-вот заволочет местный мир смрадным туманом, и убийство террористом, ужасным Богровым, который проживал тут неподалеку, на Бибиковском бульваре, министра Столыпина еще не произошло, но уже готовилось, и Лукьяновская тюрьма прирастала новыми корпусами, и все полны, и кто только к этому времени там не посидел — пока неизвестные Якову и Марусе сестры Ульяновы и брат их Дмитрий, и Дзержинский, и Луначарский, и Фанни Каплан, но они скоро-скоро, через небольшое коленце жизни узнают эти имена, и многие другие имена, и книги, и музыку будут проживать вместе, в четыре руки, в унисон, и всю новизну наук и искусств будут вдыхать вместе, усиливая все ощущения многократно.

Они шли по мирной Мариинско-Благовещенской улице и разговаривали первый раз. Чудесным образом разговор этот был почти безглагольным, состоял из одних перечислений имен и вздохов, выдохов и междометий... Толстой? Да! Крейцерова соната? Нет, Анна Каренина! О, да! Достоевский? Конечно! "Бесы"! Нет, "Преступление и наказание"! Ибсен! Гамсун! Виктория! Голод! Ницше! Вчера! Далькроз? Кто? Не знаю! Рахманинов! Ах, Рахманинов! Бетховен! Конечно! Дебюсси? А Глиер! Великолепно! Чехов? Дымов? Короленко! Кто? И я! Но "Капитанская дочка"! Какое счастье! Боже! Невероятно! Никогда ничего подобного! Еврейское? Шолом-Алейхем? Да, в соседнем доме! Нет, Блок, Блок! Надсон? Гиппиус! Никогда! Совсем, совсем не знаю! О, это надо, надо! История античности! Да, греки, греки!

Так дошли они до самого Ботанического сада, и тут Маруся опомнилась, что надо скорее возвращаться, что ей теперь нужно на Большую Житомирскую, потому что лекция уже скоро начнется и она опаздывает, а он засмеялся, сказал, что его положение лучше, потому что он уже даже не опаздывает, и что у него сегодня самый счастливый день, потому что то, что он загадал, все сошлось, и даже в тысячу раз лучше, чем он загадывал... И до вечера они не расставались, обошли весь город, выходили к Днепру, заглянули в Софийский Собор.

И снова это узнавание, совпадение в самых глубоких движениях души, в тайных и неуловимых мыслях! И где? В церкви! Кому это можно высказать? Тайна! Мария! Младенец! Да! Знаю! Молчите! Невозможно! Да, мой Николай! Николай! Я к нему иногда обращаюсь! О да! Нет, какое крещенье! Нет! Зачем? Это связь! Ну, разумеется! Никогда! Авраам и Исаак! Ужасно! Но крест! Но знак! Но кровь! Да! И я! А фреска? Это любимое! Самое любимое! Музыканты! Да, а медведь! Конечно! Конечно! Охота изумительная! А эти музыканты! Скоморохи! Этот танец! Царь Давид?

Он был красив особенно, не на каждый глаз, он был красив для нее — ей нравился его тяжеловатый подбородок с ямкой-расщелиной, и собранный рот, волевой, без всякой юношеской пухлости, и видно было, что он очень чисто выбрит, но если отпустит бороду, то будет она жесткой и густой, глаз ясный, яркий румянец, и даже в мундире видно, что он широкоплеч и узок в талии, никакой расплывчатости, полная мужская определенность.

Она более чем красива — одухотворена! Ажурный шерстяной платок чуть прикрывает впалые щеки, в лице ничего лишнего, черты, нарисованные чудным художником, скорее, графиком — Бердслеем, может быть. Немного недокрашенная, пастельная, легчайшая, сам воздух! Воздух — это ее стихия! Ничего мясного, тяжелого, ангелов из такого материала делают, да, ангелов...

Назавтра они встретились снова. Маруся рассказала ему о том, что скоро закончит Фребелевские курсы и уже знает, чему она будет учиться дальше, и рассказала все, что знала, о великой танцовщице, и ее ученице, и о ритме, который никто не слышит, а в этом и есть главное направление, потому что вне ритма нет никакой жизни, надо уловить эти ритмы, этому можно научиться, и неважно, какую ты выбрал себе стезю, но без этого пульса, без великого метронома ничего невозможно. И эти годы учебы оказались только подготовкой к тому, чем ей нужно заниматься... Именно, только этим!

Да, да, я очень это понимаю, я это понимал еще совсем ребенком, я болел ангиной, стоял с завязанным горлом у окна и считал падающие осенние листья, и знал, что от того, как они падают, как раз и зависит боль, которая отзывается на каждое касание листа к земле, и никому не мог этого сказать, и вы первый человек, который в состоянии... Не мама же... О да, не мама... Она совсем не... да, да... и никогда не поймут... Хотя их любовь, да... Но такое понимание... такое единение... А музыка? Музыка! Вот где метроном жизни! Пульс! Смысл!

Каждый день они ходили по городу, встречаясь каждую свободную минуту, держались за руки, и Яков был счастлив и немного подавлен изобилием обрушившегося счастья, и Маруся была счастлива, но немного испугана тем, что все это может исчезнуть... об этом они тоже говорили... он уверял ее, что они это все удержат, сохранят, а она может на него положиться, верить ему, потому что у него есть все, все, что для жизни нужно, и не хватало только ее, а теперь, когда они нашли друг друга так просто, на соседних улицах... Правда, Рахманинов, конечно, Рахманинов!.. Надо быть просто преступником, чтобы не удержать золотую рыбку, жар-птицу, потому что все приобрело смысл, какого прежде не хватало. А теперь стало ясно, зачем нужна в мире музыка, и все науки, и все искусства, потому что без любви все полностью теряет смысл... Но теперь смысл ясный и общий, и педагогика не в отрыве от жизни, а вся она придумана именно для обучения людей счастью — и статистика, и политэкономия, и математика, а уж про музыку и говорить нечего, все это нужно только для одного, для полного счастья...

За несколько дней, вышагивая мили по городу, в котором оба родились, вдоль красавицы реки, в которой купались с малых лет,— не правда ли, Маруся, "река" должна быть мужского рода, как в немецком, der Fluss, ну, как слово "поток"... Ну, Днепр, это мужской род, не правда ли? Он ведь не Волга... Скакали по горкам и низинам древнего города, показывая друг другу любимые места, сблизились до такой степени, что, казалось, уже не может быть большего постижения и погружения в глубины другой души, и это было такое предисловие к счастливейшей будущей жизни, что даже поцеловаться было страшно, чтобы не спугнуть то еще большее счастье, которое их ожидало. Яков, тем не менее, вечерами, растягиваясь на своей узкой кровати, обнимал подушку и давал себе слово, что завтра он непременно поцелует Марусю. Но назавтра отступал, боясь спугнуть ее доверие, обидеть ее примесью низменного в их возвышенных отношениях. А Маруся ждала и готовилась к этому новому шагу в их отношениях, но нисколько не торопила события.

Одиннадцатый год был только в самом начале, уже закончился февраль, счастье не убывало, а давало новые побеги, обрастало новыми лепестками, — скорость и яркость, с которой бежал этот год, счастливейший одиннадцатый год, была невообразимая. В начале марта Жаклина Осиповна сказала, что списалась с Эллой Ивановной Рабенек, и та пригласила Марусю приехать для просмотра в Москву, в классы пластики. Маруся, проглотив комок в горле, — всю жизнь этот комок появлялся в минуты больших волнений, от повышенной функции щитовидной железы, как потом, много лет спустя, объяснят врачи, — сказала, что поедет непременно, во что бы то ни стало.

Дальше все складывалось как в сказке, потому что приехал брат Марк из Петербурга навестить родителей. Михаил приезжал чаще, и приезды его не были столь волнующими. Марк пробыл дома всего четыре дня, и Маруся от одного его присутствия вдруг заметила, как все поменялось с тех пор, как он покинул дом. Вся квартира как будто съежилась и, что самое удивительное, родители как-то уменьшились. Они вообще были некрупные, но Марк, большой и полный, стоя рядом с отцом, почтительно пригибал шею, а отец задирал вверх свою красивую голову, и Маруся чуть не заплакала, увидев вдруг, как сильно постарели родители за последние пять лет. От Марка веяло успехом и процветанием, он сообщил, что переезжает в Москву, где получил новую должность, и теперь будет работать в страховом обществе юристом, это новое и очень интересное дело, и ему положили большое жалованье. Он уже нанял в Москве меблированную квартиру. И — между прочим — в квартире этой две комнаты, так что Маруся сможет у него остановиться, когда ей захочется приехать в Москву. Она, вспыхнув, сказала, что уже хочет! И не было ничего такого вроде "скоро сказка сказывается, да не скоро дело делается" — все просто понеслось, и назавтра он принес железнодорожные билеты. Они лежали перед Марусей на столе — две продолговатые картонки и два бело-зеленых листка, плацкарты на спальное место.

Вечером того же дня Маруся встретилась с Яковом и, сияя лицом, сообщила, что едет в Москву на просмотр к самой Рабенек. Но Яков не обрадовался, взял ее руку, подержал, сжал крепко — не больно, но с каким-то смыслом:

— Вы уедете в Москву? Мы расстанемся?

— Нет, нет, это только на несколько дней... и поняла, что говорит неправду. Если Элла Ивановна возьмет ее, если найдутся деньги на учение, она останется в Москве. И в голову Марусе не пришло раньше, что отъезд означает, что она Якова не будет видеть долго-долго...

— Я буду ждать вашего возвращения, если вы пожелаете когда-нибудь вернуться, — сказал он с несколько театральным выражением, сам почувствовал эту театральность и скривился от собственной фальши.

— Нет, нет, не говорите так! После всего, что нас связывает (чего "всего", она не сказала, потому что связывали их душевные разговоры и глубокая тяга, которая обоим казалась постыдной), мы никогда уже не сможем расстаться...

Они сидели в Царском саду. Маруся заторопилась, ей надо было собрать саквояж и забежать попрощаться к мадам Леру, а Яков боролся, потому что все не решался совершить задуманное — поцеловать Марусю. Он сказал себе "сейчас или никогда", повернулся к ней, приблизил свое лицо к ее... и поцеловал в щеку. Это было совсем не то, о чем он мечтал столько недель. Она засмеялась и сказала:

— Потом, потом... А теперь проводите меня...

ГЛАВА 13

Назавтра Маруся сидела в купейном вагоне второго класса, у окна, рядом с братом Марком, почтенная супружеская пара напротив, пожилые киевляне, ехавшие в Москву на какое-то семейное торжество, уважительно обращались к брату. Беседа была никчемная, совершенно пустая, но весьма благообразная. Маруся же молча посматривала на брата с тем самым веселым ехидством, которое в детские годы было ей столь свойственно, но порастерялось за годы учебы в педагогическом заведении.

Так Маруся впервые рассталась с Яковом. Хотя ей было безумно жалко каждого дня, проведенного с ним врозь, но поездка в неведомую Москву, возможность приобщиться к высотам мировой культуры — а именно так она и рассматривала для себя эту поездку — была счастливым билетом, от которого не отказываются. Она никогда никуда не выезжала из Киева дальше Полтавы, и общие мечты-фантазии о совместной с Яковом поездке в Германию, в Италию, во Францию побледнели в сравнении с этим первым путешествием. В сущности, большие жизненные планы уже начинали осуществляться. Жаль, что пока без Якова, но все равно это было началом той большой и серьезной совместной жизни, которую они так быстро сочинили. Это была первая станция в деталях продуманной дороги!

Маруся смотрела в окно, упиваясь фантастической скоростью, с которой летел поезд, и наслаждалась видами за окном как скромным предисловием к огромному приключению жизни, в котором уже были учеба и любовь, а впереди ожидали познание мира и деятельное, волнующее творчество...

На вокзале брат нанял извозчика, и они приехали в огромный доходный дом на Мясницкой улице, некрасивый по киевским понятиям, с виду мрачный, без веселого архитектурного декора, с высоченными, как будто на великанов рассчитанными дверями. Внутри был вестибюль, зеркала, лифты в чугунных решетках строгого рисунка. Сразу же брата остановил какой-то огромный господин в меховой шубе, дружественно облапил его и стал что-то ему быстро и шепеляво говорить. Маруся скромно отвернулась, чтобы не мешать разговору. Марк кивнул ей благодарно, бросил — "Минутку!" — и отошел в сторону с господином. Они говорили довольно долго, но Маруся вовсе не скучала, она рассматривала людей, которые выходили, входили в лифт, а некоторые спускались и поднимались по широкой плоской лестнице. Этот дом стал первым и сильнейшим впечатлением Маруси от Москвы: мужчины и женщины, которые сновали в вестибюле, одеты были иначе, двигались делово и устремленно, разговаривали быстро, выразительно, как будто все сплошь артисты. Дом был "модерн", и люди в нем жили "модерн", и вся московская жизнь была тоже "модерн", — Маруся с первого взгляда поняла, что жить надо именно в Москве, а не в каком не в Киеве, провинциальном и второстепенном. А Яков пусть заканчивает институт и перебирается сюда, и оба они будут здесь жить, вместе, вот в таком же доме, и это будет жизнь "модерн", а не мещанское существование среди еврейских родственников, ремесленников, купцов и банкиров... Потом брат попрощался с "шубой", странным образом, каким-то двойным рукопожатием, с прихлопываньем, схватил Марусю под руку, поволок ее не к лифту, а к лестнице:

— Скорей, скорей, Муся, лифт медленный, а нам во второй этаж...

Квартира оказалась чудесная и тоже, под стать всему этому дому, необыкновенная, с огромным альковом, с деревянными панелями, но вовсе без кухни, одна только плитка в закутке, зато с настоящей ванной комнатой. Марк вынул из ящика стола какие-то бумаги, посвистел в задумчивости, достал чистый носовой платок и сказал:

— Муська, спешное дело, приду вечером, вот ключ, вот деньги, будь умницей...

Оставшись одна, Маруся недолго постояла у окна, взятого в чугунные решетки, простые и стильные, воображая, как она, с высоко зачесанными под бархатную ленту волосами, выглядит, если смотреть на нее с улицы. На противоположной стороне улицы стоял такой же мрачный дом, но из-за начавшегося снегопада разглядеть, что там происходит в окнах, было невозможно. Значит, и ее видно не было... Маруся поправила прическу, уложив поплотнее волосы под ленту, сменила старое платье на юбку с просторной блузкой нового фасона, надела ботики и легкое не по сезону пальто — нанавистное зимнее она оставила дома: в новой жизни не место было старому уродству!

Маруся не успела спросить у брата, как найти Малый Харитоньевский переулок, спросила внизу у швейцара. Он сказал, что совсем близко, и объяснил как идти. Маруся даже не удивилась тому случайному обстоятельству, что квартира ее брата оказалась рядом с курсами. За пять минут добежала она до важного дома с огромными окнами на первых двух этажах — там и были курсы! Маруся пришла вовремя — ученицы как раз собирались на занятия, а сама Элла Ивановна стояла около двери в зал, одетая в светлую тунику, с подобранными, как у Маруси, волосами. Обычно обращение к незнакомым людям было для Маруси очень мучительно, но на этот раз она подошла без всякой робости, сама себе удивляясь. Напомнила о рекомендации от мадам Леру.

— Да, да. Помню. — Рабенек вошла в небольшой зал, пропустив Марусю вперед. — Вы пока посидите на занятии. Потом мы с вами поговорим.

Комната была довольно большая, с эстрадной площадкой, с громадным окном во всю стену, на полу лежал ковер, стены затянуты светлым сукном. Маленькое черное пианино было почти вплотную придвинуто к стене. Тут вошла молодая дама мощного сложения, отодвинула инструмент от стены, вытянула из-под него круглый табурет, открыла крышку и тихо заиграла незнакомую Марусе музыку. Яков, конечно же, узнал бы композитора…

Маруся озиралась в поисках стула, не нашла, вышла в коридор, но никакого стула и там не оказалось. Пока она бродила по коридору, в зале появилась стайка молодых женщин, босых, в коротких туниках, а Элла Ивановна произносила перед ними речь. Ученицы как будто и не слышали ее, бродили по сценической площадке, разбрасывая небрежно руки и ноги, хаотически, несогласованно. Музыка продолжала тихо играть.

— Так, так, так… Наташа, Наташа, я повторяю для вас — каждое движение происходит с наименьшей затратой сил, вы поднимаете руку, начинаете это движение от кисти, от локтя, требуется только легкое напряжение плечевого мускула, а все остальные мускулы в полном покое! Это основа основ! Освободите руку от ненужного напряжения, ваше движение станет пластичным, естественным! Остановитесь! Замрите! Вот, вы должны почувствовать вес руки, вес тела, вес его отдельных членов… Наташа, посмотрите на Элизу… Вот, вот… Именно таким путем восстанавливается единство, которое нарушено нашей неестественной одеждой, нелепыми привычками… К нам возвращаются те пластические движения, которые мы наблюдаем на античных вазах, в греческих скульптурах. Мы их потеряли! Поднять руку, поднять колено, развернуть корпус! Лучше, уже лучше... Так, все остановились. Канат, пожалуйста!

Маруся, не найдя стула, сначала стояла возле двери, потом, чтобы получше слышать слова Эллы Ивановны, слегка заглушаемые музыкой, передвинулась вдоль стены и села на пол, подобрав под себя колени. Она из лекций Рабенек уже знала и про античную скульптуру, и про барельефы, и про внутреннюю логику жеста, но сейчас у нее просто все тело томилось, так хотелось ее рукам, ногам, спине жить под музыку, скакать, прыгать, выражаться бессловесно.

Тем временем натянули канат и Рабенек сама поднялась на сцену. Она махнула рукой таперше и сказала одно неизвестное Марусе слово и — Скрябина, пожалуйста! И заиграла другая, совсем новая музыка. Элла Ивановна перепрыгнула через канат — странным медлительным движением, как будто перекатилась через него. И все начали прыгать — но не упуская при этом звучащей музыки. Потом учительница попросила убрать музыку — теперь каждый работает со своим собственным ритмом.

— Ищем, ищем свой ритм, свой собственный ритм!

И все поскакали по сцене, беспорядочно и совместно, а Маруся стащила с себя ботики и пошла скакать со всеми...

— Отлично! Отлично! Вот актерская жилка! — похвалила Элла Ивановна Марусю, и та вся наполнилась силой и легкостью и скакала со всеми до перерыва.

В перерыве Элла Ивановна подошла к Марусе:

— В переодевальной комнате вам кто-нибудь из наших учениц даст хитон, вы можете продолжать с нами занятия.

В тот же вечер Маруся написала письмо Якову. Она сообщила, что успешно прошла испытания, что с осени будет заниматься в студии Рабенек, что надо сделать все возможное, чтобы перебраться в Москву, потому что она уверена: их будущая жизнь связана с Москвой…

Это было первое из писем той обширной переписки, которая длилась двадцать пять лет, а потом в тщательно упакованном свертке пролежала в ивовом сундуке в коммуналке на Поварской до смерти Маруси, переехала на Никитский бульвар и лежала у ее внучки Норы, ожидая прочтения.

ГЛАВА 14
Женская линия
(1975–1980)

Рос Юрик. Вместе с ним росла и Нора, постоянно отдавая себе отчет в том, сколь многим она обязана сыну. Когда прогулочные "бульварные" мамы и няни в ее присутствии говорили о воспитании, она только улыбалась — довольно быстро она поняла, что ребенок воспитывает ее гораздо в большой мере, чем она его. От нее требовалось каждодневное терпение, которого от природы в ней вовсе не было, и она постоянно, ежедневно обучалась этому необходимому качеству. Жесткость собственного характера, неприятие чужой воли и даже чужого мнения очень осложняли отношения с матерью в подростковые годы — теперь она училась рассматривать все с позиции Юрика, двухлетки, пятилетки, первоклашки…

С первых дней Нора жила с Юриком общей жизнью, чему способствовала подаренная Мариной Чипковской сумка-кенгуру. В ней младенец путешествовал с Норой на выставки, в театры, в гости. Тогда эта синяя сумка, застегивающаяся у Норы на поясе, была заграничной диковинкой, а в последующие годы стала одним из тех предметов, который во всем мире породил новые отношения между матерью и ребенком — теперь дитя не оставляли дома с няней, бабушкой или соседкой, а брали с собой в такие места, куда прежде с младенцами и не думали заявляться. Сумка эта, давая известную степень свободы, связывала мать и ребенка еще более плотной связью. Нора задумалась об этом, когда Юрик пошел. Уже научившись ходить, он явно не желал увеличивать расстояние между собой и маминым телом. Тогда Нора предприняла новую стратегию, совершенно противоположную прежней — когда Юрик делал один шаг в сторону, она увеличивала это расстояние, делая еще один шаг... Так приучала его к независимости и добивалась этого увеличения расстояния, хорошо понимая опасность, возникающую от взаимной замкнутости друг на друга. Он довольно быстро почувствовал вкус свободы.

Таисия все больше времени проводила у Норы, ко взаимной выгоде. Прежде у нее в поликлинике было полторы ставки, теперь Нора попросила ее перейти на ставку и отпускать ее раза два в неделю. Таисия согласилась. Однако Норин воспитательный метод казался Таисии слишком жестоким, и она баловала своего питомца всеми силами. Юрик тем не менее рос довольно самостоятельным и независимым, Нора это поощряла. Иногда в его независимости Норе чудились черты Витасиковой самопогруженности, нежелания или неумения общаться с окружающими. Новых людей принимал он с трудом, проходило иногда много времени, прежде чем он называл по имени ребенка, с которым каждый день играл во дворе. Он умел играть сам с собой, не особо нуждаясь в компании.

Именно в первые годы жизни Юрика Нора продумала многие вещи, связанные с историей их семьи. Только теперь она поняла, почему ей так хотелось родить сына, а мысль, что может родиться девочка, она отгоняла. Пожалуй, даже боялась этого. Свою бабушку по материнской линии, Зинаиду Филипповну, она помнила смутно — та умерла, когда Норе не было семи лет, и последние два года бабушка лежала в постели, слабеющая, всегда в шерстяной шапке, всегда с накрашенными губами, время от времени кричала на Амалию громко, хотя не совсем внятно. Впрочем, отдельные ругательства были вполне различимы.

Много позже, повзрослев, Нора попросила Амалию рассказать о своей матери. Рассказ был довольно краток: у Зинаиды была несчастная жизнь. Родители, разорившиеся купцы, выгнали шестнадцатилетнюю девчонку из дому. За что, Амалия точно не знала, но предполагала, что у нее завелся тайный кавалер. Зинаида уехала в Москву, работала прислугой по домам, за последнего своего хозяина, Александра Игнатьевича Котенко, вышла замуж. Он был много старше ее, вдовый, почти слепой. В молодые годы он был регентом, последние годы жизни пел в хоре глубоким гудящим басом, за что Зинаида звала его "труба иерихонская". Брак был тяжелый, супруг тайно, по-домашнему напивался, время от времени ее поколачивал. Не зверски, а для воспитания. В этом безрадостном браке Зинаида Филипповна родила дочь Амалию. Котенко сказал, что девочка нагулянная, но жену не выгнал. К Амалии относился безразлично, но скорее хорошо. Правда, крестили ее, по требованию сомневающегося в своем отцовстве Александра Игнатьевича, Магдалиной и уже позже Маля выправила в документах имя на Амалию. Так и жила Зинаида Филипповна с окончательно ослепшим мужем, терпя бессловесно пинки и плевки до конца его жизни. Умер он году в двадцать четвертом.

— Помню отпевание в той церкви, где он пел в хоре, где-то в районе Долгоруковской улицы, в переулке... Если и были у матери спокойные дни в жизни, то после смерти мужа, а так — дня счастливого у нее в жизни не было, она всех боялась, больше всех мужа. Я очень ее жалела… А красива она была — все на нее заглядывались. Может, деда ее красота раздражала, не знаю. Иногда думаю, что был у нее кто-то, кого она любила. Она-то про свою красоту знала, волосы завивала, губы красила. На меня большого внимания не обращала. Под конец жизни она впала в старческое безумие, ругалась черными словами… В конце я от нее хлебнула… А вообще — нет, любви между нами не было… — закончила Амалия короткий рассказ.

В раннем детстве Нора была привязана к матери, отчасти из протеста и неприязни, которую она сызмала испытывала к отцу. Отношения с матерью у Норы были ровные — ни детской страсти, ни конфликтов. Отдаление между ними произошло в то время, когда в жизни матери появился Андрей Иванович. В подростковые годы она расценивала роман матери как предательство, и то сияние, которое исходило от Амалии, ее меняющийся голос, кокетливая интонация и умиление, с которым мать смотрела на своего любовника, вызывали у Норы брезгливое раздражение. Оно усугублялось еще и тем, что Амалия не вполне удачно выбрала Нору в конфиденты и время от времени выражала ей восторги по поводу высоких моральных качеств и прочих достоинств избранника. В конце концов Нора довольно резко заметила, что не может один и тот же человек быть хорошим мужем и образцовым семьянином, с одной стороны, и чьим-то преданным любовником, с другой. Амалия грустно вздохнула: ты еще слишком молода, Нора, чтобы понимать, что такое может быть: Андрей не хочет причинять боль жене и детям, а я готова нести все неудобство моего положения ради его спокойствия. Ты пойми, если б я захотела, он давно бы ушел из семьи. Но я знаю, как он будет страдать.

— А ты, ты не страдаешь от этой двусмысленности? — не удержалась Нора.

И тут Амалия вдруг рассмеялась, засияла своим хорошеньким лицом:

— Двусмысленность? Ты дурочка! Да это — тьфу! — ничтожная плата за любовь.

— Ну, не знаю. По-моему, унизительно. Я бы таких отношений не стала терпеть. Я бы выгнала! Ты просто бесхарактерная! Или-или! — и Нора гордо поднимала подбородок.

Амалия смеялась:

— Дурочка! Я два раза в своей жизни от мужей уходила. И Тишу, первого мужа, не любила, и Геню. Даже и не понимала, что такое любовь. Только с Андреем я это поняла... И ты, молодая, не понимаешь...

Тайная любовь длилась многие годы; до той поры, когда он все-таки ушел из семьи, встречались ежедневно без четверти восемь утра, возле подъезда, где он стоял в ожидании Малечкиного выхода, провожал ее до конструкторского бюро. Она развелась с мужем еще раньше...

Ровно в пять она неслась домой, встречала Андрея с обедом. Нора до семи часов домой не приходила. Такой был уговор — не тревожить! Если Андрей уходил еще и на вторую смену, Амалия встречала его возле Дома звукозаписи, где он работал, и теперь уже она провожала его до Киевского вокзала. Жил он за городом, добирался на работу на электричке, пока не купил машину в конце шестидесятых. И так каждый день минус воскресенье, минус все календарные праздники, в течение многих лет... Эти одинокие Новые Года и Первомаи были легкой жертвой для Амалии. По гостям она в эти дни не ходила. Общество неприязненно относилось к одиноким женщинам, у замужних они вызывали беспокойство, а проводить время в компании таких же одиночек с их жалобами, сплетнями и ущемленностью Амалия не хотела.

В ночной рубашке, намазав лицо кремом, она проводила все праздники в постели, с книжкой и с телефоном, который давно уже переставила в свою комнату. Андрей иногда набирал из дому ее номер — либо молчал, либо говорил "Простите, ошибся номером".

Курица, кошка! — других оценок у Норы не было, но все эти оценки — про себя, про себя... С годами наступило миролюбивое отчуждение. Была и еще одна особенность в отношениях Норы с матерью — годам к пятнадцати Нора обнаружила, что в каком-то смысле она старше матери. Это старшинство Амалия признала весело, с улыбкой. Она была простодушна, но не глупа — почуяла в дочери не годами исчисляющуюся взрослость, сдалась без боя, не то что руководить перестала, даже и советов старалась не давать... особенно после скандальной школьной истории.

Уже после рождения Юрика Нора поняла, что вся женская линия, к которой она принадлежит, страдает каким-то общим дефектом, своего рода заболеванием: дочери не любят матерей, протестуют против образца поведения, предлагаемого матерью. И самой Норе передалось это отрицание, это недоверие и, в конце концов, глубоко упрятанная неприязнь — что это? Бабушка Маруся в таких случаях говорила — гены, гены!

"Как хорошо, что у меня мальчик!" — радовалась Нора, но одновременно понимала, что надо как-то остановить эту семейную линию женского неприятия. "Похоже, я кой-чего знаю из того, о чем писал Фрейд... Впрочем, с Эдиповым комплексом надо бы разобраться!" Вспомнила, что среди бабушкиных книг, привезенных с Поварской, несколько взлохмаченых, сильно читанных томиков Фрейда, с пометками на полях. Надо перечитать — что там про Эдипа? Кто там кого хочет убить и за что? Мальчик борется с отцом, а девочка — что? — с матерью? Нет, нет, отвратительная мысль!

Практическим выводом из этих смутных размышлений пришло решение впустить Амалию с Андреем Ивановичем в собственный тесный семейный мир, чтобы дать Юрику возможность развиваться эмоционально. Он вне всякого сомнения был эмоционально глуховат. Пусть Юрик погостит в Приокском. Там были всякие животные, растения и прочие радости, неведомые городскому ребенку. К тому же Нора представляла себе, как прекрасно выглядит Андрей Иванович в телогрейке, с топором или вилами в руках, и как привлекательно это может быть для мальчика. Немного ревновала заранее и немного боялась, что они там, овладев мальчонкой, зацелуют его до смерти…

В начале своего шестого лета Юрик был впервые отправлен "на волю". Андрей Иванович заехал за ними. Амалия ожидала их в деревне, с пирогами и козьим молоком. Ягод в начале июня еще не было. Нора провела там сутки и уехала с легкой печалью, понимая, что Юрику там хорошо, что он теперь будет рваться к бабушке-дедушке. Призналась себе, что счастье матери ее раздражает, что в ее поведении проскальзывает какая-то неуместная инфантильность, как будто ей не шестьдесят четыре, а двенадцать, что пирогов слишком много, как и щенят редкой китайской породы, которых счастливая пара разводила для упрочения семейного бюджета. И слишком много поцелуев — как они долго целовались при расставании на полтора часа — Андрей Иванович отвозил Нору в Серпухов, на электричку.

Полдороги от Серпухова до Москвы Нора размышляла о собственном несносном характере, о неумении простить матери ее девичье дурацкое счастье, а потом открыла томик Сухово-Кобылина.

Пьеса "Смерть Тарелкина" давно ее занимала. Мнимая смерть — бездна возможностей! В прошлом году она была художником-постановщиком на "Спящей красавице" в детском театре в провинции, обдумывала этот сюжет и так, и эдак, придумала, как ей казалось, хороший ход — в конце пьесы просыпается Принц, а Спящая Красавица оказывается лишь сном во сне... А смерть Тарелкина — как занятно это можно сделать! Вот бы нашелся режиссер, с которым она могла бы поработать. Да и сама бы поставила, если бы только дали... Тенгиз, Тенгиз... Впереди было пустое, совершенно пустое лето — впервые без наемной дачи, впервые без Юрика... Поздним вечером она добралась до дома. Вошла при последних трелях телефона. Разделась, приняла душ. И вышла из ванной, когда телефон опять звонил. На этот раз успела:

— Где ты гуляешь, дАрАгая? Весь день тебе звоню!

Это был Тенгиз.

ГЛАВА 15
Неприкрашенный человек
(1981)

— Нора, сегодня у нас начинается новая жизнь! — сказал Тенгиз.

— Я знаю. Отвозила Юрика к маме и как раз об этом всю дорогу думала. Именно сегодня.

На дворе уже была ночь, сегодня уже было вчера. Тенгиз был тот же самый и даже еще лучше. Проклятье! "Как будто бы железом, обмокнутым в сурьму..." Два года они не виделись. Ни одного звонка. Стороной Нора знала, что он даже в Москву приезжал, но у нее не объявился. В горле комок встал, так что и говорить невозможно. Она сглотнула и промолчала.

— Мы с тобой едем в Польшу ставить "Короля Лира".

Нора молчала. Тенгиз продолжал.

— "Король Лир". Это вершина. Выше некуда. Я полтора года читал, читал. Английский выучил, чтоб читать. Я теперь все знаю. Почти все. Мы с тобой это сделаем. Я раньше не понимал, как это — ставить что-то одно? Один автор. Один спектакль. Одна мысль. Вот я теперь понял — надо делать что-то одно. Сильно работает, когда это единственное, что в мире есть. Я понял — надо ставить так, чтобы мир закончился твоим спектаклем. Точкой. Это и есть театр. Одна мысль, но сыгранная так, чтобы ничего больше не осталось. Ты меня понимаешь?

Нора все еще не могла проглотить комок, но к тому же и сказать было нечего. Пожар в крови, вспыхнувши, сам собой начал угасать. Глубокая печаль и недоумение: слова, пустые слова. Сошла с его волны? Наверное, сначала надо было бы в койку, а потом слова. И все равно — дико, до глубины трогает. Он такой — таланта в нем больше, чем ума! Да, как будто бы железом... раскаленным... прошло, что ли?

— Нет, ты слушай меня! Ты не понимаешь, да? "Лира" ставили сто раз, тысячу раз! А мы поставим его последний раз! Так сделаем, что потом просто смысла не будет его еще раз ставить, да? О свободе, о счастье ухода из мира, мира стихий, страстей, плоти, о преображении плоти, вот о чем надо делать. Я знаю как! Гордон Крэг! Ты все поймешь! Ну! Нора! Ты что, не слышишь, да?

Нора слышала отлично. Все то, что Тенгиз ей сейчас хотел преподнести, она уже знала. Уж про Гордона Крэга точно. Бабушка Маруся ей много чего успела порассказать. Все — через два касания. Маруся обожала Эллу Рабенек, ученицу Дункан — Рабенек много о ней рассказывала: и об ужасной гибели в автокатастрофе двух детей Айседоры. Старшая девочка — дочь Гордона Крэга, и именно эта частная деталь, из уст в уста переданная, давно уже сделала Гордона Крэга как будто дальним родственником большой театральной семьи, в которой несомненно существовала система передачи священного знания... И Нора, вспомнив все эти восторженные рассказы Маруси о временах ее юности, когда она сначала училась ритмике и пластике, а потом преподавала и занималась какой-то новой педагогикой, которую потом отменили, как генетику и кибернети-

ГЛАВА 15 — Неприкрашенный человек

ку, чувствовала себя причастной к мировой культуре. А Тенгиз провинциал, вот что. Изобретает велосипед. А я столичная штучка. Я про велосипед и раньше слышала. Она проглотила комок и ответила:

— Знаешь, относись к Гордону Крэгу и его теориям как хочешь, но я лично за Шекспира не возьмусь! У меня кишка тонка.

Тенгиз заморгал глазами как отличник, которому ставят двойку:

— Нора! Что с тобой? Ты раньше так никогда не говорила! А Чехова можно? Гольдони? Свифта? Эсхила можно? Это же разговор о тех вещах важных, которые до смерти происходят. Нельзя отказываться, Нора! Лир! Король Лир! Это о преображении плоти, вот о чем должно быть! О переходе! Ты послушай меня. Смотри сюда! Куда ты смотришь? Там велосипед для Юрика, такой классный, — он махнул рукой в сторону коробки.

Действительно, он пришел с огромной коробкой, которую оставил в прихожей. Только Нора и не думала смотреть в ту сторону. Улыбнулась — смешно, велосипед возник живьем, овеществился из метафоры, как только она о нем подумала!

— Сюда смотри! — Тенгиз приложил руки к груди, указывая, куда ей смотреть, — на него! — Мне без тебя этого не вытянуть. Ты только послушай! Thou art the thing itself; unaccommodated man is no more but such a poor, bare, forked animal as thou art. Off, off, you lenddings!

Нора даже зажмурилась, но улыбку сдержала. Она довольно плохо знала английский язык, но то, что изобразил Тенгиз, было какой-то лингвистической пародией, к английскому это не имело отношения, но Нора все же уловила три слова — "арт", "ман" и "пур".

— А по-русски это как?

— По-русски, Нора, это так: "Неприкрашенный человек — и есть это бедное голое двуногое животное! И больше ничего! Долой, долой с себя все лишнее!"

Тут Нора закрыла руками глаза. Знала она этот текст. Прекрасно знала. Но тут вдруг эти слова — "долой все лишнее" — показались безумно важными для нее лично. Так всегда бывает — живешь, видишь, читаешь, сто раз проскальзываешь по одному месту, и вдруг как пелена с глаз, на самом истоптанном и проходном месте находишь то, что годами искал...

— Я не смогу, Тенгиз, я не готова. Поищи другого художника.

Тенгиз вылез из низкого кресла, распрямился во весь рост, даже как будто выше самого себя:

— Нора, полжизни копим, полжизни выбрасываем. Каждый год жизни как кирпич. К пятидесяти годам такой груз, что сил нет волочь. Понял! Кризис! Надо выбрасывать. Я все просмотрел, я выбросил половину жизни, половину людей, которых знал, любил — родню, учителей, все, что лишнее... Но ты — часть меня. Может быть, лучшая часть меня...

На этом месте разговорная часть вечера закончилась и только утром возобновился прерванный разговор:

— Дай мне две недели на размышление.

Тенгиз, по своему обыкновению, исчез. Нора на размышления не потратила ни минуты, встретилась с Тусей и выложила все свои сомнения. Туся была единственной старшей подругой, с большими и разнообразными достоинствами, среди которых было и ее семейное знакомство с Марусей в те времена, когда Норы еще на свете не было. К тому же ей была достаточно хорошо известна история ее взаимоотношений с Тенгизом... Равно как и история постановок "Короля Лира" в России и где угодно. Туся по-лошадиному замотала своей седой челкой... Она-то проблему видела во всем объеме.

— Отдели ты в конце концов одно от другого. О чем мы сейчас говорим? О твоих отношениях с Тенгизом или о "Лире"?

Нора задумалась. Ей и самой хотелось бы ответить на этот вопрос. Туся вышла в кухоньку и поставила на плитку кофейник. Обе молчали. Потом Туся принесла две плохо вымытые чашки, налила кофе. Пили молча.

— Во-первых, не вижу оснований для такого взрыва чувств. У тебя было несколько очень хороших работ. Несколько приличных. Ты не первый год работаешь. "Лира" много раз ставили плохо. Поставить его плохо очень легко. Можно кое-как, прилично. Гениальная постановка — Михоэлса, в ГОСЕТе. Отец мой дружил с Тышлером. Да и Михоэлса знал. Я же вам рассказывала, что видела один из последних спектаклей, сыгранных Михоэлсом. Не рассказывала? Мне кажется, я студентам эту байку всегда рассказываю! Я уже была театральным художником, начинающим. Мне было двадцать лет. Моложе тебя! Отца пригласил Михоэлс на премьеру, в ГОСЕТ, на Малую Бронную. Отец мой был еврей разъевреенный. Он про свое еврейство старался забыть изо всех сил. Советский писатель он был — не самый бездарный, не самый подлый. Спектакль играли на идиш. Но идиш-то он знал, хотя хотел бы забыть... это я ни слова не понимала. Глаз от сцены не могла отвести. Оказалось, что текст не важен. Это я с тех пор поняла, то есть, поняла-то гораздо позже. Но тогда я увидела, что природа театра такова, что работает не текст, а актер, заряженный на текст. Жест, движение, мимика. Маруся это прекрасно знала. Знаешь ли, что Гордон Крэг был в Москве на одном из спектаклей "Короля Лира", сказал, что в Англии нет настоящего Шекспира на театре, потому что в Англии нет такого актера, как Михоэлс. Ты подумай — Гордон Крэг, который знает каждое слово этой пьесы, слышит ее на языке идиш и так говорит! Театр тот был актерский! Тышлер там работал, замечательный сценограф, Шагал тоже в ГОСЕТе работал. Шагал как раз природу театра вообще не понимал, он строил свой собственный театр, на полотне. Но тот спектакль придумал Лесь Курбас. Был потрясающий режиссер, украинский. Но мировой... Его театр к тому времени уже разогнали. Кажется, году в 33-м... И он три месяца репетировал с Михоэлсом. На той постановке Михоэлс с Радловым, официальным постановщиком, полностью разругался. Михоэлс все получил из рук Леся Курбаса. Это была идея Леся — заставить короля Лира молодеть на сцене. И у Михоэлса получилось. Но и Лесь здесь не как художник выступал, хотя, я думаю, он много придумал. Актеры, конечно, были замечательные — сам Михоэлс, Зускин, замечательная Сарра Ротбаум. Но сегодня театр не на актерах держится. Ну, в меньшей степени... Сегодня спектакль должен придумать режиссер, художник, чтобы работали не слова сами по себе — кто этих слов не знает? Каждый школьник знает! И вся ответственность сегодня на них, на режиссере и художнике. Актер сегодня больше исполнитель, чем создатель. Про гениев не говорю! Но их — на пальцах... Во всякого рода классике сегодня важно именно режиссерское решение. Ты же справилась с Чеховым, сдала экзамен на профпригодность. А "Лир" — точно такая задача. Если вы с Тенгизом придумаете, о чем ваш спектакль — помимо общеизвестного текста! — тогда есть смысл за это браться. Но мысль Курбаса — о проживании жизни от старости к юности — ты возьми на вооружение. Про него забыли, совсем забыли. Его в 33-м посадили, вскоре убили. Понимаешь, это был голодомор на Украине. Он ставил короля Лира времен голодомора, времен геноцида… А Тышлер был хорош, но как театральный художник в сравнение с Курбасом не шел. У Тышлера свой был театр. За неимением интересных предложений на сцене — он строил театр в живописи, в скульптуре! Ужасно забавная была у меня с Тышлером история, уже позже. Я знала его с детства, он с моим отцом дружил. Чудесный, естественный, счастливый человек Александр Григорьевич, все его окружение было выбито, а он чудом жив. Красивый, всегда в шейном платочке, в то время не носили… Я, помню, пришла к нему в мастерскую на Масловку, в начале шестидесятых. Был у меня к нему какой-то вопрос, не помню, а он в те годы резал из дерева скульптуру, чудесную, надо сказать, скульптуру. Фигуры разного размера, почти все женские, вся его небольшая квартира была заставлена. Ну да, я в тот раз была не в мастерской, а как раз в квартире, неподалеку от мастерской. И разговор был длинный, обо всем, ну, про жизнь, про работу. Что-то у меня тогда сильно не ладилось. Отец умер, с мужем развелась, с работой какой-то провал совершенный. Пришла к нему, а он приветливый, уютный. Отец его был столяр, местечковый ремесленник и он, с этой деревянной скульптурой, как к себе домой вернулся — стружки, все запахи те же… Словом, он подарил мне женскую фигурку, маленькую, сантиметров двадцать пять. Я ее держу в руках, руки об нее грею, такое чувство, что в ней источник тепла. Прощаюсь, наконец, выхожу в прихожую, прижимаю скульптурку к груди. И выходит дверь за мной закрыть его жена, красивая дама, руки большие, пухлые — "Всего доброго!" — и хвать! — вытаскивает у меня из рук подарок и, слова не давая сказать, с великосветской улыбкой, в дверь меня подталкивает! Такая штучка!

А ты дурью не мучайся! Работай, Нора, работай! Романы творческим людям очень полезны! И не дай бог, счастливые! Мне кажется, бабушка твоя Мария Петровна с Курбасом работала в Киеве году в 18-м... Не рассказывала?

— Мне бабушка не все рассказывала. Она только проговаривалась иногда. Про Курбаса не помню. Знаю, что она во время войны завлитом работала в каком-то московском театре... Говорила о каком-то знаменитом писателе, про которого очерки писала... Не помню фамилии...

— Да, догадываюсь... Фамилию тебе она могла и не называть. Расстреляли его в 37-м... — Туся отмахнулась от дурных воспоминаний. — Когда-нибудь я тебе расскажу про эту историю. Попозже когда-нибудь. Не сейчас. Маруся была фантастически яркая и фантастически противоречивая особа...

Туся была кладезь — все знала, всех помнила. Надо было только вопрос задать. И это ее спокойствие, глубокое пребывание в профессии и в учениках, на которых она полностью отрабатывала свое несостоявшееся материнство, выводило ее из общего ряда театральных художников, которые были, конечно, особой породой. Они были, если так можно выразиться, погуманитарней, пообразованней, чем коллеги-станковисты, живописцы, графики.

"Были ли они посвободнее?" — размышляла Нора. Пожалуй, нет. Цензура лежала тяжелой лапой и на тех, и на других. Однако хрущевские гонения, особенно нестерпимые по хамству и полной безграмотности вождя, закончились. Зашевелилось, ожило подполье, польские журналы приносили вести с далекого Запада. В театре происходил поиск давно утерянного. Но Туся-то никогда ничего и не теряла — ею самой связь времен укреплялась. Это и привлекало к ней учеников, студентов училища, выпускников и всех молодых, что вокруг нее крутились. Вот и Лесь Курбас... надо почитать про него.

— Мало что сохранилось, Нора. Даже я свои театральные архивы два раза уничтожала. Я посмотрю, может, на даче что-то есть...

Нора знала, что Туся выделяет ее среди множества, впустила в круг самых близких. Настроение исправилось. Пришла домой, завалилась на диван — читать. Она знала, что процесс так и начинается — сначала читаешь, потом гуляешь, потом рисуешь. Так и на этот раз произошло. Странное время, непривычное: Юрика нет, работы нет, даже кружок, который она вела в доме пионеров, распустили на каникулы, театральные друзья — кто на гастролях, кто в отпуске... Пустота. Счастье. Даже мысли о Тенгизе не мешали — он пришел на этот раз вместе с королем Лиром, и король Лир оказался важнее... Речь шла о "голом двуногом". Как сказал Тенгиз — полжизни собираешь, а потом начинаешь раздавать. Это не только про Лира. Про каждого. Совершить обратное движение, закончить цикл: родиться, приобрести множество качеств, власть, собственность, славу, знания, привычки. Личность обрести, а потом все с себя скинуть. И саму личность. Дойти до полного, изначального обнажения, до состояния новорожденности, первоначальности.

Тенгиз мелькнул и исчез. Нора быстро собралась и поехала в Приокский. Юрик обрадовался, но через пять минут понесся к щенятам. Одна сука была слабенькая и приходилось щенят кормить из соски. Юрика оттащить от них было невозможно — часами держал бутылочку... И Нора пошла гулять по местным лесам, немного боязливо, потому что лес был настоящий, можно было и заблудиться... Два дня провела с Амалией. Та просто расцвела от деревенской жизни, смеялась постоянно звонким смехом неизвестно чему. Андрей Иванович ходил со счастливой улыбкой.

— Чему вы всё улыбаетесь? — прорвалось у Норы.

— Всему, — вдруг неожиданно серьезно ответила Амалия, пригасив улыбку. — Учись, Нора, пока не поздно.

— Чему учиться?

— Радоваться учись.

— Чему радоваться? — строго спросила Нора, вдруг почувствовав, что мать говорит нечто важное.

— Да ну тебя! — отмахнулась Амалия. — Всему радоваться! Не могу я тебе объяснить, и научить не могу. Радоваться надо!

Лицо у Амалии было очень молодым, может, не столько молодым, сколько детским.

— Мам, а ты себя как ощущаешь, на какой возраст? — Амалии было за шестьдесят.

— Не скажу, смеяться будешь, — снова засмеялась Амалия.

— Не кокетничай! Я же не Андрей. Скажи, правда. У каждого собственное ощущение возраста.

Амалия перестала смеяться. Задумалась, как будто что-то подсчитывала в уме.

— Точно не могу сказать. Но не больше двадцати трех. Может, немного меньше. От восемнадцати до двадцати трех. Нора, а ты? На сколько ты себя ощущаешь?

— Не знаю. Я подумаю. Но точно не на двадцать три.

ГЛАВА 15 — Неприкрашенный человек

Действительно, вопрос. Теперь задумалась Нора. Иногда, может, на тринадцать. С другой стороны, всегда чувствовала себя старше сверстников, и так было лет до тридцати. Потом вдруг обнаружила, что они стали старые, а она все еще оставалась молодой. Друзья поскучнели и располнели. К сорока обрели солидность. Наверное, я остановилась в развитии... Сорок — не мой возраст... Но сорок — уже на носу... Да, пожалуй, на тридцать. И всегда было тридцать. И тогда понятно, почему в какой-то момент вдруг обнаружилось, что я старше мамы. Ей-то от восемнадцати до двадцати трех.

— Ты очень умная, доченька! Как это меня угораздило такую умную девочку родить? — и снова засмеялась своим девичьим смехом.

Снова Андрей Иванович повез Нору на станцию, но на этот раз взял с собой Юрика. Он сидел на переднем сидении, рядом с водителем, они тихо, так тихо, что Нора не могла расслышать, о чем-то переговаривались, у нее возникло неприятное чувство, что говорят о ней. Так и оказалось. Когда вышли из машины, Юрик подошел к Норе попрощаться; протянув склеенного из щепочек человечка в шляпе из трех молодых сосновых шишек, с большими ступнями и ладонями, сказал:

— Нора, это почти я сам сделал. Он шут. Мне дед совсем немного помогал. Правда, смешной? Это тебе!

Вот о чем они шептались. Шут. Кстати... Дурацкий этот разговор с Амалией о возрасте был не пустым, и тоже кстати. Каким-то образом он накладывался и на высказывание Тенгиза.

Всю дорогу она дремала, видела какой-то сон в тонкой дреме и ощущала движение поезда, который двигался то с ускорением, то с замедлением, то и вовсе останавливался. Такое странное промежуточное состояние — непребывание ни в каком определенном месте, времени. В руках она держала деревянного шута, и он порой каким-то образом попадал в сон. Так началась работа.

Пришлось еще немного почитать — о Преображении. Сначала — гора Фавор. В обмороке лежащие ученики, которые свет Преображения выдержать не могут, он их поверг в сон. Конечно, не сон, а род наркоза. Для человека нечто непереносимое, как прыжок в четвертое измерение. Вот это мне и нужно — финал, когда Лир оказывается в другом измерении, за пределом человеческой суеты, но не мертвый, а в ином состоянии. И состояние это оставшиеся рядом с ним люди, еще живые, увидеть не могут. Их, вместе со зрителями, оставить потрясенными, не понимающими, что же произошло. Потом Туся сунула книжку совсем уж философскую — Бердяева. И там тоже Нора нашла нечто нужное. У него изложено было на языке сложном, но если упростить до нужного Норе уровня, — вся материя одухотворена. Но в человеке духовного содержания больше, чем в животных. И в деревьях, в растениях тоже заложена какая-то мера духовного начала, но еще меньше. И даже костная материя, как камень, тоже не совсем мертва, в ней тоже есть отпечаток духа. Что очень важно для нашей истории, потому что буря в "Лире" — бунт одухотворенной стихии: воды, ветра, огня. Здесь-то и происходит прозрение Лира о голом человеке. Вот именно. И от этого прозрения он молодеет. И вообще, он все время молодеет. Начинается история со стариком Лиром, а заканчивается — через Преображение — Лиром, сбросившим с себя все. То есть он начинает сбрасывать раньше. И первое, что он с себя сбрасывает, — власть. Но он еще не понимает, что за этим последует…

ГЛАВА 15 Неприкрашенный человек

Первый рисунок, который Нора сделала, — Лир первого акта. Он одет в многослойные одежды, они на нем как на стоячей вешалке с рогами-крюками навешены, а поверх всего — королевская мантия. Ее он снимет, сообщив, что отдает власть дочерям. Согбенный, тощие руки с огромными распухшими суставами, может, трясущиеся. Лицо — в глубоких морщинах, в складках приспущенной кожи, с брылами, с двумя жилами на шее, между которыми провисает вялый мешок под подбородком. Сделаю такую маску из латекса. Попробую. И бородавки старческие с пучками волос. И опустившиеся низко разросшиеся брови, почти закрывающие глаза. После изгнания Гонерильи одежды на нем поменьше, он сбросил часть в гневе, лицо помоложе, пожестче, скажем, от девяноста он помолодел лет на двадцать. А после бури — просто хороший старческий грим, уже без этих излишеств, всю лепнину снимаем с лица... И он там уже в исподнем. А в финале, в самом финале, юноша, с молодой Корделией на руках, они уже ровесники. Никакого грима. Молодое лицо, молодое тело. И пусть играет Лира актер молодой, тридцатилетний. Вот здесь-то и должно произойти полное преображение — одежды на них никакой, совершенно голые. То есть, комбинезоны телесного цвета, чтоб никаких волос, никаких половых признаков, потому что и пол сброшен. Голый человек! А сценография простая до предела. Только скалы. Но в первом акте на скалы брошены ковры, драгоценные ткани, потом — первое изгнание, второе изгнание — ковры, ткани уносят. Буря — только тряпье мечется по сцене. А в финале — никакого тряпья нет и в помине. Трупы, прижавшиеся к скалам стражники, где-то внизу. Лир берет мертвую Корделию на руки и поднимается на одну из скал. Голые, без единой тряпки...

Эдгар, Шут, Кент смотрят на них снизу, как ученики Христа в момент его Преображения. Свет нестерпимый. Скалы начинают светиться. Это мы сделаем. А Лир с Корделией так в луче света и остаются. Все. Аплодисменты.

ГЛАВА 16
Тайный брак
(1911)

В Москве Маруся провела всего несколько дней, но когда она вернулась, Яков почувствовал, что Маруся его как будто старше. Она и впрямь была его старше — на одиннадцать дней! Яков, при всей своей склонности к философствованию, еще не наткнулся на эту тему — течение возраста, его неравномерность, а в особенности совершенно разные возрастные ритмы и циклы у мужчины и женщины. Та нота снисходительной нежности, которая накопилась в нем от общения с младшими сестрами и которую он поначалу перевел на Марусю, оказалась недостаточной. Неожиданное повзросление Маруси вынуждало и его повзрослеть. В своей записной книжке он вскоре после возвращения Маруси сделал запись:

"Все, что происходило со мной до сегодняшнего дня, это был щенячий восторг при виде хорошенькой барышни, даже наши чудесные разговоры не имеют значения, потому что в них лишь мечты недоразвившихся молодых людей, но теперь я понял, что только мужское поведение, сильное мужское поведение может все исправить. А если нет, то все пропало. Я со стыдом вспоминаю, как мы стояли у Провалья в Царском саду и минута была подходящая очень, а я даже поцеловать ее не посмел. Вот я пишу «ее», и мне самому от этого не по себе. Ведь наши отношения складываются как отношения двух личностей, с общим кругом интересов, а то, что мы принадлежим к разным полам, то, что в наших отношениях чисто «половое», — не должно бы иметь такого основного значения. Это плен своего рода и преодолеть его можно только через единение, через совместность. Ведь, если я правильно понимаю Платона, идея «андрогина» в этом и заключается — быть настолько единым существом, чтобы пол этой совместности не мешал…"

Яков, по утвердившейся привычке делиться с Марусей своими сокровенными мыслями, изложил ей в менее связной форме свои соображения. Да, да — она тоже размышляла на тему пола, на нее произвели сильное впечатление лекции по биологии — из них Маруся усвоила, что женщина платит большой ценой за способность к деторождению, а само неравноправие полов связано именно с разными биологическими фукциями женского и мужского организма, но ее мысли шли в другом направлении — не в сторону андрогина, а в направлении подлинной эмансипации женщины в области духовной, потому что в биологическом отношении никакой речи о равенстве быть не может, раз природа отвела женщине роль продолжателя рода, рождение и кормление детей — это не дает ей возможности полного развития. Яков вполне разделял Марусины взгляды на эмансипацию и даже указал ей, что идею эмансипации непременно должны разделять мужчины, иначе вместо разумного партнерства получится одно соревнование, что к хорошему не приводит…

Эти беседы еще более сблизили их, размышления Маруси каким-то образом подкармливали мужество

ГЛАВА 16 — Тайный брак

Якова. В июне они закончили экзамены — Яков перешел на второй курс коммерческого института, сдал экстерном экзамены в консерватории, где он занимался по классу теории музыки, а Маруся получила свидетельство об окончании Фребелевских курсов. Жаклина Осиповна предложила ей до осени работать в Фребелевском обществе секретарем. Теперь Маруся встречалась с Яковом почти ежедневно, он приходил к ней в дом, познакомился и с родителями, и с братом Михаилом, который как раз приехал из Петербурга. Двенадцатого июля, задержавшись в городе на две недели из-за болезни Раечки, семья Осецких уехала на дачу в Люстдорф, под Одессой, где снимали много лет просторный дом.

Яков остался в городе. Обоим ясно было, что звезды привели их к неизбежному, желанному и страшному часу. На другой день после отъезда родителей Яков привел замиравшую от ужаса и решимости Марусю к себе домой. Ее родители в это утро уехали в Полтаву на похороны какой-то дальней родственницы из материнской родни. И это усиливало чувство преступности. Квартира Осецких находилась в третьем этаже одного из самых красивых домов на Кузнечной улице. Уже в парадной Маруся почувствовала раздраженное стеснение от жутко-красного ковра на лестнице, от сияющей люстры над пролетом.

— Какой буржуазный дом, — неодобрительно заметила девушка.

— Да, да, конечно, — рассеянно отозвался Яков.

— Я никогда не смогла бы жить в таком доме! — ей захотелось немного поссориться с Яковом, уж больно страшно было входить.

— Конечно, Маруся, мы с вами выбрали бы себе другую квартиру...

— Можете быть в этом уверены, — подтвердила Маруся.

Яков открыл дверь ключом, захлопнул ее и крепко и неловко обхватил Марусю, прижав к двери.

Она знала, зачем шла в эту пустую квартиру. И теперь его сила и страсть, его настойчивость, крепость объятия, запах мужского одеколона, гладкость выбритых щек и щеточка усов, которые он недавно отрастил, не оставляли ей никакого иного выхода. Это даже нельзя было назвать капитуляцией, и неизвестно, чья это была победа и над кем.

Детали этой ночи незабываемы. Многие годы они с улыбкой вспоминали и о первой неудачной попытке, и об отчаянии, которое овладело ими обоими, и как они плакали, уткнувшись друг в друга от стыда непроизошедшего, как уснули, обнявшись, оплакав свою неудавшуюся любовь, а под утро, одновременно проснувшись, обнаружили, что все происходит наилучшим образом именно так, как оно воображалось и даже еще лучше…

— Жена моя, — сказал Яков и поставил ее тонкую ступню себе на голову.

— Мой муж, — ответила Маруся и попыталась поцеловать его руку. Он попытался вырвать руку, тогда она быстро повернула кисть и поцеловала в ладонь. — Яков, Яшенька, Яночка, Яник мой!

Потом они долго целовались.

— Пойдем в ванную, — позвал Яков свою жену, и она пошла за ним по коридору в глубину квартиры. Это была вторая в жизни, после московской квартиры брата, ванная, которую видела Маруся. Роскошь, роскошь — белая ванна на чугунных лапах. Буржуйская ванна, буржуйская жизнь, но — черт возьми! — как же красиво! Вода была холодная, потому что колонку не

ГЛАВА 16 — Тайный брак

топили с отъезда семьи. Они плескались в холодной воде, пока не замерзли. Чувствовали себя молодыми зверьками, щенками или бобрятами, и совсем не стеснялись наготы. Потом Маруся постирала простыню, на которой растеклось овальное пятно крови. Больно не было, только немного пощипывало внутри.

Настало утро. Проголодались ужасно.

— Что ты ешь на завтрак? — спросил он, не заметив, как естественно перешел на "ты".

— Булку... с маслом. И молоко.

— Молока нет. Я чай приготовлю?

Он пошел в кухню. Белая булка, завернутая в полотняное полотенце и слегка подсохшая, лежала в хлебном ящике. Масло он вынул из подсоленной воды, положил в масленку. Ему хотелось, чтобы все было красиво, и он взял в буфете две парадные китайские чашки. Вскипятил воду на спиртовке, заварил чай в чайнике из сервиза и принес на подносе в свою комнату.

Маруся, уложившая волосы под бархатную ленту, в блузке голубиного цвета стояла у окна. Яков чуть поднос не уронил от неожиданности — чужая, совсем чужая красивая дама обернулась на скрип двери. Но она улыбнулась и стала собой...

Они завтракали за Яшиным рабочим столом, другого не было. Книги и тетради были сдвинуты, в центре стола поместился поднос.

— Какие красивые чашки, — заметила Маруся, приподняв чашку.

— Папа подарил маме, когда родился их первый сын. Он умер от дифтерита в два годика. Бабушка говорит, что мама от горя чуть с ума не сошла, даже топиться собиралась.

Маруся промолчала, сдержала слова, которые просились с языка...

— Она тогда уже была мною беременна, ее помрачение прошло, когда я родился. Папа отправил ее тогда в санаторию в Германию, она вернулась уже со мной. И совершенно выздоровела.

Тут Маруся уже не сдержалась и сказала то, что вертелось на языке:

— Богатые могут себе позволить лечиться за границей. Посмотрели бы вы, как живут простые женщины-работницы. Ребенок умирает, а она на другой день после похорон идет на фабрику, работает десять часов, — ни помрачения, ни санатория. Богатые люди этого не желают знать.

Яков намазал на хлеб масло плоским ножом, положил перед Марусей на ребристой тарелочке.

— Ну, социальное неравенство не мы придумали, изначально мир так был устроен, — сказал он миролюбиво.

Маруся отодвинула от себя тарелочку с гневом:

— Я ненавижу весь этот капиталистический мир. Это несправедливо! Эта красивая чашка стоит столько, сколько работница на фабрике зарабатывает за месяц!

Яков был обескуражен — такое чудесное утро, такой особый день в их жизни… И общая несправедливость мира как раз в этот день обернулась так, что именно он был избранником счастья, на него обрушившегося, такого большого, что и выдержать едва возможно… Вспоминать о том, что кто-то этого счастья лишен, совсем не хотелось.

— Маруся, но какое нам сегодня дело до справедливости? Откуда вы взяли, что справедливость вообще существует на земле?

— Вы читали Маркса? — поставила Маруся вопрос ребром. — Не может крестьянин и рабочий есть кусок

ГЛАВА 16 — Тайный брак

хлеба с маслом, потому что его эксплуатируют капиталисты!

— Марусенька, я экономист. Мы Маркса изучаем, — они перешли опять к вежливой форме обращения, на "вы". Он был еще полон отзвуками телесного счастья и ему вовсе не хотелось вести сейчас дискуссии по политической экономии.

— Мы должны объясниться, Яков... чтобы не было потом никаких между нами разногласий на эту тему. Я целый год ходила в рабочий кружок, где разбирали работы Маркса. Кружок нелегальный, как вы можете догадаться. Но сейчас я не могу больше от вас скрывать, что я марксистка.

Марусенька не ходила целый год в кружок — пару раз затащил ее на занятия Иван Белоусов, было скучно.

— Марусенька, а зачем скрывать? Сейчас нет ни одного курса политической экономии, где бы Маркса не разбирали. Я все проработал, от "Экономико-философских тетрадей 1844 года"... с первых работ до последних. Зачем вам этот кружок? Основные работы у меня есть, правда, на немецком языке. Русские переводы очень плохи. Но я мог бы достать вам французский перевод. Я знаю, что он имеется. Я внимательно прочитал — в ранних работах Маркса видно, что он гуманист и цель его — освобождение человека из-под власти капиталистических отношений, но он в воле человека видел только проявление исторических условий, а ценность индивидуального существования, свободу личности подчинял идеалам этого самого справедливого будущего общества. Но мне кажется, что здесь возможно такое подавление личности, подчинение интересов индивидуума общественным интересам, что меня это смущает. Нет, нет, я никогда не стал бы марксистом. Да и зачем этот кружок? Групповые занятия всегда приводят к лишней трате времени, я в этом убедился.

Тут Марусе вдруг весь этот разговор стал неинтересен, она куснула булку, глотнула теплого чаю:

— Нет, нет, вы просто этого не понимаете и понять не можете, потому что вы сами из буржуазной семьи. Не будем об этом.

Но тут уж уязвленным почувствовал себя Яков. Он и впрямь был из буржуазной семьи. У отца была мельница, перевоз через Днепр, кое-какая торговля зерном, банковская контора, и все эти разнообразные, во многих корзинах разложенные яйца он, по мысли отца, должен был принять в управление, чтобы обеспечивать семью и поддерживать ее благосостояние... Якову это было скучно и даже стыдно почему-то, всей душой он рвался к музыке, но, по условиям существования, отец позволил ему музыку только как каприз, прихоть, баловство, и выхода Яков не видел никакого...

Яков убрал поднос. Маруся осталась одна, отчаяние ее охватило: зачем она все это говорила, причем тут Маркс? Почему вдруг ее прорвало в самое неподходящее время? Я все испортила! Все испортила! Что он теперь обо мне будет думать? Она стояла у окна, прислонив лоб к стеклу.

Он вошел тихо, дверь не скрипнула. Обнял ее, поцеловал в шею сзади, потом развернул и поцеловал в то место, где ключицы сходятся, и у обоих все ранящие мысли отлетели, они провалились в счастье прикосновений и строили свой дом любви в темноте и глубине тела.

Под вечер Яков проводил ее домой. Шли молча потому что все, что они переживали, плохо умещалось в слова. Яков обнял Марусю возле двери ее дома.

— Муж и жена? — спросил он утвердительно.

ГЛАВА 16   Тайный брак

— Муж и жена, — ответила она. — Но пока это будет наша тайна.

— А мне хочется каждому встречному об этом рассказать. Что ты моя жена.

— Нет, нет, не сейчас. Зачем? Мы знаем, и этого довольно.

На интимном языке, который вырабатывается у почти всякой пары, эта ночь начала их брака всю их совместную жизнь называлась словом "Люстдорф".

Медовый месяц длился до конца августа. Двадцать девятого августа вернулось с дачи из Люстдорфа семейство Осецких, а Маруся в этот же день села в поезд, на этот раз она ехала в Москву одна, с небольшим чемоданом, подаренным двоюродной сестрой Леной, и с корзинкой продуктов, приготовленных мамой на дорогу. Провожал ее Яков, стройный, красивый, ловко одетый, и Маруся гордилась, что у нее такой замечательный муж, что пассажиры смотрят на них и, наверное, думают — какая красивая пара. Он поцеловал ее взрослым прощальным поцелуем. Пиши! Пиши!

ГЛАВА 17
Из сундучка.
Записные книжки Якова
(1911)

29 августа

Пришел с вокзала. В доме гам, носятся дети, загорелые, красивые, всюду идет уборка. На кухне что-то шкворчит, пахнет. Полтора месяца дом был наш, Марусин и мой, и мы так привыкли быть вдвоем. Каждый миг такой полновесный, теперь это закончилось, сегодня дом вернулся к своему шумному, очень от меня далекому существованию. Нет, он вовсе мне не чужой. Но я видел репетицию нашего с Марусей будущего — и оно прекрасно. Раечка с Ивой сдвинули два кресла наподобие кроватки, Раечка положила туда свою любимую игрушечную собачку и куклу, а я вижу, как в этом кресле сидит Маруся с книжкой, от лампы идет зеленый свет, Маруся казалась бледной, это ей было к лицу. Моя жена.

Сегодня на вокзале она была так собрана, так красива, что я немного растерялся. Посмотрел на нее как будто со стороны — эта молодая девушка, в светлой просторной блузке, с чудесной шеей, все линии лица, фигуры плавные, гармонические, впалые немного щеки, длинные тени, глаза огромные, серые, строгие. Такая совершенная стройность, женственность, ни капли искусственности — моя жена.

ГЛАВА 17   Из сундучка. Записные книжки Якова

Хорошо, что она уезжает. Мне надо все допережить, чтобы на новых местах все заново построилось, все планы моей жизни. Папа оплачивает мои занятия в институте, классы в консерватории, немецкие уроки я закончил, этот расход снят. В этом положении я не могу сказать ему, что у меня есть жена. Я вынужден буду продолжать принимать от него помощь, но Марусю я должен обеспечивать самым необходимым. Подам объявление в газет об уроках. Я могу готовить к поступлению в гимназию, математику, географию, историю, немецкий язык. Уроки по фортепиано — начинающим. Надо продумать само объявление, чтобы не выглядело как крик утопающего. Если я получу даже три урока, то смогу посылать в Москву по меньшей мере 20 р., а если пойдет хорошо дальше, то и все 40.

Поговорить с Юрой, Вержбицким и Филимоновым относительно уроков.

Надо признаться, что лето мое для самостоятельных занятий почти пропало. Не успел прочитать и половины того, что наметил.

Папа принес мне письмо от Генриха из Гейдельберга. Описывает свое летнее путешествие по Швейцарии и Италии. Оно все адресовано папе, а мне только несколько строчек, но очень важных. Он полностью поддерживает мои мысли, о которых я ему писал. Написал, что будет мне помогать! Он самый благородный из всех людей, которых я в жизни знаю!

2 сентября

Ужасное событие вчера произошло. Террорист Богров ранил в городском театре, в антракте оперы "Царь Салтан" Столыпина. Это Мордка Богров — анархист. Папа знаком со всей его фамилией, отец его присяжный поверенный, они живут на Бибиковском бульваре, я знаю дом их, однажды папа брал меня к ним с какими-то немецкими бумагами, для помощи с переводом! Я видел этого Мордку-Дмитрия не однажды. Ничтожество. Он кончал Первую Гимназию. Был в приятельских отношениях с моим кузеном Давидом. Трудно предвидеть, какие политические последствия могут быть, если Столыпин умрет. Скорее всего ждет новое ужесточение властей против всех частей общества. Реформа тотчас остановится, экономика может тоже реагировать на это событие остановкой развития. Не вижу ни одного хорошего поворота в дальнейшем.

12 сентября

Столыпин скончался от раны неделю назад. Сегодня сообщили, что казнили Богрова. Мне его не жаль, такое публичное убийство в опере мерзость, мерзость! Как можно убивать в присутствии музыки! Но чувство ужаса охватывает от того, что в двадцатом веке в просвещенной империи может совершаться смертная казнь через повешение, как в средние века. Вот что здесь самое ужасное! Несомненно.

14 сентября

Марусины письма действуют на меня может быть даже сильнее, чем ее присутствие. Каждый раз, когда приходит письмо, хочется бежать на вокзал и ехать в Москву. Закрываю глаза и просто физически ощущаю ее рядом со мной, вот тут, где она действительно была еще недавно. Засыпаю и сразу же просыпаюсь. И больше заснуть не могу. От тоски. Сегодня ночью перечитывал

ГЛАВА 17 Из сундучка. Записные книжки Якова

рассказы Чехова. Бедный, бедный! Какой у него, по всей видимости, был несчастный опыт общения с женщинами. И как это отразилось на сюжетах его рассказов. Я долго не мог уснуть, потому что в голове моей роились другие сюжеты — о смелости и решительности женщин, об их жертвенности — только Некрасов в русской литературе это описал, о женах декабристов. Но даже у Толстого нет положительного образа современной женщины, у него прелестные барышни, но нет настоящих деятелей-женщин. Как ни странно — Пушкин это лучше чувствовал! Времена, когда женского образования просто не существовало. Поповский минимум плюс домоводство. И на этом минимуме — характер, Татьяна Ларина! Чувство собственного достоинства! Вот то, о чем Пушкин говорит. На днях я прочитал "Бабы и Дамы" г. Амфитеатрова. Юра принес, новинка. Это жалкая литература. Легковесный фельетон, скетч, анекдот — ни одного разработанного характера. Всякая женщина, в этом сборнике описанная, — ничтожнейшее существо. Но где же то открытие, которое Пушкин сделал, — о чувстве собственного достоинства женщины! Если попробовать в этом разобраться, то один только Пушкин говорил о достоинстве человека: о мужском — Петр Андреевич Гринев, и о женском — Маша Миронова и Татьяна Ларина. Здесь — основа основ! А с художественной стороны писания Амфитеатрова — бойко весьма, но слог журнальный, необработанный. И опять-таки не могу не отметить — еврейский женский тип, Дина — контрабандистка, похожая на чеховскую Сусанну Моисеевну. Удивительное дело — мне на глаза все попадаются учащиеся еврейские девицы, как Маруся, Бети, Ася — кто учится педагогике, кто медицине. Верочка Гринберг библиотекарем работает. А господам Чехову и Амфитеатрову попадаются процентщицы. Старушка-процентщица Достоевского не вызывает такого яркого отвращения, как эти еврейские процентщицы. Может, потому что это старушка русская?

Женская тема все более становится важной, я думаю, это только начало ее развития, а через сто лет все поменяется, женщины будут другие. Врачи, даже сенаторы, министры — женщины. Начало пойдет именно от тех барышень, девочек, кто сегодня кинулся за образованием. Тургенев, тонкий изящный Тургенев создал цельный тип "тургеневской девушки", а себе выбрал в спутницы, в любовницы великую женщину, певицу, лицо всемирно известное. То есть эмансипированную? Или я неправильно рассуждаю?

Я даже придумал два сюжета для рассказов, кажется, недурных. Один — про юную девицу, совсем еще девочку, которая влюбилась в старика, сошлась с ним тайно, родила от него детей, двух или трех — ото всех скрывая, кто отец ее детей. Ее все презирают, даже мать не понимает, откуда у нее дети берутся. Старик умирает, оставляет ей по завещанию небольшое состояние. Она покидает детей и уезжает учиться. Например, как наша Бети, в Швейцарию. Делается дантистом или гинекологом, возвращается домой к детям, работает, дает образование детям. А дети все это время, что она учится, остаются со старой матерью, все считают, что она их бросила. Надо расспросить Бети про ее учебу в Швейцарии, чтобы рассказ выглядел достоверным. Второй в духе Шолом-Алейхема я придумал — отец-портной, очень знаменитый и дорогой, например, как Меерзон, постепенно слепнет, а его дочь начинает работать за него, и никто не знает, что она его заменила. Отец умирает, а она становится... вот здесь надо немного еще подумать, как ее жизнь самостоятельно складывается, без помощи мужчин. И чтобы была она собой нехороша, не замужем, но жизнью удовлетворена.

Маруся права — без женского образования мировая культура много пострадает. Действительно, революционное время.

16 сентября

Совершенно вошел в новый режим. Приходится соблюдать строгую дисциплину. Встаю в 5 ½ час. Гигиена. С 6 до 7 ½ — научные чтения. Потом пью чай с булкой и иду в институт (3 версты) пешком, чтобы двигаться и мимо Марусиного дома пройти, конку не беру. В 8 ½ в институте. Занятия до 14. Потом либо урок (один урок достал по фортепиано, второй со следующей недели будет по математике), либо три раза в неделю классы в консерватории. Играю каждый день, но больше часа не получается. (Мое теоретическое образование не требует от меня хорошего исполнительского мастерства, но владение инструментом кажется мне совершенно необходимым!) Обедаю дома. После обеда переписываю с тетрадей Соловецкого или Кононенка лекции, которые пропустил в институте накануне, если пропустил существенное, чтоб не образовывалось дыр в статистике и полит. экономии. В семь часов ужин, немного играю с детьми. С 8 часов до полуночи мое время для чтения, когда не хожу в концерты. Не менее двух раз в неделю получается. Стараюсь укладываться в 12, но это не всегда получается. Какое счастье — дом спит, тишина, я улетаю с моим чтением в мир науки, искусства. Взял книги по движению. Читал про школу Изадоры Дункан, она восходит к античной традиции, это мне нравится. Но — что я Марусе не говорил — ее занятия педагогикой, особенно женским образованием, мне представляются более общественно-полезным, чем теперешнее увлечение Bewegung.

1. Новая пьеса Леонида Андреева.
2. "Путь к здоровью и силе", Георг Гаккеншмидт. О физиологической деградации современных людей, при успехе медицины в борьбе с инфекциями и улучшением питания. Увеличение длительности жизни??? Вот где статистику необходимо применять!
3. Sigmund Freud, "Die Traumdeutung". На русский язык не переведено! Это жаль, книга исключительно занимательная, но не убедительная. Гипотеза!
4. Sigmund Freud, "Eine Kindheitserinnerung des Leonardo da Vinci", 1910.
5. Боэций — о музыке — надо искать источники. Есть ли по-русски? По-немецки? Кажется, самое старое из сочинений по теории музыки?

1 октября

Набрал так много себе занятий и это одно только спасение. Письма от Маруси. Завел шкатулку, куда складываю письма и открытки. Прячу ее в книгах. Это самая тайная часть моей жизни. Не могу даже в мыслях допустить, что ее письмо попадет в чужие руки. Бедняжка, так занята, что не всегда может мне и письмо написать. Уговорились — через день писать. Заканчиваю я экзамены 15 января, 16-го — в поезд! Письма меня очень будоражат. Вот думаю — как это я всего четыре месяца тому назад жил без Маруси? Нет, это нечестно заданный вопрос — как мог я жить без женщины? Теперь это ужасное страдание, лишение и я понимаю теперь тех молодых мужчин, что ходили к проституткам. Это не за любовью, а одна физиология.

ГЛАВА 17 Из сундучка. Записные книжки Якова

Правда, физиология такая простая, что можно и без проституток обойтись, своими силами. Отвращение, я думаю, одинаковое.

2 ноября

Погода испортилась. Дожди. Мне больше не хочется ходить в институт пешком, я беру конку и это сберегает мне полчаса утреннего времени. Но эта утренняя прогулка давала какую-то бодрость, и мне ее жалко. Маруся пишет, что в Москве дожди уже целый месяц, да и холод, она мерзнет в комнате. Послал вчера, получив за два музыкальных урока, двадцать рублей. Ее так давно нет, что мне иногда кажется, что ее и вообще не было — все придумано, какая-то галлюцинация. Но лежит почтовая квитанция на столе, как доказательство, что в какой-то неизвестной мне комнате в Богословском переулке затопят печь, будет тепло.

21 ноября

То хвост увязнет, то голова. Две недели работал со статистикой — не хватает математических способов обрабатывать статистические материалы. Просмотрел несколько учебников по дифференциальному исчислению. Мне кажется, есть способы обработки данных более точные, чем приведенные в лекциях доцента Савенко. И марксизм, без которого никак сейчас не обойтись. Вот и Маруся неслучайно за него схватилась. Главное умственное течение — там много важных и трудно оспариваемых положений, но у меня какое-то эстетическое неприятие. Надо обдумать, в чем там дело. Возможно, даже не эстетическое, а этическое. Но это серьезный ученый, мыслей много, больше, чем слов. Увлекает! Тем временем я целую неделю пропустил в консерватории! Но без музыки я жить не могу! А без экономики очень даже могу! Хотя за последний год переменил свои взгляды отчасти. Раньше я в институт ходил, потому что не мог разочаровать папу, который думает, что я приму его дело и буду обеспечивать состояние семьи. Теперь я увидел, что занятия мои имеют смысл научный. Никакая история цивилизации не существует без экономики. Нельзя наблюдать за цивилизацией без этого важного фактора, там свои законы существуют, которые тоже вплетаются в закон мироустройства. Без этого ничего не получается. Вот я и читал всю неделю — от Адама Смита! И понял, что без глубокого знания истории Средних веков тоже ничего не связывается. И так все время — тянешь за ниточку, а оказывается, что все ко всему привязано. Но если о желании души — только музыки!

ГЛАВА 18

Марусины письма
(декабрь 1911)

26 дк

Получила твое письмо на студию, Харитоньевский переулок. Пиши лучше в Богословский — я тут уже два месяца, комната хорошая, две женщины-соседки, одна актриса, вторая учительница. Все трудятся. У нас одна прислуга — от хозяев.

3 ч. ночи, а я только сажусь писать тебе. Не могу спать. Оборвалась пуговка на плече — и я невольно встретилась со своим телом и затосковала о тебе... Да и твое последнее письмо... Твои слова, ласка, твое чудесное мужское чувство формируют меня. Чувствую, кк с каждым твоим письмом становлюсь все больше женщиной, развиваюсь, делаюсь гибче, мягче и красивей. Кк ни странно — до сих пор я была очень мало женщиной. И я рада, что становлюсь ею. И тут же мой Яша — я стала как-то строже, даже в мечтах. Тк ты хочешь. Все, что ты хочешь, прекрасно. И тотчас же твоя мысль становится моей. Кажется, что я давно, всегда именно тк думала, тк хотела. Кажется я никогда больше не скажу (ночью) такого, от чего ты остановил бы меня укоризненным: "Маруня"...

Впрочем... может будет тк счастливо, тк безудержно счастливо и радостно что шутка и смех...

Помнишь, мы не раз ночью смеялись… люблю вспоминать этот смех.

…Спокойной ночи! Пойду… сейчас буду долго-долго целовать тебя, ласкать твои уста, тело…

Сумерки кончились. Зажгла свет. Сейчас у меня хорошо: уютно, чисто. Только холодно очень. Покачалась в кресле…

В студии выступления. Пока имеют большой успех. Элла Ивановна меня хвалит. Я рада. Ходят слухи, что меня оставят на будущий год уже в труппе, не в ученицах. Поживем увидим. Все может быть. И дурное и хорошее. Мне теперь больше всего нужны деньги. Я имею уроки от Фребелевского общества. Случился заработок в 50 руб. Принять постоянную должность не могу — занятия в студии не позволяют. Уроки — другое дело.

Вчера Б. пришла в студию и принесла мне "Рождественский подарок" — фарфоровую безделушку с конфетами — я прямо тронута ея вниманием.

Скоро на вечер — выступление. Слегка кружится голова и не хочется идти. Хочется еще и еще писать тебе. Кк провела сочельник и про музыканта Якобсона. Потом напишу. Прощай покуда.

28 дк

Значит, еще на неделю оттягивается твой приезд… Сейчас закрыла глаза. Ярко-ярко почувствовала тебя. Тяжело мне. Я и не думала, что можно тк тосковать. Хожу-хожу, минутами мечусь — не знаю куда девать свое сердце. Когда же я к тебе привыкну?

ГЛАВА 18 — Марусины письма

...Ты мне поможешь, поддержишь, у тебя сильные ласковые руки и доброе сердце. Я боюсь тебя, муж мой, боюсь чудной боязнью.

...Учись, учись хорошенько. Не дай бог не выдержишь экзамены. Обидно будет что мы напрасно столько намучились. Нет — учись. Выдержи хорошо. А не выдержишь — не огорчайся. И только скорей приезжай. Ох, жду... Ну, спи, родной, ненаглядный мой.

Целую твою голову, уста. Крепко, долго, всю ночь.

30 дк

Два дня лежит письмо. Вчера некогда было отсылать, сегодня воскресенье — почта заперта. Пустяки. Мне не хочется писать карандашом: со временем карандаш сотрется, письмо умрет.

Вот тк лучше. Лена говорит, что письма любви надо писать карандашом. Чтобы письмо не пережило чувства. "Мое чувство умерло, прошло, а письмо, написанное чернилами, живет". Нет — она не права. Разве Гамсун может отказаться от "Пана", "Виктории"? "Пан" пережил Гамсуна, его молодость. Гамсун старик, а Йоганес все еще молод, влюблен. И слава богу. Письмо любви, мое письмо к тебе — самое чистое, самое целомудренное мое творчество. Потому что в нем нет формы, старания — да ты и сам знаешь. Подчас, пожалуй, и содержания нет. Но каждая моя и твоя строка мне несказанно дороги. Оттого пропажа твоего письма мне очень досадна и до сих пор. У меня украли несколько страничек твоей мысли, ласки, любви. И оттого тк больно, что они только мне принадлежали. Украли мое, самое-самое мое. А я ужасная собственница… Только собственность моя далеко от меня...

Где теперь Боря Нейман? В Киеве? Отчего ты о нем ничего не писал? Что Константиновский?

Сказал ли ты своему Юре, что я актриса? Кк странно это должно показаться Юре. Твоя невеста — актриса. Чувствую, что тебе хочется с ним говорить обо мне. Мне самой нестерпимо нужен слушатель. Говорить о тебе стало большой потребностью. И я говорю. Можешь сказать Юре, что мое с ним знакомство уже состоялось. Попроси его любить и жаловать. Не зная меня — у него наверное есть легкое безсознательное враждебное чувство. Какая-то неведомая женщина. Кто ее знает, стоит ли она его… Вот спроси его — увидишь, что тк. Наверно тк думал. Ну, бог с ним. Дай ему бог счастья и хорошую-хорошую жену.

Пора и спать. С 1 января буду нормально жить, беречь себя буду — для тебя. Если б только не было тк холодно!.. Доброй ночи. И все.

Ну, на! И уста.... и всю-всю…

ГЛАВА 19
Первый класс. Ногти
(1982)

Возле Арбатского метро Нора купила букет астр. Он был последний у старухи-продавщицы — большой, немного потрепанный и слишком пестрый. Нора смотрела на него неодобрительно и прикидывала, что две опасно-бордовые выбросит, три желтые оставит дома, а белые и лиловые даст Юрику. Завтра она вела его в школу, первый раз в первый класс.

Она старалась подготовить его к этой глубокой жизненной перемене как к важной и радостной, а сама замирала от дурных предчувствий. Его навыки и умения — заранее было ясно — отчасти были недостаточны, отчасти превосходили необходимые требования. Он бегло читал, но не умел правильно держать в руке карандаш или ручку. Совершенно не умел писать. Карандаш держал исключительно в кулаке, и заставить его держать правильно Нора не смогла. Он не был левшой, но обеими руками владел одинаково плохо. Хорошая врачиха, которую порекомендовала Таисия, сказала, что у него какой-то дефект отводящих мышц кисти и оттого проблемы с письмом. Он был усидчив и терпелив, когда занимался тем, что ему нравилось: в шахматы с Витей он играл часами, до тех пор, пока Витя не уставал.

Юрик ненавидел новую одежду, не любил переодеваться, менять одежду, не умел — или не хотел — завязывать шнурки, рыдал, когда надо было надевать шапку, не терпел прикосновения к своей голове, а уж постричь ему ногти было задачей для Норы непосильной. Он обожал всякие конструкторы, от железных дырчатых планочек, скрепляемых болтами, до деревянных, совсем для малышей. Часами с ними возился. Но заставить его заниматься тем, что ему не было интересно, было невозможно. Он отказывался наотрез от любых спортивных занятий, от рисования, с некоторых пор — от музыки. Но когда музыка звучала, он замирал со странным выражением лица — внимания и как будто страдания. Норина прошлогодняя попытка отдать его в музыкальную школу обернулась отвращением к самому слову "школа", и ей с трудом удалось убедить его, что школа, в которую он пойдет первого сентября, это совсем другое дело и там будет интересно.

— Там воняет, там ужасно воняет, — твердил он, и Нора не могла понять, откуда он знает о школьной вони, если он туда еще и не заходил. В душе она не могла с ним не согласиться. Она начисто забыла о первом опыте устройства Юрика в музыкальную школу, да и запаха духов учительницы музыки, который вызвал такое отвращение у мальчика, она тогда не учуяла. Для нее школьный дух обонятельно был связан скорее со столовкой, хлоркой и пóтом физкультурного зала, который никогда не проветривался.

За два дня до школы Нора предприняла попытку постричь Юрику ногти. Долго готовилась, делала какие-то заходы справа-слева. Рассказала, какие под его длинными и обломанными ногтями живут микробы. Рисовала ему на большом листе многоногих и рогатых чудовищ, он смеялся, но стричь ногти отказывался.

ГЛАВА 19 — Первый класс. Ногти

Пыталась подкупить — в конце концов дошла до того, что пообещала привезти от бабушки Чуру, любимую китайскую чихуахуа. Юрик посмотрел на свои ногти, вздохнул:

— Нет, если только немецкую овчарку...

Честная Нора покачала головой: согласна только на маленькую. Самое большое животное — не больше кошки. Но на кошку не соглашался Юрик. Вечером, когда он заснул, Норе удалось постричь ему два ногтя на левой руке, но на третьем он проснулся и устроил скандал с большим ревом...

Тридцать первого августа вечером Нора усадила Юрика в ванну, он долго плескался и играл в теплой воде, а потом Нора, напряженная и готовая к скандалу, сказала твердо и горестно:

— А теперь надо постричь ногти.

Юрик сжал кулачки. Нора пыталась их разжать. Юрик в нее плюнул. Она потеряла контроль. Вытащила визжащего ребенка из воды, зажала его левую руку подмышкой и с превеликим трудом состригла кое-как ногти. Оба орали. Он — "Не хочу! Не хочу!" Она — "Надо! Надо!"

Когда она заломила правую руку, его сопротивление немного ослабело. Операция вполне удалась. Поначалу у Норы даже возникло чувство вроде торжества победы. Юрик же, бледный и мокрый, сжав кулаки, вышел из ванной и сгорбленно, медленно ушел в свою комнату. И тут Нора ощутила ужас потери — никогда больше не будет у них прежних отношений: он не простит ей насилия!

Ее минутное торжество — кучка ногтевых срезков, собранная с пола, — означало ее полное поражение. Она положила перед собой этот ничтожный мусор и заплакала. Ей хотелось немедленно обнять малыша, попросить прощения, но она боялась войти в его комнату. Выкурила сигарету. Так плохо, кажется, ей никогда не было. Легла на пол на спину, раскинув руки крестом, выдохнула: Господи, помоги мне! Я сделала что-то ужасное! Что мне делать? Помоги!

Потом встала, улыбнулась. "С ума схожу… Такого со мной еще не было". Выкурила еще одну сигарету и отворила дверь в Юрикову комнату. Он лежал на полосатом коврике посреди комнаты, точно как она лежала несколько минут назад — раскинув руки крестом, маленький, голый, очень белый в сумеречном свете. Нора села рядом, он, казалось, даже не заметил ее присутствия.

— Юрик, прости меня.

— Ты мне жизнь искривила, — тихо сказал он, и Нора поняла, что он прав. И сказать ей было нечего.

— Прости меня.

— Нора, я тебя больше не люблю, — сказал тихо и взросло.

Нет, нет. Мы не на равных. Мне тридцать девять, а ему семь. Я за это отвечаю. Что делать?

— А что мне делать? Я-то тебя люблю.

— Не знаю.

— Ну, хорошо. Значит, мы теперь так будем жить: я тебя люблю навсегда. Я тебя люблю больше всех на свете. А ты меня не любишь. Все равно ты мой сын, а я твоя мама.

"В прошлом году он спросил меня: «Нора, а когда ты меня родила?»"

«Ночью», — я ответила.

«Мамочка, прости, я тебя разбудил…»

И еще: «Когда я был в твоем животе, мне очень хотелось петь» — «А почему же ты не пел?» — «А там было тесно, и ничего не было, ни посуды, ничего… но было хорошо…»"

ГЛАВА 19

— Я от тебя уйду... — не поворачивая головы, сказал мальчик.

Нора взяла себя в руки.

— Уйдешь, конечно. Все дети уходят, когда вырастают. Но еще долго мы будем жить вместе.

— Вообще-то я уже не хочу.

— Ладно. Это мы потом решим. А сейчас я сварю тебе заварной крем.

— Подлизываешься?

— Ага. Вот полотенце, ты вытирайся сам как следует. А я пойду крем варить.

Потом Юрик съел заварной крем, теплый, не успевший остыть и не такой вкусный, как обычно. Оба успели остыть — и Нора, и Юрик — и спать он пришел к ней в большую постель, как во время болезни. Они обнимались, Нора целовала его не совсем просохшие волосы — они были такие густые, что всегда долго сохли. А потом, уже засыпая, он сказал:

— Нора, а в приятности есть предел. А дальше ужасно неприятно. Сначала очень-очень приятно, но когда очень-очень, то попадаешь из рая в ад.

"Откуда знает?" — изумилась Нора. Не может он этого знать...

Наутро все было как будто забыто — в новой синей форме, светловолосый, головастый, с букетом астр, он смешался в школьной толпе с такими же семилетками. Нора разглядывала их с большим интересом: неужели в каждом из них, как в Юрике, сидит затаенный мудрец, который знает такое, о чем взрослые люди забывают...

ГЛАВА 20
Из сундучка. Письма Якова. Вольноопределяющийся Осецкий
(1911–1912)

КИЕВ — МОСКВА

6 сентября 1912

Милая моя жена! Сокровище мое! Вместо ласковых слов, которых множество накопилось после нашего расставания, изливаю душу. Быть вместе — естественное для нас правильное положение. Наблюдения за семейными людьми, моими родителями, родственниками, знакомыми всегда меня удручали. Но наши отношения лежат вне всего того бытового сора, мелких ссор, взаимного раздражения, которые мне так неприятны. У нас с тобой все иначе, такой мелочности быть не может. Но никогда еще судьба не ставила меня перед таким трудным выбором, который мне предстоит сделать, но без твоего слова я не могу ничего сделать. От этого зависит наше будущее.

Ты, может быть, не знаешь, что Киевский Коммерческий институт для России учебное заведение оригинальное, весьма передовое. Когда он создавался шесть лет тому назад как высшие коммерческие курсы, здесь не предусматривалась процентная норма, и привело это к тому, что сейчас около 60% учащихся евреи. При этом существенно, что еврейское коммерческое сообщество

ГЛАВА 20. Из сундучка. Письма Якова. Вольноопределяющийся Осецкий

Киева дает большие деньги на содержание института, почему начальство и соглашалось обучать еврейскую молодежь. Этот очерк истории касается и меня лично, потому что и я один из этих 60%. Словом, с этого года этот недочет в уставе поправили и ввели обычную для всех учебных заведений квоту, то есть среди слушателей будет не более 5% евреев. Евреям предлагается на выбор — переходить либо в христианскую веру, либо в вольнослушатели. По прошлому году я вышел первым по своему отделению, переходить мне в вольнослушатели, ходить на лекции и ждать, не освободится ли место, и конкурировать за него с такими же, как я, еврейскими студентами унизительно. Особенно обидно теперь, когда я имею хорошие шансы получить по окончании звание кандидата коммерции. Я имел предварительный разговор с профессором Погорельским о преподавательской работе, которая меня привлекает гораздо более, чем практическая деятельность, о которой мой папа мечтает. Вопрос о крещении еще более унизительный. Мы с тобой не раз касались этой темы — живя в православной стране, окруженные ее культурой, мы Православие полюбили, сочувствуем ему. О моем религиозном минимуме я говорил — заповеди, данные Моисеем, основоположная часть христианства. Образ Христа вызывает сочувствие еще большее, это один из самых привлекательных героев истории, культуры. Но я не верю в его Божественное происхождение. Сын Человеческий — говорил он про себя. Как и все мы, все прочие люди, иудеи в первую очередь, и через них все, воспринявшие в той или иной форме Завет. Это предложение креститься для меня еще более унизительно, чем переписаться добровольно из студентов в вольнослушатели. Рассуждения философские и религиозные вообще отставляем в сторону, я сам для себя многие мировоззренческие вопросы не решил, но никакая религия, ни иудейская, ни христианская, ни китайская не играют важной роли в этом строительстве. А здесь — насильственная манипуляция. Что же до моего отношения — я нахожусь скорее на позициях агностицизма. Хотя понятия эти — гностицизм и агностицизм — несколько спутаны, одно нельзя противопоставлять другому. Если гностики считают, что мир до конца познаваем, а агностики — что мир до конца непознаваем, то я выберу себе в качестве Бога собственно Гнозис, и все противоречие снимается. Это значит, что всю жизнь я готов идти к познанию, без надежды на то, что полного познания достичь возможно. Конечно, расуждения эти гораздо выше той практической задачи, которая стоит передо мной, но я не могу не принять их в рассуждение. И платой за обучение, пусть даже в области столь практической, которой я сейчас занимаюсь, не может быть предлагаемый компромисс. Я свое решение принял — из института сейчас я отчисляюсь. Написал о своем решении Генриху. Мнение старшего брата мне в этом случае гораздо важнее, чем мнение отца. Но ответ от него придет не скоро, а решение я уже принял. Не знаю, поддержит ли он меня. Но у нас разное материальное положение... В этом году в Швейцарию отправили младшую сестру Генриха Анюту, она учится в Цюрихе в медицинской школе. О германском университете я и мечтать не могу...

Но сейчас об отчислении. Окончательное решение я уже не могу принимать без тебя, потому что ты моя жена, и мои дальнейшие намерения могут не совпасть с твоими, и тогда я должен буду искать иное решение. Такое долгое предуведомление связано с тем, что я страшусь открыть тебе свой план, заранее зная, как тя-

ГЛАВА 20   Из сундучка. Письма Якова. Вольноопределяющийся Осецкий

жело тебе будет смириться с ним. Я решился пойти в армию вольноопределяющимся. Не расстраивайся, не падай в обморок, не приходи в отчаяние. Объясняюсь: эта годичная (или двухгодичная!) военная служба даст мне право вернуться в институт. И тогда я смогу закончить экономическое образование, содержать семью и иметь все радости счастливого супружества. Окончательное решение за тобой. Даю тебе римское право "вето".

…Составил уже план на ближайшие месяцы, отчасти сделал первые шаги для своего "отступления" — сдал немецкий язык за весь курс, сдал торговое и промышленное законоведение, тоже "вперед", и договорился о преждевременном экзамене по английскому языку. Он дается мне легко, он проще, чем немецкий, хотя есть сложности в произношении. Прочитал "Короля Лира" на английском языке. Язык Шекспира архаический, пришлось сделать glossary, но разница с русскими переводами огромная! В этом сравнении нахожу огромное удовольствие. Из них лучший Каншина, он прозаический. Вот сравни!

"Да, ты, пріятель, остался тѣмъ, чѣмь былъ созданъ, то есть настоящимъ, безъискуственнымъ человѣкомъ, то есть, жалкимъ и нагимъ двуногимъ животнымъ. Долой съ меня все чужое! Дѣлайте то же и вы!"

А по-англ: "Thou art the thing itself; unaccommodated man is no more but such a poor, bare, forked animal as thou art. Off, off, you lenddings!"

Короче, энергичнее, сильнее. А я бы перевел иначе: "Ты, неприкаянный человек, всего лишь бедное нагое двуногое животное! Прочь, прочь лишнюю одежду!"

Вот, видишь ли, всегда, когда я говорю с тобой о вещах практических, возникает желание поделиться и моими всегдашними литературными рассуждениями.

Год или два года в армии — как раз об этом! Буду жить среди бедных двуногих, но не нагих, а в шинелях… Признаюсь тебе, что меня тяготит зависимость от папы, который все мое обучение оплачивает. Отслужив два года, я смогу скорей приобрести и финансовую самостоятельность.

Я понимаю все жертвы, на которые ты идешь: еще на год-два откладывается возможность нам соединиться. Я пойму тебя, если ты скажешь "нет". Я не могу требовать от тебя согласия на такую отсрочку. Но я тоже жертвую тем, что всегда считал самым для себя сокровенным, — музыкой. Музыкальное образование мое находится в худшем состоянии. Историю музыки, сольфеджио, основы композиции — это можно прорабатывать самостоятельно, у меня хороший навык работы с литературой. Но чтение книг — жалкая замена живому музицированию, слушанию музыки, общению с музыкальной средой. А этого в военной службе я непременно буду лишен.

Окончательное решение остается за тобой, Маруся. Если ты возражаешь против моей службы в армии, я откажусь от этой мысли. Идти на службу в коммерческую контору будет для меня еще худшим испытанием, чем два года в армии. Решение я оставляю в твоих руках. Целую твои несравненные изумительные руки и не смею посягать ни на что более.

Яков

ГЛАВА 21
Счастливый год
(1985)

Осенью восемьдесят четвертого года в жизни Таисии произошла катастрофа, обернувшаяся для Норы неожиданным благом. Таисию бросил муж Сережа, тихий подкаблучник, от которого никак нельзя было ожидать такого дерзновенного шага после долгого бесконфликтного брака. Он ушел от нее неожиданно, собрав в спортивную сумку штаны и инструменты, твердо, без сожаления и навсегда. Пока Таисия приходила в себя от горького недоумения, ее вялая и сонная дочка Леночка, студентка последнего курса Сельскохозяйственной академии, сообщила, что выходит замуж за своего сокурсника-аргентинца и уезжает с ним в Аргентину… Но пока что, до всех непростых процедур, связанных с отъездом, дочка привела в дом черноватого мозгляка. Они поселились в осиротевшей спальне Таисии и, таким образом, вместо Сережи в ее постели теперь кувыркался этот противный "черножопик", как неполиткорректно называла Таисия своего зятя, а ее рыхлая Ленка нежданно-негаданно подтянулась, расцвела и полностью освободилась от непререкаемой зависимости от матери. Таисия, всю жизнь обучавшая житейской мудрости молодых мамаш, переживала полное крушение личного мироздания. Она пришла к Норе и, рыдая, изложила оба сюжета, завершив их заявлением, что жить вместе с "черножопиком" она не в силах. Что делать?

Даже не подумав о новых возможностях, перед ней открывавшихся, Нора немедленно предложила Таисии переселиться до отъезда молодоженов к ней; та с радостью согласилась. Тут же состоялось и переселение: они вместе перенесли в ту комнату, которая называлась гостиной, Норин секретер, Норино постельное белье переместили на кушетку в гостиной, а кровать бабушки Зинаиды — старорежимная ладья — была предоставлена Таисии. Юрик, всегда воспринимавший Таисию как близкую родственницу, придя из школы и обнаружив ее в Нориной комнате, очень обрадовался.

Только вечером, сидя за совместным ужином, Нора осознала, что постоянное присутствие в доме Таисии даст ей свободу, о которой она и не мечтала… Таисия же, поселившись у них, немедленно вышла на пенсию и теперь подхватить Юрика из школы и накормить обедом стало ее святой обязанностью. Нора оплачивала ей разницу между пенсией и зарплатой в поликлинике, и обе были счастливы.

Однако использовать новые возможности Норе удалось не сразу, потому что через пару недель после заселения Таисии без предупреждения, без звонка, явился Тенгиз.

Они не виделись год. Последняя их встреча, тбилисская, была краткой и случайной. Нора приехала на гастроли в Тбилиси с театром, со своим спектаклем, довольно слабым, с жидким детективным поворотом, с забавной сценографией, выстроенной как карманный лабиринт с шариком, катающимся по желобку… и вовсе не было у Норы намерения искать встречи с Тенгизом. Неписаный закон их отношений сложился так с самого начала — они возобновлялись из любой точки, в любое время, когда этого хотел он, а потом исчезал, как будто его никогда и не было. Нора никогда не делала первого шага для встречи.

Первый раз в жизни попав в Тбилиси, город Тенгиза, Нора вечером вышла из гостиницы в незнакомый город одна, прошла по проспекту Руставели, потом ее вынесло в старый район, к кривым безлюдным улочкам. Она все ожидала, что вот он появится из-за угла, помашет ей рукой. Так гуляла, наслаждаясь и городом, и собственным бесстрашием. Он не появлялся ни из подворотни, ни из такси, но имя его мелькнуло уже назавтра. Режиссер, с которым она тогда работала, пригласил ее навестить местную знаменитость, они поехали большой компанией на унылую тбилисскую окраину, в серую девятиэтажку, к армянской художнице, о которой Нора уже слыхала от каких-то общих друзей. Их встретила совершенная пифия, с худым горбоносым лицом, с яркими сливовыми глазами, в странной попоне из потертого сизого шелка, с немыслимым тюрбаном на голове. Норе сразу же захотелось ее нарисовать. Нора слов не произносила, разглядывала картины, которые ковровой развеской покрывали все пространство и стояли в три ряда вдоль стен, и непонятно было, где хозяйка спит в своих шелках, потому что всюду были мольберты, подрамники, папки, банки. Среди этого художественного нагромождения — маленькая плитка с двумя джезвами и несколько кофейных чашек: ни намека на быт, на жизнь, на постель... Картины все были с какими-то вымышленно-мифологическими сюжетами — сказочные звери, змеи, дэвы и девы. Восточное цветистое безумие, очень талантливое... А посреди комнаты на мольберте стоял большой портрет Тенгиза, строгого письма, очень твердой рукой написанный, без намека на ориентальную игривость. Он смотрел исподлобья, художница ухватила какую-то точную складку губ, и колорит картины был такой правильный, тяжелый, а над головой как будто прорыв неба — отчаянно-синий... Большой, не вполне законченный портрет. Нора мгновенно учуяла запах его табака-самосада... "Он здесь был только что, позировал", — догадалась она.

Назавтра она провела весь день в театре, но после первого акта улизнула с милым парнем Давидом, московско-грузинским актером, выходцем из Тбилиси, которого убивали в первом акте, так что во втором, когда разворачивалось действие-следствие, он был уже свободен как птица. Они были в приятельских отношениях, он вызвался поводить ее по городу. Сначала дошли до Куры, потом по набережной, проголодались и спустились в первый попавшийся подвальчик. Там было людно и шумно. Справляли какой-то праздник. Половину небольшого зала занимал длинный стол. Во главе стола сидел Тенгиз, а рядом с ним большая грузная женщина с отвисшей нижней губой, похожая на цыганку. Отмечали его день рождения... Он сразу увидел Нору со спутником, встал и объявил:

— А у нас гости из Москвы! Вот это подарок! Нора Осецкая, моя любимая художница! И ее спутник... — Тенгиз замялся. Нора с ласковой улыбкой заполнила паузу, назвав его имя. — Садитесь, садитесь!

Нора с Давидом сели на подставленные немедленно стулья, и Нора просидела как на сцене часа полтора, в радостном шуме грузинского застолья, после чего они с Давидом встали, поблагодарили всех и ушли, взявшись за руки, как любовная парочка. На душе было паршиво — Тенгиз мог подумать, что она этот приход спланировала... Молча дошли до гостиницы. Номер у Норы был отдельный, как у важных персон; актеров

ГЛАВА 21

поселили по двое — и Давид остался у нее до утра. Он был славный, очень молодой и застенчивый. И хорошо, что остался. Наверное, не остался бы, если бы Нора не сказала возле двери — "заходи!"... Другого способа залечивать любовные раны, наносимые Тенгизом, она не изобрела...

На этот раз Тенгиз появился со словами: "Не выгонишь?". В руках у него был все тот же саквояж, а под мышкой он нес футляр, в котором лежала гитара для Юрика. Почти взрослая. Три четверти взрослой. Юрик сразу же вцепился в чехол, вытащил гитару и ударил слегка по всем ее шести струнам.

— Погоди, настроить надо, — и они сразу же забились в комнату Юрика. Тенгиз ловко подкрутил колки своими чуткими пальцами и показал первые пять аккордов.

— Выучи эти аккорды и уже кое-как будешь играть, — и они тренькали целый час. Тенгиз какими-то скульпторскими движениями пристраивал Юриковы пальцы к струнам. И сразу стало получаться.

После ужина Тенгиз объявил Норе, что он приехал на полгода-год, как дела пойдут, есть интересное предложение от "Мосфильма", и на днях, когда решатся детали его дальнейшей работы, он переедет в наемную квартиру, которую обещала ему дать студия. Потом он помолчал, что-то помычал, еще помолчал. Нора тоже ничего не говорила, но думали они об одном.

— У меня есть перемены, понимаешь. Нанка вышла замуж, у ее мужа дом под Тбилиси. В общем, Нателла решила переехать к дочери, теперь все они там и живут. Нателла меня оставила, да? Я теперь одинокий волк стал.

— Поняла, — кивнула Нора. И правда, была в его облике волчья поджарость, в глазах не то свирепость, не то затаенный страх. Да он же хочет у меня остаться, со мной, здесь!

Руки у Тенгиза всегда были сильнее головы — так он сам про себя говорил. "Особенно когда мои руки — ты", — признавался Норе. Но это было не так, нечто другое он имел в виду: Нора могла в слова облечь то, что ему не удавалось. Русский, конечно, не был родным языком, но он и по-грузински не умел четко выражать свои мысли, делал это каким-то кружным путем, жестикулируя, подвывая, способом несловесным, но в конце концов умел так завладевать актерами, что они полностью подчинялись его воле. Да и не только актерами. Был дар: он умел передвигать людей, и они делали то, что ему хотелось. Вероятно, древняя сила внушения. Пожалуй, только один человек на свете, его жена Нателла, никак не поддавалась этой силе, а, наоборот, он сам был подчинен примитивному, но неодолимому могуществу ее женской власти. Почти тридцать лет они находились в нескончаемой борьбе. Оба чувствовали обреченность борьбы, которую не могли прекратить.

— Ведьма, ведьма, — говорил он в отчаянии, когда видеть жену становилось совсем невмоготу, — убей меня сразу, зачем ты сосешь из меня кровь, как птица?

Почему птица, он не смог бы объяснить нормальным дневным языком. Сон у него такой был, кошмар, повторявшийся несколько раз: лежит голый на теплой земле, в серо-коричневом блеклом свете, и ему как будто вводят иглы в вены. И видит, что это какие-то грязные, в земле перепачканные птицы с тонкими клювами сосут кровь — одна на шее, вторая на животе, третья в паху...

Нора давала ему то, что отнимала Нателла, этим и держалась их многолетняя связь. Нора была идеальным

ГЛАВА 21

приемником и ретранслятором его воли, и работать с ней над спектаклем было для Тенгиза наслаждением. Ей удавалось его намерения, его мычание переводить в материал — то в рыжую стену, имитирующую кирпичную кладку, то в сепиевые платья, то в белый задник, как будто прорванный артиллерийскими снарядами... А она целовала его руки, облизывая каждый его палец, как щенок вылизывает брюхо матери в поисках питающего соска.

— Умница моя, умница, — шептал он беззвучно, отдавая свои руки ее влажным губам, твердому языку.

Что уж там она слизывала, словами не объяснить, но после каждого их нового эпизода, нового спектакля, Нора становилась сильнее и увереннее. Позже, когда Нора сама утвердилась, превращаясь постепенно из художника-постановщика в режиссера, даже в автора, и делала первые постановки в провинциальных театрах, она сказала ему: "Тенгиз, режиссурой я заразилась половым путем..."

В тот первый вечер Тенгиз спал на полу, на ватном одеяле, разложенном в гостиной, а назавтра состоялось еще одно передвижение мебели — бабушкина кровать-ладья переплыла в гостиную, кушетка перешла к Таисии, а привычное население квартиры, Нора и ее сын, к радости Юрика, удвоилось.

Через несколько дней после вселения Тенгиза Юрик шепнул Норе на ухо: стало даже лучше, чем если бы ты немецкую овчарку разрешила... Но дело было не в собаке, конечно, а в гитаре. Он брал ее в руки и начинал себе нравиться. Когда никого дома не было, выходил в коридор, становился перед высоким, в рост, зеркалом и играл, бросая косые взгляды на свое отражение. Счастье, которое он испытывал, не было совсем новым — он вспомнил — оно было то самое, которое он уже знал, но забыл... Когда лет в пять получил африканский барабан и страстно выбивал из него ритмы, а потом лупил по ксилофону. Но тогда он как раз научился читать и с ксилофона перешел на Киплинга — сначала на кошку, которая гуляла сама по себе, а потом на Маугли, который на долгие годы стал его любимым героем, и на другие книжки, которые Нора исправно ему подсовывала... Теперь все прежнее и забытое вернулось, в гитаре оказался и барабан с его ритмами, и ксилофон, и звуки, звуки, из которых складывалась таинственным образом фраза, но иначе, чем это делается в книгах...

Тенгиз поделился с Юриком элементарными теоретическими знаниями, и ни одно новое знание Юрика так не вдохновило, как представление о ладе, тональности, мажоре и миноре, интервалах и последовательностях. Он вслушивался теперь в звуки окружающего мира, оценивал их в свете нового знания и обнаруживал каждый день, что все звуки мира описываются этими новыми правилами, а музыка звучала непрестанно, даже во сне, то усиливаясь, то замирая. Теперь он слышал сложный ритм первой капели, опасные паузы в грохотании железных листов крыши сарая, в трели дверного звонка улавливал малую терцию... Тенгиз не подозревал, какой мощный механизм нового осмысления мира, его звуковой структуры, он запустил, он просто радовался напряженному вниманию и мгновенному пониманию, с которым встречал мальчик эти новые сведения. Нельзя сказать, что в этом открывшемся Юрику звуковом мире все было так уж лучезарно: порой это новое слышание было тревожно и даже мучительно.

Юрик приходил теперь из школы минута в минуту, не отвлекаясь на жизнь котов, чьи маршруты прежде его настолько занимали, что иногда он по три

ГЛАВА 21 Счастливый год

часа лазал за ними по подвалам и крышам угольных сараев. Нора вела кружок рисования в Доме пионеров — единственный в тот год постоянный заработок — и два раза в неделю она не могла встречать его из школы, а Таисии не всегда удавалось поймать Юрика на выходе из школы. Прежде после занятий Нора летела домой и довольно часто не обнаруживала дома ни Юрика, ни его портфеля, и тогда она часами бродила по окрестным дворам, отлавливая сына. После обретения гитары Юрик больше не загуливал и, возвращаясь, Нора уже на лестничной клетке слышала гитарные упражнения.

Тенгиз каждый день встречался со сценаристом, обсуждая грандиозный проект, предложенный ему на Мосфильме, — экранизацию "Витязя в тигровой шкуре". Пытались совместно писать первый вариант. Нора читала "Витязя", пыталась найти в нем что-то свое, разобраться в этой бесконечно путаной истории отношений повелителя, его витязей и их возлюбленных, и все ей казалось орнаментальным, вычурным и витиеватым. Когда она пыталась донести это до Тенгиза, он отмахивался: это только подготовительный материал, а сценарий, который они пишут, будет сильно отличаться от этого первоисточника. И вообще — про другое!

— А ты читай, читай, мы потом будем разговаривать с тобой, когда сценарий будет готов, все равно мы свое будем делать!

Тенгиз нисколько не сомневался, что сможет добиться Нориного утверждения как художника в будущем фильме. Но она в кино никогда прежде не работала, понимала, что там своя компания и вряд ли туда впустят человека со стороны, да еще не имеющего никакого опыта, кроме театрального. Тенгиза это не смущало — оформим помрежем, в конце концов! Нора тем временем рисовала заказанные эскизы "Снежной королевы" для Ташкента, забавляясь разницей температур между зрительным залом и происходящим на сцене... Но пока жили они веселой и необычной жизнью, каждый вечер либо ходили по гостям, зачастую прихватывая с собой счастливого Юрика, либо принимали друзей у себя. Чаще других приходила Наташа Власова, ее малахольный муж Ленчик и милейший Федя, связанный с родителями сразу двумя пуповинами. Юрик вцеплялся в Федю: старший друг в таком возрасте — драгоценное достояние...

Единственное, что для Норы оставалось неизменным, — ежедневное приготовление уроков. К этому времени — шел четвертый класс — ей стало совершенно ясно, что Юрик не в состоянии справляться самостоятельно. Собственно, с Норой он тоже их делал кое-как: главная проблема была в письме. У него был чудовищный почерк. Почерка у него никакого как раз и не было. Каждый раз, когда Нора усаживала его выполнять задания, самым мучительным было именно написание упражнений по русскому языку — он писал так, как будто увидел ручку первый раз в жизни и задачей его было изобрести какое-то новое, нестандартное написание известной буквы... Начатых и недописанных тетрадок скопилась уже целая куча. Довольно редко Юрику удавалось написать третью страницу так, чтобы ее можно было предъявить учительнице, хотя первая была более или менее приличной. Учительница Галина Семеновна была в ужасе от его писанины, о чем каждый раз с неиссякаемой горячностью сообщала Норе, время от времени даже намекая, что место Юрику во вспомогательной школе. Теперь Нора получила маленький рычаг воздействия — "гитара только после уроков". В общем, достигла не многого — он

ГЛАВА 21   Счастливый год

стал делать уроки быстрее, но не лучше. Может, лучше и не мог?

Тенгиз, наблюдая Норины терзания, пожимал плечами: оставь "малчика" в покое! Ты что, не видишь? Прекрасный какой мальчик!

Юрик от Тенгиза не отходил. То ли он вытащил из глубины младенческой памяти совместную поездку на Алтай, то ли сам назначил Тенгиза на роль отца, но Тенгиз отзывался на эту мальчишескую любовь всем сердцем. Юрик открыл в нем массу достоинств: на гитаре он играл, с точки зрения Юрика, замечательно, учил его новым аккордам, новым мелодиям, принес в дом такую музыку, о которой Юрик и не подозревал. И ел Тенгиз руками, ловко и артистично, как умеют только восточные люди, в его присутствии Таисия замолкала и переставала делать Юрику замечания, что он неправильно держит вилку и нож. А еще Тенгиз умел свистеть. К тому же в шахматы Юрик играл лучше, чем Тенгиз. Во всяком случае, именно играя с Тенгизом, Юрик, наконец, познал радость победы. Витя очень редко проигрывал, а Тенгиз делал это замечательно весело и легко. И всякий раз, проигрывая, радостно удивлялся. И это тоже составляло Тенгизово достоинство.

По воскресеньям, когда пристрастившаяся в последнее время к церкви Таисия уходила на службу и не удерживала его уговорами возле Нориной двери, Юрик врывался в ее комнату, залезал в постель, расталкивал и проныривал между очнувшимися ото сна Норой и Тенгизом, визжа и толкая их коленями и локтями. Юрик, столь чуткий к запахам, казалось, не ощущал смеси пота и любовных испарений, которую и сами любовники спешили поскорее смыть, но еще не успели, и Нора поначалу пыталась отвадить сына от этой воскресной привычки, хотела даже замок или хотя бы крючок на дверь навесить, но Тенгиз нисколько не смущался, прижимал мальчишку к груди, громко дул ему в пузо, а тот хохотал… Игра, конечно, была младенческая, но, видимо, Юрик в какие-то детские игры не доиграл.

Больше двадцати лет длился этот пунктирный роман Норы и Тенгиза, но никогда они не оставались вдвоем, всегда присутствовал между ними третий — тот спектакль, который они вместе делали. На этот раз никакой работы не было, одни только неопределенные планы, но теперь третьим между ними оказался Юрик. Это была настоящая семейная жизнь, новая расстановка сил, при которой довольно часто, при решении всяких мелких забот, Тенгиз с Юриком выступали против Норы. Это были чепуховые проблемы — картошка или макароны на ужин, куда идем в воскресенье, что подарим Таисии на день рождения. Но это была жизнь втроем, славная семейная жизнь, и она для каждого была в новинку и всем троим очень нравилась.

Незадолго до Нового Года в гости пришел Генрих. Он уже познакомился с Тенгизом, тот ему очень понравился, и Генрих явно хотел понравиться Тенгизу, с первой же минуты знакомства травил анекдоты, хохотал, шлепал Тенгиза по плечу. Долго сидел и уходить ему было неохота. На этот раз он был удручен как никогда. С порога рассказал, что с ним приключилась какая-то неведомая болезнь Желино́, она же нарколепсия: он стал засыпать внезапно — то посреди беседы, то на собрании, то за рулем. Дважды он чуть не разбился и теперь пришел к решению расстаться со своей любимой игрушкой, с синей "пятерочкой", блестящей, вылизанной снаружи и изнутри, подружкой "Валечкой". Была у него такая привычка давать имена своим автомобилям — предыдущая звалась "Марусей".

ГЛАВА 21 — Счастливый год

Генрих даже представил график своих засыпаний — от первого случая, полтора года тому назад, когда он заснул на заседании Ученого Совета, на докладе своего аспиранта... И так вплоть до последнего опаснейшего случая по дороге на Иришину дачу, с ее дочкой и внуком на заднем сиденье... Хорошо, в кювет съехал, а не на встречную полосу... Словом, в этот раз он не шутил и не веселился, вид у него был горестный, убитый, Нора его искренне пожалела.

"Мальчик, мальчик, совсем как Юрик", — подумала она. Но тут Генрих вдруг сказал — мал Юрик, а то бы я машину не продавал, а ему бы отдал. Юрик, который безучастно ел жареную картошку, вытягивая из тарелки нарезанные Таисией самые длинные соломины, встрепенулся и, не отвлекаясь от любимого лакомства, сказал в пространство: "А ты Норе машину отдай, она будет меня возить..."

— Это мысль! — взбодрился неожиданно Генрих. — Я сам научу тебя водить! Я по своей методике тебя научу, за две недели будешь водить как профессиональный шофер! Ты понимаешь, все эти инструкторы учат водить неправильно, как будто они учат чтению, по буквам, по слогам! А водить — это как плавание, гораздо ближе к плаванию. Движение надо поймать! Поймаешь это движение машины, ну, себя в машине, и ты уже водитель! Нора, что ты молчишь? Что скажешь? Ты водить-то хочешь?

Генрих, такой поначалу мрачный, вдруг рассиялся. "Какой он все же добрый", — подумала Нора. Она редко про отца хорошо думала, а тут обрадовалась за него.

Добрый, добрый! Напоказ немного, это ясно, Тенгизу и Юрику хочет понравиться! И вообще он всем хочет нравиться... Но добрый же!

— Хочу, конечно! Всегда хотела! Ну, пап, ты сам смотри! Не жалко?

Тенгиз налил Генриху вина. Выпили за новую автомобильную жизнь Норы. Она прежде и не думала ни о каком автомобиле, но после слов Генриха вдруг поняла, что она очень, очень хочет хлопнуть дверцей и, поддав газу, сорваться с места. И рулить, рулить!

В ближайшее воскресенье Генрих заехал за Норой и действительно быстро научил ее водить. Быстрее, чем это делают на водительских курсах.

Через два месяца Нора получила права, сдав экзамен с первого раза. Генрих оформил на Нору дарственную, и она стала водителем. Оказалось очень кстати.

К весне "Витязь в тигровой шкуре" отдал концы: Тенгиз разругался со сценаристом, о запуске фильма с начала будущего года и речи быть не могло, что-то надо было менять, то ли режиссера, то ли сценариста. И киностудия решила поменять режиссера. Пригласили другого, тоже грузина, московского, но, как выяснилось впоследствии, опять не заладилось. Потом остановили финансирование и фильм так никогда и не был снят.

Пока оба они — Тенгиз и Нора — переживали свои неудачи, совершенно неожиданно закончились все деньги — и Тенгизов невозвратный аванс, и Норины мелкие запасы. Для начала Нора, ничего не говоря Тенгизу, одолжила двести рублей у Туси, на всю жизнь оставшейся в статусе старшей подруги. К Амалии обращаться не хотела, хотя щенячий бизнес шел прекрасно и "собачьи" деньги у них не переводились, но Амалия стала бы горевать, жалеть Нору и Юрика, плакать о неправильной Нориной жизни. Таисия, понимая сложности текущего момента, не то что оговоренной зарплаты не брала, а свою пенсию спускала

ГЛАВА 21

на продукты и подумывала, не выйти ли на полставки в поликлинику.

Тенгиз день ото дня мрачнел. Он с юных лет зарабатывал на семью, кем только не работал в студенческие годы... Но он забыл, забыл за эти полгода рядом с Норой, что отвечает за дом мужчина. Жил-то он в Норином доме как гость, приносил в дом то дорогую еду-питье, то что-нибудь прекрасно-ненужное, но не задумывался о повседневной рутине. Тенгиз уже подумывал о капитуляции. В Тбилиси. И не только от унизительного безденежья, но и от страха... Страха потерять достоинство. Нора понимала это.

Поздно вечером они возвращались с московской окраины, из гостей, и на пустынной улице нового микрорайона Беляево-Богородское проголосовал прилично одетый пожилой мужчина с портфелем. Попросил отвезти его на Разгуляй. Нора уже открыла рот сказать, что им не по пути, но вмешался Тенгиз, велел ей пересесть на место пассажира, а сам сел за руль. Пассажира посадил на заднее сиденье. Доехали молча до Разгуляя. Тенгиз взял протянутую ему пятерку. Пассажир вышел.

— Напиши мне доверенность, Нора. Я в молодые годы на дядькиной машине ночами калымил. Буду теперь по ночам деньги зарабатывать, да? Пока работа не придет...

Ночью, когда Зинаидина ладья доплыла до твердого берега, Тенгиз спросил у Норы — "Кто я тебе? Кто ты мне, Нора?"

— Тебе обязательно нужна формулировка? — она еще наслаждалась минутой, полной блаженной пустоты.

— Да. Скажи.

Нора подумала и ответила: как это ни стыдно признать, я готова быть тем, чего хочешь ты — художником-постановщиком, любовницей, подругой, обслуживающим персоналом, кажется, половой тряпкой. И вообще ты — лучшая и большая часть жизни.

— Это ужасно. Я не смогу это оплатить. Меня не хватит.

— Пока хватает, — пробормотала Нора. — Молчи, молчи.

Ей было страшно, что она спугнет это обрушившееся на нее счастье. И чем было лучше, тем страшнее.

Назавтра Тенгиз притащил пластинку, которая изменила Юрику жизнь. Тенгиз позвал его и включил проигрыватель в гостиной. Это был сингл группы "Битлз" "I want to hold Your Hand". В те годы песни группы "Битлз" еще владели миром, и хотя слава их уже пошла на убыль, но Юрик-то слышал эту музыку первый раз. Он сидел, покачивая головой и плечами, как еврей во время молитвы, — глаза в одну точку, пальцы крепко сцеплены. Потом Тенгиз заметил, что и ногами он притоптывает в ритм. Тенгиз что-то сказал, но Юрик не услышал. Дослушал диск до конца:

— Тенгиз, что это было?

— Группа "The Beatles". Ты что, битлов не знаешь?

Юрик покачал головой и снова поставил пластинку. Оторвать его было невозможно до вечера, а когда Нора отобрала пластинку, Юрик попросил, чтобы Тенгиз купил еще этих музыкантов.

— Проще записи достать, их целое море. Знаешь, группы давно уже нет — Джона Леннона убили четыре года тому назад…

— Как — убили? Как? Да не может быть! — взвыл Юрик.

— Но группа распалась не из-за его смерти. Еще раньше.

Юрик заплакал.

— Ну что ты так расстраиваешься? Ты же сегодня утром и не знал, что он был на свете, Джон Леннон этот.

— Как? Его убили? Я не знал, что его убили! А барабанщика? Барабанщика тоже убили?

— Не надо его так уж сильно жалеть, — утешал Тенгиз. — Он столько успел, дай бог каждому... А барабанщик — ударник называется — Ринго Старр, жив-здоров, с другими музыкантами играет.

— Как — с другими? Вот сволочь!

— Ты не волнуйся, он был не самый лучший ударник, на студийные записи другого приглашали...

Юрик ударил кулаком по столу, так что проигрыватель слегка подпрыгнул, и с ревом убежал к себе в комнату. Он пережил в этот день почти одновременно любовь и смертельную потерю. Нора, которая застала лишь вторую половину этой довольно длинной сцены, не понимала, что случилось. Юрик закрылся в своей комнате. Тенгиз тоже никак не мог взять в толк, что произошло с ребенком, чего тот так расписиховался.

Зато у Юрика в душе была полная ясность: убили Джона Леннона, это ужасное несчастье, потому что теперь никто больше не напишет эту музыку, которая нужна была ему с первой секунды, как он ее услышал, и, ясное дело, на всю жизнь. Но никто, никто этого не понял. Даже Тенгиз!

ГЛАВА 22
Из сундучка.
Письма с Урала и на Урал
(октябрь 1912 — май 1913)

ЗЛАТОУСТ — КИЕВ
Киев, Кузнечная, 23
ЯКОВ — РОДИТЕЛЯМ

31 октября 1912

...Вот я и в казарме... Должен был я ехать четверо суток. Но в Пензе стояли 18 часов. А в Кузнецке, откуда выслал вам телеграмму, ввиду снежных заносов мы простояли 22 часа. Путь таким образом был вместо четырех суток — около шести.

...Поселили меня в казарме. И я из нее и не выберусь, так как здесь не разрешают жить на квартире. Все это совсем не беда. Здесь, в учебной команде, куда меня причислили, люди, видимо, хорошие, и все будет хорошо. Денег у меня уйдет, вероятно, совсем мало, чем я чрезвычайно доволен...

...Златоуст — город не совсем большой, но чрезвычайно разбросанный. Расположен он на горах, покрытых лесом. Мы живем вблизи станции, а от станции до города верст шесть. Книг у меня на первое время совершенно достаточно. Теперь сильно хочется заниматься, насколько позволит время.

Сейчас сижу в жарко натопленной комнате фельдфебеля, даже не знаю, где буду ночевать. Кажется, с фельдфебелем в одной комнате. Вы, пожалуйста, не смейтесь. Для солдата это большая честь.

Чего я особенно боюсь — это того, как бы вы по прочтении моего письма не начали бы охать и ахать. Дескать, как ему скверно живется. Ничего подобного! Сейчас не скверно, совсем не худо. Где мне пока приходилось бывать — у адъютанта полка, у старшего врача, младшего врача — везде со мной обращались очень вежливо, предлагали садиться — словом, самые большие почести, какие могут быть оказаны солдату.

От меня письма будут ехать очень долго. Если я опускаю письмо в полковой ящик, то оно из Златоуста уходит только на другой день. А если со станции — дней пять будет идти до вас. Значит, может так случиться, что письмо получается через дней 6–7…

Пишите мне по адресу Златоуст Уфимской губ.
196 Инсарский пехотный полк.
Учебная команда, вольноопред. Якову Осецкому.

3 ноября 1912

…служба еще не началась, пока приглядываюсь только ко всему окружающему. Живу в канцелярии, еще с одним. Обедаю и ужинаю в Офицерском Собрании. Там обеды довольно хорошие и недорогие. Утренний завтрак покупаю себе в полковой лавке. Теперь могу даже читать газету. Мне ежедневно будут давать в Офицерском Собрании "Новое время". Хожу пока в своем. Амуниция будет готова через неделю. Заказывать полагается два комплекта. Так необходимо, потому что один комплект сдается в цейхауз на хранение (к параду, празднику, походу), другой комплект — буду носить ежедневно.

Хорошо, что я приехал в своей студенческой форме. Все обращали внимание, офицера расспрашивали, а сегодня какой-то солдатик даже честь отдал. Мой начальник учебной команды спрашивает — вы где обучаетесь? Говорите, в институте? А в который класс вы там перешли? Такое представление о высшем учебном заведении.

...Как хорошо, что я привез с собой книги. Надо было взять побольше, не только по специальностям. Сегодня уже занимался — у них даже полковой библиотеки не имеется, а до города шесть верст. Офицерское Собрание выписывает только "Новое время" и "Русский инвалид". Это офицерский-то клуб. Пожалуй, в Общественном Собрании несколько больше журналов.

...Первый день вел себя очень осторожно. Боязливо посматривал кругом. Все казалось, как бы не схватили и не отправили на гауптвахту (военную тюрьму). Вечером облегченно вздохнул и помолился — шучу, конечно.

Офицер, с которым я разговорился, мне вот что сказал: могут быть худшие полки, но лучшего вряд ли найдете. Может быть, он и прав.

Назавтра

Отпросился сегодня в город. Пока я еще без формы — пользуюсь большой свободой, на учении не участвую. Хожу только между солдатами и наблюдаю. И встречается много интересного. Сейчас пойду в город. Оттуда вам это письмо пошлю. Если на вокзале бросить письмо — дойдет днем раньше. Из ящика полкового уходят из Златоуста на второй день...

ОТДЕЛЬНЫЙ ЛИСТ.
ДЕТВОРЕ

3 ноября 1912

Милая детвора! На почте получил ваше письмецо. Чрезвычайно доволен. Бумагой и чернильницей распоряжайтесь, как знаете. Соберите совет, выберите председателя и решите сами. Заранее согласен с вашим решением...

Если вы думаете, что у всех людей в Златоусте — золотые уста и что солдаты целый день катаются на пушках, — то все вы очень ошибаетесь. До сих пор я не заметил ни у одного человека золотых усов. То есть, устов. Напротив — у многих людей такие уста, что вовсе не хочется с ними целоваться. А для катанья солдат пушек не имеется, потому что здесь совсем пушек нет. Бедные солдатики! А им так хочется, если б вы знали.

В генералы меня пока еще не произвели, золотой сабли еще не пожаловали — но со временем, бог даст, заслужу и то, и другое. Вот увидите!

А пока я солдат. Но вы, вероятно, не знаете, что это значит. Сейчас объясню. Раскрываю учебник для молодых солдат и вот что читаю (стр. 16): "Солдат есть имя общее, знаменитое. Имя солдата носит на себе всякий из верноподданных Государя, на плечах коего лежит сладкая душе и сердцу обязанность защищать Веру, Царский Трон и родной край. Он должен поражать врагов иноземных и врагов внутренних". Вон кто я такой! Встать! Я человек общий, знаменитый! Буду поражать врагов внешних и "унутренних" настоящим ружьем! (Сеня! У меня уже есть ружье, живое ружье, стреляет.)

12 ноября 1912

…Может быть, тебе, мама, интересно знать состояние моего хозяйства?

Купил себе в Златоусте шерстяные толстые носки. Приобрел еще тюфяк. Вот все! На днях дам стирать. Корзинка маленькая мне очень нужна — грязное белье одну смену сохраняю в корзине. Когда вторая смена будет — дам стирать. Больше двух смен держать в корзине нельзя.

…Жду с нетерпением прибытия моей амуниции, т.к. из-за моего платья создается часто неловкое положение. Бывает, встречаю на улице офицеров моей команды и очень неприятно: честь отдавать неудобно, кланяться еще неудобнее. Все же во фронт приходится становиться. Точно так, никак нет, здравия желаю, Ваше Высокоблагородие, уже говорю "лихо". И как-то обидно за свою студенческую тужурку. Впрочем, завтра или послезавтра это уже кончится.

ОТДЕЛЬНЫЙ ЛИСТ.
ГОСПОДАМ ОСЕЦКИМ-МЛАДШИМ

…Погодите немного. Управлюсь и буду писать каждому по отдельному письму. А теперь — ничего не поделаешь. Пишу всем вместе.

Сеня! Про какие книжки Истории русс. литерат. ты сообщаешь? Надо писать имя автора, а не цвет обложки! Может, ты их сам выкрасил? Гриша, ты мне ни слова не написал! А мне так интересно все про твою учебу!

Город Златоуст стоит на высоких горах. Горы такие высокие, что с одного разу и не доплюнешь до самой вершины. И покрыты лесом. Густым сосновым лесом. Минералов теперь собрать нельзя — все покрыто глубоким, глубоким снегом. А летом буду собирать. И в первых числах ноября будущего года, ты их получишь.

В городе живут много татар. Но они вовсе не продают "стары вещи", а некоторые так даже совсем новые вещи продают. Поэтому их никто здесь не называет "старовещниками" и шурум-бурумами. Ходят здесь все люди (и татары тоже) не по тротуарам, а по улицам, посреди дороги. Я и сам не знаю почему. Догадайтесь почему? Может, оттого, что здесь совсем тротуаров нет?

Солдатов здесь очень много. Так много, что Раюшка их совсем и не пересчитала бы. Или она уже научилась считать до ста? Напиши мне, Ива, что читаешь. Кто тебе книги выбирает? И что Сеня читает...

Большой привет, как от Киева до Златоуста. А это не мелочь — тысяча верст!

14 ноября 1912

...Понемногу втягиваюсь в военную жизнь. Это совсем особенная полоса, о кот. вы, "вольные", не имеете понятия. Солдаты так и называют невоенных — "вольный". Солдатская жизнь имеет свои особенные несчастья, свои особые радости. И с тем и с другим приходится встречаться.

Когда присматриваюсь ко всем здешним жителям (а живут здесь только офицеры и солдаты), то я считаю себя самым счастливым из здешних. Офицеры здесь невероятно скучают, проклинают и службу, и Златоуст. Солдаты загнанные, забитые существа. И все мучаются и других мучают. Мне-то что? Годик отбарабаню и сейчас же вычеркну из своей памяти, из своей жизни весь год. Уеду домой — и прости-прощай Златоуст. А вот они останутся здесь.

...Наш полк стоит в четырех местах: Златоуст, часть в Челябинске (6 ч. езды) и еще в 2-х заводах, неподалеку от Златоуста. Маленькие городки. Моя 12 рота, к кот. причислен, стоит в Катав-Ивановском заводе (часа 3–4 езды). После прохождения "курса учения" в учебной команде меня отправят в роту. Но случится это только после летних лагерей. Пока же пишите в Учебную команду 196 пехотного Инсарского полка. Лагери бывают ежегодно в других местах. В прошлые года они производились подле Челябинска, затем в другом году около Самары...

16 ноября 1912

...Со мной такие перемены: скоро уезжаю в свою роту. В роте гораздо лучше, чем в команде. В команду собираются солдатские сливки. Лучшие выбираются, проходят особую школу и через год, по окончании курса (получив "диплом"), назначаются учителями молодых солдат. И получают высшие солдатские чины: ефрейторов, младших и старших унт.-офиц. и фельдфебелей. В команде целый день учатся. И строгость бо́льшая, чем в роте. Понятно, это все меня не касалось еще. Эти дни я пробездельничал вовсю. Ложусь, встаю когда угодно. Занимаюсь даже! К моему глубокому сожалению, для меня закрыта вся дорога солдатских чинов. Ефрейтора еще можно еврею получить, но дальше — ни-ни! Солдатская карьера кончена. Поэтому меня отправляют из учебной команды в роту. Все другие вольноопр. (русские) мне завидуют.

Условия казарменной жизни здесь приличны. Когда я поступлю в роту — условия жизни улучшатся.

Если бы здесь был мой дом — возможно, разрешили бы жить дома. Но казарменная жизнь не так ужасна, как мы себе представляем. Чистота везде — безукоризненная! Постельной зоологии — ни помину! Насчет чистоты строгость большая. При солдатских осмотрах за малейшую грязь наказывают. За разорванную рубашку, грязные руки, ногти на ногах, грязные ноги и портянки, неубранные постели, неснятую пыль, за папиросу, выкуренную в казарме, — наказание! Это чрезвычайно хорошо. Вентиляция хорошая. Пару ночей пришлось ночевать в общем помещении. Можете ли себе представить, что в помещении, где живут 25 человек (да еще солдат!), к утру воздух был так же свеж, как и днем? Это почти невероятно, но так!

Стены казармы обиты еловыми ветками.

…Обедаю я хорошо. Хожу есть в Офицерское Собрание. Там же и ужинаю и чай пью.

ЗЛАТОУСТ — МОСКВА
ЯКОВ — МАРУСЕ

19 ноября 1912

…Я родителям все описываю про бытовую сторону жизни. Другое им не очень интересно. И тоску здешнюю описать могу только тебе. Чего здесь нет — Тебя, Музыки, Книг. И вообще никакого культурного общения. Даже офицеры — люди малообразованные. Но среди них есть очень славные и сердечные. Я должен научиться прожить этот год без всего, что составляет наполнение моей жизни. И даже, кажется, без занятий. Очень трудно найти это время посреди дня. Зависть — дурное чувство, но нечто похожее во мне сидит — где-то в Киеве, в Москве, в Париже проходит та жизнь, которая меня интересует, в которой я могу участвовать, и проходит без меня. Как же прекрасно, Маруся, что ты занимаешься, и студия, и курсы, и такая наполненная умственными и физическими занятиями жизнь. В статье М. Волошина, которая в прошлом году попалась мне на глаза, замечательно передана теория вашего Bewegung'а, но он описывает также и художественную сторону и очень высоко оценивает эти выступления труппы госпожи Рабенек. А я, несчастный, до сих пор ничего этого не видел! И Вас не видел на сцене! И когда еще увижу! Мое воображение рисует прекрасное, но смутное зрелище.

...Тоску мою только укрепляет постоянное чувство Вашего отсутствия. Думаю, что романтический любовник написал бы иначе — я всегда чувствую твое присутствие! Увы, одно только отсутствие! И даже полное отсутствие писем! Только одна открытка за все время!

ЗЛАТОУСТ — КИЕВ
ЯКОВ — РОДИТЕЛЯМ

19 ноября 1912

...Сейчас одна из редких минут тишины в казарме. Войска по случаю табеля ушли в город на парад. Тихо,

ГЛАВА 22 — Из сундучка. Письма с Урала и на Урал

хорошо. Вчера получил ваше письмо. Оно вовсе не так долго шло. Всего пять дней. А езды всего 4 суток и 6 часов. Итого как раз 102 часа езды. Столько же, сколько из Киева куда-нибудь в Лондон.

Относительно климата и одежды. Зима здесь не страшная. Больше 25–30 не бывает, и то редко. Вообще холод очень люблю. Хуже весной. С гор туманы, сырость... Но и это ничего, потому что я редко простужаюсь.

Шинель подбивать ватином — твой совет, мама! — нельзя и неудобно, т.к. ватную шинель нельзя скатывать, чтобы через плечо одеть. К тому же в ватной шинели чрезвычайно тяжело ружейные приемы делать. Если будет холодно — одену белья побольше. Это достаточно. Вообще у солдат мерзнут только ноги. Об этом подумать придется. Мне советовали купить казенные сапоги (рубля 3–4 лучшие). Они делаются очень просторными — можно намотать много портянок. Так и сделаю. Носки шерст. я уже купил и уже разорвал. Портянки лучше. Вообще с этой стороны предлагаю тебе, мама, не беспокоиться. Ведь ясно, что если холодно, неудобно, нехорошо — постараюсь как можно скорее, чтоб было тепло, удобно, хорошо.

...Форма моя уже получена, т.е. прошла приказом по полку. Завтра понесут ее в швальню, чтобы пригнать на меня. Будет готово дней через 6. Значит, солдатом я сделаюсь только после 25 числа. Все это время я бездельничаю с точки зрения военной службы. На занятия, в строй не хожу. Пару дней занимался по гимнастике, по разборке ружья, далее приставили меня по канцелярской части, где мне никакого дела нет. Зато имею время заниматься с моими книгами. За киевскую газету очень благодарю. Но выписать сюда нельзя. Да в этом и надобности нет. "Новое время" часто читаю в Офицерском Собрании, где я обедаю и ужинаю. А "Русское Слово" иногда на вокзале покупаю.

…Ты, папа, пишешь, что дела в этом году хороши. Мне бы очень хотелось подробнее знать: об мельнице, об перевозке сена, вообще о "берлинах", кончилась ли навигация. Перед отъездом ты ведь сказал, что я тебе помощником буду после института. Ну, а помощнику нужно знать подробнее. Это будет мое занятие вместо музыки. Может, ты и прав оказался. Есть на свете места, где музыка вовсе не живет.

…Вчера сидел на койке, читал немецкую книжку. Приходят солдаты, просят читать вслух. Читаю, они внимательно слушают.

Кто-то один из них на уроке Зак. Божьего отвечает очень уверено: Моисей родился в корзине!

ОТДЕЛЬНЫЙ ЛИСТ

Милая детвора! Ваши письма мне доставляют огромное удовольствие. Поэтому пишите, пишите мне. Мне про все интересно знать. И про Иоанна Грозного, и про марки, и про новый карандаш.

Вчера гулял в лесу и очень, очень жалел, что вас нет со мной. Лес очень густой, еловый… Тихо, никого нет. Снег очень глубокий. Дорога в лесу очень узка. Когда повстречался воз — я отошел на шаг в сторону и провалился в снег выше колена. Вот как глубоко. Теперь все засыпано снегом. А река Ай и река Тесьма похожи на большую снежную равнину.

ГЛАВА 22 Из сундучка. Письма с Урала и на Урал

МОСКВА — ЗЛАТОУСТ
МАРИЯ — ЯКОВУ

20 ноября 1912
ПОЧТОВАЯ КАРТОЧКА

У меня три почтовых расписки: Златоуст... Послано три письма — 8-го, 10-го и 16-го. Открыток даже не помню сколько отправила. Ничего не понимаю. Если письма пропали — заявлю куда следует. Черт знает что! Вот уж совершенно нелепые неприятности. Я злюсь.

ЗЛАТОУСТ — МОСКВА
ЯКОВ — МАРИИ

20 ноября 1912

Милая Маруся! Открытка пришла! Я думал, что не получу твоих писем никогда... Мне много лучше думать, что почта плоха, чем другое. А что в голову приходило, даже и не буду тебе писать. И сам, написав три письма и не получив ответа, уже уверился в том, что мне приснилась Мария, всех Марий Мария, и прогулки наши летние по Киеву, и еще наш тайный Люстдорф, и жена мне только привиделась, и поездка в Москву, которой я почти и не разглядел, все в тени Марии, вроде галлюцинации или другого психического заболевания. И знакомство с моей семьей — как я тревожился, что они тебе не понравятся, а ты им... Только за детвору нашу я не тревожился, знал, что они-то тебя полюбят, — и все это как театр теней. Было ли? Смотрю на твою открыточку, она доказательство того, что ты есть. Что ты пишешь, что злишься, и значит, ты есть! Злюсь — ergo sum! Ах, латыни меня не учили, а словаря здесь во всей округе не найдешь! И я уже три недели настраиваю себя, что вот, жизнь здесь интересна, что я должен вникнуть в нее, вырасти на этой странной службе, словом, принять все как дары жизни, также и то, что ты сверкнула в этой жизни и пролетела как звезде и полагается дальше...

ЗЛАТОУСТ — КИЕВ
ЯКОВ — РОДИТЕЛЯМ

6 декабря 1912

...Сегодня праздник. Николай Угодник. Тезоименитство Государя. Хотите, милые, я опишу, как казарма проводит праздничный день? Полное безделье. Учат уставы, гимнастику, одновременно играет пять гармошек и все врут. В первом взводе поют песни.

...Вот солдат спит. К нему подходят унтер и несколько солдат. Унтер делает из пояса кадильницу, машет над спящим и начинает запевать:

— Помяни, Господи, душу усопшего раба такого-то!

Хор подхватывает: Господи, помилуй!

Поют стройно. Один раскрывает военно-полевой устав и читает нараспев, как Евангелие.

Кончается тем, что "усопший" вскакивает и начинает гоняться за священником и за певчими. Идет веселая потасовка, переходящая в войну. Воюет взвод против взвода. Знаменем служит сам взводный. Захватили его в плен. Он кричит из другой комнаты:

— Ребята, спасайте, "на уру" идите!

Ребята "идут на уру" (кричат "ура") и спасают свое "знамя". Право, довольно весело!

...Идет ко мне депутация:

— Господин вольноопределяющийся, как мы вот промеж собою заспорили. Сколько стоит хлыстик с заячьей ногой?

...Доживаю в команде свои последние дни. Мундир уже готов. Шьют шинель.

В воскресенье, вероятно, уже уеду на свой завод. Моя 12 рота стоит не в Златоусте, а в 8 ч. езды от него. Катав-Ивановский завод. Там гораздо лучше, чем в команде. Начальства совсем мало. Времени свободного гораздо больше.

КАТАВ-ИВАНОВСКИЙ ЗАВОД — КИЕВ
ЯКОВ — РОДИТЕЛЯМ

9 декабря 1912

Уже в Катаве! Как мне предсказывали, здесь гораздо лучше. Кажется, что будет прекрасно.

Начальник учебной команды перед дорогой внимательно расспросил, что я намерен в Катаве делать, где обедать. Этого я сам боялся. Здесь в Катаве глухая деревня, ничего достать нельзя...

— Вот что, Осецкий, передайте вы ротному командиру 12 роты от меня лично поклон и спросите, позволит ли у него самого обедать.

— Конечно, благодарю.

Здесь ротный выслушал, обещал жену спросить. Но сегодня заявил, что ему как ротному командиру неудобно принимать деньги от рядовых. Поэтому он рекомендует обедать у одного из офицеров. Принял меня "на кормление" прапорщик Бирюков. Сегодня я уже первый раз и обедал. Сейчас иду ужинать туда. Бирюков (это офицер) с женой — милые люди, очень любезно принимают. Вообще здешним начальством я доволен.

Да! Вот еще детали: начальник команды велел ехать в солдатской форме. На пересадочной станции (ждали 17 часов! Воинский поезд!) я переоделся в свою. Решив, что так удобнее явиться. К Бирюкову ходил обедать в студенческом, а сейчас я уже в воинском мундире.

Довольно хорошо пошито. В талию. Пояс охватывает. Красный кант, два ряда пуговиц, винтовка № 152525 личный № 83, 2 взвод, рядовой из вольноопределяющихся Яков Осецкий! Картинка!

…Мож. б., интересуетесь, где я пишу это письмо? В ротной канцелярии пишу. У стола сидит "Господин подпрапорщик", читает приказы по полку. На столе горит 20″ лампа. Горит ярко, хорошо. Лежат на столе бумаги, кот. я только что окончил составлять. Именной список нижним чинам, состоящим на довольствии в 12 роте 196 пех. Инсарск. полка на 1 декабря 1912 года. Я пишу вам на казенной бумаге. По моему расчету за эту кражу полагается года 2 дисциплин. батальона, но мне лень идти к корзине за бумагой. Вот видите? А потому не стесняйтесь и пишите все, все!

Пиши, папа, пиши, мама, пишите, братики-сестрички, а то забуду вас!

…Узнал только что, у нас в Казанском округе задержан уходящий запас. Они уже два лишних месяца прослужили. Жалко их очень. Трехлетнюю службу они легче несли, чем эти месяцы. В случае войны нас, верно, пошлют во внутренние губерн. на охрану. Хотя, в случае русско-китайской войны, мы тотчас же выедем. Только я не верю в войну. Не дойдет до этого.

ГЛАВА 22   Из сундучка. Письма с Урала и на Урал

МОСКВА — ЗЛАТОУСТ
МАРИЯ — ЯКОВУ

15 декабря 1912

Можно прийти в отчаяние... Хоть бейся головой об стену. Ведь уже 5 писем послано! Два заказных и одно простое. Заказные посланы: 1 декабря, другое — 8-го. Значит, 5-го Вы должны были получить. Черт знает что! О письме от 13-го завтра же наведу справки.

Кк это глупо и досадно: пишешь, пишешь... и все это где-то в пространстве. Не пропаду ли и я где-нибудь по дороге?.. Скоро уже ехать. Через 2 месяца и 15 дней. Пролетит — и не заметишь.

Настроение тоскливое — главным образом из-за почты. На Рождество приедет ко мне Миша. Миша стал теперь настоящим bon-vivante, франт и светский человек! Марк, вероятно, соберет нас на Новый год. Он, кажется, переедет в Ригу после Нового года. Мы с ним никогда не были так близки, как с Мишей. Но будет его недоставать. Кк у Вас обстоит с музыкой? Наверное, у кого-нибудь есть пианино. Разузнайте. Неужели Вы все время ни разу не играли?

КАТАВ-ИВАНОВСКИЙ ЗАВОД — МОСКВА
ЯКОВ — МАРУСЕ

20 декабря 1912

..музыка мне снится. Сегодня под утро Второй концерт Чайковского приснился. От первой до последней ноты. Но я его и правда хорошо знаю. Но Первый больше люблю. А во сне как будто даже было больше в него вложено, чем я знаю. Более выпуклый и более богатый. По музыке тоскую. Зашел в церковь. Поют нестерпимо фальшиво. Помнишь, как твой нелепый приятель Ваня Белоусов затащил нас в Благовещенскую церковь? Какое пение! Дух захватывает. Какая была красота!

...Мысль о твоем приезде я от себя отгоняю. Не позволяю себе на это надеяться, а то мысли мои уходят в грезы, а это в моем положении слишком большая роскошь. Сразу возникают губы твои с таким детским выражением, руки с милой косточкой на запястье, голубые веночки на белой коже... Нет, увольте! Перевожу взор на шершавую грубость здешнего существования! От такого контраста можно лопнуть, как холодный стакан от кипятка.

Все, все, целую тебя официальным поцелуем, в белый пробор на головке, и в шею, сзади, где волосы начинают расти... невозможно... и всю, и всю... Люстдорф...

21 декабря 1912

Ах, Марита! Не могу молчать! В роте готовится к празднику спектакль. Настоящий солдатский спектакль, где мужские и женские роли исполняются усатыми здоровенными солдатюгами. Меня попросили суфлировать. Если б вы видели это нелепые фигуры, не знающие, куда деть руки, ноги. Сперва они весь акт стояли во фронт, не шевелясь ни на волос, когда же фельдфебель приказал побольше движения, они принялись без толку бегать по снегу, самым неуместным образом размахивая руками.

ГЛАВА 22

Из сундучка. Письма с Урала и на Урал

Смеху, смеху сколько с ними! И только мне одному смешно. Никто из окружающих не видит ничего комичного. Ну и народ!

...Маруся! Вот открытие какое. Приехавши сюда я как оглох — живу без музыки, очень тоскую, все звуки вокруг — россыпь, окрики, ругань. В церковь зашел — там хор убогий, но довольно большой, певчих десять–двенадцать, с регентом самого крестьянского вида, скрипучие старушечьи голоса и все не в склад, не в лад. Помнишь, какая в Киеве радость церковное пение? Самые грубые звуки здесь слышны, даже колокольный звон не радует. Помнишь, какой над Киевом звон радостный? Ах, как здесь музыкально мертво! Здесь место вовсе безмузыкальное, думал я. А вчера один солдатик достал гармонь, варварский инструмент, заиграл, к нему двое подстроились и запели такую чудную песню, что я и на Украине таких не слышал. И у меня как уши открылись на эти щемящие звуки. Здешние народные песни прелесть как хороши. Не хуже украинских. Я теперь хожу и все прислушиваюсь. Я, кажется, пропустил в своем музыкальном образовании целый кусок, который только через русскую оперу был немного мне знаком. Только теперь я понял, откуда... чудные романсы русские, и Варламов, и Гурилев, откуда потом и Глинка, и Мусоргский много заимствовали. Ах, как же я пропустил...

КАТАВ-ИВАНОВСКИЙ ЗАВОД — КИЕВ
ЯКОВ — РОДИТЕЛЯМ

22 декабря 1912

..Подготовка к празднику. Вчера весь день чистили, мыли, украшали. Впрочем, чистота в казарме постоянно поддерживается. Каждую субботу все койки выбрасывают на свежий воздух, полы выскребывают, посыпают сосновыми опилками, и по комнатам распространяется мягкий приятный запах смолы. На кухне также чисто. Большой мраморный стол, на кот. режут порции. Но все же их берут руками и кладут на грязные весы, чтобы точнехонько отвесить законные 22 золотника. После обеда — опять чисто. Самовар паровой кипит целый день. Это большая подмога солдату. Солдат питается больше всего чаем, кашей и сном.

Вчера была солдатская баня. Получил огромное удовольствие, потому что первый раз в жизни был в настоящей бане. Превкусно выпарился, залез на верхнюю полку, посекся, как следует. Все время кричал солдат: поддай пару, секи, секи лучше. В предбаннике, совершенно обессиленный, но чрезвычайно довольный, лег на лавку и долго-долго приходил в себя. И все время покрякивал от удовольствия. Вот баня так баня! Первый сорт. Никогда дома не буду принимать ванну.

Многому я в солдатчине научусь. Уже парюсь и играю на гармошке. А что — тоже музыкальный инструмент! То ли еще будет за 10 мес.?

...Вчера читал в газете, что вскрылся Днепр и началась навигация. Такого ведь никогда не было? У нас в последние дни также стоит теплая погода: 2–3°, не больше 5°. А раньше я уже успел познакомиться с 25–30° Ничего, жить можно.

ПРИПИСКА

Дети! Давно вы не писали мне. Я недоволен. Напишите все про спектакль, на котором вы были (Андерсена пьеса). Я получил и письмо, и программу. И тем и другим доволен. Хотелось бы подробнее узнать про этот концерт! Но — извините — глаза смыкаются.

КАТАВ-ИВАНОВСКИЙ ЗАВОД — МОСКВА
ЯКОВ — МАРИИ

15 января 1913

Сегодня получилось первое письмо прямо в Катав! И сразу пришли еще три, прежде написанные, которые долго пропадали, вот такое богатство на меня свалилось. Я разложил по числам, долго не распечатывал. И нетерпение, и предвкушение, и уверение, что есть другая жизнь, в которой моя жена живая, в блузе, волосы под ленту убраны, и щек никаких нет, только линии. Что за глупости пишу тебе, совсем голову потерял!.. Кажется, я в одном только воображении живу!

…Ты спрашиваешь, что это за Катав? Маленькое селение, исключительно живущее с большого завода чугунно-литейного. Со времени забастовки — завод остановился. Поэтому Катав сильно обеднел, деревня опустела. Завод идет теперь только частями. Работает при нем лесопилка, слесарные отделения — и только. Огромные заводские помещения стоят заколоченными, высокие трубы не дымятся. Для завода специально проведена жел. дорога, для него выкопан огромный пруд. Казарма стоит по другой стороне пруда, в деревне Запрудовке. Зачем это я все пишу?

…Нет, нет, никакого Катава, я встречу тебя в Челябинске. Хотя пока что и вообразить не могу, как это ты с вагонной лестницы в серой шапочке, в белых фетровых ботах спускаешься вниз, а я принимаю тебя на руки... Я постараюсь получить отпуск на эти дни, а коли не дадут, удеру! Дадут, конечно! Представил, как здесь в Катаве все офицеры сбегутся на тебя смотреть, нет, нет! Непременно, непременно только в Челябинске встретимся. Не два с половиной месяца, а два с половиной года готов ждать. Но ведь и два с половиной часа — невыносимо долго! Получается, 1 марта!

**КАТАВ-ИВАНОВСКИЙ ЗАВОД — КИЕВ
ЯКОВ — РОДИТЕЛЯМ**

16 января 1913

Служба идет хорошо. Одно только скверно. И очень скверно. Ротный командир читает солдатские письма. Моих писем еще не вскрывал и даже, кажется, что и не будет. Но во всяком случае знайте. При первом вскрытом письме — извещу вас. Я послал запрос моему сокурснику Корженко, чтобы он все разузнал в подробностях про экзамены. Я уже начал заниматься к экзаменам.

Об отпуске я через пару недель напишу вам подробно все.

**КАТАВ-ИВАНОВСКИЙ ЗАВОД — МОСКВА
ЯКОВ — МАРИИ**

17 января 1913

...Вчера вечером мы в бараке лежим в постелях: я и фельдфебель. Разговор переходит на супружеские темы

Серьезно, степенно он рассказывает — боже, что он рассказывал. Его тон так подействовал на меня, что так же просто я начал его расспрашивать. Скоро беседа перешла на вопросы и ответы. Я с большим волнением слушал и учился. Правда, Маруня, надо из жизни тоже учиться.

Боялся только одного — как бы не начались его расспросы, но прошло благополучно. Когда я узнал самое для меня важное, а тогда же разговор несколько потерял свой серьезный оттенок, я пожелал спокойной ночи.

Странно было одно: он думал, что имеет дело с опытным человеком, не заметил по моим вопросам моей неосведомленности. Впрочем, это я и старался сделать. Кажется, удалось.

**МОСКВА — КАТАВ-ИВАНОВСКИЙ ЗАВОД
МАРИЯ — ЯКОВУ**

15 января 1913

5 ч. утра. Сейчас вернулась. Была на "Среде", потом большой чудесной компанией шли, ездили, говорили. Пять человек интересных, умных мужчин не отходили все время. Я нравлюсь. Слышишь, Янка мой, я нравлюсь. И я счастлива. С наслаждением слушаю, что у меня прекрасные руки, глаза, что я Богом меченная и т.д. и т.д. Они говорят, что у меня удивительные глаза, а во мне кричит счастливо — слышишь, Янка! Это у меня, у твоей жены, хороши глаза, уста, руки. Я желанна всем этим изысканным мужчинам — и я счастлива, счастлива — потому что я тебе желанна.

Яша хороший, родной, — никакой успех, никакая радость ни на минуту не отрывают меня от моей мечты. Даже сильнее, острее хочется к тебе. Господи! До чего я тебе верю — это даже страшно. Ты самая моя крепкая и последняя вера — и оттого страшно.

Светло совсем. Иду спать. Обнимаю тебя крепко. Рук целовать сегодня не надо...

Ну, прощай, любый. Яша мой... Не подумай — я не пьяна. Только очень уж затосковала по тебе.

КАТАВ-ИВАНОВСКИЙ ЗАВОД — КИЕВ
ЯКОВ — РОДИТЕЛЯМ

20 января 1913

...Что будет с моим Институтом? Это меня беспокоит гораздо больше войны. Через приятеля моего Корженко узнал, что мне непременно надо приехать в отпуск и сдать минимум экзаменов. Не пишите совсем про это. Ротный не должен знать, что я собираюсь в отпуск. Это на всякий случай. Единственное, что меня беспокоит, сильно беспокоит — возможность что не выпустят. Ох, вылечу я тогда из Института. И без всякой надежды попасть обратно... А ведь такие препятствия: во-первых — не пустят в отпуск, что возможно, очень возможно, во-вторых — если пустят — все равно не сдам минимум, потому что нельзя здесь заниматься. С большим трудом удается часа 3 — не больше. Да какие занятия могут быть в переполненной комнатушке? А больше негде.

ГЛАВА 22

КАТАВ-ИВАНОВСКИЙ ЗАВОД — МОСКВА
ЯКОВ — МАРИИ

23 января 1913

...Бывают минуты, когда я с ревностью и тоской думаю о тебе на сцене — в тунике, с голыми руками, открытыми плечами, с голыми ножками чудесными — танцуешь в кругу других артисток, но все равно все смотрят только на тебя, и я почувствовал настоящее страдание от доступности твоего тела чужим взглядам. Мужским жадным взглядам. И я просто задохнулся от этой мысли! Я гоню это от себя, понимаю, что не должен этого чувствовать, тем более писать. Но ведь мы уговаривались о взаимной честности.

МОСКВА — КАТАВ-ИВАНОВСКИЙ ЗАВОД
МАРИЯ — ЯКОВУ

25 января 1913

..."Определенно мечтаю, что бросишь театр или по крайней мере периодически будешь уходить со сцены «домой»". Год через год! Мне стало грустно. Значит тебе все-таки не нравится, что я на сцене? Почему?

...Янка! Я не брошу сцену, не могу и не должна ее бросать. "Год через год" быть не может. За год забывают фамилию актрисы! И Комиссаржевскую забудут, если она на год уйдет! А уж молодую актрису! Верю в себя и верю в случай. Он поможет стать тем, чем я должна и могу быть. Это ведь не просто театр — это сложная жизнь, в которой танец — только способ постижения жизни, ее великих тайн. Мы столько говорили об этом! Я на сцене всего год! И за это время я много успела. Надо еще учесть и то, что я не была ни в чьих объятьях, не коснулась ничьих уст. Игнорируя мужскую протекцию, знаю, что добьюсь своего втрое медленнее. Как можешь ты говорить о чьих-то "жадных взглядах"? Мне? Я эти взгляды ощущаю на себе постоянно и в трамвае, и в библиотеке! Театра я не брошу. Разве что он меня бросит? Думаю, что ты никогда не станешь ставить ультиматум — "я или сцена". Мне было бы вдвойне тяжело... потерять тебя на этом месте. Или театр?

...Ужас! Неужто ты со своим фельдфебелем обо мне говорил?

КАТАВ-ИВАНОВСКИЙ ЗАВОД — МОСКВА
ЯКОВ — МАРИИ

25 января 1913

...До чего человек приноравливается к обстановке — даже удивительно. Кажется, если попаду в ад — месяц один буду обживаться на новом месте, пока узнаю, где там находится библиотека, где опера, нельзя ли у какого-ниб. грешника достать пианино — а через пару месяцев так обживусь, что не захочу переезжать на другую квартиру, даже в рай.

...Первое время, особенно в Златоусте, очень тяжело было просыпаться. Снится что-нибудь из дому — просыпаюсь и никак не могу определить, куда это я попал, что за незнакомые стены. Внезапно все поймешь и неохотно начинаешь лениво одеваться. Теперь совсем не то. Я чрезвычайно вжился в новые стены, в свою грязную комнату. Вжился, как кошка. И, пожалуй, со временем привыкну к тому, чтобы плевать на пол, обходиться постоянно вместо носового платка пальцами и пользоваться салфеткой как полотенцем чайным, личным и носовым платком.

Какая мне большая ломка предстоит, со временем превратиться нужно опять в gentle homme'a.

Меня вы будете учить, Марит, как учили маленьких детей, когда еще дружили со Фребелевским институтом, держать вилку и нож, не утирать нос рукавом, не издавать неприличных звуков…

— Яша, не ешь пальцами, вытрись салфеткой. Сколько раз повторять тебе, что в гостиной нельзя плевать.

…Твой приезд — трудно и представить! Если не считать сегодняшнего дня, а уже вечер, можно и не считать, до 5 марта осталось 39 дней. Жду Вашего приезда, но и поверить в это не могу. Я каждый день рисую в блокноте портрет жены, но чистых листочков в блокноте меньше чем дней. Но все время напоминаю себе — это такая игра. Никто ко мне не приедет! Это просто сюжет для новеллы во вкусе Бунина. С трагическим, разумеется, концом в духе "Антоновских яблок"!

1 февраля 1913
ТЕЛЕГРАММА

СЦЕНА ТВОЯ ПРОСТИ ПРОСТИ ПРОСТИ ОСТАЛОСЬ ТРИДЦАТЬ ДВА ДНЯ МУЖ ЯКОВ

МОСКВА — КАТАВ-ИВАНОВСКИЙ ЗАВОД
МАРИЯ — ЯКОВУ

10 февраля 1913

…Вот случай удивительный pendante твоей истории с фельдфебелем, которая так меня задела. Только моя история лучше, потому что она не мужской разговор о женщинах, которые я ненавижу, а человеческий.

Приехала из Киева Лена на концерт. Устраивал его Гольденвейзер. "Тот самый", друг Л. Н. Толстого. Кк раз я была свободна и поехала слушать Лену. Волновалась за нее, но все сошло хорошо. Лена отлично играла — лучше всех. Гольденвейзер (невзрачный человек с неприятным голосом) хвалил ее.

Случай же был вот какой: зал концерта очень далеко, было поздно, пришлось поехать извозчиком. Кк раз попавшийся извозчик недорого взял — поехали, по дороге разговорились. Извозч. женат уже 6 лет, имеет двух ребят. "Жена здесь? В Москве?" — "А как же! Я без нее и дня существовать не могу". Тк и сказал — существовать. "Вы не думайте — у меня ребятишки как барчуки одеты. Сапоги им справил, шубейки новыя с барашком — по пять рублей платки, рукавицы это — все самое лучшее". Долго, много и радостно рассказывал. Потом вдруг обернулся ко мне: "А знаете барышня — и раньше я жену очень любил, а кк дети пошли — еще слаще любить стал. Почему так?" Еще слаще любить стал жену… Если б ты слышал кк чудесно он это сказал, кк радостно-задумчиво прозвучало это "почему так?" С таким счастливым удивлением.

Многое он говорил, что совершенно не передаваемо словом. Все в интонации, в румяном улыбающемся лице, в бодром помахивании кнутиком. Простилась я с ним, просила передать поклон жене. Он был очень доволен, рад. Рад внимательному слушателю. Радость, счастье тк же необходимо высказать, кк и горе. А я его так жадно слушала...

Мой извозчик мне нравится больше твоего фельдфебеля, вот что я тебе скажу!

КАТАВ-ИВАНОВСКИЙ ЗАВОД — МОСКВА
ЯКОВ — МАРУСЕ

13 февраля 1913

ТЕЛЕГРАММА

ОСТАЛОСЬ ДВАДЦАТЬ ДНЕЙ

18 февраля 1913

ТЕЛЕГРАММА

ОСТАЛОСЬ ПЯТНАДЦАТЬ ДНЕЙ

28 февраля 1913

ТЕЛЕГРАММА

ОСТАЛОСЬ ПЯТЬ ДНЕЙ. ПЯТОГО ВСТРЕЧАЮ ЧЕЛЯБИНСКЕ

11 марта 1913

..Сегодня прибирал в комнате, где мы так счастливо жили. Под кроватью нашлась головная шпилька. Обыкновенная хорошая проволочная шпилька. Хотелось ее поцеловать. Предмет для поцелуя негодный.

Никакой романтики. Другое дело перчатка. Но перчатки ты к счастью не забыла, а то бы озябла в дороге.

…Третий переезд легче первых двух. Уже привык собирать вещи, хотя хозяйства прибавилось. У солдата вещей почти нет и потому каждая лишняя — дорога.

…Моя чудесная жена! Я люблю тебя. Вот все, больше сказать не имею.

КАТАВ-ИВАНОВСКИЙ ЗАВОД — КИЕВ
ЯКОВ — РОДИТЕЛЯМ

12 марта 1913

Милые мои! Не пишу, не пишу, но, право, имею на это чрезвычайно важные причины. Ко мне приезжала Маруся. Заранее не писал вам, потому что сглазить боялся. Пять дней прожила она здесь, для меня это было счастье. Одна, без провожатых, хрупкая молодая женщина совершила такой длинный и тяжелый путь. Это я отчасти мама для тебя пишу, я знаю твои мысли, что актриса не подходящая профессия для жены твоего сына! Видишь, какая Маруся смелая и решительная в делах!

…Большая новость у меня по службе… Пишу сейчас перед поездом. Теперь я прикомандирован к Канцелярии батальона писарем. Должность очень важная, сам себе честь буду отдавать.

Теперь будет несравненно лучше. Подробности на днях.

Ну, целую вас, милые. Некогда, так некогда, что высморкаться как следует нет времени.

Мой новый адрес такой:

Юрюзань-завод Уфимской губ.

9 рота Инсарского полка мне.

ГЛАВА 22

Из сундучка. Письма с Урала и на Урал

КАТАВ-ИВАНОВСКИЙ ЗАВОД — МОСКВА
ЯКОВ — МАРИИ

15 марта 1913

РАПОРТ

Доношу, что сего числа я вступил в заведывание батальонной канцелярией 3-го батальона 196-го пех. Инсарского полка, о чем объявляю для сведения моей жены. Гром победы, раздавайся!

Командир Батальонной канцелярии

Подполковник *(зачеркнуто)*

Рядовой из вольноопределяющихся

Яков ОСЕЦКИЙ

(печать)

Милая Марита! Ходил день в полусне после твоего отъезда. Все грезил о нашем будущем, которое видится мне прекрасным. А потом встряхнулся и кинулся наверстывать, мотор заработал, я занимался много, три часа оставлял себе на сон. Да и что за радость спать без тебя? Целых три дня я сидел за книгами каждую свободную минуту! И вдруг вчера получается назначение, о котором и мечтать не мог. Оказалось, что прежнего писаря повысили не знаю за какие заслуги. Или услуги? И отправили в Казань!

...Из прилагаемого рапорта, дорогая жена, можете видеть, что я получил новое назначение и гораздо лучшее. Даже несравненно лучшее. Был я раньше "простая рядовая палка" — а теперь я господин писарь.

— Господин писарь, можно войти? Господин Осецкий, пожалуйте справку! Господин Осецкий, позвоните по телефону в Челябинск! Господин вольноопределяющийся, доложите батальонному командиру то-то и то-то.

…Вон какой я теперь стал. Нужно теперь уже самому себе отдавать честь и командовать — смирно, равнение нале-во и напра-во.

Новый адрес: Юрюзань-завод Уфимской губернии
9 рота Инсарского полка
вольноопред. Осецкому

МОСКВА — КАТАВ-ИВАНОВСКИЙ ЗАВОД
МАРИЯ — ЯКОВУ

16 марта 1913

…А теперь я лежу на тахте, думаю о будущем, думаю-тоскую о тебе.

Физическая боль, кот. ты пережил при расставании, я испытываю беспрерывно… Думаю о тебе, вспоминаю, мечтаю. Тут еще все ничего. А вот тело — уста, руки — осиротели. Некуда мне деваться. Все не то и не тк. Все наполовину. Ничто не полно.

МОСКВА — ЮРЮЗАНЬ
МАРИЯ — ЯКОВУ

20 МАРТА 1913

…Вот тебе мой отчет. Занятия в студии Рабенек 3 раза в неделю, выступления студийные 1–2 раза в неделю. Элла Ивановна мной довольна. Получила приглашение в НАСТОЯЩИЙ театр, на замену одной актрисы. Раз в неделю занятия во Фребелевском обществе по педагогике. Одно утро (вторники) даю уроки движения в частном пансионе для девочек. И читаю, читаю все, что ты мне рекомендуешь и еще много-много. Миша окончательно переезжает в Москву.

ЮРЮЗАНЬ — КИЕВ
ЯКОВ — РОДИТЕЛЯМ

20 марта 1913

...Условия теперь наилучшие — отдельная комната, полное освобождение от занятий и много времени для книг.

...Служебные обязанности мои следующие: в девятом часу разбираю бумаги с почты, пишу донесения, рапорты, приказания, отношения. В десять часов приходит батальонный, подписывает все, и в двенадцатом часу уходит. И я совершенно свободен. Вечером схожу к нему на квартиру с докладом, и все кончено до утра.

Почту всю сначала получает он и отсылает мне. Я разбираю ее и передаю ротным командирам. Так что могу быть совершенно спокоен. Батальонный, конечно, никогда не вскроет ничьего письма, а особенно моего.

Словом, служба легкая. Продлится до летних лагерей, а там уж видно будет.

...Книжки еврейские и немецкие получил.

С увлечением читаю еврейские книги. Редкое наслаждение от Шолом-Алейхема. Самое удивительное, что я свободно по-еврейски читаю. Раскрыл первую страницу, сам тому не веря, прочел ее и другую, и третью, и всю книжку, и вторую книжку. Словом, спасибо тебе, папа, что приглашал ко мне этого невыносимого

Рувима, научил-таки! Два года он терзал меня своим занудством! Немецкие пока не открывал. Руки дойдут на будущей неделе.

Здесь все очень располагает писать письма. Шутка ли? Пишу не за шкапчиком, а за столом, сижу не на придвинутой кровати, а на табурете.

По-хорошему все дела по батальонной канцелярии за два часа можно сделать. Однако сидел вчера с умным видом до 5 с половиной часов! Но никто не спрашивал и я занимался своим делом.

ЮРЮЗАНЬ — МОСКВА
ЯКОВ — МАРИИ

22 марта 1913

...Это уж не настоящая солдатчина. Писарь — белая кость. Солдатики приходят неграмотные — и такие есть в нашем отечестве! — просят красиво письмо написать. Я поначалу думал, что речь идет о почерке. Нет, чтоб красота выражений была. Бедная душа человеческая — красоты хочется, но красоте не обучена. Очень это трогает. Что же, в земскую школу учителем идти...

...А я уже совсем вошел в роль. Живу писарем, интересуюсь полковыми делами, про жену никому не говорю. И, кажется, скоро начну всерьез заниматься. Как-то настроение хорошее для того. Часто бывает: внезапно рождается уверенность в поступке, которого еще и не начал делать.

...Жизнь моя солдатская теперь — лучше не бывает. Только жены не хватает. А подумавши, отказался от этой мысли — жена моя актриса, место ее в студиях и в театрах, а не в уральском захолустье, с писарем прозябать.

ЮРЮЗАНЬ — КИЕВ
ЯКОВ — РОДИТЕЛЯМ

23 марта 1913

...Батальонный относится очень хорошо, я имею у него урок (сына готовлю в корпус). За урок я "великодушно" отказался принимать деньги. Дело в том, что подготовка у Мити такая слабая, что надо пройти с ним весь курс за реальное училище — там и математика, и русский язык, и немецкий. Не уверен, что он сдаст в корпус. Впрочем, требования из программы мне не вполне ясны.

...Задержался на прошлой неделе с занятиями — подполковник вошел в детскую, где мы занимались, пригласил к столу. Я думал было отказаться, но из любопытства принял приглашение. Спустился в большую комнату, вроде залы, но все на провинциальный манер. Гостей много, двенадцати стульев не хватило, принесли два табурета из кухни. Это все местный beau monde был, офицеры с женами по большей части, директор местной гимназии малоприятный и еще один господин столичного вида. Оказалось, этот господин Г. Папа, впервые с моего отъезда я общался весь вечер с европейцем, каких и в Киеве не часто встретишь. Он образованный экономист... и тебе тоже было бы интересно с ним побеседовать — у него оригинальные мысли, несколько в духе Тейлора, о котором я тебе рассказывал. Там рассматривается управление именно как наука и выясняются законы, которым управление должно подчиняться...

ЮРЮЗАНЬ — МОСКВА
ЯКОВ — МАРИИ

30 марта 1913

...Получил кипу газет (и "Рампу" и открытки — все получил). Посылка шла десять дней. Много о вашей студии. Пестрая многоголосица. Одни — гениально, другие — бездарно. И, конечно, они не правы. Впрочем, раньше всего скажу вот что: есть старое изречение — "Если критики разошлись во мнении — это самое лучшее: значит, автор не разошелся с самим собой".

В чем свобода театра? В отсутствии постоянного метода постановок. Для "Сорочинской ярмарки" выбрали натурализм, для "Беатриче" возьмут — скажем, декаданс. Может это возможно — не иметь одного постоянного лица. Ведь индивидуальность актера заключается в отсутствии всякой индивидуальности. Сегодня Шейлок, завтра городничий.

...свел знакомство с местным священником, приятнейший человек, отец Феодосий, с музыкальными интересами. Он вдовец, живет с двумя сыновьями, просил заниматься со старшим сыном немецким языком. За английский и французский я бы не взялся, хотя знаю изрядно. Чтение очень развивает язык. Я согласился и получил вознаграждение, на которое не расчитывал — уже дважды ходил к нему в дом и после урока на фисгармонии играл. Это для меня большая радость и большая печаль. Как сильно отстал я. Сколько работать придется только чтобы догнать.

31 марта 1913

Читаю "Детство и Отрочество". Бывали минуты ужасной тоски по тебе, именно захотелось к другу, единственному за всю жизнь другу. Вспомнились некоторые картины детства, былыя мечты — все такия воспоминания, которые никому как тебе нельзя сказать.

Отчего мы с тобой так любим Толстого. Помимо всех прочих его достоинств — Толстой нас обоих воспитывает в искренности. Нет ничего труднее искренности — вот мое убеждение, окончательно сформировавшееся только в последние дни. Карлейл считает искренность признаком гения.

В этом отношении — думается — нет выше Толстого, в этом его воспитывающее значение. Следующая логическая посылка — потому он сближает людей. Что еще так сближает, как искренность?

Моих писем последних, верно, ты не получила. Некоторые из них посылал без заказа (с одной маркой). Видимо, пропали. Ну, целую тебя. Целую руки нежно...

...Странное у меня отношение к рукам человеческим — слишком много значат они для характеристики. Потому слишком дорожу ими. Есть близкие люди, из отдельных красивых черт которых могу все отдать, но не руки. Пусть изменятся глаза, брови, волосы, но руки оставьте в сохранности. И предусмотрительная природа всегда со мной согласна, бережно относится к этому украшению. Волосы выпадут, глаза потускнеют, тело состарится, а руки сохранятся. Немножко только покроются маленькими морщинками, но формы своей не изменят!

МОСКВА — ЮРЮЗАНЬ
МАРИЯ — ЯКОВУ

31 марта 1913

Ночь. Пришла из театра Зимина. Слушала "Садко". И мучилась что тебя не было. Тк все славно, интересно. Все костюмы по эскизам худож. Егорова. Каждый костюм — прелесть. Дириж. — Палицын.

Захотелось спать. Ведь я эту ночь почти не спала. Доброй ночи Яша. Ох, как же я устала! И все время какое-то недомогание.

И все-таки трудно бросить писать. Еще много-много надо писать тебе.

Миша сказал кк-то: если будешь писать Яше — не забудь кланяться ему от меня и даже очень. Вот кк. — Да, Яша — у нас уже большая семья. У тебя новых три брата. Хорошо будет. Ну, прощай, милый. И сейчас целую и всю ночь целовать буду.

15 апреля 1913

ТЕЛЕГРАММА

БОЛЬНА ПОДРОБНОСТИ ПИСЬМОМ ТВОЯ

ГЛАВА 22

Из сундучка. Письма с Урала и на Урал

ЮРЮЗАНЬ — МОСКВА
ЯКОВ — МАРИИ

16 апреля 1913

...Что за болезнь? Неужели ты в постели? Мне трудно тебя представить больною, иногда хочется не верить всему этому. У тебя черезчур много теоретическаго здоровья для болезни. Вставай Маруся. Был бы рядом, приготовил бы чаю с лимоном и коньяком! И все недомогания как рукой... А я ложусь спать. Теперь вечер, для меня поздно (10 ч.). Похозяйничал перед сном, наготовил белье, подушил его cyklamen'ом, который ты любишь, — зачем? тебя нет! — выстирал носовой платок.

Иду раздеваться. А тебя нет...

18 апреля 1913

Добрый день, Марита! Сегодня тебе лучше?
А теперь у меня вечер и слегка глаза липнут. Поздоровался, поцеловал обе руки, и прощаюсь опять.

Отхожу к сновидениям.

"Моя жена больна, ея постель за две тысячи верст".

Как странно звучит. Не могу тебя представить больною.

Прощай, детка, будь пай и вставай скорее!

23 апреля 1913

Вышло так странно: вот ты больна, мне хочется чаще говорить с тобою, но писать приходится только о себе ведь. Ты больна, а я пишу свои переживания, мысли, надежды.

Ну, ничего. Пусть оно так и будет. Мне писать не нужно или не больше открыток, чтоб не утомляться тебе.

25 апреля 1913

ТЕЛЕГРАММА

ТЕЛЕГРАФИРУЙ КАК ЗДОРОВЬЕ ТРЕВОЖУСЬ ЯКОВ

МОСКВА — ЮРЮЗАНЬ
МАРИЯ — ЯКОВУ

4 мая 1913

Мой милый муж! Мой Янка! Я в смятении. У меня самые серьезные подозрения, что жизнь моя изменится, и таким образом, что твое скрытое желание, чтобы я покинула сцену, исполнится. И наши мечты, которые мы строили на отдаленное время, исполнятся уже сейчас, когда я совсем не готова менять свою жизнь, покидать театр и становиться порядочной женой порядочного господина. Я никому не могу рассказать о своем состоянии. Оно ужасное. И в этом заключается трагедия женского существования, женского рабства природе. Мы с тобой ведь много говорили о том, что у нас будет большая семья и много детей, и кк счастливы будут наши дети, имея родителей, которые растили б их свободными и гармоничными людьми. Но для меня это будет означать, что моя артистическая жизнь заканчивается почти и не начавшись. И я вижу себя сейчас такой, как моя мама, погруженной в скучный женский быт, кастрюли, воротнички, шитье и перешивание. Я это ненавижу! И мама моя, ты не знаешь, писала в юности стихи и хранит свою тетрадку, где записаны поэтические строчки как памятник ее несостоявшейся жизни...

ЮРЮЗАНЬ — МОСКВА
ЯКОВ — МАРИИ

16 мая 1913

Деточка моя! Гордость, и страх, и восторг, и счастье, и еще много не знаю чего! Я узнаю про возможность нам обвенчаться здесь, хотя снова ехать тебе в поездах четверо почти суток. Может, мне удастся выхлопотать отпуск? Но ты узнай на всякий случай, если у тебя среди твоих "великосветских" друзей найдется адвокат, то расспроси подробно о внебрачных детях. Также о внебрачных детях, приписанных к матери, а затем усыновленных отцом. У меня на этот счет кой-какие мыслишки. Все это когда-то я и учил, и на экзаменах сдавал, но сейчас не помню. Под рукой нет десятого тома Свода Законов.

Не тревожься ни о чем. У тебя есть муж, он все берет на себя.

ГЛАВА 23
Новое направление
(1976–1982)

Излечили Виктора от его психического недуга, как там его ни называть — не врачи, а возникший из прошлого Гриша Либер. Он заявился после длительного отсутствия, круглый, лысеющий и довольный жизнью. Он был женат, родился сын, он был полон разнообразных планов, в том числе его занимала и мысль об эмиграции. Но об этом он Вите как раз не сообщил…

В тот год, когда Витя поступил на мехмат, Гриша сдал экзамены в какой-то химический институт, где была сильная кафедра математики и ослабленные барьеры для еврейских умников, закончил его успешно и работал младшим научным сотрудником в лаборатории, где варилась настоящая наука, точное название которой тогда еще не было придумано.

То, чем занимались в этой лаборатории, сотрудники стеснялись произносить при посторонних: они, в частности, пытались найти различие между живой и неживой материей, ухватить за хвост волнующую тайну мироустройства. У большинства не включенных в эти дерзкие спекуляции ученых разговор на эту тему вызывал недоумение. Это была трепещущая граница науки, ее передовая линия, о которой мало кто догадывался. Но тех, кто догадывался, кто отдавал себе отчет в том, что именно в этой области зреет новый прорыв, ошеломляющий расцвет сознания, был всего-то десяток-другой на планете, но на Россию приходилась половина: всемирно известный академик Колмогоров, в узких кругах почитаемый недооцененный Гельфанд и еще двое-трое… Вокруг этих избранников мирового разума и кипела научная мысль. Грише посчастливилось вариться в том котле, огонь под которым раздувал Гельфанд: Гриша был из числа посвященных, но посвященных самого низкого градуса. Он со смирением принимал, что градус посвящения определяется не чем иным, как быстродействием нейронов, способностью мозга ловить и перерабатывать информацию, то есть измеряемыми биологическими параметрами, которые надо было еще найти и назвать… Гриша предполагал, что Гельфанду, в силу его происхождения, пришлось почитывать в свое время Библию, но права на светское высшее образование он был лишен. Как ни фантастично, высшего образования у него и не было! Но Гриша был почему-то уверен, что одного происхождения Гельфанду достаточно, чтобы разделять мысль, которой он сам был захвачен: теперешний человек в современной науке делает то самое, что делал Адам, давая имена безымянным животным — именует то, с чем впервые столкнулся и принял как факт жизни… Гришиных дарований хватало на то, чтобы оценить этот замысел, близость к гениям составляла счастье его жизни.

Гриша провел у Витаси три часа, рассказывая о своей работе. Витя слушал поначалу довольно вяло, но стойку сделал в тот момент, когда Гриша произнес слова "универсальный язык".

— Что ты имеешь в виду? — переспросил Витя. В ответ Гриша прочитал ему целую лекцию по истории вопроса: от Дарвина – Менделя – Пастера – Мечникова до Кольцова, Тимофеева-Ресовского и Моргана. А закончил Уотсоном и Криком.

— Нить ДНК — это алфавит, на котором записана история мира. И это не только набор генов, но еще и программа для молекулярных компьютеров живой клетки.

— Занятно, — кивнул Витя. — Я об этом никогда не задумывался. Выходит, химическая молекула, как ты ее называешь, может быть программой?

Гриша открыл дряхлый портфель покойного дедушки, знаменитого доктора, с серебряной нашлепкой "Für liebe Isaak Lieber", и с загадочным выражением вытащил из него книжку. Витя посмотрел на книжку внимательно: именно с этим выражением лет пятнадцать тому назад Гриша принес ему Хаусдорфа, "Теорию множеств", изменившую направление его жизни. Очередная книжечка была потрепанной, небольшой по объему и называлась "Что такое жизнь с точки зрения физики". Фамилию на обложке он прочитал только утром: Шредингер.

Простенький житейский закон парности, по которому существуют сходные события, происходящие последовательно дважды — один раз начерно, второй окончательно — известный всем наблюдательным людям, а особенно женщинам, Вите был неизвестен. Гриша второй раз в жизни сообщал ему грандиозные новости, способные изменить всю судьбу. Незначительного вида книжонка захватила Витасю полностью. Его привычная бессонница в эту ночь из мучительного испытания превратилась в полнейшую благодать, ясная голова радовалась работе, и как будто пелена спала и мир преобразился — сверкнула совершенно новая для него мысль: математика, высший этаж человеческого разума, существует не отдельно от остального мира, а она сама есть служебная наука, часть целого, часть общего и еще более высокого этажа... чего? Слова "Творение", которым так легко оперировал Гриша, не было среди привычных понятий, и Витя испытал одновременно зависть, жажду и спешку — ему захотелось войти в этот мир, который еще вчера совершенно не представлял никакого интереса. Остатки депрессии как рукой сняло.

Утром следующего дня Витя отправился в Ленинскую библиотеку и произвел ревизию того, о чем он не имел никакого представления. Квантовая механика и квантовые вычисления не представляли особой сложности — описывающий их язык был понятен. Сложнее оказалось с химией и биологией — тут пришлось начать со школьных учебников. Через три дня он перешел к учебникам вузовским. Это было гораздо интереснее. Как и большинство математиков, он относился к физике с высокомерием. А уж биологию считал вообще не наукой, а огромной свалкой фактов. Все там было непаханое поле, поставленные вкривь и вкось эксперименты, разрозненные данные, демонстрирующие неспособность исследователей справиться и осмыслить полученные результаты. И ко всему — полностью отсутствовал математический аппарат. Химия, о существовании которой он имел самое слабое понятие, показалась ему наукой чуть более строгой, чем биология.

Шредингер взглянул поверх этого множества разрозненных фактов и указал на теорию эволюции Дарвина как на единственную структуру, которая способна удержать и организовать эту лавину. И, что самое важное, указал, что явления, связанные с пространством и временем, которые установлены физиками, приложимы и к живым организмам. Благодаря книжечке Шредингера Витя открыл, что математика не является конечным достижением человеческого разума, а лишь инструментом в познании мира, который больше математики... Прежде это не приходило ему в голову.

Витя ожил. За три месяца он потерял десять килограммов живого веса и проводил время от закрытия библиотеки до ее открытия в состоянии жадного нетерпения. В какой-то момент обнаружил, что его английский язык, вполне пригодный для чтения математических статей, недостаточен для чтения биологических книг. Он позвонил Норе, спросил, не сможет ли она позаниматься с ним английским языком, как когда-то занималась русским. Нора отказалась, но порекомендовала знакомую преподавательницу. Недорогую... Денег у Вити в это время не было совершенно, да они и не были ему нужны — обед всегда на столе, до библиотеки десять минут пешего хода, а рубль на винегрет и чай в общественной столовой брал в материнском кошельке без зазрения совести. Именно из разговора с Норой он понял, что деньги могли бы пригодиться. Непонятно только, как он мог их заработать. Совершенно ясно, что не преподаванием математики: его неспособность попасть на одну волну с другим человеком исключала возможность преподавания. Он задал этот вопрос — как заработать деньги? — Норе, но она засмеялась: меня этот вопрос тоже интересует. Их отношения понемногу налаживались. Раза три Витася даже удостоился ночевки у Норы — нетривиальная семья...

Надо отдать должное этой своеобразной паре, что мысль об алиментах не приходила в голову никогда ни одному из них. Уроки английского отменились из-за

ГЛАВА 23   Новое направление

финансовой несостоятельности Вити, но он управился самостоятельно, с помощью старого английского учебника, застрявшего на полках у Норы с тех времен, когда Генрих жил в этом доме, — тонкая книжечка Айви Литвиновой "Шаг за шагом", изданная до войны для скоростного изучения "базового" английского...

Через три месяца Витя позвонил Грише. Они встретились. Витя вернул ему Шредингера, к которому у него возник ряд вопросов. Гриша частично на них ответил. Но — что существенно — сообщил Вите, что книжка эта была издана в 43-м году, в год их рождения, с тех пор наука так рванула, что Шредингер и сам здорово устарел.

Гриша рассказал интереснейшие вещи про клеточные мембраны, которыми он уже несколько лет занимался, поделился с ним своей гениальной, как сам оценивал, мыслью, что будущее поколение компьютеров будет квантовым — пусть не завтра, а лет через пятьдесят, но это и есть главное направление развития науки... Витя с первой же минуты все понял и сразу стал задавать такие вопросы, что Гриша несколько расстроился: уж слишком быстро Витя врубился в суть дела, до которой Гриша пять лет докапывался. Но Гриша был существом сверхъестественного благородства и, отбросив мелькнувшее на самом дне души ревнивое чувство, через неделю притащил Витю для собеседования заведующему лабораторией. Собеседование длилось четыре часа, по истечении которых Витя получил самую ничтожную должность, которая только существовала в штатном расписании, — старшего лаборанта. Правда, на особых условиях. На работу ходить он был не обязан, но еженедельно встречался с шефом для обсуждения некоторой конкретной задачи, которая была ему поручена. Он теперь был занят строительством модели живой клетки как компьютера. Это было связано с тем, что он знал лучше всех, — с программированием.

Витин тренированный мозг работал в усиленном режиме, а наслаждение, получаемое им от работы, еще более стимулировало его рвение. Задача занимала его полностью, и никакие события и процессы, не идущие в топку, его не интересовали. Он их просто не замечал. Он внимательно следил за развивающейся буквально на глазах компьютерной революцией, понимая, до какой степени создание компьютерной модели живой клетки зависит от разработки общей идеи компьютера, от новых технологий, а идея клеточного компьютера зависела от технологического прогресса.

Гриша, который мало что понимал в программировании, уверял Витю, что нельзя сделать из элементов нашего мира — атомы, молекулы, вся таблица Менделеева — более совершенную вычислительную машину, чем живая клетка. И опять талдычил про квантовые компьютеры... До этого было ох как далеко.

Рукотворные компьютеры совершали в конце семидесятых лишь первые шаги своей эволюции. Витины отточенные мозги жили в привычном режиме, но стоящие перед ним задачи вынуждали его заглядывать в неописанный формальным образом хаос биологической жизни и сопрягать его со строгим порядком математики. Но можно ли сконструировать компьютер на основании биологических аналогов?

Чем глубже Витя влезал в работу, приближаясь к ответу на частные вопросы, тем более его тревожило чувство, что он только топчется у входа. Окончательный ответ, кажется, вообще получить было невозможно. Но ничего важнее на свете не было. Гриша все более тянул его в сторону, уверял, что надо сосредоточиться на изучении живых компьютеров клетки. Витя же считал, что Гриша погружается в область научной фантастики, а практическая и выполнимая задача сегодняшних ученых — создание "мыслящих" компьютеров, которые были бы "умнее" своего создателя. Здесь начались глубокие разногласия с Гришей.

ГЛАВА 24
Кармен
(1985)

После скандала с "Витязем" Тенгиз несколько дней ходил мрачный и подавленный, спал на полу на подстилке, почти ничего не ел, но и не пил, как полагалась бы в этой ситуации русскому человеку. Об этом уже было между ними говорено: русский человек пьет с горя и с радости, европеец за обедом, а грузин для приятности общения... День что ли на пятый он утречком, проснувшись, засвистел самую всемирно известную мелодию из оперы Бизе "Кармен", сгреб с постели не совсем проснувшуюся Нору и уложил ее на пол:

— Скажи, женщина! Почему это ты в постели, а я на полу?

На полу, в постели, на садовой скамье, в вагоне, на влажной земле — много было всякого за почти двадцать прерывистых лет.

Тенгиз откинулся подальше, чтобы видеть ее лицо:

— Одну вещь тебе скажу. У меня много было женщин. Актрисы любят режиссеров. Их получаешь, как сдачу с рубля. И всегда потом стыд и тоска. Смертная тоска, Нора. Всегда у меня так было. Ты единственная с кем нет этой смертной тоски после совокупления. Ты это чувство знаешь, или оно исключительно мужское?

ГЛАВА 24

— Не знаю. — Нора переваривала сказанную Тенгизом фразу. Это было лучшее из всего, что он ей говорил. Да, собственно, он никаких слов, уместных в горизонтальном положении, никогда и не говорил... Признание было очень сильным. К нему уже ничего не надо было добавлять. Она протянула руку к пачке сигарет, удачно лежавших на полу в пределах досягаемости.

— Не знаю, Тенгиз. Я в пятнадцать лет своим умом дошла, что постельные дела надо отделять от всего того, что можно назвать любовью. Ну, не путать разные вещи. Это освободило меня от многих эмоциональных неприятностей. Один раз спутала и вот до сих пор выпутаться не могу... Смертной тоски не испытывала, а скуку — бывало, да. Моя сексуальная революция произошла еще в школе...

— Хорошо, возвращаемся к любви! Ну, к этой! — он снова засвистел "Хабанеру".

— Ах, к этой! — засмеялась Нора. — А Мериме вообще-то не про нее писал! Эту пошлую историю, ну, либретку оперную я имею в виду, написала парочка французских халтурщиков, Мельяк и Галеви...

— Ты меня поражаешь, Нора! Ты самый образованный человек из всех...

— Смешно слышать от человека, который дружит с Мерабом Мамардашвили... Я недоучка, Тенгиз. Ремесленное училище — мое образование. Ну, хорошая ремеслуха... Ты же знаешь. Я человек малообразованный, даже школу-студию МХАТ, какое-никакое образование, бросила. Вот где тоска-то заела... У меня просто хорошая память. Я помню все, что прочитала. А читаю я много... Ну, еще бабушка, конечно, мне с малолетства правильные книжки подсовывала...

— Хорошо тебе, у тебя бабушка была образованная, а у меня крестьянка. Только расписываться умела...

Нора держала в пальцах незажженную сигарету. Тенгиз потянулся, вытащил из кармана джинсов, брошенных на пол, зажигалку, дал Норе прикурить.

— Ну?

— Мериме гений. Он во всей Европе первым Пушкина оценил. А последняя глава "Кармен", которую все пропускают, считают, что она случайно туда попала, голову ломают, чего это он развел какой-то научный разговор ни с того ни с сего, она очень важная.

Тут Тенгиз ее перебил:

— Погоди, потом доскажешь. Ты знаешь, чего я вскочил-то? Я понял, какое счастье, что никакого "Тигра в витязевой шкуре" не будет! Я его ненавижу, вот что я понял! И Тариэла, и Автандила, преданных шестерок! Да к черту они пошли с их любовью к красавицам и преданностью властям. Если уж про любовь, пусть будет эта твоя Кармен! Давай, трави про своего Мериме дальше! И дай почитать, что там такого гениального...

О, какое счастье это было, какое счастье! Они разбирали по косточкам, по ниточкам этот вольный гибрид записок путешественника, заметок фиктивного ученого, литературной игры превосходного писателя. Тенгиз загорелся, а Нора загорелась его огнем, как это всегда и происходило между ними. Она читала вслух, а он время от времени поднимал палец и тыкал им в воздух:

— Вот это мне нужно!

После двух дней медленного и внимательного чтения Тенгиз приказал Норе:

— А теперь бери бумагу, пиши.

— С ума сошел? Мое дело костюмы, я и декорации на одном нахальстве делаю. Один раз с Бархиным поработала на спектакле, костюмы делала, он на меня

ГЛАВА 24

Кармен

тогда только посмотрел, и я всему у него научилась. Но писать пьесы! Даже Туся за это не бралась! Это я точно знаю, учусь у нее всю жизнь. И Бархин пьес не пишет. А я из-под его руки вышла...

— О, я-то думал, что ты из-под моей руки вышла...

— Буратино лучше знает, кто его Папа Карло. Не стану спорить — ты меня больше строгал.

— О, наводит на подозрения...

Нора немедленно одернула:

— Перестань!

Но он и сам понял, что нарушил сложившиеся давно правила: когда они вдвоем проживают отведенный им совместный кусок, не существует между ними ничего вчерашнего или завтрашнего. В свое время он жестко выговорил Норе за ее приезд в Тбилиси, потому что их случайную встречу расценил как преднамеренную. Свободные отношения невозможно было бы сохранить, если бы не соблюдалось свято правило границы, за пределами которой их отношения не существовали. И правило это установил Тенгиз много лет тому назад. Нора их с трудом и очень болезненно приняла, но со временем оказалось, что они превратились в симметричные...

— Пиши, Нора! Пиши! — настаивал Тенгиз. — Все гвозди вбили. Осталось только записать.

— Я не писатель, — сопротивлялась Нора.

— Откуда ты знаешь? — удивился он. — Ты что, пробовала? Писатель тот, кто берет в руки карандаш.

Нора взяла карандаш и Юрикову заброшенную тетрадку. После двух страниц детских каракулей начинался новый текст, написанный Нориной твердой рукой, прямыми, иногда заваливающимися влево буквами. Она записывала их сумбурные разговоры, реплики, догадки.

Договорились на берегу: забываем о Бизе, забываем о Щедрине. Никаких музыкальных аллюзий быть не должно. Весь этот верхний слой, снятый оперной историей, похоронить насколько возможно.

— И, конечно, я вытащила бы Мериме, сделала его действующим лицом. Автор присутствует обязательно — сам автор, или англичанин, или путешественник, но в любом случае ученый, наблюдатель. Какие возможности возникают!

— Важно определить начальную и конечную точку.

— Линия натяжения проходит между ним и Кармен, ты понимаешь? Не между Кармен и Хосе!

Они перебивали друг друга, кидали в кучу все, что никак нельзя было упустить:

— Да, но героями управляет Кармен, вертит как хочет и табачными девками, и мужичками, а другими...

— Да, да! Мериме, автор и бог этой истории, держит в руках нити жизни и смерти.

— Нет, Кармен, конечно, все держит!

— Но Кармен побеждает логику Мериме...

— Не знаю. Ее-то в любом случае Хосе убивает, кое-как, где-то в кустах, у дороги!

— Нет, это она его убивает!

— Мне бы хотелось, чтобы были предметы. Играющие предметы...

— Да искать и не надо особенно, они названы: золотые часы, карты, нет, карты — фигня, лучше гаррота.

— Кстати, как она выглядит, эта гаррота, надо посмотреть... Не просто же веревка, наверное, какой-то предмет с ручками? Или целая машина?

— А я так люблю капусту, которую она не желает сажать! Ну, а уж если там всякие букетики-цветочки то их ведь тоже надо придумать.

ГЛАВА 24 — Кармен

— Ну да, капуста может пригодится. Но как-то и думать в ту сторону не хочется. Она у меня бы не цветочек в зубах держала, а большую золотую монету.

— Нет, все-таки сигару!

— Слушай, хорошо бы ей зубы золотые! Сейчас все цыганки поголовно с золотыми зубами, а тогда?

— Ни одна актриса не выйдет на сцену с золотыми зубами...

— А Феллини? Помнишь сцену из Феллини, где цыганка хохочет, взглянув на ладони какой-то дамы?

— Гадание, конечно, гадание! Мутные многозначительные слова. Старуха гадает Кармен. Берегись солдата. "При нашем ремесле... бояться солдат — что ты несешь? — Убьет тебя солдат. Берегись солдата!". И Кармен знает заранее, что он должен ее убить. Она его заставит себя убить! Исполнить задание судьбы!

— Опасно! Очень опасно! Опять в оперу попадем. А этот слой надо... стесать. Чтоб не осталось этой парфюмерной поверхности.

— Здесь ведь и Смерть можно вытащить. Нужно! Кармен со Смертью в родстве! Обратная сторона ее свободы — Смерть!

— Не понимаю!

— Потом поймешь!

— Любовь нашу Карменситу вообще не интересует. Она про нее и знать не знает! Для нее любовь только — проявление ее воли, своеволия, если хочешь. Инструмент!

— А он? Что он?

— Хосе? Да ничто! Кой-какой дворянин, у него в деревне невеста. Это он по глупости стал разбойником. Он вообще-то глупый парень. Ну, не глуп, — прост. Может быть, даже сцена с невестой. Разговор о "своей деревне". Чистые отношения идиотов. Он, конечно, жертва, но в конце концов ведет себя достойно. Он попал в чужую историю! Его судьба так или иначе — капусту сажать, а Кармен зацепила его невзначай.

— Его трудно полюбить. Разве что за его идеал — чистая жизнь, белые занавески, выходящие в белый сад, и вообще он как бы бредит белым, а попадает в черно-красное...

— С тореро надо подумать. Хотя меня, честно говоря, больше бык занимает. Здесь какая история — на кого она посмотрела, тот за ней идет, сопротивляется, но идет. И все мужики равны в этом отношении: Хосе, Гарсия, Маттео, тореодор и даже бык. И англичанин, конечно! Любовный напиток!

Пока Нора сочиняла пьесу, боясь оторваться от Мериме и попасть в зону притяжения оперы, Тенгиз договорился о постановке "Кармен" в самой что ни на есть Москве, в театре, приютившемся в одном из старых московских клубов. Тенгиз мало ставил в Москве, но его знали и ценили. Более того, их фамилии почти всегда произносились вместе, как "Ильф и Петров"...

"Кармен" была написана за две недели. Тенгиз очень многое придумал из того, как там все внутри жило и взаимодействало, но финал был Норин: автор, то есть Мериме, приносит герою, то есть Хосе, сигару в камеру, и Хосе с сигарой в зубах идет на казнь, навстречу "гарроте". За ним следует очень медленная и длинная процессия... Палач в маске Смерти, закутанный в плащ, совершает казнь. Маска спадает. Палач — Кармен.

На обложке тетради Нора написала крупными прямыми буквами "Мериме. Кармен, Хосе и Смерть" и собралась положить тетрадь в секретер "до востребования", тут-то Тенгиз объявил, что договоренность достигнута и спектакль поставили в репертуарный план на будущий год...

ГЛАВА 25
Брильянтовая дверь
(1986)

Проходили годы. Старела мать. Рос сын. Зиму сменяло лето. На завтрак Витя съедал булку с колбасой. Мать ездила от метро "Молодежная", куда их переселили, на Арбат покупать сыну любимую докторскую колбасу. Раз в месяц Витя навещал Юрика, играли в шахматы. В мире происходила какая-то политика, которую Витя совершенно не замечал. Витя не видел никакой связи между компьютерным моделированием клетки и размещением ракет средней дальности в Европе, встречей Горбачева и Рейгана в Рейкьявике или переговорами в Женеве. Перспектива ядерной войны временно отодвинулась, но Витю и это не занимало. Он предположить не мог, до какой степени судьба всех блестящих разработок лаборатории, гениального шефа, всех одержимых наукой сотрудников и его личная судьба зависят от того, договорятся ли русские с американцами.

Более близкий к Вите процесс, происходящий в его собственной квартире, тоже не был им замечен: Варвара увлеклась какой-то дешевой эзотерикой, посещала подпольные кружки, собрания целителей и магов и намерена была исправить свою карму, которая представлялась ей чем-то конкретным и весомым, вроде куска мяса или нового шкафа. Этому сопутствовала, конечно, и заряженная вода, и жгучий интерес к НЛО, соединенный со страхом бесов и всякой прочей нечисти.

Варвара Васильевна начала свою деятельность с чистки Витиной кармы на расстоянии, о чем она благоразумно ему не сообщила. Приблизительно в это же время — сближения СССР и США и чистки Витиной кармы, — в лабораторию пришло из Америки приглашение на конференцию по моделированию биологических процессов. Приглашали заведующего лабораторией, Витю и еще одного сотрудника-еврея. Заведующий был невыездной, потому как участвовал в каких-то тайно-военных ученых советах, еврей, само собой, был под подозрением, и единственным почти стерильным лицом был Виктор Чеботарев. Гриши к этому времени в лаборатории уже не было, он еще в 82-м эмигрировал в Израиль, и общение с ним сводилось к прочтению научных статей, появляющихся в мировых научных журналах.

Приглашение обсудили в деталях, решено было отправить Виктора Чеботарева с обширным докладом, в котором суммировались работы лаборатории последних лет.

1986 год был годом политического потепления, самолеты из Москвы в Нью-Йорк летали полнехонькими, и Витя затерялся в толпе еврейских эмигрантов, покидающих СССР навеки. Витя летел в командировку сроком на десять дней с большим докладом. Перед отъездом Юрик дал ему список пластинок, без которых жизнь его была неполна. Варвара Васильевна провожала сына в Шереметьево, исполненная противоречивыми чувствами, они клубились и рвали ее на части: гордость и страх. Она опасалась, что в Америке сын подвергнется каким-то ужасным психотропным атакам со стороны империалистов, но одновременно испытывала тщеславное удовлетворение, что он летит в командировку не в какую-нибудь чахлую Венгрию или Польшу, а в самую Америку.

Еще дома она сунула ему в чемодан бутерброды в пергаментной бумаге, но в аэропорту сообразила, что чемодан он сдал в багаж вместе с питанием, стала требовать, чтобы чемодан с бутербродами вернули, но Витя никак не мог понять, о чем она беспокоится. Варвара почувствовала свою глубокую беспомощность перед лицом мира, в котором чемоданы летают через океан вместе с бутербродами, а ни одна из ее важных жизненных проблем не поддается решению ни на материалистическом, ни на мистическом уровне. Она заплакала. Витя индифферентно ее утешал.

— Ты бесчувственный! — сказала она ему на прощание, утирая злые слезы.

До сих пор она так и не знала, гений ее сын или так себе, неудачник. Правда, одна ясновидящая подруга сообщила ей, что перед ее Виктором сейчас открываются три двери — серебряная, золотая и брильянтовая — и что́ он сейчас ни сделай, все будет хорошо.

Самолет взлетел. Варвара Васильевна смотрела на летное поле и тихонько про себя молилась — пусть дверка-то будет брильянтовая…

В аэропорту Кеннеди, Нью-Йорк, Витю встретил Гриша в пестренькой тюбетеечке, в которой Витя не распознал кипу. Они не виделись четыре года. Гриша прилетел двумя днями раньше из Израиля. Он к этому времени работал в Хайфском политехникуме, занимаясь одновременно не только клеточными мембранами, но и изучением Библии. Встреча друзей была самой сердечной, на которую Витя был способен.

Они сидели в тесном гостиничном номере — выбитый из колеи Витя после десятичасового перелета, и свежий, жадный до разговора Гриша. Вопрос, который его занимал уже много лет, был нешуточный — что чему предшествовало в мире: идея живой клетки или компьютер?

— Сперва возникли компьютеры... Каждая живая клетка — компьютер, и компьютер квантовый...

Витя морщился — то ли голова его еще не переключилась на американское время, то ли Гриша нес околесицу...

— Нет, ты что-то несуразное говоришь. Молекулярный компьютер клетки работает с ДНК. ДНК программирует его работу. Откуда квантовый компьютер?

— Это вытекает из энергетических соображений — мощности в молекулярном компьютере не хватит. Больше тебе скажу — квантовый компьютер должен быть акустическим! Тексты огромные! Божественные тексты огромные! И компьютеры биологические должны быть очень мощными!

Витя только пожимал плечами и прерывал Гришины вдохновенные научно-религиозные заявления охлаждающими репликами:

— Здесь не понял... какие Божественные тексты? Ты весь процесс эволюции хочешь как Божественный текст прочитать? Это недоказуемо...

Гриша огорчался, горячился, потел, но обратить Витасю в свою веру ему не удавалось. В конце концов расхождения зашли так далеко, что Витя заявил: лично ему за все годы работы концепция Творца и Божественного текста ни разу не понадобилась. Легко без этого обходился!

ГЛАВА 25   Брильянтовая дверь

Гриша со свойственной ему горячностью возражал:

— Это же очевидно, что первичный текст дан Творцом и то, чем все мы заняты, — расшифровка этого первоначального текста!

— Нет, нет, я занят конкретным делом — пишу конкретные программы, и это довольно простые тексты, а биохимики проверяют, насколько они соответствуют реальным синтезам в клетке... Все это не имеет отношения к замыслу твоего Творца. Все, сплю, — закончил свое высказывание Витя и мгновенно заснул, уронив голову на отвал кресла.

Следующие два дня прошли в деловой суете. Витя довольно свободно говорил по-английски, но плохо понимал собеседников, и Гриша постоянно при нем находился: еще более, чем в школьные годы, они все еще напоминали героев Сервантеса — Гриша был розов и толст, Витя высок и довольно нелеп в парадном костюме, с коротковатыми брючинами и рукавами. Варвара Васильевна, покупавшая ему перед отъездом этот наряд, не смогла добыть нужного размера. Бритвенный тазик на голове заменяли бесформенные кудри, подстриженные твердой и малохудожественной рукой все той же Варвары Васильевны.

Однако, несмотря на технические промахи в экипировке сына, молитвы свои Варвара Васильевна до Господа Бога, видимо, донесла: после Витиного успешного доклада брильянтовая дверка и впрямь открылась.

Выглядела она, впрочем, как обычная деревянная входная дверь в Stony Brook University, NY, на Лонг-Айленде, в прекрасную университетскую лабораторию, куда его пригласили на работу. Скорей всего, он не решился бы принять такое рискованное предложение, но Гриша, выступавший в роли переводчика в разговоре Вити со знаменитым американским ученым и высоко оценивший сделанный доклад, стонал, хлопал в ладони и вскидывал их к небу:

— Витася! Шанс! Какой шанс! Супер! Такая лаборатория! Да сюда в очередь сто человек за дверью стоят! По заслугам! Ты еще нобелевку получишь! А в Москве получишь только метлой под зад!

Гриша радовался этому предложению больше, чем Витя. На прощанье Гриша пошутил: "Сначала я тебе принес «Ветхий Завет» в виде Хаусдорфа, а потом «Новый Завет» в виде Шредингера. Но в этом месте ты просто не сможешь не понять, что все мы заняты одной общей задачей — расшифровкой того языка, без которого не существовало бы в мире ни одно живое существо… Текст, Витася, Божественный текст! Ничего более важного в мире нет!"

Виктор подумал и принял предложение — у него был свой резон: лаборатория была первоклассная, и он понимал, что здесь он будет работать более эффективно, чем в Москве. Мелькнуло, что, возможно, он долгое время не увидит ни мать, ни сына, но на этой мысли он не задержался. Для начала его поселили в кампусе, а через месяц он перебрался в съемную квартиру в десяти минутах ходьбы от кампуса. Снять квартиру помогла сотрудница из университетской администрации, высоченная пожилая девушка ирландского происхождения по имени Марта.

В Советском посольстве сначала обиделись, а потом чудесным образом все растопталось. Виктор Чеботарев даже не был объявлен невозвращенцем. Задним числом оформили как обмен научными кадрами.

ГЛАВА 26
Из сундучка.
Переписка Якова и Марии
(май 1913 — январь 1914)

МОСКВА — ЮРЮЗАНЬ
МАРИЯ — ЯКОВУ

8 мая 1913

...Дай мне слово, Яша, что никогда-никогда мы не будем об этом вспоминать. Только на этом условии рассказываю кк все было. Ужасно! Среди ночи с пятого на шестое я проснулась не от боли, а от ощущения горячего потока внизу. И обнаружила, что лежу вся в крови. Испугалась. Встать не могу. Три часа ночи! Никого нет. Поняла, что умираю. Но встала и дошла не помню кк до Нюшиного чулана, разбудила ее. Днем можно телефонировать от госпожи Малыгиной, что этажом ниже. Но ночью! И я послала Нюшу бежать к Мише, который накануне приехал из Петербурга и остановился в Сытинском переулке. Он был через сорок минут, совсем пьяный, как потом сказал. Он только что пришел с какой-то пирушки. Дальше я ничего не помню. Пришла в себя уже в больнице. Сейчас я дома. Слаба. Но жива. Ребенка мы потеряли. И прошу тебя — похороним это воспоминание о том, что могло бы быть и не состоялось. Может, к лучшему.

ЮРЮЗАНЬ — МОСКВА
ЯКОВ — МАРИИ

14 мая 1913

ТЕЛЕГРАММА

ДЕТОЧКА МОЯ ДРАГОЦЕННАЯ МЕНЯ УЖАСАЕТ ТЕБЕ ПЛОХО А МЕНЯ НЕТ РЯДОМ ВСЕ БУДЕТ ХОРОШО МУЖ ЯКОВ

14 мая 1913

Деточка моя драгоценная, я в отчаянии, кинулся к подполковнику Янчевскому, не подготовив нужных слов! Кто болен, чем болен, отчего срочность... Словом, не отпустили. Здесь есть один писаришка на замен, но он как раз уехал в отпуск отца хоронить. Не могу немедленно к тебе приехать. Не я, а Миша оказался возле тебя, и от этого мне еще больней. Он как будто украл у меня тот миг, когда я должен был быть возле тебя. Я исполняю твою волю и не расспрашиваю ни о чем. Только взмолился к Господу, в которого не совсем верю. И почувствовал одно только огромное отдаление, ничего больше. Вспоминаю обо всех чудесах, которые совершаются и в наше время — помнишь ли рассказы моей кузины об Иоанне Кронштадтском? Но всем богам готов молиться! Хоть и старцу Кронштадтскому! Только не умею.

Добрался до своего уголка, сел на стул и вдруг испытал неизмеримую благодарность не знаю кому, что ты жива и здорова и не случилось ничего непоправимого...

ГЛАВА 26   Из сундучка. Переписка Якова и Марии

МОСКВА — ЮРЮЗАНЬ
МАРИЯ — ЯКОВУ

16 мая 1913

ТЕЛЕГРАММА

ВЫЗДОРОВЕЛА ТОЛЬКО ЛЕГКОЕ НЕДОМОГАНИЕ
МАРИЯ

ЮРЮЗАНЬ — МОСКВА
ЯКОВ — МАРИИ

17 мая 1913

Здравствуй, родная. Вчера получил твою телеграмму, она разошлась с моей. Ты пишешь — выздоровела, только недомогание. Как же так — выздоровела? После такой тяжелой болезни нельзя быстро выздороветь. Тебе лучше, но все равно нужно очень беречься, усиленно заботиться о себе, питаться хорошо — все эти вещи, кот. ты так не любишь. И температуру измерять, если будет подниматься, это опасно. Вечером побежал к доктору-поляку, он давно здесь обосновался, всех лечит. Он сказал, что коли горячки нет и выделений нет, то скорей всего обошлось. Он сказал, что может быть после этого случая малокровие, надо проверить. И весь вечер продержал меня с рассказами о каком-то другом поляке из Петербурга, который открыл какое-то вещество или кристалл, который содержится в крови, и я потратил два с половиной часа. Тема научная, что мне всегда интересно, но в этот раз никак... мне не терпелось бежать в казарму, в мою конурку и скорей писать тебе, чтобы ты измеряла температуру непременно. А при малокровии надо употреблять кровавое мясо! Бифштексы! И лимоны. Утром побегу переслать тебе деньги... Очень боюсь за тебя, поэтому следи за своим самочувствием. Не для себя, так для меня. И твои занятия отложи пока, умоляю. Пиши же мне, детка, подробно и искренно.

МОСКВА — ЮРЮЗАНЬ
МАРИЯ — ЯКОВУ

24 мая 1913

...Есть такие вещи, которые хочется непременно выбросить из памяти и поскорее. Я просила тебя никогда больше об этом не говорить и не писать. Когда прошел страх, я поняла, что я не хотела сейчас иметь этого ребенка, и он это почувствовал. Не будет у нас девочки Эльги... Я чувствую свою глубокую вину перед ней и потому не хочу никаких напоминаний. Мише я тоже объявила, чтобы никогда об этом не смел мне напоминать. Если хочешь меня рассердить, можешь продолжать свои расспросы и беспокойства.

ЮРЮЗАНЬ — МОСКВА
ЯКОВ — МАРИИ

31 мая 1913

...Самое ценное — уверенность в будущем. Последние дни голова совсем опустилась. Почему так — Аллах ведает. Может, подумаешь — сомнения в себе, в тебе, в жизни, вообще в высоких материях? Ничуть! Думал только о своих будущих заработках. Ах, как надо мне много зарабатывать, потому что жена, которую надо одевать, как положено знаменитой артистке, и кормить, как положено хрупкому существу, и радовать подарками...

МОСКВА — ЮРЮЗАНЬ
МАРИЯ — ЯКОВУ

31 мая 1913

Головная боль. Усталость. Дурное настроение. Сон души — ничего не хочется, ничего! Вдруг сделалось скучно. Может быть, твои не вполне высказанные мечты, что я оставлю сцену, сбудутся. Студия наша собирается на выступления с новой композицией, которая называется "Осенние листья", я начинала репетиции, потом пропустила и теперь я уже не смогу выступать. Композиция очень интересная, танцовщицы во власти ветра, который несет их, сметает, разбрасывает, вновь собирает, и каждая фигура, лишенная собственной воли, силы, попадает в вихревое движение, сложные, но и случайные взаимоотношения фигур, порыв ветра выметает их со сцены одну за другой, поверженныя, безсильныя тела листьев, неприкаянныя души... После перерыва я пришла на классы и увидела эту композицию уже готовой, и без меня. И зимние заграничные гастроли, в которых я в прошлом году просто не могла участвовать, пройдут опять без меня. Лондон и Париж. Мне кажется, что я уже не найду в себе силы вернуться к занятиям после того, как труппа наша вернется из-за границы... Наверное, ты порадуешься, что я поменяю свою жизнь на более "благопристойную" и займусь столь милой твоей душе педагогикой, еще одной фребеличкой на белом свете больше, а еще лучше домашним хозяйством...

ЮРЮЗАНЬ — МОСКВА
ЯКОВ — МАРИИ

10 июня 1913

...Деточка славная, я люблю твое искусство, Маруня, я еще не видел тебя на сцене, но это, кажется, будет большим, большим счастьем... И это будет непременно. Твой упадок объясним твоим болезненным состоянием. Ваша студия вернется, ты будешь продолжать свои занятия. Я все могу, мне не будет трудно делать все по дому, я всему научился в армии.

15 июня 1913

Милая Марита! Более полслужбы прошло! Через две недели должен был отправляться в лагеря на четыре месяца. И вдруг — везенье! Оставили меня в канцелярии, потому что равного мне писаря найти не смогли! И не особенно искали, потому что предвидели, что я всех превосхожу по мастерству и усердию. Правда, я научился писать особым "писарским" почерком таким образом, чтобы лист выглядел красиво, а разборчивость никого не беспокоит. Могу и на конверте адрес выписать с вывертами и завитушками не хуже Акакия Акакиевича! Подумал — вот родственный мне герой с пером и с шинелью... Бедный друг мой!

...Заторопился, занятия мои меня держат как собачонку на шнурке, да и книги хороши! За четыре месяца можно много успеть! Жаль, что отложилась сдача экзаменов. Память моя крепко держит однажды прочитанное, но все же я не проверял ее на длительность хранения!

МОСКВА — ЮРЮЗАНЬ
МАРИЯ — ЯКОВУ

6 июля 1913

...Сейчас у меня опять дурное настроение. Чуть было не поехала в ресторан. Да, дала себе слово, что этот месяц и потом дальше надо возможно спокойнее жить. Плохо сплю, нервничаю. Мне уже нельзя быть долго без тебя. Не могу, не хочу сближения с другими людьми, а тебя нет. И мне одиноко.

...Неожиданно получила письмо из Парижа. От человека из прошлого. Много лет мы не переписывались, не встречались. И вдруг объявился длинным письмом. Так странно было видеть совсем забытый и все же знакомый почерк. Милая, странная жизнь... В ней много грусти, прошлого, воспоминаний и настоящего крепкого счастья. Мой Янка! Мой Янка — это самое большое, самое главное. Мой молодой муж, мой хороший родной человек. Мое личное счастье, жизнь. Спокойной ночи! Целую тебя крепко.

ЮРЮЗАНЬ — МОСКВА
ЯКОВ — МАРИИ

12 августа 1913

Пиши мне, Маруня, начала ли ты свои занятия в Румянцевском. Собиралась, кажется, кое-что там прочесть. И про планы пластических композиций, так ли их называть.

А я прочел присланные тобой книжки. "Голос крови" произведение недурное, остальное — ах, как слабо. Право, для охлаждения твоего пыла найди статейку Чуковского в "Русском Слове" за июнь. Ты не бойся. Восхищаться после будешь — но ореол его чуть-чуть померкнет.

Вот Уэльса "Игры на полу". Это я понимаю. Хотя какая может быть параллель? Просто две книги прочел одна за другой. Она меня надолго захватила.

…Попроси человека, знающего английский язык и литературу, прочесть пьесу Барри "Peter Pan". Чудесная детская пьеса, где действующие лица разговаривают с публикой и эффектный финал зависит от последнего ответа публики.

23 августа 1913

Читаю книгу "Мифы в искусстве — старом и новом". Рене Менар. Не столько читаю, сколько смотрю. Не могу наглядеться. Античная скульптура — если она верно передает строение современных человеческих тел — подчеркивает такую черту, которой я прежде не замечал. Тело женщины совсем не так сильно отличается от мужского. Существует множество статуй, где исключительным половым признаком является грудь. А есть фигуры, где и этот признак ничего не говорит. Большинство богов-мужчин имеют мягкое, округлое строение, с некоторой полнотой бедер, плеч, рук, с грудью — слишком малой для женщин и несколько великой для мужчин. Лицо не всегда имеет типичныя черты пола, особенно у молодых. Больше всего вводит в обман ширина бедер. У наших современных мужчин бедра значительно уже.

Самый ненадежный признак — платье. "Аполлон Мусагет" носит складчатое платье с шлейфом и высокой талией. "Аполлон с ящерицей" — типично женское тело с тонкими стройными ногами. "Венера прародительница" — типично мужское тело.

Можно бы много примеров на эту тему привести, но незачем. Стоит бегло пересмотреть музей или атлас скульптурный, чтобы убедиться. Разве люди тогда не отличались друг от друга, не разнились образом жизни, привычками, образованием? Вместе жили, плясали, учились, купались, занимались гимнастикой, вместе любили. Жизнь была много наивнее и проще. И эта чудесная "внестыдность".

…Трудно любить египетскую каменную скульптуру, с мертвыми фигурами и однообразными профилями.

Но стройная фигура Изиды — очень хороша. Она туго обтянута одеждами, кончающимися у груди.

А на другом барельефе она изображена с головой коровы, кормящая Горуса, юношу ей до плеча.

…О том, что тебе особенно интересно. Хорошая тема ваших пластических композиций: танец с театральными масками. Их легко приготовить по рисункам из папье-маше. Маска трагическая, смеющаяся и плачущая. Вариантов м.б. много.

Танцы Дункан, где единственным материалом служит тело, требуют особенно большого таланта, так как богатства изобразительных средств нет.

…Будет время, когда мы с тобой только эти книги будем читать… История искусств, музыка, немного медицины и педагогическая академия. Скорей бы!

Прощай, детонька. Жду приказа на маневры! А дальше — освобождение! Раньше срока вряд ли состоится.

Напиши как-нибудь. Целую тебя — много и крепко.

Твой Яша

ПРИПИСКА

Посмотри в библиотеке. Пособие при чтении классических писателей и для уяснения поэтических аллегорий и символов в произведениях искусства. Изд. ред. "Новый журнал иностран. литер." со многими иллюстрациями. Может тебе понадобится еще ценная книга Штоля "Мифы классической древности". Очень рекомендуется.

15 сентября 1913

…Получил "Рампу" и на несколько минут опять перенесен туда, в твой мир. Жаль без твоих пометок! Очень обрадовался статье Боголюбова и Рейнгардтовским снимкам. Очень интересует западное театральное искусство. Еще дома читал хорошую книгу Георга Фукса — Мюнхенский художеств. театр. А есть еще Дрезден, Нюрнберг, где необходимо побывать.

Если б я сейчас был оперным режиссером, то занялся проведением рейнгардтовских взглядов в опере.

ГЛАВА 26 Из сундучка. Переписка Якова и Марии

Р. точно создан для оперы, с ея условностью, подчеркнутой театральностью. Конечно, все искусство условно, но драма все же несколько ближе к жизни. А опере, с ея большими масштабами, нужны большия формы режиссерск. творчества... Его архитектурно-скульптурные тенденции могут быть несколько изменены, в зависимости от каждой оперы. Но главное — его "зрелищные" потребности, его бутафорскому виду имеется особый простор в опере, в феерии, в балете, также в трагедии.

Мюнх. Худ. театр (драмат.) принимает меры к уменьшению сцены. На большой сцене растворяются актеры, лица, слова. Большая сцена всегда требует много людей, что не всегда вызывается художественной необходимостью. А Рейнгардт берет тысячи людей, цирки, сотни фонарей, тысячу красок.

...Читаю газеты и журналы. С особой жадностью прочитываю все, что касается студии Рабенек. И про Свободный театр читал, и про МХАТ.

МОСКВА — ЮРЮЗАНЬ
МАРИЯ — ЯКОВУ

20 сентября 1913

...Как-то на днях вечером я мылась в кухне. Нюша тут же что-то работала. И все время говорила. Вспоминала, кк девочкой играла на улице, в лужах любила болтаться, потом про семью, про сватовство к ней ея мужа (у ней есть муж), потом стала вспоминать свою первую брачную ночь. Я слушала молча-молча. С волненьем и еще со сложным, необычным чувством. Вот что рассказывала Нюша... Ей было страшно больно, она не вытерпела и закричала не своим голосом. Но никто не пришел — все знали что тк бывает. "...Пот с меня тк ручьем и лил. Стала я его бить кулаками, за горло схватила, за волосы. Тк волосы и затрещали. Ох, барышня — кк вспомню — тк и сейчас сердце колотится. Целую неделю как больная была. Ввек бы мужчинов и видеть не хотела". Много еще было реалистических подробностей, но я их опускаю, и когда слушала, низко наклонилась над тазом с водой, тщательно намыливая ноги...

Этот рассказ меня успокоил...

...Яша! — Мож б нехорошо что я про это пишу? Зачеркнуть? — Если дурно — зачеркни сам и напиши, что дурно... Тк уж сделалось: стыжусь тебя — закрываю лицо твоими руками, боюсь тебя — ищу защиты у тебя же. В тебе все начала, все концы. Все в тебе. Боюсь я этого. Но кажется, что это так...

ЮРЮЗАНЬ — МОСКВА
ЯКОВ — МАРИИ

25 сентября 1913

...Вспоминаю в последнем письме слова о христианстве. Это совершенно правильно, и кажется, уже нечто похожее писал тебе. Только внешняя сторона, очень привлекательная, нам доступна. Исходит тепло, успокоение, обещание. Оно детское в его народном употреблении: хорошо себя ведешь — похвалят, плохо — накажут.

...Евангелическое христианство ужасно догматично. Слова Христа: они говорят то-то, а я вам говорю...

ГЛАВА 26 — Из сундучка. Переписка Якова и Марии

Догма, приказание, если вы не исполните — будете ввержены в геенну вечную. Помиловать раскаявшагося не удивительно, а помиловать жестокого разбойника! Жаль текстов не помню на память.

...Евангелие не религия, а лишь материал для создания таковой. Сколько людей — столько религий. Из той же книги можно почерпнуть много настоящей любви.

Мне не хочется говорить о таком большом деле, потому что все-таки оно для меня чужое. Религия — я совершенно прошел мимо нея. Может б., прийдется когда-нибудь вернуться.

...И есть ли у тебя деньги. Детка моя — пиши о деньгах правду.

ЧЕЛЯБИНСК — КИЕВ
ЯКОВ — РОДИТЕЛЯМ

1 октября 1913

Милый папа! Наконец я приехал в Челябинск. В открытке уже писал тебе, что доктор освободил меня от маневров, даже не осматривал. Только подошел, сейчас же сказал: "Ага, вольноопределяющийся! Освободить!" И назавтра с командой слабосильных солдат был отправлен воинским поездом сюда, на челябинские зимние квартиры. Теперь мне только дожить до приказа!

Разумеется, я очень обрадовался этому. Маневры, говорят, будут нетрудные, но все же пройти 35 верст в первый день, имея на себе больше пуда, — это тяжело.

Ночи здесь уже холодные, совсем осенние, и очень легко простудиться на ночлеге, так как ночлеги всегда в поле, в походных палатках, спят на земле, шинелью укрываются, вещевой мешок под голову.

И вдруг вместо ночлегов в поле, в походных палатках, с вещевым мешком под головой сижу я теперь в городе, в гостинице, пишу за письменным столом, пью чай из самовара (а не из грязного чайника), потолок в номере не течет, как в бараке, начальства нет никого, и я совершенно свободен до приезда войск с маневров... Это вместо грязи, гадости, лагерной работы.

...За вчерашний вечер и сегодняшний день я буквально ожил. Не говоря уже об удобствах, о мягком матрасе, электрич. лампе, чистой комнате.

...Мне просто надоело одиночество, в котором столько времени жил. Захотелось людей, книг, театра, музыки, а главное — свободной жизни, не видеть начальства, не зависеть от него.

ЧЕЛЯБИНСК — МОСКВА
ЯКОВ — МАРИИ

1 октября 1913

Доброе утро, Мария! Пишу из гостиницы! Мне ужасно нравится писать лежа. Сейчас утро. Давно уже проснулся, подумал о тебе, опять уснул (сон), потом прочел разсказ Куприна, а теперь опять к тебе. Хотя мне так хорошо — не могу удержаться от упреков. Знаешь, Маруня, а ведь я уже думал что... в последнем письме было несколько слов, что мы теряем друг друга в переписке, отдаляемся...

Милая моя жена! Как всегда в жизни, в болезни, в переживании, когда доходит до самой вершины, до апогея развития — наступает перелом. И появляются новые силы... (Однако как я смело написал Купринскую мысль.)

...Про болезнь хотел написать. Если не тяжелая болезнь (я говорю вообще), то это может быть даже некоторым удовольствием. Я охотно поболел бы некоторое время — если б ты за мной ухаживала. Но тяжело болеть, долго болеть — уже забывается вся поэтическая окраска, уже совсем нехорошо.

Когда-нибудь, когда придет болезнь, — не отойду от тебя. Только я один буду твоей сиделкой... Будем жить с тобой долго, доживем до старости, до болезней. И будем друг за другом ухаживать.

...На зиму — ужасные планы. Зарыться на дни и ночи в книги — прочтем много книг, и откроется нам светлая жизнь? Правда, Маруся? О музыке не думаю так, как об институтской науке.

Скорей, скорей лети время. Если б можно было его кнутом подгонять — все кнуты расхлестал бы.

15 октября 1913

...Что мне с тобой делать? Опять получил письмо из серии "так", нехороших. Пишешь о жене, о любовнице — ну, скажи, пожалуйста, что я могу сказать об этом? Будешь ли моей женой или любовницей? Ей-богу, не знаю разницы. Ты будешь мой самый близкий, самый необходимый человек — вот все! Любовницей была бы, если б я уже был женат. Тогда от жены уходил бы к тебе. Но этого не могло случиться — я навсегда ушел бы.

Маруничка, детка хорошая, многого я не прошу, одного только — верь моей правдивости. Да, можешь вспомнить нехорошее — но лжи моей не знаешь! Много дурного о себе разсказывал, лишняго много — потому не умею оберегать тебя и часто тяжело — но всегда ты знала все!

Зачем же, ну скажи мне — к чему эти печали в сослагательном наклонении: "Если бы случилось бы…" И если ты веришь мне — почему не помнишь моих слов, вечного завета: нет, ни за что, никогда.

Да, ты — моя жена, моя первая женщина, моя чудесная любовница — и мне нет никакого дела до того, что будет через 20 лет. Для нашего брака нужна только уверенность на теперь.

Это мой официальный разговор с тобой. А неофициально — в частном разговоре могу тебе тихонько шепнуть: и вовсе не на сегодня только, а никогда не будет другой.

Ах, как это все кончилось бы весело, если б мы сидели рядом. Поцеловал бы тихо руки, сказал бы: все это ничего, все только кажется — и сразу от моих немудрых слов стало бы ясно и ты надолго успокоилась.

Не печалься, роднянькая. Скоро! Скоро уже!

…О деньгах ты можешь не беспокоиться. Это не папины деньги. Никто о них не знает. Я даю здесь уроки. Я ужасно рад, что могу хоть чем-нибудь помочь тебе. Ты все истрать на обмундировку.

Платья заставляют много о себе думать, когда они не хороши. А хорошего мы не замечаем. (Сентенция!)

17 октября 1913

Добрый вечер, добрые сумерки вам, Марит Петровна! Хорошо вы поживаете? Очень рад, что хорошо,

Глава 26 — Из сундучка. Переписка Якова и Марии

мне тоже чрезвычайно великолепно (в квадрате) живется. Может, вам интересно знать, в чем моя чрезвычайная великолепность? И в чем квадрат? А вот в чем: вольноопределяющийся Осецкий за дерзкий ответ дежурному офицеру засажен на 10 суток ареста, на гауптвахту, но в виду малого наказания с другой стороны прибавили еще 5 суток. Надеюсь, что наказание придется сбавить, так как у означенного вольноопределяющегося даже не остается 15 суток службы. Еще, к сожалению, в казармах нет подходящего помещения для арестованных. Конечно, многолюбивое начальство (отцы-командиры) не могло(и) надеяться, что в среде ласковых чад найде(у)тся такие непокорные экземпляры.

...В последнее время мое начальство буквально взъелось. Бешеные придирки.

...Сегодня 17-е — ну, остается 14–15 дн. 50 недель уже прожил, осталось две маленькие быстрые недели. А ты получишь письмо это — останется лишь десяток.

Весь этот год, самый тяжелый из моей всей жизни, принес мне все, что я имею. Правда, хуже его не будет никогда... Если б жил этот год в Киеве, было бы иначе. Хуже и иначе. Чем же кончить? Неужели все к лучшему в этом лучшем из миров? Неужели хамство этого офицера — необходимый штрих к моему жизненному пути?

23 октября 1913

Здравствуй, моя девонька хорошая! За мной сейчас захлопнулась дверь, и я остался один со своим одиночеством и мыслями. Задача: пусть мой арест превратится в интересное времяпрепровождение. Буду писать все, все, — ведь ты его прочтешь, когда все это будет в прошлом, м.б. даже воспоминание будет окутано некоторой поэзией.

Итак. Я в тюрьме: отлично, пусть руководителем моей теперешней жизни будет Толстой. Говорю, конечно, о рассказе "Божественное и Человеческое". Моя жизнь должна теперь превратиться в один порыв воли, в одно непреложное деятельное стремление. Не хочу с тоски бросаться из угла в угол, с тоски кусать себе руки и плакать.

Сделал на листке расписание мое. Снизу большая надпись: Укрепи меня, Владычица, Пресв. дева Мария! В еврейском строгом и нерадостном единобожии нет такого теплого уголка! Посмотрим. Теперь — устраиваться!

25 октября 1913

...Военная гауптвахта, вероятно, походит на общую тюрьму. Разница заключается, что караулят свои же солдаты. Этот часовой может по окончании караула превратиться в арестанта. Если в карауле находится своя рота — совсем хорошо. Мы здесь очень зависим от караульных начальников — унтер-офицеров. Заключенные считают началом суток — 12 ч. дня, когда смена караулов.

В 6 ч. утра — "Вставать арестованным", открывается дверь — иди умываться. Откидываешь книзу нары и идешь. Еще совсем темно. Зарешеченное маленькое окошко скупо дает утренний свет из-под самого потолка. В камере наступают светлые сумерки, когда уже можно читать, только к 8 час. Вот теперь и есть 8 ч. утра.

ГЛАВА 26 — Из сундучка. Переписка Якова и Марии

После умывания сидишь в потемках и ждешь сторожа. Наконец слышишь "чай". Он подходит к двери, просовывает через "глазок" двери нос чайника и наполняет подставленную чашку.

Целый день только и слышно: "Выводной! Оправиться!". Звякает ключ, ведут.

В 5 часов темнеет — света не дают. Я в это время занимаюсь музыкой — упражняюсь в сольфеджио, вспоминаю разные пьесы, насвистываю, пою.

…Сосед справа — еврей (сидит за кражу), целый день поет еврейские песни и молитвы. Сосед слева тоже поет, военные марши, вальсы, а вчера неожиданно запел мелодию "О, мое солнце".

Слышу в караульном помещении женский голос. Откуда, как? Оказывается, в одной камере сидит мальчик 12 лет, военно-музыкантский ученик. Отдали 7 лет "в музыку". За обучение он обязан прослужить 5 лет. Теперь он ждет суда. Судится за шестой побег со службы. Бойкий умный мальчуган. Конечно, воспитывается первоклассный преступник. Одного солдата уволили в отпуск в Севастополь. Этот мальчик подделал его билет на двоих и поехал с ним, поступил музыкантом на военный корабль. "Всю жизнь моя мечта была — попасть туда". Через пару месяцев навели справки и по этапу препроводили в полк. По дороге он сидел на многих гауптвахтах. Случилось быть в Воронеже, откуда он сам родом. Видел там мать. "Пришла, колбасы принесла, да начала плакать, а я этого не люблю — ушел к себе в камеру. Она перестала плакать, когда опять я вышел".

У большинства людей взрослых при соприкосновении с этой бездушной жестокой военной атмосферой сильно черствеет сердце и навсегда засыпает ум, можешь себе, Маруня, представить через много лет опустошенную душу этого маленького человека.

У него впереди: арест до суда, суд, по суду — пребывание в дисциплинарной команде музыкантских учеников (детская), по отбывании наказания — отслуживание еще 3 года в полку.

...Ночи мучительные. Вся постель немногоспящая — свернутый мундир под голову, одел шинель и уснул. Постели не полагается. Жесткие доски натирают бока, плечи, ноги. Уснешь на час, снова просыпаешься и ворочаешься. Тяжело это. Уж какой я нетребовательный к жизненным удобствам, в каких уже положениях не был — все же тяжело на досках спать.

Помню, в учениях пришлось одну ночь на земле спать. Прекрасно всю ночь проспал. Но и это ничего. Теперь день, не страшна ночь.

Сегодня почти доволен. Утром французский яз., днем — экономическая книга. Завтра занятия совсем будут хорошие. Сегодня до обеда совершенно незаметно перешло в после обеда, так как граница состояла из пары ломтиков контрабандного сыра. Караульного попросил, тот в лавку сбегал!

Сумерки, сумерки. 4 часа, кончаю день. Остается пять часов шагать. Заунывно поет сосед мой. В голове держу музыку. Сегодня — Рахманинов. Только бы минутку посмотреть на тебя сейчас, и... руки тихо поцеловать — ничего не вижу, прощай, детонька!

Все в голове вертятся стихи Баратынского. Хорошо помню. Лермонтова помню. Пушкина очень много.

5 ноября 1913

...Закончен опыт тюремного заключения. Я на частной квартире. Ожидаю приказа.

ГЛАВА 26   Из сундучка. Переписка Якова и Марии

…В полк пригнали массу народу — запасных — тысячи полторы бородатых, рослых мужиков. Сейчас они перед окнами выстроились на обед идти. Медных и алюминиевых баков не хватило. Принесли из бани жестяные черные шайки и налили туда щей.

Вечером прошелся по казарме запасных. Масса народу, спят на соломе, не раздеваясь, храп, изредка со сна крикнет, ругнется. Простой народ. Целый год живу вместе с ним. Так вместе, что часто стираются наши отличия. Они все чувствуют меня равным — значит, нет речи о взаимном непонимании. Тяжелая, неинтересная масса. В большинстве случаев недобрые, неряшливые, любят успех и успевающему все простят, скверные товарищи, не очень умны, иногда безцельно и безпричинно жестоки (хулиганство), все уважают науку за ея выгоду.

Единицы всегда будут. Но я их видел — ах, как мало. Единиц собственно не было, были изредка единичные поступки. Иногда разглядываю всех — о ком сохраню какие-нибудь воспоминания в моей, уже недалекой, новой жизни. Единиц нет, единичные поступки забываются скоро — и останется какой-то однообразный, серый фон. Без людей, без душ, без пятен ярких. Серо, безцветно — оберточная бумага.

Даже обидно становится. Где Платон Каратаев? Где люди, давшие материалы для Снегурочки, для Бориса Годунова, люди, Кремль строившие, люди, рассказывавшие такие увлекательные песни, былины? Где хоть маленький сколок с Микулы Селяниновича, хоть случайно напомнивший Ивана-Царевича? Где Малявинские буйно-страстныя лица?

Неужели только потому, что мы в Оренбургской губ. Правда — губерния убогая, тоскливая. Но неужели где-нибудь в Пензе или Риге иначе. Единственно, что они могут хорошо сделать — пойти на войну и, не рассуждая, тихо умереть. Безропотно — и сколько прикажешь. Грустные мысли.

ЧЕЛЯБИНСК — КИЕВ
ЯКОВ — РОДИТЕЛЯМ

5 ноября 1913

…И деньги, и письмо — все получил. Но все не выходит нам приказ! Переписка мне тоже сильно надоела — рад, что скоро окончится. Этот год показался в десять лет. Но все не верится. Пока не увижу вас на вокзале — не поверю. Мой год повлиял очень худо — не видел людей, театра, музыки, не мог хорошо заниматься. Получается только одичание… И никогда, верно, не хотелось так учиться, как теперь. И еще знаю, какая мучения ожидают меня, — ведь совершенно отучился учиться. Много времени пройдет, пока втянусь в занятия. Особенно беспокоит меня финансовое право, у меня здесь нет нужных мне книг, но их и в Киеве не просто добыть. Зато я изрядно прочитал по политической экономии. К сожалению, придется сдавать еще раз статистику, что обидно, потому что я сдавал ее еще на втором курсе, но теперь возрос объем и придется сдавать заново…

Да! Если можно — достаньте абонемент на симфоническ. концерты на декабрь. Очень хочется музыки. Теперь мое единственное утешение и развлечение — кинематограф. Часто хожу, а моей любимой книгой теперь сделалось расписание поездов.

ГЛАВА 26 — Из сундучка. Переписка Якова и Марии

ЧЕЛЯБИНСК — МОСКВА
ЯКОВ — МАРИИ

6 ноября 1913

Приказа все нет! План мой такой: как только отпустят, сразу на вокзал, проездом в Москве на день-другой, далее в Киев, сдаю экзамены (часть!), а потом приезжаю к тебе через 2–3 недели надолго. Дома никому не скажу о Москве. Они устали от ожидания. Но я устал еще больше — несколько ночей ты снилась… Ох, детонька, как без жены тяжело… Это у меня временами. Ты ведь и сама знаешь. Целую крепко, родная!

…Ничего, перетерплю. "Претерпевший же до конца — спасется". Но ведь скоро конец. И какой блестящий конец. Почти что из-под ареста в Богословский переулок переулок на 4-й этаж, под самые небеса — не для райского ли блаженства? Мое прибытие на небеса свершится скоро. И ты будешь моей женой!

КИЕВ — МОСКВА
ЯКОВ — МАРИИ

21 ноября 1913

…Ну, Маруня, могу рассказать кое-что интересное. Развесь пошире свои маленькия уши (мимоходом целую) и вот что. Вчера папа делал очередную послеобеденную прогулку по гостиной. Надвигались сумерки, мама сидела в качалке, на руках у нея шитье. Вхожу я, беру папу об руку и иду рядом.

— Мне с тобой, папа, поговорить нужно.

— Говори.

Начинается большой разговор о тебе, обо мне, о нашем будущем. Между прочим, он сказал: с такой женой совсем не страшна жизнь. Если случится нужда — она отлично перенесет и поможет тебе перенести. Вот! Удивило и обрадовало, что он вовсе не настаивает на жительстве в Киеве. Вот что он сказал еще. К маю ты получишь зачетное свидетельство, к августу кончишь государственные экзамены. Тогда можешь уехать совсем в Москву. У меня есть кой-какия связи там, возможно, достанешь работу. Это тем более может удастся, что весь первый год я охотно могу посылать, сколько понадобится. На первое время роскошничать не нужно, можно даже в одной комнате жить.

…Сейчас спешу, папа назначил к 10 ч. быть у портного. Мы заказываем два костюма (ему и мне) и два пальто.

31 декабря 1913, вечер

Кончается год, мой самый лучший год, радостный, самый определяющий год. 1913 — это ярлык моей всей жизни. Самого себя понял как нужно. И тебя понял, и понял, как мне следует жить. Не могу точно сформулировать словами, но появился какой-то крепкий корень, единая основа.

Я не богоискатель, не борец, не поэт, не ученый. Но буду стараться искренне, правдиво жить, всегда учиться и быть чутким, если подле кто стонет. И еще — буду крепко и навсегда любить свою жену-товарища.

…Скоро двенадцать! Ты в шумном обществе, веселишься? Пусть все боги сговорятся послать сегодня тебе целые коробы радости и груды цветов.

ГЛАВА 26 — Из сундучка. Переписка Якова и Марии

Это ничего, что я один. Когда захлопываешь дверь — нас уже двое, до самого утра двое…

Пойду погулять, веселись, моя Маруся!

МОСКВА — КИЕВ
МАРИЯ — ЯКОВУ

5 января 1914

…Пишу сейчас в глубокой тишине. Все спят. А я очень устала и мне не хочется спать. Все время дневные и вечерние спектакли. Праздники для актера — самое тяжелое время. Да мне ничего. Меня работа не тяготит. Только днем, на выступлении мне больно ушибли ногу. Распухла и болит.

…Хочется здоровья, сил, красоты. Хочется изящных одежд. И чтобы несколько дней быть свободной от студии, от театра. От всех занятий. Думаю, когда приедешь, — скажусь больной дня на три. Вчера была на вечере у Беаты. Сегодня мне по телефону сказали: "Вчера вы были не только интересны, вы были красивы. Глаза искрились, щеки порозовели и т.д."

…У меня новая шапочка — идет ко мне. Новыя туфли. Одна новая сорочка и новыя черныя "лоны" из трико. Тепло, изящно. По бокам — черныя изящныя застежки из лент. И все это станет старым к твоему приезду! Досадно.

Непременно выезжай тк: или 25, или 27. Я не хочу что б ты 27-го приезжал. Пусть 28-го! Это глупо, ужасно, что я суеверна. Но это тк. Семерка для меня роковое число. Мож б я смогу тебе объяснить эту свою слабость. Что приедешь позже — имеет свою хорошую сторону: 20–22-го я буду вероятно больна... 26–28 буду уже совсем здорова...

Янка! Любым любый, желанный... Януся мой! Готовлюсь к твоему приезду. Невеста в день свадьбы должна быть во всем новом. На мне будет все-все новое. И цветы будут.

Совсем-совсем поглупела. Без друзей, без родительского совета (мать всегда что-то говорит дочери), совсем-совсем одни, только вдвоем, будем венчаться, только нас двое на нашей свадьбе. И страшно, и хорошо, и голова кружится-кружится... И я уже думаю — как ты, совсем как ты... чтобы было много детей, первый мальчик Генрих, как ты говорил, а девочка Эльга, как мне хочется. Тебе нравится? У тебя будет глупая, совсем глупая жена. Тебя это не останавливает?

ГЛАВА 27

Нора в Америке.
Встреча с Витей и Мартой
(1987)

Нора с Тенгизом в совместной работе были исключительно удачливы. Порознь тоже иногда хорошо получалось, но когда они работали вместе, воздух вокруг них светился, актеры превосходили свои возможности, музыка звучала ярче, все играло и сияло и всегда везло... Если не считать того, что с начальством не всегда складывались приязненные отношения и, случалось, хорошие спектакли закрывали сразу после премьеры... Так было с Чеховым, так было и с Салтыковым-Щедриным. Публика и критика принимала их работы порой даже восторженно, особенно публика фестивальная, западная. Их приглашали и в Югославию, и в Польшу, однажды Тенгиз даже попал на Эдинбургский театральный фестиваль, правда, без Норы.

На этот раз они прогремели в Москве. Успех принес Гоголь. Они поставили "Вия". Инсценировку Нора сделала сама, вполне уверенно — после "Кармен" она набралась достаточно смелости. Выступала в двух лицах — как автор текста и как художник. Пьесу назвали "Хома Брут". Спектакль получился, как и задумали, скорее смешной, чем страшный. Засунули в пьесу дополнительную линию — бессловесное соревнование за "философа" Ведьмы-Панночки и омоложенной эпизодической Хвеськи. Кто из претенденток победил, остается не вполне выясненным... Финалом Тенгиз был доволен: последняя ночь — Хома, очертив магический круг, вычитывает молитвы по опасной покойнице. Вию поднимают его висящие до земли веки, начинается замечательный хореографический шабаш, с первыми лучами солнца кричит петух, падают наземь иконы и в пустых глазницах иконостаса застревают и бесы, и вся нечисть, и возникшие тут же хуторяне, которые мало чем от бесов отличаются. Все дергаются в оконных проемах и застревают при третьем петушином крике. Только сцепившиеся в последней схватке за Хому Ведьма-Панночка и Хвеська продолжают тягать друг друга за волоса... Словом, готический роман! Музыку к спектаклю написал молодой композитор, получилась забавная смесь авангарда и этнографии. Хореографа, старого знатока танцевального фольклора и мастера полузапрещенного в России степа, Тенгиз пригласил из Перми. Танцы поставлены были весьма зажигательно.

Кто-то из театральных друзей затащил к ним на спектакль гостившего в Москве бродвейского театрального продюсера Феликса Коэна. Он пришел в неописуемый восторг.

После спектакля американец, морщинистый старик в крокодиловых туфлях, с крашеными волосами, пригласил Тенгиза с Норой в ресторан, они там провели приятный вечер с борщом, пельменями и водкой, а в конце позднего ужина продюсер предложил им перенести этот "very russian" спектакль на американскую сцену...

Тенгиз с Норой забыли об этом пожелании немедленно, как только вышли из ресторана. Но сюжет этот получил развитие: через полтора месяца пришло приглашение от Феликса Коэна, билеты и проживание за счет приглашающей стороны.

Многоступенчатая история с руководством ВТО и оформлением визы длилась около восьми месяцев, но в конце концов они оказались в Нью-Йорке, в "Театральном квартале" Бродвея. Россия тогда снова входила в моду, и "русский" спектакль, в понимании Коэна, прекрасно вписывался в ряд русских сувениров вроде матрешек, фуражек, деревянных ложек и павловопосадских платков. Тенгиз и Нора были ошарашены совершенно новой ситуацией. Оба они понимали, что их место на "офф-Бродвее", то есть за пределом мирового центра коммерческого, пусть и очень качественного искусства. Но такими предложениями не бросаются, и Нора в первые же дни начала соображать, как адаптировать спектакль к местным фантастическим условиям. Для начала придумала английское название "The Philosopher Thomas Brutus", что Тенгиза очень позабавило. Пусть поломают голову — где там философ, какой Томас, при чем тут Брут... То обстоятельство, что украинские песни и русские — не совсем одно и то же, вообще не было замечено.

Нора с Тенгизом полетели в Нью-Йорк. Поселились в гостинице на 42-й улице, между Шестой и Седьмой Авеню. В первый же вечер к ним прибежала Чипа, Марина Чипковская, давно обжившаяся в Северном Манхэттене. Два дня им показывали театр какие-то второстепенные люди, сам Коэн появился на третий день, извинился, сказал, что только что прилетел из Европы. Переговоры заняли ровно один час — они оставили в театре русский экземпляр пьесы для перевода, запись музыкальных номеров и распрощались. В общем, встреча эта вызвала недоумение. В конце концов, американцы потратили бешеные деньги на их приезд, а почему все прошло так не по-деловому и криво, — их проблемы. Коэн производил впечатление человека, у которого большие неприятности то ли с бизнесом, то ли в личной жизни.

Через три дня они переехали из гостиницы к Чипе и продолжили свое знакомство с городом. Это был самый живой город мира, но и несколько нереальный. Чипа обожала Нью-Йорк, но была в эти дни так занята работой и детьми-близнецами, что не смогла их поводить по своим любимым местам. Дала "наводки".

Гуляли вдвоем по городу, в котором всего было слишком много — разноцветных людей на разлинованных в клетку улицах, ошеломляюще-грубых красок, запахов незнакомой еды и мощных дезодорантов, волнующих звуков уличной музыки, все непривычное, непонятное. Марина по вечерам давала свои комментарии, от которых понятнее американская жизнь не становилась.

За день до отъезда Нора, оставив Тенгиза в Метрополитен-Музее, поехала с Пенн Стейшн на Лонг-Айленд, в гости к Вите. Хотелось взглянуть на Витасю-американца... Да и Юрик попросил заехать к отцу и забрать какие-то жизненно важные пластинки, которые тот для него купил.

Встретил ее Витя на платформе не один — с ним рядом стояла огромная женщина с улыбкой от уха до уха на кирпично-розовом лице. Толстуха эта вызывала полнейшую симпатию и с первого взгляда было ясно, что Витя попал в хорошие руки. Норина сухая ладонь утонула в пухлой веснушчатой лапе:

— Welcome to Long Island, Nora!

Витя нисколько не изменился, только загорел и одет был по-американски, в шортах и в растянутом свитере. Они сели в большую старую машину и поехали. Вела машину Марта. Витя сидел рядом с водителем с таким видом, как будто он иначе никогда не передвигался, Нора сзади. Витя молчал. Марта говорила довольно быстро и не вполне понятно. Нора догадалась, что Марта хочет ее провезти по Лонг-Айленду и что-то показать, и это что-то было "лайтхаус". Они ехали довольно долго, миновали город с большими домами, пригород с домами поменьше, все сияло и сверкало, направо-налево лежала большая американская красота, несколько открыточная и глянцевая. Потом выехали к океану и Нора наконец поняла, что "лайтхаус" — маяк.

— Хочешь подняться наверх? — спросил Витя. Марта опять сказала что-то непонятное.

— Марта не полезет, у нее ноги болят, — перевел Витя.

Рядом с маяком был музей, но в музей не пошли. Народу было совсем немного, туристический сезон уже закончился, хотя было тепло. Конец октября... Перед входом на маяк была устроена уличная выставка каких-то ламп и линз, но смотреть эту старинную технику не стали, сразу полезли по узкой лестнице вверх. Лезли долго, даже легкая на ногу Нора притомилась, но когда поднялись на смотровую площадку, открылся вид, который стоил любых усилий.

— Это Монток, кажется, самый старый маяк в Америке, — заметил Витя. — Меня Марта сюда уже возила.

Океан был огромный и закруглялся по краям так, что простому глазу было видно, что земля круглая. Непонятно только — как диск или как шар... Скорее шар, судя по тому, как скатывался за горизонт берег Род-Айленда. И не было такой перспективы — ни линейной, ни обратной, ни сферической, — чтобы эту картину изобразить, потому что пространство жило по закону, совершенно неизвестному человеческому глазу или разуму... И ветер здесь на высоте тоже был круглый. Чувство возникло такое, что она стоит на вершине мира, а мир окружает ее, как зерно, упрятанное в мякоти плода...

— Нора, — Виктор тронул ее за плечо. — Мне развод нужен. Ты не можешь там развестись, ну, заочно, чтоб мне в Москву не ехать...

— Что? Что? — не сразу поняла Нора.

— Марта не знает, что я женат. Что сын есть, она знает, а что женат — я не сказал.

— А что сказал?

— Что ты моя одноклассница... Подруга, сказал.

Нора забыла про океан. Про круглый мир, в который она только что была упакована зернышком в самом центре...

— Ты соврал, Витя? Ты? Соврал? Первый раз в жизни?

Витя замедленно улыбнулся. Витя засмеялся. Склонился к Норе:

— Нора! Знаешь, что говорит теперь Гриша Либер? Он говорит, что женщины заставляют мужчин лгать. Он читает теперь Тору, то есть Библию по-нашему, и пытается совместить современную науку и Ветхого Бога. И он говорит, что ложь придумала женщина...

— А я-то всю жизнь считала тебя простодушным, — почти застонала Нора.

— Ты Марту не знала. Вот кто простодушен...

— Ты жениться надумал?

Витя помолчал. Ковырнул пальцем перила. Почесал ухо. Вздохнул.

— Мне кажется, Марте хочется... Знаешь, католики... Ей некомфортно. Откровенно говоря, это и мне не помешало бы...

Не помешало бы! Ну и Витя! Они все еще стояли на смотровой площадке, а Нора уже и думать забыла обо всей этой красоте, ее как будто и не бывало... Витя, всегда равный сам себе, человек без неожиданностей, прямой как столб, честный, как выстрел... Или я в нем так ошибалась? Или он поменялся за эти полтора года?

— Хорошо, хорошо. Пришлю тебе развод. Только ты скажешь Марте, что я твоя жена, а не одноклассница...

— Но ведь одноклассница все же... — настаивал он.

Они поднялись еще на несколько ступенек, вошли в стеклянную комнату, где горел этот самый маяк. Огромная линза, размером с хороший арбуз, посылала свои лучи круглосуточно во все стороны, но они при свете дня не казались такими уж мощными. Маяк совершенно перестал интересовать Нору, они вышли из стеклянного фонаря и стали спускаться по крутой лестнице.

— Сам скажешь или мне сказать? — спросила Нора.

— Все равно, — буркнул Витя.

Внизу их ждала Марта. Спустились к океану. Огромные каменные плиты лежали вокруг маяка. Мощный прибой лизал береговую гальку.

— You know, Martha, I was his first wife, — Нора ткнула пальцем в Витю.

— I guessed, — улыбнулась Марта и покраснела и без того красным лицом. — I have seen Yorik's photo. You look alike!

— Нора, кажется, ты сейчас сделала ей предложение от моего имени, — заметил Витя.

— То есть?

— Ну, ты сказала "первая жена". До двух-то она считать умеет! Она будет вторая...

— Ты сам сказал, что тебе не помешает...

— Ты очень решительная. Я только начал это обдумывать...

— А чего думать? Она тебе очень подходит...

Сели в машину и поехали к Вите домой. Это был наемный трехкомнатный домик, удобный и убогий. Спален две и большая столовая. В столовой висел портрет Джойса и какого-то старого полицейского с усами. Оказалось, Мартин дедушка. Значит, она уже здесь вполне обжилась... На ужин Марта приготовила национальное ирландское рагу, которое застревало у Норы в глотке — скользкие куски перепрелого мяса с картошкой и луком.

Они очень подходили друг другу — оба большие, розовые и оба способны были есть с аппетитом жирное мясо, запивая сладковатым пивом. К тому же Марта не сводила с Вити восхищенных глаз.

— Ну давай, давай, делай предложение! — торопила Нора недозревшее решение Вити. — Сейчас, при мне! Я пришлю свидетельство о разводе... в самое ближайшее время.

После ужина Марта отвезла Нору на станцию. Всю дорогу до Нью-Йорка Нора улыбалась, как будто случилось что-то очень хорошее. Двадцать шесть лет она состояла в этом нелепом дружеском браке и непонятно было, почему же она не развелась раньше... Не имело никакого значения. Уже подъезжая к Пенн Стейшн, она сообразила, что забыла взять купленные Мартой пластинки, которые Юрик заказал отцу...

На следующий день, сидя в самолете и ожидая взлета, Нора сказала Тенгизу:

— Знаешь, кажется, я выдала своего мужа замуж...

Тенгиз спустил очки на кончик носа и посмотрел поверх очков:

— Это угроза?

— Живи спокойно, Тенгиз. Тебе ничего не угрожает.

Что же касается "Вия" — так на Бродвее его никогда и не поставили...

ГЛАВА 28
Левая рука
(1988–1989)

Нора, выбравшая в пятнадцать лет профессию театрального художника, знала про себя, что могла бы заниматься и какими-то другими делами — режиссурой, может, даже драматургией, могла бы быть актрисой или, в конце концов, педагогом, но никогда бы не стала ни врачом, ни инженером, ни математиком. Вот Тенгиз мог быть кем угодно — виноделом, психологом, даже продавцом на рынке. Кем угодно, кроме той профессии, которая требует строгой внешней дисциплины, военным, к примеру, или водителем электровоза. Витя не мог быть никем, кроме как математиком. А вот с Юриком с самого детства было совершенно непонятно: он мог заниматься чем угодно, но только по вдохновению. Как только оно уходило, в ту же секунду он бросал свое занятие. Заставить его делать что-то, что ему не по душе, было невозможно. Должно было появиться такое дело, единственное, которое бы занимало его целиком, держало бы его при себе постоянно и неотвязно. Как Витю математика.

К двенадцати годам это дело наметилось — музыка. Но не музыка вообще, а музыка исключительно группы "The Beatles". Он "снимал" песню за песней, а Нора изнемогала от его маниакального трудолюбия. Она предпринимала некоторые попытки вытащить Юрика из битломании, пыталась определить в нормальную музыкальную школу, где царили гаммы, этюды Гедике, уроки сольфеджио и общие хоры. Но с музыкальной наукой ничего не получалось — всякий раз, когда начинались какие-то регулярные занятия, он бросал их по разным причинам: то педагог был нехорош, то инструмент переставал ему нравится, то соученики вызывали такой протест, что он отказывался ходить на занятия.

Прошло уже несколько лет, а дальше "битлов" он не двигался. Зато своих знал наизусть, каждого в отдельности и всех вместе, но чем дальше музыка отстояла от песен его кумиров, тем менее интересна она была Юрику. Каждая их пластинка, каждая запись, попав в его руки, становились событиями жизни. Они стали единственными учителями и в течение нескольких лет никакой музыки, кроме этой всемирной, молодежной, на которую у Норы выработалась аллергическая реакция, он не воспринимал. Нора пыталась приохотить его к какой-то иной музыке — то вела его в консерваторию, то в оперу, познакомила с "Арсеналом". Алексей Козлов, сам в ту пору горячий битломан, кажется, произвел на него некоторое впечатление. Все звуки, которые поступали в его уши, разделялись на два сорта — "они" и "не они". Приезжавший временами Тенгиз был хорошим собеседником, потому что он тоже любил эту ливерпульскую компанию и всегда привозил Юрику какую-нибудь старую новинку.

— Но нельзя же из битломании делать профессию! — убеждала Нора Тенгиза, но Тенгиз подмигивал Юрику, разводил руками, тряс головой и возражал, преувеличивая свой грузинский акцент:

— ПАчему? Таксистом можно? Водопроводчиком можно? Милиционером можно? А битломаном нельзя? ПАчему, Нора, маЛчик не может быть битломаном?

Сбросив акцент, добавил:

— Нора, это очень забавно, но для Леннона Элвис Пресли был божеством, для них рок-н-ролл был сотворением мира. А до Элвиса — как будто ничего... культура по своей природе цитатна, но у нас цитат много, а для них весь мир из одной цитаты рождался... — и смеялся: — Мы слишком много знаем!

Школа Юрика нисколько не занимала, учился он еле-еле, при большом Норином участии переходил из класса в класс, и это его мало беспокоило. Он даже не особенно тяготился школьными уроками, умея погружаться в свои музыкальные грезы на геометрии и химии. В школе его почти полюбили — и мальчики, и девочки. Невзирая на то, что друзей у него не было и он исключительно мало интересовался и самими ребятами, и их отношениями. Даже учителя, которые считали его лентяем и бездельником, хорошо к нему относились. Он был беззлобен, искренен и собой приятен — светлолицый, кудрявый, хорошего роста. Находящие друг на друга, лодочкой выпирающие резцы его не портили, а даже придавали милое зверушечье выражение.

С тех пор, как у него появилась гитара, почти закончились невинно-древние и восхищающие Нору вопросы и догадки, которыми он ее с раннего возраста засыпал. Замирая с ложкой, недонесенной до рта, восьмилетний мальчик говорил: "Мам, а жизнь — щелка между плотью и духом"... Или, не выплюнув изо рта зубной пасты, сообщал: "Нора! Я знаю! Жизнь — это пространство между адом и раем"... Нора взлетала от восторга, но никакого восхищения не обнаруживала: "Цены б тебе не было, если бы ты еще умел попку как следует вытирать".

И получала в ответ: "Мам, ну ты же видишь, где у меня попка, ее трудно сзади вытирать". С попкой он постепенно научился управляться.

Прошло всего несколько лет, и теперь музыка, похоже, избавила его от экзистенциального беспокойства по поводу вечности, времени, свободы, Бога и прочих абстрактных и неразрешимых проблем. Все это, по мере сил, он "выигрывал" на гитаре с помощью "битлов". Играл он вдохновенно и достаточно неумело, со смутной внутренней улыбкой, которая отражалась в вверх направленных морщинках в углах рта. Нора все это замечала и огорчалась: еще один артистический темперамент при отсутствии дарований... А возраст у мальчика был такой, когда уже следовало подумать, к какому делу его можно пристроить.

Нора вспоминала Витасю в этом возрасте, его полную погруженность в математику и столь же полное отсутствие интереса ко всему прочему, и радовалась тому, что Юрик ладит с одноклассниками, его битлообразное бренчание делает его центральной фигурой всех подростковых тусовок, а менее чем средние достижения в учебе не портят его репутации. Общая атмосфера школы была такова, что отличников не очень любили: спортсмен, музыкант или хулиган выглядели привлекательнее. Это было вывернутое наизнанку изгойство, когда числиться в отличниках в школьной среде было менее престижно, чем слыть хулиганом.

Времена, когда Юрик читал запоем, ходил с Норой в театры и на выставки, закончились в тот день, когда Тенгиз принес ему первую гитару. Гитара принесла ему успех среди школьных маргиналов, с тех пор он на долгие годы покинул круг "приличных детей". Нора это прекрасно понимала. Возразить ей было нечего —

ГЛАВА 28 Левая рука

в школьные годы ее тоже тянуло прочь от "хороших девочек"...

В начале декабря, на дне рождения у Сереги Циклопа, одного из "хулиганствующих" одноклассников, Юрик получил неожиданный подарок — армейский взрыв-пакет в картонной оболочке. Серега, второгодник, самый старший в классе, относился к Юрику покровительственно и даже заботливо: честно предупредил, что взрыв-пакет хотя и учебный, но может и рвануть как следует.

Взрыв-пакет пролежал несколько дней в ящике стола и жег Юрику мозг желанием взорвать его. В первый же вечер, когда Юрик остался дома один, он вытащил взрыв-пакет из ящика стола, пришел на кухню и поджег заманчиво болтающуюся из картонного футляра витую веревочку длиной сантиметров в пятнадцать. Она охотно зажглась, горела уверенно, быстро, весело, не думая гаснуть, и когда оставалось сантиметра два до входа тлеющего зернышка в корпус, Юрик ощутил беспокойство и решил свой эксперимент прервать. Он открыл кран и подставил горящую нить под струю воды. Но оказалось, что этот огонь какой-то особой природы и вода его не гасит. Он заметался по кухне, хотел было выбросить патрон в окно, но старая рама с первого рывка не открылась, и Юрик понесся в уборную, чтобы утопить огонек, совсем уже приблизившийся к корпусу, в унитазе. Но не успел. Взрыв прогремел прежде, чем он добежал до уборной. Бабахнуло так сильно, что маленькая кухня содрогнулась и стекло в стоящей насмерть раме выбило. Тряхнуло здорово.

"Руку оторвало", — зажмурился Юрик и замер, ожидая почему-то еще одного взрыва. Но еще одного взрыва не последовало. Он открыл глаза. Было мутно, дымно, воняло войной. Рука была на месте, но в треугольнике между большим и указательным пальцами зияла опаленная рана, кусок мяса ничем не отличался от того, которое в магазине... красное, с белыми прожилками...

"Левая рука! — взвыл Юрик. — Левая рука!"

Прощай, гитара! Было совсем не больно, но лучше бы оторвало голову! Он взвыл и забегал по квартире, махая окровавленной рукой и окропляя светлой свежей кровью стены, пол, даже потолок. Он бегал по квартире, оглохший и обезумевший, и не слышал бешеного стука — соседи по лестничной клетке бились в дверь. Но он и сам бежал к двери — его гнал страх за эту самую несчастную левую руку, без которой какая может быть игра на гитаре. Он открыл замок — перед ним стояли три соседки и старый сосед. Юрик все продолжал кричать "Левая рука! Левая рука!", а они беззвучно открывали рты, не издавая ни звука. Свист в ушах, вкус металла. Это была контузия. Самая проворная из соседок побежала вызывать "скорую", а самая умная затягивала его руку полотенцем, одновременно искала его шапку и приказывала мужу быстро спускаться во двор и заводить машину. Ехать в больницу...

Во втором часу ночи Нора, войдя в подъезд, обнаружила у входной двери, а потом и в лифте разбрызганные капли крови. Она замерла, предчувствуя что-то ужасное. Кровавые следы вели прямо к двери их квартиры.

На двери висела записка — "Нора, зайди в квартиру 18". Назавтра у Норы был билет в Варшаву, где она должна была встретиться с Тенгизом на театральном фестивале, — везли спектакль Гельмана, производственная драма с человеческим лицом...

...Юрику в ту ночь сделали операцию. Потрясение было столь глубоким, что милый доктор Медведев, настоявший на том, что место раненого мальчика не в "Хирургии", а в "Неврологии", исследовал последствия контузии и установил, что травма скорее психического характера. Слух стал возвращаться на третий день, но подросток плакал, не отвечал на вопросы и твердил только одно: "Левая. Почему левая? Лучше бы правая!", и отчаянно тряс перевязанной рукой.

Ночью позвонил из Польши Тенгиз. Почему не прилетела? Успех! Нора рассказала про патрон. Поразительно, но Тенгиз завопил, как и Юрик: "Левая?"

Доктор Медведев вызывал для консультации психиатра. Психиатр прописал таблетки. Вот тут уже затрясло Нору. Чертова наследственность!

Через десять дней повязку сняли. Пальцы были как сосиски. Большого пальца Юрик не чувствовал несколько месяцев. Играть было больно, но можно. В первый же день дома начал разрабатывать руку, чтобы поскорее вернуть ей гитарные навыки и прежнее проворство.

— Ему семнадцать когда? — спросил доктор Медведев у Норы при выписке.

— Пятнадцать через месяц. Два года еще... — ответила Нора, быстро сообразившая, о чем идет речь.

— Надо с армией разбираться. Освобождать его надо. Берегите эту выписку — здесь написано "контузия средней тяжести с частичной потерей слуха". Она вам может пригодиться.

Афганская война к этому времени уже закончилась, но страх перед воинской повинностью сидел глубоко. Нора заранее знала, что сделает все возможное, чтобы в армию Юрика не отпускать, что ей предстоят мытарства по выпутыванию Юрика из армейских сетей. Военкоматы кормились от этих пацифистов-родителей, и Нора была готова к разным вариантам вручения взятки в безукоризненной художественной форме... А тут необходимая бумажка как с неба свалилась. Замаячил честный белый билет — освобождение от службы.

Юрик как раз выписался из больницы, когда снова приехал Тенгиз.

— Как мальчик? — спросил в дверях.

— Дома!

— Поздравляю!

Из комнаты Юрика раздавалось слабое бряцание струн. Тенгиз обнял Нору. Потом повесил тулуп на вешалку. В саквояже лежал подарок Юрику — пластинка битлов "Let It Be", после выхода которой в 1970 году, в связи с уходом Маккартни, группа перестала существовать. Но Юрик продолжал жить в их мире и не собирался его покидать.

ГЛАВА 29
Рождение Генриха
(1916)

Весной 14-го года Маруся закончила московский театральный сезон и вернулась в Киев. С Москвой отношения не складывались. Яков пытался всеми силами обогнать время, закончить институтский курс на год раньше, сдавая досрочно экзамены, но уже ясно было, что следующий год он привязан к институту. Он вызвал жену в Киев.

Летом началась война, разлучаться стало страшно. Маруся быстро нашла себе если не полноценную работу, то приработки. Фребелевский институт распахнул объятия — ей дали класс пластики для детей работниц, она взялась преподавать ритмику и пластику в одной театральной студии, недалеко от дома. Денег получала немного, но по обстоятельствам военного времени любая работа была удачей.

Жили они в Яшиной комнате, об отдельном жилье речи не было по многим причинам — перенаселенность города военного времени, дороговизна, сложность устройства самостоятельного быта и хозяйственные заботы, которые непременно легли бы на слабенькую Марусю. А в богатом доме родителей Якова, несмотря на трудности войны, все еще сохранялся комфорт. В ванную комнату, которая привлекала

Марусю больше, чем прочие буржуазные прелести, еще подавалась вода...

Все разговоры сворачивались постоянно на военные действия, на бездарное руководство и подлую хитрость союзников. К этому времени потери русской армии были уже так велики, что во многих домах оплакивали погибших. В семье Осецких случилась своя тяжелая военная утрата: старший брат Якова, Генрих, гордость отца, студент Гейдельбергского университета, попытался вернуться на родину, по дороге был схвачен, интернирован властями и в январе 15-го года умер от дизентерии в лагере для перемещенных лиц в деревушке Талергоф возле Граца.

Какой-то добрый приятель Генриха прислал через Швейцарию сообщение о смерти и мутную фотографию ушастого и некрасивого молодого человека. Для Якова эта потеря была сокрушительной. В детстве он старшего брата боготворил, в более старшем возрасте безоговорочно доверял его суждениям, мнениям, прогнозам... Тот заменял ему старшего друга, о котором Яков мечтал в юношестве.

В 15-м году положение на фронте ухудшалось день ото дня, на Западном фронте шли тяжелые бои, не лучше складывалась ситуация и на Восточном: русские войска оставили Галицию, Польшу. Вот тут-то, в самый неподходящий момент, Маруся забеременела. Начинающееся материнство оказалось очень сложным с первых недель беременности. Ее тошнило, она почти не могла есть и, сверх того, она испытывала страх перед будущим и сложное чувство по отношению к ребенку, которого очень хотела бы видеть сразу забавным пятилетним малышом — нарядную хорошенькую девочку или славного мальчугана. К этому еще примешивалось глубинное раздражение, что, даже

ГЛАВА 29

Рождение Генриха

не появившись на свет, он уже нарушил ее всяческие планы — ей пришлось отказаться от преподавания, от занятий в студии. Из-за дурного самочувствия она не могла посещать курсы немецкого языка, на которые определилась по совету Якова. Муж настаивал на том, что даже теперь, во время войны, немцы обладают самым высоким научным потенциалом, а в области педагогики и психологии без немецкого языка обойтись нельзя. И вообще — человек должен постоянно повышать свой культурный уровень, иначе начинается деградация. Будущий ребенок требовал жертв, и она их приносила.

Яков проводил подле жены все свободное время. Времени этого было немного: он заканчивал курс, писал диссертационную работу, и была договоренность, что сразу же ему дадут место ассистента.

Маруся, как будто защищая себя от общего горя, болела беременностью. Семья Осецких благоговейно относилась к ее начинающемуся животу, только Софья Семеновна про себя улыбалась такой невиданной нежности: она была от семнадцатых, последних родов своей уже престарелой матери, сама рожала восемь раз, вырастила пятерых, а сколько раз скидывала, не считала... Она не знала о первом выкидыше, случившемся у Маруси три года тому назад, и удивлялась тревоге Якова, который тоже воспринимал Марусину беременность как опасное заболевание. Марусины родители не часто навещали дочь, предпочитали, чтобы она заходила к ним сама. Семья Якова была действительно состоятельная, Пинхасу Кернсу, очень небогатому ремесленнику, старший Осецкий казался заносчивым. Что же касается Марусиной матери, та была от природы застенчива и для нее визиты в барскую квартиру, где поселилась ее дочь, были испытанием.

Прислуга Дуся называла Марусю "прынцессой", видя, как все к ней внимательно-заботливы, но за преувеличенными тяготами беременности последовали действительно тяжелые роды, едва не стоившие Марусе жизни. Двое суток рожала Маруся своего первенца. Профессор Брюно, заведующий кафедрой акушерства и гинекологии и лучший хирург города, собственноручно сделал операцию, которая спасла жизнь ребенка и матери. Но после операции открылось кровотечение, и еще несколько суток жизнь Маруси едва теплилась.

Яков провел эти ужасные дни в публичной библиотеке на Александровской улице. Чтобы понять сущность того, что сейчас происходит с женой, он вцепился в том Феноменова "Оперативное акушерство". Там были не вполне понятные слова, но ужасные картинки. Он соучаствовал и сострадал. О ребенке он почти и не думал — драгоценная жизнь Маруси заслонила весь прочий мир, который ощутимо шатался под ногами.

Софья Семеновна, кляня себя за ироническое отношение к преувеличенным, как ей казалось, страданиям невестки во все время беременности, теперь сидела в своей комнате с женским молитвенником на идише, плакала и молилась не по книге. Прислуга Дуся побежала в Мариинско-Благовещенскую церковь, заказала службу о здравии болящей Марии и поставила толстую свечу.

Маруся страдала, но уважаемый профессор Брюно уверял ее, что теперешние боли закономерны, что опасности для жизни уже нет и лучшее, что она может сейчас сделать, — поскорее вернуться домой. В клинике плохо топили, было холодно, и он считал, что в домашних условиях она скорее восстановится. Ребенка Марусе показали только на третий день. Маруся никогда не видела таких маленьких детей и была расстроена: она ждала красивого ребеночка, а эта сморщенная крошка с мятым личиком вызывала только чувство жалости. Она заплакала.

Еще через неделю Яков привез свою увеличившуюся семью домой, но здесь их ожидали новые неприятности. Детская Марусина грудь к этому времени взбухла, с запозданием пришло молоко, но плоские соски как два запертых накрепко замка держали драгоценное молоко. Сцеживание было болезненно, а извлечь из груди хоть каплю молока слабый младенец не мог. Начался мастит, поднялась температура. О грудном вскармливании и речи быть не могло. На первых порах ребенка спасала драгоценная банка "Молочной муки Нестле", которую раздобыли совместными усилиями в обнищавшем городе. Софья Семеновна, раскинув родственные связи, нашла кормилицу — молодую деревенскую девушку с семимесячным солдатским сыном Колей и поселила их в комнате девочек, Раечки и Ивы, которые перебрались в столовую. Малыш, новоназванный Генрих, перестал плакать. Теперь он проводил большую часть жизни возле богатой груди кормилицы и начинал пищать всякий раз, когда его от нее отрывали… Кормилицын родной отпрыск Коля не возражал, он явно предпочитал материнскому молоку жидкую кашу из белых сухариков, которую варила для него многоопытная София Семеновна.

Появилась в доме Марусина родственница Ася Смолкина, фельдшерица, всегда готовая всем родственникам, друзьям и знакомым оказывать разнообразные медицинские услуги. Работала она хирургической медсестрой в Киевском госпитале, куда привозили раненых для сложных операций, в полевых условиях невозможных. К Марусе она прибегала то ранним утром, то поздним вечером, делала ей компрессы, примочки, массажи, всегда с таким выражением лица, как будто ей оказывают честь, приглашая в дом. Через неделю Ася решительно сцедила застоявшееся молоко — боль была жуткая — и перевязала Марусину грудь длинным холщевым полотенцем. Чтобы убить молоко. Кроме того, она обрабатывала живот, от пупка до лобка, восхищаясь точным трехэтажным швом, мастерски наложенным профессором Брюно. Ася Марусю боготворила и готова была оказывать медицинские услуги до конца жизни, только бы разрешали.

Первые полгода жизни Генриха Маруся болела и страдала — маленький Генрих внес в ее жизнь много новых сложностей. По вечерам, когда Яков возвращался домой из библиотеки, — дома теперь работать он не мог — им приносили младенца. Они его разворачивали, разглядывали тонкие ножки и ручки, удивлялись и привыкали к новой семейной композиции. Общались втроем, пока он не начинал плакать. Тогда Софья Семеновна относила его обратно к кормилице.

Они оставались наедине. Нежность подавляла страсть, но взаимная тяга была сильна как никогда, а страх причинить боль привносил в отношения новые, прежде неведомые прикосновения. Маруся была в отчаянии от того, как изуродован ее живот, прикрывала его ночной кофточкой, но Яков говорил, что шов ему особенно дорог, не портит ее нисколько, напротив, он пришивает их друг к другу и она еще дороже ему с этим знаком ее подвига... Пустые глупые мечты о семье с множеством детей: никогда он не разрешит ей еще раз пройти такие страдания...

Яков целовал шов, который оказывался возле его губ, пальцы его касались влажных запретных глубин, и впервые за годы их отношений они узнали не только запах, но и вкус друг друга... Они снова начали разговаривать о вещах, никоим образом не связанных со все усложнявшимся бытом. Строили планы, планы...

Но будущее пришло, и вовсе не то, которого они ожидали. На фронте дела шли все хуже и хуже. Осенью 16-го года, уже получив место в Коммерческом институте, Яков был призван из запаса в действующую армию. Направили в Харьков, во 2-й Запасной Саперный батальон, в составе которого числился и полковой оркестр. Это была вовсе не та музыка, о которой он тосковал. Но о винтовке он не мечтал вовсе. Застрял он в Харькове надолго — война перешла в революцию, революция в гражданскую войну. Между ним и его семьей пролегали фронты и границы, связь порой прерывалась на многие месяцы.

ГЛАВА 30
Исходы
(1988–1989)

Нора давно уже знала, что ни один год просто так не кончается: последние недели декабря всегда преподносили сюрпризы — и хорошие, и плохие, — как будто все события, которым полагалось произойти в течение года, но в срок не поспели, вываливались кучей в эти предрождественские дни. Шестнадцатого декабря пришла Таисия с коробкой невиданных шоколадных конфет и огромным тюком, из которого вытащила клетчатый плед, намекающий на шотландское происхождение. Пока Нора хлопала глазами, Таисия проворно поставила чайник на плиту.

Уже два года как она вернулась от Норы к себе домой — Ленка после двухлетних мытарств получила визу в свою Аргентину и жила теперь в маленьком городке в провинции Мендоса, где ее почти чернокожий муж занял должность инженера на крупной винодельне — о чем и мечтать не могла его бедняцкая семья из пригорода Буэнос-Айреса. Таисия получила от дочери двенадцать писем за два года — странные письма, из которых ничего нельзя было понять, ясно было только, что танго она там у себя в Аргентине не танцует. Но полгода тому назад пришло письмо вполне понятное — она ждала ребенка и пригласила мать приехать на пер-

ГЛАВА 30

вое время. Удивительное дело, что Таисия, при всей своей болтливости, ничего об этом приглашении Норе своевременно не сообщила. Таисия получила пышную аргентинскую бумагу с печатями, оформила в Аргентинском посольстве гостевую визу, ни слова не говоря взяла билет и пришла сообщить об этом Норе за два дня до отъезда. Плед и шоколад были, таким образом, прощальными подарками, и Нора от растерянности съела подряд две приторно-жирные конфеты, которых вообще-то в рот не брала. Она все не могла взять в толк, как это она так обманулась в Таисии, которую считала человеком верным и простодушным. Но вот обнаружилась в ней тайная подкладка, какое-то необъяснимое коварство поведения, совершенно бессмысленная скрытность...

Нора и рта не могла раскрыть, чтобы задать единственный существенный вопрос: почему же ты полгода молчала и сообщаешь за два дня до отъезда? Боясь заплакать от обиды, Нора встала, порылась в секретере, вытащила из деревянной шкатулки некрасивое золотое кольцо с граненым александритом, бабушки Зинаиды кольцо, и положила перед Таисией: на память. Надевая его на палец, Таисия расплакалась:

— Ой, Нора, да золотое! И прямо по руке! Не жалко? Ой, может, я не возьму? Дорогущая-то вещь!

Она сняла кольцо, и снова надела. И улыбалась, и захлюпала носом, и полезла целоваться:

— Ой, не представляю, как я без тебя, без Юрика?

"Да проваливай ты, — думала про себя Нора. — Чучело гороховое!"

— Когда приедешь-то? — спросила.

— Ненадолго, ненадолго я, — успокоила Таисия. — Через три месяца приеду!

Валилась работа с Тенгизом, все планы рушились… "Может, попробую маму выписать на полтора месяца", — подумала Нора. Но и спросить не успела. Двух дней не прошло, как улетела Таисия, — без всякого предуведомления пришел Андрей Иванович. Один, без Амалии — Нора сразу же почуяла неприятность. Она оказалась большей, чем можно было ожидать. У Амалии нашли рак.

— Где опухоль?

— В…везде. Не нашли опухоли, говорят, всюду рак. Она с…сейчас придет. В п-п-п…парикмахерскую пошла.

Андрей Иванович заикался, был бледен, пальцы дрожали. Нора сидела молча и строила декорацию будущей жизни: приготовить бывшую Амалину комнату, перетащить туда ладью, немедленно вызвать водопроводчика и починить все краны и слив в унитазе, освободить однодверный шкафчик для материнских вещей… Купить какие-нибудь растения в горшках. Как она любит… Далее планы заканчивались, потому что там маячил какой-то невообразимый кошмар. Юрику надо все сказать. Бедняга, он их обоих так любит. Кажется, больше никого и не любит вообще… И еще Нора подумала о собаках, которых мать, наверное, захочет сюда привезти… Но тут она себя остановила, вернулась на шаг назад.

— Андрей Иваныч, а может, ошибка?

— Нет ошибки. Там эти, метастазы. Да я и сам чувствую, что плохо. Думаю, почему же не я? Все б отдал, чтоб у меня…

Вскоре пришла Амалия в павловопосадском платке в розочках, с розовыми ногтями. Нора уставилась с изумлением: первый раз в жизни она видела у матери отманикюренные пальчики. Она была первоклассная

ГЛАВА 30 — Исходы

чертежница, длинные ногти считались в их профессии неприличными. Амалия засмеялась:

— Нора, я просто поняла, что с моими руками нельзя по врачам ходить. Подумают, кухарка или малярша. Лечить плохо будут.

Такое самообладание или такое непонимание?

— Мамуль, переезжайте-ка вы домой. Ты же и прописана здесь, столичные больницы все-таки лучше. У Туси кузина заведует отделением в Герценовском институте, мы тебя туда устроим.

— Я уже думала. Конечно, это я понимаю, доченька. Они было предложили по месту жительства, в области, а не по прописке... Мы уже и в городском диспансере были, направление нам дали.

Амалия начала рыться в сумочке, Нора ее остановила.

— Ты чувствуешь-то себя как? Болит что?

— Нор, не поверишь — заболело горло, думаю, ангина. Я полощу, полощу, чувствую, с одной стороны. Так ведь бывает при ангине. Болит и не проходит. Я думаю, может, от зуба. У меня с той стороны зуб давно побаливал. Желёзки надулись — вот посмотри... — она отодвинула шарфик, повязанный кокетливо, бантиком...

Как же была она мила и моложава... А ведь за семьдесят. Седина только тронула виски и лежала красиво, прядями. Она все еще была хорошенькой, морщин на лице почти не было, только шея гофрированная, в насечках возраста. Она похудела за последние полгода, и это даже ей шло. Такая любовь вдруг обрушилась на Нору — никогда такого с ней не было: как вода из-под душа. Или туман в горах. Или ливень посреди тихого дня.

— Тебе Андрюша сказал? Сегодняшняя врачиха сказала, что операция не нужна. А я-то думала — чик-чик и все. А она говорит, что надо еще с какой-то профессоршей посоветоваться, и лучше будет химиотерапия. Лучше помогает, понимаешь?

Амалия осталась ночевать, а Андрей Иванович уехал домой, собак кормить.

Так Амалия вернулась в дом, где жила от рождения. А для Норы началась новая глава. Она проводила много времени с матерью, но теперь все было не так, как прежде: Амалия словно была у нее в гостях, а хозяйкой была Нора. Андрей Иванович приезжал каждый день, и не лень ему было мотаться — хоть на час, на два — часов шесть, а то и восемь дороги.

Нора возила мать по врачам. Амалия была тиха и послушна, глаза тревожные, движения неуверенные. Перестала звонко смеяться по малейшему поводу. И Нора скучала по этому почти беспричинному смеху, который в прежние годы ее так раздражал...

Через месяц Амалию положили в больницу, теперь Нора возила ей супчики и гранаты, день ото дня наблюдая, как мать слабеет и утекает, все более превращаясь в испуганного ребенка. Андрей Иванович пристроил собак, избавился от лошади и перебрался к Норе.

Теперь Нора реже бывала в больнице. Она видела, как оживлялась мать, когда он входит в палату, и испытывала то самое чувство ревности, которое жило в ней с детства. Потом Амалию забрали домой, сделали, как было объявлено, перерыв в лечении. Дома ей стало лучше. Химиотерапия, как выяснилось, совершенно не помогала, кровь разрушалась, но врачи настаивали на продолжении этого садистического лечения. Ей вводили какой-то драгоценный препарат винкристин, который добыл Тенгиз в Германии, где ставил в Дюссельдорфе "Смерть Тарелкина", спектакль, который Нора придумала, нарисовала, но поехать в Германию на постановку уже не смогла...

ГЛАВА 30
Исходы

Праздник любви умирающей от смертельной болезни Амалии и умирающего от сострадания и беспомощности Андрея Ивановича происходил в соседней комнате, за плотно закрытой дверью. Дверь во вторую комнату тоже была постоянно закрыта, но оттуда выплескивались звуки, от которых Нору уже мутило: битлз, и снова битлз. Она знала уже весь репертуар наизусть, как и тексты их песен, потому что Юрик все их пропевал, подражая то Леннону, то Маккартни. Довольно похоже. Нора спросила однажды у матери, не мешает ли ей постоянная музыка.

— Какая музыка? — спросила она, и Нора поняла, как далеко от здешнего мира она находится.

Три с половиной месяца Андрей Иванович держал ее за руку. Три с половиной месяца он носил ее на руках в ванную, мыл, вытирал, переодевал, укладывал и ложился с ней рядом. Если он отлучался, она начинала плакать, и Нора не могла ее утешить. Но когда Андрей Иванович возвращался, она брала его за руку, успокаивалась и сразу же засыпала. Как грудной ребенок, которого приложили к груди...

Время от времени приходил врач из поликлиники, измерял давление и давал направление на анализ крови. Потом приходила медсестра. Когда медсестра пришла в последний раз, Андрея Ивановича как раз не было дома. Нора провела ее в комнату матери. Амалия лежала на трех подушках, почти сидела. Доверчиво протянула исхудавшую руку, медсестра чиркнула по подушечке безымянного пальца металлическим пером, из надреза выкатилась прозрачная желто-розовая капля. Нора ужаснулась: красная кровь умерла.

Проводив медсестру, Нора вернулась к матери. Она улыбалась детски-старческой улыбкой. Зубы у нее были такие же, как у Юрика, — ярко-белые, немного неровные по краям. Они были самыми живыми на ее уменьшившемся и высохшем личике.

— Как ты думаешь, доченька, если мне дадут первую группу инвалидности, ведь пенсия сильно увеличится? А так мы ведь собачек держать не сможем…

Вечером того же дня она впала в кому и пришла в себя только один раз, среди ночи. Поискала глазами Андрея Ивановича и спросила: "Ты поел, Андрюша?"

Еще сутки она прерывисто дышала, а потом затихла. Был предутренний час. Андрей Иванович держал ее руку до тех пор, пока она не остыла. Нора лила тихие слезы, из Юриковой комнаты проникал "Yesterday", и поначалу Норе показалось, что должно быть тихо… Она открыла дверь к сыну:

— Юрик, бабушка умерла.

Он продолжал играть. Закончил, сказал:

— Я почувствовал.

Так до утра он играл своих битлов, и впервые за последние годы эти звуки Нору нисколько не раздражали. Так странно… Юрик пел ломающимся тринадцатилетним голосом, громко, во всю мощь "Your mother should know", "I want to hold your hand", "She is leaving home", и эта музыка вдруг показалась уместной и правильной. Удивительное дело — ни одного слова не сказал, но сто раз надоевшая Норе музыка вдруг зазвучала горько и даже возвышенно.

Андрей Иванович все держал руку своей возлюбленной жены, а Нора почувствовала, что не хочет строить всегдашние каждодневные планы: отпевание-похороны-поминки… Что все бессмысленно и суетно… Как жаль, до слез жаль, что я так мало ее любила, что не прощала ей ее любви, не понимала ее дарования, ее гениальности, которая вся ушла в эту любовь, в эту вот любовь… Нора села рядом с Андреем Ивановичем, сидела пустая, пустая, постепенно наполняясь умилением, чувством вины и покоем, оттого что кончилось это печальное страдание расставания Амалии с миром, который почти весь состоял из любви к этому старому лысому человеку. Андрей Иванович держал Амалию за мертвые руки — широковатые кисти, треугольные коротко стриженные ноготки, сильные уверенные пальцы. "Как уверены и точны были движения ее рук, даже артистичны, когда сидела она за чертежной доской, — вспомнила Нора картинку из детства. — Это она научила меня карандаш держать... А Юрика не научила..."

Как это мне в голову никогда не приходило, что руки мои, внешне так похожие на Марусины, по хватке, по чувству карандаша и линии, по врожденной уверенности движения — мамины...

Генрих пришел на отпевание в храм Ильи Обыденного с красными гвоздиками, стоял вдали. Народу было немного — две-три бывшие подруги-сослуживицы, соседки с Никитской, пара соседей из Приокского. Рядом с Норой стояли Андрей Иванович и Юрик с гитарой, и Нора, взглянув на Генриха, почувствовала, какую покинутость и одиночество он сейчас переживает.

Служба закончилась, она подошла к нему, спросила, поедет ли он на кладбище. Он замялся. Пробормотал что-то неловкое, вроде того — не знаю, понравилось бы ей, понравится ли ему... Но сел вместе со всеми в автобус и поехал на Ваганьковское кладбище, где под мощным деревянным крестом, поставленным храмом Святого Пимена бывшему регенту в двадцать четвертом году, были похоронены родители Амалии, Зинаида Филипповна и Александр Игнатьевич Котенко. А потом Генрих пришел на поминки в дом, где жил когда-то с Малечкой, сидел за одним столом с Андреем Ивановичем, все посматривал на него — с чего это Малечка ушла от него, молодца, к этому тощему, лысому, простецкого вида человеку... Андрей Иванович его присутствия и не заметил.

В тот вечер Нора представить себе не могла, что передышка ей дается совсем краткая. Через три месяца настала очередь Генриха... И у него обнаружился рак. Рак легкого. Надо было делать операцию. К Норе приехала Генрихова жена, толстая Ириша, в толстых сапогах, с толстыми слезами, которые полились, когда Нора налила ей чаю. Покуда Генриха обследовали, дочь Ирины родила второго ребенка, и теперь вот переехала к ней с двумя детьми и с мужем, разместились в большой комнате — а куда мне деваться-то, я ж дочь не выгоню? — и жить им с Генрихом вдвоем в десятиметровке теперь стало невозможно, потому что рак, потому что курит, потому что дети плачут...

— Ты уж забери его, Норочка, зятю квартиру обещают, как получит, они сразу и съедут, в этом году уж непременно дадут, обещали... И уж тогда я его назад заберу.

"Мне конец", — подумала Нора. И не жалость, а ярость испытала она. И полную беспомощность. Не потому, что кооперативная квартира была куплена Генрихом, и это изгнание будет для него тяжелым ударом. Не было у нее сил взваливать на себя еще одну болезнь, когда только что прошла весь этот путь... И — что говорить — маму она любила, а с отцом... Честно? Совсем честно? Да, не люблю. Не нравится. Все вижу, все знаю... Ну, с трудом... Нет, не вслух, конечно... Если уж кому и скажу, то не этой корове... У меня аллергия на него. Не хочу... И сказала:

— Когда забирать?

ГЛАВА 30

Ириша обрадовалась, не ожидала такой легкой победы:

— Ой, Норочка! Норочка!

Тут уж Нора не выдержала:

— Нора я! Знаете, такая пьеса есть у Ибсена, называется "Кукольный дом". Главная героиня Нора. Нора Хельмер. Вот моя культурная бабушка Маруся и назвала меня в ее честь Норой.

— Ну, я и говорю, Норочка! Нора то есть! — исправилась Ириша.

Ладью она оставила на прежнем месте. Поменяла занавески, вместо льняных, сине-зеленых, повесила холстину, позаимствованную в театре. В "больную" комнату перетащила Юриков более поместительный книжный стол, а Юрику поставила секретер. Переговоры, связанные с переездом, Ирина доверила Норе: у тебя лучше получится...

Нора навестила отца в больнице. Он лежал в хорошей академической больнице, на Ленинском проспекте, и немного гордился своим привилегированным положением. Когда Нора пришла, он прогуливался по коридору с низеньким круглым человеком в шелковой пижаме и в лыжной шапочке. Отец представил ее — вот дочка моя Нора, театральный художник. Борис Григорьевич, Нора, знаменитый физик, лауреат Сталинской премии... Лыжная шапочка поклонилась и покатилась дальше по коридору.

— Ты знаешь, кто это? — умильно шепнул ей в ухо Генрих.

Нора всю дорогу готовила себя к встрече — рак, рак, неизвестно сколько ему отведено, возьми себя в руки, положение безвыходное, он тщеславный, болтливый, но ведь добрый, добрый, и уверен, что всем нравится, что все его любят… не виноват, ни в чем не виноват, я должна, я должна… — и тут еле сдержалась.

— Кто же?

— Директор академического института, большая шишка! Редкая сволочь, говорят, — сообщил ей радостным голосом, и она засмеялась. Все же было в нем какое-то очарование, в старом болтуне…

— Ну, как ты?

— Отлично, доча, отлично! Кормят прекрасно, ну и Иришка, конечно, старается, вчера вот целую бадью борща принесла. В палате холодильник. Хочешь тарелочку? Здесь и кухня есть для пациентов! А персонал просто исключительный. Такие медсестрички! — и он пощелкал языком, как будто собирался немедленно воспользоваться их прелестями. Нора чувствительна была к интонациям, и реплика эта ее покоробила. Ужасно, как же он мне не нравится… Ничего не поделаешь.

— Хочешь, погуляем? — предложила Нора.

— Охотно, охотно! Я уже выходил позавчера.

Нора помогла ему одеться — левой рукой он владел плохо. Левое легкое ему убрали. Ему не сказали того, что сказали жене и дочери: рак легкого рассчитан на пять лет. Четыре, судя по снимкам, уже прошло. "Операцию можно делать, можно и не делать, ничего от этого не изменится, — объявил знаменитый хирург. — Операция тяжелая и довольно бессмысленная, второе легкое тоже поражено. Но бывают чудеса: иногда процесс сам останавливается…"

Решение приняла тогда Иришка — делать. С Норой не советовалась…

Прогуливались по больничному скверу. Он лежал здесь уже пятую неделю, успел перезнакомиться с половиной больницы. Со всеми здоровался.

ГЛАВА 30

"Общительный", — поморщилась Нора. Потом взяла себя в руки и сказала:

— Пап, у меня к тебе предложение. Там, ты знаешь, Нинка с детьми к вам на время перебралась...

— Да, да, Нинка славная девчонка, ничего плохого не вижу, пусть поживут, пока им квартиру не дадут. Там обещают...

— Ну да, конечно. Но, сам понимаешь, маленький ребенок орать по ночам будет. Ты после операции... Давай ко мне переезжай, пока их проблемы жилищные не решатся...

И тут произошло самое невероятное, что только могло произойти: Генрих поджал рот, зажмурился и заплакал...

— Доченька... Доченька... Я не ожидал... Ты серьезно? Да ради этого... ради этого и заболеть стоило... Девочка моя хорошая... Я... я не заслужил...— он вытирал глаза грязным носовым платком, а Нора смотрела на него, смотрела, а потом поцеловала в висок.

Господи Боже, да ведь он несчастный, и весь этот его бодряцкий тон, шуточки, старые анекдоты, застольные остроты — все это дуракаваляние только камуфляж, защитное ограждение несчастного человека... Господи Боже, как же я этого не видела? Какая же я идиотка...

Через четыре дня Нора перевезла Генриха на Никитский бульвар. Норе предстояло пройти эту скорбную службу второй раз.

За несколько дней до смерти изнуряющий кашель исчез, он перестал говорить о том, как весной они все вместе поедут в Крым, не мог больше курить, но время от времени брал в желтые пальцы сигарету, сжимал ласково и откладывал в сторону, а незадолго до того, как уйти в беспамятство, попросил Нору похоронить его с мамой... Он говорил тихо, она переспросила...

— С твоей мамой, — повторил он очень ясно. — С Малечкой...

Сделать этого Нора не могла из-за Андрея Ивановича, который бегал на кладбище, как на свидание, каждый выходной... Но промолчала.

Отца кремировали в первом московском крематории, на задах Донского монастыря, а урну Нора поместила в колумбарии № 6, в ячейке, где был захоронен прах его родителей, Якова Осецкого и Марии Кернс. Пока рабочий вынимал мраморную заслонку, чтобы втиснуть в узкую щель новую урну, Нора вспомнила Марусино пожелание, высказанное Генриху незадолго до смерти: можешь хоронить меня где угодно, только не с Яковом. Генрих тоже не хотел оказаться в скучном материалистическом посмертии с родителями. Какие сложные, какие затемненные отношения...

Незадолго до смерти Генриха, когда жить оставалось считаные недели, Нора попросила отца нарисовать родословную семейства и написать, что он помнит о своем киевском детстве и родственниках. Он что-то писал, упав локтями на стол и глухо кашляя.

Когда после смерти отца Нора открыла ящик стола, там лежал один-единственный лист бумаги, на котором было написано отцовскими стекающими вправо и вниз строчками:

"Я, Осецкий Генрих Яковлевич, родился 11 марта 1916 г. в городе Киеве. В 1923 году переехал с родителями в Москву. Закончил восемь классов ЕТШ № 110, в 1931 году поступил на рабфак. Работал на Метрострое проходчиком. В 1933 году поступил, в 1936 закончил приборостроительный техникум. В 1938 году поступил в Станко-инструментальный институт, который закончил в 1944 году. В 1945 году вступил в партию (зачеркнуто). В 1948 году защитил кандидатскую диссертацию и заведовал лабораторией в институте..."

На этом запись прерывалась. Нора с грустью прочитала этот листок... Для отдела кадров он вполне был пригоден, — но почему же не написал отец ни единого живого слова о своей семье? Что там такое произошло, почему он не хотел ни о ком вспоминать? Загадочная, загадочная история...

Но теперь-то им придется друг друга терпеть все неизмеримо-длинное посмертие... Или полюбить...

ГЛАВА 31
Лодка на тот берег
(1988–1991)

Десятилетняя и выдохшаяся война в Афганистане мало влияла на жизнь московских жителей, далеких от политики, в особенности художников-неформалов, у которых были свои собственные разногласия с государством. Гудели по радио привычные мусорные речи про интернациональный долг и американский империализм, восемнадцатилетних призывников после учебки отправляли в Афган, где они воевали, потом возвращались, но не все. Некоторые приходили сильно покалеченными. Но все без исключения воины-интернационалисты были сбиты с толку, травмированы, тащили с собой чудовищную память, которую надо было изживать, чтобы вернуться к нормальной жизни.

Федя справиться не смог. Из армии он вернулся неузнаваемым. Юрик примчался к Власовым в первую же неделю после Фединой демобилизации. Юрику очень хотелось затащить Федю на новогоднюю вечеринку, куда его самого пригласили играть, но Федя даже не встал с дивана. Невразумительным мычанием отвечал на Юриковы вопросы, Юрик ушел обиженным: счел, что Федя больше не хочет с ним общаться. Но Федя вообще ни с кем не общался, даже с родителями. Молча пролежал он два с половиной месяца на диване, лицом к стене. Пока родители деликатно выжидали, что время пройдет и он оправится, пока размышляли, не обратиться ли к психиатру или к психологу, он вдруг исчез. Так и не сказав им ни одного внятного слова... Нашли его спустя неделю после внезапного исчезновения на чердаке дачи... Повесился.

Случилось это в тот самый "смертельный" год, когда Нора похоронила родителей и обнаружила, что с их уходом рухнула отделяющая ее от смерти стена, и она приспосабливалась к новому ощущению возраста — следующая очередь моя. То, что эта очередность смерти может быть нарушена и первыми могут уйти дети, Нора осознала только теперь.

Федю знали все друзья Власовых: родители с детства таскали его за собой, начиная от "бульдозерной выставки", где он был, наверное, самым юным свидетелем знаменитого сражения тракторов с картинами, потом "измайловской", всех выставок на частных квартирах и в подвалах горкома графики на Малой Грузинской. Милый Федя, привязанный к родителям, очаровательный, чахлый и не успевший возмужать. Афганская война убила его изнутри... Для Юрика, только что принявшего смерть бабушки и дедушки и кое-как примирившегося с мыслью, что старые люди в конце концов умирают, смерть Феди, приятеля и почти ровесника, была непереносима. К тому же — самоубийство, оставлявшее всем близким непреходящее чувство вины.

Похороны были многолюдные и особенно мрачные. Весь московский художественный андеграунд, друзья и знакомые Власовых, собрались на Хованском кладбище, унылом, необжитом, как все новые кладбища вокруг столицы.

Тенгиз, приехавший как раз в это время в Москву по неопределенным делам, не отпустил Нору одну на кладбище, поехал с ней. Юрик на похороны не пошел — плакал в своей комнате. Сильно испугался… Нора не стала его уговаривать: в глазах Юрика она увидела смятение и тоску.

Тенгиз стоял у могилы, за Нориной спиной, положив руку на ее плечо. Морщился. На Власовых было смотреть невозможно — две черные тени. У Наташи тряслась голова… Ленчик за эти дни постарел и сгорбился так, что выглядел старше своего отца, который поддерживал его под руку.

На обратном пути Тенгиз сел сам за руль. Молчали всю дорогу. Подъезжая к дому, сказал:

— Убили мальчика…

Через два дня Тенгиз улетел в Тбилиси.

Федя Власов не выходил из головы.

Юрику шел шестнадцатый год. Учился плохо. О поступлении в институт и думать было нечего. Даже в музыкальное училище без диплома об окончании музыкальной школы его вряд ли взяли бы. Да и не давали музучилища отсрочки от армии. Контузия, записанная в его медицинском деле, никаких гарантий освобождения от военной службы не давала. Просто невероятно, но недавний уход обоих родителей не вышиб Нору из жизненной колеи так, как вышибла смерть Феди. Нора жила в тихом, каком-то подкожном ужасе. Федин закрытый гроб мерещился среди бела дня и снился по ночам. Она смотрела на Юрика — видела перед собой Федю, каким она его запомнила задолго до его смерти, четырнадцатилетним, наверное, — сутуленький, прыщаво-миловидный, с зализанными на косой пробор волосами…

Юрика надо увозить. До того времени, как его закатают в армию… Одну войну они закончили, начнут другую…

ГЛАВА 31   Лодка на тот берег

Вариантов было два — один сомнительный, израильский: но что делать ей, полукровке, в чужой стране, с сыном, который даже и не знает, что несет четверть еврейской крови; другой, более верный, но для Норы еще менее приемлемый — отправить Юрика в Америку, к отцу... Вот здесь Нора впадала в ступор. В запасе было два года, но эту проблему надо было решать заранее. Эта мысль ее уже не покидала. Вскоре она сделала первый шаг — написала длинное письмо Вите о своих тяжелых мыслях относительно будущего Юрика. Ответ пришел через два месяца. Это было письмо, написанное не Витей, а Мартой. Письмо было написано по-английски. Эта довольно нелепая женщина — такой она показалась Норе при их первой встрече — с восторгом приняла идею о переселении Юрика в Америку. Она писала: "мы будем счастливы", "мы сделаем все от нас зависящее", "мы ждем Юрика начиная с сегодняшнего дня"...

Огромная, бесформенная, в тренировочном костюме и кроссовках, с деревенским розовым лицом и улыбкой до ушей... Двигалась она так, как будто вырезана из дерева, только не из полена, а из ствола огромной мягкой липы. И этот пискливый голос, как у Буратино из мультфильма... И в Витю влюблена. Кажется, она видит в нем достоинства, которые ей, Норе, видны не были... Нора задумалась.

В жизни Вити, несомненно, произошла глубокая перемена: теперь его поведением руководила не Варвара Васильевна, а Марта. Изменился ли Витя, готов ли принимать житейские решения, появились ли в его душе какие-то эмоциональные движения — из письма было непонятно. Но рядом с ним была хорошая женщина. Она его выбрала... С момента получения этого письма у Норы полегчало на душе. Ее намерение отправить

Юрика к отцу приобрело какие-то реальные очертания. Нора ответила. Завязалась переписка. У Марты был ясный почерк и простой слог.

Когда Юрик пошел в десятый класс, Нора попросила прислать гостевое приглашение для Юрика. Довольно быстро его получила. Только после этого она спросила у Юрика, не хотел бы он съездить в гости к отцу и остаться там, если захочется, на учебу.

— В Америку? Прямо в Америку? К Вите? Ура! — Юрик думал об отце за те годы, что его не видел, ровно столько же, сколько отец о нем. Но предложение привело его в восторг. Музыка! Американская музыка!

Нора сжала виски руками. На сколько лет тянет эта реакция? На шесть? На десять? Оба недоразвитые, что отец, что сын. Инфантилы…

— Юрик, ты понимаешь, это может быть и надолго. Я боюсь армии.

— Ну да, да, это я понимаю. Но ты не понимаешь! В Америку — конец света! Там я смогу учиться такой музыке, которой здесь вообще не учат!

Дальше все покатилось с невероятной, но совершенно необходимой скоростью. Дело в том, что с началом января ставили на армейский учет мальчиков Юрикова года рождения, 1975-го. После этой даты для поездки за границу надо было бы запрашивать военкомат. Бумаги, посольство, сам отъезд — все проскочило со сказочной, неправдоподобной легкостью.

Последний эпизод — покупка билета — произошел молниеносно. Билетов в Америку не было. На ближайшие два месяца. С любыми билетами всегда было сложно — на каток, в театр или в консерваторию. Не хватало всего, но люди обучились науке добывания. Тренированный советский человек пользовался обходными путями, а коли не умел, то и до Ленинграда на

ГЛАВА 31

Лодка на тот берег

похороны, скажем, бабушки мог не добраться. У Норы был свой обменный ресурс — причастность к театру. К ней обращались с просьбой достать билеты, и ее театральных связей хватало и на "Большой", и на "Малую Бронную", и на "Таганку". Таким образом, в этой сети у нее были свои возможности товарообмена, и когда понадобился билет в Нью-Йорк — до Нового года, непременно до Нового года, — Нора кинула клич, он сработал, и через день, взяв Юриков паспорт с американской визой, она поехала на встречу с кассиршей Аэрофлота, которая ровно за двойную цену выписала Юрику билет в Нью-Йорк. Нора не рассчитывала на такие огромные деньги, но по привычке взяла с собой все, что было дома, а когда расплатилась, в кошельке осталась только мелочь на дорогу. Все сошлось до копейки, и Нора увидела в этом хороший знак.

Юрик, подросток, которого молодым человеком можно было назвать с большой натяжкой, улизнул от армии, смылся, слился, скипнул: улетел 29 декабря рейсом Москва — Нью-Йорк. Успели.

Норе шло к пятидесяти, и назвать ее молодой можно было тоже с большой натяжкой. Нора осталась одна. Как бы ни сложилась жизнь Юрика с Витей и Мартой в стране Америке, никакого Афганистана в его жизни не будет.

Для Норы настало время остановиться и подумать. Она вернула себя к тому дню, когда прибрела из странного и чудного дома Мзии, тетушки Тенгиза, в очередной раз навсегда с ним расставшись, в пустоту своей квартиры и поняла, что ее может спасти только ребенок. И он родился — добрый, занятный, с чудесным чувством юмора, оригинальный человек со сложностями, — вырос и уехал к отцу, такому же оригиналу со сложностями. Может, навсегда. И даже лучше для него, если навсегда... А она осталась одна. И, может, даже хуже — с тем же Тенгизом, приблизительно на том же месте. Никаких ее великих проблем Юрик не решил. Столько лет по одному кругу, по одному маршруту... Может, набирая высоту? Может, падая каждый раз все глубже? Как сможет она жить без Юрика? Нет, неправильная мысль! О себе забыть. Юрик-то без меня прекрасно сможет обходиться. Не надо строить иллюзий: Юрик меня очень любит, особенно в тот момент, когда я у него перед глазами. А когда меня нет — не знаю...

Нора сварила кофе в медной турке, как переняла в юности у Туси, постелила салфетку, взяла синюю китайскую пепельницу, положила рядом сигареты и зажигалку. Сняла с полки кофейную чашку. Все приготовила для исполнения утреннего ритуала. Получалось, что с отъездом Юрика опять началась позапрошлая жизнь. Итак, что мы имеем? Всегда делала то, что хотела. Захотела мальчика — пожалуйста. Он вырос и уехал. Не предполагала, что это произойдет так быстро. Но ведь этого я и хотела. Ладно. Но Федю Власова я помню. И этого уже не будет. Юрик столь явно не вписывается в общую картину нашей жизни, может, там скорей найдет себя... и музыка Юрикова вся оттуда... Захочет — останется, захочет — вернется. Есть, по крайней мере, возможность выбирать. Я не хотела его отправлять. Нет, хотела. Я за него боюсь. Это не мой эгоизм. Он никогда не мешал мне, даже и расширил как-то мне жизнь. Материнством. Я не самая лучшая, конечно, мать... Но здесь мне за него страшно. Теперь надо заполнить пустоту. Надо попробовать устроить все без Тенгиза, без Юрика. Посмотрим на Тусю. Послушаем умную старуху. В конце концов, вот образец свободы и женского достоинства... Глупость, конечно, глупость... Что я знаю о ее молодых годах? Многозначительное молчание. Понимающее молчание.

Нора месяц не была у Туси, даже не звонила. Впрочем, Туся не любила телефона, приучила всех близких использовать телефон наподобие телеграфа: скорее договориться о встрече, но уж никак не поболтать.

Исполнив кофейный ритуал, разновидность утренней медитации — все хорошо, Нора, все прекрасно, верх, низ, я здесь... — позвонила Тусе, договорилась о встрече.

— Ну что, отправила мальчика? — встретила ее Туся на пороге своей мастерской. Было у Туси два дома — за городом, дачный, в поселке старых большевиков, почти поголовно вымерших, и эта мастерская, в самом центре, довольно маленькая, с альковом, в котором она и ночевала.

— Отправила, — кивнула Нора. — Что-то пусто стало.

— А что ты думаешь об этом фольклорном спектакле? Это не театр, скорее лаборатория... — спросила Туся.

И тут Нора вспомнила, что при их последней встрече Туся предлагала ей поработать с каким-то хоровым ансамблем, но у Норы, со всей ее беготней, совсем выпало из головы. К тому же фольклор сам по себе вызывал сомнение...

— Забыла, откровенно говоря. Туся, я вообще не люблю музыкальных спектаклей. Я не люблю вмешиваться в музыку, она гораздо больше самого театра, с ней конкурировать трудно. Невозможно...

— Да. Я понимаю. Но в данном случае речь идет только об обслуживании. Там очень талантливый, даже гениальный руководитель. Его надо только поддержать.

Он сам хочет уйти от фольклорных костюмов, хочет минимум декораций. Может, ты его знаешь? Нет? Пойди, поговори, послушай. Уверяю тебя, это интересно…

Сидели долго, заполночь. Таких совместных вечеров было у них за тридцать лет дружбы немало. Удивительное дарование Туси заключалось в том, что общалась она со своими учениками как будто "на равных", и собеседник чудом этого равенства поднимался выше себя, рос до себя будущего, а после такого долгого собеседования чувствовал к себе самому доверие.

Нора ушла от Туси с толстым томом Фрэзера, и эта "Золотая ветвь", прежде ей неизвестная, двинула ее мысли в новом направлении. И дело было вовсе не в исследовании магии и всех тех неисчислимых фактов о развитии религиозного, да и всяческого, человеческого мышления, а в том, что Нора ужаснулась бездне своей необразованности. Сколько же интересного и важного она пропустила за те годы, когда шла слепо за всеми начинаниями Тенгиза… Теперь она сидела в библиотеке ВТО от открытия до закрытия, исследуя водное пространство, которое в мифологии всех народов возникало перед человеческой душой сразу после кончины. Это были маленькие реки или ручьи, иногда подземные, иногда океаны, огромные и мрачные воды всех народов, вымерших и живущих: египтян, скандинавов, индийцев, индусов и монголов. Но Норе важно было угадать, как выглядит эта река у славян.. Практическая задача сценографии оказалась только поводом к этому восхитительному чтению. Хотя память у Норы была прекрасная, она делала маленькие конспекты, в которых записывала названия рек и имена перевозчиков, иногда даже названия судов, совершавших эту великую переправу, обрывки сохранившихся ритуалов. Суда тоже были самыми разнообразными — то утлая лодочка, то крылатый корабль...

Понятно было и то, что замах руководителя маленького фольклорного ансамбля был грандиозный: на один из самых запретных для человеческого сознания вопросов, на миф о посмертном существовании человеческой души. Картина оказалась универсальной для всех культур — человеческий мир, земной и твердый, существует в окружении великих вод, и после смерти душа обязана совершить этот переход через великие воды, чтобы добраться до другого берега, окраины иного мира, к иному существованию... Нора уже видела, как из правой и левой кулисы выплывают берега этих миров, а посредине, в темных волнах всех пограничных вод, описанных во всех мировых мифологиях, во всех книгах мертвых, движется лодка с гребцами, командой, капитаном и боцманом. А река — любая. Пусть хоть Волга...

Тут с самого дна памяти поднялось происшествие большой давности, о котором Нора знала только со слов матери. Когда Норе было четыре года, снимали дачу в Тарусе, прямо над Окой. Жарким летом дети постоянно плескались на песчаной отмели. Нора забрела чуть подальше от берега и рухнула в яму. Не пискнув, пошла ко дну. Ее окликнула, потеряв из виду, девочка, с которой она играла в мяч... Не увидев подружки, подняла рев. Нору вытащили, с трудом откачали. Нора ничего этого не помнила, но остался страх воды, которую она очень любила в ее усмиренном виде — из крана. Плавать так и не научилась. Сидя в библиотеке, над книгами, Нора вспомнила очень отчетливо этот тарусский берег, себя на этом берегу, лежащую на старом фланелевом одеяльце, которое использовали как подстилку, четырехцветный мяч и молодого мужчину с мокрыми волосами, склонившегося над ней. Все совпадало — Амалия говорила, что спас ее и откачал сын хозяйки, студент-медик... К этому давнему воспоминанию прицепился и страшный сон, который Нора видела в своей жизни не однажды, и тоже с водой: она плыла в страшной чернильной влаге, более тяжелой и плотной, чем обыкновенная вода, к берегу. Берег приближался, но когда Нора уже выбиралась из воды, она поняла, что приплыла не к земле, а к огромному чудовищу. Невообразимый ужас выбрасывал ее, задыхающуюся и мокрую, из сна, как пробку из бутылки. Запах ее собственного пота был ужасным, но это был запах той страшной воды...

Она отложила книги, закончила чтение. С тех пор, как вопрос веры был в ее жизни сформулирован, она твердо сказала "нет" и считала себя безусловным материалистом. Ни смутные пантеистические высказывания бабушки Маруси, ни трогательная детская полувера Амалии, ни тем более книжные формулы ее друзей, новообращенных христиан с экуменическим оттенком, совершенно ее не привлекали. Но теперь, после этого археологического, в сущности, чтения, она почувствовала, что тот другой, далекий берег существует и, следовательно, смерти, как она ее видела, наблюдала, прикасалась к ней, — такой смерти нет. А есть нечто гораздо более сложное и гораздо более интересное... И более всего это подтверждает музыка. И, может быть, в особенности эти фольклорные вопли, которые собирал по вымирающим деревням, записывая скрипучие голоса полумертвых старух, этот самый фольклорный гений, с которым познакомила ее Туся. Между прочим, этот гений с многозначительной внешностью провинциального актера, с тяжелым подбородком и маленькими, утопленными в темных складках глазами, показался Норе самовлюбленным эгоцентриком.

К встрече Нора подготовилась — принесла папку рисунков. На поднимающейся к низкому горизонту бирюзовой ткани, изображающей воду, стояла большая нарядная лодка носом к залу. На ней и происходил первый акт, условно первый акт, потому что действие предполагалось играть вообще без антрактов. Была довольно сложная задача трансформации декораций, для чего Нора использовала всякие световые приемы. Потом лодка эта теряла свои носовые украшения, нарядные паруса, разворачивалась, ее команда-хор превращалась в гребцов, в конце же действия из кулис выдвигались две мрачные скалы, скажем, Сцилла и Харибда, корабль распадался на куски, и на авансцену выбирались актеры, чтобы спеть потрясающие финальные песнопения...

Режиссер, он же художественный руководитель и концертмейстер, внимательно и хмуро разглядывал листы с эскизами декораций, потом попросил костюмы. Нора сунула свои почеркушки: сверху лежали почти натуральные северные костюмы, их он пролистнул не глядя. Вторая серия, которую Нора про себя назвала "рентгеновской" — блеклые серые балахоны с едва намеченными различиями между костюмом мужским и женским и бегло прорисованными костями, в полном соответствии с анатомией, — привлекла его внимание, ее он просмотрел внимательно, несколько раз ткнул толстым желтым ногтем и буркнул "ага, хорошо"... Третью, которую Нора назвала "павлиний хвост", где формы крестьянской одежды — сарафаны, рубашки и полурубашки, повойники и кокошники — сохранялись, но выполнены были в мощных оранжево-красно-лиловых и сине-зеленых цветах, каких не бывает в северном костюме. Сплошная Индия, Африка, Мексика... Эти он сразу же отложил в сторону, уперся лицом в ладони, задумался.

— Здесь что-то есть. Да, много даже есть. Я вот думаю, слишком много. Надо думать. Но вообще, честно скажу, я склоняюсь к самому банальному решению — в черных сукнах все делать. Чтобы не отвлекать...

Он больше не позвонил. Туся, спустя долгое время, говорила: "Ты выше его планки прыгнула..."

Нора нисколько не расстроилась. Пока она возилась с этим мистическим водным пространством, жизнь Юрика за океаном вполне наладилась. Марта — чудо из чудес! — писала Норе еженедельные письма, которые летали лениво — то неделя, то десять дней уходило на дорогу, которая занимала десять часов лету. Изредка Нора звонила в Америку — с Центрального телеграфа. Юрик звучал хорошо. Он пошел в школу, довольно быстро заговорил по-английски и, что самое важное, уже играл в школьном джазе, а ничего другого ему и нужно не было.

Нора перешла какой-то новый рубеж, жизнь продолжалась.

ГЛАВА 32
Из сундучка. Семейная переписка
(1916)

МИХАИЛ КЕРНС — МАРУСЕ
Товарищество И. Д. Сытина
Редакция еженедельного иллюстрированного
журнала "Заря"
Москва, Тверская, 48
Телефон № 5–48–10

16.10

Милая Маруся!
Не получая от тебя ответа, я страшно волновался и лишь сегодня узнал, что волнения мои были не напрасны: Яша взят на войну. Я уверен, что моя крепкая и все переносящая сестра сумеет с честью выйти из тяжелого испытания! Притом, я верю, безусловно верю, что все окончится хорошо! Я знаю, что мы все еще соберемся вместе и будем радостны и горды! Слышишь, Маруська, ты должна оправдать мои надежды на тебя! Не тревожься! Все будет хорошо! Я думаю, что ваша семья уже уплатила дань этой войне — смертью Генриха, которого я никогда даже не видел. Но я видел, какой это был удар для Яши. Они все очень талантливые, твои Осецкие, но Яков говорил, что из Генриха мог вырасти настоящий мыслитель. Верю, что скоро кончится эта война и мы соберемся вместе. А маленький Генрих будет не хуже своего дяди!

Я хожу совсем очумелый и не знаю, что у вас делается, это только усиливает мою и Шурочкину тревогу. Пишу из редакции, Шура находится в Санатории. Ей значительно лучше. Она целует всех.

Маруська, ради бога, хоть словом сообщи, что ты получила мое письмо, а то я в отчаянии, что и без того редкие письма не доходят. Пишу под влиянием самых замечательных известий с войны. Говорят, что Вильгельма решили вшестером окружить и обезвредить навсегда. Значит, Яша скоро вернется.

Что говорит Генрих? Уа?

Пишите мне все. Целую всех Вас бесконечно! Папа, Мама! Пишите!

Пусть все пишут!

Ваш Миша

СТ. ГРЕБЕНКА ПОЛТАВСКОЙ ГУБ. — КИЕВ
ЯКОВ — МАРИИ

8.10

Вагон оказался без каменного угля и без муки. Обыкновенный вагон, как 400,000 других товарных вагонов. Холод. Меня никто уже не обнимал, а рядом спал некто вонючий. Я поднялся, устроился под мутным фонарем — один на весь вагон — и занялся вычислениями: мы женаты 34 месяца, а сколько дней из этих месяцев мы провели вместе? Половину? Меньше! Можно вычислить по письмам. Но если не заниматься такой мелкой бухгалтерией, то можно сказать, что 27 месяцев нас было двое, а последние семь нас трое! И чудо чудесное смотреть, что ухо у нашего Геника мое, а глаза серые твои, волосы растут как у меня, с завитком на макушке, а пальцы твои, длинные с короткими ноготками... И наверняка будут прорисовываться со временем какие-то черты твоих братьев, и моих, в особенности дорогого моего брата Генриха, которого никто на свете все равно мне не заменит...

Целую все осецкие уста. Я.

ХАРЬКОВ — КИЕВ
ЯКОВ — МАРИИ

12.10

Здравствуй, деточка моя, начнем этим письмом № 1 новый период нашей жизни. Итак, опять разлука, опять письма, письма... Что же хорошего во всем этом. Хорошее заключается в той близости каждого из нас к перу и бумаге. Мы с тобой теперь много пишем, это лучший способ самоконтроля, способ поймать слабомелькнувшую мысль. Если целоваться нельзя — остаются все эти самоконтроли, ловля мыслей и другие утешения.

...В читальне Общественной библиотеки.

Целую вас, деточка, в лоб и в руки. Генриха — в ножку! На улице октябрь вовсю, мелкий дождик-секун не перестает и "промакивает" до конца. Вчера бродил по городу, истратил уйму денег. Пришел в казарму увешанный покупками, чем вызвал почтительное любопытство со стороны солдат. А когда разложил все блестящие и кожаные предметы на чистой постели — почувствовал себя домовитым хозяином.

Среди прочего Рубакин, новая книга, яблоки, еще "Крем гуталин для шевровых ботинок"...

Библиотека, в которой сейчас пишу, — большая, удобная. Книг много, есть на иностранных языках, абонемент дешев — 5 к. в мес. В библиотеке барышня спрашивает: "Вы для себя книги берете? А вас скоро отсылают на войну?" В библиотеке работают одни женщины, старые, молодые барышни, девочки.

Один день у меня был совсем "женский день". Утром толпа проституток в Банном переулке, днем фельетон Дорошевича о женщинах (право, я всплакнул), а вечером чистые здоровые барышни в библиотеке и поражающие ужасом рассказы Гарковенко.

Детонька моя, до чего жалко это бедное женское тело, и сказать нельзя. Что здесь делают с этим предметом искусства — не смог бы рассказать тебе. У меня нервы крепкие, я привык к многому за военную службу, а слушать эти рассказы нельзя было.

Дорошевич писал про бабу, которая ехала к солдату. Обыкновенный случай, но трудно было читать про этот класс людей, которые в супружестве так спаяны вместе общей работой, доверием и общей постелью.

Барышни в библиотеке напоминают другой слой, спаянных не только любовью, но и общей умственной работой. Захотелось немедленно написать повесть о такой чудесной старой девушке, которая проживает свою жизнь в книгах, за неимением своей собственной. Напишу, непременно напишу когда-нибудь.

…Пишу все о себе да о себе, а думаю о тебе. Помни, что в письмах я не люблю расспрашивать как да что? Ты сама знаешь, про что надо писать — про свою физику да психику да про нашего маленького. Что он мой сынок, моя надежда… Я здесь, а мои хрупкие жизни в Киеве. Помни, что эту фразу я всегда повторяю и всегда боюсь. Мои милые жизнички, крепитесь, держитесь! Целую семейку мою. Яков

ЯКОВ — МАРИИ
Из действ. Армии
Писарская команда
2-го Запасного Саперного Батальона

19.10

Добрый день, детонька. Вот уже опять дни помчались с той быстротой, с какой они несутся, когда ими не дорожат. Я теперь равнодушен к времени.

Спешу сообщить тебе радостную весть: третьего дня вызван был в штаб батальона, где отцы-командиры, прознав из формуляра про мои музыкальные занятия, приказали отныне поступить в штат полкового оркестра в чине флейты. Расскажи прочим, особенно отцу, что музыкальные мои штудии оказались не напрасны — и в действующей армии пригодились. Не та здесь музыка, о которой мечтал я ранее, но о винтовке да писарском пере я не мечтал вовсе, а потому можно сказать, что покамест все удачно.

День мой располагается так. Сегодня встал в 6 часов. Команда встала позже. До 7 — окончен весь утренний церемониал. Уже стакан вымыт и сапоги вычищены. С 8 начинаются занятия. Каждый берет свой инструмент и играет свои упражнения. Получается что-то ухораздирающее. Басы ревут, кларнеты пищат, валторны крякают — я занимался по-французски. Флейта в починке, я использую свое время. Я уже научился не обращать внимания на окружающее. Хорошо успеваю в языке, говорю уже много свободнее.

Таков будет неожиданный сюрприз, заготовленный военной службой. Но ты, Мария, страшись! Через пару месяцев напишу тебе французское письмо, полное изысканных комплиментаций.

Твой "Тартарен" мне нравится. Прочитанный урок я повторяю вслух, восхищаюсь и смакую каждую особенность прононса. Я очень доволен своими занятиями. В библиотеке я беру книги по 3 составленным спискам: война, история, беллетристика. Купил вчера Рубакина — очень хорошая книга. Странно думать, что в библиографическом труде есть отклонения, где говорится о бодрых идеалах, о веселом настроении, о творческом труде. Хороший человек, несмотря на то, что всегда живет и пишет в Швейцарии.

Маруничка, если письма мои будут запаздывать от 1 до 3 дней, пожалуйста, не беспокойся. Вот почему это может случиться — из казармы несколько затруднительно выходить.

ХАРЬКОВ — КИЕВ
ЯКОВ — МАРИИ

21.10

…Хотелось сначала написать об окружающих… Сегодня я думал, как много негодяев в толпе. Каждый человек имеет какое-нибудь пятно на совести. Безпальчин, сосед мой по казарме, сегодня со смехом рассказывал, как много лет тому назад, переночевав у фешенебельной московской проститутки, ночью вытащил у нее из чулка свои уплоченные 5 руб., а заодно уже — ее шелковые носовые платки. Это толстое животное так уверено в молодецкой своей шалости, что даже бровью не шевельнуло. Погулял, побаловался и в прибыли остался — ха, ха, ха!

Другой — Гарковенко — тоже рассказывал о себе (и на три четверти врал), но я поражался тому, в каком направлении работает эта странная голова, сколько жестокого сумасшедшего мучительства плещется в его душе.

Многие поступки их — это уголовные преступления, другие поступки — это преступление в миниатюре, тень, которой недолго обратиться в самою вещь. Каждый из них — кандидат в кандальники. Вместе с тем они свободны — они составляют толпу.

Думал еще о том, что общество на каторге, вероятно, такое же самое, как и здесь. Точно такое. Просто туда отобраны те люди, которым не повезло. Услужливая жизнь подвернула под руку особенно благоприятные условия, всунула в руку нож, который случайно оказывался близко. А вот Гарковенке, может быть, так повезет, что случайно нож не окажется близко. А Беспальчин даже накопит состояние, будет носить шляпу пирожком, выбирать в Государственную Думу.

А там, отобранные за решетками, — то же общество, те же люди. Раз свихнулся — и дальше продолжает свою ровную дорогу. Он тот же простой человек, каким был до печального случая.

Всё это люди городских низов, верхи и низы мещанства. У нас в команде есть и другая категория: крестьяне, недавно от земли, от черной работы. Они проще, честные, моральные.

Особенно занятный человек мой старший. Получил опять письмо от жены и прочел его целиком мне. "Дорогой мой Кузичка, целую тебя в губки горячо". Дальше идут хозяйственные рассуждения, очень толково и подробно... Он горд ею, ее расторопностью, грамотным письмом, сообразительностью. Переписываются часто. Человеческие, здоровые отношения...

...Пишу под репетицию оркестра. Мы разучиваем теперь попурри из "Жизнь за Царя". Оркестр наш намного улучшился. Приняты новые музыканты.

...Пойду сегодня в город, думаю получить письмо от тебя...

Перешиваю теперь костюм на другую сторону. Обещает выйти очень хорошим. Портной мне поручил распороть самому. Сегодня распорол брюки. Одному неудобно, пришел Алейников, помог. Пошло быстрее. Он: "Вдвоем все удобнее делать — и работать, и даже спать вместе". Я жадно ловлю те слова, какими народ думает о постели.

Целую, моя мордочка.

24.10

...Эти дни занимался усиленно своим хозяйством. Починил сапоги, переделал фуражку, перелицевал костюм наизнанку. Имею очень чистенький вид, все аккуратно пригнано... Хотелось бы, чтобы у тебя также было все в порядке. Купила ли шляпу, платья? Поспеши!..

...Читаю много интересного. В "Русских Записках" № 8 нашел продолжение очень интересного женского романа. Некоторые строчки перечитывал, повторял. Бровцына, "Амазонка". Говорится много мыслей о любви. Часть их интересна тем, что совершенно списана с наших отношений, другая часть — тем, что совершенно противоположна...

От тебя я получал надушенные письма, а тебе посылаю пропитанное керосином. Каждый раз подходит кто-нибудь и тянется к лампочке прикурить. Один перепачкал керосином письмо.

Через две недели оркестр начинает играть в кинематографе, а в воскресенье 12 человек приглашены "свадьбу играть". В передней посадят солдат, они будут дуть всю ночь, а под утро вынесут остатки ужина. Хорошо, что передняя мала, им нужно только 12 человек, и я останусь вне этого комплекта...

Теперь напишу о том, что интересует тебя больше всего, о женском вопросе. Как и надо было предполагать, волнует это меня чрезвычайно. 2½ года женитьбы ко многому приучили мужское тело. Это не страдание и совсем не боль, но маленькое непрерывное неудобство, немного его, но всю психику ведет на поводу, а это самое плохое.

Ум не идет по своему проторенному пути научного интереса и логической работы, а все старается свернуть на свое. По привычке набрасываюсь на новую книжку журнала и с удивлением замечаю, что сначала читаются рассказы, что с нетерпением ищешь рассказа, где бы соблазнительно говорилось о женщине, в литературе ищешь то же, что на душе. В первый раз экономическая статья осталась непрочитанной. В солдатских рассказах слушаешь только солдатскую немудрую любовь. Когда на улице по вечерам затрагивают, я с волнением ускоряю шаги.

Скажу тебе еще что — в одну из нестерпимых минут — ты знаешь что! ты все знаешь. И это оказалось противно и грязь. Любовь не создана для одного! Не сердись за откровенность. Я все тебе говорю.

...Ведь правда, что женщина однолюбка, что так и должно быть, но зачем мужчина все и всегда может? Зачем в его душу вложено так много ненужной энергии и всеобъемлющих стремлений. Всеобъемлющих в прямом и переносном смысле. Я знаю, что здесь говорю об одном из основных загадочных несоответствий природы. Что, создавая этот пункт, природа так же ошиблась, как и в некоторых других пунктах... Твоему телу было уже причинено столько боли, будет еще больше, устроено это тело также недостаточно чистоплотно и удобно, мое тело нисколько не считается с его душой и тянется слишком смело на все четыре стороны. Не так все это. Богу необходим был лучший советчик и архитектор...

30.10

Марьяночка, у меня теперь так сложилась жизнь, как перед экзаменами. Я очень много занят — целый день, вернее сказать, у меня постоянно есть работа, не хватает времени все исполнить. Вот по-французски уже не занимался неделю. У меня такая новость — организую среди нашей муз. команды певческий хор. Дирижер — я!!!! Уже много лет мечтал о дирижерской палочке, и она случайно сама упала мне в руки. Хор будет большой — человек 30. Работы художественной масса, а опытности и знания нет. Но твердо надеюсь, что спокойствие и уверенность помогут в этом. Позавчера я придумал эту штуку. В тот же день купил ноты и камертон для фасона. Два дня не могли собраться на спевку — надо тебе видеть нетерпение команды: Почему нет спевки, из бани пришли в 9 ч., можно ночью петь? Расхватали ноты, сами разучивают. Сегодня вечером мой первый дебют. Начинаем с "Гей ну же хлопцы", "Реве тай стогне", "Эй ухнем"... Украинские и русские песни... "Жизнь за Царя".

Мое пребывание в оркестре — это большое музык. воспитание. Слух дисциплинируется, муз. хватка растет, ширится. Пишу все время урывками. Сейчас "Как мать убили", у меня много пауз — вот и пользуюсь. Оркестр много успел, репертуар уже большой. Играют много лучше. Часто случается, что оркестр звучит

ГЛАВА 32   Из сундучка. Семейная переписка

как орган — все голоса равномерно гудят. Каждый день что-нибудь новое разучивается. "Хор поселян из Кн. Игорь". Думаю, когда выучит оркестр, разучить эти с "моим" хором. Сегодня дебют! Что-то будет!

...Я веду репетицию как опытный регент. Сообщу тебе рецензию Певзнера, не певшего, а смотревшего со стороны. "Я совершенно поражен не тем, как они пели, а тем видом и осанкой «настоящего» дирижера, какие имели вы. Когда вы поднимали палочку, у вас и у них был такой вид, что сейчас польются ангельские звуки". Вот лучше такого комплимента нельзя было и придумать. Такая мелочь, как заставить хор подготовиться к началу, потребовала особого обдумывания. Наш дирижер распустил хор, перед началом стучит палочкой много раз, пока все не замолчат. Я поступил иначе. Без толку не стучал. А когда нужно, стукну 3 раза, сразу быстро поднимаю обе руки и выжидательно смотрю, у них появляется какая-то подобранность, электрический ток палочки распространяется тотчас же, и мы начинаем. Вчера же раза два я ошибся, но не подал и виду, наоборот, выругал басов. Пока я не завоевал еще прочной репутации, нельзя было ошибаться.

Словом, все прекрасно. Целую золотко мое много, много.

Знаешь, Маруня, в письме тебя часто целую, а Генику передать поцелуй как-то неудобно.

10.11

...В кино "Хризантемы" висит плакат — с участием усиленного духового оркестра. Усиленный оркестр — это мы. Фойе длинное, пустое, холодное. На стенах непрерывным рядом висят киноафиши. Предстоят все потрясающие картины: "Кровавый батистовый платок", "Колесо ада", "Взятие Трапезунда", "Ухарь купец", "Ураган страстей".

Мы — в конце этого зала, играем антракты, под комические и видовые картины. Минут 5 игры, 10 — перерыв. Так все время. Часам к 9 — легкая усталость. С 10 — начинаешь чаще смотреть на часы. Последний марш — все торопливо складывают свои ноты, инструменты. Усталые, раздраженные спешат домой, неимоверно ускоряя шаги… Дома — холодный суп — и спать.

Два раза в неделю — свободен. Когда ты ко мне приедешь — вероятно, буду свободен от кино все дни.

Здесь близко от казармы есть меблирашки 2-го разряда. Боюсь, что придется остановиться тебе там. Не забудь насчет паспорта озаботиться. Только когда?..

Назначь мне срок — легче будет ждать. Удобнее или до Рождества, или после. В праздники усиленная игра, неудобно уходить в такие дни.

Все забыл тебе написать про пеленку, что ты мне положила. Я разбирал вещи, сначала не понял, что это за платок, а потом вдруг взволновался. Каков он, Генрих, теперь? Совсем не узнаю, когда приеду…

Сегодня я не играю. Отдыхаю и каждую минуту чувствую, что не играю в кино.

Позавчера я аккомпанировал там же под картины на фортепьяно. Наконец побыл немного и кинопианистом.

16.11

…Получил письмо. Очень обрадовался твоей новой работе, но и забеспокоился. Какая неприятность может быть, если откажут! Цена была сказана молодцеватая! Хвалю! Хочется только посоветовать тебе одну хитрость: кроме умения и знания предмета, нужно уметь показывать "блестки". В твоем деле заведи умную рекламу. Ты у меня молодец и все это отлично сообразишь. Устраивай дневники, календари погоды, висящие на стенке, всякие наклеенные листья на громадных листах бумаги и т.д. Этим ты не только украсишь свое помещение, но и вселишь больше уважения к своей науке. Это не только ребенку нужно — мамаше говори и подчеркивай, что это важно. Мамаши зачастую недалеко от детей ушли в части развития.

Видала ли ты, как себя ведет умный врач, когда его зовут к умирающему? Совсем не верят в его науку, а веруют только в его знахарство, научное знахарство. Публика особенно любит поэтому врачей с причудами. Умный врач даст массу мелких распоряжений. Кровать переставить, положить сюда головой, накрыть другим одеялом, вынести часы из комнаты и много много. Окружающие озабочены делами. Мало-помалу доктор делает свое главное дело: подымает упавшее настроение больного и окружающих и убеждается, что он совершенно бессилен.

Вот! Маруничка, ты, пожалуйста, постарайся так делать. И костюм! Поскорее оденься, Маруничка. Небрежная нечистая одежда производит отталкивающее впечатление, иногда и неосознанное. И денег не жалей!

Целую тебя — целую тебя всю, всю. Целую колени (сбоку, сзади, где щекотно).

22.11

Дорогая моя, уже папа успел все рассказать обо мне? Я очень ему обрадовался. В первую минуту, когда он пришел ко мне в кино, — я обернулся и стал припоминать это знакомое лицо. Несколько долгих секунд я вспоминал, пока узнал его. А узнал его только тогда, когда мысленно проделал всю работу: кто он такой, как здесь очутился и почему приехал. Мы очень скоро рассказали друг другу все, что имели, и остались на безтемье. Дальше разговор носил несколько искусственный характер.

Очень ему обрадовался и проглотил несколько слез, когда назавтра ночью у подъезда гостиницы мы расстались. Крепко расцеловались, отошли и опять обнялись. Я попал на его мягкие усы, и особенно захотелось от этого всплакнуть. Всю дорогу что-то сжимало горло.

Расспрашивал его обо всем, а о тебе как-то не выходили никак вопросы.

— Что, Маруся бывает весела, смеется?
— Да, да.
— А… как… шляпа у нее красивая?
— Да, красивая.

Много ласкового было в папиных рассказах про Геника. Немногими, все одними и теми же словами он старался рассказать про то, как веселится, как гуляет, как узнаёт его, как в ванночке боится купаться. Одно слово только сказал, которое мне показало глубину его потери — твой Генрих будет такой же, как мой… Это первые слова про погибшего сына, которые я от него услышал. Я думал, что он сухой человек. Но дело в том, что он не привык свои переживания с кем-то разделять. А мы — каждую мелочь несем друг другу. Про тебя же он сказал: я не советую Марусе брать второй (утренний) урок — она сильно утомится.

Твои письма время от времени приносят мне много особой гордой радости. Тогда когда ты сообщаешь о своих успехах в занятиях, в выдержке воли. Нет лучшего для меня чувства, когда ты начинаешь уважать себя. Твое положение в жизни такое. Большинство

ГЛАВА 32   Из сундучка. Семейная переписка

твоих окружающих тебя очень ценит и уважает, а ты сама охотно считаешь себя ничтожеством. Видимо, ты выздоравливаешь от этого нравственного насморка — поздравляю и радуюсь.

Запоем теперь думается о тебе и о приезде. Я думаю так. До мая я не выдержу разлуки. Жду тебя не к Рождеству, а в будни... Я как-то потерял всякий стыд. Только думаю о любви твоей, без конца все о том же, о том же.

Я люблю тебя, Маруня, и в 50 лет так же крепко буду любить и обнимать. Я думал о том, что для любящих супругов нет предела в любви, и что до самого конца общей жизненной дороги духовная близость может поддерживаться физической. (Отлично понимал это Мопассан. Ни у кого нет столько сочувственных слов к старым женщинам, сколько у него.)

Мне представляется это вполне нормальным и здоровым. Когда мы с тобой дойдем до этого возраста, мы будем любить друг друга и с любовной снисходительностью будем относиться к нашим телам, носителям любви. Нет той красоты линий, нет упругости мышц и молодого здоровья — а нам все равно уже!

Что, Маруничка, взяла ты утренний урок? Если взяла, то скажи — не утомляет ли тебя? Ты обещала мне поправиться — что привезешь мне? Неужели я буду обнимать все те же 3 пудика жены. Я хочу больше. Ты слышишь? Постарайся, чтобы было больше.

Целую мою Мариночку, мою любу хорошую. Жду тебя. Я.

2.12

...С радостью чувствую, как расстраивается переписка перед свиданием.

Буду писать часто, но ради бога не беспокойся. Я знаю все твои глупые мысли и часто люблю их больше умных. Ты ночи не спишь, видишь меня и на каторге, и на войне, и в тюрьме. Обещаю тебе, что при свидании заряжу тебя своим спокойствием и хладнокровием. Сначала докажу, что так оно есть, а потом покажу, как я спокоен.

...Я ищу теперь гостиницу поблизости. Если меня не пустят ночевать, придется поселиться в подозрительных меблирашках в очень веселом, но малоприятном обществе. Все это чепуха. Увольнительных записок у меня сколько угодно.

И, пожалуйста, ничего не бойся. Я буду писать часто до твоего приезда, чтобы не думала, что застанешь меня с бритой головой и с украшениями на руках.

Привези мне лучше ноты все, какие ты любишь. Вот тебе и весь список. (Еще сюиту Генделя.)

...Только что закончил Роллана, и захотелось сообщить тебе некоторые мысли о нем, обо мне и о тебе. Он — француз, и все те убийственные для французов обобщения отчасти относятся и к нему. Тот дух культурной проституции и беспочвенного разрушения заразил немного и его. Париж он развенчал, но нужно было и построить что-нибудь. Я внимательно следил за тем, как он разбирает по камням великое здание. Когда вечный город лежал разобранной храминой, я думал, он начнет, может быть, из тех же камней строить новое, более величественное, углубленное произведение искусства. Он говорит, и я хорошо запомнил его слова, — живет же Франция, должны же где-нибудь существовать те основные первобытные ручьи народного самосознания, которыми питается целый народ. Что они существуют — лучше никто не знает, как Роллан, что он не проник к ним — никто не знает лучше, чем читатель Роллана...

Кругом все рожи, рожи — Господи помилуй — где же люди? Поэтому оставил этот томик с чувством недовольства. Думаю, что в следующих книжках я найду то, чего хотел. Настоящих людей он ищет в низших слоях городского населения. Это еще спорный вопрос — замечу между прочим. Очень верю я в его — "ведь живут же чем-нибудь люди". Назовем эту мысль — историко-статистическая религия. Раз много людей, целый народ и долгое время верят во что-нибудь или делают какое-нибудь одно дело — можно быть уверенным, что вреда это не приносит, можно предполагать, что это нормально и так должно быть. Когда я впервые услышал эту мысль — я был поражен ее особенно мудрым отношением к жизни. Сказала ее — ты! В обстановке романтической встречи, в первые минуты острого наслаждения сближающихся душ.

Светлые минуты (Маруничка, в старости у нас будет, чем вспомнить молодость). Тогда создалось между нами то отношение, которое достойно такого же преклонения, как и любовь, но бывает много труднее — искренность, полное слияние двух думающих голов и двух чувствующих сердец.

Ты помнишь, что ты сказала? Простые, но мудрые слова — раз все так, значит, это нужно, это какая-то человеческая поправка к божественной ошибке. С того дня у меня началось развитие той мысли, какую теперь называю историко-статистической религией. Подняться над эпохами, подняться над людьми, нас окружающими, посмотреть, как живут эти же люди в ими созданном обобщении, и тогда выводить законы жизни и морали.

А — главное — не переставать себя уважать. Этому ты меня научила, этому я тебя учу — и это основной закон нашего счастья. Нам необыкновенное счастье подарила судьба. Любить и одновременно уважать друг друга — согласись — очень редкая и счастливая комбинация.

3.12

Вечер, в казарме. Оторвался на минуту от партитуры, которую пишу. Я, кажется, уже тебе писал, что оркеструю "Северную звезду" Глинки для нашего оркестра. Сегодня принес капельмейстеру на просмотр. Он нашел несколько ошибок и неправильностей, но потом похвалил. Я очень развиваюсь в музыкальном отношении. Разбираюсь хорошо в оркестре. Это очень приятный инструмент, но играть на нем очень трудно. В симфоническом оркестре все духовые инструменты мне будут известны в совершенстве. А они составляют наиболее трудную часть его.

Когда партитура будет закончена, напишу тебе, как ее репетировали. Успею еще до твоего приезда написать.

Известие газетное о предложении перемирия в первую минуту потрясло меня, но скоро я успокоился и стал способен трезво рассуждать. А рассуждать трезво — значит предаться пессимизму. Мира не будет теперь.

Закончил книжку "Современного мира". В этом № 9 есть статья, которую хочу с тобой вместе прочесть. Кто-то, очень умный человек, вероятно, знаменитый ученый, подписался одной буквой С... Мою же собственную мысль сообщил в продуманном и научном порядке. Как странно слагается мое миросозерцание. Где-то в глубине души, на границах сознания незаметно происходит работа совершенно независимо от моего мозга. Я думаю, там передумывается иначе, и рано или поздно эта глубинная мысль выплывет из неизвестности, и окажется, что я давно уже ее знаю. Это мысли об аристократизме, о либеральной буржуазии, о рабстве, об историческом развитии идеи свободы...

Терпеливо жду поезда. Скоро, скоро, детонька моя, обниму тебя.

6.12

Твое письмо так обрадовало, так обрадовало, что мигом забыл и долгое ожидание, и усталость.

В письме радость жизни, радость творчества и справедливая радость человека, получающего верную оценку. Я рад за твою умную работу (ты у меня всегда умница!). Не забудь купить ноты всех танцев, что на курсах танцевала. Как странно и грустно, что я — так верящий в тебя — до сих пор не видел тебя в танце, в настоящем увлекательном бурном танце. Видел тебя в детских танцах, "Жалоба Гречанки", мельком в "Пьеретте", еще в "Поэме экстаза"...

Но я терпелив, наш час еще не пришел, он ждет нас, как ждет где-нибудь тот дом, в котором заготовлено мое безмерное счастье. В этом доме будет очень удобно, комфортабельно, большая библиотека, двери чтоб не скрипели, ванна облицована эмалевыми барельефами и кровать широка.

И чтобы было много творчества. Творчество в кабинете, творчество в детской, творчество в спальне.

Везде — хорошо! И по дому ходит удивительная женщина, одна из десяти в Европе.

Марьянка, купи мне в Киеве английские книжки, которых здесь нет. "Английские книжки для русских читателей" изд. Карбасников, 2 серия — все книжки, кроме Уайлда "Счастливый принц". Сейчас спешим на игру. Марьянка, почаще балуй меня такими радостными письмами-улыбками, как это последнее.

7.12
2 часа ночи

Пришли сейчас из офицерского собрания, играли танцы для г.г. офицеров и их дам. Интересно наблюдать со стороны. Очень трогают те девушки, которые остались без приглашения на танцы. Нужно было видеть, как она расцвела, как заблестели ее глаза, когда ее наконец пригласил какой-то замухрышка-офицер. Хоть плохонький мужчина, а все же мужчина. Жалко ее было.

В начале вечера были танцы для солдат. Вот где приятно играть. Знаешь, что каждая нота входит в душу слушателей и потрясает до конца. С ними танцевали горничные, кухарки, барышни "в шляпках". "Шляпка" для солдата — это барышня с претензией. С одной стороны, его тянет к ней, а с другой — он критически относится к ее шику. Не может выбрать между шляпкой и платочком.

Страшно захотелось почитать с тобой вместе, позаняться вместе.

Читал вчера по-французски Мопассана и решил отложить занятия до той поры, когда это можно будет с тобой вместе. Будешь меня учить хорошему выговору?

ГЛАВА 32 — Из сундучка. Семейная переписка

Иду спать. Досыпаю мои последние холостые ночи... Целую твои плечи. Яша

20.12

Дорогая Мариночка! Пишу в казарме, куда пошел за шоколадом и докторским хлебом.

Через несколько часов ты уедешь. У меня сильно скребет, но я крепко держу себя в руках.

Все же мы представляем из себя интересную пару: самую счастливую — и самую несчастную на свете. В счастливые минуты мы думаем о первой половине формулы, а в несчастные — о другой.

Сегодня мы несчастны, ни капли из былых счастливых минут уже нет...

КИЕВ
ЯКОВ — МАРИИ

30.12

Все как было, только странная
Воцарилась тишина...
И в окне твоем — туманная
Только улица страшна.

У меня даже и странная тишина не воцарилась. Все как было. Получил твое письмо, и снова завязалась старая милая бумажная связь между нами. Ты — письмо, я — письмо, письмо — сосуд радости, письмо — слеза грусти, — все как было!..

Все же много лучше, стал совсем спокойным и уверенным, как было в доброе старое время. Я никуда не спешу, я ничего не жду (о твоем приезде еще не думаю). Большая работоспособность. Пусть все это передастся тебе, мой друг!

…Детскость есть серьезное отношение к пустякам и к тем искренним переживаниям, которое пустяки возбуждают. Детскость есть чувство непременно бессознательное. Стоит взрослому в ту же минуту понять свою ребячливость и дальше продолжать ту же игру — и он мигом превратится в ломающееся неприятное существо. Но бессознательная ребячливость обворожительна. Смотришь на человека, когда он катается на коньках, или когда он с любопытством разглядывает замысловатую ручку зонтика (твой папа), или когда он просто по-иному, по-детски улыбается (мой папа), — тогда начинаешь понимать, что разыскал в хаосе обыденной жизни какие-то ценные самоцветные штрихи и любишь их…

…Сегодня была опять военная прогулка. На дворе очень холодно, но нет большего наслаждения этих веселых шествий. В пропавшем письме я писал, что прогулка — это целая симфония переживаний массы молодых здоровых тел. Это настроение перебрасывается от одного к другому и завладевает самыми мрачными душами. Когда заиграет музыка (это мы играем, это я играю), то все это настроение получает ритмическое воплощение. Изо всех ворот выбегают дети, кухарки в калошах на босу ногу, пересмеиваются с солдатами, а те смотрят, как стадо голодных волков.

Сегодня на прогулке продумал несколько мыслей о Чехове. Вот по какому поводу. В газете один скорбит по поводу того, что Москва теряет свой московский облик из-за беженцев (читай евреев), которые портят русский язык. Он пишет, что теперь уже говорят "звóнят", "я спáла", как спадает, вероятно, вода после разлива. Я думаю, что всякие тоскливые слова об ушедшем, вроде Вишневого Сада, не имеют никакого жизненного обоснования. Остается только некоторый эстетический флер. Я не Лопахин, но Лопахин мне ближе всех остальных умирающих людей. Он единственный — живой. Но задуман был как комический герой! И вообще — комедия! Чехов видит обитателей имения как сатирические типы. Но если так, то Лопахин из них единственный деятель. Приговор прошлому, но в мягкой комедийной форме. А Станиславский драму разыгрывал. Красивый помещичий дом с колоннами, красивое страдание его высших обитателей. Чехов не смеется, он грустно улыбается уютному миру, к которому сам принадлежит, и это прощальная улыбка. Не потому, что он знает, что скоро умрет, а потому что понимает, что этот мир его не надолго переживет… Пусть рубят цветущие деревья — я знаю, вырастут на их месте кривые закоулки бедных домов, которые столпятся вокруг фабрики. Страдания увеличатся, семейный строй распадется, но будет сделан еще один шаг к сознанию, сознательности. Будет ли сделан следующий шаг к борьбе — это меня сейчас мало интересует. Самое главное зло — человечество бедное, грязное, некультурное, не понимает ничего. И за приобретение сознательности платят обыкновенно вековыми страданиями и большой кровью. Но это стоит такой цены. Мне кажется, Чехов это предчувствовал. Прошлый мир презирал, а будущего боялся. Страдание вишневосадцев — приукрашенное. Другое страдание — обнаженное, надорванное, голодное, но активное, действенное — преобразуется в нечто невиданно новое, что превзойдет все утопии первых социалистов от Томаса Мора до Томмазо Кампанелла, всё задолго до Маркса было придумано и продумано. Думаю, что через сто лет, когда культура человеческая разовьется до невиданного уровня, Чехова будут смотреть на театрах именно как высший памятник ушедшего мира. Но пьесы его — необходимая ступень к высшему и лучшему…

Эти дни мы много заняты. Каждый день ротный праздник. Офицеры приглашают своих, солдаты своих дам. Солдат усаживает своих приглашенных девиц и особенно горд хорошим платьем своей возлюбленной. Офицерские дамы презрительно оглядывают кухарок и с чувством большого достоинства усаживаются в первых рядах. Одна кухарка меня очаровала. Была она в белой кофте на выпуск и в помрачающей голубой юбке, может быть, нижней. Как она была счастлива! Такие фигуры встречаются только у кухарок — боже, что она со своим бюстом сделала! Умора! Веселье все было на галерке, где сидели солдаты без дам.

Мои занятия английским яз. идут очень успешно. Сегодня кончил "Счастливый принц" Уайльда. Очень мне нравится, я не враг хорошо задуманной моральной сентенции. Рекомендую тебе эту сказку. Она пригодится для занятий с детьми. Посылаю тебе две сказки ("Звериное дерево" Ремизова и "Непрощеное дерево" Тэффи), и вот для какой цели. Для самостоятельного сочинения сказок нужно хорошо ознакомиться со сказочными элементами, с оборотами речи, с примерами, аллегориями, комбинацией условий, которые во всех сказках одинаковы. Изменяется идея, основная тема, но сказочные элементы остаются неизменными. В этих сказках какие-то новые элементы встречаются. Особенно интересные элементы встречаются в восточных сказках, также у экзотических народов — у негров, китайцев, индусов. Но вообще — литературная сказка может существовать и по своим собственным законам, которые каждый автор сам создает, комбинируя с известными приемами.

Напиши мне, что удастся тебе сделать из них. Тибетскую ты можешь употребить целиком.

Целую тебя, моя родная!

31.12

Привет, Марьяна! Эти дни праздники у солдат ежедневно. Кому праздник, а нам — двойная работа. Но это приятная работа, смотрю, наблюдаю во все глаза, изредка удается подсмотреть что-нибудь занятное.

"Кум мірошник, або сатана у бочці". Кумедия с танцями, співами и горілкой. Горілки нет, остаются только танцы и співы. Співы идут под аккомпанемент нашего оркестра. Я бурно радовался во время репетиции. Чувствовал себя артистом оперного театра. В казарме есть оборудованная сцена. Перед рампой расставили нам пульты, как следует. Посреди дирижер, справа флейта, кларнет, слева — медные. Как у людей, дирижер подавал вступления хору и артистам. Как и следует, те не попадали и врали нещадно. Кроме "Мирошныка", балерина будет плясать для этих милых солдатиков. Сегодня была уже проба. Балерин две. Одна побольше и потолще, вторая — с крашеными волосами, в котиковом пальто, востроносая, кошачья немножечко. Танцуют хорошо, как обыкновенно, как все. Мазурка, лезгинка, русская. Офицеры на сцене увивались за ними, как увиваются за женщинами, на которых волшебные огни рампы набрасывают флер очарованья, перемешанного с надеждой о доступности.

Солдаты смотрели, как смотрят на хрустальный дворец. Красиво и бесконечно далеко от меня, почти не земное. Актеры и актрисы из "Мирошныка" жались по углам сцены. Капельмейстер иронически смотрел, как человек видавший виды.

Вчера был праздник 8 роты. Я был очень доволен им. Удивлен безмерно. Совсем праздник — по-иностранному, не по-нашему. Я радовался организации его, везде видел и оценивал продуманность мелочей. Все было предусмотрено и хорошо устроено. Порядок идеальный, кровати из казармы были убраны в один угол и задрапированы зеленым полотном, для гостей — раздевалка с вешалками, с номерками, с веревочным барьером. Небольшая эстрада из столовых столов, вместе сбитых и завешанных зелеными платками. Везде просторно, удобно, для каждого дела — назначенные люди, вероятно, репетировавшие свою роль. Концерт окончен, появились люди с молотками. В две минуты сцена была разобрана без стука, кто-то прибежал с тряпкой, вытер столы, кто-то ощупал края столов — нет ли гвоздей, и концертный зал превратился в буфет.

До 4 вчера играли, а сегодня опять всю ночь. Уже устаю немного. Завтра уже последний праздник. Все это отдает безумием, которое как будто никто не замечает. Я просмотрел вчера в библиотеке газеты за последние три месяца, статистики сколько-нибудь достоверной нет, но, по моим соображениям, война эта уже стоила не меньше пяти миллионов жизней, а про раненых — даже приблизительной оценки дать не могу. Думаю, вдвое больше. И при этом Антанта отклонила германское предложение о мире. Наша жизнь, единственная и так много нам обещающая, проходит на фоне великого мирового безумия…

Твой Яша

ГЛАВА 33
Киев — Москва
(1917–1925)

Яков, вовлеченный в первые же месяцы после февральской революции в политическую деятельность, стал членом Харьковского Совета рабочих и крестьянских депутатов, но постоянно чувствовал себя не в своей тарелке — большинство окружавших его людей были столь темны и неразвиты, многие даже безграмотны, что задачу свою видел скорее в просвещении. Если с каждым из этих людей он мог разговаривать, то когда они сбивались в толпу, обращались в дикую и страшную стихию. Ораторские его попытки быстро привели к мысли, что евреи в этом мощном революционном процессе вызывают только раздражение. Его природная активность постоянно наталкивалась на раздражение, а желание приносить пользу стране, переустройству ее промышленности и созданию новых принципов управления вызывало подозрение. Яков пытался найти место, наиболее соответствующее его знаниям и идеям, но место это не находилось.

Украину трясло. Власть в Киеве за два года менялась семнадцать раз, и обывателям более всего хотелось, чтобы утвердилась хоть какая-то. В декабре 19-го она утвердилась: советская.

Маруся, вдохновенный сторонник новой власти, торжествовала победу над буржуазным миром. Еще в 17-м году, когда советская власть одержала первую пробную победу в Киеве, Маруся присоединилась к группе актеров-энтузиастов, устроивших под руководством молодого режиссера из Галиции Леся Курбаса постановку символической картины "Революционные движения". Правда, сразу после этой грандиозной постановки, которая с успехом прошла на площади, при большом стечении народа, она разругалась с Лесем Курбасом: Маруся, прекрасно владевшая украинским языком, упрекнула его в излишнем украинском национализме, потому что, как она была уверена, в будущем государстве воцарится полный интернационал, а мелкие национальные культуры уступят место новой всемирной пролетарской культуре. Карьера ее в "Молодом театре", которым руководил Курбас, на этом завершилась. Кто мог предвидеть, что Лесь Курбас в 33-м будет расстрелян на Соловках за свои националистические заблуждения, а еще полвека спустя культура действительно потянется к некоторому универсализму, хотя о пролетарском характере чего бы то ни было забудут по причине полной исчерпанности Марксовской идеи о ведущей роли пролетариата. Но Якова в этот момент рядом с Марусей не было, он не мог внести своих умиротворяющих поправок, да и сам Яков, с его высокоорганизованным умом, был очень далек от таких исторических прогнозов. Был он впереди своего времени, но не настолько же!

Вернувшись в Киев, Яков окунулся с головой в профессиональную деятельность. В Коммерческом институте произошли большие перемены. Профессор, который настаивал на его зачислении в ассистенты кафедры, ушел с немцами, его место занял напуганный

ГЛАВА 33   Киев — Москва

до костей доцент Калашников. Сложилась сложная ситуация, в глазах старой профессуры Яков выглядел революцонером, а вновь пришедшие люди поражали своей полной профессиональной неосведомленностью.

Задачи перед экономистами власть ставила не игрушечные: огосударствление экономики, прекращение товарно-денежных отношений, введение продразверстки… военный коммунизм. Тут уже и Яков пришел в отчаяние. О строительстве какой-то новой экономики не могло быть и речи.

Ожидаемая жизнь "по справедливости" в первую очередь ударила по семье Якова — было национализировано мукомольное производство и перевоз через Днепр, организованные его отцом еще в начале века. Мельница, исправно работавшая почти двадцать лет, была остановлена. Яков оставил едва начавшуюся карьеру в Коммерческом институте и устроился в статистический отдел Наркомата труда Украины. В создавшейся в стране ситуации для себя лично он видел только одну реальную задачу: добросовестно фиксировать происходящий экономический процесс. Его деятельность свернулась до дискуссий в самом близком кругу, а главным его собеседником оставалась Маруся, увлеченная построением великого будущего.

Генрих был предоставлен соревнующимся друг с другом бабушкам. Родителей он видел нечасто — они работали с увлечением, а Маруся, как всегда, находила какие-то курсы для повышения растрепанного образования и время от времени участвовала в каких-то театрально-танцевальных группах. Киев тяготил ее провинциальностью, тянуло в Москву, где уже обосновался брат Михаил. Он к тому времени женился и был увлечен семейной жизнью. Брат Марк еще в 13-м году вместе со своей адвокатской конторой перебрался в Ригу. Иосиф, исчезнувший после своего ареста еще в 1905 году, объявился в Америке и писал редкие невнятные письма. Он еще с 1905 года был пламенным революционером, но после большевистской революции 1917-го в Россию не вернулся: в его редких письмах родственникам прорисовывалась мысль, что делу мировой революции он более полезен в Америке...

В 1923 году исполнилась мечта Маруси: Яков получил работу в Центральном Статистическом управлении при Совнаркоме СССР, и маленькая семья Осецких переехала в Москву. Им дали большую комнату в коммуналке на Поварской улице, которая к этому времени утратила свое историческое название и стала на несколько десятилетий улицей Воровского... Якову был выделен кабинет — вплотную к подоконнику поставили письменный стол, в одном углу поставили тахту, деланную наскоро дворовым плотником, купили детскую кроватку. Влез и обеденный стол, и буфет, и полки для книг... Через неделю после заселения Яков притащил в дом нелепый, но необходимый предмет — ширму. Комната была большая, двадцатиметровая. Роскошь.

Генриха отдали в школу, а после школы он ходил в прогулочную группу на Никитский бульвар с найденной по объявлению старообразной немкой. На том же бульваре гуляла и его будущая жена Амалия... Началось московское детство.

Маруся по-прежнему занималась образованием и самообразованием, в свободное от занятий время учила Генриха читать, делать гимнастические упражнения и лепить. Все это по не вполне забытой, но вышедшей из моды Фребелевской системе... Мальчик стал проводить больше времени с матерью, а бабушек-дедушек из прежней киевской жизни быстро забыл. Для родителей он был трудный ребенок — плохо ел, плохо слушался, вредничал, при случае топал ножками или бросался об пол...

Яков заканчивал книгу, которую задумал еще в Киеве. Называлась она "Логика управления". В ней он излагал давно занимавшие его мысли об общих законах управления, которые в равной мере работают как при капиталистическом, так и при социалистическом методе управления промышленным производством. Маруся тем временем пыталась найти себе преподавательскую работу, но в новой жизни школа движения была мало востребована, а там, где она могла бы проявить себя, уже сидели другие люди. Спасала Марусю широта ее интересов — подруга по Фребелевскому институту Владислава Коржевская, с которой вместе они работали в Киеве в детском саду для детей работниц в начале Марусиной карьеры, представила ее Крупской.

Они долго беседовали, обсуждали организацию детских садов нового типа, для разработки которых уже был привлечен московский архитектор Армен Папазян. Принципы дошкольного воспитания, по мысли Надежды Константиновны, должны быть теми же самыми, что для пионерской организации — "по форме скаутской, по содержанию коммунистической". За эту самую "скаутскую форму" Надежду Константиновну уже изрядно потрепали при создании пионерской организации, но она, хотя свои ошибки охотно признавала публично, в душе была большая упрямица.

Беседа Маруси с Крупской длилась больше двух часов, была полна сердечности и взаимопонимания, и расстались они полными единомышленницами, а перед Марией Петровной была поставлена задача проектирования новых игрушек для пролетарского воспитания деток, с помощью головастого Армена Папазяна. А их изготовление будет поручено одному из деревообрабатывающих предприятий Москвы или Подмосковья!

Армен оказался веселым армянским молодцом, детского роста, но с большой шевелюрой и пышной бородой. Художник, настоящий художник! Через две недели комната на Поварской, к восторгу Генриха, наполнилась конструкторами, из которых можно было собрать и серп, и молот, и автомобиль, и самолет. Семилетний Генрих погрузился в сборку и разборку деревянных и металлических фрагментов, и не было для него занятия слаще. Родители наблюдали за сосредоточенным ребенком и радовались столь раннему пробуждению инженерных способностей. Оторвать его от занятий было сложно, он орал и упирался, даже спать ложился с какими-то металлическими сочленениями, и Маруся боялась, как бы он не поранился во сне.

По воскресеньям Генриха развивали в художественном отношении — водили по музеям и по театрам. К изобразительному искусству он оказался совершенно равнодушен, в театре вертелся, требовал отвести его немедленно то в буфет, то в уборную. Только "Синяя птица" захватила его настолько, что он забыл про буфет. Но когда спектакль закончился, он потянул Марусю на сцену — узнать, действительно ли птицу красили в синий цвет с помощью электричества, как предположил. Единственный музей, куда он готов был ходить всегда, — Политехнический, и поход на Лубянскую площадь в воскресный день стал для мальчика наградой на все те годы, пока ему одному не позволяли ходить по городу…

Яков, не слишком доверяя наемной немке, пытался заниматься с сыном немецким языком, но Генриху это было скучно. Отец усаживал его за пианино — это была пытка для них обоих. Особым свойством натуры мальчика была способность заболеть от домашнего насилия. У него действительно начинал болеть живот всякий раз, когда Яков настаивал на выполнении какого-то задания. Расстройство желудка случалось с ним каждый раз, когда особенно не хотелось идти в школу.

Генрих обожал мать, избегал отца, и всякий раз, когда Яков пытался заставить его выполнять задания, он искал защиты у матери. Маруся извелась: она снова похудела, напала бессонница, ночной кашель. Врачи говорили: нервы. После окончания Геней второго класса Яков отправил семью на поправку в Крым почти на два месяца...

ГЛАВА 34
Юрик в Америке
(1991–2000)

Поверхность жизни сильно поменялась. Дома в Москве Юрик почти ее не замечал, она была ровная, движения в ней автоматические — проснулся, умылся, позавтракал, в школу, из школы, за гитару... а дальше жизнь происходила в музыке: новизна ежедневных открытий, одно сплошное наслаждение. Здесь, в Америке, — новый дом, полный чужих мелких звуков, чистенький дождь за окном, Марта с постоянной приклеенной улыбкой, молчаливый Витя и английский язык, знакомый ему почти исключительно по текстам "битлов". Мир старых привычек был разрушен, а новые — для защиты психики от постоянных непривычных беспокойств — еще не выстроились.

Первые дни в Лонг-Айленде совпали с рождественскими каникулами. У Марты был план свозить Юрика в Нью-Йорк, но она простудилась и поездку пришлось отменить.

Юрик взялся за гитару, но никак не мог сосредоточиться — что-то мешало. Виктор эти рождественские дни проводил в лаборатории — в конце декабря университет купил компьютер фирмы NeXT, последнее дитя Стива Джобса, уволенного к тому времени из Apple и создавшего новую компанию, производившую

ГЛАВА 34   Юрик в Америке

эти новенькие "нексты" с новой операционной системой, прообразом будущих МАСов. Витя никак не мог оторваться от этой новинки. Он пригласил Юрика посмотреть — это был первый компьютер, который Юрик увидел живьем. Витя гладил корпус и нахваливал черный ящик, как хозяин собаки нахваливает стати своего любимца: восхищался его мощностью, оперативной памятью, дисплеем с невиданно высоким разрешением.

Юрик спрашивал, Витя отвечал. Витя отвечал, Юрик переспрашивал. И схватывал. Часа четыре — как одну минуту — просидели они в пустой лаборатории, и Юрик понял, что бывает кое-что интересное помимо музыки... Они бы и всю ночь просидели, но позвонила Марта, сказала, что ждет их к ужину. Возвращались под мелким дождем в темноте, молча, каждый занятый своими мыслями: Витя — о том, какие чудесные возможности для моделирования клеточных процессов таятся в новом компьютере, Юрик — о том, что хорошо бы соединить музыку с этой потрясающей машиной. Он был не первым, кому это пришло в голову, но об этом не догадывался. Юрик не знал еще, что всего через пару лет компьютер станет необходимой частью любого музыкального процесса — от обучения до записи и исполнения...

Виктор был никудышним оратором, излагал мысли, оставляя пробелы и пропуская детали, которые казались ему самоочевидными, но Юрик его понимал и в разговоре умел перешагивать через незаполненные промежутки. Юрик сразу сообразил, что Витино дело заключается в умении заставить умную машину быстро решить задачу, которую обычный человек тоже может решить, но ему требуется очень много времени.

Это было начало девяностых, первые пробы волнующих взаимоотношений человека и машины, сюжеты научной фантастики приблизились к реальной жизни. Программисты догадывались, что созданные человеком искусственные мозги могут кое в чем превосходить интеллект создателей... Что скорость вычисления может создать новое качество...

Виктор приобрел в сыне внимательного слушателя, но слушателем Юриковой музыки не стал. Однако завязались новые отношения. С пяти Юриковых лет их соединяли шахматы, теперь, десять лет спустя, их, похоже, заменил компьютер.

Четвертого января Марта отвела Юрика в школу искусств, на музыкальное отделение. Юрик прошел собеседование по музыке, английский оставлял желать лучшего, и его определили в группу для иностранцев ESL (English as a Second Language). Обязательных предметов было всего четыре: этот самый ESL (Юрик через два месяца назвал его "английский для ослов" и перешел в обычный класс), математика, конституция США и неопределенный предмет под названием "science" — наука.

Из многих предлагаемых музыкальных курсов Юрик выбрал четыре — теорию музыки, классическую и джазовую гитары, базовый курс по фортепиано. Еще был "хор" как общий класс для всех, кто занимался музыкой.

Первый школьный день произвел на Юрика ошеломляющее впечатление. Утренние четыре часа были посвящены разбору недавнего рождественского выступления. Сводный хор школы исполнял на городском концерте части оратории Генделя "Мессия", и теперь руководитель хора, недовольный выступлением, от которого публика была в восторге, высказывал свои замечания:

— Open № 22! "Behold the Lamb of God that taketh away the Sin of the World", — гулким голосом объявил учитель.

ГЛАВА 34. Юрик в Америке

Юрик раскрыл самодельную книжечку с нотами и текстами. Нашел №22. Такие книжечки были у всех. Учитель взмахнул рукой. Он больше походил на баскетболиста, чем на музыканта, руки у него были как две совковые лопаты, он махал ими от плеча, как будто боролся с враждебным воздухом.

Звучал хор, на Юриков вкус, замечательно. Никакого сопровождения не было, и группы голосов работали как разные инструменты. Юрик слушал их почти в трансовом состоянии: он знал, что инструмент может звучать как человеческий голос, но чтобы голоса звучали как инструмент! — с таким Юрик еще никогда не встречался. Целую бурю переживаний вызвало это пение — изумительный хаос, в котором он не мог разобраться, но чувствовал, что слезы вот-вот брызнут... Учитель жестом останавливал пение и объяснял им, где они напортачили. Удивительно, но Юрик его понимал: направленность его интереса помогала в понимании чужого языка.

Вот счастье привалило, наконец-то будут у него учителя, с которыми интересно, и он выберется из тупика, в который попал дома. Он понял, что находится в нужном месте в нужное время.

Лучше всех был учитель по теории музыки. Он играл на "кото", старинном японском инструменте, странную японскую музыку, без определенного количества нот на октаву — и не семь, и не двенадцать, а сколько угодно: вместо гаммы предлагалась бесконечность. От этого просто мозги кипели. Зато гитарный преподаватель оказался сущий зверь, совершенно противоположного знака. Черный толстяк, южанин, с лысой макушкой и обильным бордюром вокруг лысины, он даже не стал слушать, как Юрик играет. Он ткнул пальцем в Юрика и сказал: "Practice scales!" — Играй гаммы! Он это всем говорил, но занятия по технике были индивидуальные, и Юрик не знал, что мистер Кингсли всех учил одним способом: требовал, чтобы ученик играл 120 гамм на две октавы в течение 10 минут, а при малейшей помарке начинал сначала. Стресс был такой, что на втором занятии у Юрика пошла кровь носом. Ничего другого Кингсли играть не давал. И поговорить тоже не давал. Много времени спустя Юрик оценил эту зверскую манеру. В отношении Кингсли к музыке не было ни капли радости, одна гимнастика пальцев. Но Юрик уже понимал: если музыка не доставляет радости музыканту, она не в радость никому.

Прелестная старушка-француженка преподавала фортепиано. Глядя на ее порхающие морщинистые ручки, Юрик испытал профессиональную зависть: у пианиста для обеих рук один и тот же механизм движения, тогда как у гитариста более сложная координация — левая и правая руки должны жить разной жизнью, но в идеальной синхронизации… И, конечно, главное преимущество фортепиано — оно позволяет вести несколько голосов одновременно и открывает целую вселенную звуков, неисполнимых на гитаре. Кроме того, для фортепиано существовало огромное количество музыкальной литературы — больше, чем для любого другого инструмента.

Занятия классической гитарой, которую он не любил, расширили его возможности: преподаватель-"классик" Эмилио Гальярдо, однофамилец или родственник звезды испанской классической гитары, ставил технику пальцевого звукоизвлечения на отличном инструменте фирмы "Antonio Sanchez", и Юрик научился играть без медиатора и прибегал к нему с тех пор только в особых случаях либо когда ломал ногти. Ногтевое звукоизвлечение давало совершенно другое качество звука. Одно-

ГЛАВА 34. Юрик в Америке

временно Эмилио Гальярдо научил его правильному обращению с ногтями — как их отращивать и затачивать по прямой линии под углом сорок пять градусов между ногтем и пилкой. Так разрешилась детская травма, произошедшая от постоянных скандалов с мамой по поводу стрижки ногтей.

В классе джазовой гитары, после мытарств с мистером Кингсли, Юрик перешел к новому преподавателю, Джеймсу Лавски, с которым сошелся вкусами. Каждый день открывались новые возможности, но стала гораздо нужнее теория. Раньше гитара в Юриковых руках была похожа скорее на духовой инструмент, теперь Юрик понял полифонию. Именно в классе джазовой гитары он приобрел музыкальную грамотность и стал писать первые аранжировки джазовых стандартов. Оказалось, что это самое интересное.

Два года Юрик занимался в школе. Играл в школьном джазе, его считали крутым. И сам он в этом не сомневался. Прежнее увлечение битлами считал возрастным, хотя нежное чувство — память первой музыкальной любви — сохранил. Играл он теперь то, что играли великие джазовые гитаристы — Вес Монтгомери, Чарли Берд, Джордж Бенсон. Копировал, прикусив изнутри губу, напряженно. Среди всего разнообразия новых музыкальных имен отдельной статьей стоял Джанго Рейнхардт, бельгийский цыган без двух пальцев на левой руке. Он был просто непостижим и недостижим, как существо с другой планеты. Второго такого не было и быть не могло.

На первом же году американской жизни Юрик открыл для себя Нью-Йорк и влюбился в него. Это была столица его музыки, и более всего захватила его уличная музыкальная жизнь "Большого Яблока". Город воплощенной мечты. Попадая туда, он готов был идти за первым встреченным уличным музыкантом, как в детстве за первым попавшимся котом.

Каждое воскресенье он мотался в Нью-Йорк с одноклассниками или в одиночку. Потом осмелел, стал брать с собой гитару и пристраиваться к играющим в метро или в сквере музыкантам. Иногда гнали, иногда принимали. Но с того времени с гитарой он не расставался — куда бы ни шел, она была при нем.

Отношения с Мартой были прекрасными, хотя порой она из-за него сильно переживала, особенно в ту первую ночь, когда он не вернулся из Нью-Йорка, ночевал с компанией музыкантов, курил с ними траву… Потом такие "загулы" стали случаться все чаще. Нью-Йорк был так приветлив, так дружелюбен… Лонг-Айленд казался ему теперь деревней, где ровным счетом ничего не происходит. Это было не так, там были свои джазовые фестивали, своя отдельная тусовка, но с Нью-Йорком — несравнимая.

Школу он кое-как закончил. Шекспира по-английски читать так и не научился, но для "среднего балла" хватило домашнего образования, Нориного чтения вслух и постоянных театральных разговоров, в которых Шекспиру уделялось достаточно внимания. Математичка, время от времени будившая Юрика на уроках математики, раздражалась на его сонливость, но знала, что задачки, над которыми пыхтят одноклассники, он решает в уме и быстро. Математику в России преподавали лучше. А может, Витин ген просыпался… По музыкальным дисциплинам у него были хорошие баллы, и Марта, лишенная слуха, страшно гордилась его успехами и мечтала, что он будет учиться дальше, в каком-нибудь прекрасном музыкальном месте вроде Беркли…

В конце второго учебного года Юрик спросил любимого джазового учителя Джеймса — что бы ты делал на моем месте? "Заперся бы на пять лет в комнате и играл. Больше тебе ничего не надо". Это предложение Юрику в целом понравилось: единственное, что его не устраивало в этом совете, — запертая комната.

Его тянул к себе город, менее всего похожий на запертую комнату... Там на каждом углу цвела восхитительная житуха, а учиться он хотел на ходу, играя...

На торжество по поводу окончания школы — prom — прилетела Нора. Самолет приземлился рано утром, она отвезла чемодан к Марине Чипковской и сразу же поехала на Лонг-Айленд.

Юрик был рад матери, но встретил ее так, как будто она вчера вышла из дома. А не виделись они полтора года... Он немедленно взял гитару, чтобы показать, чему он за это время научился, и играл ей четыре часа без перерыва.

Нора после перелета еще не очухалась, шли вторые сутки, как она не спала. Сначала очень радовалась Юриковой музыке, потом стала засыпать, потом вошла в странное состояние между сном и явью, в голове началась какая-то светомузыка, сполохи синего и едко-зеленого, отвратительно багрового и оранжевого, и она проскочила в какое-то смежное с музыкальным пространство, где ей было опасно и как-то безвыходно... Переночевала она в доме Вити и Марты, в гостиной. Марта была радостно-приветлива и проста. Казалось, что ее обожание Вити отчасти переносилось и на Нору... Чудеса... Краем глаза Нора приметила, как Витася ласково сжал Мартино запястье, как отодвинул стул, когда она подошла к столу... Похоже было, что он научился видеть другого человека. Неужели так бывает, чтобы человек, всю жизнь относящийся к окружающим инструментально, повзрослел к пятому десятку? Это любовь некрасивой и немолодой женщины смогла такое произвести? Еще удивительнее было то, что Витася даже не спросил, что там, в России, происходит. Впрочем, происходящее там к его профессиональной деятельности отношения не имело, а разницы между Горбачевым и Ельциным он не усматривал, как не замечал и многого другого.

Наутро Нора с Юриком поехали в Нью-Йорк. Юрик водил мать по городу, показывал тот особый музыкально-хипповый город, который взрослым и солидным людям совершенно неизвестен. Он привез ее в Нижний Ист-Сайд и повел по своим любимым местам. Нора, которая в прежний свой приезд уже изрядно походила по городу с Тенгизом, изумлялась тому, как он многолик — множество разных городов, как будто незнакомых друг с другом, сливались бесшовно: на одном конце улицы сновали с ног до головы отманикюренные люди в деловых костюмах, точно снятых с манекенов, на другом тусовались наглые босяки и опасные парни в рваных майках…

Не прошли и двух шагов, наткнулись на чернокожего музыканта, который закусывал сосиской посреди стоящих и висящих на подставках кастрюль и сковородок. Юрик поздоровался с парнем звучным рукопожатием-хлопком, обменялись парой слов…

— My Mom! — Юрик подтолкнул Нору к парню. Тот протянул ей руку. Неожиданная для толстяка рука — подвижная и юркая, как отдельное животное. Музыкант дожевал сосиску и брякнул по висящей кастрюле — она отозвалась неожиданно низким звуком. Это была увертюра. Он дал ей отзвучать и заколотил то пальцами, то кулаком, то ладонями по импровизированным барабанам.

— "Pots and pans", — объяснил Юрик с гордостью. — Здешний гений. В мире такой единственный!

ГЛАВА 34 Юрик в Америке

"Город-театр", — подумала Нора, еще не успев как следует рассмотреть все его площадки, притягивающие внимание, и укромные, возникающие на пустом месте сцены и кулисы, подсобки и рабочие цеха. Юрик не только показывал ей любимые места, но демонстрировал заодно, что город принял его как своего ребенка, одного из множества играющих, танцующих, беспутных, веселых. Нора тогда не вполне понимала, до какой степени эта атмосфера свободы и полета подпитана дымком марихуаны, гашиша и прочих способствующих полету веществ. Про героин она еще и слыхом не слыхивала.

Юрик завел Нору в излюбленные места тусовки — "Performance Space 122", "Collective Unconscious". Народу там в это время почти не было, только пустые банки из-под колы, пакеты, части разъятого велосипеда, грязный тюфяк, спальный мешок и сломанный зонт олицетворяли собой это самое "Коллективное бессознательное". Это и впрямь было место придонных радостей и шальной свободы, место, где поют, пьют, играют и ширяются поздними вечерами и ночами. Стало немного не по себе. Обошли несколько похожих площадок: кое-где Юрика знали, с ним здоровались, он гордился своей причастностью к этой андеграундной жизни. Несколько ребят мертво спали, завернувшись в спальники. Один явно пьяный старик проснулся, вылез из кучи тряпья, попросил денег. Конченый человек.

— Дай ему доллар, мам.

Нора дала.

Юрик вел Нору извилистым путем. Хотя у нее была карта, но ей не хотелось в нее заглядывать, и она лишь приблизительно понимала, как они двигаются. В этом городе сильнее, чем во всех известных ей городах, работал невидимый компас, тянуло то на север, то на юг... Но они шли как раз на восток, к Ист Ривер.

На Авеню А, между Седьмой улицей и Сан-Маркс Плейс, обнаружилась какая-то дыра в стене, где приютился магазин. Юрик сунулся туда.

— Сейчас фалафель съедим! Самый дешевый во всем городе — 1,25! — объявил он. — Все наши сюда бегают. Отличные фалафели. Ахмед-хромой хозяина зовут...

Нора взяла из рук Ахмеда горячую тонкую лепешку с начинкой, куснула и подумала: если бы мне было восемнадцать лет, я бы здесь застряла на всю жизнь, никуда бы отсюда не уехала. Хотя, конечно, опасное место. Как будто сирены поют и зазывают, но не съедают сразу, а высасывают постепенно... Но пока призрак опасности лишь придавал очарование месту. Город, как огромный слон, подставлял любознательным зрителям то один бок, то другой, то хвост, то хобот...

Потом Юрик повел ее в "Nuyorican poets cafe". Посетителей в это предвечернее время было немного, а по стенам висели фотографии страшно знаменитых людей, из которых Нора узнала только Че Гевару. Юрик впервые в жизни оказался более информированным: "Смотри! Это Аллен Гинзберг". Под его фотографией — малосимпатичная рожа! — висело его высказывание, написанное белыми буквами по черному фону, — "The most integrated place on the planet".

Здорово сказано, но перевести на русский невозможно... Интегрированное место... Но понять можно — место равенства людей, отсутствия сегрегации, свобода выражения до крайних пределов и вообще без пределов. Норино книжное знание выдало ей немедленно все артистические кафе начала века — парижские "Де Маго" и "Ротонда", петербургский подвал

"Бродячая собака", барселонская пивная "Четыре кота". Все они приходились предками в третьем колене этому Нью-Йоркскому артистическому гнезду, но пахло не декадансом, не футуризмом и "дада", а социальным протестом, революцией и терактами... Здесь был сегодняшний и отчасти немного вчерашний авангард, все на условно-передовой линии фронта — и музыка, и поэзия, и перформанс, и все это не имело никакого отношения ни к мейнстриму, ни к коммерции. Крутили какую-то фантастическую оперную певицу, Нора даже остановилась, прислушиваясь, но Юрик махнул рукой и сказал, что это поет контртенор... Такой высокий мужской голос, в Италии была специальная музыка для кастратов. И музыку специальную для них писали. А сейчас снова в моду вошли эти голоса, — объяснил Юрик и обрадовался: а ты раньше не знала?

— Да знала, знала. Просто никогда не слышала...

"Ну и Юрик! Ну и местечко! — восхитилась Нора. И подумала: — Надо срочно отправлять его на учебу, куда угодно. Здесь можно увязнуть на всю жизнь..."

Ей и самой здесь все очень нравилось: растаман со сложно устроенной прической и с попугаем на голове, анорексичная девица, перебинтованная с ног до головы как египетская мумия, гитарист, при виде которого Юрик чуть сознание не потерял: "Мам, это сам Джон МакЛафлин!.."

Компания за соседним столиком как будто играла в карты — но на самом деле не играли, а знаменитый гадальщик открывал им судьбу на картах "таро". В темноватом углу сидел в позе лотоса двухметровый необычайно белый человек в оранжевой накидке буддийского монаха. Альбинос.

Пешком дошли до Бликер-стрит. Нора устала. День клонился к вечеру. На входе в метро Нора сунулась покупать билеты. Юрик заглянул в кассовое окошко, оживленно заговорил с пожилым чернокожим в форме служащего метрополитен. Нора не понимала ни слова. Отошла. Кассир открыл боковую дверку, вышел из своей клетки, пожал Юрику руку, дружески хлопнул по спине. Разошлись. Юрик радостно сообщил, что этот дядька потрясающий гитарист, старый хиппи, который к старости лет пошел работать, зовут его "Gnome poem" — стих гнома, а как на самом деле его зовут, он и сам забыл...

Договорились, что Нора одна поедет в Северный Манхэттен к Марине, а он еще потусуется и приедет туда часов в одиннадцать. Пришел он в третьем часу. Хозяйка квартиры уже спала, а Нора сидела на кухне в полной растерянности: что в такой ситуации делать, она не знала. Искать — где? Звонить — куда? И вообще — что делать сегодня, завтра, через год?

В следующим году Нора не попала на Лонг-Айленд. Юрик к этому времени полностью перебрался в Нью-Йорк. Это был мягкий побег из дома. Марта уговаривала его учиться дальше. Юрик считал, что нью-йоркская жизнь лучше любого университета. К середине лета он так прочно зацепился за "Большое яблоко", что извлечь его оттуда было невозможно, как гусеницу-плодожорку из тела сладкого плода. Через пару месяцев он уже знал десятки таких же, как и он, угнездившихся в сердцевине "Яблока" гитаристов и ударников, саксофонистов и трубачей, и многие отвечали ему на приветствие — "Hi, Yorik!"

Когда он приезжал на Лонг-Айленд отмыться и взять чистое белье, Марта подбрасывала двадцатки и полтинники. Сидели вечер за компьютером, Витя по-

ГЛАВА 34 — Юрик в Америке

казывал сыну новые программы, слегка удивляясь его тупости. Потом звонили Норе. Звонки были дорогие, Юрик такой роскоши позволить себе не мог, а Нора никогда не могла застать его дома. Прочная связь с сыном, которая когда-то казалась Норе опасной, удивительным образом ослабевала до полного исчезновения...

Витю Юрик никогда особенно не интересовал, он не знал, на что живет его сын. Марта взяла на себя эту незначительную сторону жизни: оплачивала счета, покупала еду и одежду... Он очень приблизительно знал, на что сам живет.

В первый год после школы Марта брала на себя и Юриковы расходы, но считала, что поступает неправильно. Она происходила из бедной ирландской семьи и хоть была католичкой, но стиль жизни был вполне протестантский. К концу первого года Юриковой полунезависимой жизни она с трудом выговорила, что снимает его с довольствия. Юрик задумался о работе. Предложение поступило от приятеля по гитарной тусовке, израильского парня Ари, проводившего в Америке свои затянувшиеся после армейской службы каникулы. Для Ари, родившегося в России, русский язык был домашним, родным, он радовался возможности поболтать с Юриком по-русски.

Главная тема разговоров — армия. Юрик, покинувший Россию по настоянию матери именно из-за страха перед военной службой, не скрыл этого факта своей биографии... С точки зрения Ари это был поступок аморальный. Юрик же самую военную службу рассматривал как аморальную... Юрик был осведомлен о российских политических перипетиях и понимал, что после Афгана уже произошли осетино-ингушские и грузинско-абхазские события, и все не без участия русских. Да и в Чечне уже началась заваруха... Все это смахивало на войну, которой боялась его мать. Юрик не хочет ни убивать, ни быть убитым. Он хочет играть на гитаре. Рассказ Юрика о русском парне, который повесился, отслужив год в Афганистане, не произвел на Ари впечатления... У Ари был другой опыт — он обожал армию:

— Я был до армии просто кусок мяса, балбес с гитарой и позор семьи. Я за три армейских года стал профессионалом, моя военная специальность — радист, я арабский выучил... Потом, армия учит выживанию, и это особая наука... Самое главное — я научился учиться. Могу и тебя поучить. Научу тебя быть грузчиком... Не смейся — тоже наука...

Юрик немедленно принял предложение.

На следующий день Ари привел его в маленькую компанию по перевозке мебели. Мувинг, по-американски. Держал контору русский еврей с израильским паспортом и пестрой биографией. Возле него клубились причудливые люди разных стран и народов — неудачники, изгои и всякого рода чудаки. Первая бригада, с которой Юрик начал работать, была израильской, там он научился многим профессиональным приемам. Работали вчетвером — Ари, еще два бывших израильских солдата и Юрик. Оказалось, что в грузчицком деле ослиная выносливость важнее бычьей силы, а хорошая координация движений и мозги нужнее, чем большой рост и широкие плечи... Он проработал с этой бригадой три недели, а потом она распалась, потому что Ари с приятелями вернулись в свой Израиль. Юрик вышел на работу с новой бригадой — два шерпа и еще один новенький, огромный афроамериканский качок.

Оба шерпа — Апа и Пема — ростом были Юрику по подбородок, но, как оказалось, адской силы и выносливости. Поначалу они были необщительны, но через пару дней работы, видя Юриковы отчаянные попытки тянуть с ними лямку наравне, превратились в дружелюбнейших и теплых ребят. Качок в первый день смерил шерпов презрительным взглядом, но после трех часов работы лег вдоль стенки. Шерпы с Юриком отработали еще десять часов, а черный гигант на следующий день не появился...

Жил Юрик в пустующем доме, временной хозяйкой и самодеятельным администратором которого была Элис, старая алкоголичка с театральным прошлым. Она "вписывала" подходящих и "выписывала" негодных, гасила конфликты, добивалась соблюдения кое-каких санитарных норм, вела переговоры с городскими властями, чтобы они сквозь пальцы смотрели на этот приют бездомных. Юрику она покровительствовала, больше трех лет он продержался под ее крылом. Потом городские власти всех выгнали, сквот прикрыли, кто-то купил дом, и его поставили на реставрацию. Элис предложили работать в муниципалитете — с бездомными. Она стала чиновником...

Юрик тоже совершил значительный шаг вверх по социальной лестнице — стал квартиронанимателем. Снимал за 300 долларов вдвоем с приятелем, вороватым гитаристом из Перу, одну комнату в квартире, где жило еще четверо искателей американских приключений: арабская девушка, сбежавшая из дома, два поляка, работающих на стройке, и индус-проповедник какой-то неясной религии. Арабская девушка с одним поляком занимала самую большую комнату, проповедник со вторым поляком комнату поменьше, Юрик с перуанцем ютились в девятиметровке.

С перуанцем через полгода произошло чудо, он обратился, к большому огорчению индуса, в христианство. Перестал воровать, почувствовал себя праведником и верил, что в ближайшие месяцы Господь заберет всех праведников, включая и его, в блаженные места... Он называл себя теперь "born again", пел псалмы и проводил с индусом забавнейшие дискуссии на кухне, пока не отвалил куда-то в Калифорнию, к еще более праведным людям.

Теперь Юрик владел комнатой единолично: великодушная Марта спонсировала его, выделяя из своего бюджета 150 долларов, которые прежде вносил друг-перуанец. Это было как нельзя более кстати. Юрик к этому времени обзавелся чудесной подружкой Лорой Смит, и все его прежние случайные опыты не шли в сравнение с этим настоящим романом. Лора, школьница, кое-как заканчивающая хай-скул, была настоящим несчастьем приличной американской семьи. Каждый день они встречались — ей очень нравилось иметь бойфрендом русского гитариста, и она сопровождала его на всех его выступлениях, где бы они ни происходили — в метро, в сквере или в клубах, куда он попадал с одной из двух групп, приглашавших его поиграть, если нужна была замена. У Лоры тоже была своя творческая мечта — ей хотелось стать исполнительницей "танца живота". И она тренировалась в этом искусстве постоянно — в школе и дома, в метро и на улице. Маленькая девочка, на ходу слегка извивающаяся и качающая мальчишескими бедрами... Все танцевала, танцевала...

Комната Юрика стала их "гнездышком". Мир не видывал второй такой помойки: вперемешку громоздились на полу грязные носки, нотные листы, диски, окурки, бумажные тарелки и банки из-под колы. Загораживая наполовину выход в коридор и оставляя лишь

ГЛАВА 34 — Юрик в Америке

тесный проход, стоял старый электроорган "Хэммонд", оставленный прежними хозяевами.

Именно в этой комнате юная парочка расширяла свои познания о мире, принимая время от времени прекрасные вещества, уносящие в другие пространства. Закончив школу и швырнув родителям документ со средним академическим баллом, не оставляющим надежд на поступление в приличное учебное заведение, Лора объявила Юрику о его полной бесперспективности и утанцевала навсегда.

…Лора, Лора! Она унеслась от Юрика сначала в Калифорнию, причинив ему первую в жизни любовную травму, а потом и в более отдаленные места, куда во множестве отлетают эти бесстрашные и безмозглые любители опасных путешествий.

Уязвленный Юрик написал три песни, которые понравились руководителю одной знакомой группы и вошли в новый репертуар. Юрик впервые почувствовал себя настоящим автором. И понял, что новая музыка возникает из новых ощущений и переживаний. "Вот чего мне не хватает!" — решил Юрик.

За последние два года он почувствовал себя частью этого города. Музыка, его музыка рвалась со всех перекрестков, из всех щелей. Изредка приезжая к Вите с Мартой на Лонг-Айленд, он начинал скучать по Нью-Йорку уже в электричке. А уж детская Москва отодвинулась так далеко, что превратилась в картинку в перевернутом бинокле. Только Норин приезд напоминал ему о прежней неамериканской жизни.

Приехала Нора на "родительские дни", как называла она свои ежегодные посещения Нью-Йорка. Приезд матери нарушил Юриковы планы по приобретению новых ощущений. Целую неделю после смены в "мувинге" вместо запланированных новых ощущений он освежал старые: гулял с Норой по городу, показывая его сладкие закоулки.

Нора шла рядом с вполне взрослым мужиком, красивым и рослым, но совершенно не похожим на молодых людей, студентов и актеров, с которыми она общалась дома. Чем отличается? Полной беззаботностью, настораживающей детскостью, какой-то расхлябанной свободой...

"Нет, — пыталась утешить себя Нора, — просто закончилась наша совместная жизнь, и он плывет в своем потоке. Своим путем... Я не могу вернуть его обратно. И зачем? Да и мне ли говорить? Я-то выскочила из общей колеи в пятнадцать..."

Накануне Нора встречалась с Мартой и Витей. Женщины понимали, что с Юриком неблагополучно. Витя кивал с отсутствующим взглядом. Совместно решили отправить Юрика на учебу. На какую-нибудь учебу. И непонятно было Норе, можно ли им еще руководить, да и вообще, что с ним происходит — он взрослеет таким образом или просто становится американцем?

В январе Нора звонила ему из Москвы, поздравляла с двадцатилетием, и он сказал ей после паузы:

— Мам, я перестал быть тинэйджером. Это грустно...

Разговоры все шли "на пешем ходу". Гуляли по Челси, самому, может быть, устойчивому, не подвергшемуся натиску времени району: старые особняки первых английских обитателей, регулярные дома с выносными пожарными лестницами, обшарпанные стены, разбитый тротуар...

"Вот старинный ирландский бар, где подают гиннес. Вот гостиница, где останавливались все — Джимми Хендрикс здесь жил, ну, и вся американская литера-

ГЛАВА 34
Юрик в Америке

тура, чуть ли не Диккенс", — комментировал Юрик с гордостью, как будто этот отель был его собственностью. А Нора загляделась на вход во дворик, где стояло единственное усыхающее дерево. Старая скамья. Похоже, именно здесь жил старик из рассказа "Последний лист", а в той квартирке наверху могли жить Джим и Делла Диллингхем, герои рассказа "Дары волхвов"... Нора так любила в детстве эти рассказы, что сразу узнала сценическую площадку О'Генри. Нора остановилась. Адская кухня, квартал портных, мясной рынок... все это где-то здесь...

Они остановилась рядом с домом, в котором жил, вернее доживал, умирая от СПИДа, Юриков друг и учитель Мики. Он был довольно известный музыкант, вокалист, выделывавший со своим голосом острые эксперименты. Он выступал со многими корифеями джаза, но имя его было связано в основном с некоммерческим маргинальным течением — острой смесью фанка и металла. Время от времени Мики привлекали к записи альбомов такие корифеи джаза, которых Юрик мог видеть только издали.

Юрик часто у Мики бывал, приносил ему наркотики, без которых тот уже не мог существовать. Теперь Юрик стоял перед его домом и размышлял, стоит ли Норе рассказать об этом потрясающем парне, о трагической истории гея, изгнанного из дому в тринадцатилетнем возрасте, поднявшегося от беспризорника до владельца квартиры в одном из знаменитых домов Челси, заложенной и перезаложенной, когда-то роскошной, но давно уже превратившейся в приют бездомных кошек и опустившихся друзей. Нет, не стоит...

Пошли на запад и уткнулись в Гудзон. Старый пирс. Тяжелая медлительная вода. Дощатые мостки. Заброшенные прибрежные земли. Лодка лежит на берегу. Чайки. Какие-то склады, заброшенные фабрики... Безлюдье и тишина.

— А там что? — Нора указала на дальний берег.

— Там Хобокен. Это другой штат. Я там не был. Говорят, круто...

Нора тем временем все размышляла, не пора ли объявить Юрику о семейном решении, скорее похожем на ультиматум, — ему надо пойти учиться. Юрик легко согласился, хотя тут же объявил, что единственное, в чем он нуждается, это практика, а все остальное происходит само собой. Долго обсуждали возможные варианты учебы. В конце концов ему объяснили, что речь идет о приобретении специальности, которая дала бы ему возможность зарабатывать на хлеб не трудом грузчика, а более профессиональным занятием. Под семейным напором он согласился поступать в Sam Ash Music Institute, готовивший звукооператоров.

Нора уехала, оставив у Марты деньги за первый семестр учебы.

После отъезда матери у Юрика действительно возникла мысль поменять жизнь. Он ушел из грузчиков, но не особенно далеко: устроился, уже использовав свои музыкальные связи, к музыкальному продюсеру, неудавшемся гитаристу лет сорока, стал таскать оборудование, настраивать аппаратуру, пытался что-то ремонтировать. К осени пошел в этот самый звукооператорский институт, который оказался совершенно бессмысленной лавочкой, готовил скорее продавцов в музыкальные магазины, о чем Юрик и сообщил Норе, бросив через месяц это заведение. Одновременно бросил и своего продюсера.

Мики к этому времени стал совсем плох. Его последний партнер, малайский женоподобный парень с несмываемой улыбкой, с которым Мики жил лет пять, сбежал, сняв предварительно с Микиного счета все остававшиеся деньги. Тогда Мики и попросил Юрика к нему переехать: ненадолго, Юрик, я скоро помру…

Юрик собрал свои вещи, поместившиеся в один большой пластиковый мешок для мусора, две гитары и оставил свою конуру. Поселился в обшарпанном, но шикарном доме.

Мики просил его играть, и он играл, а Мики время от времени шевелил облезшими пальцами и повторял: если ты сыграл неправильно, играй, пока оно не станет правильным. Не исправляй ничего, просто жди, пока ошибки превратятся в находки… Иногда ругал: "Что ты говоришь все время «я собираюсь, я попытаюсь, я попробую»? Это способ ничего не делать. Ты делай, делай, а не пытайся…"

Юрику все время казалось, что уже было в его жизни нечто похожее — музыка и смерть рядом, — но вспомнить не мог. Вокруг Мики облаком стояла захватывающая зыбкость. Возле Мики Юрик уже изрядно подсел на дурь — иногда происходило какое-то смещение яви, сна и наполненного отсутствия.

Всю промозглую зиму Юрик просидел возле медленно умирающего — бинтовал разлагающиеся ноги, кормил и добывал наркотики, без которых Мики не мог провести и дня. Юрик встречался с давними должниками Мики, выбивая деньги, которые тот в лучшие времена раздавал всем подряд, познакомился с десятком барыг, носился по городу, добывал для Мики героин. Город лечил своих больных, морфины и валиум выдавали бесплатно, но этого не хватало. Предлагали больницу, потом хоспис, но Мики отказывался: здесь, здесь умру… Юрик знал, что будет с ним до конца…

Но не получилось. В первый день календарной весны, когда вода стояла в воздухе и солнце не могло пробиться сквозь взвешенную влагу, Юрик оказался в "шутинг геллери", где ему назначил свидание веселый и обаятельный барыга по кличке Спайк. "Шутинг геллери" — такое место, куда приходят наркоманы, чтобы вмазаться тихонько, в укрытии, без риска "спалиться" на улице.

Свидание со Спайком было назначено на два, но было уже четыре, а он все не шел. Юрик нервничал. Хозяйка квартиры, молодая девчонка, выглядела как сама смерть: расплачивались с ней за приют наркотиками. Из дома она давно не выходила, даже есть уже не могла. Лежавший на матрасе парень дал ей ампулу: не то, что надо, но что-то похожее. Все было как в замедленном кино. Трясущимися руками она долго расковыривала руку, плакала, наконец ввела иглу в вену на кисти — других вен уже почти не оставалось. Через минуту медленно завалилась, закатив глаза. Передозировка.

Тут как раз и появился Спайк. Увидел лежащую девчонку, попробовал пульс. Еле теплился. Он поднял ее, поставил на ноги и велел Юрику водить ее по комнате, а сам побежал за кокаином, у него самого был другой товар...

Юрик пытался ее водить по комнате, но идти она не могла, волочились тощие ноги по грязному полу, и вся она была как тряпичная кукла... И так прошло двадцать минут, и еще двадцать. Юрик забыл, что Мики его ждет. Одно его волновало — жива она или он таскает на себе труп?

Наконец появился Спайк. Юрик сунул ему в руки девчонку, схватил дозу для Мики, сказав, что больше ни минуты здесь не может находиться, потому что Мики ждет...

ГЛАВА 34

Юрик в Америке

Так Юрик и не узнал, успел ли Спайк ее откачать. Когда он вернулся в Челси, Мики мирно спал. Юрик не стал его тревожить. Он спал еще час, и еще час. Когда Юрик тронул его, Мики был еще не холодный, но уже не живой... Лицо Мики было мирное и немного насмешливое, и Юрик, после минутной паники, почувствовал покой и облегчение. Он взял гитару и заиграл, напевая слова, которые знал с битломанского детства.

Сначала "I want to hold your hand", потом "She is leaving home"... И вспомнил, вспомнил, как пел эти песни лет семь тому назад, мальчиком, когда умерла бабушка Амалия. Как же давно это было! И как будто не с ним. И он страшно затосковал.

Весь музыкальный Нью-Йорк пришел прощаться с Мики. Все, кто был к этому времени жив. СПИД в эти годы собирал свои обильные жертвы, и передовым отрядом были наркоманы и геи... Приехала мать Мики, сёстры — бедная пуэрториканская семья, отказавшаяся от него лет тридцать тому назад. Возникли они в надежде, что получат хорошее наследство. Но денег не было. Стоила денег квартира, но они не знали, что и она уже практически принадлежит банку. На Юрика смотрели как на Микиного партнера, но Юрику это было все равно, тем более что репутации его, будь это правдой, не испортило бы.

Так случилось, что лучшее наследство после Мики получил именно Юрик в виде его разнообразных друзей: музыкантов с мировой славой и уличных, известных только на единственном скверике в Вилледже или на одной станции метро, пустопорожних знаменитостей, диджеев, продюсеров, владельцев студий и прочего околомузыкального люда, которые крутят колеса всей музыкальной индустрии. За последний год жизни Мики как будто передал всех навещавших его людей в Юриковы руки, и на похоронах, куда пришли многие, с ним здоровались, выражали сочувствие...

После похорон не разошлись, пошли в закрытый для посторонних посетителей клуб в Челси, выпивали и играли — великие и кое-какие. Желчный и едкий Мики, любитель этномузыки, был бы доволен: играли родные ему пуэрториканцы со своими деревянными брусочками, отбивавшими скелет композиции, пожилой индус выделывал на ситаре космические трели, смуглый горбун, скорее всего инопланетянин, выдувал психоделические звуки из сложного духового инструмента, напоминавшего связку разных дудок и дудочек. Играл и Юрик — впервые свою композицию, с которой возился весь последний год. Памяти Мики.

Именно от него, легко живущего и тяжело умирающего, умного, своевольного и скандального, Юрик впитал, вдохнул осознание того, что в высшем смысле в музыке нет авторства, а есть только умение читать из Божественной книги и перекладывать некий мировой звук, не нуждающийся в нотах, на язык жалких музыкальных инструментов и нот, придуманных для удобства передачи великих сообщений, никаким иным языком не передаваемых... И Юрикову композицию слушали в тот вечер лучшие уши и лучшие души этого музыкального пространства. Услышали.

С этого дня Юрикова траектория еще раз поменялась. Он получил несколько заманчивых предложений и выбрал наиболее для него интересное и наименее перспективное с точки зрения экономической — почти безвестную команду, исполняющую фанковые хиты семидесятых годов.

Они репетировали на 125-й улице, на окраине черного гетто, где из одного выхода метро изливался поток студентов Колумбийского университета, а из другого шла темнокожая толпа в места, куда белые не заглядывали... Это было черное гетто, и демаркационная линия в этом районе проходила очень жестко.

Юрик ненавидел расизм, презирал белых расистов, но возле метро Юрика и второго гитариста, японца по прозвищу "Сузуки", встречал Эйб Картер — в этом районе расизм показывал свою изнаночную сторону, черную... Эйб, великолепный басист, вел их в глубину жутковатого квартала, где в разбитой квартире с заколоченными окнами и следами давнего пожара их ждали вокалист Чуче и ударник Пит. После репетиции Эйб провожал партнеров к метро: как бы местные ребята не напали...

Репетировали три месяца, почти ежедневно, возникала настоящая складная программа, а не разрозненные номера. Юрик просто взлетал от восторга и чувствовал себя как спортсмен перед решающим матчем.

Накануне уже объявленного концерта в большой уличной драке убили вокалиста. Это было как крушение самолета при взлете. В этой же разрушенной квартире, неделю из нее не выходя, прощались с Чуче: пили, курили, кололись, играли... Юрику было очень страшно — сначала Мики, теперь вот Чуче. Смерть присутствовала рядом с ним, как будто желая познакомиться. У этих ребят наркотики были другие, покрепче и погрубее. На восьмой день после похорон, когда дни и ночи в заброшенной квартире совсем слились в один пестро-темный поток, Юрик очнулся, испугался, схватил свою гитару и поехал на Лонг-Айленд — спасаться.

Его не ждали. Марта почти смирилась с тем, что мальчик отбился от рук, но, по американским понятиям, он был взрослым. Приезд его был некстати: у них уже жил другой гость — приехавший из Израиля Гриша занял Юрикову комнату. Юрик рухнул на кожаный диван в гостиной, даже не приняв душа, и проспал почти сутки. Перед тем, как уснуть, он успел сказать Марте, что у него убили друга.

— Травма, еще одна травма, — сказала Вите Марта, помнившая прошлогоднюю историю с Мики.

Витя рассеянно согласился: да, да, травма...

Гриша, бывший толстяк, исхудавший за последнее десятилетие до юношеской стройности, отец шестерых разновозрастных детей, заметил: травмы — это выдумки самой безнадежной науки, психологии. Все есть биохимия и жизненный опыт.

Марта, работавшая много лет в администрации университета, но по прежней профессии психолог, удивилась: почему безнадежной?

У Гриши к этому времени были ответы на все вопросы:

— Потому что такой науки вообще нет! И не бывало! Это аберрация сознания, а не наука. Есть жесткие структуры, очевидная, не вполне еще разработанная биохимия и запрограммированное в соответствии с этим поведение. При чем тут травмы? — и ворчливо закончил: — Помешались на Фрейде! Какая-то всемирная мистификация... Химия жизни, вот что есть...

Юрик лежал ничком. Усталые волосы, года два не стриженные, тяжело покрывали диванную подушку. Его сброшенная одежда воняла. Марта понесла ее в стирку. Перед тем, как сунуть в стиральную машину, вывернула карманы. В кармане куртки лежали два шприца. Марта ужаснулась.

В гостиной вторые сутки, с небольшими перерывами, продолжался разговор Гриши и Вити. Они не виделись три года, изредка переписывались, и теперь Гриша вываливал ему на голову немыслимую белиберду, в которой Витя никак не мог уловить ни логики, ни смысла... Гриша сыграл слишком большую роль в его жизни, чтобы просто отмахнуться. Именно благодаря Грише Витя от абстрактных пространств и множеств развернулся к задачам более конкретным, и это ему нравилось. Теперь же Гриша разглагольствовал о вещах отвлеченных и совершенно выходящих за пределы того, что Витя считал наукой.

— Витася! Одна наука! Только одна наука есть в мире! Надо выбросить все старое и оставить только три дисциплины — математику, биологию и физику. Этой новой науки имя биоматика!

Витя сонно смотрел на взволнованного Гришку: какая еще биоматика? С чего это он решил выбросить все науки?

— Наш мир создан Богом по единому плану! Первые страницы Торы дают современное научное описание происхождения Вселенной, Земли, растений, животных и человека. Творец продиктовал не только Тору. Вся жизнь универсума, нашей планеты есть разворачивание грандиозного текста! А мы лишь пытаемся его расшифровать и прочитать. И единственное назначение человека — именно в прочтении этого послания!

— Гриш, но это такие общие заявления. Они же ничего не меняют в человеческой деятельности. Они не содержат никакого открытия. В чем суть? — пытался отрезвить Витя разошедшегося друга.

Гриша — о чем Витя не мог знать — на этом самом месте уже успел получить немало тумаков от научной братии. Он приехал получить от друга поддержку, может, завербовать в сторонники. К этому времени Витя был главным авторитетом по моделированию клетки. В Гришином построении Текст и Живой Компьютер были двумя новыми скрижалями...

Гриша вздохнул: толпа, как известно, пророков не слушает, все пытается либо высмеять, либо камнями побить. Именно в Израиле! Особенно в Израиле! В последние годы он потратил столько сил, чтобы пробиться к Тексту, который казался ему главным в мире, к Торе, и пришел к убеждению, что она есть всего лишь дайджест, комментарий и ссылка на более важный Текст... Но понимания Гриша не встретил ни среди ученых собратьев, ни среди его религиозных учителей. Один только безумный каббалист из Цфата, глава несуществующей школы, приветствовал Гришины идеи. В Вите, ни в коей мере не включенном в поток современной научной фантастики, Гриша ожидал встретить понимание. Однако встретил только недоумение. Но не терял надежды.

— Фишка, Витася, в том, что главный алфавит, на котором написан текст, был открыт только в 1953 году — это четырехбуквенный код ДНК. И даже сами его открыватели, Уотсон и Крик, не поняли, что они дали возможность чтения Божественного Текста! Дали самый убедительный аргумент в пользу существования Творца! — Гриша раскраснелся, поднимал тощие руки, как уличный проповедник, и отрывисто восклицал: — Убедительный аргумент! Абсолютный! И не поняли!

— Погоди! — пытался остановить Витася возбужденного Гришу. — Погоди, может, Уотсон и Крик никогда и не нуждались в концепции Творца? Я, к слову сказать, никогда не нуждался в этой концепции. Нисколько...

— Витя! Ты погоди! Неужели ты не видишь, что наш Мир создан Единым Богом по единому плану? — все более распалялся Гриша.

Витя нескладно сидел в глубоком кресле, упершись подбородком в колени. Рядом на диване, уронив одну ногу на пол, неуютно спал Юрик, а Гриша крутился в маленьком пространстве между журнальным столиком и вторым креслом, заваленным ворохом постиранного белья, которое Марта не успела убрать в шкафы.

— Семь лет я изучаю Тору. Я стою на пороге. Может быть, я один из немногих, кто в состоянии сопоставить современные открытия в области биологии — Науки Жизни — с текстом Торы, который представляет собой пересказ текстов ДНК. Сегодня я уверен, что многие утверждения Пятикнижия Моисеева допускают прямую экспериментальную проверку современными научными методами...

— Остановись! — перебил его раздраженный Витя. — Я обычно исхожу из того, что я знаю. Я не улавливаю твоей логики. Ты говоришь о вещах, которых я не знаю. Понятия не имею. Я в жизни не читал никаких религиозных текстов, да у меня и охоты к этому нет. И никогда не было. Скорее тебе надо говорить об этом с Мартой, она человек верующий.

— Вот-вот-вот! — завопил Гриша. — Это одна из важнейших мыслей! Сегодня, в конце двадцатого века, умозрительные и спекулятивные идеи древних философов в результате эволюции человеческого сознания совпали! Это уникальная точка эволюционной истории человечества. Это новая эра! Все открытия в области физики, химии, любых наук в высшем смысле не имеют авторства!

На этом вопле проснулся Юрик, плохо соображавший, где он находится. Но то, что произносил довольно визгливый мужской голос, доносилось до него как специально к нему обращенные слова...

— Есть Божественный Текст! И вся эволюция человека имеет только одну задачу — довести это незавершенное Творение до состояния, когда оно, человечество, научится читать. И ради выполнения этого задания были изобретены все алфавиты, все знаки, цифры, ноты, в конце концов!

Юрик оторвал голову от подушки. На щеке его отпечаталась пуговица. Первое, что он увидел, — незнакомый еврей в кипе, с задранной вверх полуседой бородой, воздевший вверх руки.

"Глючит, — подумал он. Однако, разглядев позади бурлящего еврея хмуро сидящего отца, успокоился. — Не глючит…"

Юрик приподнялся, сел. Еврей уставился на него с большим удивлением. Гриша, проведя часов двенадцать в этой гостиной, не заметил спящего на диване Юрика.

— Юрик, мой сын, — прокомментировал Витя пробуждение нового действующего лица.

— О Боже! Это сын Норы?

— Ну, отчасти и мой!

— Потрясающе! — воскликнул он. — Так ты тоже в Америке? Вылитый Витася! Нет, нет! Очень похож на Нору! А я Гриша Либер, одноклассник твоих родителей. Они тебе про меня не рассказывали?

Юрик неожиданно почувствовал себя хорошо.

— Про авторство вы это очень правильно сказали! Я тоже думаю, что авторства нет, музыка существует где-то на небесах, а дело музыканта — услышать ее и записать с помощью нот. Но поскольку я джазовый музыкант, я знаю, сколько музыки остается вообще не записанной и живет только в минутных импровизациях…

Гриша страшно обрадовался, получив такую неожиданную поддержку.

— Не беспокойся, не беспокойся! Она в надежном хранилище! Все записано! Вот видишь, вот видишь,

ГЛАВА 34 — Юрик в Америке

Витя, твой сын сразу понял, о чем речь! Мир — это книга, которую мы только учимся разбирать по складам. Мы пытаемся с помощью наших алфавитов, простеньких знаковых систем прочитать тексты очень большой сложности, которые существуют вне нашего сознания. Возьмем Платона!

На этом месте у Вити, никакого Платона сроду не читавшего, терпение закончилось и он закричал:

— Марта! Ты собиралась нас кормить!

Гриша к Витасе больше не приставал, он нашел чудесного слушателя в Юрике. Он изложил ему всю свою теорию, попутно дав Юрику множество совершенно новых для него сведений, главным образом из программы средней школы. Но школьные учебники были скучны и заключенное в них знание было совершенно оторвано от всего, что Юрику было интересно, и Гриша, распознав в Юрике усердного слушателя, до самого отъезда, почти трое суток с перерывом на обед и короткий сон, рассказывал ему, обалдевшему от этой махины знаний, новые волнующие вещи...

Начав с закона иерархического подобия — Вселенная, клетка и атом построены по одному и тому же принципу — "Как наверху, так и внизу, как внизу, так и наверху", — Гриша перешел к ритмическому характеру всех процессов в природе, от вращения планет до дыхательного, сердечного и прочих ритмов человеческого организма, Гриша подвел его к понятию информационной энергии и сформулировал Первое начало термодинамики.

— Обращаю твое внимание, Юрик! — слегка подсевшим от многочасовых лекций голосом восклицал Гриша. — Лорд Кельвин в середине прошлого века высказал мысль, что Творец в момент создания мира наделил его неисчерпаемым запасом энергии, что этот

Божественный дар будет существовать вечно! Не тут-то было!

Пробежав Второе начало термодинамики, Гриша подошел к клеточной теории в ее классическом виде и, начав от Шлейдена и Шванна, торжественно объявил, что теперь они подошли к самому существенному, к тому, о чем понятия не имели создатели клеточной теории всего живого — клетка представляет собой молекулярный компьютер, который работает по программе ДНК, созданной Богом.

— Быть живым значит в пределах организма не увеличивать энтропию в течение жизненного цикла, несмотря на все возможности — в частности, размножения, — которые у клетки есть. Клетка — дико сложная система. Чтобы понять, как она функционирует, ученые создают модели, обладающие свойствами живой клетки. И кажется, лучше всех на свете это делает Витя, твой папаша. Он гений, но не понимает одной основополагающей вещи, как это иногда с гениями случается, — тут Гриша начал снова махать руками и ругать Витю, который с утра пораньше укатил на велосипеде в лабораторию, предоставив Грише сына в качестве тренировочного материала. Но Грише, как истинному энтузиасту, годился любой слушатель. Тем более что он подошел к своему драгоценному коньку.

— Как устроен компьютер, ты в принципе знаешь?

Юрик кивнул:

— Ну, мне отец в общих чертах объяснил.

— Техническая сторона дела, всякое железо, нас не интересует, — отмахнулся Гриша. — Сосредоточим внимание на организации самого информационного процесса. Что такое вообще информация? Еще недавно считали, что это сведения, передаваемые друг другу устно, письменно или с помощью каких-то сигналов от человека к человеку. Была создана теория информации — передача может осуществляться не только от человека к человеку, но от человека к автомату, от автомата к автомату. И есть алгоритм — система правил, по которым она передается для решения задач разного уровня... Подобные алгоритмические процессы присущи и клетке! И при этом совершенно не важно, как мы понимаем этот процесс — как способ общения материальных объектов или же будем считать, что сама клетка использует различные материальные объекты для своего существования. Главное здесь, что информация и материя не существуют независимо друг от друга. Жизнь клетки проявляется через работу ее информационной системы. Ее можно сравнить с игрой симфонического оркестра, в которой принимает участие композитор, дирижер, музыканты, музыкальные инструменты, партитура и даже электрик, который освещает ноты... Да, это хороший пример, должен быть тебе понятен как музыканту. Композитор сочиняет музыку — алгоритм игры — и записывает ее — программирует или кодирует — в виде партитуры с помощью нот — специального алфавита — в долговременную память, то есть, на бумагу или в память компьютера. В партитуре содержится информация о начале и конце музыкального произведения и о том, что и как должен играть каждый музыкальный инструмент в определенный момент времени на протяжении исполнения произведения. Все!

Гриша сиял глазами, морщинами, смуглой лысиной и каждым волосом своей жидкой бороденки:

— Все! Ты понимаешь, кто здесь композитор? Творец! Партитура написана Им с помощью Текста, записанного с помощью ДНК! Потому что ДНК — азбука Творца! И вот теперь объясни мне, почему твой отец шарахается от этой простой истины как черт от ладана? Это же очевидно! Творец создал Закон, но он и сам подчинен своему Закону. Мироздание осмысленно и многоуровнево. И на каждом уровне постижения есть свой предел. Эта многоуровневость описывается разными способами во всех религиозных системах, и отсюда следует принципиальная познаваемость мироздания. Пойми, если Мироздание познаваемо, то его можно моделировать. Твой отец, который занимается программированием, и лучше всех это делает, отказывается принять Автора всей партитуры! Это непостижимо! И этому есть только одно объяснение: его работа принадлежит следующему уровню, а сам он, личностно, находится на низшем! Но я не могу заставить его совершить прорыв! Каждый это делает в одиночку!

Виктор возвращался из лаборатории, Гриша переключался на него. Диалога не получалось: Гриша произносил пылкие речи, а Виктор временами хмыкал "Да, занятно...", ел полуфабрикаты, подогретые Мартой в микроволновке, и запивал кока-колой. Гриша, сквозь пламя своего вдохновения, не мог не понять, что его друг ничего не слышит...

Через три дня, не встретив никакого сочувствия со стороны Вити и истратив весь заготовленный жар на случайного Юрика, Гриша улетел в Израиль. Юрик проводил расстроенного Гришу в JFK, сел на любимую линию метро А и почувствовал, что вышел из виража без особых ломок и прочих неприятностей исключительно путем интеллектуального напряжения, самого мощного за всю его жизнь. Он не помнил деталей того, о чем сообщил ему Гриша, но осталось ощущение полета и парения...

Сидел, глядя в окно — поезд еще не нырнул под землю, — и вслушивался в мелодию, возникшую в голове.

ГЛАВА 34
Юрик в Америке

Он успел только вспомнить, как говорил Гриша — вся музыка записана на небесах. Он ехал в сторону Манхэттена, за час доехал до конечной остановки South Ferry, к этому времени мелодия совершенно сложилась, со странным крючком в начале, с повтором, в котором крючок распрямлялся, давал росток, потом второй, ее можно было бы даже изобразить графически, но сначала хорошо бы ее проиграть. Выйдя из метро, он сел на набережной, вытащил гитару и сыграл, насколько возможно, все от начала до конца. Вещь была стройная, как рыба, легкая, как птица, и совершенно живая...

К вечеру он добрался до Houston-street, зашел к старому Тому Дрю, хозяину магазина-мастерской барных стоек и всякой клубной мебели, и тот предложил ему поработать. Это было отличное предложение. Том, старый хиппи, давно уже был положительным гражданином. На путь праведный определила его дочка Эгнис, родившись с тяжелым диэнцефальным параличом. Мать девочки бросила их, когда девочке и года не было, с тех пор он, в душе оставаясь хиппи, работал как проклятый, не пил и не кололся, даже и не курил, возился с выросшей дочкой, превратившейся в несчастное исчадие ада, но к хиппующим музыкантам относился с нежностью и скрытой завистью. Его несостоявшаяся судьба...

Юрик остался ночевать в подсобке. Снился Гриша, говорил что-то Божественное, его сменил Мики в растянутой красной майке, страшно ругался по-испански, непонятно и почему-то очень смешно.

Жизнь опять покатилась по-старому. Юрик двигал тяжеленные барные стойки, сочинял музыку, играл в разных группах, слушал всякую этномузыку, курил марихуану, первое время избегал тяжелых наркотиков, менял работы, жил где попало, но к очередному приезду Норы выстраивался в приличного мальчика. Каждый раз это становилось все труднее.

Наркотики стали привычным и необходимым обстоятельством жизни, просроченным кредитом, за который непременно придется платить. Это он уже понимал.

Ни на одной работе он не мог удержаться. Стал раннером, разносчиком наркотиков. И сам сидел на них прочно. Спайк, заслуженный работник героинового фронта, давал ему дозу за десяток разнесенных по адресам. Ночами носился по городу за премиальную дозу героина, вечерами играл где придется, иногда на улице... Однажды в маленьком сквeрике услышал, как уличный музыкант играет его музыку. Сел рядом, послушал. Играл парень плохо. Но все равно это было удивительно — его музыка зажила отдельно от него...

Дважды Юрика арестовывала полиция — с наркотиками. Отпускали. Полицейские прекрасно знали устройство этого бизнеса и понимали, что все раннеры — жертвы жуткой своры наркодельцов, деньги их пропахли смертью молодых идиотов. Судейские были погуманней: у них было негласное правило — сажали попавшегося раннера на третий раз. После двух задержаний Юрик готовил себя к мысли, что в его положении тюрьма могла быть не самым худшим вариантом.

Третий раз его взяли в конце 1999-го, под самый Новый год. Взяли вечером, ночь продержали в участке, наутро назначен был суд. Все делалось быстро. В зале суда сидели ожидавшие быстрого приговора черные ребята, половину из них Юрик знал в лицо, с одним, басистом, играл года три тому назад. Грозило им по пять-шесть лет, и Юрик прикидывал, сколько же ему лет исполнится, когда он выйдет. Получалось тридцать.

ГЛАВА 34

Дело шло в быстром темпе — по десять минут на каждого. Спасение пришло от компьютера. Закинули его фамилию — прежних задержаний не обнаружили. Ошарашенный таким везением Юрик долго соображал, какой компьютерный бог его спас. Сообразил: спасли буквы. Написание фамилии. Он носил фамилию матери, Осецкой. Было два варианта написания — Osetsky и Osezky... Во время последнего задержания у него не было никаких документов, и фамилию записали со слуха. Вторым способом... Его отпустили. Он вышел из здания суда и сел на ступени. Идти сил не было. И куда?

С трудом добрался до Лонг-Айленда. Марта ужаснулась и позвонила Норе в Москву. Через две недели Нора прилетела в Нью-Йорк.

ГЛАВА 35
Письма Марии Якову из Судака
(июль–август 1925)

24 июля

Яшечка! Пишу на чемодане, сидя на полу. Ведь я же в Татарии — и оттого легко переношу неудобства. Сначала о горестях — их было немало. Геня мучил в дороге. Высовывал ноги из окна вагона, вывешивался, бегал на площадку, изучая технику, чуть было не остановил поезд, и т.д.

Я нанервничалась с ним и почти не спала: у него вдруг повысилась температура. Прибыли в Феодосию в 3 ч. дня в ливень. Намучились. Пришлось таскать вещи, далеко тащиться по лужам к катеру, очень спеша, тк кк катер уже был на отходе. Забыли в вагоне постель, бегали назад, нашли и т.д. Многим я обязана одной милой немецкой чете. Они буквально спасли меня. Взяли Генриха под свое покровительство, помогали перетаскивать вещи, проявили массу заботы. Очутились на катере. Ошеломила меня невиданная природа. Об этом почти невозможно писать. Только знаю: в те первые минуты преобразились частицы души. В таблице ее элементов заполнилась новая клетка. Собственными глазами коснулись величия мира. Точно рукой притронулись к нему.

Приехали в Судак в 11 ч. вечера. (На катере Геня спросил: есть у нас пища? Я дала ему ¼ курицы и хле-

ГЛАВА 35 — Письма Марии Якову из Судака

ба — все быстро съел. Немножко качало: он побледнел страшно. Но мы его уложили головой пониже, и все обошлось.) Темная ночь. На пристани (один мостик, и больше ничего) идут разговоры о бандитском налете, случившемся накануне. Обобрали до нитки целый пансион. Стали мы со спутниками искать пристанища. Мотались во тьме по Судаку. Везде переполнено, никуда ни за что не пускают. Провели ночь на берегу моря. Уложили на тюфяк Геню (совсем скис и просился назад в Москву) и всю ночь прободрствовали подле него: боялась, чтоб он не раскрылся во сне. Значит, три ночи не спала и не раздевалась. На другой день бросились искать: КОМНАТ НЕТ. Судак переполнен. И многие едут обратно и дальше. Решаю, что мне невозможно одной с ребенком мотаться неизвестно куда. К вечеру нашла комнату за 35 руб. Поехали за вещами — приезжаю: "Извините: ошибка — комната уже сдана". Чуть не расплакалась. Заведующего дачей нет (дачный пансион коллективный), вернулась на берег и умолила пустить на ночь в контору морагентства. Наутро объехали на линейке Судак и разыскали заведующего: объявила ему, что выезжаю на дачу, сяду в передней и буду сидеть, пока не даст комнату, иначе привлеку его, кк официальное лицо, за использование комнат в целях частного обогащения. Пригрозила депешей в наркомат к мужу. Словом, действовала в боевом порядке. Человек оказался тщедушный и наивный. Голос у меня громкий, дикция четкая, а главное — полная убежденность в своей правоте. Через шесть дней я буду в своей комнате (и в очень хорошей). Эту ночь спали на полу. Все время не раздеваюсь. Сегодня живущая здесь дама предложила мне жить несколько дней в ее комнате, до приезда ее мужа (он на днях приедет).

Дальше: денег уходит масса. Жизнь не дешевле московской. Цены вздуты наплывом, совершенно необычным для Судака. Пока денег не надо. Все-таки на месяц мне вполне хватит ассигнованных денег (с теми 50 руб., что я оставила.) На проезд обратный не хватит.

Теперь о радостях. Несмотря на все мытарства, я бодра и весела. Крым хорош, прекрасен, великолепен. Генрих ожил. Ест, загорел за эти 2–3 дня дочерна, а мы еще солнечных ванн не делали. Я неузнаваема (так, на ухо: я удивительно похорошела…) Несмотря на зонтик, я успела резко загореть: идет ко мне очень. Воздух моря и гор действует на меня с исключительной силой. Я счастлива.

Устаю очень, неудобно мне, много работаю, бегаю в Судак на базар. Но глаза мои переполнены красками и лучами, уши ритмами, и боюсь, что я стану здесь религиозной. Так действует природа… Идет татарка и несет, без рук, на голове корзину с персиками. А кругом симфония гор и неба. И я ем татарку глазами, проглатываю цепи гор и пью солнце. И люблю тебя. Единственный во всем этом прекрасном мире. Будь близко твое плечо, я бы прекрасно поплакала.

Татарин Густава (он не притворяется, его действительно так зовут) покормил меня с Геней чудным шашлыком. Густава любит Ленина: "большое ему спасибо", носит его значок. "Ваший Ленин хороший человек". Прощаемся долго, долгие пожелания, полные сердечности. Ласковый, приветный народ. Горячий, гордый. Если понравился — все отдаст. Чувствуют шутку. Ярко ненавидят. Мне с ними хорошо. Съели с Геней на обед много шашлыку, запили чаем с лимоном и уплатили за все 80 коп. Это мы вчера так обедали. Миндальные орехи — 20 коп. ф. Персики — 15 к. Геня лопает фрукты с жадностью. Коп. 60 в день уходит на фрукты. Больше не в силах писать. Обнимаю жарко.

Какое здесь жгучее чудное солнце.

МАР.

Адрес: Судак, до востребования. Лучше заказным — потому что глушь ужасная.

26 июля

...Еще до сих пор я без комнаты. Сплю вдвоем с Геней на раскладушке, у чужого человека, неудобно, тягостно. Потеряли уже вторую комнату, хотя у меня расписка на взятый задаток. И в первом и втором случае мужья отбили комнаты для своих индюшек с детенышами. Уже мне становится не по себе. Не жизнь. Уже неделя мытарств. Все бегаю и не отдыхаю. Сегодня Геня чуть не утонул: волна сбила его с ног, он упал, захлебнулся, покатился — я подоспела и вытащила. И, знаешь, я рада этому случаю. Сейчас он перепуган и мне будет легче. Секунды покою не было у моря. Только и делаю, что кричу и мечусь за ним. Трудный, трудный ребенок. Здесь, в Крыму, московского высовывания из окна у меня имеется в утысячеренном количестве. Море, колодцы, обрывы. Обед... операция не из легких. Мне все сострадают и уверяют меня, что я не отдохну. Да, нелегко с ним. Зато у него прекрасный вид. И когда я очень изнервничаюсь и устаю — я взглядываю на его округлившееся личико, свежесть и бодрость, поет по целым дням, и примиряюсь с тяготами.

Очень опасаюсь материальной стороны поездки. Беру один обед на двоих. Полный пансион мне не по средствам. Завтраки и ужины готовлю сама. Возни и работы через голову. Тк называемый женский отдых.

Крым прекрасен, но использую я его через год, когда поеду одна. Сейчас же Крым весь для Генриха. Я даже не могу спокойно принять солнечную ванну: стоит закрыть глаза — он уже лезет в воду, а здесь глубоко и много ям!

Я уже не тк страдаю за тебя, что ты в Москве, наверно, ты там лучше отдохнешь. Если б я знала наши денежные дела — я бы приняла здесь курс морских ванн, но это должно стоить 15 руб. Мне бы они очень хороши и для ноги, и для основной болезни.

В день я проживаю 3–3,5 р., живя очень, очень скромно. Комнаты 35 руб. Это самое дешевое. Хорошая комната стоит 40–50. Через месяц будет дешевле. Если б Геня был полегче — я бы благословляла каждый час Крыма. Но он не дает ни минуты свободы. Надо закупать, готовить, кормить, следить, мыть, укладывать, а вечером нельзя одного оставлять. Благодаря чудному воздуху я довольно бодро работаю. Загорела. Хорошо, что взяли зонтик: нестерпимый блеск солнца. Здесь масса очарований — но я связана. Подождем. Здесь фрукты и овощи тк сочны, тк сладки — недаром восточные народы благословляли пищу и питье. Такие фрукты нельзя есть, их можно только вкушать. Каждый абрикос, каждый персик — это одна шестидесятая райского блаженства. А татарки у фонтана — это целое блаженство. Я не могу наглядеться на своих смуглых, сдержанно грациозных сестер. У меня уже несколько дружб. Мы понимаем друг друга глазами и улыбкой. Беру на руки ребенка — и мы улыбаемся друг другу. И все понятно. Мы женщины, мы любим, у нас дети. Ласкаю ее ребенка, она ласково глядит на моего. Кивая друг другу — расходимся. Хорошо.

У Мамеда чудная, тихая жена и двое ребят. Большая комната застлана прелестными коврами, подушками, стульев нет, сидят на полу раздумчиво, безмолвно. Что за жизнь?! И кажется, что вечность, время и эти люди слиты в один кусок и вместе текут. Заседание, доклад, Мясницкая, коньюнктура... К чему это?.. Целую тебя, родной.

Мар.

28 июля

Яшка... мой лучший. Мне сейчас очень хорошо. В первый раз в жизни летний отдых мне в радость. Я наслаждаюсь каждой минутой существования. Сегодня шла горою в Судак. Сильный ветер. Дышала тк полно, тк глубоко, сердце сильно билось, я купалась в ветре, в солнце. Каждый выход из дому — к морю ли, в горы ли — огромное, сочное переживание. Смотреть на Геню — наслажденье! Коричневый, с алыми губами, блестящими глазенками. Живем мы с ним здесь душа в душу. Даровитый, душевный ребенок. Для него стоит и хочется жить. Сегодня за обедом одна милая дама говорит, глядя на него: "а глазенки хитрые". Генрих серьезно отвечает: "да, у меня есть хитрость".

Он страшно здесь нравится всем. И действительно, хорош он у нас. Уже два дня хорошо ест. Мечтаю о минуте, когда покажу его тебе. Чудного бронзового мальчика. Я тоже хорошо выгляжу и хорошо себя чувствую. Нервы затихли. Какой здесь воздух, Яночка! Надышаться досыта не могу!

Грустно только, что ты без отпуска, что ты далеко от этой красы. Но я честный должник...

...Деньги получила. У меня есть все что нужно. Пиши часто. Пришли листов 10–15 белой бумаги. Ведь

здесь ничего достать нельзя. И конвертов... Винограда еще нет. Зато какие груши, сливы! И миндаль...
Целую, Яшенька.

Мар

1 августа

Генрих в постели. Свеча горит. Хлопочут насекомые. Москиты, бабочки. Он говорит — москеты. Уже много дней живу в ужасной тревоге. Не было писем долго-долго. Послала срочную депешу. Ответа не последовало. Получила на другой день посылку и письмо вместе (одно письмо в посылке, одно по почте). Но почему же не было ответа на депешу? И опять замкнулись нервы в напряженный круг. Сегодня опять послала депешу (через три дня после первой). Завтра никуда не пойду — буду ждать ответа.

Первое опьянение новизной прошло. Гористая дорога в Судак, море, татары — все уже стало бытом... Я любуюсь им, наслаждаюсь его прелестью, но уже потрясений нет...

Я нравлюсь татарам. У меня такое ощущение, точно они вдыхают меня. Их глаза глядят с откровенным и наивным безстыдством. Татарин Марив приносит мне каждый день фрукты. Он говорит, что я "замэчатэльный мадамчик". Он преподнес мне огромный персик и сказал, что глаза мои такие же большие и сладкие, как этот персик. С татарами постарше я подолгу беседую. У меня растет симпатия к этому народу. Прежде всего они очень хороши в движении. Почти величавая медлительность. Мамед, издали завидев меня, почтительно, но с достоинством склоняется и поднимает вверх пра-

ГЛАВА 35 — Письма Марии Якову из Судака

вую руку. Превосходный жест. От души улыбаюсь всем татарам и татаркам. Мне нравятся эти безсознательно поэтические инстинктивные люди. Густава просит меня сделать ему одолжение: "пойди сейчас на берег, там купается девушка, она со своим мамой — хочу ее сватать. Скажи — понравился она тебе".

4 августа

Провели тяжелую ночь и день. Наконец сегодня получила твою телеграмму. Янка! Мой чудесный, мой все. Кк же кончается все там, где начинается тревога о тебе. Все становится ненужным. Ну было — прошло. Судакская почта и телеграф немало выматывают нервов у курортников. Уже стосковалась по тебе до чепухи. А что это значит — расскажу на тахте…

Сижу на террасе одна за столом. Передо мной море, синее, тихое сверкает на солнце бриллиантами. Справа — горы с Генуэзской крепостью, слева небольшая группа юных кипарисов. Посадка. Что я — что не я? Хорош мир! И много узнала я новых прекрасных вещей. Вчера у меня были в гостях проф. Уваров с женой. Географ. Старик похож на папу моего до того, что щекочет в горле. Чувствую к нему непреодолимую нежность. Папины приветливость, милота, незлобивость. Только отличается от папы ростом (высок) и профессией. Москвич. Его учебник географии будет проходить наш Генрих. О Гене. Не нагляжусь, не нарадуюсь на него. Мое солнышко. Он удивительно выправился в нервном отношении. Я теперь совершенно не повышаю голоса. Браславский восхищается им. На днях он мне сказал, глядя на Геню: "Я верю в его будущее. Редкая головка". Дело в том, что Геня дважды обыграл Браславского в шахматы. А Браславский хороший шахматист. Он был буквально поражен. Сегодня он торжественно принес ко мне Геню на плечах. О нем и о другом разскажу… на тахте…

Я смертельно боюсь измены — но всегда стараюсь показать себя презирающей всякую несвободу, свободомыслящей в браке. Боясь встретить когда-нибудь злорадно-сожалительный взгляд — я стараюсь сделать вид, что, напротив, я очень одобряю увлеченья, легко отношусь к измене и т.д. Ты же это знаешь. Сознание говорит одно, а тело — другое. Мысль о твоей измене мне невыносима…

Кк уже тянет к тебе. Знаешь — руки и плечи покрылись у меня веснушками. Здорово почернела. Тело и кожа значительно окрепли. Только сон плох.

Обнимаю крепко. Скоро. М

8 августа

Вся я наполнена лучами, свежестью и любовью.
Вечер. Прорвало тяжкий нарыв волненья, тревоги за тебя. Отдыхаю. Сегодня прожила прекрасный день. Лежу нагая на камушках у самой воды и перебираю их с наслажденьем. Поворачивая под солнце спину, грудь, бедра, оживая в лучах, в соли моря, в целебной воде, — я просматриваю годы жизни с физической стороны. Что делалось с моим телом! И какое оно мощное, если выдержало… Мое тело в детстве не знало воды, воздуха и солнца. Все-все детство прошло без солнца во всех смыслах. Мб, я была бы выше ростом, полнее в груди, живи я иначе. В юности почти то же, что и в детстве.

ГЛАВА 35 — Письма Марии Якову из Судака

Годы революции без воды, нужной для юности еды, в таком физическом угнетении и перманентном переутомлении — тк до сегодняшнего дня.

Первый раз в жизни я на курорте! Я вспоминаю моего отца, который говорил, что свежий воздух вредит ему. Ведь я даже не умею пользоваться курортом! Это надо уметь. Только в последние дни я вошла в колею. Только теперь немного улеглось острое возбуждение от новизны и силы впечатления. А ведь это только всего Крым, не очень яркий восточный берег Крыма. Мне столько расскаывают о прелести мира! И меня тянет теперь с новой силой в дорогу — путешествовать. Мне кажется — нет, я уверена, что ни ты, ни я больше не будем сидеть дома. Недаром я всегда ненавидела дачи. Эту неподвижность, ограниченность. Здесь масса бытовых неудобств — но несмотря на все — это лучшее лето в моей жизни. Вот увидишь... Потрогаешь мои руки, грудь, погладишь крепкую, гладкую, горячую кожу... Трепетно жду минуту встречи. Сколько-сколько я расскажу тебе! И сколько зацелую тебя!

Только вытерпи. Не отдавай никому другому своего нетерпенья. Я тк берегу себя для тебя!

Будет звонить тебе Браславский, инженер, Генин друг и партнер.

"Что передать Вашему мужу?" — "Что видели". "А если я присочиню?" — "Пожалуйста. Мой муж умеет оценить фантастику — если она талантлива". Этот человек живет по Поварской, № 31. Сосед.

После пляжа. С 8 утра мы сегодня с Геней уже были на берегу. Сидели под навесом шашлычной. Фатьма ласково глядит на нас прекрасными глазами. Строгие задумчивые брови изломаны. Геня жадно ест шашлык. Примус испортился, и мы уже четвертый день завтракаем шашлыком. Любимая Генина еда. Энергично жует баранину, запивает горячим молоком, на закуску получает очень вкусное татарское пирожное с орехами. Уже начал есть виноград. Сегодня уже съел два фунта, и еще его ждет столько же на вторую половину дня. Стоит пока дорого — 20 к. ф., но очень вкусный. Купаемся с Геней вместе. Вода божественная. Он вчера сказал мне: "ты в атласном платье с двумя розовыми брошками" (купаюсь без костюма). Каков?

Эта немецкая пара, Эмилия Гансовна и ее добрейший муж Рихард Иванович Вернеры, которые оказали мне в пути огромные услуги, на редкость милые люди. Просто хорошие человеки. Она вся материнская, он добряк совершенно исключительный. Общаемся постоянно. Живем мы с Геней очень хорошо. Он совсем прелесть. Молодцы мы тобой, Яшечка, у нас чудный сын. "Во всем мире у меня есть только два любимых человека — ты и папа. Я очень доволен Судаком, да только не совсем — папы нет". Тк и сказал. Если б ты видел, как он легко скачет по горам. Кк он располагает всех к себе, его даже находят красивым! Вот что значит обаяние личности!

Завтра мы поедем с Браславским в Коктебель, там дача Макса Волошина, многие там отдыхают. Там устраивают какие-то соревнования по планеризму. За Браславским приедет автомобиль, и он пригласил нас с Геником ехать. Мальчик наш в совершенном восторге от предстоящей поездки.

МАР.

12 августа

…Прочла 60 страниц о Франсе. И ты прав — болезнь высунула свои щупальца и стала скручивать нервы…

ГЛАВА 35 — Письма Марии Якову из Судака

Не пойму. И не хочу понять. Тебе дорог А. Франс? Мне — нет. Сын изъеденной сифилисом, опустошенной Франции — что мне до него! Любить? Да. Без любви нет жизни. Но то, что А. Франс проповедует, — не значит любить. Это определяется глаголом из пяти букв. Грубый, непечатный глагол. Франсовская любовь — это задняя часть любви. Ее черный подъезд. Мне не надо. Я не хочу этой любви. И не хочу такой любви для тех, кто дорог мне. Я не хочу, чтоб мой половой орган, мудро посаженный на третье место, сел мне на голову, придушил сердце. Не позволю, чтобы низ правил верхом.

"Пыл... зной... судороги". Этот франсовский пыл и судороги испытывает любой петух. Где-то я читала, что у петуха в определенные моменты ноги сводит судорога. Тк вот ради этого-то только и стоит жить, по словам Франса?! Испытать в жизни только этот пыл? Все остальное пустяки. Большой блестящий пустяк сам А. Франс.

Бесхарактерный, безыдейный, зафаршированный блеском умов тысячелетий, талантливый перепевщик многих певцов, прячущий свое настоящее лицо, — потому что лица этого нет. Талантливый литературный смаковальщик. Что мне до него? Ушел. Ну и ничего. Придут другие, новые. Они должны ответить на наши вопросы. Не сомневаюсь, что в жизни есть сильные переживания, кроме половых. Что не единым фаллосом (или penis'ом) жив мужчина — говорит Мавзолей на Красной Площади.

А пишу я раздраженно, потому что систематически не получаю от тебя писем. Закон пятидневки в переписке тобой сильно нарушен. Почту винить нечего. Все получают довольно правильно. Письма не пропадают. Они только не пишутся. Или все твое время занято "старой" дамой или молодой? Я пишу, пишу... Читаешь ли ты мои письма?

Больше не напишу тебе ни одного слова. Огорчилась и обиделась основательно. Если моя поправка пойдет на убыль — я уж не так сильно виновата. Опять прошла неделя. Писем нет. Почтальоны приносят кучи писем — не мне.

Прощай.

Да. Досадно.

24 августа

Яночка! Жизнь моя... Десять дней — от тебя ни строчки. Все эти дни и ночи упорно продумывала, прорабатывала непреодолимую мысль. Не могу и не должна скрывать ее. Никогда мы друг другу сознательно не лгали. Скажу все до конца. Я не уехала из Москвы успокоенной. Тревожное продолжало жить во мне. Мысль избегала ясности, страшило точное неутолимое определение: за себя страшно, тебя жаль.

Не знаю кк писать. Я потеряла веру в слова и объяснения. Цифры строже. То мое письмо не было ни упреком, ни обвинением. Только жгучая боль уязвленного жизнью человека. Когда я впервые узнала, что тебя тянет к другим женщинам, я инстинктивно почувствовала, что это конец. Жизнь стала медленно извивающейся пыткой. Я восприняла твое состояние полностью и старалась смириться. Из меня твои руки и уста тянулись к другим, ласкали других, твои глаза восхищались другими, а я упорно мешала, мешала. Ты во мне боролся с самим собой и со мной. И росла ясная и крепкая уверенность: Яша меня больше не любит. Я больше не заполняю. Я не в силах вытеснить образы других, влеченье к другим. А смысл силы и счастья любви в том, что, любя одну, освобождаешься от остальных, от томлений и влечений. Такого покоя я тебе больше не даю. В этом никто из нас не виноват. Верь мне — и краем души я не виню тебя. И началась тяжелая совместная жизнь "памятью прошлого".

Ты защищал Фрейда — я ненавидела его, ты восхищался Юнгом с его психологией бессознательного — я проклинала его. И во всем тк. Каждый из нас боролся не столько за свои идеи, сколько за свое личное счастье...

У меня слабая воля и слабая защищенность: характер стал портиться, личность — мельчать. Начала извиняться во всем, во всей жизни. Ведь правда — раньше этого не было. Своими силами выбилась в люди. Никогда не знала страха и растерянности. Несчастье задавило меня. Да, я стала извиняться, потому что инстинктивно я чувствовала себя виноватой перед тобой.

Ты пишешь, ты "устоял", еще не изменил. Ну и что же? Легче кому-нибудь из нас? Нет. Ты подавил и я подавила, и оба мы подавлены. Жертвовать и принимать жертвы не умеем ни ты, ни я. То, что ты писал о "простых душах", — пустое. Когда человека дергают со всех сторон кк меня, любой станет нервным, раздражительным и несчастным. Я тебя не обвиняю и не хочу наказывать. Нет, я не карающий бог, а строгий судья — только для себя. Не могу, не в силах принимать твои жертвы! Они безполезны.

Вот я думаю, что ты сейчас борешься с собой, мучаешь себя. Зачем? Ты никогда мне этого не простишь, ты невольно будешь меня казнить, а меня все равно ночью будут преследовать образы твоей измены, потому что она в твоей крови, в твоем существе. Все, что в тебе, я ощущаю с особой яркостью. Ты говоришь, что все-все бы мне разсказал. Я сама могу тебе все-все разсказать о тебе.

Ты просишь: будь мне матерью, сестрой, помощницей. Не могу... Не могу. Я женщина. И если это нарушено в нашей любви — я не способна и на остальное. Не виню тебя за твое половое. Не вини и ты меня за это. Ты для меня мужчина. Вне этого все остальное теряет для меня смысл и цену. Тебя влечет красота и молодость. И влечет с большой силой. Это твое право. Меня ты не за красоту полюбил, но разлюбил за некрасивость. Я не могу жить подле тебя, не привлекая тебя женским, не внося радость жизни складками платья, телом, поцелуем. Я хочу быть любимой. Это мое право. Это не требование. Это необходимость. Без этого жить нельзя ни тебе, ни мне.

Кк быть? Вот так. Кончить. У меня стынет кровь при этой мысли. Но это неизбежно. Ты можешь и будешь жить вольно и счастливо. Мир открыт для тебя. Полон красок и радостей. Со мной жизнь твоя потускнеет. Потому что радости твоей жизни вне меня.

Знаю — ты безудержно меня жалеешь, ты глубоко перестрадаешь мое несчастье. Но что же делать. Нельзя состраданием и жалостью заполнить свою жизнь. И слушай, знай, что смерть — это не катастрофа. Это счастье. Оборвать зависимость от форм, красок, ощущений — это счастье. Не тревожься. Сейчас этого не будет. Маленькая пока неудачная жизнь нашего ребенка не пустит. Может быть, станет со временем легче мука жизни. Может быть, уйдут эти отравляющие образы. И сегодня ночью снилось... Огромная кровать. Я жалко забилась в угол. На кровати ты стоишь, обняв высокую нагую женщину. У нее крохотная грудь, и вот она начинает расти, круглиться. Ты нежно ласкаешь ее бедра. В твоих руках ее грудь, большая и зрелая. Тихо, пластично опускаетесь, обнявшись. Я проснулась.

Ты видишь — моя мысль тяжко поражена. Не выдумкой, не нервной распущенностью. Жестокой, непреодолимой правдой жизни. Твои грезы стали моими. Не вини меня, как я не виню тебя. Это ты верь, что не виню и ни в чем, ни в чем не упрекаю. Есть законы жизни, и оба мы от них страдаем. Каждый по-своему, больше или меньше, но никто не виноват. Не надо приезжать. Прости меня. Если тебе слишком тяжело, то я сделаю кк ты пожелаешь. Прости меня, любимый, хороший мой, мой любящий, мой Яночка. Не могу оторваться от этого письма — я должна высказать тебе эту правду.

Сейчас получила твое письмо. Мой хороший. Ты тк сильно хочешь помочь мне. Ведешь себя "хорошо". Делаешь героические усилия. Мой Яков. Но прежнего не вернуть, кк не вернуть моей молодости. Любовь возможна только там, где есть красота и молодость. Любовь огромное, но примитивное чувство. И требования ее примитивны. Самая решающая женская ценность — ее эстетическая ценность. У меня этого нет, нет, нет. Литература, искусство, жизнь — все говорит об этом. Мне стало душно в мире. Генрих целыми днями ноет и плачет. Я сжимаюсь, напрягаюсь. Хочу пересилить себя — и не могу. Необходимо помочь ему — и нет сил. Пересиливаю себя и слабею от усилий. Голова кружится. Геня так же одинок кк и я. Никого подле. Брожу одна. Нет — не хочу, чтобы ты жалел меня. Сорвалась на жалобы. Нет — пройдет все. Надо разорвать во что бы то ни стало. Неизбежно. Прощай, любимый.

Мар.

ОТКРЫТКА

28 августа

Поезд приходит утром 30-го. Ты с вокзала поедешь на службу, а я к Угрюмовой, по делам. Если ты не сможешь быть на вокзале — не волнуйся. Приеду и одна. А ты пришли Маню нас встретить. Целую крепко, родной и милый.

ГЛАВА 36
Леди Макбет Мценского уезда
(1999–2000)

Юрик не выходил из головы. Последняя поездка в Нью-Йорк была неудачной. За две недели Нора видела сына всего четыре раза. Он был простужен, шмыгал покрасневшим носом, все время спешил куда-то. Слишком легко одет. Купила ему теплую куртку. Не поняла, где он теперь живет. Говорил, что у Тома, но просил туда не звонить. Сказал, что потерял мобильник вместе с паспортом и грин-картой. Не потерял даже — ограбили. Нора настояла, чтобы он подал документы на восстановление потерянного российского паспорта. Вместе пошли в посольство, заказали новый паспорт.

Он постоянно опаздывал на их встречи. Один раз и вовсе не пришел, и она прождала его два часа в кафе "Данте" в Ист-Вилледже, где он назначил ей свидание.

На Лонг-Айленд к Вите с Мартой не добралась. Марта уехала в Ирландию на свадьбу какого-то восьмиюродного родственника, а Витася разговаривал по телефону односложно, кроме "да" и "нет" ничего она от него не услышала.

Вернулась в Москву. Настроение было паршивое, но она давно уже пришла к мысли, что настроения вообще не должно быть. Во всяком случае, плохого.

Нора преподавала в театральном училище, по сути, на месте Туси, и постоянно чувствовала, что заменить ее в полной мере никогда не сможет: не хватало Тусиной свободы, владения культурным пространством. Старое поколение педагогов уходило, новое не дотягивало до их уровня. Похоже, следующее поколение студентов сделает еще один шаг вниз по лестнице... Интересных театральных предложений тоже не было. Тенгиз не появлялся почти два года.

Мифическая перестройка как будто закончилась вместе с дефолтом 98-го года. Да, собственно, оба они, Тенгиз и Нора, с самого начала поняли, что перестройка не имеет к ним никакого отношения. Как оказалось, им нечего было в себе перестраивать, чтобы привести в соответствие вновь разрешенное думание и собственные созревшие мысли.

Нора со школьных лет испытывала высокомерное презрение к коллективизму и с отвращением относилась к фальшивой идее "общественного, которое выше личного", а Тенгиз в своей патриархальной Грузии с тринадцати лет, когда отец ушел на фронт, пахал в прямом и переносном смысле на семью, был кормильцем сестры, матери, бабушки с дедом и бабушкиной слепой сестры, которая всю жизнь жила с ними, и этот ранний груз загораживал его и защищал от всякого рода глупостей. Он мало ходил в школу и только после возвращения отца кинулся наверстывать все то, что недополучил в детстве. Уехал к дяде в Кутаиси, поступил сначала в институт культуры, перепоступил на актерский, бросил, служил в стройбате, работал вечерами, ночами — натурщиком, сапожником, одно время даже поваром, пока не определился как режиссер. Некогда ему было стать ни советским, ни антисоветским.

Разрешенная свобода, тень ее, не произвела на него никакого впечатления. Нора тоже ее не вполне заметила — в ней было слишком много собственного своеволия, которое с ранних лет заменяло ей свободу. Вероятно, Тенгизова самостоятельность и Норино своеволие импонировали друг другу. Так или иначе, каждый из них радовался той свободе, которую обнаруживал в другом. И работать вместе им было счастье... Но совместная работа — с этим Нора почти смирилась — закончилась.

К концу девяностых на общем счету было десятка два совместных постановок и если не большой зрительский успех, то признание профессионалов, несколько фестивальных призов и некоторая известность за границей... Появились общие друзья в театральном мире Восточной Европы, дружеству немало способствовал отстраненно-скептический взгляд на политику и отвращение как к ее топорным формам вроде введения советских войск в Прагу в 1968-м или недавней бомбардировки Югославии, так и к средневековым тайным убийствам, отравлениям, подковерным интригам.

Именно в это смутное время от венгерского друга Иштвана, худрука Будапештского театра, пришло к Тенгизу невнятное предложение поставить у них спектакль по хорошей русской классике. Приглашали его вместе с Норой... Поверх политики. Театр-театр!

Тенгиз позвонил Норе, спросил: "Ты готова?" Минуты не помедлив, согласилась.

Год был тревожным: на Кавказе уже шла большая заваруха, но поезда из Грузии ходили и самолеты летали. Тенгиз обещал приехать в ближайшие дни.

Через два дня он был в Москве. Декорации все те же — от Никитского бульвара в окне до кузнецовских чашек на столе, корешков все тех же книг в шкафах. Старый персидский ковер с проплешинами от ножек давно переставленного секретера. Стена, пересекающая лепнину — следы благородной юности дома, когда комнаты были в два раза больше и высота потолка более соразмерной.

Костюмы тоже не претерпели изменений — Нора в джинсах и мужской рубашке, Тенгиз в растянутом свитере и в просторных не по моде штанах. Эта пьеса жизни длилась так долго, что оба постарели, а отношения из пунктирных и необязательных превратились в узы крепче любых брачных.

Самое важное в Нориной жизни возникало из этой совместности. Она научилась работать без него, но всегда внутренне ставила его рядом с каждой новой работой. Выправляла под него. Сколько раз за эти годы Нора пыталась вырваться из рабства, но всякий раз оказывалось, что только сильнее заглатывала крючок. Губы в крови — и никакой свободы.

— Успокойся ты, — не раз утешал ее Тенгиз после очередной попытки вырваться. — Прими как факт. Факт нашей биографии.

На этот раз ничего похожего — в Юриковой комнате постелена Тенгизу постель. Он смотрит с удивлением:

— Теперь так?

— Так, — легко кивает Нора.

— А как мы будем работать? — удивляется Тенгиз.

— В остальном как обычно… — и прикрывает дверь.

Наутро поехали к Тусе, окончательно перебравшейся на дачу. Провели там долгий день. Она одряхлела, почти ослепла, читала с лупой исключительно дневники писателей и всякую мемуарную литературу — восхищалась Виктором Шкловским, перепиской Пастернака и Фрейденберг, возмущалась Достоевским и перепиской Чехова с Книппер, рисовала малярной кистью на оборотной стороне старых рулонов обоев, оставшихся от каких-то незапамятных ремонтов. Полоски, круги, пятна...

— Я мажу, и какое это наслаждение, — говорила она, а Нора усмехалась — было похоже на рисунки детей, которых она когда-то учила рисованию...

Потом разговор вырулил на будущую работу. Рассказали о заказе — хорошая русская классика, поверх политики.

— Чехов! — живо отозвалась Туся. — Кто же еще?

Тенгиз покачал головой: он с Чеховым расстался еще в семидесятых.

Туся сняла очки, посмотрела на них голыми красноватыми глазами:

— Понимаю. Любовь и смерть. Какие вы еще молодые...

Какие там молодые? Норе под шестьдесят, Тенгизу за семьдесят. Нора чуть не процитировала любимую строчку Бродского — "С точки зрения комара человек не умира...", но вовремя заткнулась, потому что жизнь Туси была очень долгой не только с комариной точки зрения.

— Заказчик хочет чего-то очень русского, — улыбнулась Нора. — Не знаю — бурлаки на Волге, ушкуйники, казаки-разбойники... Что скажешь, Туся?

— Самая русская история — это "Капитанская дочка". Там все есть — и сума, и тюрьма... И любовь до некоторой степени. Политика у Пушкина значения не имеет. Там про человеческое достоинство. Редкая в России тема.

— Нет, нет, Туся! За это я не возьмусь. Инсценировку по "Капитанской дочке" — не смогу, не посмею...

— Тюрьма — русская тема. Сказала бы "Архипелаг ГУЛАГ", но Солженицын в нашем веке еще не русская классика, да там кроме политики почти ничего и нет. Одна только политика, слезами и кровью политая. Лесков. "Леди Макбет Мценского уезда". Там все есть.

"С губ сняла", — подумала Нора.

— Я сразу о Катерине Измайловой подумал, но меня Шостакович остановил, — мгновенно отозвался Тенгиз.

Переглянулись. Да, конечно. Страсть, смерть. Детоубийство. Сума и тюрьма. Судьба... Да, конечно.

— Я не сразу понял, почему Шостакович детоубийство выбросил. Ему было двадцать семь лет, когда он писал оперу. Он не понимал, что убийство ребенка — жертвоприношение. Только Катерина не понимает, что делает. Ее страсть пожирает, и она в этот огонь все бросает, и Федю, и своего собственного... Родила и отдала — забирайте, ну его совсем! Как будто совсем не заметила. Уже после убийства Феди! Какая там леди Макбет! У нее и страсть поплоше — корону носить. Но совесть живая — с ума сходит, с рук кровь не может стереть. Да она своими руками и не убивала! Нет, Нора, леди Макбет до нашей Кати далеко! У нашей-то купчихи глаза страстью заволокло... чем-чем... вот этой самой штучкой и заволокло... Бедная Катя! Бедная Катя! Какая судьба! И вся музыка Шостаковича — одна судьба! А мы работаем без этой музыки. Нора, я хочу, чтобы все было только про судьбу! Ужасная судьба ткнула пальцем в причинное место простенькой женщины — не Медея-волшебница, не леди Макбет — тетка обыкновенная, и вот результат. Судьба! В чем она виновата? Ни в чем! Мелкая душа и огромная страсть — это же судьба! Не виновата!.. И все эти арестанты лесковские — тоже судьба. Русская судьба, замечу! Это самое — от сумы и тюрьмы... Я хочу сказать, что судьба и есть тюрьма.

Из этих косноязычных откровений и произошел спектакль. На этот раз судьба плелась из нитей в руку толщиной. Огромный невидимый паук опутал темными нитями все зеркало сцены, занавес из грубых лохматых веревок, слегка шевелящийся. Паутина. А сам он затаился вверху, на колосниках, видны были только его мохнатые лапы. Они медленно двигались, шевелились веревки, словно стекающие с четырех пар лап. А по авансцене слева направо шли каторжники, медленно, сгорбленно, с заунывной песней, шли долго, непрерывным кольцевым движением, все одни и те же, в длинных темных одеждах, без лиц, среднего рода, не мужчины и не женщины, и каждая фигура была как будто подвешена на черной толстой веревке, уходящей вверх, к невидимому пауку, к его лапам.

Люди уходили вместе с арестантской тягучей песней, и тогда появлялся Сергей в красной рубашке, в черных сапогах, с гармошкой и, встряхивая кудрявым чубом, выплясывал и так, и сяк, и вприсядку... Сереженька, полюбовник... Он проплясывал свой маршрут в обратном направлении — от кулисы, куда ушли арестанты, в ту сторону, откуда пришли. И тогда на небольшой площадке в два уровня — на верхнем — появлялась она, Катерина Измайлова, с прялкой, веретенцем. Она безучастно сучила розовыми полными ручками нить — белую, пушистую...

— Это сооружение без всякой трансформации послужит домом, полицейским участком, тюрьмой и баржей. Решать надо будет только воду. Волгу... — показывала Нора набросок.

— Поменьше слов, поменьше слов. Бессвязные выкрики, ругань, отрывки музыкальных фраз. Натаскаем из Шостаковича, я попрошу Гию... Или найдем композитора в Будапеште. Забудь про Лесковский текст. Все правильно придумано! Мы судьбу плетем. И пусть Катерина носочки вяжет, ну, большого размера, огромные даже носочки! С красной стрелкой сбоку. А первая любовная сцена — пусть мотает... не знаю, как называется, такие мотки, их на руки надевают...

— Пасмы, — подсказала Нора.

— Да, пасмы! Пасмы! Руки опутывают и приближаются друг к другу... Не знаю, не знаю... Ты сама думай... — бормотал Тенгиз.

— Да-да! Мотанье шерсти — правильно. Я думаю, вся первая любовная сцена — как кокон. Паучья нить их оплетает. Пусть красная, и приходит старик Измайлов, распахивает дверь, нить дверью обрывает...

— Это не уверен. Давай дальше, дальше. Мне нужно, чтобы старика потом в саван замотали, и не в подвал его, а на чердак хорошо бы... И пусть эта мумия висит в паутине там наверху. И чтобы нечисть всякая, вроде кота-оборотня, сверху шла, а не снизу. Как это Лесков про ведьм забыл, даже обидно, ей-богу! Пригодились бы! Пусть на черных мохнатых веревках сверху вниз...

— Чердак, — значит, третий уровень нужен. Он лишний. Два уровня должно быть, — упорствовала Нора.

— Не знаю, не знаю. Технические задачи потом будем решать. Мне нужно, чтобы покойники — все четверо — замотанные в саваны, в черные саваны...

— Погоди, откуда четверо? Измайлов-старик, Зиновий и Федя...

— А младенец? Четверо! Нет, пятеро! Сонетку забыли! Она же ее с собой в воду уволокла!

— Тенгиз, страшно будет! Очень страшно!

— И правильно! И должно быть страшно! Это не Вий тебе! Это русское! Страшное!

— Нет, нет! Я так не могу. Не хочу! — противилась Нора.

— Тебе свет в конце тоннеля нужен? Там все тьма, откуда ты свет возьмешь?

— А мальчик? Федя? Светлый мальчик Федя! — схватилась Нора.

— Хорошо! Твой финал! Делай! А я посмотрю, какое ты Царствие Небесное из этой истории сварганишь! — раздражался Тенгиз. — Давай! Помнишь финал Шостаковича? Выше не прыгнешь!

— Да при чем тут? Мы же не оперу ставим! И вообще, я против использования музыки Шостаковича. И кстати — возьмешь три минуты музыки, а потом с авторским правом хлопот не оберешься. Лучше закажем какому-нибудь из молодых композиторов...

Долго ругались с Норой по поводу финала. Даже перед самой сдачей спектакля все не могли найти общее решение. Никогда еще их творческое единомыслие не подвергалось такому испытанию. В конце концов призвали худрука Иштвана для последнего слова. И финал утвердили Норин, с бабочками... Тенгиз принял, хотя долго противился. Убедили. С двухэтажной — Нора настояла — конструкции арестанты сходили в настоящую воду, налитую в цинковые плоские корыта. Брели к берегу, соединенные черными мохнатыми нитями с лапами невидимого паука, а наверху висели в воздухе, как черные дирижабли, сигарообразные запеленутые фигуры.

Все задирают головы, смотрят вверх — и видят опускающееся сверху огромное отливающее черным металлом паучье брюхо со светлым крестом посередине, согнутые лапы с тремя когтями на концах... Все замирают, вслушиваясь в тонкий переливчатый звук. Одна из фигур трескается. Звук нарастает. Из трещины выпархивает большая белая бабочка... Еще одна... Флейта поет тонким восточным голосом...

Три месяца просидели в Будапеште. Технически спектакль оказался очень трудным. Тенгиз репетировал с переводчиком, хорошенькой Таней, русской женой венгерского журналиста. Они вместе обедали в перерывах в кафе. Нора ревновала, но виду не показывала. С утра до ночи она сидела в цехах, совершала там чудеса, заведующий постановочной частью ее просто возненавидел. Старый, спесивый, из какой-то аристократической фамилии, не привык, чтобы его гоняли как мальчишку — то ей надо одно, то другое... Но после премьеры подошел и руку поцеловал. Успех. Большой успех.

Тенгиз тоже после премьеры подошел и сказал, чтоб перестала валять дурака. Судьбу не перешибешь. И все вернулось на прежние места. В середине декабря они были в Москве. И постель в Юриковой комнате ему больше не стелили.

Он решил, что встретит с Норой Новый год — двухтысячный. Вторая Чеченская война была в разгаре. 26 декабря началась осада Грозного. Юрику Нора не могла дозвониться уже три месяца. Том отвечал, что его нет дома. Создавалось впечатление, что он там уже не живет. Марта, которой она звонила раз в неделю, тоже ничего о Юрике не знала.

Новый год встречали в шумной актерской компании. Были и Власовы, которые так никогда и не оправились после смерти Феди: носили с собой свое несчастье. Наташа Власова всякий раз, встречая Нору, улучала момент, чтобы прошептать ей на ухо: Юрика не привози... Умоляю, Юрика сюда не привози...

Поначалу все веселились. Потом веселье сменилось политическими прогнозами. Ельцин, сидя перед елкой, объявил, что уходит в отставку. Спорили, хорошо это или плохо. Спорили, когда может закончиться Чеченская война и начнется ли война с Грузией. Спорили, начался уже двадцать первый век или еще год ждать. Двухтысячный наступил, но ничего хорошего от него не ждали.

ГЛАВА 37
Узун-Сырт — СТЗ
(1925–1933)

Мальчик все забыл. Ошеломляющее море, древняя осевшая Генуэзская крепость, небывалого вкуса фрукты и полюбившиеся ему на всю оставшуюся жизнь шашлыки, кипарисы, чебуреки, татары, греки, лодки, пролетки поблекли и обратились в пыль при виде планёров, парящих над длинной горой Узун-Сыртом, над Коктебелем. Но Генриха повели не к планёрам, а в гости к какому-то Максу. Сидели в большой комнате, вокруг толстого бородатого старика в белой простыне, с обвязанной веревкой головой. Шел длинный непонятный разговор. Другой старик, тощий и носатый, говорил о психоанализе, а главный, толстый, молчал, иногда кивал важно головой и улыбался. Генрих изнемогал от нетерпения, потому что парящие прекрасные машины он заметил еще при подъезде к деревне, и теперь он хотел только одного — поскорее бежать на ту гору, откуда их запускали. Он дергал Марусю за подол платья, за руку и, наконец, сгорбившись, сморщив по-обезьяньи мордочку, затрясся в беззвучном плаче. Маруся встала, извинилась и, взявши его за руку, вышла вслед за сыном.

Генрих, вырвав руку, скатился с лестницы и понесся прочь, в сторону горы, откуда поднимались и

ГЛАВА 37   Узун-Сырт — СТЗ

плыли прекрасные воздушные суда. Маруся бежала за ним, кричала, чтобы он остановился, но он ее не слышал. Он быстро устал, замедлил свой бег, Маруся его нагнала и молча шла с ним рядом. Она, фребеличка, специалист по воспитанию, ощущала полный педагогический провал. Но ничего другого, как идти вслед за сыном, не оставалось. Она понимала, что говорить ей сейчас ничего не следует — слишком раздражена: Генрих испортил ей визит, о котором она давно мечтала.

Макс Волошин был одним из тех, кто десятилетие тому назад, в ушедшей жизни, от которой едва и следы остались, восторженно писал о Рабенек, о той пластической студии, в которой так счастливо начиналась Марусина неудавшаяся карьера "босоножки". И Марусе очень хотелось свернуть разговор на те времена, намекнуть на свою причастность к тому изысканному искусству... И вместо разговора, о котором она бы вспоминала потом всю жизнь, ей пришлось торопливо, еле поспевая, тащиться вверх, в гору, бог знает куда, за своим невоспитанным и нервным — да! нервным! — ребенком смотреть на планёры...

Оказалось, что это довольно далеко. Маруся предложила ему пойти на гору завтра, рано утром, но Генрих и не думал сдаваться — его гнала вспыхнувшая страсть.

Да, прав был Яков, тысячу раз прав, когда, наблюдая отвратительные припадки с воем, паданием на пол, битьем ногами и руками, в которые впадал Генрих с четырех лет, говорил: "Маруся! Это не эпилепсия, это нечто совсем другое. Поверь, это конфликт воли и реальности. У него яростное желание реализовать какую-то детскую глупость, которую мы не разрешаем. А когда встанет перед ним настоящая задача, эта же энергия пойдет на преодоление настоящих задач! Сублимация — великая вещь!"

В их семье это слово повторялось часто…

Было очень жарко, пыльная каменистая дорога была раскалена, хотелось пить, рот высох до самой гортани. Маруся была в предобморочном состоянии, но упасть в обморок не могла себе позволить, крепилась. Впереди шел, прихрамывая, растёрший ногу жестким сандалием сын, решительно и целеустремленно. На горе их никто не ждал, но народу там было несколько десятков человек. Все окружили планёр, ощупывали его, как ветеринары больное животное. Генрих сразу же втесался в толпу. Никто его не гнал, но и внимания не обращали. Там крутилось и без него несколько мальчишек. Маруся вытоптала в тени брезентового ангара сухие кустики полыни — поднялась волна острого и горького запаха: полынь, шалфей, чабрец… Села на сухую пахучую землю.

Все плыло у нее перед глазами. Сознания она не потеряла, но на некоторое время выключилась из действительности. Потом открыла глаза — и увидела внизу, перед собой, изгибистую долину, татарскую деревушку на склоне, пасущихся коз, отроги Карадага, парящий в яркой синеве планёр… И почувствовала себя счастливой…

Подошла к людям, наблюдающим за полетом планёра, выбрала глазами одного, военного вида, но в штатской одежде, с твердым офицерским лицом и с кавказскими усиками, и обратилась к нему бодрым и веселым голосом:

— Товарищ! Не поможете нам добраться отсюда до Коктебеля? А то мы с сыном очень устали, пока сюда поднимались.

Товарищ обернулся:

— На сегодня пуски закончены. Через полчаса за нами заедут. Подождите, мы вас захватим.

ГЛАВА 37

Геня ее не видел, он затесался в группу местных мальчишек и оживленно с ними болтал, размахивая руками... Через полчаса, фырча и отплевываясь, подъехал пыльный грузовик, и мальчишки сразу забыли про планёр, прилипли к машине. Маруся вытянула отбивающегося сына из толпы:

— Хочешь на грузовике прокатиться?

О, счастье! Счастье! Военизированный человек подал Марусе руку, она легко впрыгнула в кузов. Маруся улыбнулась обольстительной улыбкой: подбросите к Максу? Человек разулыбался — сразу догадался, что женщина из своих. Он тоже был из своих — внук Айвазовского... Но Маруся этого так и не узнала... Он сел в кабину, в кузов набилось человек десять. Генрих хотел было поскандалить, что тоже хочет в кабину. Но тут Маруся взяла его под педагогические уздцы и сказала спокойно: мы можем слезть и идти пешком. Хочешь? Он не хотел...

Через пять дней Маруся с сыном была в Москве. Яков Осецкий встречал свою семью на Курском вокзале. Рыжеватые резко подстриженные усы на свежевыбритом лице, недавняя парикмахерская стрижка, корректный костюм из прошлой жизни, букет лиловых астр в одной руке и портфель в другой выделяли его в расхлябанной толпе встречающих. Он очень скучал, но в целом был доволен отпуском от семьи: за полтора месяца одинокой жизни он написал статистическое пособие для работников связи, две статьи в экономические журналы и начал писать рассказ из армейской жизни, который ему никак не удавался.

Маруся в широкополой шляпе, в холщовом платье с украинской вышивкой у ворота появилась на подножке, а из-под ее руки, державшей поручень, вывернулся и спрыгнул на перрон первым смуглый Генрих, вертя головой в отросших кудрях. Увидев отца, он кинулся к нему с криком:

— Папа! Мы видели планёры! Папа! Я вырасту и буду планеристом! Папа! А ты летал на планёре?

Отец его одобрил, но сказал, что дело это непростое, и требуется не только физическая подготовка, но знание многих предметов — физики, географии, метеорологии... И даже иностранных языков, потому что первыми планеристами были иностранцы — китайцы и арабы в древности, а в новейшие времена французы и немцы, и есть много статей, которые надо бы прочитать... И вообще надо много знать.

— Вот, к примеру, знаешь ли ты, что как раз сегодня летчик Громов совершает перелет из Пекина в Токио? Как ты думаешь, сколько это километров?

— Тысяча! — крикнул Генрих.

— Ошибся в два раза! Две! — ответил отец. — Я принесу тебе сегодняшнюю газету, там все написано! Можешь сам прочитать!

Маруся стояла позади сына, висевшего на отце, а Яков улыбался, кивнул ей, даже как будто подмигнул. А когда легонько освободился от хватки Генриха, он обнял Марусю и шепнул ей в ухо: "Дурында! Дурында моя любимая!"

Он подхватил чемодан и порт-плед с постельными принадлежностями, и они пошли на площадь, где отец нанял извозчика. Генрих заныл, что хочет ехать на таксомоторе, но ни одного таксомотора не было. Он заупрямился, стал ковырять ногой землю, но отец подхватил его, поднял, слегка подбросил и сказал: "В следующий раз!"

В те годы по всей стране шел авиационный бум. Это была логика государства — бум, бам, индустриализация, не за горами и коллективизация — тотальная идея, захватывающая всю страну, от мала до велика. Лучшие инженеры и конструкторы работали в мощных институтах, создавая новую авиацию, было организовано и переорганизовано общество "Авиахим-ОСО", по всей стране открывались детские и молодежные технические центры, множество кружков по авиамоделированию. И Генрих, как малая пылинка, был подхвачен этим массовым потоком с девяти своих лет. Мальчик уловил это всеобщее вдохновение, всенародное увлечение авиацией и, как планёр, парил в нем. Именно в этот момент и произошло его стихийное отречение от индивидуалистического поиска личного пути, которым были так озабочены его родители. Он впервые почувствовал счастье слияния с массами, единочувствие с окружающим миром.

Все прежние любимые игрушки-конструкторы, плоды неудавшегося совместного проекта Надежды Константиновны Крупской и Марии Кернс, теперь вызывали у Гени раздражение. Еще бы! Весь мир летал по воздуху, делал виражи и спирали, перевороты и "бочки", а он все еще возится с детскими кубиками... Он погрузился с головой во всеобщий энтузиазм авиамоделирования, дожидаясь того часа, когда дорастет до руля настоящего летательного аппарата. А еще лучше — не руль, а пулемет! Летать и стрелять — вот были две любимые мечты. Любимые мечты поколения...

Яков прилагал усилия, чтобы сместить интересы сына в сторону культурную. Он прочитал ему целую лекцию о первых летательных аппаратах — от Икара до придуманных Леонардо да Винчи. Подсунул ему Жюля Верна — полеты на воздушном шаре и путешествия на Луну тоже имели отношение к фантазиям Генриха. Мальчик стал хорошо учиться — во всяком случае, по тем предметам, которые имели хоть какое-то отношение к избранной им профессии. Отец занимался с ним немецким языком — и Генрих не сильно возражал.

Отец не мог дать сыну того, чему он противился, та общечеловеческая культура, которую так ценил Яков, была совершенно неинтересна Генриху, зато он научил сына работать в библиотеках, пользоваться каталогами, выискивать нужную информацию, отбирать ценное и отбрасывать постороннее.

К пятнадцати годам Генрих совершенно определился. Он прошел через увлечение планёрами, авиамоделированием, походил в парашютный кружок, но нацелен был уже не на карьеру пилота, а на серьезную инженерную профессию в области самолетостроения… Он был одним из многих тысяч юных энтузиастов.

Яков тем временем делал свою вполне успешную карьеру в ВСНХ, Высшем Совете Народного хозяйства. Квартирный вопрос был решен с самого начала — прекрасная комната на Поварской при жилищном кризисе тех лет была великим достижением. Куплен был книжный шкаф, стол, и, наконец, он обзавелся пианино, последним собственным инструментом в его жизни (старомодная прямострунка с прекрасным звуком). За считаные годы Яков создал себе имя в мире экономистов, ученых и практиков, выступал с лекциями и статьями, поменял, в поисках себя, несколько разных мест службы. Написал и издал книгу "Логика управления", с многими умными и совершенно несвоевременными мыслями.

Маруся, мало что понимающая в научных материях, каким-то женским чутьем предчувствовала заложенные в книге опасности для их жизни. А Яков — ничего не предчувствовал. Он заведовал в ВСНХ статистическим отделом, разрабатывал новую тему, которой прежде не занимались, — промышленное краеведение.

ГЛАВА 37
Узун-Сырт — СТЗ

Он составлял описания всех предприятий по районам, их историю, экономические характеристики. Эта была забытая на два века, со времен Ломоносова, отрасль экономической географии, и Яков, составляя описания производств уже погибших, сравнивал их с новыми, перспективными, научно устроенными и вписанными в жизнь маленького региона предприятиями, с учетом особенностей географии и населения. Надо отдать должное Марусиному чутью, эти Яшины интересы вызывали у нее беспокойство: вся Советская страна шла в ногу, а он куда-то вбок!

Весной 28-го года началось "Шахтинское" дело. Более пятидесяти человек, работавшие на шахтах Донбасса и в Главном горно-топливном управлении ВСНХ, обвинялись поначалу во вредительстве, а потом уж и в шпионаже. Процесс шел меньше двух месяцев, из пятидесяти арестованных тридцать признались в преступлениях, пятерых расстреляли. Яков знал одного из расстрелянных по Харькову и не мог поверить в его виновность.

Произошло еще одно событие, семейное — в Киеве арестовали отца Якова, который в то время работал управляющим на мельничном предприятии, которое когда-то ему принадлежало. Это был еще не объявленный, но уже реализуемый конец НЭПа. По представлению Якова, это грозило экономической катастрофой.

Летом 1928 года на пленуме ЦК ВКП(б) Сталин заявил, что "по мере нашего продвижения вперед... классовая борьба будет обостряться". Фраза звучала как теоретическое построение, но Яков, марксист, изучавший классика не в подпольных кружках для пролетариев, а в оригиналах, еще в ранней юности, был невысокого мнения о Сталине как о теоретике, хотя и отдавал ему должное как фигуре политической. Он и понял эту фразу как политическое предостережение всему сословию технической интеллигенции, которая, зажатая в тиски партийного руководства, действительно не могла провести индустриализацию в сроки, определяемые директивами.

Печальные размышления Якова шли в двух совершенно противоположных направлениях: с одной стороны, потеряв сон, он непрестанно в уме писал письмо вождю, пытаясь изложить ошибочность идеи "обострения классовой борьбы". Обостряться она, конечно, могла, но только не на просторах нашей родины, страны победившего пролетариата, а именно в мире капиталистическом, еще не доросшем до идеи всемирной пролетарской революции. Российская техническая интеллигенция, напротив, все свои силы отдает построению... и так далее... Вторая мысль, которая ему не давала спать, — побег! Побег из экономической статистики, превратившейся в опасную науку, в сторону музыки... А что? Преподаватель муз.литературы, сольфеджио, руководитель хора, частные уроки фортепиано, флейты, кларнета... Не мечта ли это? Не спасение ли для него лично, для всей семьи?

Наступление на техническую интеллигенцию, поиск вредителей и шпионов шел широким фронтом — и Яков опоздал. Пока он анализировал текущий момент, подоспел следующий процесс — "Дело Промпартии". Читая внимательно материалы процесса, Яков почувствовал угрозу своему существованию.

Обвиняемый по процессу "Промпартии" профессор Рамзин дал показания, обеспечившие высшую меру ему и его подельникам, ведущим специалистам Госплана и ВСНХ. Расстрел заменили тюремным сроком. Яков понял, что опоздал!

ГЛАВА 37   Узун-Сырт — СТЗ

Вредительство обнаружено было в экономике, горном деле, в лесоводстве, в микробиологии — всюду, где ни поищи. В 1930–1931 годах ОСО ОГПУ рассмотрело более 35 тысяч дел. Одно из них было дело Якова Осецкого. На допросах он довольно витиевато защищался, вредительства не признал, но в ошибках покаялся. Получил три года законного наказания, с отбыванием этого срока на Сталинградском тракторном заводе.

В начале февраля 1931 года он прибыл по месту ссылки и начал работу в плановом отделе СТЗ. Это было лучшее, на что он мог рассчитывать.

В первом письме, отправленном жене из Сталинграда, Яков напоминает ей, что первое его заключение состоялось в 1913 году, пятнадцать дней на челябинской гауптвахте, которые теперь он вспоминает как счастливую пору молодости. Просит ее быть бодрой, не унывать и хранить себя и сына.

С сыном все оказалось очень сложно. Узнав об аресте отца — Якова забрали на работе, Марусе сообщили об этом спустя сутки, — пятнадцатилетний Генрих, вернувшись вечером из своего авиаклуба, выслушал сообщение матери, побелел, осунулся, выперли скулы, рот сжался, он выдохнул и сказал тихо:

— Вредитель. Я так и знал!

После чего смел со стола оставшиеся с вечера чашки, сбросил с отцовского письменного стола две аккуратные стопки книг и две стопки писчей бумаги — исписанную и чистую, повернулся к книжному шкафу и стал швырять об пол тщательно разложенные по разделам книги, выкрикивая все громче единственное слово, которое засело в его сознании: "Вредитель! Вредитель!"

Маруся сидела в кресле, зажав уши и зажмурившись. Это был настоящий припадок, и она не знала, как его остановить. Но, сокрушив все, что попалось ему под руку, Генрих бросился на тахту и завыл. Прошло несколько минут, Маруся села рядом с сыном, погладила его по плечу.

— Оставь! Оставь меня! Ты не понимаешь, что это значит! Меня теперь никуда не примут! Я сын врага народа! Навсегда!

Слезы текли густо, плечи сотрясались, он дрыгал ногами и руками, совершенно как в раннем детстве. И Маруся сделала то, что делала тогда — полезла в буфет и вынула из припрятанного кулька конфетку, развернула и сунула ему в рот. Конфету он не выплюнул, но и не успокоился. Долго еще вздрагивал, а потом заснул на отцовском месте...

"Что он наделал, что он наделал! — кричала Маруся беззвучно. — Все разрушил! Что теперь будет с нами?"

ГЛАВА 38
Первая ссылка. СТЗ
(1931–1933)

Яков, пожалуй, перенес свалившееся несчастье лучше, чем его семья. Он умел начинать с нуля, но при этом в новое, постнулевое пространство втаскивал всю предшествующую жизнь, разнообразные интересы и начинания. Двенадцать больших городов были теперь для него закрыты, он был перенесен всевластной силой в город на Волге, где строили по американскому проекту огромный завод. Его назначили в плановый отдел, это было ему не очень интересно, но знание английского языка сильно улучшило его положение. Уже через неделю ему выделили каморку в заводоуправлении, где он переводил американскую техническую документацию. Два десятка наскоро обученных английскому языку девушек не могли справиться с технической терминологией. Да и Якову иногда приходилось обращаться за справками к американским сотрудникам, которых в 31-м году оставалось еще много.

Американцы нравились Якову — по большей части спортивные ребята, одетые чисто и элегантно. И работали браво. Помимо организации производства была и особая организация жизни — специальная столовая, и ресторан, и клубы, и концерты для сотрудников, и общественный надзор за детьми. "По части социалистических достижений капиталисты ушли вперед", — вынужден был признаться Яков. Или это только специально выстроенная пропагандистская картинка? Создавалось впечатление, что их научная организация труда простиралась и на общественную жизнь!

Яков был не единственным, кого занимали эти наблюдения. Вскоре он познакомился с другими ссыльными, занятыми в разных звеньях общего строительства, такими же, как он, спецами, высланными на СТЗ за политические ошибки и неправильное мировоззрение. Все они были более или менее марксисты, более или менее социалисты, более или менее коммунисты, но думали "не в ногу", и расхождения во взглядах были как раз таковы, чтобы вести интересный разговор о деталях. Встречались сначала случайно, спустя некоторое время стали при случае собираться за чаем, а через пару месяцев эти встречи превратились в своего рода самодеятельный семинар, на котором представляли рефераты, читали доклады. Обменивались мнениями... Не чувствуя за собой никакой вины...

В ноябре 31-го года к Якову приехал сын. За время, что они не виделись, Генрих вырос на полголовы, раздался в плечах и превратился из мальчика в юношу. А Маруся все не приезжала — много работы, плохое самочувствие, дурное настроение... Шла интенсивная переписка, по установленной схеме — письма писали каждый первый день пятидневки, начиная с первого числа каждого месяца, — не менее шести писем в месяц, плюс открытки, которые не считались, плюс, в случае необходимости, телеграммы.

Генрих с отцом почти не переписывался.

Яков получил официальное разрешение показать сыну завод и в один из первых же дней Гениного пребывания повел его на СТЗ. Первым делом показал американский проект завода, объяснил особенности этого проекта: он был модульный. Генрих восхитился — конструктор! Он узнал свой первый конструктор, который доставлял ему в детстве столько творческой радости. И весь этот завод был построен так, как будто какой-то великан сложил его из кубиков. Только кубики были огромные и гораздо разнообразней, чем в его конструкторе. Яков показал на макете, как соединяются друг с другом отдельные блоки и как из одинаковых блоков получаются разные строения.

Генрих смотрел как зачарованный на макет, вынашивая какую-то мысль, а Яков радовался, какие смышленые у сына глаза, как на лице отражается работа мысли.

— Пап, получается, вроде каждый блок как буква, а соединяясь вместе, они образуют слова и целые предложения?

— Хорошая идея, сынок, — порадовался Яков.

Генрих кивнул с важностью — не так-то часто отец его хвалил — и продолжил размышления вслух:

— Я думаю, можно просто весь мир заново построить из таких букв — вот это будет конструктор, это да!

Яков с вниманием посмотрел на сына: в нем явно шевелились зачатки серьезных мыслей... Но по существу — полнейшая инфантильность. С ним надо много работать, много работать...

СТАЛИНГРАД — МОСКВА
ЯКОВ — ГЕНРИХУ

Март 1931

Милый Генрих, я познакомился здесь с одним человеком, с которым хотел бы и тебя познакомить. Каких только профессий нет на нашем заводе! Всего есть сто семьдесят профессий. Ну, скажем, есть ли специалист по игрушкам? Как ты думаешь? Оказывается, есть. Мастер, который изготовляет макеты и модели для нашего музея. Превосходный работник, владеет обработкой металла, дерева, картона — все, что нужно. Он и столяр, и слесарь, и электротехник, и переплетчик. Мастер на все руки. Мастерская у него тоже игрушечная. Под лестницей чуланчик в два квадратных метра. Крохотный верстачок, на потолке полки с материалом. Говорит тихо, вдумчиво. Приятно с ним иметь дело. Работает всегда один, в тишине.

Я теперь готовлю большую выставку по тракторной промышленности. Когда кончу, пришлю тебе фото. Мама пишет, что у вас в комнате очень чисто и аккуратно. Это очень помогает жить.

Я задумался, не написать ли рассказ про семью, которая жила в большой тесноте и беспорядке. Все грызлись, злились и не могли ужиться вместе. А потом постепенно убрали комнаты, ввели порядок, и все стали хорошо жить. Вот освобожусь немного и попробую эту тему. Одобряешь ли ее?

Крепко жму руку.

Твой Яша-папаша

СТАЛИНГРАД — МОСКВА
ГЕНРИХ — МАРУСЕ

8.11.1931

Милая мама!

Уже два дня я у папы. Когда подошел поезд к Сталинграду, папы на вокзале не было, походил-поискал его, и сел в поезд на тракторный. В поезде я у каждого человека спрашивал, не знает ли он, где живет Осецкий, пока я не наткнулся на Мстиславского! Конечно, он сказал "№ 516". Мне больше ничего и не нужно было. Когда я слез с поезда, как раз подали роскошный автобус, и я благополучно нашел дом № 516, но я поцеловался с замком. Папы не было. Не унывая, я сбросил пальто и мешок, оставил все мои манатки у соседей и пошел на Волгу. Когда я вернулся, мой папа(ша) был дома, он меня не узнал.

На другой день, 7-го, я с папой целый день гулял и катался на лодке, а вечером смотрел, как танцевали фокс (ну и волынка). Американскую столовую я с первого посещения полюбил. Вчера с папой читал по-немецкому (Нибелунгов). Папины товарищи нравятся, а американские ребята нет (здорово дерутся).

С авиа-тракторным приветом! Целую, Генрих

ЯКОВ — МАРУСЕ

10.11.1931

Милый друг, запоздал с посылкой очередного письма на три дня — не взыщи — засуетился с Геней, с праздниками. Геня вырос намного, на полголовы выше, чем я оставил его.

В отношении общего развития он не подвинулся дальше. Каждый день я занимаюсь с ним по предметам и по-немецки. По первым дням замечаю, что он не более усидчив, чем прежде.

Его приезд — большой праздник для меня, но я тебе искренне скажу, что твой приезд был бы большим праздником. Развитие его заботит меня. Нужно всячески противопоставить его интересам другие — более широкие и глубокие. Он слишком техничен, однобок. После его увлечения авиацией теперь новое громадное увлечение военными вопросами. Гуляем по горам — он с восхищением: "вот хорошо бы здесь поставить батарею орудий!" Как это неприятно! Этот кружок стрелков-снайперов, куда он ходит, нужно ликвидировать.

Занятия идут, по-видимому, удовлетворительно, сужу по тригонометрии, которую проверил. Грамотность низка, но явится только в результате чтения. Нужно его вовлечь в литературные интересы. Его природный вкус к стилю поможет этому.

Заинтересовывай его далекими от него вещами — легкая книжка по дарвинизму, по истории и т.д. Что мы уже читали в его возрасте. Я подумаю и составлю специальный список книг, если ты одобришь идею. Поищу здесь по каталогам.

Читаю с Генрихом "Нибелунги" по-немецки. Нашел там тобой подчеркнутое место "Liebe und Leiden kommen immer zusammen!"*.

Целую крепко, дружески и недружески.

Со всем пылом ночной борьбы, в которой побеждают оба.

8.2.1932

Маруня родная, я выбился из регулярной переписки, потому что никак не могу войти в норму вечерних занятий. 10 февраля — сдача всех срочных работ, и я начну свою колею снова. Начнется и аккуратная переписка. Еще одна дата — прошла моя годовщина

---

* "Любовь и страдание всегда приходят вместе" (*нем.*).

здесь. Я втянулся в эту работу. Весь проект завода американский, и первый трактор тоже по американской удачной модели. Мне приходится много переводить для технического отдела.

Пока что могу тебя обрадовать, что я уже премирован как ударник. Только премирован не книжкой ударника, как хотел бы, а денежной премией. А сколько, не знаю. Купил тебе галоши, самый маленький №, как ты просила. Если не подойдут, ругай себя. Сообщи № галош Гени — 7 или 8? Смогу скоро купить. Кроме того, выиграл по займу 70 р. Живем. Кроме того, временно прекращаю лекции. Жаль. Это держало меня в форме: каждую неделю — подготовка. Здесь есть несколько толковых экономистов, с которыми интересно общаться. Круг тесный, собираемся, беседуем.

Посылка для тебя уже готова. Послезавтра уедет. Целую, детка.

ЯКОВ — ГЕНРИХУ

10.3.1932

Милый родной Геня, трудно передать мою радость по поводу твоих успехов. Ты сам добился всего, что хотел, без посторонней помощи. Да, впрочем, никто и не мог бы тебе помочь в этом. Американцы больше всего ценят людей, которые сами организуют свою жизнь. У них даже есть такое выражение: a self-made-man — человек, который сам себя сделал. Ты мой селф-мэйд-мэн.

Сможешь ли ты теперь правильно организовать свою жизнь, свое время, чтобы успеть все, что нужно. Есть 4 раздела, которые должны стоять на первом плане — техучеба, физкультура, литература и помощь маме. Она мне писала про ваше посещение аэропорта. Как жаль, что меня не было с вами. И я хотел бы послушать твои объяснения. Уже прошел год, как ты был здесь. Целый год мы не виделись, и пока не могу даже сообразить, когда мы увидимся. Будем верить, что скоро.

Твое решение оставить школу и учиться на рабфаке вызывает мое уважение. Это поступок настоящего мужчины. Если получится поступить на метрострой, это будет очень хорошая школа. Какая будет у тебя профессия? Пиши мне про новые впечатления, про свои занятия, про новых товарищей. Где помещается твой рабфак, как ты едешь туда. Пусть у тебя будет трамвайная книга для чтения, чтобы не терять времени. Эту книгу ты читай только в трамвае.

Жму крепко руку — твой Яша

ЯКОВ — МАРУСЕ

24.10.1932

Ну, Маруня, дела идут явно в гору. С деньгами — хорошо, с перспективами — хорошо. Вчера у меня была большая радость. Вышел из печати первый плакат. Произвел большое впечатление. Теперь пойдет полным ходом. Вся издательская работа лежит на мне — это лучше, чем плановый отдел.

Сегодня выходной. С утра по часам делал свой туалет — мойка горячей водой, бритье, уборка, мойка головы, завтрак — один час тридцать минут.

В десять уже за столом. День ясный и солнечный, но у меня штурмовая атака. За сегодняшний день должен отредактировать массу рукописей. Теперь — два часа после 4 ч. работы передохнуть, перерыв, завтрак, прогулка, газеты и обратно.

Радио все утро звучит, мне не мешает в работе. Зазвучал вальс из "Онегина", встал и прошелся вальсом по комнате. Туда и назад, туда и назад, выкурил папиросу и за стол.

К первому ноября допишу хронику, весь ноябрь буду работать по выставке. Мне нравится это взаимодействие с американскими практиками — мы многому должны у них учиться по организации производства. Но с ноября буду более свободен, совсем отбился от книжек — хочется литературы, экономики, математики и другого. Чрезвычайно интересное общение с коллегами. Люди моего положения.

Что с твоей статьей о Гоголе — какая причина, что о нем вспомнили? Какая-то годовщина?

Еще раз напоминаю — штатной службы не нужно — только свободная литературная работа. Вот Вигилянский нигде не служит. Постарайся перейти в профсоюз писателей, войти в жизнь Дома печати, там прекрасная библиотека, на дом дают, хорошая столовая.

Маруня, я прошу тебя купить и выслать мне "Справочник труда в СССР". Скорее всего, найдешь в магазине Комакадемии, помещался прежде на Моховой против Университета.

Целую тебя, родная, скоро снова внеочередную сумму пришлю. Чтоб ты ее проела. Я.

7.2.1933

...Два года прошло. И восемь месяцев, как я тебя не видел. Твой приезд, при всей радости, которую он мне принес, оставил и чувство горечи. Какая-то трещина, которая прошла между нами, расширяется. И лечение может быть только одно — приезжай! На неделю, на три дня, на три часа. Это так важно: посмотреть друг на друга, прикоснуться... Маруня, брак не держится на почтовых марках! Приезжай. Я так настойчиво зову тебя не только по той причине, что истосковался по любимой жене и по подруге. У каждой жизни есть какой-то грунт, на котором она стоит, растет, от которого питается. Ты — мой грунт, почва. А от твоих писем веет отчуждением. И не письмами это отчуждение преодолевается. У меня иногда возникает чувство, что длинные письма, которые я тебе пишу, ты либо просматриваешь без внимания, либо вообще не читаешь. Переписка становится хаотической, невпопад...

Маруня, любимая! Приезжай!

18.4.1933

...На несколько дней задержится очередной перевод. Все заканчивается книга, но никак закончить не могу. Ты не беспокойся за мое авторство. Книга действительно коллективная, я написал в издательство, чтобы в условиях коллективности за каждым была оговорена фактическая часть работы каждого. Я кое-чему научился на этой работе... Образовались некоторые полезные технические приемы, появилось много новых тем, так что большую роль работа сыграла. За моей индивидуальной подписью она, конечно, не может выйти, да и, может быть, я вовсе и не захочу этого. Нужно писать работы в одиночку, а не толпой. Но коллектив дружеский. Есть несколько человек, с которыми возможны серьезные дискуссии. Надеюсь, что издательство расплатится, как обещает. Жду, и уверенно, от тебя хороших вестей. Целую, друг. — Я.

ГЛАВА 38

Первая ссылка. СТЗ

20.4.1933

...Твой рефрен — значок ГТО имеет у нас успех, нам нельзя без этого. Это меня настораживает. Если вдуматься, этот физкультурный знак — замена культуры, подмена культуры. Ты знаешь, что я всю жизнь занимался гимнастикой и считаю, что хорошее физическое состояние необходимо, чтобы полноценно жить, но оно не является ценностью самостоятельной... Для подростка это простительно, но ты могла бы и проанализировать эту ситуацию более глубоко: почему вместо интеллектуальных усилий предлагаются массовые усилия физкультурные?

В твоих письмах часто встречается: "за что мне это? я пролетарка и т.д.". Не могу тебе писать подробно — нужно длинно говорить, но эта фраза не имеет никакого смысла. Вдумайся. Вопрос гораздо глубже и серьезней... Нужна другая этикетка для твоих несчастий. Ни ты, ни я не принадлежим к пролетариям. Мы происходим из ремесленников — нет здесь ни нашей заслуги, ни нашей вины. Конечно, если ты хочешь представлять себя пролетаркой, ты вольна так и поступать. Но ты актриса, художник, богема отчасти, интеллигент, и в этом больше правды, чем в твоем желании видеть себя пролетаркой. Не является пролетаркой и Надежда Константиновна. Преподаватели, специалисты крайне необходимы государству, и пролетариат без специалистов никуда не сможет двинуться. Но люблю я тебя, Марусенька, вне зависимости от того, какой социальный портрет ты для себя выбираешь. С какой радостью я бы часами говорил с тобой на эту тему... Целую, родной дружок. Я.

1.9.1933

Милый друг, мне жаль, что ты не соглашаешься перейти в журнал по игрушке. Делаешь ошибку. Это не чистая журналистика, а та же прикладная. От тебя будет зависеть, как ты сумеешь сохранить связь с производством. Кроме того, там больше свободного времени. Будешь больше читать и писать. Работать где-нибудь в общем органе — это беспредметный журнализм, а в узко прикладном журнале вполне пригодно для твоих принципов. Еще раз передумай и взвесь все обстоятельства. Я убежден, что ты делаешь ошибку. А главное — нужно иметь время для обдумывания и чтения. Иначе ничего не выйдет. Мелкие случайные выступления — это еще не писательство. Будучи в журнале, нужно начать готовить что-нибудь большое — ряд очерков или книгу.

Составился небольшой круг людей с широкими интересами, еще два новых товарища, кроме Лаврецкого и Дементьева. Обсуждали на последней встрече именно Зощенко, и был один врач, с очень интересными рассуждениями о старости как проигрыше... Наши встречи продолжаются, делаем рефераты, иногда небольшие сообщения. Это очень оживляет рутинную жизнь.

25.9.1933

Родная Маруня, дела близки к завершению. Недолго осталось ждать. О себе могу сказать то же, как и в прежних письмах. Полностью закончил работы по музею. Перевел массу технической литературы и могу сказать, что приобрел высокую квалификацию. Сборник о труде в условиях современного конвейерного

ГЛАВА 38 — Первая ссылка. СТЗ

предприятия сдан. Я здоров, бодр, занимаюсь историей и математикой. Ежедневно занимаюсь гимнастикой, холодные обтирания... Между занятиями слушаю превосходные старинные казачьи песни. Мысли мои крутятся около фольклора — это источник чрезвычайно малоценимый, а меж тем богатство необычайное. Сейчас никто не изучает! А ведь надо все записывать, систематизировать.

...Вся моя тревога о тебе и Гене. Как только вернусь, сразу же начну хлопоты о снятии с меня обвинения. Я не стал бы этим заниматься, но ради Генриха пойду по этим организациям. Надеюсь, что тебя не оставят без поддержки родственники. Выйду — уплачу все долги. Крепко целую вас, милые родные друзья. Ваш Яша.

14.10.1933

(Неотправленное письмо, изъятое у Якова Осецкого при обыске и аресте 14 октября 1933 года.)

...С каждым месяцем, с каждым днем приближается срок моего освобождения. От трехлетнего срока осталось двенадцать недель. Я мысленно подвожу итоги. Строю планы на будущее. Я написал несколько писем коллегам, прошу описать сегодняшнее положение. Я довольно расширил свои возможности — могу делать и серьезную переводческую работу, и издательскую. Мое участие в организации музея СТЗ тоже дало определенную квалификацию. Я не много приобрел за эти два с половиной года, но ничего не потерял из прежних своих знаний. Следил за всеми научными журналами, русскими, немецкими и английскими, которые здесь можно было найти в в библиотеке. Французских здесь не нашел, но французский я поддерживаю благодаря тем двум книгам А. Франса, которого ты мне прислала с отчаянной критикой. Я очень тоскую по музыке и не оставляю надежды на какую-то небольшую музыкальную работу в Москве, в добавление к основной.

Милая Маруся! Я полон надежд и веры, что мы сможем обрести друг друга с той полнотой, которую мы знали во все время нашего брака. Поверь мне, я не склонен к жалобам, но единственная моя настоящая печаль, что я внес в жизнь твою и Генриха такие сложности. С другой стороны, благодаря моей ссылке в Генрихе открылись черты, которые меня так порадовали, — я не ожидал от него такого мужества, целеустремленности и жертвенности. То, что он пошел на работу в Метрострой, еще и доказательство серьезности его отношения к жизни. Это уже не только мальчишеская восторженность и революционный романтизм, знакомый нам по годам нашей юности, но и реальное присутствие на трудных участках строительства. Он глубже, чем представлялся мне еще два года тому назад. Это действительно путь пролетария умственного труда: рабфак, техникум, уверен, что будет и институт с хорошим инженерным образованием. И твои дела несомненно поправятся. Маруничка! Подумай — осталось 84 дня! И мы заживем счастливо и долго-долго!

ГЛАВА 39
Возвращение Юрика
(ЯНВАРЬ 2000)

Нора сразу узнала этот чирикающий птичий голос — узнала бы его из тысячи. Это была Марта. Бесформенно-соломенная, как стог, добрая, как сенбернар, с голосом, как у заводной игрушки.

— Нора! Какое счастье, что я до тебя дозвонилась. Приезжай, пожалуйста. Приезжай скорее. Юрик на наркотиках, он в ужасном виде. Мы с Виктором ничего не можем поделать.

Марта говорила по-английски, но Нора поняла все до единого слова.

— Где он сейчас?

— В Нью-Йорке. Он был у нас. Только что уехал. Приезжал за деньгами. Выглядит ужасно... Героин или что-то такое... Тяжелое... Виктор плачет. Велел тебе позвонить. Приезжай как можно скорее!

Тенгиз дремал на диване. Проснулся, смотрел с тревогой.

Витася плачет? Невероятно. Нора сразу же набрала номер Юрика. Это был телефон Тома Дрю, где она давно уже не могла его отловить. Но в этот момент звезды были так милостивы, что Юрик как раз зашел к Тому. Не задавая никаких дипломатичных вопросов, Нора сразу ему все выложила:

— Юрик! Мне Марта сказала, что ты на наркотиках. Слушай меня внимательно. Сделаем так — здесь, в Москве, есть клиника, частная, очень хорошая... врачи — хорошие друзья. Я уже обо всем договорилась. Они тебя вытащат. Никаких ломок, ничего этого не будет! Ничего не бойся! Я за тобой приеду, очень скоро, как только билет куплю. Виза у меня есть. У тебя только одна задача — живи аккуратненько, очень аккуратненько. Продержись до моего приезда. Ты понял, Юрик? Главное, ты продержись. Может, пока у отца поживешь? Хорошо, хорошо, как ты хочешь. Я сообщу тебе, когда билет возьму. И звони мне сам!

Никакой знакомой клиники и хороших друзей-врачей не было, но Нора все нашла в течение трех дней...

Нора даже не спросила его, хочет ли он возвращаться в Москву, вылезать из наркотической ловушки. Прежде о возвращении в Москву и речи не было. Нора навещала его раз в год, чаще не получалось. В последний приезд Марина, у которой она всегда останавливалась, намекнула, что с ее сыном не все в порядке, поведение не совсем адекватное... но тогда Нора не захотела слышать, только пожала плечами: Чипа, да ты его просто не знаешь, он всегда немного, как бы тебе сказать, отвлеченный... Что же я наделала? Это же я сама его туда отправляла...

Марина только кивнула, не стала объяснять подруге, что та живет в другом времени в другой стране — никто давно не называет ее "Чипой", что в Америке другие правила жизни, другие проблемы и другие опасности...

— Я с тобой поеду. Да? — спросил Тенгиз.

— Спасибо, — обрадовалась Нора.

Но вместе им полететь не удалось. Тенгиз получал визу в Тбилиси и прилетел в Нью-Йорк тремя днями

ГЛАВА 39. Возвращение Юрика

позже. Нора, как обычно, остановилась у Марины. Ее слегка колотило от этого приключения. Она давно уже понимала, что происходит...

Дети Марины Чипковской, родившиеся уже в Америке, по-русски не говорившие, явно не были в восторге от странных московских гостей. Русские друзья матери, даже здешние, эмигрантские, плохо говорившие по-английски, не очень успешные, вообще вызывали у них раздражение. Они этого и не скрывали — еще в детстве дочка спросила у Марины: почему у всех русских такие плохие зубы и грязные волосы?..

Чипа могла бы на этот вопрос ответить, но смолчала: уж больно много пришлось бы объяснять. Про то, что в каждой стране свои культурные обычаи, — американец меняет майку два раза в день, моется всякий раз, когда оказывается рядом с душем, а русский человек из поколения в поколение мылся в бане раз в неделю, по субботам, тогда же и белье менял, что многие жили в коммунальных квартирах, где и ванных не было... И еще про то, что каждый захудалый ребенок их возраста в России прочитывал за год книг столько, сколько они вдвоем с братом за всю свою жизнь не прочитали, а каждый приличный взрослый знал наизусть столько стихов, сколько здесь профессора филологии не знают... Но ничего этого Марина своим детям не говорила, потому что хотела, чтобы они стали стопроцентными американцами, чтобы поскорее, в первом же поколении, выветрился эмигрантский дух... Все приехавшие из России поделились на два лагеря: одни учили детей русскому языку, чтобы Пушкина и Толстого читали в оригинале, русскую культуру не утратили, другие, как Марина, этого не делали. А общая для тех и других правда заключалась в том, что, как правило, эмиграция приводила к огромным потерям в социальном статусе, и добраться до того положения, которое они занимали на родине, мало кому удавалось.

Виктор Чеботарев был как раз одним из немногих, кому удалось безболезненно вписаться: каким он был оригиналом, талантом, человеком внестатусным в России, таким оказался и в Америке. К тому же и счастье привалило в виде Марты, которая заняла место Варвары Васильевны по части хозяйственной, но к тому же и стала его верной подругой, а спустя какие-то годы и женой. Это произошло позже, когда Нора оформила с Витей развод... Заочный...

В Нью-Йорке Норе не сразу удалось поймать сына — два дня к телефону подходил Том и отвечал, что Юрика нет дома. На третий день Юрик позвонил сам, приехал к Марине на квартиру. Нора готовилась к встрече: надо держать себя в руках, не предъявлять никаких претензий, зажать в себе ужас, который испытывала... Выглядел Юрик паршиво, вид имел ободранный и страшно усталый. Расцеловались. Пахнуло старой одеждой, гнилым зубом и смертью.

— Устал, дружок?

Юрик посмотрел на мать почти с удивлением:

— Вот именно. Устал.

— Значит, вовремя я приехала. Обо всем договорено, все будет в порядке. Пошли в город, пообедаем и билет купим.

— Мам, как покупать — все документы потеряны. Мне отсюда не выбраться. Мне конец.

В глазах была такая тоска, что Нору просто перевернуло: он все понимал...

— Я приехала не хоронить тебя, а вытащить. Только ты мне должен помочь. Без твоей помощи мне не справиться. Давай так — ты забываешь на время о себе и помогаешь мне спасти моего сына. Хорошо?

ГЛАВА 39

Возвращение Юрика

Говорила Нора спокойным, железным даже голосом, но внутри у нее все выло, скулило, разрывалось на части.

— Мам, я же тебе говорил, у меня документов никаких нет. Я все потерял, и грин-карту потерял, и права.

Значит, он не помнил, как они ходили в прошлый ее приезд в русское посольство, чтобы восстановить советский паспорт. Для этого пришлось подать заявление в полицию о краже документов, сделать фотографию. Это оказалось несложно. В Российском посольстве Нора тогда отстояла очередь, они вместе подали заявление, и паспорт должен был быть готов через месяц. С тем Нора и улетела. С тех пор прошло уже полгода. Поняла, что он не помнит, но спросила на всякий случай:

— А русский паспорт?

— Какой?

— Но мы же в прошлый моей приезд заказывали. Ты его опять потерял?

— Нет, я про него вообще забыл.

Нора позвонила в посольство — паспорт был давно готов, но годился он только для того, чтобы взять билет и добраться до Москвы. Что и было нужно.

Получать паспорт пошли вдвоем, в тот день прилетал Тенгиз, и Юрик обещал поехать с Норой встречать его в аэропорт. Но вдруг заторопился, сказал, что у него срочное дело, попросил двадцать долларов и обещал вечером приехать к Марине.

Нора встретила Тенгиза и привела его к Марине, которой все это эвакуационное приключение было сильно не по нутру, но обязательства давней дружбы не давали ей возможности отказать Норе с Тенгизом в приюте. Вечером Юрик не позвонил. Позвонил вечером следующего дня. Зашел, обнялся с Тенгизом, они ритуально обхлопали друг друга по плечам, и Юрик сразу же заторопился куда-то. По делам. Попросил у матери двадцатку. Нора дала деньги, понимая, что "на дозу". Всем все было понятно. Нора сказала, что завтра идет за билетами и возьмет на ближайшие дни.

— Мне бы через недельку... — попросил Юрик, но Нора возразила:

— Нет, Юрик, ты свои дела заканчивай, возьму на ближайший рейс... Дело-то наше срочное...

На следующий день Нора с Тенгизом пошла за билетами, купили билет Юрику, Норин обратный билет был взят в Москве наугад, но пришелся как раз ровно на положенный день, а Тенгизов билет за сто долларов поменяли на тот же рейс.

Нора просила Юрика прийти с вечера, накануне полета. Нервы у Марины были до того натянуты, что она взяла детей и поехала с ними к подруге в Тэрритаун. Вечером Юрик не пришел. Нора ночь не спала, звонила каждые полчаса на Юрикову, как она считала, квартиру, то есть к Тому, но Том сначала отвечал, что Юрика нет, а потом перестал снимать трубку. Если бы он знал, где его искать, он бы поискал... Но этого не знал никто. Да и сам Юрик, может, не соображал, где он находится...

Чтобы поспеть вовремя в JFK, выходить из дому надо было в четыре часа. Тенгиз тоже почти не спал, был мрачен и подавлен и объявил, что поедет погулять в Центральный парк и к двум вернется.

Нора осталась одна. В жизни не было у нее такой полной растерянности и беспомощности. Посчитала деньги — восемьсот тридцать долларов. Было ясно, что билеты надо менять, потому что на новые денег не хватит. Интересно, сколько у Тенгиза... Вряд ли на три новых билета хватит и у него. Можно поехать в представительство Аэрофлота, попробовать поменять. Что-то

ГЛАВА 39

Возвращение Юрика

ее останавливало. Слабая надежда, что Юрик появится? Прошлась по пустой квартире. В кухне, в шкафчике, нашла бутылку виски. Налила стакан и выпила. Дрянь ужасная. Но вырубило сразу. Посмотрела на часы — десять утра. До выхода из дома шесть часов.

Легла на диван в гостиной. Одна стена сплошь завешена Мариниными картинами с привкусом экспрессионизма, крик и боль... После училища Марина закончила Строгановку, но вскоре эмигрировала. Карьера в России только начиналась, она была из самых талантливых на курсе, а в Америке как-то не складывалось. Эмиграция всех опускает на нижнюю ступень лестницы, откуда надо заново подниматься... Нора закрыла глаза. Плыли перед глазами Маринины картины, лучше не становилось...

Тенгиз доехал до Колабмус-Серкл и вошел в Центральный парк. Он и не предполагал, какой он огромный, этот кусок Манхэттена с выпирающими из земли глыбами гранита, скалами, голыми деревьями, заснеженными газонами и подмерзшими лужами. Было холодно и солнечно. По дорожкам во множестве бежали потные люди с наушниками и без, летели велосипедисты, в одном месте он заметил всадников. Нет, Тенгизу не очень нравилась Америка, хотя парк был прекрасный. Что-то мешало ему — может, она и хороша, только слишком велика, слишком проста, слишком равнодушна, эта Америка, вот и мальчик-то наш в ней погибает...

Он дошел до большого озера. Оно сверкало новым льдом. Сел на лавку. Холод собачий. Тенгиз закурил. Место было укромное, в стороне от бегунов и гуляющих... На соседней лавке сидели двое черных ребят, один с гитарой. Бренчал тихонько. К ним подошел третий — белый. Это был Юрик. Они пожали друг другу руки. Чем-то обменялись. Черт, героин! Конечно, героин. Тенгиз боялся спугнуть эту компанию, но Юрика нельзя было упустить. И Тенгиз запел. Во всю глотку запел грузинскую песню... Юрик обернулся, увидел его, обрадовался. Попрощался с ребятами, они мгновенно растворились к кустах. Тенгиз обнял Юрика, они похлопали друг друга по плечам. Не снимая рук с Юрикова плеча, Тенгиз радостно объявил:

— Пошли домой, маЛчик! У нас вечером самолет.

— Да ты что, Тенгиз! Я думал, завтра!

— ЗачЭм завтра? Сегодня! Какая разница. Как раз сегодня! Пошли!

— Подожди, мне надо собраться, там, вещи, гитару взять... — Юрик пытался освободиться из Тегизовых объятий.

— Какие вещи, дАрАгой? — Тенгиз говорил с декоративным акцентом, с каким рассказывал анекдоты. — Зачем тебе старые вещи? Зачем старая гитара? Пойдем, купим новую гитару и поедем в аэропорт.

Купить новую гитару — мечта, этого Юрик давно хотел. Свою любимую, с которой выступал три года, он продал несколько месяцев тому назад за бесценок одному барыге, а та, что у него оставалась, слова доброго не стоила.

— Подумать надо. Я знаю один магазин с хорошими ценами, но это далековато. Пошли в "Guitar Center", может, там найдем...

К двум часам Тенгиз, Юрик и новая гитара появились в Марининой квартире.

Нора уже обзвонила к этому времени все билетные конторы и договорилась с аэропортовской девицей, что билеты им поменяют в аэропорту. А деньги за услугу Нора оставит некоей Тамаре Александровне, которая ее встретит на входе в JFK... "Как удобно быть русскими, — подумала Нора, — по всему миру работает наша блатная система..." Последние остатки хмеля слетели с Норы, когда она увидела в дверях эту композицию.

— Ну, Тенгиз... — только и смогла сказать.

А Юрик сел на стул и как ни в чем не бывало начал настраивать новую гитару.

Перед выходом из дому Нора произнесла фразу, которую вряд ли матери часто говорят сыновьям:

— Юрик, ты понимаешь, что мы едем без героина? — Начнется ломка.

— Понимаю. Значит, пойди в ванную и вмажься уже последний раз.

Но он замотал головой и сказал, что ему еще не надо. Свою последнюю дозу он примет в аэропорту, перед самым отлетом...

— Ты что? А ну как поймают?

— Мам, я опытный. У меня все в носке спрятано. А к самолету я уже пустой пойду!

Крыша ехала не у Юрика — у Норы. Тенгиз сжал ей предплечье и сказал: молчи.

Ехали налегке — Норин чемоданчик, Тенгизов рюкзак и Юрикова гитара, с которой он тихонько разговаривал. Оставался последний отрезок пути. Неожиданность ждала их сразу при входе в аэропорт. Проверка проходила не на терминале, как это было прежде, а прямо на входе. Позади транспортерной ленты для багажа стояли двое полицейских с собакой. Собака была не овчарка зверского вида, а симпатичный сеттер, которого хотелось погладить.

Остановились.

— Юрик, выйди на улицу и в первую же урну выбрось свою дурь, — тихо сказала Нора.

— Нет. Не могу. Через два часа начнутся ломки. Ты не знаешь, что это такое, — хмуро возразил Юрик.

— С ума сошел, да? Пойди и выбрось, — впервые за эти дни, а, может, за всю их совместную жизнь произнес Тенгиз резко.

У Юрика дрожали губы, углы рта ползли вниз, и Нора поняла, что перед ней не двадцатипятилетний мужчина, а пятнадцатилетний мальчик, который объят страхом... Она обняла его за плечи, шепнула в ухо:

— Да не бойся ты, у меня с собой такое снотворное, для слона, ты его примешь, оно тебя на девять часов вырубит... Пошли, выбросим...

— Ты не понимаешь. Если ломки начинаются, ничем их не вырубишь.

Пока они торговались, собачка подняла умные глаза на своего хозяина и издала легкое ворчание — ей понадобилось погулять. Полицейские с собакой вышли, Тенгиз поставил на транспортер вещи, Юрик немного поупрямился с гитарой, которую не хотел ставить под монитор, но потом аккуратно положил, и Нора снова подумала — пятнадцать лет, четырнадцать лет... Витася, Витася... Ничего опасного на мониторе не обнаружили, они быстро и бодро пошли в сторону терминала...

Оставалось время перекусить. Сели за столик.

— Ну, давай, иди в сортир и принимай чего там у тебя заготовлено, — сказала Нора. И подумала: "Страшный сон. Со мной ли все это происходит? Какое-то дурное кино..."

— Знаешь, мне еще не надо. Я сам знаю, когда пора... Я пока ничего...

Поели какого-то эластичного салата в пластмассовом корытце, пластмассового хлеба и выпили американской кофейной бурды в бумажном стакане. Нора вспомнила, как все это ей нравилось много лет тому назад, когда она в первый раз приехала в Америку. И где же мы в результате оказались? Этот спешный катастро-

ГЛАВА 39 — Возвращение Юрика

фический отъезд из Америки и его отправка из Москвы девять лет тому назад вдруг слились в одно событие — черт, все сделано своими руками... Это моя решительность, мое желание взять жизнь в свои руки, руководить, организовывать процесс, ставить свой спектакль...

Объявили посадку. Пошли в самолет, больше уже никаких проверок не было. Самолет был огромный и полупустой. Сели в среднем ряду, заняли три места, Юрика посадили между Норой и Тенгизом. Самолет взлетел. Нора, перегнувшись через Юрика, взяла Тенгизову руку и поцеловала. Тенгиз руку не забрал, даже замедлил, а потом резко схватил ее за нос, потянул вниз... Оба засмеялись. Режиссер! Не терпит пафоса! Но без Тенгиза, она знала, Юрика она бы не вывезла...

Ей казалось, что все страшное позади. И она заснула еще до того момента, как самолет набрал высоту.

Через час Юрик легонько пихнул ее в бок — мам, вот теперь мне пора. Она выпустила его, он пошел в туалет. Через пять минут объявили, что самолет попал в зону турбулентности, просили сидеть на местах и не ходить по салону. Самолет действительно слегка трясло. Нору тоже трясло — в ее собственном режиме. Через пятнадцать минут Нора забеспокоилась, почему Юрик так долго в туалете. Еще через десять она встала и подошла к двери туалета, постучала: Юрик, Юрик!

Тишина... Вот тут у Норы перехватило дыхание. Она забарабанила в дверь. Через минуту он отозвался:

— Я сейчас...

И он вышел, мокрый с ног до головы, совершенно белый, с черными глазами — зрачки расширились так, что даже голубой обводочки не осталось..

— Что случилось?

— Ничего, ничего... Трясло очень, шприц выбило, вену порвал, кровь фонтаном... Я здесь все вымыл, ну и одежду пришлось постирать... Я ж весь в крови был...

Много позже, через год-другой, Юрик рассказал матери об этом происшествии то, чего она не могла знать:

— Мозги-то были полностью отключены, я уже ничего не соображал, Нора. Доза у меня была не одна, а четыре, я хотел напоследок вмазать по-крепкому. Если бы не эта зона турбулентности, живым бы вы меня до Москвы не довезли...

Он вообще рассказал многое о той американской поре своей жизни. Но главный документ, толстая тетрадь, которую он почти всю исписал за шесть недель пребывания в клинике, хранился в секретере. Нора однажды открыла, хотела прочитать, но ни слова не разобрала: это был все тот же детский, кривой и косой, неустановившийся почерк. Такая это была система лечения: пациент должен был выплеснуть из себя все, что он помнил о своем наркоманском прошлом, и не только в устном разговоре с психологом, но и создать текст, полную историю своего смертельного опыта. Текст, который нужно написать и изъять из своей жизни. Нора пролистала тетрадь и положила на место — семейный архив...

ГЛАВА 40
Из сундучка. Бийск. Письма Якова
(1934–1936)

СТАНЦИЯ БАРАБИНСК — МОСКВА
ЯКОВ — МАРУСЕ

3.4.1934

(По пути в Новосибирск)

Дорогая Маруня! Не знаю, дойдет ли эта записка до тебя. Добрый человек с дороги обещал отправить. Пятые сутки я полон нашей мимолетной московской встречей — после двух с половиной лет! Не могу описать тебе, какое это для меня счастье — видеть твое драгоценное измученное лицо — и какое горе было почувствовать отчуждение и напряжение, которые от тебя исходят! Наше свидание в Москве я буду помнить до самого конца. Многого я не мог сказать тебе при третьих лицах! Арестовали, забрали шестерых, один из которых оказался провокатор, тоже из ссыльных, врач Ефим Гольдберг. Полгода в Сталинградской тюрьме, с тяжелыми допросами. Обвинение — антисоветский заговор. Меня признали наиболее активным членом этой антисоветской группировки троцкистского толка. Это при моем отвращении к Троцкому с молодых лет! Получил по ОСО три года ссылки — самый гуманный приговор, которые вообще бывают.

За эти полгода я понял, какими иллюзиями мы питались, и, как мне кажется, пальцем могу ткнуть во все те точки, где произошли чудовищные подмены. Приходит осознание происходящего со всеми нами, и это понимание — единственное, что остается.

...Милая моя жена! Ошибка в Библии — не из ребра Адама сотворена была Ева, а из сердца вырезана. Я физически чувствую это место в сердце. Благодарен судьбе за тебя. Прости меня за все трудности, которые я невольно обрушил на самых любимых людей — на тебя и Генриха.

Яков

БИЙСК — МОСКВА

19.6.1934

Родной мой, чудесный, САМЫЙ (как подписано в твоем письме) друг! Сегодня у меня большой праздник — первое письмо от всех вас (спешное). За столько месяцев первое письмо, которое я могу читать один, без промежуточных читателей. Я начну описание во всех деталях, как ты хочешь.

После Москвы началась вторая половина пути. Невыносимо грустно было уезжать... Как никогда ощущалась необходимость быть вместе. По дороге в Новосибирск читал Горького, ел вкусные продукты, которые вы мне принесли, одновременно переживал сложное чувство, в котором перемешались грусть за покинутых на вокзале, наслаждение полусвободой, манящее ожидание неизвестного будущего и жажда, громадная жажда труда. В Новосибирске мы оказались вечером. Хотя я и был подготовлен, но все же сильное разочарование и особенная грусть: кажется, возобновляется Сталинград, но в ухудшенном издании. Самое тяжелое — отсутствие книг и культурных людей. Случайно при мне осталась та же книга Горького, которую я перечитал второй раз. Понял, что третий — не смогу. Час труда — самодельные шахматы готовы, и я играл сам с собой. Единственное утешение — по вечерам съедал по одной конфете из Ивиной коробки. Как говорят, от сладостей великое горе проходит.

В Новосибирске я провел восемь дней. За эти дни у меня было одно яркое впечатление — встреча с молодым инженером, бывшим комсомольцем... Он оказался первоклассным шахматистом. Я молниеносно проиграл ему пять партий, но получил свою компенсацию. Сыграл впервые в моей практике слепую партию, то есть, глядя на пустую доску без фигур, называем ходы и оба записываем. Я думал, что не дотяну и до половины. Представь мое изумление, когда я выиграл эту партию. Если Генрих интересуется, могу прислать эту партию с объяснениями.

В Новосибирске мне предложили несколько городов, из которых я наугад выбрал Бийск. Приехал сюда в 12 часов ночи, закончив все формальности, направился по спящим улицам в гостиницу, куда заранее было по телефону предупреждено.

...Сегодня сижу на работе в Топливном Комбинате, где я работу начал с частного письма тебе. Буду получать триста рублей, но не дают хлебные карточки, дают какие-то неясные обещания. Коммерческий хлеб здесь продается, но громадные очереди, для одинокого человека недоступные. На эту работу я не смотрю серьезно, так как она не отвечает моим основным намерениям. Планы. На пути из Новосибирска в Бийск в вагоне я долго обдумывал, как наладить жизнь, чтобы она не явилась отклонением в сторону, а являлась бы продолжением моей прежней экономической работы. Я был пропагандистом идеи монографических обследований в промышленности. Теперь я должен приложить эту идею к районному хозяйству. Необходимо написать экономическое исследование "Бийский район и его хозяйство". Для этого нужно работать в Райплане. Сразу же по приезде направился туда, приняли хорошо, но назавтра выяснилось, что смета исчерпана и нового человека принять не могут. Я был вдвойне обескуражен, как будто отпадала главная цель. Пришлось взять другую работу, но своего плана я не только не бросил, но уже активно принялся за его выполнение. Библиотека и музей здесь хорошие. В Райплане мы сговорились, что через несколько месяцев я перейду туда. Теперь все затруднение — комната. Есть одна хибарка, если сегодня и завтра ничего не появится, то придется временно там поселиться, так как турбаза уже подорвала мои финансы.

Работа над книгой очень увлекает, уже думаю с удовольствием об отдельных частях работы. Думаю, что это будет оригинальный в экономической литературе труд, нечто среднее между экономическим исследованием и очерком.

Бийск — город небольшой, река Бия, холодная многоводная сибирская река. Вероятно, культурных людей мало. Я ориентируюсь на одиночество и интенсивную работу. Мелькают туристы, я играю на рояле на турбазе, вспоминаю весь свой репертуар. Город равнинный, но очень близко высокие алтайские горы, куда туристы и едут. Но самый Бийский район не горный, а равнинный, и как тема для экономической монографии не очень богатый. Но чем беднее тема, тем многостороннее ее можно развернуть. Она должна быть развернута до стадии исчерпания — такова моя задача. Срок выполнения примерно шесть-восемь месяцев.

ГЛАВА 40 — Из сундучка. Бийск. Письма Якова

Вот все подробности. Кажется, тоже исчерпывающие.

…Генриху передай, что и прежде и впредь я буду его одинаково любить, что бы он ни сделал и как бы он ни поступил, будет ли писать или не будет — все это ни в какой мере не меняет моей крепчайшей привязанности и нежности к моему единственному другу-сыну. Пусть поступает, как хочет, как считает лучшим или нужным — я всегда считаю его своей гордостью.

Прощай, мой дружок, будь крепка и добра. Лозунг нашей жизни — "минует несчастное время".

Обнимаю тебя, моя родная, Я.

12.10.1934

Милая моя, родная и чудесная жена!

Письма твои регулярно приходят. И большое письмо с описанием женских дел, и открытки — все пришло.

1) Как подготовилась к зиме? Почему стекло не вставлено? Появились мыши? Почему же без меня не боретесь с ними? Когда я был, удалось их совершенно вывести, помнится, я поймал до сорока штук, и они исчезли. Генрих должен меня заменять, как в крупном, так и в мелочах. Я очень прошу его заняться этим делом.

2) Когда мимоходом упоминаешь о своей случайной литературной работе, для этого находятся очень хорошие и теплые слова. А когда теперь предлагают перейти совсем на литературу, ты бьешь отбой — "хочу иметь профессию, а это не профессия". Неверно и непонятно. Это даст и больше досуга, и больше удовлетворения. Прошу разъяснения. И пришли что-нибудь свое для печати или уже напечатанное.

3) Зачем тебе понадобился кружок "истпарта"? Прочти книжку, и все. Все эти групповые "проработки" типа истпарта — это невыносимая жвачка, скука и потеря времени. Не советую ходить в группу, нужно только самой читать.

4) О моем здоровье — ты часто осведомляешься. Здоров, как грузчик. Бросил курить. По утрам делаю гимнастику. Руки очистились. Окончательно вылечился от зуда! Никогда не считал нужным посвящать тебя в детали, но этот пункт требует изложения всей истории болезни. Делая раскопки в памяти, я определил, что первые признаки болезни появились в 1913 году. Первое лечение в 1917 году в Харькове. Болезнь развивалась, я делал упорные попытки лечения — рентген в Киеве, в 1924-м в Москве Ася направила к Гифо, токи д'Арсонваля. Далее перешел к неврологам — Довбня излечил на время (на полгода). Рецидив, лечился у доктора Нечаева, снова внушением, — не помогло. В Сталинграде тоже лечился безуспешно. Но там был хороший кожник, он рекомендовал простейшее средство, деготь, определенным образом разведенный. Однако бумагу пятнаю дегтем, с пальцев стекает. Тогда почти удалось себя вылечить, в тюрьме первые три месяца был совершенно здоров, но потом рецидив, дегтя не было — снова плохо. По приезде в Бийск снова очистилась моя "проказа". Зуда нет. Сплю как младенец. Итак, двадцать лет болезни и почти непрерывного лечения, настойчивого и упорного, и я добился своего. Лечил себя частью по методу Довбни, а частью по методу Зощенко, то есть экспериментируя и изучая себя самого. Я понял уже давно, что само твое присутствие около меня — лучшее лекарство, которое освобождает меня от этой болезни. И не в физиологическом смысле, а в более возвышенном!

Как долго мы живем в отрыве друг от друга! Оказывается, прожить такой срок в воздержании не так трудно и вполне возможно. Редко-редко нападает физическое почти недомогание, а обычно я вполне корректен. Верно, от того, что все же живу богатой интеллектуальной жизнью, и происходит переключение, сублимация.

Вот за последние три-четыре недели я прочел:

Эддингтон. Теория относительности и квантов. Книга по физике. Законспектирована вся.

Шкловский. Теория прозы. Законспектирована.

Соболев. Капитальный ремонт. Роман.

Катаев. Время, вперед.

Статьи по животноводству в журналах.

Курс животноводства (бросил).

Книга стихов Брюсова.

Несколько номеров журнала "Фронт науки и техники".

Эддингтона прислал Саша, Раечкин муж, за что ему огромное спасибо. Ошеломляющая книга. Грыз ее, как твердый маковик. Не все понял, а что понял — восхищался и был потрясен. Это нельзя рассказать вкратце. Трудно достаточно точно охарактеризовать отвагу физиков-мыслителей (Эйнштейн, Дирак и др.) и бесстрашие мысли.

Книга Шкловского по-другому хороша. Тоже острый мыслитель. И тоже не все понятно. Впрочем, он не хочет быть слишком понятным. Тогда не получится достаточного "остранения". Когда я с ним встречался, он не произвел на меня впечатления столь глубокого мыслителя. Я не распознал!

Работаю довольно интенсивно, но все же день и вечер недостаточно уплотнены, и в щели пролезают растраты дорогих минут.

А книги на моем столе, подготовленные для чтения, все растут и растут. Ко мне в комнату книги входят пудами, а выходят золотниками. Если книга читается три часа, то перечитать ее, законспектировать — еще пять часов. Метод кропотливый и трудный, но очень благодарный.

Напиши мне о Генрихе. Я не требую, чтобы он мне писал (уже примирился), но скажи мне, как это мне понять — это искренне и принципиально, или только тактика, вызванная внешними обстоятельствами? Интересуется ли он моей жизнью? Моими письмами? Почему авария на планёре? Какая цель этого обучения, если он не летчик? Где он служит? Что читает? Ведет ли дневник? Иногда перечитываю те два письма, которые он написал мне в Сталинградскую тюрьму.

Обнимаю тебя, милый друг, крепко и по-сибирски.

Я.

15.11.34. Бийск

...Все обдумываю, чего ты взялась за Гоголя. С такой большой подготовкой газетных статей не пишут. Не пробовала ли прямо в журнал двинуться с этой работой? Но статья должна содержать какую-то центральную идею, пока я ее не уловил. Нужно найти. Не подойдет ли тебе такая идея: писатели умирают, а их творения продолжают с последующими эпохами жить, стариться, умирать и снова воскресать. Революция произвела перекройку не только современности, но и прошлого, истории, старой литературы.

Из прошлого ожили все экстремисты, все, кто могли очень ярко чувствовать. Поэтому Тургенев, Гончаров отошли, а Гоголь, Достоевский приблизились. И ими стали больше заниматься. Это касается их насыщенной формы. Революция любит горячих, кричащих и не терпит бормочущих, лепечущих, теплых. И только Толстой на все времена.

Это касается формы изложения, теперь о самом содержании.

Среда Гоголя — это самый сильный враг Революции: провинциальное мещанство. Не жестокий город Окуров, жестокости нет у Гоголя, а просто беспредельное болото. Он собрал воедино все болезненные явления русской истории, выстрадал их и выставил на всенародный показ с потрясающей силой. Он дал образ изумительной четкости, но дал безысходность своего мира. Что же с ним делать? Этого Гоголь не говорит. Революция ответила — разрушить, камня на камне не оставить. Тема в такой трактовке получается злободневная.

Вечером. Однако взялся перечитывать "Вечера на Хуторе" — и забыл совершенно о своей оценке — конечно, главное в Гоголе — его божественное слово...

ЯКОВ — ГЕНРИХУ

17.11.34

Милый мальчик! Твое письмо разошлось с моим, в котором я крепко сердился на твое молчание. Всякое твое письмо меня радует. Конечно, лучше вместо подробного описания ноябрьского праздника читать что-нибудь про тебя лично — но все же хорошо. Отмечаю — первое письмо, которое пришло без единой грамматической ошибки. Большое событие для нас обоих — автора и его читателя. Освоение грамматических высот заканчивается.

Выбор дальнейшего пути, думаю, лучше решить в пользу техникума. Хотя я и не вполне понял, почему ты решил оставить школу, коли тебя оттуда не изгоняют? ФЗУ безусловно отпадает. Сообщи больше подробностей о техникуме и рабфаке — если можешь, достань программы того и другого. Только тогда сможешь и сам решить. Техникум лучше, потому что он техникум ЦАГИ. А рабфак может тебя направить на неожиданную специальность, и ты ничего не сможешь сделать. Лучше техникум, но все же разузнай более подробно все эти дела. Скажи, как ты рассчитываешь поступить туда. Кто командирует? И куда легче поступить…

…купил тебе костюм и пальто летнее суконное. Жду оказии — с кем послать.

…Я научился хорошо штопать носки и латать белье. Очень хотел, чтобы ты тоже научился это делать. Еще один шаг на пути к истинному раскрепощению женщины. Когда ты это научишься делать, то будешь очень осторожно обращаться со своими вещами, не допускать ни одной большой дырки и сбрасывать белье при малейшей аварии. Сообщи, как это обстоит у тебя.

Делаешь ли холодные обтирания утром? Я — каждый день, часто делаю радиогимнастику. Играю в волейбол, когда получается…

Мало пишешь про маму. Вот какой-то конфликт был, хотя и небольшой. Написал бы мне и об этом. Кто твои товарищи? Опиши их, каковы их интересы.

Жму руку,
твой Я.

ГЛАВА 40

Из сундучка. Бийск. Письма Якова

ЯКОВ — МАРУСЕ

25.11.1934

…Ты спрашиваешь, каковы мои хозяйственные дела, они таковы: хлеб покупаю коммерческий. Он здесь свободно без очереди теперь продается. А прежде было трудно. На случай хлебных перебоев у меня есть запас сухарей — хозяйка насушила. Вот были недавно перебои, я целую неделю ел свой мешок с сухарями. Когда он уже кончался, снова открылся хлебный магазин. Теперь снова начал наполнять его. Кроме того, на службе выдали восемь килограммов муки, это тоже идет в неприкосновенный фонд на случай перебоев с хлебом. Обедаю в Доме работников просвещения. Первое 60–80 к., второе мясное 1.50–1.80.

Уже почти месяц работаю в Маслотресте, а жалования все не дают. Обещают завтра. Завтракаю и ужинаю дома хлебом и тем маслом, которое выдали на службе. В общем, питаюсь вполне удовлетворительно. Электричество все еще не провели. Жду получки жалования.

Комната очень теплая. Вот сейчас сижу в одной рубашке и пишу. Во всем Бийске окна строят без форточек. А у меня есть вентилятор в стене. Но все-таки керосиновая лампа за вечер работы сильно портит воздух. С электричеством будет лучше.

…В последней книжке "Нового мира" есть превосходная статья о современной семье в Германии. Ты прочтешь эту статью с тем же громадным интересом, что и я. Там трактуются все вопросы, занимающие тебя, и приведены все группировки германских мыслителей на эту тему. Среди них найдешь и тех, которые думают, как ты. Особенно приятно будет тебе разыскать далеких единомышленников.

При статье есть большая библиография этого вопроса (на немецком языке). Читай поскорее Келлермана, чтобы перейти на указанную литературу.

Пришлю тебе эту книжку. Я имею многое, чем можно дополнить мысли автора. Статья подсказала мне интересную идею — написать книгу о положении женского труда в разных странах. Если ты захочешь за это дело взяться, я готов предложить тебе свое тайное соавторство.

...Прочел твою рецензию в Н.Д. ("Наши достижения") о партизанском сборнике. Хотелось бы более подробного изложения самой книги. Рецензия редко приводит к прочтению самой книги, она часто заменяет эту книгу и поэтому должна быть более подробна. Обнимаю тебя, мой чудесный друг. Я.

30.1.1935

Вчера получил письмо от 22.1.35 — о Гениной болезни. У него неплохая наследственность, организм справится с болезнью, да и наши денежные дела улучшаются, и с питанием будет лучше. Теперь буду каждый месяц посылать масло, четыре-пять килограмм, лучше раза два в месяц. В пути находятся две посылки: от 16 января в четыре с половиной килограмма и от 26 января в два килограмма. Боюсь, первая может пропасть — ее не приняли ценной, пришлось послать без цены, вторая дойдет — послана ценной на шестьдесят рублей. Если б я получил извещение, что ты получила, я бы выслал следующую. У меня отложено шестьдесят рублей на следующую посылку. С первого февраля я начинаю руководить хором при клубе. Запросил двести, мне дали со всякими извинениями сто, обещая дополнить какими-нибудь другими доходами. Я условно согласился. Думаю получить свою цену. Кроме масла теперь смогу рублей сто еще высылать в месяц... С такой поддержкой, думаю, мы Геню быстро поставим на ноги. Напиши, в каком виде доходит масло. Алтайское масло считается лучшим. Напиши мне, какое тебе больше подходит — сладкое, соленое или топленое.

Я уже писал, что из английских уроков ничего не вышло. Мне сказали, что те, кто сначала разрешили эти занятия, впоследствии отменили это разрешение. А как было бы славно вести курсы языка при библиотеке!

Мой бюджет таков. Обед дорог, стоит три рубля, хлеб один рубль в день и прочая еда один рубль в день. Итого рублей сто пятьдесят – сто шестьдесят — питание. Комната — двадцать рублей. Отопление — двадцать рублей, белье, баня, керосин, остальные мелкие расходы — рублей тридцать в месяц. Итого двести двадцать — двести тридцать. Зарплата — триста пятьдесят, фактически — триста десять.

...Напиши мне, где ты обедаешь, где Геня обедает, сколько стоит обед, как кормят.

...В занятиях погрузился в историю. Читаю прекрасную книгу Меринга — "История Германии". Жалею, что эта книга мне не встретилась много лет назад. Восхищает каждая строка. В его оценке средних веков, папства и христианства — громадная широта обобщения.

Попутное чтение — четыре книги утомительного "Жана-Кристофа", любопытного французского писателя Жироду (вот кому подражает Олеша), Мазуччо Гвардато (современник Боккаччо), Шопенгауэра "О сущности музыки". Очень интересно, но чего-то важного недоговаривает.

...Почти каждый день работаю над рассказом "Человек и вещь". Против моего желания он разрастается.

Это уже почти повесть, печатных листов пять-шесть. Работа идет крайне медленно. Слово за словом, фраза за фразой шлифуется. Перечитываю по десять раз, нет, больше, бесконечное число раз. Сюжетная схема уже устоялась, теперь работа над деталями, характерами, которые должны быть даны мимоходом, краткими и по возможности острыми характеристиками. Удачно вышла эротическая сцена…

Adio. Когда придет наконец подтверждение о полученном масле? Жду его с нетерпением. Я.

08.2.1935

…Ты пишешь, что моя политическая эволюция отдаляет меня от тебя, что та трещина, которая все годы существовала, углубляется. Но ведь мы не имеем возможности для глубокого и серьезного разговора. Я жду того времени, когда мы сможем общаться не письмами, а по-человечески. Многие твои раздраженные мысли мы могли бы сгладить. Ты неправильно меня поняла, когда я написал, что нет смысла ходить на занятия "истпартом". Если ты решила заниматься, плохого в этом нет. В узнавании нового вообще плохого быть не может. Уровень теперешнего преподавания мне не кажется хорошим. Возможно, я ошибаюсь. Когда начнешь заниматься, напиши, насколько это интересно.

…Сорок пять лет — это, действительно, неважно. Теперь уже видно, что и в шестьдесят пять лет я буду такой же, как сегодня. С годами зреешь, работоспособность, оказывается, растет, и, по правде говоря, умнеешь. Проживем мы с тобой не меньше семидесяти лет.

ГЛАВА 40 — Из сундучка. Бийск. Письма Якова

…книги по литературе. Четыре тома Когана. История новейшей русской литературы. Взял только ради Брюсова, который сделался родным поэтом, а попутно прочел все. Узнаю́ массу сведений, которые давно нужно было знать. Коган — неглубокая книга, но крайне богатая материалом и даже идеями, автору не принадлежащими.

А в очереди на столе уже лежат "Очерки по мировой литературе" Луначарского. Я не даю себе воли, а то притащил бы еще массу книг по естествознанию, по физике. Все-таки на столе лежит "История материков" (книга по географии). История займет меня до весны или даже до лета. Прохожу среднюю историю, а там — русская и новая. У меня такая спешка, как будто осталось мало жить или как будто впереди экзамены. Из каждой книги остается что-нибудь в моих записях.

Очень понравилось место о споре, является ли Горький пролетарским писателем или нет. Луначарский пишет: нельзя так — создать мерку пролетарского писателя и приложить ее как аршин к писателю: подходит или не подходит. Горький — громадное явление в литературе, и нужно действовать наоборот: исходя из самого Горького, сконструировать понятие пролетарского писателя. Не мерки создают вещи, а из самих вещей рождаются мерки.

Я когда-то читал и Андреева, и Сологуба, и Брюсова, и Бальмонта, и только сейчас при чтении этой книги все разрозненные случайные впечатления встали на свои места и расположились в систему. А система родилась, потому что они все — прежние — освещены тем светом, который бросает на них прожектор революции.

…Получила ли ты письмо, в котором цитата из Стерна эротического свойства, описание утреннего туалета, как я ношу дырявые носки, вкладной рисунок черновых набросков с греческими фразами, стихи Сельвинского, одно нежное письмо, где писал об аромате бедности, большое политическое письмо, кончалось фразой Гёте: "alles ist gesagt"*? Не могу придумать системы — может, начать опять нумеровать письма, как мы это уже когда-то делали?

…Сообщи, какое из этих названий на твой взгляд больше подходит для рассказа.

Подзаголовок будет — Деловая повесть.
Человек и вещь
Вещь и человек
Вещи: хозяева и рабы.

Про Генриха давно не писала!

Написал бы побольше, но уже пять часов. Спешу в клуб на спевку хора. Третью неделю как меня пригласили вести занятия. Обнимаю, родная. Я.

ЯКОВ — СЕСТРЕ ИВЕ

14.2.1935

Милая Ивочка! Как обрадовало меня твое письмо! Я понял из него, что тучи несколько развеялись. Я пишу маме, понимая, что она вас информирует. Но ведь маме всего не напишешь! Но от нее знаю я о ваших домашних делах и догадываюсь, что ей не все сообщают. Этот знак умолчания висит над нами, близкими людьми, столько лет. В двух словах скажу о себе. С работой у меня было много затруднений. За год пребывания я переменил много должностей. Даже не думал, что я так снаряжен для бега с препятствиями. Был бух-

---
* Все сказано (*нем.*).

ГЛАВА 40 — Из сундучка. Бийск. Письма Якова

галтером, экономистом, учителем музыки, учителем пения, даже учил играть на гармошке, которую прежде в глаза не видел. Теперь состою тапером в танцклассе и стал большой спец. по вопросам фокстрота, всех вальсов (бостон, английский, американский), танго и румбы. Могу свидетельствовать, что фокстротизация Бийска идет неимоверным темпом. Целые учреждения от курьера до председателя записываются в танцклассы. Такие солидные люди, как председатель Маслотреста, местный прокурор и начальник местной милиции, фокстротируют! Скоро, вероятно, дойдет очередь и до банка. Солидные люди прячут свое смущение за ширму коллективности: весь коллектив танцует, неудобно отставать.

На днях была вечеринка у знакомых, именинница хозяйка, пригласили и меня. Ужин был чудовищно разнообразен, я насчитал двадцать видов закусок, в том числе такие экзотические вещи, как маринованная цветная капуста, маринованные тыква и свекла. Провинциальное веселье весьма ограничено. Масса дурного вина и еды, и шум как суррогат веселья. Чем громче, тем веселее. Трудно отказывать на приглашение выпить, но я был тверд и после двух рюмок решительно забастовал. Помнишь киевскую вишневку, которую Дуня сама заготавливала? Вот ее помню как лучший из напитков — цветом, вкусом, запахом, крепостью...

Танцевали фокстрот, я играл на дряхлом пианино, танцевали в меховых вывернутых наружу шубах. Пели и кричали такие шедевры, как "Из страны, страны далекой", "Дни нашей жизни" и другие образцы музыкальной палеонтологии. Я играл под танцы невозможную мешанину, что придет в голову.

...В три часа с громадным наслаждением вернулся в одиночество своей комнаты. Я никогда в жизни не скучаю, кроме тех вечеров, когда я прихожу веселиться. Тут я чувствую себя провалившимся в какой-то средней руки русский роман конца девятнадцатого века. Это русская провинция — как будто ничего не меняется со времен Островского… А я разболтался, по давней привычке не стесняться в разговоре с тобой. Да и давно мы с тобой не разговаривали, ох как давно… В газете были напечатаны стихи, не помню, процитировал ли их тебе: "…труд мне знанья, силы дал, а в мозги уже стучится Карла Маркса «Капитал»".

Хотя жизнь моя в Бийске менее напряженна, чем в Сталинграде, но об СТЗ вспоминаю как о времени очень интересном, но и с обидой. Написал там много ценных работ — экономическую записку о реконструкции завода на новый тип трактора СТЗ-№3; написал проект планировки поселка, поместил в заводской журнал статьи: народно-хозяйственное значение СТЗ — (опыт исчисления народно-хозяйственного эффекта завода), статью-очерк пускового периода и др. Соприкосновение с американским стилем работы оказалось интересным и полезным.

Но, в общем, я разлюбил экономику. Читаю сейчас много книг по разным новым дисциплинам и каждый раз жалею о выбранной специальности, в которой я разочаровался еще прежде, чем она разочаровалась во мне. Обо всем этом экономическом Олимпе, под обаянием которого я жил в 28, 29-м годах, вспоминаю с отвращением. Вспоминаю бои в Госплане, всех этих корифеев политического мещанства, которые в эти предгрозовые годы разбирались в политических перспективах не лучше слепых щенков. Страна стояла перед гигантским скачком в неизвестное, который требовал мужества и решимости, а они отвечали на все своим великолепным "воздерживаюсь от голосования". Сейчас они все молчат не только потому, что они не имеют политического языка, а потому что им абсолютно нечего сказать.

Еще задолго до моих личных событий я признал свои старые ошибки, но все же не могу зачислить себя в беспартийные большевики — вслед за Марусей, которая тянет меня в эту сторону со всей страстью ее натуры... жалею, что не смог. Приди это сознание ко мне, легче было бы идти в ногу во временем, с обществом, с семьей... Обидно, что я мог бы работать осмысленно и плодотворно на пользу страны, но в этих обстоятельствах ничего не могу делать. Время от времени возникает фальшивый звук, и он режет мне ухо. Печально, что почти не осталось на свете людей, с которыми мне было бы так легко и естественно общаться, как с тобой...

Будь ласкова с Марусей и не суди ее строго — все ее несчастья и многие проблемы Генриха связаны со мной, и я всегда чувствую себя виноватым, что не смог обеспечить им спокойной и достойной жизни. Преклоняюсь перед твоим мужем, которого всегда недооценивал, зато теперь понял до глубины и его благородство, и мудрость, и жертвенность, и все те качества, которых во мне не хватает...

ЯКОВ — МАРУСЕ

16.2.1935

...После работы катался на коньках. Уже третий раз вышел на лед, и после неудач первых дней сегодня на льду почувствовал себя крепче, сделал десять кругов. Дома выпил чаю, весь вечер составлял хронологию по музыке средневековья. Катастрофически не хватает книг.

...Последние две открытки такие неприятные, так меня расстроили, что я сразу решил не отвечать немедленно, чтоб под горячую руку не написать чего-нибудь неуместного. Теперь прошло достаточно дней, чтоб я ответил в спокойном и, если удастся, в юмористическом стиле...

Посуди сама, что ты пишешь:

"Ты умнее всех на свете... Кол на голове теши! (Даже не верится, что это твое выражение).

...Твое упрямство... Не хочешь — как хочешь!

...Твое непреодолимое упрямство...

...Я тоже стала упрямой..."

Было еще твое одно закрытое письмо задолго до этих открыток. Письмо с "жестокостями, которые необходимы". Я его читал, и вся гордость и самолюбие поднимались на дыбы, но я поборол эту горечь и притворился, что его не получал. Писал после этого все в том же ровном тоне...

...Милый друг, пойми меня правильно, каждое твое указание для меня важно и обязательно, но у тебя есть более действенные слова для меня, чем те, которые ты употребляешь. Ни эта стилистика, ни этот тон не доходят до меня, вызывают совсем нежелательную реакцию. Простой дружеский тон — только и всего, и не "тесать кол на голове". Все это выпадает из твоего стиля и не идет к нашим, я скажу смело и верно, примерным супружеским и дружеским отношениям.

...Хотел написать в ласковом тоне, чтобы, защищая свое достоинство, не обидеть тебя каким-нибудь острым нюансом или неосторожным поворотом фразы. Но если ты действительно найдешь эти нежелательные добавления — знай, что это только от стилистической неловкости. Прими письмо не так, как оно вышло, а как должно было выйти. На этот раз суди меня не по результатам, а по намерениям. И я уверен, что мой заключительный привет не должен и не будет звучать диссонансом, если напишу — крепко обнимаю и крепко целую и крепко хочу настоящих и правильных отношений. Я.

28.2.1935

Роднуша моя, получил открытку, где пишешь, что плохие служебные условия весьма тревожат. Что же тут можно поделать, если твоя высокая квалификация, твои обширные знания невостребованы. Это не потому, что ты плоха, это по той причине, что культура теперь мало интересна государству. Точнее сказать — требуется культура полезная, имеющая прагматические цели, усеченная. Это и понятно: государство ищет новых культурных форм, а это трудный процесс.

...В марте смогу тебе послать не меньше того, что в феврале, так что при подыскании новой работы ты это имей в виду. Я уже писал тебе про мои новые условия заработка. Если ничего не изменится, то мои дела идут превосходно, и я всю жизнь буду благословлять, что меня в Маслотрест сначала взяли, а через полгода сократили. Тем более что я продолжаю делать им некоторую бумажную работу не за деньги, а за масло, которое сразу же отправляется на почту. Я сейчас живу идеально — не могу иначе назвать.

Утром встаю и за книгу — работаю не меньше пяти часов. Служба начинается вечером. Условился я так: клуб платит двести и два техникума двести пятьдесят. Только бы ничего не изменилось... Но мое положение весьма подвержено всяким изменениям... Если б я не взялся за музыку, я бы здесь не нашел совсем работы.

...О занятиях. Занимаюсь теперь по биологии, дарвинизму. Узнаю потрясающие вещи по своей значительности и важности. Темп идет быстро — толстая научная книга в одно утро прочитывается, в два следующие утра конспектируется — и долой, дальше.

...О письмах. Все меньше людей из числа прежних близких, и даже самых близких, отвечает на мои письма. Сделал еще одну попытку (уже третью) списаться с Мироном — отправил ему концерт Чайковского для скрипки. Уже месяц прошел, ответа нет. Он избегает меня? Напиши мне, имеешь ли ты сведения о нем? Может быть, оставить попытки?

...Когда получаешь посылки, подтверждай мне не общим выражением ("получила оба масла и перевод"), а совершенно точно — сколько килограмм и какого числа, так как в пути бывает несколько посылок и переводов, и мне нужно знать, что именно ты получила.

Прошу тебя, не забудь этих необходимых условий. И хотя я тебе строго выговариваю за эти упущения, все же кончу стихами из "Пушторга" Сельвинского:

Обаяночка моя, светик,
как это чудно с твоей стороны,
что ты существуешь на свете.

Я.

2.5.1935

Родная моя, детка моя, что случилось? Еще никогда ты не делала такого перерыва в переписке. 25 марта ты писала последнее письмо, потом телеграмма, что задержалась письмом, — и все. У меня чувство случившегося несчастья, которое от меня скрывается. В Москве осталась наиболее уязвимая часть моего существования — этого я не забываю.

Ходил на телеграф, но каждый раз перерешал и телеграммы не отправлял, чтобы не тревожить тебя лишний раз. Я пишу регулярно, вместо одного очередного письма 7.VIII. послал устный привет (с деньгами) через Константинова. Не знаю, получила ли ты деньги.

Месяц без известий — как все это тяжело! И такое совпадение — от родных также нет никакого известия. Неужели что-то случилось? Я очень тоскую по вас всех. Мысль о Генрихе причиняет мне боль, и в прошлом письме, поддаваясь этому чувству, я написал несколько ненужных слов...

Мой милый, мой чудесный друг, что же тебе писать? Снова туча какая-то надвигается на меня. Что с вами, что с тобой, с Генрихом? Такое чувство затерянности в сибирских просторах и сознание полной беспомощности. К тому же вернулась моя шелудивая подруга экзема. Мне кажется, она вернулась от моей тоски по твоим прикосновениям...

Обнимаю тебя, моя девочка. Ради Бога, пиши чаще. Твой Я.

23.11.1935

...Работа в банке... Дело, в общем, несложное. Я никогда не работал по финансам, и если в месяц я быстро постиг все детали профессии, значит нет, в сущности, такой профессии. Любой грамотный человек справится с этим. И это очень жаль. Я хотел бы профессией замкнуться от дилетантов и неспециалистов. Последние годы я испытал профессиональное разочарование.

Ведомственный экономист — это клерк, грамотный чиновник. Но когда я шел в эту профессию, я думал об экономическом писательстве, об академической кафедре. Эта часть не удалась по причинам общего характера и частного.

…Очень прошу тебя, найди свободную минутку, зайди Москва, ул. 25 октября (не знаю, какая это на самом деле), дом 10/2, Литконсультация Госиздата, и справься, состоялся ли конкурс. Если нет, то прошу тебя, отнеси в конверте три моих рассказа.

28.11.1935

…Теперь о твоей параллели Эренбург — Островский. Андре Жид в книге о Достоевском негодует на людей, сводящих писателей к одному тезису, тогда как лучшее в них это — сложность. В Достоевском он восхищается сложностью и противоречиями этого гения. Лучшее в жизни это — сложность. В случае с Н. Островским ("Как закалялась сталь") нельзя не видеть, что литературно книга его рыхла, ученически слаба, что стиль — смесь безвкусия и бескультурья. Н. Островский — чудо воли, самоотверженности, скажем так — гений преодоления невзгод. И это лучшее, что есть в книге. И только этим книга берет читателя. Все остальное очень плохо. И самое сильное в книге — что это автобиография. Второй выдуманный роман будет слабее. Да откуда хорошо писать человеку, который не имел времени учиться. Когда такой же начинающий человек — булочник Горький — стал писать, то он уже успел перевернуть в себе целую библиотеку. Он уже был в состоянии книжного запоя. Писателя формируют либо жизнь + книги, либо только книги, но никогда только жизнь без книг...

Для оценки Эренбурга у тебя нет достаточной объективности. Я знаю, ты его судишь в свете одной белогвардейской фразы о национальном флажке на автомобиле, которую он написал в киевской белой газете в момент временного срыва. С тех пор ты его не принимаешь, что бы он ни написал.

Это неверно. Эренбург — большой мастер. И "День второй", и "Не переводя дыхания" — превосходные, мастерские книги — это была единодушная оценка всей советской критики. Эренбург — сложный писатель, он владеет техникой французской литературы. И он вносит в советскую литературу традиции литературной обработки словесного материала, те традиции, которые у нас слабы, а у Островского вовсе отсутствуют. Островский не пишет... Любопытно отметить — Островский вечером кончил писать книгу, а утром отправил на почту. Святая простота!

И почитай ты стихи Эренбурга — в поэзии обмана не бывает. А он поэт тонкий, настоящий.

28.12.1935

Милый друг, я насильно заставляю себя засесть за подробное письмо. До боли не хочется его писать — эта информационная открыточная связь такая ледяная, скользящая (к тому же безответственная).

Но в последней открытке ты сообщаешь, что уже заготовлено большое письмо, с "выяснением отношений", к тому же жестокое, из той серии "необходимых жестокостей", какие будто бы необходимы.

Так вот, если ты еще не послала, — ради бога не посылай. Оно совершенно не нужно ни мне, ни тебе.

Между нами случилась ссора, супружеская ссора. Я ее предельно хочу погасить, забыть, вырвать из бумаги. А ты хочешь что-то выяснить, "научить пониманию". Я все беру назад, я раскаиваюсь.

Мои неосновательные тревоги за вас, ненужные расспросы, неуместные советы — я этого ничего не писал — пусто, нет ничего, только ради бога — ликвидируем неприятность.

Что случилось? Собственно говоря, мелочь, то, что в нашей прежней жизни мне удавалось мгновенно потушить, а здесь — расстояния и годы разлуки раздули мелочь в большое горе.

Но сейчас — все прошло, выветрилось. Давай начнем все сначала, будем писать много о быте, о мелочах жизни, о радостях, о горестях и о радостях наших горестей (как сказал бы Роллан).

19.1.1936

Милый друг, сегодня встал рано, еще совсем темно, нет восьми. Помчался на утренний мороз под настойчивым стимулом физиологии. Меня встречает собака Роска, несчастная собака Роска. Ее с утра запирают в темную конуру, вечером выпускают, и она никогда не видела дневного света. Она ласково бросается ко мне, делает восторженные круги вокруг. Я ей всегда шепчу одни и те же слова: несчастная ты собака, Роска. Если я поздно прихожу, она через ворота чует меня и не лает. Пока я перелезаю через забор, она снова впадает в свою истеричную дружбу. Однажды в темноте, не узнав меня, она залаяла враждебно. Подойдя ближе и узнав меня, она почувствовала раскаяние и хотела дать мне понять, что это вышло нечаянно, что она раскаивается. Она кувыркалась, вертелась волчком, визжала вдвое больше, чем обычно. Я ей шептал: несчастная собака Роска, я не сержусь, совсем не сержусь.

Я стою еще долго во дворе, всматриваюсь в непривычное предрассветное небо. Вечернее небо знаю хорошо, быстро нахожу все знакомые созвездия, а утреннее небо редко вижу. Большая Медведица стоит в непривычном положении, почти раком, над самой головой. Звезды сияют особенным утренним блеском. Замечаешь, как вся громадина — небесный свод — передвинулся на полнеба за те восемь часов, которые я его не видел... Какая же это грандиозная книга для тех, кто умеет ее читать. Одна из первых книг, которые человечество научилось читать, когда иероглифы и буквы еще не придумали!

...Вчера в выходной состоялся концерт в радио. Утро, посвященное современной советской поэзии. Тут есть очень культурный консультант библиотеки, образованный литературовед. Читали поэтов, которых я плохо знаю — Антокольский, Петровский (это ЛЕФовский человек, к Хлебникову тяготеющий) и др. Некоторые стихи шли под музыку, играл я, а поскольку невозможно было подобрать музыку, то я смело импровизировал. Удачно вышла импровизация под Багрицкого ("Дума про Опанаса"), нашлась мрачная тема Махно, не выходит из головы и сейчас. После концерта состоялось совещание об организации музыкальной работы при радиоузле, мне предложили место музыкального руководителя, я очень охотно согласился, но не уверен, что из этого что-то путное получится. Где бы и что бы я ни делал — прежде всего, я культурник, культуртрегер и охотнее всего это делаю, и если здесь ничего не сделано, то это все не моя вина.

...В "Братьях" Федина есть прекрасные строчки о германской культуре. Вспоминаю такие слова (цитирую на память): "Эта музыкальная культура поднялась на такую высоту, потому что здесь жили целые поколения безвестных капельмейстеров, музикдиректоров, хормейстеров, которые кирпич по кирпичу складывали здание, из которого выросли потом шедевры байрейтов и дюссельдорфов. И Никите захотелось поехать к родным камням своего Чагина, где он познал когда-то первую любовь и первую ненависть, чтобы там заложить свои кирпичи".

Плохо у меня получается с кирпичами. На СТЗ я оставил свой кирпич, а здесь, в Бийске, пока не удается. Может быть, в радио это удастся.

24.1.1936

Милый друг и жена, последнее письмо, где ты пишешь о встрече Нового года, — сплошь хорошее письмо. Каждая строка поет, начиная от ситцевых подвязок до слез от газетного чтения. Наконец-то я узнал, где тебя напечатали. Сорвался с места и сразу побежал в библиотеку. В двух библиотеках комплект "Наших достижений" отдан в переплет, нужно подождать. В третьей библиотеке не получают, а в четвертой — буду завтра.

...С увлечением прочел "Музыканты наших дней" Роллана и вернулся к давней идее: написать учебник по истории музыки. Учебник для школ, клубов и радиослушателей. С увлечением принялся за дело, хотя здесь специальной литературы — ах, как мало. Если тебе случайно попадутся музыкальные книги из моей библиотеки, пришли. Все, что встретится, — специально разыскивать пока не нужно — большая работа. Библиотека местная выписала из Москвы по моему выбору два-три десятка книг.

Готовлю первые три главы: 1) народная музыка, 2) европейская музыка до Баха и 3) Бах. К концу этого года вчерне книга будет готова. Когда я смогу пользоваться большой библиотекой, за два-три месяца прибавлю все дополнения. Первая глава о народной музыке уже готова. Не нашел нужного стиля. Беллетристический стиль у меня лучше, чем научный. Получается пока очень сухо. Но все будет десять раз переделано. Мне нравится затея. Книга нужная, такой пока нет. Для меня это больше, чем очередное литературное увлечение. Бийская библиотека вступила в междугородний абонемент с Новосибирской краевой библиотекой, которая получает обязательный экземпляр всех книг, выходящих в Союзе. Они сделали так специально для меня. Когда наладится, тогда я буду обеспечен всеми выходящими книгами, и занятия пойдут быстрее. Радио должно также помочь — нужно прослушать наново массу композиторов. У меня на столе радиорасписание всех концертов на месяц и отчеркнуты концерты, которые нужно прослушать.

Одновременно с историей музыки урывками пишу еще повесть, это уже четвертая по счету, после повести "Дары нужды", "История красоты" (это про женщину, которая страдает от своей красоты, от повышенного внимания мужчин и выходит замуж за слепого), "Слишком долгая жизнь" (про двух сестер, которые начинают самостоятельную жизнь уже почти в старости, после смерти деспотических родителей) и про девочку, влюбившуюся в старика-фотографа. Вот графоманская страсть. Довольно смешно писать для ящика письменного стола, не имея ни публики, ни оценки, ни даже ругани. Но, терпение…

…Ты пишешь, что Генрих учит английский язык. Я имею для него прекрасный учебник. Слышала ли ты про систему профессора Огдена "Бэйсик инглиш" (основной, базовый английский язык). Все разнообразие языка он свел только к восьмистам пятидесяти словам, в том числе только шестнадцать глаголов. Зная этот минимум и умея им пользоваться, можно читать ту литературу, которую выпускает тот же Огден: Свифт, Диккенс и др.

В русском издательстве уже вышла книга Айви Литвиновой (жена наркома) "Шаг за шагом" — два рубля сорок копеек. Я ее выписал еще до Сталинграда — поищи в шкафу на нижней полке, где стоят словари… Система "Бэйсик" — великолепная идея. За нею, вероятно, последуют по другим языкам. По этой системе для изучения языка (упрощенного, разумеется, языка) нужно восемьдесят восемь часов.

Поздравляю тебя вторично с днем рождения 23 января, если ты желаешь жить, как папа Григорий (римский), и переживать на пуды вместо центнеров. Целую — Я.

19.2.1936

…Мой вчерашний день прошел, как в запое, будто курю опиум. Все утро читал книгу немецкого биолога "Тайны природы", потом приготовил себе обед (это длится пятнадцать минут поставить суп и один час изредка по-

ГЛАВА 40   Из сундучка. Бийск. Письма Якова

сматривать). После обеда пошел в библиотеку — газеты — весь вечер читал роман американской писательницы Перл Бак "Земля" с предисловием Третьякова. Замечательный роман из китайской жизни. Непременно возьми в библиотеке, в "Интернациональной литературе"! Бак — женщина немолодая, миссионерша в Китае — вдруг взяла и написала замечательный роман. И начинающая писательница сразу приобретает мировое имя. Когда я теперь читаю книгу, я ее воспринимаю как читатель, как словесный техник, как писатель, как конкурент. Читаю строки и как делаются эти строки. Как плывет сюжет через нагроможденные препятствия и как тема заканчивается в своем финале. Едва ли не труднейшая часть — это финиш темы. Читал, что французские драматурги пишут пьесу, начиная с пятого акта, с финала, и если он достаточно эффектный, то его принимают за основу и к нему присочиняют первые четыре акта. Прочитай непременно Перл Бак, это просто образцовый с моей точки зрения роман, настоящая школа для начинающего писателя. Вероятно, общая структура повествования, в высшем смысле и для музыки, существует в виде каких-то общих формул... Но даже Шкловский об этом не пишет!

8.3.1936

...Из моих занятий в радиоузле ничего не вышло, они раздумали. Зато сегодня мне предложили второй урок по музыке с мальчиком восьми лет, и я дал первый урок. Это после того, как мой первый ученик играл по радио сонатину, имел успех, и теперь, надеюсь, отбою не будет. То есть все восемь детей из интеллигентных семей города Бийска будут стоять в очереди к маэстро!

Сегодня говорил с управляющим банком насчет прибавки зарплаты. Он обещал. Так что события развиваются удовлетворительно. По этому случаю я даже вступил в абоненты радио. С проведением радио я заканчиваю свою программу больших затрат. Проведено электричество, радио, куплены дрова, починены ботинки и вся одежда.

19.6.1936

Сижу за столом, читаю статью о лесе. Зазвучала в радио 5 симф. Чайковского, и скорбь льется в мои уши. Все перемешивается воедино: и вчерашнее твое письмо, и смерть Горького, о чем только что сообщило радио, и дождь стучит в окно, и эта страстная фраза из симфонии...

1.7.1936

...О твоем очерке. Я пять раз прочел литературный портрет С. Третьякова. Статья очень меня порадовала, прекрасно сделано, стоит на уровне выше среднего в журнале. Хорош язык — словом, большой успех. Это твоя первая статья в таком роде. Следующие будут крепче.

Я вполне могу восхищаться статьей, которая несет идеи, с какими я не согласен — ни в выводах, ни в оценках, ни даже в структуре очерка. И все же я его весьма хвалю. Если будет мне позволено высказаться на эту тему и критикнуть, но так, чтоб не чувствовалось в этой критике догматизирующего поучения, то я бы сказал следующее.

Литературно-критический очерк вообще не должен давать оценок. Критик — не оценщик. Он комментатор, возражатель, продолжатель или социолог тех же идей, какие у писателя. Тем более — не перехваливать. Этот недостаток есть: "Великолепно поставленная голова… голос многозвучный… необычайный писатель (два раза)… многозначный… исключительное мастерство (!)… замечательные очерки…писатель всех жанров…"

Верно ли это все? В стакане чаю пять кусков сахару. Если он действительно писатель всех жанров, то я скажу — он велик в своем жанре, только жанр его мал. Третьяков — полезный писатель, но если нужна его оценка, то я скажу — типичный второй сорт, середняцкий писатель.

Главный недостаток его (и многих других писателей) — у него нет идей собственных. Ты не можешь сказать ни одной мысли, идеи, чтобы она у читателя сейчас же вызвала имя, образ С.Т. Он растворяется в эпохе, рожден ею, учится у нее, но не обогащает ее. Берет и не дает. Для этого ему не хватает экстремизма и самоограничения.

In der Beschränkung zeigt sich ber Meister (Goethe). Я бы перевел не буквально, но точно — "В ограничении — мастерство".

С.Т. — очеркист, скользитель по поверхности многих идей, и ничто не запоминается больше обычного.

Все это о нем, теперь — о тебе. Ты пишешь: пути и перепутья, победы и поражения, но вот он нашел что-то главное: "и путь найден" — очерки о германских писателях. Что же в них особенного? Прием значительных мелочей-деталей. Только? Очень мало. И "победа и путь" делаются неубедительными. Мотор огромной (неужели огромной?) силы вертит кофейную мельницу — единственно верно и может быть поставлено эпиграфом.

Из мелочей:

1. Неудачный образ с пианино. Если "верхняя крышка пианино как раз по росту Третьякова", то он очень низкого роста, прямо карлик.

2. "Жест пластичен, мысль молниеобразна" (!) — как здесь не добавить:

Глаза его сияют. Лик ужасен.
Движенья быстры. Он прекрасен.
Он весь как Божия гроза...

Если бы я писал критический очерк о писателе, то я бы сделал иначе. Путь писателя — явление общественное, а не индивидуальное, и сам автор в этом случае факт второстепенный. Я бы взял какую-нибудь одну идею у автора (если у него есть идеи), взял бы ее и заглавием, и центральным содержанием очерка. Об авторе говорить (по возможности без оценок) только как о примере к данной идее.

Очерк тогда будет посвящен не писателю, а его идее, и будет иметь интерес независимо от писателя, о котором идет речь. Что за идея у этого писателя? Что в наше время "жизнь главнее литературы, писание — побочный продукт деланья". "В начале бе Дело", потом явилось Слово — вот его характеристика нашего времени. Каковы же дела С.Т.? Но его дела небольшие, и писание не в самой крупной шкале... и его собственная точка зрения ("литература как отходы жизни") не выдерживает жизненной проверки, оказывается неверна, фальшива. Литература — самодовлеющая ценность.

Тогда было бы законченнее и очерк имел бы свой генеральный тезис, свое утверждение независимо от второстепенных примеров. Это те мысли, которые подсказаны твоим очерком.

И все-таки, несмотря на разные мои замечания, очерк на весьма высоком уровне. Читал вчера Н.Д. ("Наши достижения"). Ну, до чего серо, мазня. Писано не пером, а заступом, мешалкой, малярной щеткой — безобразие. Того, кто стоит рядом с тобой и написал так скучно очерк про Париж, я знаю. В одну тяжелую минуту в конце двадцатых я его кормил своими скудными крохами. Потом оказалось, что он не стоил этого.

Твой материал — лучший в номере. Если в редакции есть умные головы, они не должны выпускать такого писателя как ты. Чтение статьи было для меня прямо праздником. Пиши, пиши — без конца пиши. Держись и действуй.

Целую крепко и жму руку
с литературным приветом
с супружеским приветом
с дружеским приветом

1.8.1936

...Я получил все те открытки, которые ты послала. Продумывая нашу переписку за последнее время, понял, что разлука принесла ощутительные результаты. Скоро шесть лет мы живем врозь, и шесть лет мне недостает твоей близости и дружбы сына. Нас разлучают и километры, и годы, и какие-то малозаметные отклонения путей, и трудность взаимного понимания.

Пока это замечаю только по твоим письмам, но, может быть, ты что-нибудь заметила по моим?

Есть вопросы, на которые ты ни в коем случае не желаешь отвечать. Если я настаиваю, то получаю короткий ответ: не нервничай и терпи. Трудно жить в неведении. Я понимаю, как много усилий потребуется от нас обоих, чтобы снова найти друг друга в изменившихся людях.

Приближается день нашего свидания. Скажу прямо — меня не покидает боязнь, как пройдет эта встреча. Ты мне писала — при встрече ты найдешь и меня, и сына такими, как покинул их, и нет места тревогам. Но ничто не возвращается обратно на то же место, и я знаю, что многое изменилось, хотя и не могу в точности себе представить. Разгадываю этот грядущий ребус и прикидываю самые различные сочетания.

Твои письма, в общем, очень холодны, информационны, но в последнем письме вдруг неожиданно прозвучал упрек прежних лет. Он меня ожег. Сможем ли мы принять друг друга "с чистым сердцем"?

Генрих для меня — сфинкс, тайна, которая, когда раскроется, едва ли готовит мне радостный сюрприз.

Все это мне нужно продумать, прочувствовать и быть ко всему готовым.

Марунька, я крепко люблю тебя, мне уже много лет, но я не стыжусь повторить слова первых встреч. В наши годы уже избегаются эти слова — цитаты молодости в наших письмах уже давно не встречаются, те милые интимности, которые когда-то наполняли переписку.

...пришли непременно свою карточку. Смешные доводы у тебя — я постарела, плохо выгляжу. Я же не требую карточку молодой красавицы. Мне нужна твоя, именно твоя карточка, такая, какая ты есть. Я тоже постарел, и ровно на столько лет, на сколько ты. Пришли карточку.

Я кончаю письмо тем рефреном, который помещается всегда, но пусть на этот раз он прозвучит по-новому.

Целую крепко. Крепко и нежно так, как в те минуты, когда хотелось и удавалось переломить твое дурное настроение. Обнимаю — "по всей линии" — если ты только помнишь это слово и что оно означает. Я.

26.9.1936

Довольно трудно мне писать теперь, милый друг! Ты спрашиваешь, известно ли мне что-нибудь? Нет, неизвестно, но порядок такой, что все отбывшие срок получают здесь паспорт и бесплатный ж.д. билет куда угодно. Вероятно, так будет и со мной. Дело московской милиции — пустить меня жить в Москву или не прописать. Вероятно, не пропишут. В общем, это зависит от местных условий. Вот Герчук, мой давний приятель, живет после ссылки в Москве уже долго, а других моих знакомых не пускают. Во всяком случае, приеду на несколько дней домой и там решу, что дальше.

Никогда я еще не стоял перед таким клубком неизвестности, как теперь. Мне ничего не ясно из будущего, ни легитимационное мое состояние, ни даже мои семейные дела. Придется сделать новую инвентаризацию семейного хозяйства — что осталось и в каком положении?..

А пока мелкие предотъездные дела — купил чемодан, починил ботинки, пошил штаны, кончаю лечить зубы. Архив нужно перечитать и привести в боевой вид. Здесь шло накопление, наступает время реализации.

2.10.1936

Милый друг, сейчас окончился концерт Оборина, который я слушал по радио из Новосибирска. Наушники на длинной проволоке, и я могу передвигаться по комнате, даже ходить из угла в угол, не снимая их. Раз длинный концерт — я принимаюсь за слушание и за шитье. Весь концерт чинил штаны, память уносила в прошлое, в те далекие годы, когда я впервые слушал эти вещи. Как много печали в глубинах моего прошлого. Но не об этом хочется сейчас писать, о другом — как много было музыки в наших с тобой отношениях. Чайковский и Рахманинов познакомили, Шуман сблизил, другие художники звука соблазнили. Редкий концерт обходится без этих согревающих воспоминаний. Вчера пели "Двойника" Шуберта, сегодня Оборин играл Шуберт-Лист "Баркарола", этюд "Охота" Листа, играл "Карнавал" Шумана. Я слушаю через Москву гастроли украинской оперы, того киевского театра, где в двенадцатом ряду галереи за тридцать копеек я получил свое музыкальное образование.

Вспоминаю с благодарностью тех людей, которые помогли пробуждению музыкальных вкусов, с грустью разбираю цепь тех случайностей, которые отвели меня от музыки. Как жаль все-таки.

Странно получилось, что в Москве я совершенно отдалился от музыки, а в Бийске снова приблизился. На этот раз всерьез и надолго, вероятно, больше уже не отойду. С трудом представляю себе, как мы с тобой входим в Большой зал Консерватории... В первый же вечер пойдем и купим билет перед входом...

16.11.1936

...выяснить некоторые важные детали. Ко дню приезда заготовь мне следующие справки:

1. справка о твоей службе;
2. справка о Гениной работе;
3. справка из домкома, что я с 1923 по 1931 год проживал там.

По приезде я подам просьбу в НКВД о разрешении мне прописаться в Москве. Возможно, что подачу я отложу до конца ноября, до принятия новой Конституции, но не уверен. Мне передавали, что готовится широкая амнистия к этому дню. Хотя я по документам освобождаюсь раньше, но будет совсем новая обстановка, которая отразится и на мне.

В день получения этого письма отправь мне открытку, сообщи в ней номера телефонов твои и Остоженки. Вероятно, 1–94–13 уже сменили на автоматический, а телефон Ивы я забыл.

В НКВД мне сказали, что не задержат ни на один день. Пройдет несколько дней, пока здесь в милиции дадут паспорт. К концу года рассчитываю быть дома. Но не исключено, что какие-то административные сложности задержат недели на две. По опыту других — никто еще не отбывал точно в срок.

Ну, вот и все. Чувствую, как тебе тяжела стала переписка, и не только потому, что времени не хватает. Вообще контакт ослабел — шесть лет большой срок. И мне писать тебе тоже стало трудно. Иной раз долго сидишь за письмом — не пишется.

Хорошо, что плохое отходит назад в прошлое.

Целую — Я.

ГЛАВА 41
Пятая попытка
(2000–2009)

Лиза и Юрик впервые увидели друг друга в наркологической клинике, в день его выписки. Лиза приехала за своей двоюродной сестрой Марфой, которая закончила курс лечения в один день с Юриком. Компания, второй час ожидавшая в приемной какой-то печати, запертой в столе ушедшей пообедать секретарши, состояла из Норы с Тенгизом и Юрика, с одной стороны, и, с другой стороны, Лизы, ее толстой тетки Риты, раздавленной несчастьем настолько, насколько можно раздавить стокилограммовую тушу, с крохотным ребенком, завернутым в полотенце, — трехмесячным сыном Марфы, которая ухитрилась родить, почти не заметив ни беременности, ни самих родов, — и самой Марфы, которой почти и не было, если не считать нарисованных бровей и больших коричнево-напомаженных губ. Марфа весь минувший год находилась в полном наркотическом провале и помнила только обрывчатые картинки. Марфа и Юрик были единственные из всей компании, которые между собой разговаривали. Все остальные родственники прошедших шестинедельный курс лечения осторожно молчали: они привыкли жить с позорной тайной, требующей неразглашения. Юрик и Марфа обсуждали какого-то оставшегося пока в клинике парня и даже порицали его заносчивое поведение...

Лиза, потратившая немало сил на вытаскивание с наркотического дна сестры, с интересом и симпатией наблюдала за еще одной семьей, которая тоже боролась за своего ребенка. Нора с Тенгизом выходили покурить каждые десять минут, причем мужчина перед первым выходом на улицу сделал сыну пригласительный жест.

— Нет, нет, Тенгиз, я не курю... пока... — засмеялся кудрявый наркоман. — Ну, еще дня три...

— Ну, Юрик, ты силен! — отозвалась сразу же Марфа.

— Вот если бы гитару принесли, я бы сразу снова подсел...

— Да в машине гитара твоя. Я взяла, — заметила мать.

— Ой, какая же ты, Нора...

"Может, и не родители, раз он по имени их называет", — успела подумать Лиза. Но парень тотчас крикнул вслед уходящей женщине:

— Мам, шестиструнку, я надеюсь?

— Конечно, — кивнула она.

Нора принесла гитару, Юрик снял чехол, погладил рукой струны, они отозвались, как отзывается собака на прикосновение хозяйской руки — дружелюбно и преданно. И парень заиграл что-то давно знакомое, ласковое и веселое. Лицо его изменилось: он немного сжимал губы, глаза смотрели перед собой сосредоточенно, но явно видели то, что другим было недоступно. Голова слегка подергивалась в такт музыке.

"Как же они там просидели полтора месяца без книг, без музыки, без общения? Странное лечение. Какая-то американская массачусетская система, без таблеток, одними душеспасительными разговорами с психологами... Ну, лишь бы помогло... — подумала Лиза. — Бедная Марфа, бедный этот Юрик..."

Он показался ей очень симпатичным. И выражение лица, когда он играл...

"Счастливое лицо, да, как странно, наркоман, а именно счастливое лицо... А Марфа всегда страдает..." — подумала тогда Лиза.

Тут пришла секретарша, шлепнула печати, и обе семьи разъехались от стоянки в разные стороны, чтобы больше никогда не встречаться.

Вторую попытку соединить Юру и Лизу судьба сделала ранней осенью 2006 года. Юрик, к этому времени глубоко влезший в историю джаза и в музыкальную теорию, расположенную за гранью академической, и потерявший интерес к ансамблевой игре в качестве гитариста, освоил профессию, которая сама прыгнула ему в руки, — стал синхронным переводчиком. Его английский, непригодный для художественного перевода, идеально подходил к тому, что требовалось в кино, особенно когда надо было переводить современные американские фильмы, где действовали преступники, полицейские, футбольные болельщики и проститутки. Это был язык трущоб, и даже трущоб черных и латиноамериканцев, которым он владел в совершенстве и который не преподавали в институте иностранных языков. Естественно, его пригласили на фестиваль "Амфест", первый российско-американский фестиваль. Переводил он по три фильма в день, работа была бешеная, но он с ней вполне справлялся.

"У меня дорожка короткая — напрямую от уха к языку", — говорил он, имея в виду, что голова его полностью отключена и, как он выражался, "мозги не парятся".

ГЛАВА 41 — Пятая попытка

В перерыве между просмотрами в кинотеатре "Горизонт", где собиралась вся московская элита, в особенности ее нечесаная часть, Юрик спустился выпить кофе, случайно оказался за одним столиком с Лизой — и не узнал ее. Но Лиза его узнала, немного поколебалась — а стоит ли напоминать? — и спросила, помнит ли он, как они вместе с Марфой выписывались из лечебницы. Чашка замерла у него в руке:

— Марфа умерла четыре года тому назад. Я был на ее похоронах.

— Да, я ее и хоронила. Она моя двоюродная сестра. Не место для знакомства, конечно. Но я вас там не видела... Не помню...

— В тот год трое из тех, кто тогда с нами лежал, умерли. Марфа, Мустафа и Егорушкин Слава. В отделении было 25 человек. Двое, насколько я знаю, соскочили, человек восемь скололись, одного убили, а про остальных ничего не слышал. В первый год все ходили на группу, потом потихоньку все побросали... В общем, все соответствует статистике. Я пошел... Мне пора.

Это была вторая попытка, и она была вполне неудачной. Эта полноватая девушка с длинными волосами и лицом, похожим на мордочку какого-то звериного детеныша — то ли на лисенка, то ли на волчонка, — напомнила ему о том, о чем он хотел забыть... Он и забыл немедленно эту встречу...

Лиза себя ругала — ну надо же быть такой идиоткой! Другой темы не нашла! Но понравился ей Юрик еще больше, чем тогда в нарколечебнице. Было в нем нечто неопределимое, чего не было в других, и совершенно отсутствовало то общее, что делало похожими друг на друга всех тридцатилетних, с которыми Лизе приходилось общаться... А что именно, надо подумать...

После смерти Марфы Лиза усыновила племянника Тимофея. Он родился с дефектами, которые в народе называют "заячья губа и волчье нёбо". Эти дефекты совершенно не влияли на умственное развитие, но изрядно отравляли жизнь ребенку и его родственникам. Лиза много занималась мальчиком, устраивала в клиники, оплачивала пластических хирургов, очень привязалась к нему. Забрала его у тетки, которая была счастлива и Лизе только что рук не целовала. Лиза забросила журналистику и пошла работать в туристическую фирму на условиях партнерства. Дела у фирмы пошли очень хорошо — в большой степени благодаря Лизиному таланту говорить по телефону. Помимо хорошо подвешенного языка, присущей ей приветливости и общительности, у нее был удивительно приятный тембр голоса.

Словом, все шло замечательно, денег было предостаточно, она поменяла свою маленькую двухкомнатную квартиру у черта на рогах на трехкомнатную, на Миусы, в старый московский район, в сталинский респектабельный дом, проделала Тимоше в общей сложности четыре операции, он стал хорошеньким, как Марфа в детстве, но гораздо ее умней. К шести годам серия операций закончилась. Хирурги не исключали, что еще одна косметическая операция может понадобиться, когда лицо его полностью сформируется, уже во взрослом состоянии. Тимоша был замечательный — смышленый, ласковый, с хорошим характером. Только черные азиатские волосы пришли к мальчику от неведомого отца...

Все было хорошо. Но Лиза затосковала. Ей захотелось ребенка. Выносить, родить. И, если можно, девочку. Это и был единственный изъян в ее благополучной жизни — она никогда не была замужем. Большого социального беспокойства она не испытывала, вокруг

ГЛАВА 41. Пятая попытка

было много незамужних, разведенных, одиноких, но еще больше замученных семейной жизнью, в вечных жалобах на своих мужей, шастающих по любовникам бывших красавиц... Общеизвестный факт, что легче всего выйти замуж в девятнадцать лет наудачу, невесть за кого, чем решать эту проблему в тридцать, когда понимаешь, каким должен быть правильный партнер. К этому времени все сколько-нибудь стоящие мужчины разобраны, женаты, разведены и снова женаты, свободны только закоренелые холостяки, не склонные заводить семью, да те, кем даже на скудном рынке женихов побрезговали.

Последний Лизин роман с женатым человеком, всячески подходящим, выдохся сам собой. Расстались. Завязался служебный роман с молодым парнем, Пашей, менеджером их компании, байкером, любителем какого-то несусветного спорта с лазаньями по крышам... От него Лиза и забеременела. Он, против ожидания, очень обрадовался, немедленно сделал предложение, причем в самой традиционной форме, с букетом цветов и кольцом в красной коробочке. Лиза расчувствовалась, колечко приняла, но замуж не вышла.

Следующая попытка судьбы соединить Лизу с Юриком тоже была исключительно неталантливая. Лиза была на сносях. Они столкнулись у нее в конторе, у Никитских ворот, куда Юрик пришел с Норой покупать туристическую путевку в Хорватию или в Черногорию... Возникла у Норы такая скоропалительная идея, и через пятнадцать минут она с сыном зашла в ближайшее турагентство.

Лиза сидела с телефоном, махнула рукой и сказала, прикрыв трубку рукой:

— Минутку! Одну минутку подождите...

Прошел год с их последней встречи на кинофестивале, на этот раз Юрик ее узнал. По голосу. Довольно низкий, мягкий голос чудесного тембра.

Покупать путевку Лиза отсоветовала. Предложила забронировать гостиницу в Дубровнике и взять билет. Оттуда можно на день-два и в Черногорию съездить. На автобусе… Дешевле и свободней себя чувствуешь. Нора засмеялась: "А как же ваш бизнес? Я что-то здесь не понимаю…"

Лиза засмеялась в ответ:

— Я и сама себя не всегда понимаю… По-моему, вам это больше подойдет.

Побарабанила по большому животу длинными пальцами, как дрессированный заяц в цирке. И заказала Норе гостиницу…

Снова они расстались на два года. Каждый занимался своим делом. Лиза родила дочку Олю. Тимоша был счастлив, Лиза никогда не видела такой братской нежности и восхищения, которую проявлял Тимоша к новорожденной сестре. Паша, во время Лизиной беременности много ей помогавший, теперь переселился к Лизе: в нем проснулись могучие отцовские чувства. Было удивительно, откуда столько нежности и трепета в довольно топорном парне. Через месяц, когда Лиза совсем уж собралась нанять няню к детям и выйти на работу, Паша взмолился: он хотел сидеть с детьми сам. Тимоша к Паше привязался, отношения у них были прекрасные… Лиза решила попробовать — Паша ушел с работы, нянчился с детьми, а Лиза проводила большую часть дня в агентстве, потому что за время ее отсутствия бизнес стал заваливаться, и она энергично принялась его поднимать…

Паша с не меньшим энтузиазмом поднимал детей. Сняли на лето дачу в Краскове, он сидел с детьми,

ГЛАВА 41

Пятая попытка

семью навещала его мама, которая поначалу приняла Лизу в штыки, но постепенно смягчилась: старуха, конечно, на восемь лет старше Пашки, но в остальном — любой молоденькой сто очков вперед даст.

Паша рос без отца, и семейная жизнь, какой он и не пробовал, ему очень нравилась. Нравилась и Лиза. Ни у одного из его бывших байкерских приятелей не было такой замечательной бабы: красивая, спокойная, образованная и деловая. Паша привык свои эмоции отрабатывать в лихой езде и в лазаньи по крышам, к страстям неприспособлен, но хорошие отношения ценил. Словом, все-все было хорошо — Лиза приезжала на дачу в пятницу вечером, сидела до утра вторника, а то и до среды, в таком ритме и дела она не запускала, и дети были вполне счастливы.

Лето для туристического дела — острый сезон, совсем бросить контору Лиза никак не могла. Всегда без нее происходили какие-то накладки и глупости. В один из августовских вторников Лиза выехала из подворотни жилого дома рядом с агентством, где она парковала свой "форд-фокус", и увидела Юрика с двумя гитарами, который отчаянно махал проезжающим машинам. Остановка в этом месте, перед поворотом на Новый Арбат, была запрещена, и он бы мог долго там голосовать... Лиза подъехала и крикнула: "Быстро садись!"

Юрик заскочил в машину, и только уже сидя рядом с Лизой, ее узнал. Это была пятая попытка, если учитывать похороны Марфы, где они друг на друга случайно не наткнулись. Но Юрику это в голову не пришло. Считала-то Лиза.

— Куда едем?

Юрик назвал адрес популярного молодежного клуба.

— У тебя выступление?

— Ну, вроде того. Я там читаю, — он засмеялся, — цикл лекций. Цикл лекций по истории джаза. Сегодня первая. Я пока не знаю, что получится...

— А можно, я тоже послушаю?

— Отлично даже! Я на самом деле не знаю, соберется ли народ. А так по крайней мере один слушатель у меня будет...

Народу в маленьком зале собралось человек двадцать. Юрик сел во главе стола, сдвинутого из восьми маленьких, Лизу попросил сесть напротив. Он по опыту музыкальных выступлений знал, что когда публика незнакомая, хорошо иметь среди толпы какое-то лицо, к которому обращаешься. Разговор о джазе он начал так, как хороший учитель показывает первоклашкам первые буквы, — давая ощущение открытия, происходящего прямо на глазах.

— Мы сегодня пока говорим не о джазе, который собирался по кускам в течение двух-трех десятилетий, а именно о тех музыкальных реальностях, которые существовали до него, существовали всегда, но, счастливо соединившись, дали толчок огромному направлению, которое называют общим словом "джаз"...

А потом он рассказывал и показывал всякие совершенно неизвестные Лизе вещи — наигрывал на гитаре, выстукивал на маленьком барабанчике, а иногда и пропевал какие-то музыкальные фразы. Он показал блюз, песни американских рабов, извинившись за банальность, которой он не может избежать, дал давно уже опошленное, но классическое определение блюза — "когда хорошему человеку плохо"... И играл, показывал, напевал английские фразы, потом переводил и снова пел... Так он дошел до черных евангелических христиан, до их песнопений, псалмов, всего того, что называют "спиричуэлс"... Потом он оборвал себя, ска-

ГЛАВА 41   Пятая попытка

зал, что увлекся и совершенно не уложился в свой план, но продолжит лекцию ровно с этой точки ровно через неделю, — и на прощанье он наиграл самый популярный в мире "спиричуэл" "Go down Moses"*.

После лекции Юрик подошел к несколько обмякшей Лизе, поблагодарил ее за то, что "на нее" было так здорово говорить, потому что лицо у нее мало сказать умное, но еще и эмпатическое.

— По-русски так не говорят — "эмпатическое лицо", но мне нравится. Замечательная лекция. Здорово! — и Юрик взял Лизу за руку и потащил в бар, где они выпили по апельсиновому соку, потому что по разным причинам избегали алкоголя...

Потом они сели в машину, отъехали от клуба. Оба в этом моменте подумали — а куда едем-то?

И одновременно ответили. Лиза сказала — к тебе? Юрик — ко мне? И вернулись на Никитский бульвар. А Нора очень кстати была не то в Челябинске, не то в Перми...

Старый доходный дом на Никитском бульваре окнами смотрел на Лизину контору. Чуть наискосок. Семья Юрика обитала здесь уже в четвертом поколении, больше ста лет, эта квартира помнила слепого регента, его несчастную жену, неудачный брак бабушки Амалии и деда Генриха, счастливую любовь Амалии и Андрея Ивановича, Витасю с тетрадкой по литературе, Нору с Тенгизом, всю жизнь находящихся в любовном единоборстве... И квартира приняла их благосклонно. Здесь было хорошо и никакие призраки им не мешали...

Впереди Юрику и Лизе предстояла долгая совместная жизнь, о чем они сразу же догадались. И глупый вопрос: что важнее, телесное или духовное, — их ни-

---

* "Сойди, Моисей" (*англ.*).

когда не занимал. Близость была такая полная и предельная, какая мало кому дается.

Они стояли под горячим душем и любовались друг другом так, как будто были Адамом и Евой, впервые познавшими… чего там полагалось познавать? Они были почти одного роста, он был худ, покат плечами и слегка кривоног, она по теперешним канонам полновата, с несколько усталой от собственной тяжести грудью и бедрами с наметившимися "галифе". В густом горячем пару их тела были розовыми, а стойка душа стояла между ними как библейское дерево…

Потом они сидели на кухне, ели красные яблоки. Другой еды в доме не оказалось. Лиза откусывала сразу по половине небольшого яблока:

— Я больше люблю зеленые, но красные тоже сойдут…

— Я должен тебя разочаровать, вряд ли смогу покупать тебе именно зеленые… Я дальтоник.

— Не важно. Я и сама могу купить все, что мне нужно…

Ему было тридцать четыре, ей тридцать два, позади у каждого были влюбленности, отношения, связи неудачные и вполне удачные, но у обоих было острое чувство, что все прошлое уменьшилось и вообще не имеет значения. На всем свете их было двое, они пока мало знали друг о друге, хотя самое существенное было решено без всяких слов: она принимала его с прошлой наркоманией — хотя бывших наркоманов и гебешников, как известно, не бывает, — с артистическим хаосом жизни, отрицанием той стабильности, которую Лиза ценила и строила, а он ее — с детьми, семейными проблемами, Пашей в неопределенном статусе, тетей Маргаритой и туристическим агентством…

ГЛАВА 42

Семейные тайны
(1936–1937)

"Брак не держится на почтовых марках. Приезжай!" — писал Яков Марусе. И был, вероятно, прав. За шесть лет ссылок она приехала к нему один раз, в начале его мытарств, в Сталинград, в 1932 году. Вторая встреча с женой произошла в Москве, на вокзале, по дороге из Сталинградской тюрьмы в Новосибирск, через два с лишним года. Тогда пришла еще и сестра Ива с мужем, но не они нарушили возможное объяснение: времени на пересадку было тридцать минут, прошли они на бегу между Казанским и Курским вокзалом, а потом в присутствии пожилого усталого капитана из местных эмгебешников, который выписывал Якову билет в Новосибирск. Привилегия ссыльных и заключенных — бесплатный билет до места отбывания наказания... Произнесенные в спешке слова были довольно незначительные, но глаз видел больше, чем могли сказать слова. Маруся выглядела подавленной и усталой. Темные круги под глазами, ее обычная сухощавость — она всегда жаловалась, что опять похудела — вызвали у Якова чувство вины перед женой, которую он невольно заставляет страдать.

Но не только эти видимые знаки страдания угнетали Якова — гораздо глубже он чувствовал Марусино разочарование: в муже, так много ей обещавшем, в жизни, которая постоянно ее обманывала. Выглядела она несчастной. Здесь сказывалась более всего разница их внутреннего устройства: Марусе, чтобы быть счастливой, необходимы были постоянные знаки удачи, успеха, признания, и пока Маруся восхищалась Яковом, уверена была в их блестящем будущем, силы ее удесятерялись. Но бурный темперамент сочетался в ней с хрупкостью и слабосильностью, а яркость желаний с их легкой испаряемостью. Переносить удары жизни душа ее отказывалась, она роптала, винила обстоятельства, впадала в отчаяние.

Якову ощущение "несчастности" было чуждо, он не позволял себе этого чувства, стыдился, когда оно мелькало, и в самых тяжелых обстоятельствах старался извлекать радость из ежедневных мелких подарков жизни: выглянувшего солнца, зеленой ветки в окне, встреченного по дороге приятного человека, с которым можно побеседовать, а главное — хорошей книги. Маруся тоже умела радоваться всякой малости, но для этого нужен был рядом Яков, потому что, если не было свидетеля и зрителя, радость хуже удавалась. Артисту всегда нужна публика.

Он был уверен, что смог бы перебороть Марусину подавленность своей мужской властью, той чудесной и редкой близостью, которая так украшала их совместную жизнь. Погладить, приласкать, поцеловать, довести до высшего пика взаимного наслаждения и даже перейти в чистейшую область, которая находилась за пределом плотской радости...

Но, как бы виртуозно ни владел он пером, какие бы нежные письма ни писал он жене, его физическое отсутствие было непреодолимым препятствием. Он чувствовал это по ее письмам, по раздражению, кото-

ГЛАВА 42 Семейные тайны

рое в них прорывалось, по укорам и уколам, а главное, по все возрастающей энергии идеологического протеста — она называла себя "беспартийной большевичкой", а Якова обвиняла в политической близорукости и погруженности в мелкобуржуазное болото. Она неотвратимо отдалялась. Он знал Марусину впечатлительность и энтузиазм, с которым она всегда принимала новые предложения — ее увлечение педагогикой во времена учебы во Фребелевском институте, педологией, отвергнутой сестрой педагогики, новой религией "движения" в студии Рабенек, впоследствии театром, журнализмом, умилялся ее трогательной убежденностью в "высшей пользе", когда одно увлечение сменялось другим, и потому надеялся, что увлечение "большевизмом" в его беспартийном варианте не повлечет за собой вступления в партию. Впрочем, ее и не приняли бы — жена вредителя, врага народа... Но существовало еще одно препятствие внутреннего характера: существовала граница, которую Маруся вряд ли перешла бы — она была по сути человеком богемным, и всякая дисциплина, а особенно жесткая партийная, была для нее неприемлема. Это Яков ходил на службу с юных лет, Маруся никогда не связывала себя с рутинной службой — до конца жизни самым страшным жупелом для нее было "переворачивать номерок", то есть ходить ежедневно на службу к определенному часу, без опозданий, отмечая свой приход и уход на специальной доске с номерками, обозначающими присутствие сотрудника.

Еще одна мысль тревожила Якова: он знал Марусину внушаемость, подозревал, что она подпала под какое-то новое сильное влияние. Мужское влияние. Яков не был ревнив, хотя в юности Маруся неосознанно часто его провоцировала рассказами о сугубом внимании к ней со стороны значительных и интересных мужчин. Скорее, не рассказами, а письмами... Но Яков принимал ее успех даже с некоторой тщеславной гордостью. Он вполне понимал тех мужчин, которые проявляли интерес к его невесте, потом к жене... Привлекательность ее была такова, что Якову и в голову не пришло бы сравнивать ее с другими женщинами: в прелести своей она превосходила всех... Даже в своих острых приступах ревности, которым была подвержена, она не теряла своего очарования.

Ревность ее была беспочвенна: Яков не изменял своей жене. Но нельзя сказать, что Якову не нравились другие женщины. Нравились. Очень нравились... В юности он был смертельно влюблен в одну гимназистку, Лидию, но она предпочла ему другого юношу. Тогда, в семнадцать лет, он пережил во всей полноте опыт отвергнутости. Еще раньше ему нравилась дочка соседа-архитектора Коваленко, нравилась сестра одного приятеля, еще одна знакомая курсистка... Позже, уже когда он был женат на Марусе, ему нравилась медсестра Валентина Белоглазова, которая делала ему вливания в Харькове, нравилась Надежда Николаевна Бельская, секретарь в Наркомате труда, где он часто бывал. Последняя нравилась ему сильно, и он ей нравился, и она давала ему это понять... Не глаз, а совсем другой орган, жадный до наслаждений, посылал ему сигнал, который он неизменно отклонял. Он контролировал свое тело и не шел у него на поводу... и вообще, приняв постулат о первичности материи и вторичности духа, супруги прекрасно взаимоиспользовали тело для супружеской радости, но седьмую заповедь почитали священной.

Вот на этом месте у Маруси происходил какой-то сбой: почему же так больно чувствовать, что другая женщина нравится мужу. Изменять-то он не изменяет — в чем и клянется... но если его влечет к другой женщине и только соображения морали останавливают, тогда что это такое — мораль? Не дух ли сплошной? Так не выше ли он плоти? Тут Маруся уставала и начинала плакать... но при этом она настаивала на полной честности отношений и постоянно терзала себя исторгаемыми из мужа исповедями о том, как реагирует его организм на ту или иную даму...

Но теперь это была область Яшиных воспоминаний, которые могли вызвать только грустную улыбку. Поскольку настроение жены он не мог ни исправить, ни изменить, он откладывал выяснение и восстановление отношений до того времени, когда сможет обнять ее худенькие плечики, и отгонял от себя ревнивое опасение, что кто-то другой руководит Марусиными настроениями, мыслями, обнимает эти плечики и делает все прочее обыкновенное, в чем нет ни красоты, ни тайны, а лишь согласованные механические движения... Прожигали детали — запрокинутая голова, синие веночки на шее, перламутрово-серый глаз, выглядывающий в щелку полусомкнутых век... и продольная ямка на подбородке... Но мысли и воспоминания эти он отгонял, направлял свою энергию на производительную, как он говорил, жизнь — ходил на службу, придумывая всякие дополнительные заработки вроде частных уроков иностранных языков и музыки, обустраивал свою жизнь, отправлял в Москву деньги и посылки, которые, как правило, шли в другом направлении: из Москвы — в Бийск, к ссыльным.

Письма из дому приходили плохие. Маруся вытаскивала из прошлого все их расхождения, художественного или политического характера, наполняла их новой энергией. Яков пускался в объяснения, конфликт приобретал свежесть, и так по любому поводу, пока Яков не понял, что Маруся ищет ссоры... И ответы его становились все более сдержанными, а интервалы между письмами все более длинными.

Одновременно вспыхнула экзема с невиданной силой — руки, ноги были покрыты сухой коркой, которая взрывалась мелкими мокнущими язвочками, и все это зудело, жгло и не давало житья. Днем он волевым усилием сдерживал себя, а ночью, засыпая, раздирал себя до крови. Просыпаясь от боли, он снова засыпал, выпадал в какое-то странное состояние, в котором сознание приходило к соглашению с нестерпимым зудом: я сплю, и во сне я могу расчесывать эти раны...

Тема здоровья стала одной из самых безопасных в переписке, и он написал однажды жене: экзема так разыгралась, что освобождает от многих печальных мыслей, которые могли бы прийти в голову.

Спустя несколько дней после получения этого письма у Маруси зачесались запястья. Связь ее с мужем оказалась гораздо крепче и глубже, чем ей хотелось бы. Яков был до некоторой степени прав в своих догадках. Маруся стремилась к освобождению от Якова, но не получалось, и она подсознательно искала мужского авторитета.

Она не была уже юной обворожительной актрисой с неопределенно-волнующим будущим, на нее больше не заглядывались мужчины зрелых лет. Но она не искала мужчину, она искала скорее идею, которая ее освободит... Ее давние эмансипационные мысли на этом месте буксовали: носителем идеи, как Маруся тому ни противилась, все-таки был мужчина.

Смесь гордости и неуверенности, которые создавали в ее душе комнатного размера ад, умел растворять Яков своей умной любовью, но рядом с ней был сын Генрих, который сам нуждался в поддержке. Он готовился, как и Маруся, к взлету, причем в самом прямом смысле слова — планёры, самолеты, воздух, небо... а жизнь привела его в место прямо противоположное, на метрострой, подземное строительство. Но и там, под землей, он нашел ту коммунистическую романтику, которая так ему была мила. Маруся его поддерживала как могла. Но ей и самой было трудно...

И тут явился Иван Белоусов, человек из прошлого, из Киевской юности, друг ее брата, влюбленный в нее когда-то отчаянно и безнадежно. Он проводил летние вечера во дворе их дома, за длинным дощатым столом, сбоку которого стоял маленький столик для самовара. С Иваном постоянно приключались мелкие неприятности — то он обжигался о самовар, то переворачивал стакан с чаем на парусиновые брюки Марусиного отца, а однажды наступил на старую собаку, лежавшую под столом, и она его укусила. Вероятно, первый раз в жизни, от большого испуга... Над ним постоянно смеялись, и не было на свете человека, который более добродушно принимал обращенные на него шутки, розыгрыши, смешные реплики Марусиного брата Миши.

Белоусов не умел скрывать своей влюбленности, смотрел на шестнадцатилетнюю Марусю как дитя на конфету, Маруся притворно сердилась, но кокетничала, всегда кокетничала... Несколько раз ходила с Белоусовым в театр и чувствовала себя рядом с ним неуютно и несоразмерно. Был он под два метра ростом, складывался над ней вдвое, когда брал ее под руку, а она руку вырывала и советовала ему в следующий раз брать с собой ошейник и поводок, так им будет ловчее прогуливаться. Его чрезмерный рост вызывал у довольно мелких Кернсов добродушные насмешки, он стеснялся роста, длинных худых рук, на вершок торчащих из всех рукавов, огромных сапог, которые шил ему на заказ армянин-сапожник и брал с него как за полторы пары... Иван краснел, мял носовой платок потными руками, утирал лоб и большой, вверх ноздрями нос. Мягкий с виду, мило нелепый парень.

А был Иван Белоусов между тем настоящим революционером, одним из немногих киевских большевиков, умевших писать листовки, из которых первая была написана им по поводу смерти Толстого, очень задиристая, призывающая сплотиться "под знаменем РСДРП для борьбы за ниспровержение правительства грабителей, против насилия и произвола царских палачей, против смертных и прочих язв и пошлостей разлагающегося буржуазно-капиталистического строя...". Толстой вряд ли одобрил бы...

Поначалу Маруся не признала в нем настоящего деятеля, только осенью 13-го года, когда Киев трясло и лихорадило от дела Бейлиса, принес он ей листовочку РСДРП с призывом протестовать против угнетения нерусских народов России, за укрепление интернационального союза рабочих всех национальностей, и дал понять, что он и есть автор этого текста. Тут уж Маруся прониклась к Ивану Белоусову серьезным и уважительным отношением. И ничего более — она уже была навечно, как казалось, связана с Яковом.

К этому времени Иван Белоусов из университета был изгнан, стал членом Киевского комитета РСДРП и руководил пропагандистским кружком, куда и Марусю пригласил. Он уж больше не был в нее комически влюблен, хотя по-прежнему краснел и платок мял... Она несколько раз посетила это подпольное мероприятие, но увлечение Фребелевским движением перевесило.

Незадолго до начала войны Иван исчез. Маруся про него и не вспоминала. Двадцать лет спустя, в тридцать пятом, когда пошла на курсы "истпарта", которые проводили для журналистов прямо в помещении Института красной профессуры, встретила его снова. Лектор, большой лысый человек в сером полувоенном френче, оказался товарищем Белоусовым, профессором.

Первую лекцию он начал цитатой из Ленина — "Коммунистом стать можно лишь тогда, когда обогатишь свою память знанием всех тех богатств, которые выработало человечество". Далее он переключился на Маркса с Энгельсом, все это Маруся знала и прежде, но слушала с вниманием: говорил Иван четко, дикция хорошая, но артистизма ему не хватало. Марусе было с кем сравнивать, лекции во Фребелевском институте в свое время читали великие педагоги…

После лекции Маруся подошла к профессору Белоусову — нет, не возобновить знакомство, а задать вопрос по учебной программе… и посмотреть… вообще…

— Маруся? Откуда? — он покраснел, вынул из кармана брюк мятый платок и вытер лицо.

Он, это был он, прежний Иван Белоусов. Нельзя сказать, что он ей понравился в новом обличье, но был интересен. Очень интересен… Проводил до дома. От Страстного монастыря прошли по бульварам до Никитских ворот, свернули к дому. Он не сгибался вдвое, как в прежние годы. Напротив, Маруся тянула к нему свою длинную шею, а он смотрел на нее сверху вниз. Марусе показалось, что с нежностью… Простились у подъезда. Возобновились приятельские отношения. Общались. Беседовали. Обсуждали политические новости. Маруся оценила его пролетарскую укорененность в жизни. То, чего самой не хватало…

В начале марта позвонила Ася Смолкина, двоюродная сестра, с которой Маруся редко виделась. Просила разрешения забежать на минутку. Было некстати, но Ася сказала, что она прямо возле дома, пришлось принять. Среди множества двоюродных братьев и сестер Ася слыла самой доброй и самой глупой. Вероятно, у двух этих свойств есть какая-то общая грань, но, может быть, люди умные и недобрые объединяют эти два качества, чтобы оправдать отсутствие доброты в самих себе. Так или иначе, явилась Ася, добрая и глупая, с юности превозносящая Марусю за таланты, подлинные и мнимые, за красоту, несколько к этому времени увядшую, а также за ум, образованность и горести судьбы, выпавшие на ее долю. При всем Асином восхищении Марусей Якова она ставила еще выше.

Родня не ценила Асиной постоянной и немедленной помощи, которую она оказывала ближним и дальним, все принимали как должное ее отзывчивость и полное бескорыстие, только однажды Ася получила знак благодарности за свои невидные подвиги — вскрытые на дому нарывы, уколы, ингаляции, наконец, клистирные процедуры для старушек, находящихся на смертом одре... Ася запомнила на всю жизнь, как приехавший в Киев из Харькова в трехдневный отпуск Яков пришел к ней домой с букетом цветов, забытым знаком внимания, поцеловал засушенную спиртом руку хирургической сестры и поблагодарил, что она спасла своим искусством жизнь сына и грудь жены. Где раздобыл он цветы в 16-м году?

— Что вы! Что вы, Яков! Это преувеличение! Я рада, что немного помогла! — бормотала Ася, чувствуя себя так, как будто орден получила. С тех пор она и считала его самым благородным человеком, какого в жизни встретила.

На редких семейных торжествах, когда родственники встречались, Ася сидела обычно на краю стола и ела Якова глазами, не замечая перемигиваний кузин на ее

ГЛАВА 42

счет. Свой восторг перед Яковом она влюбленностью отнюдь не считала, потому что с юных лет уверена была, что ни один мужчина на ней никогда не женится и не надо ей об этом мечтать, а лучше послужить окружающим. Слово "ближние" было не из ее лексикона. Она и не догадывалась, что приняла своего рода монашеский обет, и даже жертвы своей не заметила. Ну, не глупость ли?

Она вошла к Марусе со своей глуповатой улыбкой. Нежные усики над верхней губой обещали со временем приобрести мужественность, близко поставленные глаза сияли, длинный рот расплылся в улыбке, открывая белейшие ровные зубы, как будто случайно ей доставшиеся. В руках у нее был кулек с пирожными. Маруся поставила чайник на электрическую плитку в комнате — старалась поменьше выходить на общую кухню. Пили чай с эклерами. Разговаривали о родственниках. О Якове Маруся ничего не говорила. Ася спросила, что он пишет, Маруся рассказала про экзему, которая обострилась. Ася всплеснула руками:

— Да что ты говоришь! Какое совпадение! У Верочкиной Анечки тоже экзема!

Маруся только плечами пожала: какая Верочка? Какая Анечка? Чему она так радуется?

— Нет, я радуюсь, потому что Верочка, моя сослуживица, нашла какую-то бабку в Подмосковье, травница или в этом роде, так она дала для ее дочки Анечки какую-то притирку, ужасно вонючую, черную, бог знает из чего сделанную, и помогло! Чудодейственная оказалась! Через две недели даже пятнышка не осталось! Совсем недавно это было! Хочешь, я все разузнаю, достанем мы эту притирку для Яши!

Маруся сразу же забыла про эту травницу и ее изделия. Но через неделю Ася опять позвонила и восторженно сообщила, что добыла снадобье, что бабка эта удивительная, живет в деревне Фирсановка, весь дом у нее в иконах, сильно верующая, но не отсталая, а очень разумная, и даже несколько образованная, книги по ботанике стоят... настоящая травница, и бабка этой бабки была травница. Народная, следовательно, медицина, лучше всякой аптечной, надо это снадобье немедленно Якову переправить. Немедленно! Потому что в течение двух недель оно испортится и потеряет силу.

Маруся попросила ее отправить лекарство по почте. Ася дар речи потеряла, но, оправившись, сказала, что можно и по почте, но ведь пока дойдет, испортится... Да и примут ли бутылку на почте?

Маруся вежливо, но не без ехидства объяснила Асе, что ехать в ближайшее время в Бийск она не собирается, а если та считает необходимым, может ехать сама хоть сегодня.

Ася подтвердила свою давнюю репутацию, растерянно сказавши:

— Марусенька, так у меня и адреса Яшиного нет...
— Город Бийск, Квартальная улица, дом двадцать семь. Прости, Ася, я не могу сейчас разговаривать, — и повесила трубку.

"Нет, все же Ася настоящая идиотка!" — рассердилась Маруся.

Ася же поехала на вокзал и купила билет до города Новосибирска. Ей объяснили, что до Бийска она сможет добраться на местных поездах. Вечером следующего дня она сидела в поезде, отправляющемся туда, куда Маруся так и не добралась.

В чемодане, одетом в холщовый чехол, Ася везла тщательно упакованную в черную бумагу поллитровую бутылку с бурой жидкостью, а также не менее тщательно упакованные продуктовые запасы — две банки

ГЛАВА 42

домашнего варенья, два килограмма муки, два килограмма пшена. Смотрела в окно, наслаждалась скользящим за окном пространством — в отпуске не была три года и всю дорогу радовалась, глядя в окно.

С юности она проводила большую часть своей жизни в госпиталях, в больницах, среди врачей и больных, и дважды приходилось ей ассистировать великим хирургам. Один из них был убит случайным снарядом в полевом госпитале во время войны, второй, старый земский врач, умер от инфаркта во время операции. Для ее восторженной натуры восхищение было потребностью, теперешние хирурги, с которыми она работала, не вызывали большого уважения: один принимал от больных подарки, взятки то есть, второй славился своим женолюбием и окружал себя стайкой хорошеньких медсестер, с которыми развлекался в удобных закутках отделения... Стыд, стыд...

В ближайшем окружении Ася идеала не находила, но где-то вдали существовал Яков, на которого она с юных лет возложила роль идеала человека и мужчины. Бурая жижа в бутылке, которую она везла за тридевять земель, должна была исцелить его от страданий. Это была миссия, а не обыкновенная поездка дальней родственницы к ссыльному в декабристскую даль. Ах, как жаль, что не Маруся была на ее месте, ведь приезд жены обрадовал бы Якова гораздо больше!

Пока безумная Ася с бутылкой святого снадобья в чемодане двигалась в сторону Алтая, Маруся тоже постоянно думала о Якове. Причиной тому был Иван Белоусов, с которым — не с пустого места! — возникали новые отношения, в которых история партии была основной темой разговоров, и Маруся с умилением вспоминала времена, когда кудрявый и нескладный Иван пытался взять ее под руку...

Иван провожал ее теперь после занятий, брал, не колеблясь, под руку, был дружелюбен и сдержан, никаких границ не переступал, но разговор, начавшийся от главного предмета — истории партии, как-то плавно перемещался к воспоминаниям юности... и однажды он сжал ей руку повыше локтя — не сильно и не слабо, как раз в меру... И в этот момент Маруся почувствовала, что уже изменяет Якову, да... хочет изменить... и придя домой, она взвесила каждое сказанное Иваном в этот вечер слово и поняла, что она с ним во всем согласна. А вот Яков с ним не согласился бы. Сказал бы что-то критическое и резкое! И она испытала прилив раздражения против мужа.

Да, надо признать, что смешной и нелепый в юности Белоусов сегодня гораздо ближе ей по духу! И он образован, хотя и в ином роде, чем Яков, и он тоже человек пишущий, хотя и в ином роде! Но как же выигрывает его изначальная пролетарская простота в сравнении с Яшиной буржуазной сложностью!

Совместные прогулки после занятий становились все более длительными, и Яков постоянно присутствовал где-то за скобками: он словно был третьим в их общении, и Маруся вела разговор вслух — с Иваном, а про себя — с Яковом...

Поезда в Бийск пришлось ждать три часа, и Ася успела телеграфировать Якову, что приезжает. Он не встретил ее. Поздним вечером, с чемоданом и сумкой, в ботах на каблуках, проваливаясь в сплошную перину свежевыпавшего снега, она долго искала дом Якова, хотя был он в десяти минутах ходьбы от вокзала.

Телеграмму доставили, когда Ася блуждала по темноте возле дома, где Яков снимал комнату. Ася и представить себе не могла, какое яркое, до остановки дыхания, мгновенное счастье пережил он, когда взял в руки бумажку: долгожданное слово "Встречай" он много лет соединял с именем жены, и какое же глубокое разочарование испытал, когда увидел, что телеграмма подписана именем "Ася". Он не сразу сообразил, что за Ася к нему едет, пришло в голову, что, может, ошибка? Надел пальто, вышел на крыльцо и через несколько минут встретил гостью. Пожал замерзшую руку, которую она выпростала из рукавицы, подхватил полуутонувший в снегу чемодан и повел ее в дом, едва не плача от скорби.

Помог Асе снять пальто, платок, боты... Поставил чайник. Ася улыбалась, растирала красные руки — умные умелые руки с остриженными чуть не под корень ногтями с иодной неотмывающейся обводкой.

Яков даже не поинтересовался, зачем она сюда приехала: уверен был, что у нее какие-то собственные дела, командировка или что там еще бывает... Она отогревалась, он поставил на письменный стол (другого в его маленькой комнате и не было) кружку и стакан, налил чаю. Они ели хлеб с маслом и пили дурной чай, и Ася горевала, что не сообразила, да и не успела бы, купить хорошего чаю в Елисеевском магазине... Сначала разговор вращался вокруг семьи, но Ася не была осведомлена о повседневной жизни Маруси и Генриха — видела их редко и ничего не могла добавить сверх того, что Яков знал и без нее. Он стал расспрашивать Асю о ее работе, она охотно, даже с горячностью, поведала ему о Лечсанупре, где работала уже десять лет, и как она туда попала и каким выдающимся хирургам ей доводилось ассистировать когда-то...

Она кинула беглый взгляд на его руки — они выглядели ужасно...

— Разрешите, я посмотрю, — попросила Ася.

Яков выложил обе руки на стол — они были как будто в багровых митенках: пальцы длинные, белые, с чуть загибающимися вверх последними фалангами были чистыми, а от кисти вверх, под фуфайку, уходила плотная кора. Она перевернула кисти, стала рассматривать ладони — здоровая кожа до запястья, а выше как будто рукав из корявой ткани.

Яков улыбнулся сквозь усы, пошутил:

— Ася, и ради этой дряни вы приехали?

— Ну конечно! Вам Маруся написала, какое это чудодейственное средство? Моя приятельница... — честная Ася поправила себя — дочка моей приятельницы — за две недели очистилась. А ведь уже применили все средства, даже в Ленинград возили в Военную академию, рентгеновскими лучами воздействовали — ничего не помогало...

Ася кинулась к своему чемодану, с которого она еще и чехол не сняла, и он стоял в натаявшем снегу, содрала намокшую парусину. Яков пытался ей помочь, но она сама... сама... быстро достала свою заветную бутылку, стащила с нее газетный слой, плотную черную бумагу и водрузила на стол:

— Вот! Это вам!

Какая трогательная, милая эта Ася! Тащила из Москвы эту дурацкую бутыль...

— Спасибо, Ася, я непременно попробую. Бывали периоды, когда кожа совсем очищалась, а потом вот опять... Такого лекарства, чтобы сразу снимало экзему, кажется, еще не изобрели... Я непременно попробую.

— Давайте, чтобы времени не терять, начнем прямо сегодня. У Анечки уже на третий день было заметно улучшение. Понимаете, Яша, у меня обратный билет через восемь дней. Отпуск я взяла на две недели, но дорога забирает почти семь дней, так что давайте прямо сейчас и начнем... Я вас намажу и пойду в гостиницу. Здесь есть гостиница около вокзала?

ГЛАВА 42

— Ася, — дикая мысль посетила Якова. — А вы в Бийск в командировку приехали или... как?

— Нет же, разве Маруся вам не написала? Я достала лекарство, думала, что она сама сюда поедет, а она занята... там, дала мне ваш адрес... вот я и приехала...

Безумие какое-то... эта Ася, бабка, притирки... и ради этого она приехала в Бийск?

Яков, почесывая руку, предложил перенести первую процедуру на завтра, но Ася настаивала: немедленно! Он твердо объявил, что сегодня поздно, пора спать, завтра ему рано вставать на службу.

Он определил Асю на свою узкую кровать, для себя устроил спальное место на полу, на тулупе, покрытом простыней. О гостинице и мечтать было нечего. А вот в милицию сходить завтра придется...

Утром Яков ушел на работу, в банк. Когда он вернулся, Ася сидела возле стола и вязала маленьким крючком что-то белое из тонких ниток и страшно смутилась:

— Все говорят "мещанство", а это так успокаивает... — и быстренько убрала свою работу в вязаный мешочек.

Вечером состоялась первая процедура. Одновременно произошло и грехопадение. Эта женщина даже не успела ему понравиться. Да и никакому мужчине она не понравилась за сорок лет жизни... даже в юности. Но ее ласковые и твердые прикосновения к рукам, ногам, к паху, который тоже был покрыт красными очагами экземы, были столь возбуждающими, что произошло все мгновенно, почти неосознанно — долгий мужской голод и профессиональное сострадание женских рук сошлись и вспыхнули любовным пламенем...

Никогда не было у Аси замыслов соблазнять чужих мужей, а уж в особенности мужа боготворимой Маруси... Но все произошло так быстро и так неожиданно для обоих.

Они лежали на белой запятнанной бурыми травами простыне, сами перемазанные травной жижей, тесно прижавшись друг к другу, — и оба плакали. Это было потрясение, и великий телесный праздник, и ужасный стыд, который отступал, когда Яков снова попадал в средоточие мира, в глубину тела женщины, с которой не связывало его ничего. Если не считать благодарности... Так до утра они оба боролись со стыдом и вышли победителями. Почти победителями. Опустошение, нежность и новая благодарность...

Почти не размыкая ночных объятий, прожили они всю неделю. А потом попрощались — как было взаимно решено — навсегда. Яков провожал Асю на вокзал. Мартовский снегопад не утихал со дня Асиного приезда. Ася сметала снег с ресниц, вытаскивала из снега ботики, которые норовили увязнуть. Яков нес чемодан. С чувством некоторого облегчения Яков поцеловал Асю, засунул под пальто руку и погладил полновесную грудь, созданную для вскармливания множества детей и сохранившуюся в бесплодной девственности... Между ними было решено, что они ни в чем не виноваты, что судьба подарила им праздник, который они будут сохранять в тайне всю жизнь. А Маруся тут ни при чем. Что же касается главной цели Асиной поездки — она не была достигнута, Яшина экзема совершенно не отозвалась на чудодейственную настойку...

В Москве был такой же снегопад, что и на Алтае. Иван Белоусов ждал Марусю у подъезда на Поварской, а когда она спустилась — в черном пальто с барашковым воротником, с барашковой муфтой, с подведенными глазами, слегка нарумяненная — Иван неожиданно обнял ее и поцеловал. Такого между ними еще не было, да и поцелуй был скорее восторженным и детским, чем мужским и основательным...

ГЛАВА 42

Семейные тайны

Уже полгода Маруся тесно общалась с профессором Белоусовым. Они уже не ограничивались проводами и бульварными прогулками. Вместе они ходили на лекции в Политехнический музей, на разные интересные выступления. И вот теперь Иван пригласил Марусю в Большой театр, на премьеру оперы "Тихий Дон".

Маруся сначала заволновалась — во-первых, что надеть? Не было у нее подходящего для премьеры наряда! Во-вторых, в этом походе в оперу был и вызов, и признание. Вызов тем знакомым, которых она могла встретить в театре, и признание, что профессор Белоусов находится с ней в таких отношениях, при которых приглашают в театр... Двадцать пять предыдущих лет в театр ходила она с мужем. Впрочем, в юные годы Иван тоже приглашал ее... Но — главное — что надеть?

При более серьезном размышлении Маруся уговорила себя, что наряд в данном случае не имеет никакого значения, это искусство пролетарское, и было бы даже нелепо рядиться в шелка и бархаты на такую премьеру. Там более что их и не было, а были старые платья, вышедшие из моды и весьма поношенные... И пусть!

Они заняли свои места в партере — Иван в своем всегдашнем френче, Маруся в синем платье с полосатым кушаком и полосатыми манжетами — скромно и стильно! — и слушали музыку Дзержинского, другого, не того, который уже умер.

Хорошей эта музыка Марусе не показалась, но и плохой нельзя было ее назвать. Странная музыка. Местами топорная, местами народная... Одно Маруся понимала с полной ясностью: нет, это не Шостакович... Ни силы, ни новизны. Но Шостаковича за его "Леди Макбет Мценского уезда" уж так разделали в "Правде"! Интересно, как "Тихий Дон" пройдет...

Не было рядом Якова, который бы объяснил, чем эта музыка Дзержинского хороша, чем плоха...

Голоса же были прекрасные, хотя постановка Смолича показалась Марусе несколько убогой.

Посещение Большого театра что-то изменило в их отношениях. Все предварительные точки уже были расставлены: Яков уже почти и не существовал в ее жизни — так полагал Иван, впрочем, со слов Маруси. Сам он был в давнем полуразводе с женой, которая жила с дочкой в Киеве, общались они мало. Брак, длившийся лет десять, Иван считал ошибкой и намекал Марусе, что в жизни своей любил одну только женщину, и Маруся знает, как ее зовут... И смотрел на нее преданными глазами, сразу напомнив того смешного, киевского Ваню Белоусова.

В Институте красной профессуры он читал курс по истории рабочего движения, по историческому материализму и по западно-европейской философии, вел кружки на заводах, писал брошюры, много знал и помнил, всю жизнь изучал немецкий, но Канта и Гегеля изучал в переводах. Маруся помнила, как Яков ругал эти переводы, считал, что переводить немецких философов бессмысленно, потому что в русском языке не выработана философская терминология, и в результате все переводы неудобопонимаемы. И еще он говорил, что, как ни странно, Кант в английском переводе воспринимается гораздо легче. Говорил о грамматике языка, о том, как она связана с характером народа, и еще надо выяснить, что здесь чем обусловлено: язык характером или характер языком. "Он все, все знал, и на все у него были свои теории, — с раздражением думала Маруся, — но никогда не было у него простых «да» и «нет». Все сложности от лукавого! Иван прост и прям, и как это замечательно. Здоровая пролетарская основа снимает всю путаницу, всю бесплодную игру ума, которая мешает достижению цели. Цель Ивана проста и благородна — создать нового человека, подготовить кадры для будущего, дать молодежи необходимое и достаточное. Якова же всегда интересует только излишнее, он не умеет отсекать эти излишки. И в этом, именно в этом его трагедия. Горе от ума! И отсюда постоянно возникающий конфликт с государством, пролетарским государством, а ничего лучше в истории не было придумано. И здесь прав Иван, а не Яков. Не на ошибки, которые неизбежны в таком великом деле, а именно на достижения следует обращать внимание. И опять здесь прав Иван. Семья вливает в нас свою отраву. У Ивана отец железнодорожный рабочий, он сам пробивал себе дорогу, а к Яше на дом приходили нанятые учителя — языки, музыка. Буржуазная среда. А ведь мне так хотелось вырваться из моего мещанского дома, из среды мелких ремесленников, владельцев лавочек, этой еврейской тесноты и духоты. И куда же я попала? В богатый дом, к накрытому столу с буржуа-папашей во главе, к белой скатерти, к бело-розовому сервизу... с кухаркой и горничной. А так хотелось простоты, чистоты...»

Все эти размышления приближали ее к Ивану. Нет, ничего чувственного, но какая правильная, какая завидная прямота. Без интеллигентских стенаний.

Приближался конец ссылки Якова, и Маруся с тоской думала о том, что он скоро вернется домой, — и она снова окажется в постоянной борьбе с ним и будет постоянно ему проигрывать, и снова ее работа станет второстепенной и незначительной в сравнении с его важными научными занятиями... Да и пропишут ли его в Москве? А если пропишут, то найдет ли он службу? А если не пропишут, он уедет снова в какую-нибудь даль, и она будет жить вот так, неся на себе клеймо отверженной, с документами, по которым каждый кадровик будет видеть ее социальное пятно. И спасти ее от этого клейма может только развод.

Но рядом с ней был Генрих. Ему было двадцать лет. Избалованный и капризный ребенок исчез, вместо него как-то незаметно образовался совсем новый человек, практический, целеустремленный. Он жил взрослой и трудной жизнью и хорошо с ней справлялся. Зарплату свою приносил матери, оставляя себе только необходимые на транспорт и на обед деньги. Его приняли в комсомол, он был этим горд. Закончив рабфак, поступил в техникум, был увлечен учебой точно так же, как когда-то в детстве увлекался конструктором. Самые трудные годы отрочества он прожил без отца, отторгаясь от отцовских наставлений, назиданий, культурных ценностей, даже слегка презирая их, — лишь одна техника занимала его.

Генрих был единственным, с кем Маруся поделилась своими новыми мыслями. Она волновалась перед этим разговором, но неожиданно встретила в сыне поддержку:

— Мама, я думаю, что ты права. Может быть, это следовало сделать раньше. В Сталинграде еще…

И она решилась. Суд был заочный, очень быстрый. В коридоре с ней вместе ожидали решения еще три женщины. Всех развели, и потребовалось на это пятнадцать минут на всех четверых. Это была распространенная практика тех лет. Хотя циркуляр НКВД по поводу разводов с заключенными еще не был опубликован, но работники ЗАГСов уже были ознакомлены с порядком регистрации односторонних разводов между супругами, один из которых находится в заключении или в ссылке. Никаких бланков о разводе для заполнения вторым супругом посылать при этой процедуре не требовалось. Документ о разводе Маруся получила на руки в августе 1936 года. Знали об этом два человека: она и Генрих.

Якову Маруся о разводе не написала, все откладывала. Переписка продолжалась, но несколько натужная. Время освобождения мужа приближалось — Маруся все более утверждалась в мысли, что хочет жить одна. Это судьба Марусина так сложилась, что она прожила всю свою молодость женой "единого мужа", но умственно она была свободной женщиной нового времени, эмансипанткой, а жизнь повела ее по буржуазному руслу. Так сложилось: Яков полностью владел ее чувствами, и ей никогда не хотелось никаких иных объятий. Теоретически же она вполне разделяла теорию "стакана воды", полной половой свободы, провозглашенной еще Авророй Дюдеван, Александрой Коллонтай, Инессой Арманд. А на практике ее всегда что-то останавливало: даже имеющегося в наличии поклонника Маруся держала на расстоянии, хотя давно уже они ходили по грани. Иван вел себя то ли благородно, то ли робко, то ли ожидал от нее особого знака. Все сводилось к тому, что настала пора освобождаться от невыносимой власти старой любви. Сбросить, сбросить!

В конце ноября Маруся получила от Якова письмо с перечнем справок, которые понадобятся ему для прописки. Он не знал, что уже существует документ, который отменяет все его хлопоты, — свидетельство о разводе. Маруся впала в смятение, но решение уже было принято. Она не пропишет Якова, чтобы сохранить... Нет, не комнату — свою независимость, свою личность.

Иван тоже принял важное решение. В конце концов, он не мальчик — ухаживания его имели такой срок давности, что пора поставить точку. В дом к себе Маруся его не приглашала, да и невозможно, там взрослый уже сын, а пригласить к себе, в крошечную комнатенку в коммуналке, всю уставленную коробками с карточками, цитатами, алфавитами — великую коллекцию с выписками и изречениями Ленина обо всем на свете, — не решался. Иван был признанным знатоком текстов вождя, а уж картотеки такой не было и в Ленинской библиотеке. Но можно ли пригласить Марусю в это пыльное логово, на солдатскую железную кровать, на рваные простыни...

Иван нашел решение: позвонил в Цекубу — Центральную Комиссию по Улучшению Быта Ученых — и попросил две путевки в санаторий в Узкое, чудесное место в ближнем пригороде Москвы. Отдыхали там большие ученые и деятели искусства. "Красную профессуру" академики, которым принадлежал санаторий, не очень любили, но Академию наук не так давно слили с Ком. академией, и места им выделяли. Белоусову обещали — с первого декабря.

— Маруся, мы с тобой едем в санаторий. Нам пора отдохнуть, — твердо сказал мягкий Иван.

— Когда?

— Первого декабря.

Лучшего разрешения Марусиным треволнениям быть не могло: ее просто не будет в Москве, когда вернется Яков. Мучительное объяснение по крайней мере отложится. А что касается Ивана — видно будет, как там оно сложится. И — как в прорубь головой — да! Отчаянный, безумный поступок.

Декабрьское утро было сырым и казалось более темным, чем обычно. Марусю в машине укачало и подташнивало. Она всегда плохо переносила автомобильную езду и кляла себя, зачем согласилась. Когда приехали в Узкое, посветлело. Въехали в высокие парадные ворота, открылась аллея старых деревьев, дом с портиком и колоннами, церковь, службы... Когда вошли в главное здание — сердце дрогнуло... все было стройно, строго, добротно, и спина сама собой выпрямлялась, поднимался подбородок, прежняя осанка, утраченная от унижений жизни, вернулась в единое мгновение. Эта благородная обстановка рождала спокойствие и чувство собственного достоинства. Дама с седыми буклями, собранными на макушке, повела их по коридору и показала комнаты:

— Большинство гостей мы заселяем обыкновенно во флигеле, но неожиданно освободились эти комнаты. Прошу вас...

Обед они пропустили, спустились к ужину. Народу в столовой было немного, пожилые и совсем старые мужчины, со смутно знакомыми лицами. Наверное, все академики. Одного Маруся узнала — Ферсман, геохимик.

Маруся, в темно-синем костюме и скромной пестрой блузке с египетским орнаментом, сразу почувствовала себя очень уютно, уместно и хорошо. Мужчины смотрели на нее явно одобрительно. Женщина в зале, кроме подавальщицы, была только одна — полная, с родимым пятном в пол-лица, наверное, тоже академик. Она ела и одновременно читала газету.

После ужина Маруся обосновалась с романом Селина "Путешествие на край ночи" в Малой гостиной, в неудобном вольтеровском кресле. Роман был издан пару лет тому назад, на французском в руки Марусе он не попался, и она читала его в переводе Эльзы Триоле. Взялась за него Маруся после недавней критической статьи в "Правде". Автор рецензии ругал Селина за "эстетику грязи", причем грязи капиталистического общества, грязи буржуазной. Марусе нравился и роман, и перевод, а одновременно она любовалась картинами, мебелью красного дерева, видом на парк и постигала преимущества аристократизма перед алчной и прогнившей буржуазностью.

Первые три дня они гуляли после завтрака по огромному парку: пруды, аллеи, березовая роща, липы. Было очень приятно, но немного томительно: разговаривали на общественные темы, но как-то принужденно. Иван устал от хождения по кругу, потерял уверенность в себе. Скверно. Он уходил от Маруси и садился за работу — вечный его "Вестник Института Красной Профессуры", который он тянул почти единолично уже лет пять.

В воскресенье шестого декабря утром пришли газеты с сообщением о новой сталинской Конституции. Иван давно уже знал о подготовке этого великого события, и вот — свершилось. Объявлено было, что социализм построен, диктатура пролетариата сделала свое дело, и профессору Белоусову теперь надо было перестраивать свои учебные программы в соответствии с новыми достижениями. В честь этого значительного события Иван достал из чемодана упакованную на всякий случай бутылку кагора и пригласил Марусю провести остаток вечера в интимной обстановке, в номере.

Ивану удалось заманить Марусю в любовные сети на кратком переходе между второй и третьей рюмкой. Маруся мало что соображала, поскольку на алкоголь, даже такой благочестивый, как кагор, реакция у нее была быстрая и бурная. Она улыбалась, смеялась чему-то, потом стены зашатались, и она вцепилась в рукав Ивана, чтобы не рухнуть. Белоусов подхватил ее и не упал лицом в грязь — и еще через пять минут торжествовал свою блиц-победу, а Маруся убежала в соседний номер, где ее вырвало густо-бордовым вином. Ей было плохо.

ГЛАВА 42

Когда Иван минут через двадцать постучал в ее дверь, она лежала поверх одеяла, бледная, в орнаментальной блузке с мокрой грудкой. Иван за ней нежно ухаживал, выполнял все ее указания — положил на голову горячий компресс, заварил чаю, — она попросила побольше сахара. Потом ее вырвало еще раз — Иван от умиления чуть не плакал: нежная девочка, нежная девочка… Он ухаживал за ней как за своей дочкой, когда та болела скарлатиной… Маруся была тронута. Теплый человек. Заботливый, теплый человек… И главное, с ясными позициями, доброкачественный, без интеллигентских уверток мысли.

Яков, выезжая из Новосибирска, отправил телеграмму. Ни Маруся, ни Генрих его не встретили. Четвертого декабря он приехал на Поварскую. Входную дверь открыли соседи. Комната была заперта, ключа у него не было. Поехал к сестре…

Вечером дозвонился до Генриха. Сын сказал: "Поздравляю. А мама в санатории… В каком — не знаю".

Яков узнал о свершившимся разводе, когда Маруся вернулась из санатория. К этому времени он уже понял, что московской прописки у него не будет, не будет жены, сына — ничего из того, на что он рассчитывал. Зато он нашел себе работу в Московской области, в Егорьевском районе, в плановом отделе какой-то ничтожной фабричонки.

Перед отъездом повидался с Асей. Встретились возле Новокузнецкого метро. Розовая, трогательная, в беретке, с ожиданием в глазах, Ася спросила, как его экзема. "Экзема чувствует себя хорошо", — пошутил Яков. Она пригласила его зайти к ней — жила рядом, на Пятницкой. Яков предложение отклонил. Погуляли по Ордынке. На прощанье Яков старомодно поцеловал ей руку.

Маруся недолго встречалась с Иваном. Он был прямодушен и надежен — политически грамотен и морально устойчив. В апреле его арестовали. Был тихий процесс, затерявшийся среди громких процессов того года. При обыске у Ивана дома, между каталожными ящиками и коробками с цитатами из Ленина, нашли вырезку из французской газеты "L'Echo de Paris" с рецензией на последнюю книгу Троцкого *"Преданная революция"*. Маруся, которую Иван попросил перевести статью, красным карандашом подчеркнула ошеломившую ее фразу:

"Низколобый грузин стал, сам того не желая, прямым наследником Ивана Грозного, Петра Великого и Екатерины II. Он уничтожает своих противников — революционеров, верных своей дьявольской вере, снедаемых постоянной невротической жаждой разрушения".

Иван честно отрицал на допросах знание французского языка. Имени человека, пометившего красным карандашиком расстрельную цитатку, не назвал.

Через два месяца расстреляли всех участников процесса — троцкистов. И главных, и второстепенных. Троцкистом Иван не был, он был верным ленинцем, но это не имело значения. Шел тридцать седьмой год. Пережить все это было трудно. Но пережили. Не все.

ГЛАВА 43
Война. Письма из сундучка
(1942–1943)

СВЕРДЛОВСК — МОСКВА
ГЕНРИХ — МАРУСЕ
Просмотрено Военной Цензурой

3.2.1942

Родная моя! Давно нет ничего от тебя, почему? Мамуля, если бы ты знала, как необходимы мне твои письма, то писала бы чаще. Ведь здесь нет ни одного человека, с которым я мог бы поделиться своими переживаниями, нет ни одного человека, от которого бы я мог услышать ласковое слово. А как это нужно, я лишь сейчас понял. Мамуля, дорогая, я проклинаю тот час, когда выехал из Москвы. Мне так хочется быть с тобой, я согласен на самые тяжелые условия, но лишь бы их переносить вместе. Мои товарищи? Все они хорошие в большей или меньшей степени, но жить вместе, каждый день видеть одни и те же лица, слушать одни и те же слова... Сама понимаешь.

С питанием значительно ухудшилось, вот мой питательный день. Стараюсь встать возможно позже. Встав, съедаю 100 гр хлеба и пью кипяток, в 1 час иду в столовую — обед и 200 гр хлеба, в 7–8 час. 200 гр хлеба. Раньше был коммерческий хлеб, сейчас же его достать очень трудно, надо стоять очень долго в очереди и можно получить 500 гр. А что такое для меня 500 гр? Но стараюсь бодрости духа не терять. Получили вести из Томска, томские станкиновцы скоро поедут в Москву, как мы завидуем им.

Мамуля, почему ты ничего не пишешь о себе, ведь это молчание я могу истолковать по-всякому.

Лучше писать правду, чем молчать. Ведь я хорошо понимаю, что тебе нелегко. Если найдешь нужным, то похлопочи в ин-те о запросе, но возвращение — это сладкая мечта, которой, пожалуй, не суждено сбыться. Самое тяжелое в моем положении — перспективы: жду распределения, которое будет по окончании ин-та (середина июля) — либо оставаться в Свердловске, заниматься важным делом, либо ехать в дыру (Лысьва, Чусовая, Белорецк), причем без гарантии долго проработать там. И мечтать о Москве…

Если случится оказия, то пошли мне ботинки от коньков, брезентовые туфли, белье и мой старый пиджак, пару рубашек. Пиши письма, да чаще, чаще, родная. На почтамт я хожу почти каждый день и все выслушиваю — вам нет. Почтамт довольно далеко, да и закрывается рано, не всегда успеваю дойти.

Пиши лучше не на почтамт, а по моему адресу:
Свердловск, 9 Втузгородок УИИ
I-й учебн. корп. ком 417
Осецкий Генрих Яковлевич

Крепко, крепко целую. Генрих
P.S. Разыскала ли ты Джека Рубина?

Просмотрено Военной Цензурой

8.2.1942

Родная Мамулинька! Много передумано и пережито за последнюю неделю. Чувствую, что за эти дни во мне произошел резкий перелом. Первые три дня февраля было очень тяжелое и грустное настроение, реформа с питанием была лишь толчком. Много надумалось за это время и вдруг прорвалось. Кажется, что жизнь прожил без особых достижений. Недавно сдал проект по станкам, получил "5", но это не радует — равнодушен. Выполняю сейчас спецзаказ, за который заплатят и засчитают как проект по режущему инструменту. Сейчас подвернулась возможность подработать прилично, но воспользоваться не могу, т.к. надо жать на проекты, их еще у меня много. Родная! Мне очень больно, почему ты ничего не пишешь о себе, а отделываешься ничего не говорящими открытками. На мои вопросы ты совсем не отвечаешь, ведь получается не переписка, а так, обмен приветами. За все время я получил от тебя лишь одно закрытое письмо от 2 января! Я представил себе, как ты усталая приходишь после работы и валишься на тахту. Ты не пишешь, как твоя новая работа? Неужели ты стала служащим, который переворачивает "номерок" прихода и ухода? Не могу представить!

К новому режиму питания начал понемногу привыкать.

Теперь, когда я выздоровел уже, могу сообщить: я болел розовым лишаем, очень паршивая штука. Сейчас выздоровел полностью.

Здесь в газете "Уральский рабочий" часто бывают очерки Людм. Алекс. — бездарно до невероятия! А ты великодушно говорила, что ей надо учиться. Поздно ей учиться!

Это совсем не то, не то я хотел написать тебе. Мое состояние я еще не могу определить сам, может быть, со временем прояснится все. Сейчас легче на душе, но состояние непонятно, т.к. начал узнавать и чувствовать сам себя, начал находить себя. Я не знаю, поймешь ли ты меня. Родная, одна мечта у меня, кажется, готов отдать все за нее — это быть с тобой вместе. Часто, делая тот или иной поступок, думаю: "а что сказала бы мама?" Хоть мне скоро 26 лет, а иногда чувствуешь себя маленьким сыном, даже беспомощным, и это очень приятно.

Крепко, крепко целую тебя, твой Генрих. Извини за сумбур в письме, но что делать? Стал таким.

Просмотрено Военной Цензурой

10.2.1942

Моя родная Мамуля! Ура! Сегодня получил твое закрытое письмо от 1/II и очень, очень обрадовался — это второе письмо (закрытое), которое я получаю от тебя. Скоро будет четыре месяца, как я покинул Москву, а кажется, что это было только вчера. Время летит быстро и каждый пропущенный час не наверстаешь — это я недавно хорошо почувствовал. Работаю сейчас вовсю, и работа теперь одно из немногих моих утешений. Твое письмо меня очень взволновало, я так ярко представил твою жизнь и мне так захотелось быть рядом с тобой, чтобы облегчить хоть чуть-чуть твою жизнь, а она, по-видимому, не очень легка и основывается лишь на твоем ясном характере и энтузиазме. Мамка! Мне очень хочется быть с тобой! Ты так замечательно описала, как ты идешь в театр и мимо каких воспоминаний проходишь — десять, двадцать, тридцать лет тому назад. А мне воспоминания совершенно не интересны — все только вперед! Мне хочется большого и полезного дела и, честно скажу, такого, чтобы была слава и почет и все такое прочее. Для страны и для тебя. С моим наследством это не просто. Добьюсь, увидишь!

Напиши, получила ли ты мою поздравительную телеграмму к 23 января и перевод 100 руб., которые я выслал тебе двадцатого января. Сейчас у меня приперло с занятиями и подрабатывать не удастся, да и траты мне предстоят порядочные (плата за обучение, военный налог и починка валенок). Но я обеспечил себя на месяц-полтора вперед. По возможности буду помогать тебе. Я просто мечтаю наладить тебе регулярную помощь. Через месяц я кончаю теоретический курс института, останется только практика и дипломный проект. Я уже почти инженер!

Недавно был в театре Красной Армии, смотрел "На всякого мудреца довольно простоты". Пошел в театр из-за буфета (здесь даже местный оперный театр называют театром оперы и буфета), охота была удачной, купил 18 бутербродов и 5 плюшек (первый раз с отъезда из Москвы вкушал белый хлеб).

Я не попал в ВА РКК по причине, от меня не зависящей, но эта возможность еще есть, в мае будет новый набор. Боюсь, что Академия не для меня. Как всю мою жизнь авиация от меня ускользает, мечта моего детства и юности. Колю Ф. тоже не пропустила мандатная комиссия. Егору Гаврилину отказали, а ему необходимо было попасть в Академию, т.к. его учебные дела в инте в весьма плачевном состоянии: он сдал всего только 2 экзамена и не начинал еще проекта — разленился парень. Но его все же зачислили кандидатом в следующий набор.

Сейчас час ночи, я недавно приехал с почтамта, ребята уже все спят и во сне сильно портят воздух — это результат пищи. Я немного изменил режим дня: теперь я занимаюсь до 3–4 часов ночи, встаю в 11–12 часов и сразу иду обедать, т.о. я глушу голод и экономлю время. Мамочка, напиши мне побольше о своем быте. Как у нас в квартире, холодно? есть ли газ?

Где Ал. Ал. Костромин? Что пишет дядя Миша и пишет ли он вообще? Кого ты встречаешь, с кем дружна? Напиши, как выглядит моя дорогая Москва, которую я безумно люблю. Напиши, как с питанием, это очень волнует меня.

Стипендию будут назначать из результатов по 16 экзаменам. Я сдал уже 6 и получил 4 "отлично" и два "хорошо", имею право получить еще три хороших отметки. Трудно. Лекции я не посещаю, а работаю только по книгам, очень уж неквалифицированные лектора (за малым исключением)… Приложу все усилия, чтобы закончить экзамены раньше. Напиши, есть ли какие-либо вести от Оси Шафира и Сережи Прасолова. Сашка Волков и Борис Кокин убиты под Ленинградом. Это известие я принял очень тяжело. А один наш студент, Женя Почандо, получил звание Героя Сов. Союза — молодец! Горько, так горько, что я не на фронте.

Мамуля, пиши мне чаще, мне твои письма просто необходимы.

Большой привет и поцелуй дяде Мише с семейством. Спасибо за конверты, кстати.

Если случится оказия, то пришли носки, штопку, немного белья, коньковые ботинки и брезентовые туфли, пару рубах, желательно в чемодане, т.к. кроме мешка у меня ничего нет. Пожалуй, и костюм пришли. Но самое главное — это логарифмич. линейка, готовальня и карандаши (чертежные, они лежат у меня в ящике).

Целую очень много (8888) раз. Генрих

P.S. Не хотел писать, но не удержался. Еще в конце декабря встретил случайно в городе одноклассницу Малю Котенко. Помнишь ли ее? Наверное, помнишь — она вышла замуж, как только закончила десятый класс, за нашего одноклассника Тишку Голованова. Его ты должна помнить, он приходил к нам в седьмом классе, мы в шахматы играли. Он погиб в первый же месяц войны. Она трогательна до невозможности. Мы немного стали встречаться. Была такая веселая светлая девочка, сейчас погасла. Проклятая война. Я стараюсь ее взбодрить, развеселить, и она понемногу "размораживается".

СВЕРДЛОВСК — МОСКВА
ЕГОР ГАВРИЛИН — МАРУСЕ
15.2.1942

Здравствуйте, дорогая Мария Петровна! Генрих дал мне только что прочесть Ваше последнее письмо, и оно так взволновало меня, что хочется сказать Вам несколько самых теплых и дружеских слов, не в утешение, ибо Вы не из таких людей, которых нужно утешать, да и утешать, собственно, не в чем, а просто так, что называется, от избытка чувств. Когда читаешь Ваши вскользь сказанные слова о Москве, о ее быте, об условиях работы москвичей, то, кажется, снова начинаешь ощущать веяние суровой войны, веяние фронта. Ведь здесь война никак не чувствуется, люди о ней только знают и говорят, но не больше. Сначала это казалось странным, но постепенно привыкли к этому и мы, которые краем носа, если можно так выразиться, понюхали пороха и наземного и воздушного, — а что же можно сказать о свердловчанах? Поэтому неудивительно, когда здесь вызывают недоумение слова о потерянных родственниках, об оставленных квартирах и о многих вещах, столь естественных для нас с Вами и неизбежных во время всякой войны, а особенно этой. И потому Вы бесконечно правы, что мы живем как в раю, только мы не ценим этого, и, я уверен, что и Вы бы на нашем месте не ценили этого, а потому больше, чем кто бы то ни было, можете понять, почему так рвется Генрих в Москву, почему мы сидим здесь как на иголках и нервничаем и не можем себя здесь чувствовать как дома. Раздражает само свердловское спокойствие, раздражает то, что в день занятия нашими войсками Лозовой студенты — даже студенты! — подрались в буфете из-за бутерброда с колбасой, — а о чем мыслит и думает здешний обыватель? Как бы вырвать лишний кусок у другого, кто бы он ни был. И только те люди, а их здесь множество, которые пережили много, приехав с Украины, Белоруссии, Ленинграда, Москвы и зап. областей, первой заботой дня считают услышать утреннюю сводку, а после часами простаивают в бесполезных спорах у карты Союза.

Вы описываете отрывок из "Пер Гюнта" — смерть Озе. Вы правы, Мария Петровна, это, пожалуй, самое сильное место и в драме Ибсена, и в музыке Грига.

Много сказано о материнской любви, о ее силе и стойкости великими мастерами слова — Ромен Ролланом и Горьким, Чеховым и Мопассаном, Некрасовым, Гейне и многими другими, но эта короткая сцена тихой смерти матери в объятьях блудного сына, пришедшего закрыть ей глаза и утешить ее перед смертью, превосходит по своей лаконичности, сдержанности чувств и силе если не все, то многое.

Действительно, кончится война, Союз наш еще окрепнет и сплотится, залечатся все раны, восстановятся все разрушения, ключом забьет жизнь, женщины и девушки найдут себе новых мужей и возлюбленных, — но кто залечит раны тысяч матерей? Кто ответит за все их страдания и непоправимое горе? Да кто, кроме самих матерей, поймет их страдания? Ведь рассказать об этом нельзя. Во всем этом Вы бесконечно правы. Каждое письмо, что получаю от моей мамы, где она, стараясь не показать своей страшной — чтобы лишний раз не волновать меня — тоски, входит во все мельчайшие подробности моей жизни, будит во мне такую бурю негодования и грусти, что трудно даже разобраться, где кончается одно и начинается другое. А вот прочтя Ваше письмо, я убедился, что все матери тоскуют по своим сыновьям если не одинаково, то очень похоже. Остается только пожелать, чтобы все сыновья так чувствовали любовь и благодарность к своим матерям, как мы с Геней.

Но я оптимист, Мария Петровна, и знаю, Вам это присуще более, чем многим, а потому будем надеяться, что в скором времени мы все вместе, в Москве, поднимем тосты в честь победно законченной войны и за все наилучшее, что будет нас ожидать.

Большой, большой привет Вам,

Егор Гаврилин

ГЕНРИХ — МАРУСЕ

15.2.1942

ОТКРЫТКА

Мама! Саша Фигнер уже больше полутора месяцев ничего не имеет от своих родных. Он очень просит тебя позвонить по тел. Д2–24–47 или зайти по адресу: Новинский бульв. дом 6 кв. 13 к его родителям, узнать, все ли в порядке.

Амалию и Генриха поженила война. В школе не дружили. Генрих поглядывал издалека на Амалию, но ее окружала непробиваемая стена подруг и друзей, а когда Генрих ушел из школы, рядом с Амалией неизменно присутствовал влюбленный в нее Тиша Голованов. Маля и Тиша поженились сразу после окончания школы, и весь класс гулял на первой свадьбе сверстников. Генрих на свадьбе не был — к этому времени жил взрослой жизнью, работал, учился, с бывшими одноклассниками виделся редко.

С Амалией они встретились в декабре 41-го в Свердловске, на базаре Щорса. Оба они были эвакуированы — Генрих со Станкином, институтом, который в тот год должен был закончить, Амалия с конструкторским бюро. Они работали для Уралмаша, где в то время спешно запускали самоходные артиллерийские установки: Генрих при отделе проектирования, Амалия в ОКБ-9, на другом конце города.

Обрадовались друг другу как родственники: москвичи, соседи, бывшие одноклассники, столько общих воспоминаний, общих друзей. За первые месяцы войны погибли четыре мальчика из их класса. Первая похоронка пришла на Малиного мужа Тишу Голованова в конце июля сорок первого года. Амалия переживала вдовство особенно сильно: последнее время отношения у них разладились — Тиша стал пить, Амалия стыдилась его пьянства, они ссорились весь тот год, а Зинаида Филипповна, настрадавшаяся от мужниного пьянства, подливала горячего масла в огонь, пока Амалия Тишу не выгнала. Он съехал к матери, и теперь, после его гибели, этот разлад Маля не могла себе простить. Ну что бы не потерпеть? Особенно мучительно было то, что она с мужем даже не успела проститься, написать ему... И ни одного письма от него не получила. Мать Тиши, когда она принесла извещение о смерти Тиши — прислали по месту прописки! — отрыдав и откричав свое, Амалию выгнала...

ГЛАВА 43

Переживала Амалия не только потерю мужа, но и потерю себя — она привыкла жить в мире с собой, мир ей улыбался, она и сама себе нравилась, а что не нравилось, на то она и не смотрела... и вообще инстинктивно предпочитала избегать сложностей, а не умножать их. После гибели Тиши она не могла вернуться к привычному стройному миропорядку: угнетало чувство вины перед ним и мучило ощущение собственной греховности. Одолевала тоска и одиночество без тени надежды, судьбу свою она видела пропащей и никчемной...

Эвакуации она обрадовалась — Москва стала невыносима. Но в Свердловске оказалось еще хуже.

Работа была тяжелая: начиналась в восемь утра, заканчивалась как когда, но не раньше восьми вечера. Со службы она выходила с опухшим лицом, с посиневшими руками, промерзшая — в помещении, где стояли кульманы, температура выше десяти градусов не поднималась.

С продуктами в городе было совсем плохо. Карточную систему еще на ввели, в магазинах стояли очереди с раннего утра, и одинокому работающему человеку было трудно прокормиться. Если б не рабочая столовая, куда их бюро было прикреплено, совсем бы оголодала. В последний предновогодний выходной Амалия выбралась на рынок купить какого-то продовольствия — картошки и брюквы. Посреди овощного ряда возник Генрих, которого сначала не узнала. Генрих узнал ее сразу же по синим глазам да по белой пуховой шапке, которую она носила еще в школе — с двумя длинными завязками и помпонами на макушке...

Взялись сразу за руки. Поцеловались дружески. Генрих подхватил ее сумку — два килограмма картошки и килограмм брюквы. Еще хотела Амалия купить молока — денег не хватило: оно было уже дорогим продуктом. У Генриха была бутылка водки — на обмен. Обменяли на две буханки хлеба. Одну Генрих отдал Амалии. Было уже голодно, но это было только начало тех лишений, которые ожидали их в следующем году.

Новый год встречали в общежитии у Генриха, с его однокурсниками — Маля была признана самой красивой девушкой. Конкурс был невелик — Диляра, машинистка из деканата, милая, с базедовыми глазами навыкате, и Соня-библиотекарша, с длинноносым худым лицом и оттопыренными ушами... С того вечера Амалия стала Генриховой девушкой.

Генрих встречал Амалию после работы, провожал до общежития и возвращался в свое, в часе хода по темному безлюдному городу.

Весной 42-го расписались. Жили теперь не по общежитиям, а в семейном бараке, в комнате, поделенной занавеской надвое. Вторую половину комнаты занимала еще одна пара, тоже эвакуированные, инженеры из Минска, молчаливые и неприветливые. Вдвоем, в роскоши полукомнатного жилья, жить было легче и теплее. Но голодно.

Тем временем Маруся в Москве билась и металась, пытаясь в опустевшей Москве найти достойную работу. Неудачи давно ее преследовали: после больших ожиданий и надежд юности закатилась ее обманчивая звезда. Не вышло актрисы, не вышло педагога, в журналистике тоже не удавалось пробиться. Вершина карьеры — редкие публикации в газете "Гудок". Утешительно было то, что там публиковались славные писатели — Ильф и Петров, Олеша, Паустовский... И Маруся... Была еще "Пионерская правда", где Маруся помещала свои статьи, посвященные творчеству детей, с тончайшей отсылкой к фребелевским принципам педагогики. Любимый ее журнал "Советская игрушка", куда ее направила сама Крупская, закрылся еще перед войной, а как интересно там было работать: создавали новую советскую игрушку, с новым идеологическим содержанием... В прошлом, все в прошлом...

Однако Маруся не сдавалась. Писала, бегала по редакциям, предлагала... и вдруг — неожиданная удача, случайная встреча, предложение, на которое и рассчитывать было невозможно: пригласили в драматический театр помощником художественного руководителя по литчасти и, при надобности, по работе с актерами... Театры все были эвакуированы, а этот драматический театр, организованный режиссером Горчаковым, с сорок первого был в Москве единственным.

Счастье! Счастье! Маруся снова дышала театральным воздухом и сценической пылью. Ставили пьесу, нужную народу, — "Русские люди" Константина Симонова. И неважно, что пьеса была несколько топорная, и быт трудный, и нехватка необходимого, зато была роскошь творческого труда, которая всегда Марусе была дороже насущного хлеба. И она летала по затемненной еще Москве, возрожденная и смертельно усталая. Писала Генриху редкие бодрые письма и трудилась до изнеможения на благо страны!

Амалия и Генрих тихонько трудились за занавеской, и их беззвучная любовь принесла свой плод: то, что не произошло в пятилетнем браке с Тишей, совершилось — Амалия довольно скоро забеременела. Первые месяцы Амалия об этом и не догадывалась — месячные прекратились, но в тот голодный год это происходило со многими молодыми женщинами. Природа сопротивлялась зачатиям. Плохое самочувствие Амалия относила за счет истощения и к врачу обратилась только на шестом месяце, когда ребенок начал толкаться, заявляя о своем существовании. Живот немного выпятился, на лице выступили желтые пятна и опухли губы. Но ни одной пуговицы она не переставила на своей одежде — сама худела, все шло в ребеночка. Изменилась походка, ходила она шатко, по-утиному переваливаясь, боялась упасть.

Лето, на редкость холодное и дождливое в тот год, промелькнуло незаметно, наступила ранняя зима. Самым большим испытанием был не постоянный голод, а уборная, в которую хочешь не хочешь приходилось заходить каждый день. Длинный ров был обстроен нестругаными досками, наподобие временного сарая, а внутри у стены возвышался кое-как сбитый помост, покрытый замерзшей мочой и растущими кучами кала. Каждый поход в уборную превращался в номер парного эквилибра. Природные границы стыдливости рухнули — держась за руки мужа, в темноте, прорезанной светом Генрихова электрического фонарика, Амалия присаживалась над устрашающей дырой. Из глаз текли слезы, из геморроидальных узлов прямой кишки сочилась кровь. Генрих и сам едва не плакал, глядя на мучения жены. Со страстью, много превышающей страсти сестер Прозоровых, супруги повторяли знаменитую реплику Чехова "В Москву! В Москву!". По обстоятельствам военного времени это было практически невозможно.

К началу 43-го года Сталинградский тракторный завод, знакомый Генриху по его поездке к отцу, прекратил свое существование. Уралмаш самым экстренным образом наращивал производство танков. Генрих работал над проектом, который облегчал один из самых трудоемких процессов высокоточной обработки металла. Сделав свою работу до окончания отведенного срока, заслужил премию. В связи с этим дости-

ГЛАВА 43

жением он попросил начальника отдела Абузарова записать его на прием к директору завода Музрукову. Сестра Абузарова Дина была секретарем директора и пользовалась его благосклонностью. Абузаров посмеялся, отказал, сказавши, что это так же невозможно, как записаться на прием к Господу Богу. Не было еще такого случая, чтобы директор принимал какого-то паршивого инженеришку. Генрих не отлипал со своей просьбой.

— Да что тебе приспичило? — удивлялся Абузаров. — Премию тебе выписали, чего еще-то хочешь? Комнату все равно не дадут!

— Попроси Дину! По личному делу! Мне жену надо в Москву отправить! — признался Генрих. — Она здесь загнется. Ей рожать скоро.

Абузаров поскреб корявой рукой корявую щеку:

— Попрошу Дину, но навряд ли получится. А получится, за тобой бутылка.

— Да хоть три! — обрадовался Генрих.

Встреча состоялась и прошла вполне успешно. Директор предполагал, что мальчишка будет просить отдельную комнату в общежитии — с жилищным вопросом было напряженно. Тонкошеий юноша, которому на вид было не более восемнадцати, просил выписать пропуск в Москву беременной жене. Музруков удивился — не жилье просит! — и позвонил в ОКБ-9, там еще более удивились звонку высокого начальства, но Амалию отпустить были готовы.

Генрих все время разговора стоял навытяжку перед столом директора, восхищаясь простотой решения неразрешимого для обычных людей вопроса…

Въезд в Москву решался особым образом — сложная процедура. Музруков позвонил первому секретарю Свердловского обкома Андрианову, и вопрос решился окончательно — пропуск в Москву был заказан и через некоторое время получен.

Три бутылки водки, купленные на черном рынке за половину огромной Генриховой премии, были доставлены Абузарову. Абузаров был счастлив — отец-колхозник отстраивал рухнувший коровник, материалов не было, а водка в России с давних времен заменяла любой материал.

Вторая половина премии была отправлена Марусе. Амалия в первый момент обиделась, что Генрих все отправил матери, а потом подумала, что он еще не совсем привык быть мужем.

В начале февраля в пелене небывалой пурги Генрих доволок жену, которая была на восьмом месяце, до вокзала, с трудом разыскал поезд, стоявший за полкилометра до перрона, и затолкал туда Амалию. Чемодан он успел втиснуть в вагон, а сумку с хилыми дорожными припасами передать не успел. Поезд тронулся. Так и ехала Амалия четверо суток почти без еды, простуженная, измученная болями и кровотечениями. Встретила ее мать и хромой сосед Пустыгин, которого Зинаида упросила дотащить чемодан.

В Москве на вокзале было холодно и темно. Мела классическая метель, но гораздо более мягкая, чем та, уральская, которая Амалию провожала.

Через пару дней семью Котенко навестила свекровь Мария Петровна. Первая встреча была очень сердечной. Свекровь расспрашивала о Генрихе, была весела и остроумна. Вспоминали одноклассников, которых Маруся хорошо помнила, даже Тишу припомнила. Считали погибших. Грустили и радовались.

— Хорошо бы девочку! — сказала под конец Маруся.

— Все говорят, что будет девочка. И мама тоже говорит, что девочки материнскую красоту пьют. Я ведь такая стала страшная, как забеременела.

— Пройдет, пройдет, — великодушно пообещала Маруся.

В начале марта Амалия в роддоме Грауэрмана, на Арбате, где и сама родилась, произвела на свет двухкилограммовую девочку. Назвали Норой, как хотела того Маруся. Амалии больше хотелось бы Леночку. Но Норе не судьба была называться Леночкой... Старый врач — не то Марк Григорьевич, не то Григорий Маркович — принял роды и завязал ниткой геморроидальные узлы, от которых Амалия так страдала всю вторую половину беременности. И они прошли — на всю жизнь.

В конце сорок четвертого Генрих вернулся в Москву. Война повернулась к победе — "десять сталинских ударов" вывели советскую армию в Европу. Победа уже висела в воздухе, но похоронки все еще приходили.

После войны из всего класса выживших осталось двое мальчиков — Генрих и Джек Рубин. Джек вернулся без ноги. Из выпуска сорок первого года тоже выжили двое. Одним из двоих был Нолик Митлянский, ставший впоследствии скульптором... По сей день возле их школы стоит памятник этим мальчикам, который поставил Нолик в начале семидесятых. Но до этого времени еще надо было дожить.

ГЛАВА 44
Вариации на тему "Скрипача на крыше"
(1992)

Туся старела красиво — худела, уменьшалась. С юности подпорченная костным туберкулезом спина горбилась все больше, но руки не портились и морщины ложились на лицо красивой геометрической сеточкой. Зрение сдавало, но она обзавелась большой лупой, приноровилась к ней и читала, уверяя Нору, что этот способ чтения обладает преимуществом: ничего не пропускаешь, как будто не только буквы укрупняются, но и смысл... Ей шло к восьмидесяти, физически она ветшала, но всегдашняя ясность и острота мысли сохранялись. Изредка Нора выводила ее в театр. Заезжала за ней, усаживала на заднее сиденье, подвозила к служебному входу в театр. Опершись на черную полированную трость с серебряной овечьей головкой под пальцами, Туся дожидалась, пока Нора запаркует машину, и они шли под руку, два истинных участника театрального процесса, почетные знатоки и посетительницы главных театральных событий.

Ученики Тусю не забывали, приглашали на все заслуживающие внимания премьеры и гастроли, она ходила с удовольствием, одевалась по-театральному, грузила на тощие пальцы большие азиатские кольца с сердоликами и бирюзой... Для Норы каждый такой выход был праздником, не притуплялось с годами праздничное чувство премьеры, а Тусино присутствие это чувство всегда усиливало, вне зависимости от того, хорош был спектакль или не слишком.

Театр, в который они шли в тот раз, был нелюбимый, режиссер хоть и с большой славой, но, на Тусин вкус, посредственный, драматург, приспособивший многословного Шолом-Алейхема под сцену, модный и талантливый, но с неистребимым духом студенческого капустника. Пригласил их художник-постановщик, из лучших Тусиных учеников... Играли историю Тевье-молочника, Туся ничего хорошего не ожидала: она помнила в этой роли Михоэлса тридцать восьмого года...

В зрительном зале уже происходило счастье и восторг ожидания. Когда на сцене появился всеми любимый комедийный актер, специализирующийся на ролях обворожительно-честных простаков, почему-то на фоне большого восьмиконечного креста, зал взвыл от восторга. Для начала актер сообщил: здесь, в нашей деревне, живут русские, украинцы и евреи... Дальше излагалась тошнотворная мифология дружбы народов, представленная с интонацией еврейского анекдота — добродушного, кисло-сладкого — и низкопробной словесной клоунады, от которой Туся все более мрачнела, а зал все более веселился... В конце первого акта еврейская свадьба сменилась погромом, который пришли производить миролюбивые русские соседи с убедительной мотивацией: бить надо, а то оштрафуют!

Урядник был раздираем противоречием между чувством долга — произвести запланированный сверху погром — и соседским сочувствием к простым мужикам-евреям, к симпатичному еврею-молочнику. Вдохновительницей погрома была назначена драматургом нехорошая женщина-провокатор, эдакая Ильза Кох, предвосхитившая на многие годы организованные другими нехорошими людьми немецкой национальности газовые камеры... Погром прошел удачно. Тевье пронес по авансцене на руках окровавленную меньшую дочку, а потом оставил на белой стене красный отпечаток своей большой рабочей руки... Гремели колокола, скакали в казачьей пляске погромщики, благорасположенный урядник просил не беспокоиться, добрый священник разводил руками, Тевье взывал к еврейскому Богу, который преступно бездействовал, побуждая тем самым молодых и просвещенных евреев к революционному движению... Шолом-Алейхем уже семьдесят лет покоился в Квинсе на еврейском кладбище, и душа его разговаривала на давно похороненном языке идиш с душами шести миллионов европейских евреев, населявших прежде страну с неопределенными границами, которая называлась Идишлендом, родиной шести миллионов европейских евреев...

Загрохотали аплодисменты.

— Ужасно подлая вещь, — шепнула Туся Норе в ухо.

— Подлая? Почему?— удивилась Нора.

— Потом объясню, если не понимаешь...

Они досидели до конца спектакля. Ушли под шквал оваций, под нескончаемые вызовы актеров, режиссера, автора пьесы... Нора давно не видела Тусю в столь удрученном состоянии. Лифт в доме не работал, они поднимались пешком на четвертый этаж по крутой лестнице медленно, отдыхая на каждой лестничной площадке. Туся молчала. Нора вопросов не задавала.

Поужинали чем бог послал — сварили макароны, посыпали тертым сыром. Туся вытащила из буфета бутылку вина. Туся пила по-европейски, без тостов. Несколько раз она как будто собиралась что-то сказать,

ГЛАВА 44   Вариации на тему "Скрипача на крыше"

но замолкала над тарелкой. Шел уже второй час ночи, разговора не получалось. Нора ушла. Недосказанность осталась. А обычно Туся давала такие блестящие разборы...

Возможно, к разговору на эту тему они бы так и не вернулись, но Тевье-молочник через несколько дней возник из телефонного воздуха, и на этот раз предложение исходило не от Тенгиза, а от провинциального режиссера Ефима Берга, человека с репутацией скандалиста и таинственными связями. Собственно, провинциалом он не был, учился в Москве, ставил спектакли в Ленинграде, пять лет работал главным режиссером в одном из самых старых театров Сибири.

Первое, что спросил Ефим у Норы, — кто она по национальности? Не еврейка ли?

Нора удивилась: в паспорте у нее была записана национальность матери — русская, но еврейства своего отца она никогда не скрывала.

— Наполовину, по отцу, — лаконично ответила она.
— Ты мне подходишь! — сказал Ефим и пригласил Нору участвовать в постановке "Скрипача на крыше".

Как оказалось позднее, у его предложения была интересная предыстория. Дело было в том, что эскизы декораций к этому спектаклю уже были сделаны очень известным художником-станковистом Кононовым и даже приняты, но в последнюю минуту Ефим отказался. Кононов, лауреат всех государственных премий и любимец власти, раньше в театре никогда не работал. Прославился он портретами государственных деятелей и огромными патриотическими полотнами-панно на героико-исторические сюжеты — от битвы на Чудском озере до разгрома фашистов под Сталинградом. Кононов был идейным антисемитом, о чем всем было прекрасно известно, и Ефим Берг был несказанно удивлен, когда получил от него предложение сделать сценографию для еврейского спектакля "Скрипач на крыше". Одно присутствие столь известной фамилии на афише обещало будущему спектаклю интерес публики и снисходительность министерского начальства.

Монументальный Кононов быстро и вполне реалистично нарисовал покосившиеся домики еврейского местечка и можно было уже строить декорации, эскизы уже были переданы в производственные мастерские, тут и произошел скандал. Перед самым отъездом режиссер с художником выпивали "на посошок", оба расслабились, и Ефим в порыве пьяной благодарности признался, что всегда считал Кононова антисемитом и рад, что он оказался "нормальным парнем", принял участие в еврейском спектакле. Но Кононов стал свою репутацию защищать и представил Ефиму полное обоснование своего участия в этой работе: вы, евреи, агрессивны и все время завоевываете чужое пространство — ваш Левитан пишет наши пейзажи, ваш Шагал вносит в наше пространство свои еврейские фантазмы, ваши Пастернак и Мандельштам пользуются нашим языком как своим, вы засоряете русское искусство, внося в него дух космополитизма, разрушающий русскую цельность и чистоту. Антисемитизм — наша единственная защита, потому что если от вас не отгораживаться, не строить вам препятствий, вы заразите своими еврейскими идеями весь мир! И весь этот авангард, весь Малевич и Шостакович (тут-то он ошибся!) — порождение еврейской заразы, впитанное русскими людьми от соприкосновения с вами... Да, я антисемит, но я готов помочь вам сделать ваш еврейский спектакль, лишь бы вы не лезли со своими разрушающими идеями в наш русский мир... Пусть, пусть расцветут сто цветов, но никому не нужны ублюдки и гибриды, я буду последовательно бороться за чистоту русского искусства.

— Ставь своего Шолом-Алейхема, я даже тебе помогу, но не трогай моего Чехова! — провозгласил Кононов с добродушной улыбкой.

В то же мгновенье, взвизгнув "Твой Чехов!", маленький и прыгучий Ефим врезал собеседнику по скуле. Кононов, имеющий большое весовое преимущество, одним ударом уложил Ефима. Тот, кой-как поднявшись на ноги, схватил со стола пресс-папье, поселившееся в театре четыре режиссера тому назад, еще до войны, и только случившиеся рядом директор театра и завпост предотвратили смертоубийство: Ефима оттащили, художника посадили в машину и отправили в аэропорт...

Ефим, оправившись от травмы, скорее моральной, чем физической, перебрал в уме знакомых театральных художников еврейского происхождения, но Давид Боровский был занят на год, Марк Борнштейн, приятель по Ленинграду, тоже отказался, и Ефим вспомнил про Нору... Их знакомство тоже было связано с конфликтом пятилетней давности: в тот год Ефима назначили главным режиссером, и он пригласил тогда Тенгиза, которого знал по многим его работам, поставить "Рождественскую историю" Диккенса. Тенгиз принял предложение, приехал с Норой. Времени было мало, сдать спектакль надо было до начала школьных каникул, все торопились, были "на нервах", и под конец Ефим с Тенгизом разругались по причине, которую оба потом не могли вспомнить... И теперь Ефим приглашал Нору ставить с ним Шолом-Алейхема...

Нора засмеялась — я только что была на московской премьере, чуть крышу овациями не снесли... Такого успеха второй раз не сколотить.

— Да я же не про эту пьесу речь веду, а про "Скрипача на крыше". Мюзикл гениальный, бродвейский, по всему миру прошел. Либретто Джозефа Стайна, композитор Джерри Бок. А у меня сейчас в театре два таких голоса есть, что Тополь повесится от зависти.

Нора в этот момент еще не знала, какой-такой Тополь должен вешаться, но сказала, что посмотрит материал. Вечером она была у Туси. Туся неожиданно обрадовалась. Нашла на полке американскую пластинку и включила проигрыватель. Музыка была восхитительная, печально-веселая, заводная, с заложенным внутри плясовым импульсом.

— Это клезмерская музыка, прекрасная современная обработка, — пояснила Туся. — Такие маленькие еврейские оркестры бродили по Восточной Европе до войны, а теперь от них осталась более или менее попса. Но эта — лучшая, — заметила Туся.

Они прослушали пластинку от начала до конца.

— Ничего про это не знаю, — сказала Нора.

Туся удивилась: я плохо тебя учила…

С этого вечера в жизнь Норы вошла новая для нее тема — еврейская. Обстоятельство, которое прежде ее совершенно не занимало и не представлялось ей сколько-нибудь значительным — еврейская половина ее крови, — оказалось неожиданно важным. И как это обычно происходило в ее жизни, именно через театр пришло это новое знание. Это был последний образовательный курс, который Нора успела получить из рук своей старшей подруги.

— Видишь ли, Нора, — объявила ей Туся, — к концу жизни я вынуждена была пересмотреть свое отношение к еврейству… Для русских евреев поколения наших отцов и твоих дедов это весьма мучительная проблема. Проблема ассимиляции. Они стыдились еврейства и потратили огромные усилия, чтобы оторваться от этих корней и войти без остатка в русскую культуру. Преодолевая огромное сопротивление русской среды... То же самое происходило и в Европе. Только там раньше началось, еще в конце восемнадцатого века. Возьми энциклопендию и прочитай. На букву А — ассимиляция. Австро-Венгрию смотри. Первый том, — она махнула в сторону книжного шкафа.

— Вкратце... В девятнадцатом веке образованные евреи стали главными космополитами Европы, создателями интеллектуального универсализма. Это был колоссальный взрыв. Еврейская молодежь с дикой энергией рванулась из хедеров к светскому образованию. И достигла огромных результатов и в науке, и в искусстве, и в литературе. Ну, и в экономике, само собой... А одновременно стали терять то, что позднее назвали "национальной идентичностью". В то же самое время возникло и совершенно противоположное движение, сионизм, целью которого было создание самостоятельного еврейского государства, которого не существовало к этому времени уже два тысячелетия. Вопреки всему историческому опыту это государство было создано, но заплачено было за него огромной ценой — шесть миллионов погибших в газовых камерах. Мой покойный отец, если б слышал то, что я сегодня говорю, сошел бы с ума... Вот такие размышления на старости лет... Почему евреи так полюбили советскую власть? Потому что на первых порах она заменила национальные ценности "интернациональными", вот там и надеялись многие евреи спастись от обременительного еврейства...

Удивительно — как Тусе это удавалось: в ее присутствии разговор в обычном застолье быстро уходил от бытовой болтовни и превращался в интеллектуальную беседу; когда она вела занятия по сценографии, основной темой становилась литература, драматургия; спустя десятилетие, когда она стала читать лекции по истории театра, то выводила своих студентов через историю театра к психологии, к философии... Любая предложенная тема сразу же становилась ей тесной, и она говорила о смежных пространствах, о вещах, на первый взгляд необязательных, но все самое интересное как раз и оказывалось в области необязательного. Нора давно уже это знала про Тусю и теперь, слушая эту неожиданную лекцию о судьбе еврейства, думала о том, как далеко ушла Туся от Тевье-молочника с его мелочными и одновременно очень глубокими вопрошаниями...

— Попробую тебе объяснить, почему меня так раздражила эта пьеса... это непросто... Она лживая и слащавая. Никакой "тум-балалайки" больше нигде в мире нет. Это пошлый лубок. Есть растворившееся в мире еврейство, внесшее в мир современную мораль, опирающуюся на известные "десять заповедей", есть интеллектуальный очень напряженный образец существования в двухтысячелетнем гонении из страны в страну, и чудом сохранившийся маленький народ, который хочет оставаться еврейским и жить на своей земле — и имеет на это право, как и все прочие народы. И есть мощная сила, которая и по сей день жаждет этот народ уничтожить. Я ничего против Шолом-Алейхема не имею, но оставим в музее "Анатэвку", не о ней сегодня идет речь. Тем более что ее уже нет и больше никогда не будет... И все это я хотела тебе сказать, прежде чем ты начнешь заниматься этой постановкой. И я бы не стала тебе ничего этого говорить, если бы не верила в то, что театр и сегодня умеет говорить такие вещи, которые иным способом вообще не могут быть высказаны...

ГЛАВА 44

Вариации на тему "Скрипача на крыше"

— Но ничего того, о чем ты говоришь, вовсе нет в этом мюзикле, по крайней мере, ничего этого я там не услышала, — только и смогла возразить Нора.

— Нора, надо откапывать смысл. Часто приходится откапывать его не в предложенном тексте, а в самом себе...

Это была самая трудная из всех Нориных работ. Она вступила в тяжелый бой с текстом. Помогала ей в работе более всего та пышная премьера с колокольным звоном в финале — в это пространство она не имела права попасть ни под каким видом. Ефим Берг приехал в Москву по каким-то своим делам, они встретились и провели замечательный вечер с Тусей. Ефим, обычно говорливый и плохо слушающий собеседников, на этот раз был собран и молчалив. Говорили о преимуществах и недостатках музыкального театра, о постепенной трансформации жанра оперы в демократичный жанр мюзикла, о двух революционных американских мюзиклах — "Westside Story" Бернстайна и "Jesus Christ Superstar" Уэббера, и Туся опять изумила Нору своими мыслями о возможных путях развития театра, о расширении театрального пространства за счет кинематографических приемов и использования уличных действий, привлечения зрителей к участию в театральном действе, о карнавализации жизни... О возвращении самого театра к его древним мистериальным корням...

— Все это уже было опробовано в России сразу после революции, но сорвалось... Довольно быстро вернулись к консервативным формам, и русский авангард, столь многообещающий, был закрыт... — и Туся сложила на груди руки крестом, изобразив покойника...

Потом, уже ночью, Ефим повел Нору к своему театральному приятелю в дом Нирнзее, в Гнездниковский переулок, и там на новом, только что привезенном из Америки видеомагнитофоне Нора впервые увидела экранную версию мюзикла, американский фильм "Скрипач на крыше", "Fiddler on the Roof", который давно уже превратился в очаровательное старье, но не утратил обаяния. Теперь Нора знала, что из этого общедоступного зрелища, такого милого и человечного, ей, не изменив ни одной реплики, предстоит вытащить нечто куда более существенное, чем сообщает драматург. Ефим не сидел на месте, вскакивал, притопывал, прихлопывал — но уже находился под воздействием Туси, и затевающийся спектакль нравился ему все больше и больше...

А Нора уже все придумала и рисовала на больших листах ватмана тесную коробочку сцены, увешанную изнутри спадающими сверху вниз полотнищами цветной ткани — попеременно красной, коричневой и темно-синей, а маленькие человеческие фигуры метались внутри этого зажатого пространства хаотически и нелепо... Лошадь и корова то появлялись, то исчезали, она наполняла коробочку деревенской живностью, рисовала веревки с висящими на них тряпками, а потом брала новый лист и населяла его другими обитателями, старухами и детьми, и снова все меняла в этом тесном мире. Потом нарисовала косой стол-помост, поставила на него горшок и миски, и снова рисовала пустую коробку... Она никак не могла понять, нужны ли ей все эти знаки бедняцкой деревенской жизни или они только будут мельтешить и отвлекать глаз на лишние детали... И в конце концов выбросила все, кроме скошенного в сторону зала деревянного помоста.

На этом подготовительная работа закончилась и началась постановочная. И было неизвестно заранее, как Берг, человек талантливый, но капризный и амбициозный, примет Норино уже вполне определившееся решение... Оно, кроме всего прочего, предполагало уменьшение сценической площадки, создание стиснутого пространства, которое раскрывалось только в финале...

Макетов она сделала три, вложила один в один. Различались они только цветом занавесей. На четырнадцати шестах висели три слоя ткани, в середине каждого полотнища небольшой вертикальный разрез, совершенно незаметный на висящей тряпке. Первый слой — густо-красный, праздничный и тревожный. В конце сцены "субботней молитвы" Тевье стягивает с шеста занавеску, надевает ее на себя как плащ, просунув голову в разрез, и все остальные тоже надевают на себя эти красные импровизированные плащи, и они поют субботнюю молитву, про которую Нора уже знает, что никакая это не субботняя молитва, а расхожая музыка, талантливо собранная из синагогальных песнопений и местечкового фольклора. Тут Нора вынула внутренний каркас: на шестах висел следующий слой занавесей, коричнево-охристых, и когда отыграется следующая сцена — со сватовством и свадьбой, плавно перетекающей в погром, — будут сдернуты и эти занавеси, и они преобразуются в дорожные плащи, и снова на авансцене толпа потрясенных евреев пропоет положенные горестные мелодии, а под слоем коричневым откроется последний, темно-синий... Нора вынимала среднюю часть макета, и оставалась последняя... Здесь играется финал: урядник сообщит евреям, что всех их выселяют из Анатевки, с колосников спускается лестница — и думайте про нее что хотите, в меру своей осведомленности. Можете считать, что это "Лествица Иаковлева" — евреи сдергивают с шестов последний слой занавесей, и набрасывают на себя эти небесные ночные плащи, и поднимаются по лестнице вверх, и исчезают там, на колосниках, а на темной сцене, в черном кабинете, остаются одни только шесты и ни одного человека — пустой мир, из которого ушел народ... А то, что при этом, уходя в небеса, они будут петь свои дурацкие куплеты — А не забыла ли ты сковородку? А половичок? А где кастрюлька, уздечка, подсвечник? — так это даже хорошо! Потому что контраст между маленькой, ничтожной жизнью со сватовством, замужеством, пятничной суетой, болезнью коровы, копеечными обманами, грошовыми хитростями, и великой драмой жизни человека, концом человеческого существования на земле и полным провалом неудачного замысла Господа Бога будет только ярче. И пусть туда, в небесную тьму, уйдут не только эти бедные фольклорные звуки, пусть... Шестая, Седьмая, Восьмая... и Семнадцатая, и Тридцать вторая, и обрывки Хорошо Темперированного Клавира, величайшего музыкального текста на все времена... В конце концов, все эти безумные и злые игры неразумных человеков и привели к генеральной репетиции конца человеческого мира, к Холокосту...

И на сцене останутся только эти черные шесты, и пустота, и тишина... Да, о костюмах... Какие костюмы? Гимнастические трико, поверх которых неопределенные хламиды, тряпки без цвета и вида, и никакой этнографии, лапсердаков, жилеток, платочков с узелком надо лбом... никакой этнографии...

И пожалуйста, чтоб без всяких аплодисментов. Один холодный страх и предчувствие всеобщего конца... Расходитесь, господа, в темноте и в тишине...

— Хорошо, Нора! Очень хорошо. Делаем! Я только не понял, что это за лестница Иакова, о которой ты говорила?

ГЛАВА 44

Нора взглянула на Берга с удивлением:

— Как что? Сон патриарха Иакова возле Вефиля. Ему приснилась лестница, по ней ангелы снуют вверх-вниз, а с самого верха лестницы Господь Бог ему говорит что-то типа — вот ты здесь лежишь, а я тебе объявляю, что земля, на которой ты дрыхнешь, тебе подарена, я благословляю тебя и все потомство твое, а в тебе и все прочие племена.

— Замечательный сон. Я почему-то его не запомнил.

— Я бы тоже проскочила, Туся пальцем ткнула. Не переживай, Ефим. Главное для нас — что Господь Бог всех благословил через евреев, всех поголовно. И если евреев из этого мира выгонят, неизвестно, сохранится ли благословение... — засмеялась Нора.

ГЛАВА 45
Около Михоэлса
(1945–1948)

Они были ровесники, Яков Осецкий и Шлёма Вовси, но Яков поступил в Коммерческий институт годом раньше. Приятель пригласил Якова на литературную вечернику, где этот самый Шлёма читал длинную и невразумительную поэму на идиш перед компанией любителей. Яков запомнил его выразительную, на грани уродства, внешность и артистический азарт. Это было в 1911 году, а в 1912-м их обоих в институте уже не было.

Много лет спустя, году в 25-м, уже ставши столичными жителями, Яков с Марусей попали на спектакль в Еврейский театр. Маруся к тому времени окончательно рассталась с театром, но юношеские мечты об артистической карьере отзывались горечью.

Спектакль "Ночь на старом рынке" привел Марусю в замешательство. С одной стороны, традиция балагана ей нравилась, но история про оживших мертвецов была не по душе: с мистикой она к тому времени раздружила, свое театральное прошлое "переросла", отказалась от безыдейной художественности, искала во всем политического смысла, глубоко прониклась идеями пролетарского интернационализма и раздражалась, понимая, что это талантливое зрелище совершенно безыдейно, а язык

Глава 45 — Около Михоэлса

идиш сам по себе вызывал ассоциации с буржуазным национализмом. Спектакль был ничтожен по содержанию, но при этом великолепен: режиссура и сценография на самом высоком профессиональном уровне, актеры играли исключительно хорошо — легко, остро, с удивительным согласованием интонации, мастерски поставленного движения и очень хорошей музыки...

Словом, Маруся страдала от художественно-идеологического дискомфорта, а Якову мешало получать удовольствие чувство, что откуда-то он знает одного из главных актеров. Он вынул из рук Маруси программку, но в темноте не смог разглядеть фамилии этого замечательного шута, который мастерски совмещал местечковый юмор, на себя самого нацеленный, и итальянскую площадную манеру высмеивания всех окружающих...

Как только после первого акта зажегся свет, Яков сразу же рассмотрел в программке имя актера.

— Маруся, Михоэлс, — ты знаешь его? Очень знакомое лицо, я с ним где-то встречался... Очень талантливый актер.

— Да, талантливый, — сказала Маруся недовольно, как будто он у нее лично работу отбирал. — Это псевдоним, Вовси его фамилия.

— А, Вовси, теперь я вспомнил, он учился в Киеве в Коммерческом институте, потом пропал...

— Яша, это ты пропал, я пропала, а Вовси, кажется, ВОВСЕ не пропал! Про него уже начали писать! Много пишут!

— Тебе не понравилось? По-моему, превосходно!

— Это зрелище для мещан, Яша, для мелкобуржуазной среды. Ты посмотри, кто вокруг нас, — одни еврейские дантисты!

Тут Яков понял, что совершил промах, наступив невзначай на больную мозоль, но в тот же момент его кто-то взял сзади под руку. Он оглянулся — это был врач, к которому он ходил на консультацию год тому назад. Правда, не дантист, а кожник.

— Ну, и как вам Михоэлс? Мой двоюродный брат! Какая пара! Михоэлс и Зускин!

— Познакомьтесь, Авель Исакович, моя жена Мария Петровна! Доктор Добкин, дерматолог!

Маруся от смеха едва не лопнула, но сквозь смех еле проговорила:

— А я подумала, что вы дантист!

И они вместе пошли в буфет.

После окончания спектакля устроили бесконечную овацию, потом еще долго стояли в очереди в гардероб с Авелем Исаковичем и его женой, и когда публика почти уж разошлась, а жена Авеля возилась с серыми фетровыми ботиками, которые все не застегивались на черную защелку, из боковой дверки вышел небольшой головастый Михоэлс, он кого-то искал, увидал Авеля, подошел к нему, пошлепал по спине и поцеловал. Потом посмотрел на Якова, который с него глаз не сводил, и вопросительно улыбнулся:

— Яков Осецкий, да? Ах, как я вам благодарен! Знаете, в молодые годы очень важно, когда говорят точные критические слова.

— Я совершенно не помню, чтобы я вам говорил что-то критическое... Даже хочется теперь извиниться...

— Нечего извиняться. Высказались вы тогда исключительно благородно. Позвольте напомню: видно большое дарование, но явно не в области поэзии! — и Михоэлс захохотал всем своим некрасивым лицом, торчащей вперед нижней губой и приплюснутым носом... — Ужасная была поэма! Идемте! У нас сегодня небольшая вечеринка... Я вас приглашаю...

Тут появилась высокая дама преклонного возраста, за которой он и пришел в гардероб, и все они, большой компанией, снимая на ходу уже напяленные зимние пальто, последовали за Михоэлсом...

С тех пор изредка они встречались — на улице, у Никитских ворот, иногда в консерватории, в Гнесинском институте, куда захаживали на концерты. Все был один маленький московский пятачок. Последняя довоенная встреча произошла незадолго до первого ареста Якова, встретились они на Малой Бронной. Пожали друг другу руки, Михоэлс пригласил Якова на спектакль...

— Может быть, сегодня? "Суд идет" Добрушина... Современная пьеса...

Это было в 31-м, и пьесу эту Яков так никогда и не увидел — через пару месяцев его арестовали, и за сюжетом пьесы он наблюдал уже не из зрительного зала, а со скамьи подсудимых.

Следующая случайная встреча состоялась спустя пятнадцать лет, после войны, осенью 45-го года. К этому времени закончились многолетние странствия Якова по провинции. Шли лучшие годы его жизни: свобода, книги, музыка, приятная близость к кино — он преподавал статистику на экономическом факультете института кинематографии.

У Михоэлса в тот день в институте была деловая встреча, ему предлагали вести там курс актерского мастерства. Они столкнулись в буфете. Михоэлс бросился к Якову как близкий друг, обнял за плечи. Потом поели горохового супа — второе в буфете уже закончилось — и выпили чая с булкой.

Лицо Михоэлса было некрасивым, но руки Господь Бог слепил ему редкостные — Яков глаз не мог отвести от больших гибких пальцев, обнимающих мутный стакан. Разговор был оживленным, коснулся Еврейского Антифашистского Комитета, который давно интересовал Якова. Михоэлс, видя живость и полную информированность собеседника, предложил зайти к нему побеседовать. Обменялись телефонами…

Яков был несколько смущен близко-дружеским тоном и теплотой Михоэлса, не соответствующим их шапочному и очень давнему знакомству, но он нашел объяснение этой сердечности, да и Михоэлс в более поздних разговорах подтвердил эту догадку: за пятнадцать лет, прошедших с их последней довоенной встречи, исчезло, пропало без вести, умерло от голода и погибло на фронте столько людей, что каждое давно не виденное лицо воспринималось как вернувшееся из мира мертвых…

Началось довольно тесное общение. Осецкий был интересен Михоэлсу: артист редко общался с людьми научного склада с такой обширной эрудицией и отточенной логикой. Яков, помимо того, за годы ссылок обучился искусству читать газеты, вылавливая по строению фраз, по придаточным предложениям и чуть ли не по знакам препинания подтекст, подводную часть сообщения, необъявленное намерение и подспудную тенденцию. Михоэлс это почувствовал.

Время было переходное, зыбкое, вещи ясные и понятные как-то затуманились и слегка расплылись: ЕАК сослужил большую службу родине во время войны, когда он в сорок третьем году, еще до открытия второго фронта, совершал свои турне по Америке, Канаде, Мексике, собирая деньги на вооружение Красной Армии, но теперь, после победы над фашизмом, перед Комитетом стояла новая, смутно определяемая задача — предъявлять миру произраильскую и одновременно анти-британскую политику СССР относительно создания еврейского государства в Палестине.

Михоэлс очень аккуратно высказался о более сложном положении ЕАК сегодня, чем во время войны, до открытия второго фронта. Он уже получил полунамеки, полусигналы, что деятельностью Еврейского Комитета недовольны на самых верхах. Яков отреагировал мгновенно и со свойственной ему точностью сформулировал то, что так тревожило Михоэлса: полное расхождение логики внешней и внутренней политики.

— Да, да, что-то в этом роде… — кивнул Михоэлс.

— С Европой более или менее ясно, новые границы, в сущности, уже определены. Но есть мировая географическая карта, и там тоже произойдет новый передел. Теперь главный вопрос, кому будет принадлежать Палестина после войны — арабам и стоящим за ними англичанам или евреям и стоящим за ними СССР? И удастся ли создать это еврейское государство по образцу социалистическому, а желательно, коммунистическому? Очень это непросто: с одной стороны, сионизм, как разновидность национализма, течение, как известно, буржуазное, с другой — европейское еврейство насквозь пронизано коммунистическим духом, — развивал свое соображения Яков, а Михоэлс слушал, склонив по-птичьему голову набок.

Михоэлс, получавший много писем от евреев, в особенности от бывших фронтовиков, выражающих готовность завоевывать Палестину для евреев, предполагал нечто в этом роде. Что им отвечать? Он пребывал в растерянности. То, что Израиль — не Испания, он хорошо понимал. Никаких внятных указаний от правительства он не получал.

— Советских евреев, думаю, в Палестину выпускать не будут… — предположил Яков.

"Весьма тонко понимает в этой политической математике", — вывел Михоэлс. И вскоре предложил Якову делать для ЕАК рефераты-обзоры западной прессы по палестинскому вопросу. С оформлением трудового соглашения в качестве консультанта.

Для Якова такое соглашение означало не только дополнительный заработок, но и счастье интересного чтения, нового знания и более глубокого понимания всей этой огненной, жгучей и актуальной темы: в послевоенной Европе мыкались сотни тысяч спасшихся от уничтожения евреев, мечтающих о собственном государстве. В Палестину их не впускали. Их судьба была незначительной фишкой в игре держав-победительниц, не вполне завершивших послевоенный передел мира, его границ, культурных ценностей, нефти, зерна, воды и воздуха...

Яков согласился, но с оговоркой — одновременно с рассмотрением "текущего момента" необходимо дать представление о палестинской политической ситуации по меньшей мере со времен декларации Бальфура. Здесь важна предыстория...

Михоэлс кивнул... И тут же дал Якову только что вышедшую в Лондоне книгу английского журналиста Ричарда Вильямс-Томпсона "Палестинская проблема".

С конспекта этой книги и начал Яков свою работу в ЕАК.

Главной сложностью работы был ограниченный, в сущности, закрытый для неспециалистов доступ к американской и английской прессе. Источники, которыми Яков поначалу пользовался, были общедоступными — газеты братских стран и коммунистические издания стран западных. При всем его умении выжимать из газет нужную информацию, полноценных источников не хватало.

Он вспоминал давние времена, когда был у него верный и частный источник западных газет — англичанка Айви Литвинова, жена бывшего наркома по иностранным делам. Знакомство их завязалось в конце двадцатых годов, когда дочка Литвиновых Таня и сын Яко-

ГЛАВА 45. Около Михоэлса

ва Генрих учились в одном классе. Позднее Яков даже брал у Айви уроки английского языка. В те времена он часто уносил из их дома кипу газет, тогда и научился этому особому газетному языку. Но связь с Айви Вальтеровной, как и со многими другими бывшими друзьями и знакомыми, давно прервалась. Он довольно часто проходил мимо дома Правительства, где до войны жили Литвиновы, но он не был уверен, что они все еще там. Из газетных сообщений следовало, что Литвинов потерял свой пост. Значит, в опале... Но у опалы много градаций — от тихой пенсии до тихого уничтожения. Яков, конечно, не мог знать, что всей стране известный нарком, сотрудник Ленина, живет на даче и держит под подушкой пистолет, ожидая ареста... Нет, от Айви Литвиновой он уже никогда не получит английских газет... Но они были необходимы.

В Москве в то время было всего несколько мест, где можно было ознакомиться с английской и американской прессой, но все они требовали специального разрешения, то есть серьезной бумаги, обеспечивающей доступ в спецхраны. Михоэлс взялся помочь, и действительно выхлопотал — через месяц Осецкий, как консультант ЕАК, получил разрешение работать в библиотеке МИДа. Раз в неделю, по вторникам, к 9 часам утра он приходил в библиотеку, в семи минутах ходу от дому, проводил там два часа, просматривая свежие газеты недельной давности, и шел домой — пить чай и обдумывать новые сведения.

Труднее всего Якову дался первый реферат, который он представил заказчику в начале 1946 года. Нужно было найти точный язык изложения, и в результате вырабатывался некий новый научно-повествовательный жанр, смесь политического анализа, исторического исследования и эссе. Это была излюбленная трехчастная форма: настоящее, прошлое и возможные сценарии будущего.

Жизнь, корчившая гримасы, наконец улыбнулась Якову. После многолетних мытарств по провинциальным городам он занимался наконец научной и писательской работой. Хлопоты с московской пропиской увенчались успехом: ему удалось прописаться в Москве, у сестры Ивы, на Остоженке. Он жил в ее семье, дружил с ее мужем и двумя сыновьями. Приезжала из Ленинграда мать, нашедшая приют у сестры Раи, братья... Ссылки и война были позади, и было так хорошо, что даже верная ему всю жизнь экзема отпустила его. Единственное, что отравляло теперешнюю жизнь, — его потерянная навсегда жена, отвернувшийся от него сын, женившийся и сам уже имевший ребенка, которого Яков даже не видел.

Якову удавалось делать колоссально много — отчасти благодаря заказу на разработку рефератов. Но таково уж было его устройство: он не умел проводить границы, разбрасывался, новые интересы возникали прежде, чем исчерпывались старые, и он, отодвинув вчерашнее, занимался завтрашним — исследованием Палестины, ее истории и проектов неопределенного будущего. Особенно интересна была ему история Палестины после выхода из состава Османской империи. Как раз этот период, когда Великобритания получила мандат на управление Палестиной, был хорошо освещен английскими публикациями после Первой мировой войны. Это были мемуары, политические, археологические и культурные исследования, которые находились в открытом доступе нескольких крупных библиотек. Именно в это время он сделал для ЕАК сводку политических сил региона — проанализировал имеющиеся в тот момент разнообразные партии:

социалистические, коммунистические, рабочие, арабские, еврейские, националистические и интернациональные... Заодно рассмотрел и профсоюзное движение. Картина была пугающе разнообразна и полна взрывоопасных зерен.

В какой-то момент Яков ощутил острую нехватку еще одного языка, иврита, и принялся за его изучение. Теперь он с благодарностью вспоминал своего покойного отца, который пригласил к нему в детстве преподавателя, занимавшегося с ним еврейскими языками, идишем и ивритом. Этой небольшой основы хватило ему, чтобы довольно быстро начать читать издания на древнем, быстро обновляющемся языке будущей Палестины. Теперь у него выстроилась довольно детальная картина арабско-еврейских отношений на Ближнем Востоке, и он считал, что лучшим решением было бы создание единого арабско-еврейского государства без раздела Палестины. Этого же мнения придерживались и сионисты социалистического и прокоммунистического направления. Но будущее Израиля решал в конечном счете один человек в Кремле...

Рефераты Осецкого из ЕАК пересылали советнику МИД Штерну и вверх по лестнице, конечным адресатом был стол советской рабочей группы при ООН. Весной сорок седьмого года арабско-еврейские разногласия настолько обострились, что вопрос о создании Палестинского государства нужно было срочно решать.

Яков работал как одержимый. Он составлял, как обычно, планы работы на неделю, месяц, год, соблюдал эти графики и расстраивался, когда обстоятельства мешали ему их выполнять. Два года сотрудничества с ЕАК принесли свои плоды — Яков уже строил план будущей книги об истории и географии этого региона. Заключил с издательством договор...

Свои научные исследования по демографии он тоже не забрасывал. Идей у него всегда было с запасом на несколько лет. Последний реферат Яков отнес секретарю ЕАК, Хейфецу. Михоэлса не было в Москве, почти весь декабрь 47-го года он провел на гастролях.

Катастрофа произошла 12 января 48-го года. По официальной версии, Михоэлса сбила машина в Минске. В Минск он приехал на несколько дней для встречи с руководителями и актерами Белорусского ГОСЕТа, вокруг него завертелся весь наличный, стократно уменьшившийся в войне еврейский мир, сыграли для него спектакль "Тевье-молочник", гуляли в театре, в ресторане, в актерском общежитии, его уважали, обожали, окружали стеной, из которой он вырвался лишь однажды, накануне отъезда в Москву. Московский театровед Голубов, командированный вместе с Михоэлсом, настойчиво приглашал его навестить своего минского приятеля, но Михоэлс был так занят всю неделю, что в гости они собрались только в последний вечер их пребывания в Минске. В гостиницу он не вернулся. Нашли его тело ранним утром 13-го, с многими переломами и разбитой головой.

Яков узнал об этом несчастье на следующий день, по радио. Еще через несколько дней были похороны. Народу было так много, что Яков ждал почти час, чтобы подойти к гробу. Голова покойного была изувечена, но лицо было узнаваемым — голубовато-серым и каменным. Рядом на столике лежали его разбитые очки...

Яков вышел из театра. Было очень морозно, и свет быстро, как в театре, угасал. От Малой Бронной он автоматически свернул в сторону своего бывшего дома, на Поварскую... Потом осекся, развернулся и пошел по бульварам на Остоженку... Прошлое не исчезает, только опускается на глубину. Наверное, память погружается в какие-то глубокие слои коры головного мозга и там дремлет... Сомнений, что было совершено политическое убийство, у Якова не было. О чем подумал, что вспомнил Михоэлс, когда его убивали?

Бросить, все бросить, уехать в провинцию, преподавать детям сольфеджио, или фортепиано, или кларнет, читать Диккенса, выучить итальянский и читать Данте... Если успею...

ГЛАВА 46
Московская встреча
(2003)

После отъезда Вити в Америку Варвара Васильевна полюбила Нору. Какие тектонические сдвиги в ее психике привели к этому перевороту, неизвестно. Витя в этом перевороте явно никакого участия не принимал. С тех пор как Марта взяла на себя управление Витиной жизнью, он посылал матери деньги, что само по себе было задачей непростой, но Марте удалось организовать нерегулярную, но постоянную акцию — деньги Варвара Васильевна получала через Нору. Изредка Марте даже удавалось заставить Витю написать письмо, но чаще он ставил свое имя на яркой открыточке, и Марта отправляла ее по почте в Москву. Варвара, человек неожиданных решений и неожиданных, иногда идиотских идей, тем временем перенесла многолетнюю ненависть с Норы на Марту, хотя свадебную фотографию сына и его второй жены повесила над своей постелью.

Возникшая неожиданно любовь к Норе носила еженедельный характер — по субботам она приезжала на Никитский бульвар с пирогом из песочного теста с черносмородиновой начинкой и с родительским благословением. Нора наливала чай, разрезала пирог на кусочки, вежливо откусывала, хвалила и

ГЛАВА 46
Московская встреча

откладывала. После ухода свекрови пирог отдавала соседкам.

От экзотических верований Варвара Васильевна обратилась в более традиционное православие, бесов больше не гоняла и кармы не чистила. Когда Юрик вернулся в Москву, Норина проблема, куда девать пирог, благополучно разрешилась: Юрик охотно его съедал. Субботнее утро Нора привыкла проводить в доме, никаких дел не назначать, принимала свекровь, которая приходила ровно в десять, получала из ее рук еще теплый пирог и будила Юрика, чтобы он на глазах бабушки съел первый кусок. После чего Нора вручала ей пятьдесят долларов — Варвара Васильевна предпочитала американскую валюту отечественной и, вполне довольная, уходила. Хотя Нора постоянно подчеркивала, что деньги присылал Виктор, Варвара была совершенно уверена, что это благодеяние Норы. Ход ее мыслей был прост: если Нора ей деньги передала, а не оставила себе, значит, это ее большая добродетель... Так или иначе, это финансово-гастрономическое общение продолжалась несколько лет, до тех пор, пока Нора не заметила, что две субботы свекровь не появляется. Не подходит и к телефону. Нора собралась и поехала на квартиру. Дома никого не было, но соседка сообщила, что Варвара Васильевна в больнице. Через районную поликлинику Нора довольно быстро выяснила, что бывшая свекровь перенесла инсульт и госпитализирована.

Нора с Юриком поочередно навещали ее сначала в больнице, а через месяц — в реабилитационном центре за городом. Нора усмехалась: вот судьба! В конце концов, даже остроумно придумано — опекать старуху, которая многие годы ее ненавидела...

Старуху жаль, конечно, но какой урок я сейчас отрабатываю, совершенно непонятно. Может, на будущее?

Юрик, в отличие от Норы, этот родственный долг исполнял без всякого протеста, приезжал, вывозил бабушку в парк на коляске, садился с ней рядом на скамейку и играл на гитаре. Что играл? Битлов... Варвара Васильевна речью владела плохо, но из ее бормотания было понятно, что она вполне довольна и Юриком, и его музыкой. Нора не уловила того момента, когда Варвара Васильевна перестала сомневаться в Витином отцовстве. Кажется, в те годы, когда Юрик стал играть с отцом в шахматы...

Домой Варвара Васильевна вернулась через два месяца. Полная инвалидность, границы которой было трудно определить: где старческая деменция, где нарушение речи и физическая немощь. Соседка-пенсионерка взяла на себя заботы о больной, Нора договорилась об оплате этих услуг и поставила галочку в деловой книжечке напротив строки "Варвара — уход".

Юрик сделал удобный съезд из комнаты на балкон, полдня Варвара дремала в коляске на балконе, соседка ее кормила и меняла памперсы. Через полгода, в начале июля, за пару недель до своего восьмидесятилетия, Варвара на этом балконе заснула окончательно.

Собравшиеся приехать в Москву на юбилей Варвары Васильевны Витя с Мартой попали на ее похороны. Три года прошло с тех пор, как Юрик покинул Америку. Три года не видел он отца и Марту. Нора и того больше — в последний приезд, когда они с Тенгизом эвакуировали Юрика, до Лонг-Айленда она не добралась. Витяся, почти двадцать лет не видевший матери, едва узнал в покойнице с мятым чужим лицом свою мать и заплакал. Тут у Норы, вполне деловито относившейся к этой хлопотной процедуре похорон, которую сама и организовывала — морг, отпевание в кунцевском храме Преподобного Серафима Саровского, место на Кунцевском кладбище, — так защемило сердце, что и сама она заплакала. Сколько лет она считала Витю аутистом, лишенным нормальных человеческих эмоций, но то ли ошибалась, то ли он аутистом перестал быть. Значит, это Марта его расколдовала. Громоздкая шкафообразная Марта, поливающая слезами Витино плечо...

Сели в Норину машину и поехали к ней домой. Вчетвером. Нора вела машину, не пытаясь включиться в разговор: в Мартином присутствии все говорили по-английски. Вошли в дом, когда звонил телефон. Нора не успела снять трубку, включился автоответчик:

— Нора! Это Гриша Либер. Я приехал на несколько дней, на внучку посмотреть. Дочка у Кирилла родилась. Хотел тебя повидать... Позвони по телефону...

Номер он произнести не успел, Нора схватила трубку до автоматического разъединения:

— Гриша! Гриша!.. Витя с Мартой в Москве. Приходи!

Через полчаса раздался резкий звонок в дверь. Гриша остановился в родительской квартире на Малой Никитской, в десяти минутах пешего ходу. Когда-то это была барская квартира знаменитого хирурга, потом Гришиных родителей, физиков, а теперь ее занимала первая жена Люська, давным-давно отказавшаяся ехать с ним в Израиль. Квартира была набита до отказа новыми жильцами — Люськин второй муж, младшая дочка, Гришин сын Кирилл с женой и новенькой внучкой, пока безымянной. Грише, бывшему законному хозяину барской квартиры, поставили раскладушку на кухне. Вся семья по этому поводу страшно веселилась, особенно сам Гриша — в Израиле у него народилось еще пятеро детей, один сын жил в Австралии, второй в Америке, и все прикидывали, сколько понадобится раскладушек в разных частях мира, когда он состарится…

Вошел подростковый старичок, с загорелой, как желудь, лысиной, прикрытой на маковке черной кипой, с новогодней бородой, в шортах и с бутылкой водки в руке. Нора, едва сдержав смешок, с порога объявила:

— Мы с похорон. Варвару Васильевну похоронили сегодня.

— Ой-ей-ей! Последние родители уходят. Барух даян эмет, как говорят в Израиле. Бог дал, Бог взял. То есть, Царствие Небесное.

Гриша поставил свою бутылку в середину стола. Гриша стоял возле Вити. Они больше не напоминали Дон Кихота и Санчо Пансу — Витя раздался вширь и оттого как будто уменьшился ростом, Гриша превратился в тощего старичка, никакого намека на прежнюю круглоту и пузатость. Но никто не мог этого оценить, кроме Норы.

"Я-то меньше всех поменялась, — подумала Нора. — Но никто не замечает".

Неожиданно Витя сказал:

— Гришка, ты посмотри на Нору — вот кто совсем не меняется!

"Невероятно! Что произошло с Витасей? Он прежде вообще людей не замечал!" — еще раз изумилась Нора.

— Не удивительно, Витенька, не удивительно! Мы с тобой, благодаря метаболизму, давно поменяли весь материальный состав — ты весь состоишь из материи Нового Света, я из вещества Святой Земли! А Нора восстанавливает свое тело за счет молекулярных структур здешней материи! Вот она и не меняется! — захохотал Гриша.

— Я сомневаюсь, что атомы несут на себе метки такого рода! — заметил Витя, перевел Марте Гришино высказывание и попросил всех говорить по-английски, чтобы Марта понимала. Хорош аутист!

— Позволь! Позволь! Но существует программа ДНК, которая выстраивает молекулы и атомы в определенном порядке, и порядок этот включает...

Тут Нора перебила его и пригласила к столу. Юрик разлил по стопкам водку. Налили ритуальную стопочку для Варвары Васильевны и накрыли ее куском черного хлеба. Водку пил один Гриша. Нора глотнула раз из приличия и больше не пила. Витя, Марта и Юрик алкоголя в рот не брали — приподняли полные рюмки и поставили на стол. Не чокаясь. Поминальная часть встречи на этом и закончилась. Начался дуэт Гриши с Витей, который в прерывистом режиме длился пятьдесят лет, со школы.

Гриша далеко продвинулся за эти годы в своих молекулярно-библейских исследованиях, вполне отошел от экспериментальной науки, не оставив при этом любимую идею квантового компьютера, и погрузился в области умозрительные, постоянно используя все последние достижения молекулярной биологии для доказательства идей, совершенно неприемлемых для Вити.

Но застолье все же было поминальным, и поначалу все соблюдали благопристойность без всяких усилий.

Гришу, как всегда, тянуло в высшие сферы. Он поднял стопку:

— Как же я счастлив, что могу увидеть вас всех, несмотря на то что день такой печальный. Я вот что хочу сказать: смерть — не сбой программы, она заложена в программе. У Творца ничего не пропадает. Каждая человеческая жизнь — Текст. И этот Текст нужен почему-то Богу!

— Ну, не знаю, какой неизвестный Господу Богу текст могла преподнести моя матушка Варвара Васильевна. Мне кажется, Гриша, ты что-то преувеличиваешь.

Гриша выпил еще одну рюмку.

— Витя! Витася! Каждый человек Текст! Тайны заканчиваются! Двадцатый век расправился с половиной вечных вопросов, просто люди об этом не задумываются! Все живое — Текст, который пишется три с половиной миллиарда лет, от первой живой клетки до родившейся неделю тому назад моей внучки — во исполнение заповеди "Плодитесь и размножайтесь!". И это единственный способ читать и воспроизводить Божественные Тексты! Их реализовывать! Вся информация, собранная человеком за его жизнь, поступает в общее хранилище — память Господа Бога! И Варвара Васильевна родила тебя и тем самым участвовала в великой работе длящегося Творения!

Гриша вытер со лба пот, вздохнул и хлопнул еще одну рюмку.

— Ладно, ладно! Но маму-то мою оставь в покое! — засмеялся Витя.

Засмеялся и Юрик. Нора не очень хорошо понимала, что говорит Гриша, но переспрашивать, просить перевода ей не хотелось. Зато она отлично поняла, что в Витасе пробудилось чувство юмора, которого прежде никогда не наблюдала. Марта тоже не производила впечатление человека остроумного. Не значило ли это, что Витя, как подсолнух в огороде, расцвел рядом с женой от хорошего освещения и благодатного полива?

Гриша выпил еще, резко выдохнул, закусил куском черного хлеба. Нора подвинула к нему наскоро поджаренную ножку Буша, он отвел блюдо: спасибо, не надо. Говорить ему было гораздо интереснее, чем есть. К тому же он съел кусок сыра, который входил в еврейское противоречие с курицей.

ГЛАВА 46. Московская встреча

— Видишь, никто этих ножек не ест, одна ты... — шепнул Юрик.

Это правда — ножки эти были скандальные, их обвиняли в какой-то заразе, которую американцы в них напихивали, но Норе было все равно, что есть, пусть хоть эти сомнительные ножки...

Гриша продолжал:

— Лучший компьютер, который создал Творец, — живая клетка! Нельзя сделать лучше!

Витя зацепил вилкой куриную ножку — у него не было предрассудков относительно моральной несовместимости мяса и молока. К тому же, лучше булки с любительской колбасой природа ничего предложить ему не могла...

— Гриша, можно сделать лучше. Можно сделать компьютер, который работает быстрее, и они уже сделаны, ты прекрасно знаешь. При хорошо написанной программе в современном компьютере скорость решения задачи гораздо большая, чем это в возможностях человеческого мозга. Тем более что компьютеры есть теперь и самообучающиеся, и обучаются они во много раз быстрее, чем человек. У человеческого сознания гораздо больше всяких ограничений, чем у компьютера.

Гриша подскочил:

— Мозг сделан не из сети нейронов — элементарных единиц, а из сети мощнейших молекулярных компьютеров! Одно это полностью разбивает твои соображения! Но я говорю о другом! Именно человеческое сознание — единственное место в мироздании, где тексты могут соприкасаться один с другим, взаимодействовать, порождать новый текст, новые смыслы! Это и есть — "По образу и подобию!" Человек подобен Творцу именно в этом — в умении создавать новые тексты!

Гриша довольно звучно постучал кулаком по своей голове:

— Вот! Единственное место!

— Ты вполне уверен, что это единственное место? — Витя возражал даже несколько лениво. — Уверен ли ты, что на этом этапе эволюции не возникает новое поколение людей, сверхчеловечество, которое будет представлять собой гибридный продукт? Вон, Мартина мать десять лет ходит с кардиостимулятором, наш сосед Джереми искусственной рукой закапывает глазные капли, а что сегодня умеют делать разного рода роботы, могу тебе не рассказывать. Сегодня перспектива вполне очерчена, я не люблю давать определений — но, по смыслу, мир вступил в новый этап: идет гибридная эволюция. Ты же понимаешь, что объединенное с компьютером человеческое сознание — качественно новый продукт...

Гриша, выпивший полбутылки, все более разгорался:

— Витася! Ты не понимаешь главного! Извини, ты технарь! Любой текст — форма существования информации! Жизнь на земле следует понимать как текст. Божественный Текст, который не нами написан! Творец — это Информация. Дух Божий — это Информация! Душа человеческая — фрагмент информации! "Я" — фрагмент информации! Жизнь — не способ существования белковых тел, как Энгельс дотумкал, а способ существования Информации. Белки денатурируются, а информация неуничтожима. Смерти нет! Информация бессмертна! Но эта ваша американская борьба за скорость приведет в конце концов к тому, что мир будет принадлежать тем, у кого быстрее работают компьютеры. Внутри этой гонки заложен инстинкт потребления. И самоистребления! Сегодняшнее человечество не может обуздать себя, оно жаждет владычества, жаждет войн! Оно хочет все сожрать! И Америка, и Россия, и Китай! Это ложный путь! Открой глаза! Вы работаете на войну! В этой бойне выживут одни тибетские отшельники, ну, и в этом роде… от них пойдет новое поколение людей, это будет новый виток эволюции сапиенсов не посреди мамонтов и саблезубых тигров, а посреди ржавых компьютеров и при высокой радиации…

Тут, наконец, обратившись к Вите, свое слово вставила Марта:

— Виктор! Он говорит как пророк!

Витя знакомым Норе жестом поскреб чисто выбритый подбородок:

— Марта! Он говорит как еврей! Это еврейская страсть прочитать в тексте то, чего там не было написано.

— Как? — вскричал Гриша. — Было написано! Было написано самыми прямыми словами — "Перекуем мечи на орала!" Надо читать тексты!

— Цитату не поняла, — шепнула Нора Юрику. — Переводи, пожалуйста.

Он перевел.

Чем более горячился Гриша, тем спокойнее и веселее выглядел Витя.

— Гриш, я прочитал этот текст. Давно. Моя жена Марта очень хотела со мной обвенчаться. Я, признаться, до сих пор не знаю, почему это было так важно для нее. Я предполагал, что надену черный костюм и галстук, поеду с ней в ее любимую церковь и потеряю на это мероприятие день. Но не получилось. Священник потребовал, чтобы я предварительно прошел катехизацию, словом, массу времени угрохал, и я прочитал Библию. Может, она и Божественный Текст для древних евреев, но сегодня он представляется мне вполне архаическим документом... Много жестокости, логических неувязок, темных мест и противоречий. Не случайно евреи три тысячи лет комментируют, трактуют тексты, выворачивают наизнанку, пытаясь снять противоречия. Мне кажется, что всем известная склонность евреев к наукам как раз и проистекает из этой тысячелетней полировки мозгов.

— Не умеешь читать! Не умеешь читать! — закричал Гриша. — Еврей — модель человека. Как любая модель, с упрощением. Все люди, в каком-то смысле, должны стать евреями. Адам Кадмон, первоначальный человек, духовное явление человеческой сущности, первообраз духовного и материального мира. Но сегодня мы понимаем, что "духовное" есть синоним "информационного". И человек сотворен, как считает раби Акива, — и я с ним согласен, — по образу Адама Кадмона. То есть это была модель, которая реализовалась в рамках Творения!

— Мам, я что-то перестал понимать, — шепнул Юрик Норе.

— Все равно очень интересно, — ответила Нора.

— Ну да, — согласился Юрик.

Они тихонько сидели, наблюдали за этим интеллектуальным театром, который перед ними разыгрывали бывшие мальчики, как будто не вполне выросшие, но уже шестидесятилетние. Как ни удивительно, Витя в этой паре выглядел взрослее и солиднее.

Нора поймала себя на мысли, что Витася ей нравится. Никогда не нравился, а теперь нравится. Сдержанностью, какой-то бережливостью в употреблении слов, даже ласковой деликатностью, с которой он принимал Гришины выпады.

"Странно, но я никогда об этом не задумывалась, — размышляла Нора, — но мы действительно оказались в совершенно изменившемся мире. Наверное, Витася прав, да оба они правы, — человечество перешло какую-то невидимую границу, которую большинство людей просто не почувствовало. Нас учили, что есть материальный мир, что человек царь природы, а он не царь, он ее дитя. Двести лет тому назад теория эволюции была скандальной идеей, а сегодня человек не только открыл ее механизмы, но сам того и гляди станет не только ее продуктом, но и ее инженером... Как хорошо, что мне об этом рассказали, сама бы я до этого не додумалась... И как хорошо — и как случайно! — что Витася — отец моего ребенка. Может, лучше это был бы Тенгиз. Но природа этого почему-то не захотела..."

Гриша еще долго спорил о чем-то с Витей. Юрик убежал по своим делам. Нора устала от их разговора и перестала что-либо понимать. Марта подремывала в кресле. Надо бы уложить ее спать.

Нора открыла свою деловую книжечку — там был список дел на неделю: поехать с Витей и Юриком на квартиру Варвары Васильевны, узнать, есть ли завещание, встретиться с юристом, в сберкассу заплатить за квартиру... Поскорее поставить галочки и заняться своими делами.

ГЛАВА 47
Театр теней
(2010)

Болезнь была та самая, от которой умерла Амалия. Но с ее смерти прошло столько лет, что вылечивать еще не научились, но могли продлить жизнь. Иногда даже настолько, что пациент успевал умереть от какой-нибудь другой болезни, с более приятным названием, а то и просто от старости лет. Нора в ту пору уже пережила Амалию на двадцать с лишним лет, и каждый свой день рождения, когда ей прибавлялся еще один год, она не забывала прибавить еще один год и к той цифре… На шестьдесят восьмом году Нориной жизни эта поломка, притаившаяся в каком-то гене, полученном от матери, проявилась — и диагноз поставили тот самый. Поликлиника ВТО, всегда славившаяся своими отоларингологами и фониатрами, но не онкологами, прихватила Норину болезнь, как ни странно, довольно рано. Послали сделать анализ мочи, какой-то особый белок — и закрутилось. Она прошла положенный ей курс протокольного лечения, и через полгода кровь восстановилась. Ее отпустили, велев проходить регулярные проверки, делать анализы крови и маркеры на раковые клетки.

За полгода лечения Нора примирилась с перспективой близкой смерти, и теперь, когда она отодвинулась

ГЛАВА 47

на неопределенное время, она испытала необыкновенное чувство яркости и остроты жизни. Жизнь, которую она никогда не воспринимала как подарок, превратилась в ежеминутный праздник существования. Теперь всякие прежде едва замечаемые мелочи сияли и грели — утренняя чашка кофе, вода, скатывающаяся сильной струей из душа, проведенная по бумаге карандашная линия, вид кустика травы, выбившегося из-под камня; музыка, которая прежде была приятна, стала событием личного разговора с Бахом или Бетховеном; мелочи, прежде вызывающие раздражение, ничтожные разговоры, мусорные ссоры перестали занимать внимание... Одна сплошная радость бытия, возросший тысячекратно вкус жизни. Даже телефонные звонки, прежде отвлекающие, воспринимаемые как пустая трата времени, доставляли удовольствие — голоса друзей, не самых близких, вдруг возникающих из далекого прошлого: одноклассница, о существовании которой она напрочь забыла, портниха из пошивочного цеха сибирского театра, в котором она ставила спектакль лет двадцать тому назад, совсем уж невероятный звонок от Никиты Трегубского, ее первой сокрушительной любви в восьмом классе... Что надо было ему? Приехал из Канады, куда давно переселился, захотел повидать старых друзей, понял, что больше всех ему хотелось бы встретиться с Норой... Забавно, смешно, совершенно не нужно... И еще позвонил из Тбилиси Давид, грузинский актер, давно перебравшийся из Москвы на свою историческую родину... Пригласил приехать...

— Я подумаю, — ответила Нора. — Оставь свой телефон!

И задумалась. Она и без этого звонка собиралась совершить какое-нибудь путешествие. Приходила мысль о поездке на Алтай, в Пермь, может, в Иркутск — в те города, где когда-то работала. Про Тбилиси не думала. Тень Тенгиза, почти ее покинувшая, снова зашевелилась в углах ее квартиры. Они не виделись десять лет. Он сделал это движение — расстались... Она давно ничего о нем не слышала. Читала, что он ставил во Франции и в Португалии, получал какие-то награды на фестивалях, преподавал... потом вернулся в Грузию, и упоминания о нем в театральных изданиях исчезли. Он был на пятнадцать лет старше. "Восемьдесят четыре? Восемьдесят пять? Да жив ли? А поеду! — решила Нора. — Я же люблю путешествия..."

Война с Грузией давно уже стала хронической, к ней привыкли, как привыкают к плохой погоде. Но погода была как раз хорошая. Стоял многообещающий апрель. Прямые рейсы в Тбилиси летали кой-как раз в неделю. Нора купила билеты — туда и обратно, на неделю. Легко, как человек, привыкший к служебным разъездам, собрала чемоданчик, прихватила для Давида книжку воспоминаний о Тусе, изданную после ее смерти учениками, купила грильяжей и трюфелей фабрики "Красный Октябрь" и полетела с давно забытым чувством легкости, готовности к трудностям и приключениям.

Самолет приземлился в аэропорту Руставели. Общий вид аэропорта изменился, но люди остались все те же. Даже таможенники улыбались. В толпе встречающих — черные платки кавказских вдов и нестареющие кепки-аэродромы. Давид, облысевший, но вполне моложавый, стоял чуть в стороне с тремя синими ирисами. Обнялись. Он отвез ее в пустую квартиру своей тети, уехавшей куда-то погостить. На столе лежал хлеб, обернутый в салфетку, кусок сулугуни и плошка с синим изюмом. Стояла бутылка вина. Был поздний вечер, ранняя ночь.

ГЛАВА 47

— Завтра утром заеду, пойдем гулять...

Это была чудесная неделя. Давид был одинокий безработный, на что он жил, Нора так и не поняла. Кажется, немного калымил на старой "тойоте". Во всяком случае, с театром он давно завязал. В первый день они поднялись на гору Мтацминда, дежурное блюдо туристов, потом гуляли по ее скальным склонам, забрызганным мелкими первоцветами, белыми и желтыми. Почки на деревьях были в полной готовности, на высоких солнечных местах деревья стояли в зеленой дымке только что народившихся листьев... Какое-то неизвестное дерево, опередив зелень, выбросило пахучие цветы. Давид был идеальным для Норы гидом — почти ничего не говорил, но когда Нора спрашивала, ответ был немногословным и точным. Спускались не на подъемнике, пешком, зашли в старинную церковь Мамадавити...

Удивительное дело — чистое, прекрасное место, старинная кладка, ровная и совершенная, и столь же совершенно-бездарные памятники в некрополе — Важа Пшавела, Закариадзе, мать Сталина Кеке Джугашвили. Лучшим из всех был памятник Котэ Марджанишвили — круглая сценическая площадка могилы. Если б еще не сваяли башку... Бабушка Маруся, кажется, работала какое-то время в его труппе в Москве. Приятная скрепочка... Но удивительно — пластичный, театральный, артистический народ — и такой удручающий соцреализм, жалкий и невинный на фоне древней безукоризненной архитектуры... Зато какая легкая и нежная земля — зеленая сеточка зачаточной листвы, запах живой почвы, восходящие вдоль склонов токи густого винного воздуха, все вычищается, растворяется, высветляется... Как хорошо должно быть своей на этой земле, кавказским человеком, в мире с горами и долинами...

Три дня гуляли по безлюдному и молчаливо-приветливому городу, потом Давид сказал, что надо ехать в Давид-Гареджа, в пустыню. Только вот денег на бензин нет.

— Бензин мой, — сказала Нора. Подумала: "Бедный парень, видно, совсем туго, если сказал".

Нора ничего не знала ни про какой монастырь в пустыне, но утром за ней заехал Давид, и они двинулись. Ехали довольно долго, в окне машины пейзаж был увлекателен, как детектив. Такая маленькая и такая разнообразная страна: горы, предгорья, виноградники, деревни, но пока никакой пустыни… Поставили машину на стоянке возле монастыря. Немного прошли — открылся храмовый комплекс. Лавра, скальный монастырь, основанный в шестом веке сирийскими монахами. Десятки выбитых на склоне горы пещер отшельников, раннее христианство, пришедшее с Востока, из Сирии, в шестом веке. Вот еще одна страница великой культуры, которой я не успела коснуться. И времени уже так мало… Это оттого, что я всю жизнь шла через театр, и столько всего упущено. А через эту дверь не всюду проходишь, многое остается запечатанным…

Сначала зашли в церковный магазин — бумажные иконки, крестики, туристический товар. Давид купил две бутылки саперави. Местное. Заглянули в Лавру. Потом поднялись вверх по тропинке. Открылся прекрасный, немного открыточный вид. Равнина почти до горизонта. Пустыня. Но в апреле она зеленела и цвела мелкими невидными цветочками. На горизонте голубели горы. Прекрасное чужое.

— Здесь граница с Азербайджаном. Пустыня азербайджанская. А вот те горы — уже Армения, — Давид махнул неопределенно.

С этой точки видны были храмы в разной степени разрушенные, кое-где пещеры… Когда возвращались,

ГЛАВА 47 — Театр теней

из Лавры слышно было церковное пение. Нора остановилась. Не похоже на то, как поют в России. Вспомнила фольклорный ансамбль, с которым немного работала давным-давно. Совсем, совсем другое.

К вечеру вернулись в Тбилиси. Оставался еще один день, и Давид сказал, что отвезет ее в одну довольно далекую деревню, в сторону Южной Осетии, где еще недавно были военные действия, но там есть действующий монастырь, при нем школа, и есть зал, в котором иногда дает спектакли театр, которым руководит Тенгиз... Отлично! Я ведь не сделала ни одного движения в его сторону. Так сложилось само собой... Она кивнула — поедем!

Наутро они снова поехали, снова прелесть дороги, пейзажа, движения. Ехали медленно — дорога была разбитая, да и торопиться было некуда, выехали с запасом. Горы, долины, виноградники, полуразрушенные деревушки, следы недавней войны. Давид остановил машину, вышел. Нора вышла за ним. Дорога пролегала через черный виноградник. Сгоревший осенью, до сбора винограда. Давид отломил кисть, поднес на ладонях Норе. Она тронула ягоды — они распались в пепел. Тень несбывшегося вина...

"Неужели увижу Тенгиза? Как странно, что мы еще живы, — подумала Нора и не испытала никакого волнения. — Наверное, потому, что я пережила свою смерть и добралась до старости. Как прекрасна старость... Какое в ней освобождение, — улыбнулась, вспомнив, как сердце билось в горле при звуке его голоса, как его прикосновение едва не лишало сознания... — Он не виноват, что я была в него так смертельно, так беспамятно влюблена. Только много лет спустя я поняла, как это его тяготило. Бедный Тенгиз! Но какой это был беспросветный мрак, когда он сказал мне, что женится... Он был уже достаточно стар, и мне казалось, что весь остаток его жизни принадлежит мне... О, дура!" — Нора улыбалась, потому что рак был благословением Господним, полностью освободил ее от чувства собственничества...

— Все-таки опаздываем немного, — сказал Давид.

Снова храм, двор, монастырские строения. Светло и чисто — снаружи и внутри. Каменный длинный дом. Старый, но непонятно какого времени — кладка грубая, камни еле обработанные. Открыли дверь. Вошли в черный зал. Тьма была густа и осязаема. Встали у двери, прислонясь к стене. Раздался тихий, скрипящий, какой-то насекомий звук, на одной ноте. Зажегся экран — довольно длинный и не очень высокий. По нему волнами прошли неопределенные тени — не то вода, не то трава, не то картинка в объективе микроскопа. Красиво, непонятно, но объяснений не требовалось. Потом тени собрались в две фигуры, мужскую и женскую. Между ними происходило взаимное движение, и вот уже не фигуры, а только руки приближаются друг к другу, соприкасаются, и экран разбивается теневым взрывом. Никакой музыки — только время от времени зыбкие и неопределенные звуки, про которые не сразу догадываешься, что они музыка. Вырастают из ничего растения, расцветают и увядают диковинные цветы, и совершенно непонятно, из чего это сделано, — пока не появляются руки: дорога, горы, пейзаж. Церковь на горе, река. Решительно непонятно, как это сделано. Тени густые и совсем прозрачные... Проплывают рыбы — стаей, потом вместо множества мелких — две больших и огромное чудовище. Не борьба — танец. Мерцает экран, ничего, кроме теней, — и странные животные: одни вполне знакомые собачки и зайцы, медведи и слоны, и другие —

шагающие осьминоги и сцепленные змеи... Происходит полная, событийная жизнь, только события не прочитываются, одни намеки, догадки... И звуки таинственные — музыкальный инструмент, или человеческий голос, или животное издает какие-то сигналы... Ну да, сигналы... Завораживает. Вот тени льнут друг к другу, сливаются и разливаются. И появляется младенец, младенец в больших ладонях... Совершенно непонятно, из какой-такой материи это сделано... Нет никакой материи — это театр вообще без материи. Идеальный театр, в котором нет ничего, кроме тени, и не музыка — тени звука...

Потекли слезы. Такого пространства никогда на свете не было, вообще никогда. Это мир, который от начала до конца создал Тенгиз из одних только теней, содержание невысказуемо ни на каком языке. Да и нет ни одного слова. Нет вообще ничего... Это Творение. Ну да, конечно. Не рассказ о Творении, а само Творение. И почти понятно... почему он бросил плотный и вещественный театр, почему томился последние годы совместной работы грубостью театра, почему говорил о том, что устал от фальши театра, лжи слов, обмана театральных декораций, костюма, грима, постоянных промахов жеста, ошибочности изначальных условий и невозможности попасть в цель, которая сама по себе и не стоит никаких усилий... Как смог он отказаться от всего, что составляет главное условие существования театра, — от актера? Как нашел он труппу, в которой исполнители согласились отказаться от предъявления собственной личности? Скромный выход на финал... Какой полный отказ от театра! К чему Станиславский, где Мейерхольд, зачем Брехт, какой Гротовский? Он вышел за предел вещественного, улетел туда, где кроме теней ничего уже не существует...

На экране вдруг все поменялось — возникли внятные мишки и зайцы, жирафы и лебеди, они разыгрывали смешные сценки, зал заулыбался, засмеялся... Он издевается? Указывает место вознесшемуся зрителю? Строит козу? И действительно, появилась теневая коза с рогами и толстым выменем. Смешная... Нора не замечала своих слез, они текли по впалым щекам, но она улыбалась. Ах, Тенгиз, Тенгиз! Мы были вместе молоды, я не знала того, что знал ты... или ты тогда тоже не знал? Неужели только для того я так тобой перестрадала, чтобы в старости понять, что остаются только тени... Единственно существенное, единственно существующее...

Зажегся свет. Зал был небольшой и не набит до отказа. Хлопали. В зале много детей, но больше взрослых. Говорили громко и непонятно, по-грузински. А потом на сцену вышел грузный старик с костылем. Большая брито-лысая голова, светлое лицо, махнул рукой, и вышли те, кто создавал тени. Нора улыбнулась — тени теней, молодые парни и девушки числом семь...

Давид слегка похлопал Нору по плечу — подойдем к нему?

Тенгиз махнул рукой кому-то, коротко и властно, — к нему подошла молодая женщина. Крупная, полная, кудрявая. Он приобнял ее, погладил по буйным волосам. Вот она, молодая жена... Слегка похожа на покойную Нателлу. Хорошо улыбается. И смотрят друг на друга хорошо. Нет, ничего не дрогнуло. Тень любви сильнее самой любви... И чище. У тени нет чувства собственности.

— Подойдем! Он обрадуется! — шепнул Давид. — Ну, пошли!

— Пошли, пошли, Давид! К машине пошли! — и Нора выскользнула за дверь.

ГЛАВА 47

Давид шёл за ней следом к стоянке. Молча. Сели и поехали в Тбилиси. Был предзакатный час, последний час дня, когда день, перед уходом, показывает всё, на что способен, всю красоту и печальную нежность, которую собрал за свою недолгую жизнь от восхода солнца.

Стемнело быстро. Дорога была плохая, но почти пустая. Редкие встречные фары вырывали из тьмы двумя скользящими конусами придорожные кусты, редкие строения. Нора как будто дремала. Уже подъезжая к городу, она сказала как будто сама себе:

— Эта молодая жена Тенгиза очень хороша, подходит ему.

— Какая жена, Нора? Это внучка его, младшая дочка Нино. Он после смерти Нателлы не женился. Вдовец. Не нашлось такой женщины...

— Вот как, — только и сказала Нора.

"А сказал, что женится. Решил меня освободить от себя?.. Или себя от меня?.. Нет, меня, конечно. Теперь не имеет значения..."

На следующий день она улетела в Москву. Нора, как мало кто, любила длинные перелёты, когда оказываешься нигде, в отвлечённом пространстве и в шатком времени, когда кончаются разом все обязательства, обещания, всё отложено, телефонные звонки, почта, просьбы, предложения и жалобы не доходят, а ты висишь, летишь, паришь между небом и землёй, между землёй и луной, между землёй и солнцем, выпадаешь из привычной системы координат. Летишь... Как это сделал Тенгиз, друг моей души, единственный, кто смог заживо вырваться за все пределы и обжить иной мир, мир теней... Тенгиз... Любовь бесконтактная...

ГЛАВА 48
Освобождение
(1955)

Последний в жизни Якова Осецкого лагерь был особый — Абезьский, инвалидный. Туда направляли ослабевших, изработанных на шахтах Инты зэков, а заодно и доходяг со всей Коми-республики. Это был барачный поселок с причудливыми строениями, мастерскими, сараями, с двумя загнанными в тупик паровозами, котлы которых работали на отопление административных корпусов. От ангара, выросшего вокруг паровозов, чудовищные трубы, обернутые черной лохматой изоляцией, расползались над головами людей во все стороны, как зловещая паутина упрятанного паука.

Поначалу, заглянув в бумаги и определив уровень его компетенции, Якова направили в элитный технический отдел, по бухгалтерской части, но он разругался с хамом-начальником, тоже из заключенных, тот написал докладную неизвестного Якову содержания. Сначала посадили в карцер на пять суток, а потом определили его библиотекарем в КВЧ, в культурно-воспитательной части, где был он скорее сторожем, чем заведующим.

Населяли город политзаключенные, осужденные за клевету на обидчивую советскую власть и шпионаж. Полный интернационал: русские из всех частей страны,

ГЛАВА 48 Освобождение

литовцы, поляки, евреи и всякой редкой твари по паре... На окраине лагеря, за дренажной канавой, в которой то тек ручей, то гнило болото, но никогда не просыхало, раскинулось огромное, почти в четыре гектара, кладбище. Через канаву были брошены мостки из шпал, а дальше, до горизонта, те же рвы, но могильные. Зимой снег милосердно укрывал вырытые загодя общие могильники, каждый на пятьдесят трупов, а весной, когда снег сходил, оттаявших мертвецов присыпали сверху землей. По морозу землю эту никаким кайлом не расшибешь, тем более что пока еще живой народ был слабосилен. Во рвах лежали без всякого разбору тысячи и тысячи тел истощенных ненавистников и поклонников власти, неграмотных и высокообразованных, глупых и умных, с мировой славой и вовсе безымянных... Под колышками с номером...

Яков знал тайну, которую разболтал ему приятель, фельдшер Костя Говорунов: где-то в этих рвах, среди тысяч других, лежал православный философ Карсавин, до недавнего времени профессор Вильнюсского университета. Литовский доктор из заключенных, проводивший вскрытие, засунул при вскрытии в живот покойника флакончик из темного стекла с именем, написанным на клочке бумаги. Костя присутствовал при этом, своими глазами видел. Доктор этот надеялся, что наступят времена, когда потомки начнут эксгумацию трупов, найдут среди останков безымянных тел эту записку, брошенную в океан человеческих останков, и поставят памятник философу...

Яков давно уже примеривал к себе нестерпимую мысль, что похоронен будет здесь, у Полярного круга, в общей могиле, под колышком... Такая выпала судьба его семье, его народу — лежат в общем рву в Киеве, на Лукьяновке, убиты младший брат, четыре двоюродных сестры... всего двадцать девять кровных родственников... А по Европе еще много миллионов тех, с кем в родстве не находился. Черт был один, только усы разного фасона...

Второй год, с тех пор как левая нога отказала и ходить он мог только с костылем, он жил в Абези. Лагерь был худшим из всех, в которых пришлось ему побывать, а годы ссылок вспоминались теперь почти как райский сад. Осмысленные, крепкие годы, овеянные надеждой, полные планов, разнообразных замыслов, работы... Единственное, в чем теперь Яков не ощущал недостатка, — общение. Человеческое общение. Лагеря населяла изъятая из поколения часть народа, предназначенная к уничтожению. Ученые, художники, поэты — лучшая русская интеллигенция, объявленная основателем великого советского государства "говном нации". Это многонациональное "говно" подарило Якову несколько драгоценных встреч: в бараке соседом его оказался пожилой гидрогеограф Рихард Иванович Вернер, беседы с которым были Якову и отдохновением, и наслаждением. Читали друг другу немецкие стихи — он открыл Якову Рильке, которого прежде тот не понимал и не ценил. На третьем месяце знакомства речь зашла о Судаке, куда в счастливые годы Рихард Иванович ездил с женой отдыхать... Слово за слово, выскочила со дна необязательных воспоминаний Вернера Маруся с маленьким Генрихом. В лагере такая незначащая галочка, давний дорожный перекресток судьбы, приобретает большое значение. Рихард Иванович стал Якову как будто родственником — радость лагерной жизни. Через полгода Рихард Иванович умер от воспаления легких... Тогда Яков стал собирать материал для будущей работы: название еще не определилось, но содержание — вполне. Это должен быть демографический

Глава 48 — Освобождение

анализ лагерного "говна" — наиболее образованной части общества, которая заканчивала жизнь в Абези.

Должность библиотекаря как нельзя более соответствовала его научным интересам — в его распоряжении была не только библиотечная картотека, но и личные карточки читателей, куда его предшественник аккуратно вписывал профессии и ученые звания... Но демографический анализ он закончил в две недели, больше материала не было. Придумал специальный образовательный индекс и мечтал вычислить такой же для лагерного начальства и охраны... Но материала на них не было, в библиотеку эта часть лагерного населения не ходила, у них в Красном уголке был собственный газетный стол...

Это дно жизни было в некотором смысле вершиной лагерного благополучия. Библиотека была — сплошное барахло. В основном из книг, отобранных у заключенных. Лучшее, что здесь было, — второй том Алпатова, посвященный эпохе Возрождения, присланный в лагерь Николаю Николаевичу Пунину. Почти год этот том прожил с Пуниным, но в конце концов попал в библиотеку. Яков поставил на нем штамп, присвоил инвентарный номер и отдался на несколько дней Возрождению, сетуя, что Северное Возрождение представлено столь скупо, а Итальянскому отдается такое очевидное предпочтение... В голове его уже выстраивались соображения о различиях в восприятии человеческого образа в картинах Итальянского и Северного Возрождения, но, помня о гибели рукописи романа перед последним этапом, остановил себя. Он в душе отрекся от любимого занятия — писанины.

От неумения жить без больших задач начал изучать литовский язык. Он был легкий, из индоевропейской семьи, а консультантов кругом было предостаточно.

Заканчивался шестьдесят третий год жизни, он успел продумать все прожитые годы обратным ходом. "Бустрофедон моей жизни" — в усы ухмыльнулся, но даже написать об этом было некому... Маруся, Маруся... Он и сейчас писал бы ей письма, но на переписку, даже одностороннюю, она наложила запрет... Согревая дыханием застывающие руки, он по привычке сочинял безадресные записки, озаглавленные ничего не значащим словом "Тексты".

Всё изменилось в один день. Газета "Правда" с предупреждающим сообщением о болезни вождя от 4 марта 1953-го дошла до лагеря, как всегда, с суточным опозданием, пятого, когда по радио уже было сообщено о его смерти. К Якову прибежал из санчасти Костя Говорунов — Сталин умер!

Сделалась большая, но тихая суета. Время было рабочее, но по Вахтенной улице забегали, заковыляли люди, все как будто посланные по делу, по заданию.

Яков, взбудораженный сообщением, даже дохромал до Самуила Галкина, еврейского поэта, с которым познакомился в Еврейском антифашистском комитете, году в 47-м. Надо было обсудить ошеломляющую новость. Галкин замахал руками — молчи, Яков, молчи! Не сглазить бы! И заполнил, как всегда, паузу, начав читать свои стихи на идиш, — он дорожил Яковом, чуть ли не единственным слушателем, не нуждавшимся в переводе.

Но Яков плохо слушал: весь был захвачен запрещенной мыслью о возвращении... Неужели доберётся до сестёр, встретит мать, племянников, — сердце дрогнуло, — может, Генриха, внучку, которую никогда не видел? И остановился, запнулся мыслью на этом месте.

Ночью не спал — привычно болела нога, ныли все суставы. Но голова работала ясно. Конечно, надо начинать теперь писать письма во все инстанции, и он прикидывал, кому, как, о чем: о пересмотре, о реабилитации, о помиловании? А потом мысли его потекли в ином направлении: его демографической теории предлагалась практика — смерть Сталина должна послужить отправной точкой рождения нового поколения. Как бы ни повернулась в будущем история СССР, но время, которое началось сегодня, будет называться "послесталинским", а дети, рожденные в 1953 году, после смерти Сталина, будут уже не "послевоенным" поколением, а "послесталинским". Не дожить, не дожить... А как интересно можно сейчас все развернуть! Да, знаю, как надо было бы сейчас организовать демографические исследования, пригласить Урланиса, Копейщикова, Зотова... Стоп, стоп, размечтался...

Шестого марта на работу не выводили. Сидели в бараках — в ожидании какого-то изменения жизни. Не сегодня — завтра. Почти не разговаривали. В ночь на седьмое сбили из горбыля трибуну. Каптер, бывший священник, шепнул, что черную ткань из каптерки всю забрали по приказу начлага Бондаря. Кто там знамена ночью обшивал, неизвестно, может, и жены комсостава, но утром красные с траурным подбоем полотнища повесили у главных ворот и над трибуной. Работы опять отменили, всех обитателей лагеря выстроили на плацу. Из репродукторов в сырой полумрак северного тусклого утра полилась музыка.

С первых же нот Яков узнал финал Шестой симфонии Чайковского. Родное, узнаваемое, ни ноты не выпало из памяти: главная партия четвертой части начинается той же темой, что побочная партия из первой... И развивается, страдает, угрожает, а потом оборачивается в реквием, в умирающее адажио...

Яков заплакал при первых же звуках. Как давно он не слышал музыки, как стосковался... Стоящий справа Ибрагим, мулла из Самарканда, посмотрел на него с интересом. Слева стоящий Валдис, литовский националист, усмехнулся. С чего это он плачет? Но Яков не заметил. Глаза его были закрыты, по щекам текли слезы, самые странные слезы из всех, пролитых в этот день в огромной стране. Но для Якова это были не последние слезы в этот час, потому что после маленькой паузы, почти встык, пустили Реквием ре-минор Моцарта, 7-я часть, lacrimosa...

В тот же самый час двенадцатилетняя Нора, его внучка, стояла в школьном зале перед гипсовым бюстом вождя, еле высовывающим макушку из охапок цветов, и страдала от одиночества, от своей отдельности, от неспособности разделить с опухшими от слез одноклассницами и учителями общее горе... Плакать ей не хотелось, хоть убей...

Между тем на лагерной трибуне наблюдалось замешательство — капитан Свинолуп и лейтенант Кункин давно уже заняли свои места, а начальника все не было; середина трибуны, законное место начальника лагеря Бондаря, пустовало, и положенный митинг не начинали. Было холодно, тревожно и непонятно. Все уже заледенели, но ничего, кроме музыки, не происходило... Майора Бондаря в это самое время трясущийся от ужаса врач отпаивал валерьяновыми каплями: с ним случился сердечный приступ. Через сорок минут белый опухший Бондарь появился и музыку вырубили... Митинг начался.

Сталин умер, но на поверхности жизни как будто ничего не менялось. В лагере, рассчитанном на пять тысяч человек, содержалось больше одиннадцати, и все они жгуче интересовались политикой, исследовали получаемые газеты самым тщательным образом в поисках глубоких перемен. Но, странное дело, перемены, обещавшие перевернуть страну после смерти Сталина, очень уж медленно сюда доходили. Опять возле Якова собирался кружок "умников", любителей политических споров и создателей новых концепций, — возрождались инстинкты интеллигенции. И писали письма... И ждали...

В конце марта ГУЛАГ передали из ведения МВД в ведение Минюста, и это обнадеживало. Прошел год, ГУЛАГ снова вернули под крыло МВД, все возможные письма по всем адресам были написаны, оставалось только ожидание. Прожектерская природа Якова снова в нем проснулась. Он сидел в КВЧ до поздней ночи, снова перед ним был план жизни, с пунктами, подпунктами и комментариями, и снова жизнь обретала смысл, потерянный было в "абезьской яме", как называл он годы пребывания в Абези. Ему удалось переслать сложным путем, через одного вольнонаемного, через сестру Иву, несколько писем для своих коллег — с его научными соображениями и предложениями. И еще одно письмо — Марусе. Написано оно было после освобождения, когда он уже двинулся в сторону Москвы.

Это было завершающее письмо их переписки, которая длилась с 1911 года по 1936-й — четверть века их любви, дружбы, брака...

ПОСЛЕДНЕЕ ПИСЬМО ЯКОВА МАРУСЕ

ИНТА — МОСКВА
ЯКОВ — МАРУСЕ

10 декабря 1954

Милая Маруня!
Целую вечность мы не видели друг друга, а, вероятней всего, больше уже и не увидимся. Мы оба уже ста-

рики, доживаем последние годы, подводим последние итоги. Естественно, что мысль прежде всего направляется к далекому прошлому. Начну с главного: я был счастлив всю свою молодость, все двадцать пять лет нашего брака. Наши первые встречи, первые годы супружества осенили нас такой безграничной радостью, таким — скажем прямо — счастьем, что даже отблески этих лет должны были бы освещать дальнейшие годы, помогать смягчать неизбежные углы и шероховатости.

Нам всегда было интересно друг с другом, супружеской скуки мы не знали. При всяких новых впечатлениях, при радости, при страдании, при новых мыслях, при творческих попытках — первое желание: рассказать, написать тебе. Я так врос в это, что — смешно сказать — за долгие годы разлуки до сих пор не отвык от этого и теперь еще нередко должен побороть первую мысль, первое желание — поделиться с тобой. Это не только важное содержание брака, это — его сущность, его драгоценность, его гордость.

А художественный мир, в котором мы жили общей жизнью? До сих пор радио не перестает меня волновать. Слышу ли 2 симф. Рахманинова, которая нас познакомила, или баркаролу Шуберта, которую я столько раз тебе аккомпанировал, или "Сомнение" Глинки — все эти очарованья нашей молодости, — и по старой памяти повторяю: "минует печальное время, мы снова увидим друг друга". Но возможно ли это?

Суровая судьба заготовила для меня исключительно тяжелую биографию. Удар следовал за ударом без передышки, годы странствий шли один за другим. Муж и жена должны жить вместе, брак не может основываться на почтовых марках. И теперь каждому ясно, кто разрушил мою семью. И таких, как мы, я вижу вокруг себя тысячи.

ГЛАВА 48 — Освобождение

Сталинград, Бийск, потом рудник, Егорьевск, Сухобезводная, где я ужаснулся, увидев свою грядущую судьбу (ах, как ты тогда ничего не поняла!), наконец — Абезь. Какая железная семья смогла бы выдержать такие испытания? Но теперь это Plusquamperfectum. Я вышел на свободу, я в Инте, получу на днях справку об освобождении и еду в Москву. Судя по опыту моих сотоварищей, вряд ли мне дадут "правожительство" (Помнишь ли это слово из нашей юности?) в крупных городах, но именно в Москве я получу предписание, куда мне ехать дальше...

Я теперь калека, хожу с костылем. Жизнь моя подходит к концу. Мечта моя — повидать тебя. Не будем взвешивать старые обиды. Я никого и никогда не любил, кроме тебя.

Представляю себе ироническую горечь твоей реакции. Однако кто решился на заочный суд, кто не желал выслушать ни исповеди, ни защиты, тот не имеет права на иронию. Это, действительно, правда. Ни к чему в моем положении ни фальшивые признания, ни запоздалое притворство. Я делал много попыток примирения, и все — безуспешно. Сначала расстояние, потом отчуждение...

Если бы ты согласилась встретиться или хотя бы решилась послать мне дружеское слово, это внесло бы в мою жизнь огромное облегчение. Упала бы с плеч тяжесть, которую я ношу много лет. Я хотел бы поцеловать твою руку на прощанье. Или хотя бы письмо, написанное твоей рукой.

Спасибо за прошлое.

Я счастлив был бы повидать тебя, когда буду в Москве. Ивочка живет все в том же доме на Остоженке, откуда меня забрали шесть лет тому назад. Адрес и телефон тебе известны. И при желании ты могла бы связаться через нее.

Яков

Ответа на письмо не последовало.

В конце декабря 1955 года Яков приехал в Москву. Комната на Остоженке, которую опечатали в день ареста, отошла дворнику. Ночевать у сестры он не решился. Положение его было то самое, в которое постоянно ставила его власть: въезд в Москву был ему запрещен, но документ, по которому он должен был следовать в место новой, почти санаторной ссылки, можно было получить только в Москве, в Прокуратуре на Кировской...

Приняла Якова Ася в коммунальной квартире на Ордынке, где дворника не было, а соседи были малочисленные, многажды битые и доносов не писали: одна еврейская старушка, приученная дочерью, знаменитой поэтессой со Сталинской премией в активе и пятым пунктом в паспорте, к слабоумно-одобрительному молчанию, и пожилая пара, всю жизнь скрывающая дворянское происхождение, принадлежность к православной церкви, образование, полученное за границей до 1917 года, а с недавних пор и новое обстоятельство: единственный их сын сидел в тюрьме за ограбление... Соседи закрыли глаза на ночное присутствие непрописанного гостя. Ничего не спросили.

Яков держал в руках чудо, о котором и не мечтал, — большие белые груди, молодые, шелковые, самую малость подвядшие, предмет Марусиной зависти и ревности, прятал в них лицо, вдыхал запах женской кожи. Ася же гладила его голову маленькими медицинскими руками, которыми могла вскрыть нарыв, попасть в вену толстой иглой и сделать переливание крови и много еще чего... И было все точно так, как в тридцать шестом, когда Ася приехала к нему в Бийск, еще до известия о заочном разводе... И было даже лучше, чем после войны, в последние три года до ареста, когда они сошлись во второй раз. Теперь это было третье, окончательное соединение Якова с женщиной, любовь которой смущала его в годы юности, позже, в Бийске, вызывала чувство неловкости и вины, что не может ответить ей взаимностью, а теперь ее пожизненная любовь, десятилетиями ненужная и неудобная, оказалась единственной опорой его покосившейся жизни. Она готова была бросить свою поликлинику, оформить пенсию и ехать за ним в Воркуту, в Читу, на Магадан...

Через пять дней Яков выправил документы и получил направление в недалекий город Калинин. За сто первый километр. Накануне отъезда он позвонил на квартиру сыну, подошла к телефону Амалия, невестка. Она ахнула, когда он назвался. Свекра своего она никогда не видела, знала, что тот в отдаленных краях. Генрих о нем почти ничего не рассказывал, а она не расспрашивала. Амалия пригласила его приходить в любой день, но попросила заранее предупредить, чтобы она успела приготовить что-то праздничное. Но он мог навестить их только сегодня — назавтра он должен был ехать в Калинин, и это был последний его день в Москве.

Когда Яков вышел из метро «Арбатская», его, как магнитом, потянуло в сторону Поварской, к себе, к Марусе, домой. Но этот любимый маршрут был отменен навеки, и он с тяжелым сердцем свернул к Никитскому бульвару. Он никогда не бывал в квартире своего сына — в десяти минутах от прежнего их дома. Амалия не успела заранее предупредить Генриха о приходе его отца, и они пришли почти одновременно — Генрих на пять минут раньше. Обнялись и поцеловались. Стол был накрыт в большой комнате. Якова усадили во главе стола. Он прислонил к стулу костыль. Из боковой комнаты вышла Нора. Якову показалось, что девочка слегка похожа на Марусю, только некрасивая. Она молча села, взглянула бегло на деда, и тот сразу догадался, что девочка умна. И еще он понял, что Амалия не любит Генриха, не почувствовал той глазной мгновенной связи, которая без слов наполняет общение любящих, да они и не обращались друг к другу, как если бы были в ссоре. Но они не были в ссоре, просто они так жили — без взаимности, с Андреем Ивановичем в скобках. Развелись они годом позже. Девочка мрачно молчала и смотрела в тарелку.

— В каком классе ты учишься? — спросил дед.

— В четвертом, — ответила она, не поднимая глаз.

"Замкнутая, не очень счастливая девочка", — подумал Яков.

— Тебе нравится?

— Что? Учиться? Нет, я не люблю школу, — ответила девочка и посмотрела на него. Глаза у нее были серые, в темной окантовке, как у Маруси. И шея длинная, и волосы светлого каштанового цвета, распадающиеся надо лбом на две волны, как у Маруси. Но рот и скулы мои... Гены, гены...

Амалия была мила и сердечна, но смотрела на него с каким-то дворовым любопытством: он был первым из "новых вольноотпущенников", в глазах ее читались незаданные вопросы... Генрих был напряжен, тоже вопросов не задавал, даже пытался шутить. Нора краснела от его шуток, хотя они того не заслуживали. Сначала шутнул про суп, который его жена варит из топора, но добавляет еще и гвозди, потом про котлеты сказал какую-то глупость. Сам хохотал, а Яков страдал, понимая, что никогда не задаст ему вопрос, который мучил его столько лет.

Потом, после чая, Яков ушёл, погладив на прощанье Нору по голове, Амалию по плечу, кошку Мурку по серой спинке. Генриху пожал руку. Больше они не увиделись.

Наутро Ася проводила Якова на вокзал. На спине его висел рюкзак. Правой рукой он опирался на костыль, в левой нёс небольшой чемодан в холщовом чехле. На перроне они поцеловались. Личико у Аси было неказистое, седые изношенные волосы выбивались из-под берета, но под чёрным драповым пальто, под шерстяной жакеткой, под белой блузкой, в двух полотняных мешках женской сангалантереи упакованы были её чудные груди, пробудившие в Якове уснувшую чувственность, а любовь её — он знал — прочна и неисчерпаема и хватит этой любви на всю его оставшуюся жизнь. Жизнь без Маруси...

Через две недели после Нового года, закончив московские дела, она приехала в Калинин. Он привёл её в деревянный дом на улице Новикова, по дороге рассказал об истории Твери, о чудесном городе, независимом, непокорном — против Орды воевал, с литовцами дружбу водил... Здешнее первое поселение древнее Москвы, и князья достойные... рассказал о чудесном местоположении города, о реке Тверце, по которой они непременно летом проплывут вверх, от устья в сторону истока... О прекрасной здешней библиотеке, которую, как кажется, никогда и не чистили, такие редкости он там нашёл... О возможности продолжить, наконец, работу...

Дом был старый, деревянный, изуродованный пристройками, но сохранивший крыльцо с точёными столбцами и резные наличники на двух фасадных окнах. Комната была довольно большой и чистой, приветливая хозяйка молчаливой. Окно казалось слишком низким, потому что старый дом врос в землю, зато кровать с металлическими шишечками на остриях слишком высокая — Якову с его больной ногой трудно было на нее взбираться, и он сразу же объявил Асе, что уже нашел здесь плотника, который собьет им широкую тахту, на которую положат тюфяк...

В чудесной тетради в плотном переплете, которую он купил в писчебумажном магазине на Кузнецком Мосту, в свой первый московский день, в декабре 1955 года, Яков уже успел исписать несколько страниц своим красивым, но несколько безличным почерком. Он решил начать эту новую записную книжку в новом году, и на первой странице стояла дата: 1.01.1956.

Ниже шел список из восемнадцати пунктов — это был деловой раздел. На второй странице, хозяйственной, пунктов было меньше, против некоторых стояли галочки. Под номером первым значился чайник. И он уже стоял на столе. Это был хороший эмалированный чайник едко-зеленого цвета.

— Какая нарядная зелень! — неуверенно заметила Ася, потрогав блестящий бок нового чайника и улыбаясь.

— Ася! Я же дальтоник! Я был уверен, что он спокойного серого цвета.

Восемнадцать пунктов делового раздела представляли собой проект на оставшуюся жизнь. К погибшим на Лубянке рукописям возвращаться он не хотел: Абезьский лагерь дал такой жизненный опыт, который отчасти отменял, отчасти обесценивал все его прозаические упражнения — хорошо, что ничего не сохранилось. Что бы я теперь с этим делал?

Его научные исследования можно было бы и продолжить, в них он видел возможную общественную пользу, но не сегодня, не сейчас, а, может, лет через десять... Единственное дело, к которому ему хотелось бы вернуться, — музыка. Тот трехтомный учебник по мировой музыкальной культуре, который он начал писать на Алтае, мог бы и сегодня пригодиться множеству людей — учащимся для пополнения образования, взрослым людям для расширения кругозора. Да, да, культуртрегерство — вот правильное направление... Но начинать он решил с той славной работы, которую когда-то вел в армии, когда руководил солдатским хором, самодеятельным оркестром...

По привычке организованного человека он начал выполнять свою программу с обследования местных библиотек (поставлена галочка) и посещения ближайшего дома культуры (поставлена галочка и вписана фамилия-имя-отчество директора — Моргачев Павел Никанорович). Внизу страницы был маленький список нот, которые надо было заказать в Областной библиотеке, но галочка поставлена не была...

Яков умер через восемь месяцев, в конце августа, от инфаркта. Ася поехала в Москву получать пенсию, а вернувшись, нашла его, лежащего на тюфяке, мертвым. На его последнем письменном столе лежали две вчерашние газеты, стопки свежеисписанных листов дешевой сероватой бумаги и четыре библиотечные книги — учебник литовского языка, "Материализм и эмпириокритицизм" Ленина в густых карандашных пометках, только что вышедшая "Эволюция физики" Эйнштейна и Инфельда и дореволюционная партитура оратории Генделя "Мессия".

На листке сероватой бумаги, вложенном в томик Ленина, было написано: "Всегда отстает в чтении научной литературы. Пишет о существовании материи в пространстве и во времени в 1908 году, уже после открытия теории относительности, объявляет утверждение о превращении массы в энергию идеализмом, в то время как уже в 1884 году Дж. Г. Пойнтинг показал, что энергия, так же как и масса вещества, локализована, переносится полем, ее поток обладает плотностью".

Последние счастливые месяцы жизни Якова.

ГЛАВА 49
Рождение нового Якова
(2011)

Лиза проявила свои организаторские способности и на этот раз. Тимоша и Оля были определены в детский сад; нанята домработница Виктория, пятидесятилетняя грузинка на заработках, кормилица своей кутаисской семьи, "ласточка наша", как называла ее Лиза; куплен, вопреки известным предрассудкам, полный комплект вещей для новорожденного, имеющиеся дети были подготовлены таким образом, что от материнского живота не отлипали, стучались в него нежненько и заговаривали с братом, который, к их восторгу, время от времени ощутимо брыкался. Первую попытку выйти на свет ребенок предпринял первого января, но, немного потолкавшись, раздумал. Молодец, было некстати: Виктория была отпущена на праздники, в раковине громоздились тарелки и кастрюльки, новогодняя елка преждевременно сбросила с себя половину иголок — то ли от жары в доме, то ли от общего нетерпения, повисшего в воздухе. На Юрика напала аллергия неизвестного происхождения, он чесался, как паршивый поросенок, а из глубин давно утекшего детства поднимался панический страх заразы, который охватил его в пятилетнем возрасте, когда Нора нарисовала ему страшных чудовищ-микробов. Но теперь боялся он не за себя, а за Лизу и детей. Несколько ночей он укладывался спать на узком диванчике на кухне. Лизин живот, привыкший за эти последние месяцы к ночным объятиям отца, беспокоился. Лиза недоумевала: она привыкла за последние два года засыпать и просыпаться одновременно с мужем, как одно неделимое существо...

Сразу после Нового года Юрикова необъяснимая чесотка напала и на детей. Особенно страдал Тимоша. Лиза врача не вызвала, а тем более не пошла с ними в поликлинику, потому что все равно на дворе стояли безумные вымороченные праздники, люди, устав от питья, не знали куда себя девать, устали и от отдыха. Транспорт ходил кое-как, поликлиники работали через пень-колоду, но до них и дойти было нелегко — дороги были непроходимы: снегопады чередовались с оттепелями, а дорогу тоскующие таджики не чистили, потому что за праздничные дни зарплату им не выписывали... Лиза приняла самостоятельное решение — всем страждущим дала противоаллергические таблетки, призрак злого микроба развеялся.

Четвертого под утро младенец дал знать, что собирается появиться на свет. Начались схватки. Приехали в роддом, к резкому, как нож-выкидуха, врачу Игорю Олеговичу. Этим он и подкупил Лизу, когда она заключала с ним контракт на ведение беременности и роды. Юрику он не понравился, но Лиза объяснила свой выбор — он быстрый, не манная каша какая-нибудь, а что резкий, я ведь и сама такая. Нормально...

Резкий Игорь Олегович пощупал сверху живот, взглянул в медицинскую карту, потом надел перчатку, ткнул своим железным пальцем в мякоть и глубину уставшего Лизиного нутра и велел приезжать в роддом, когда боль от схваток будет такой, что "захочется батарею из стены вырвать". И вообще, по календарю — на девятое. А беспокоить врачей без весомой причины — дурной тон!

Лиза смиренно смолчала: беременность ее так размягчила, что она не ответила доктору так, как он того заслуживал. Но, правду сказать, схватки сами собой прекратились, и утомленная ожиданием парочка медленно вышла к набережной Москвы-реки. Думали они оба только о предстоящем событии, но говорили о чем угодно, только не об этом...

— Здорово, когда в городе много воды. Мое любимое жилье в Нью-Йорке было окнами на Ист-Ривер. Снимали квартиру на троих, у каждого по каморке. Но только у меня окно было на реку... И еще на Стейтен-Айленде мне очень нравилось. В Москве воды мало. А в Нью-Йорке я старался жить поближе к воде...

— Расскажи, — попросила Лиза.

— Ты Нору попроси. Она любит рассказывать, как она приехала ко мне году в девяносто четвертом или в девяносто пятом... Не помню точно. Первая квартира, которую я снимал. Ну, не один, целая компания: парень-саксофонист, черный, девчонка-англичанка, внучка какой-то знаменитой писательницы, то ли Айрис Мердок, то ли Мюриэл Спарк... Грязь мы развели такую, что Нора два дня кухню мыла, а потом вытащила из моей маленькой комнаты четыре мешка мусора... Молча. Нет, один вопрос все же задала: откуда у тебя, Юрик, два левых ботинка, и оба изношенные?

— Да, Нора, конечно, потрясающая. Я бы на ее месте такой скандал закатила...

— Нет, не ее фасон.

— Ты уже сидел тогда?..

— Нет. Слегка. Но не крепко. То есть я тогда не понимал, что уже увяз. Мне все еще казалось, что я экспериментирую. Нора остановилась у своей подруги в Северном Манхэттене, славная тетка... Я у нее первый год деньги занимал, старался отдавать, не всегда получалось... Чипа было прозвище... имя забыл... У нее тоже окна на воду, на Гудзон выходили. Я так старался весь этот кусок жизни выбросить, что, кажется, забыл даже то, чего не собирался забывать.

Подошло такси, Юрик втащил Лизу на заднее сиденье. Приехали домой и стали ждать девятого января, обозначенного как день "икс". Утром Лиза позвонила врачу и спросила, не пора ли рожать. Доктор расслабленно велел подождать еще недельку.

— Доктор, — пустилась в объяснения Лиза, — у меня неделю не прекращаются схватки. Да, они не регулярные, но настоящие, то реже, то чаще. Давайте хотя бы УЗИ сделаем, чтобы посмотреть, как там малыш?

— Ну сделайте какое-нибудь коммерческое УЗИ, — вяло ответил резкий доктор.

Поехали на край города делать УЗИ. Просидели час в очереди. Тетка с давно не мытыми волосами сказала, что у ребенка двойное обвитие пуповиной. Лиза приуныла. Почувствовала, что смертельно устала. Дети весь вечер ныли, ссорились, перед сном устроили рев на два голоса. Юрик схватил гитару, но это обычное успокоительное не подействовало. Вечером позвонил Паша, спросил, не нужна ли его помощь. Оказалось, что очень нужна, — ангел Виктория заболела гриппом и ушла на несколько дней поболеть у своих родственников. Паша приехал через час — дети повисли на нем. Юрик, с которым у них давно уже установились добрые отношения, попросил уложить их спать, а он посидит с Лизой. Лизе хотелось, чтобы скорее все было позади, и она выпила персен — чтобы не плакать и вообще ни о чем не думать. На схватки это слабо подействовало, и вообще уснуть не удалось. К шести утра Лиза приняла окончательное решение: рожать немедленно. Юрик попытался шутить:

— Задумалась о батарее?

Но схватки, так и не став регулярными, как полагалось по правилам природы, превратились в одну сплошную длинную боль. Паша спал в детской на раскладушке. Без четверти семь Лиза с Юриком затворили за собой почти бесшумно дверь и сели в такси. Через два светофора Лиза поняла, что начались роды. В начале восьмого подъехали к роддому. Шлагбаум был предусмотрительно закрыт. Будка охранника выглядела заброшенной. Проверять наличие охранника уже не было времени. Быстрее было пешком добраться до приемного отделения.

Лиза вышла из такси прямо в ледяную лужу. Но идти не смогла. Ни шагу. Все было как в кино, с той разницей, что ни замедлить, ни поставить "на паузу" было невозможно. Стоя в луже чуть ли не по колено, Лиза крепко держалась за дверцу такси, а таксист кричал, что ему надо ехать и что надо срочно заплатить. С трудом отцепившись от двери, Лиза дала Юрику точное указание:

— Беги в приемное отделение и скажи им, что нужен врач и каталка, жена рожает. Скажи им, что это потуги!

Юрик слова этого никогда не слышал. Такой страх и полный отрыв от реальности он испытывал только в опасных наркотических путешествиях. Но действовал при этом вполне целесообразно: схватил за шиворот какого-то маленького испуганного таджика, тыкающего в обмерзший тротуар ломом, и строго сказал ему:

— Держи ее.

И побежал к приемному отделению.

Таджик знал по-русски только два слова, подходящих к ситуации: "девочка" и "билять".

— Девочка, билять, — говорил он Лизе и гладил ее по спине.

Лиза опиралась на лом, который неизвестным образом оказался у нее в руках. Боль, которая и прежде была очень сильная, захватила ее целиком, так что не осталось ничего, кроме боли. В этот момент она превратилась в зверушку, сотканную из одних только инстинктов. А инстинкт говорил: ложись и рожай.

Лиза скинула пальто на снег и твердо сказала таджику: "Рожаем!". И встала на четвереньки.

— Девочка, билять, — прошептал таджик и, присев рядом на корточки, начал тихо и быстро молиться. Тут появился Юрик.

— Лиза, Лиза, не надо, они уже бегут, вставай, что ты делаешь? — кричал он в ужасе.

Это была самая страшная картина из всех, что он в жизни видел. Он нагнулся, чтобы поднять жену, но увидел ее оскаленные зубы и отшатнулся... Тут добежала белобрысая женщина в линялом зеленом халате.

— Вставай, давай, попробуй, — сказала она.

Лиза ответила что-то вроде "Рры"...

— Давай, вставай, — твердо сказала акушерка и приподняла Лизу за плечи.

— Я не дойду, — твердо сказала Лиза.

Акушерка отпустила ее, засунула руку ей в штаны, пошарила там и синхронно с таджиком сказала:

— Блядь, — и добавила. — Это п...ц.

Тут все почему-то отвлеклись и посмотрели в сторону будки охранника. Ребенок внутри сделал еще один рывок.

— Да помогите же, я рожаю! — вдруг очень трезво объявила Лиза. Видимо, ребенок сделал небольшой перерыв, набираясь сил для нового рывка.

ГЛАВА 49

И все они — Юрик, таджик и акушерка — переглянувшись, подняли Лизу и понесли к будке. Каталка где-то застряла...

Акушерка Люда распахнула дверь будки — там охранник занимался сексом с голой женщиной.

— Ну, ё-моё! — ошеломленно произнесла акушерка.

Голая женщина не приняла этого на свой счет, а только ворчливо огрызнулась, наспех одеваясь и освобождая помещение:

— Большое дело, рожает! Все рожали, ничего страшного!

— Только, пожалуйста, не рожайте в мою кровать! — взмолился брезгливый охранник, хотя уже ничего нельзя было изменить: Лиза уже была в его кровати. Юрик снимал с нее ботинки.

Потом появилась увечная каталка. Лизу перетащили на нее. Полуголая, в одном свитере, сверкая праздничной белизной бедер, без ботинок, со взмокшими волосами, украшенными Олиными детскими заколочками, Лиза ехала в приемное отделение на шаткой каталке, которую таджик, охранник, акушерка, кто-то еще из тьмы и Юрик во главе этой безумной процессии волокли по подтаявшей наледи, по скользким кочкам и колдобинам, по лестнице, по кафельному полу — рожать! Катясь по больничному коридору, Лиза пыталась донести до акушерки, что у ребенка двойное обвитие пуповины...

— Сейчас это уже совершенно неважно, — мрачно отрезала акушерка.

Добежали до родового отделения.

Юрик вообще-то не хотел присутствовать на родах. Но он оказался рядом. Их было трое: акушерка Люда, прибежавшая с чайной чашкой в руках дежурная медсестра Гуля, которая и раздобыла спасительную каталку, да Юрик. Ни резкого доктора, ни вообще какого бы то ни было врача поблизости не наблюдалось. Персонал, видимо, еще догуливал Новый год.

В родильном зале Люда попросила Лизу потерпеть и не рожать еще минуточку, пока она приготовит хоть какой-то медицинский набор. Звякало железо, медсестра натянула перчатки и булькала жидкостью. Боль была такая, что сильнее уже не бывает.

— Ты кричи, кричи! — посоветовала Люда. Кричать Лизе очень хотелось, но этого она себе не разрешила. Где-то на горизонте маячил совершенно белый Юрик, он был на грани обморока.

— Ну, блядь, теперь уже рожай! — бодро скомандовала Люда...

Мальчик родился ей прямо в руки, в пузыре. Первым делом, даже не вытащив его полностью из пузыря, Люда сняла с шеи пуповину. И сказала размягченным голосом:

— Ну, резвый какой пацан! Еще и в рубашке родился!

И предложила Юрику перерезать пуповину. Но он ее даже не услышал. Только повторял:

— Лизка! Лизка! Яшка родился! Все самое страшное позади!

Было десятое января 2011 года. День рождения Маруси. День, который чтил всю жизнь Яков Осецкий. Столетие переписки, хранившейся в ивовом сундучке.

ГЛАВА 50
Архив
(2011)

В 2011 году неожиданно наступила старость. Нет, не вполне старость. Точнее было бы сказать, бесповоротно закончилась молодость. С наследственным раком удалось справиться, по крайней мере на время. Юрик с Лизой радовали исходящим от них ровным счастьем. На семейной памяти Норы такого счастья не было, даже Амалия с Андреем Ивановичем, при всей их взаимопоглощающей любви, страдали некоторой неполнотой — не оставили своего продолжения. А у Юрика с Лизой родился сын. Норин внук, который внес совершенно свежее счастье — Нора разглядывала малыша и угадывала в нем течение предшествующей жизни: круглые брови Амалии, собранный рот Генриха, пальцы Витаси и Лизины светло-карие, азиатского покроя глаза — от Лизиной бурятской бабушки... И все это уходило вглубь и вдаль, туда, где изображение лиц с помощью солей серебра еще не придумали, в дофотографический мезозой, когда стойкие изображения оставляли только художники с разной точностью глаза, разными дарованиями и воображением. Портретов предков не было в Нориной семье, только папка фотографий сохранилась после смерти Генриха.

Закончилась спешка, в которой Нора прожила всю сознательную жизнь. Поездка в Тбилиси расставила все по своим местам: она ни в чем не ошиблась, Тенгиз не только не разочаровал, но оказался в конце концов тем самым человеком, который вел ее за собой ровно столько, сколько было ей нужно, чтобы прийти в эту тихую и вполне осмысленную точку, а любовные бури, которые она с ним переживала, не оставили ни горечи, ни боли. Только яркие и богатые воспоминания и легкое недоумение: почему эти гормональные сполохи заняли большую часть жизни? Устройство женского организма? Ультимативные требования генетики? Биологические законы продолжения рода?

Нора к этому времени успела написать книгу о русском театральном авангарде, ее перевели в том же году на английский и на французский. Все больше вникала она в преподавание — в театральном училище вела курсы истории театра и сценографию. Те самые курсы, которые когда-то вела Туся, и так же, как когда-то Туся, Нора была кумиром студентов.

Ей было хорошо как никогда в жизни. Единственное, что ее беспокоило, — какое-то количество незавершенных дел. Она составила себе список на ближайшее время. Начала с хозяйственных — поменяла ванну на душевую кабину, поставила новую плиту вместо старой, купила в антикварном на Малой Никитской два шведских книжных шкафа взамен прогнувшихся самодельных полок, разобрала разросшуюся библиотеку, и когда, наконец, все прочие пункты длинного списка были вычеркнуты, достала из нижнего ящика секретера сверток с письмами, доставшимися от бабушки Маруси. Она не открывала этот сверток со времени ее смерти, но помнила, что сверху лежали письма деда Якова, помеченные 1911 годом. Она развернула ломкую от старости клеенку. Ветхие письма пережили столетие, и Нора поняла, что она единственный человек на свете, который помнит этих давно умерших людей — Марусю Кернс, которую она так любила в детстве, а потом разлюбила, и Якова Осецкого, которого видела девочкой один раз в жизни, незадолго до его смерти, когда он проездом из одной ссылки в другую навестил их на Никитском бульваре...

Письма были аккуратно сложены по годам, все в конвертах с марками, с датами, с адресами, надписанными таким почерком, каким никогда уже не будут писать никакие люди на Земле.

Чтение длилось неделю, почти без перерывов. Плакала, смеялась, недоумевала. Восхищалась. Обнаружила в том же свертке несколько записных книжек, которые Яков начал вести еще подростком. История великой любви, история поиска смыслов, творческое отношение к жизни и невероятная страсть к знанию, к пониманию взъерошенного и безумного мира. Многие семейные тайны открылись, но возникло и несколько вопросов, на которые ответов не было.

Нора разложила старые фотографии — наследство Генриха. Их было довольно много. Часть подписаны, их Нора отложила в сторону. Было множество фотографий, на которых были изображены неизвестные люди — родственники и друзья, имена которых уже невозможно было установить. Любительских фотографий в начале века почти не было — все это были приклеенные на картон профессиональные снимки из фотоателье с указанием адреса, а часто и фамилии мастера. Самая ранняя фотография датирована была 1861 годом, на ней изображен старик с большой бородой в шелковой круглой шапочке. Скорей всего, Марусин дед...

Странное сильное чувство: она, Нора, одна-единственная Нора, плывет по реке, а позади нее расширяющимся веером ее предки, три поколения лиц, запечатленных на карточках, с известными именами, а за ними, в глубине этих вод, бесконечная череда безымянных предков, мужчины и женщины, выбирающие друг друга по любви, по страсти, по расчету, по велению родителей, производящие и сберегающие потомство, и их великое множество, они заселяют всю Землю, берега всех рек, плодятся и размножаются, чтобы произвести ее, Нору, а она — своего единственного мальчика Юрика, а он еще одного маленького мальчика Якова, и выходит бесконечная история, смысл которой так трудно уловить, хотя он явно бьется какой-то тонкой ниточкой. Все труды поколений, все игры случайностей ради того только, чтобы родился новенький ребенок Яков и вписался бы в этот бесконечно-бессмысленный поток. Тысячи лет играется этот спектакль, с незначительными, в общем-то, вариациями: рождение-жизнь-смерть, рождение-жизнь-смерть... И почему все еще интересно и увлекательно плыть по этой реке, наблюдая смену пейзажа? Не оттого ли, что придуман хитрый пузырек, тончайшая оболочка, которая замыкает в ограниченных пределах каждое живое существо, каждое "я", плывущее по реке, пока не лопнет с глухим стоном и не выльется обратно в бесконечную воду. Эти ветхие, чудом сохранившиеся письма и есть бессмертное содержание этого "я", след существования...

"Почему же я столько лет не прикасалась к этим письмам?" — задавала себе вопрос Нора. Из страха. Боялась узнать что-то ужасное о Якове, просидевшем в ссылках и лагерях по меньшей мере тринадцать лет, о Марусе, которая вечно что-то скрывала, постоянно проговаривалась и глухо замолкала. Боялась узнать о тех страстях и страхах, которые их поедали, и о тех подлостях, на которые толкает страх. Но письма многое объяснили...

ГЛАВА 50

Теперь оставался последний шаг — узнать то, что находилось за пределами писем. Это последнее движение Нора совершила: позвонила в архив КГБ.

Архив находился на Кузнецком Мосту, в пяти минутах ходьбы от черного сердца города, от Лубянки. Нора сказала, что хотела бы ознакомиться с материалами дела своего деда Якова Осецкого, который был освобожден из заключения в конце 1955 года. Сотрудница спросила, есть ли у Норы документы, подтверждающие родство.

— Я ношу ту же фамилию и у меня сохранилось метрическое свидетельство моего отца, где указано имя деда.

— Тогда никаких проблем. Оставьте свой телефон, мы закажем дело вашего деда и позвоним вам в течение двух недель, — ответила приветливая сотрудница.

Через две недели позвонили и сказали, что она может ознакомиться с делом Якова Осецкого. Нора отправилась в архив, на Кузнецкий Мост.

Симпатичная женщина положила перед Норой папку, на которой сверху было написано:

Дело Осецкого Я. С.
Начато 1 дек 1948 — окончено 4 апреля 1949 г.
Сдано в архив Р-6649
Архив КГБ №2160

Папка была толстая, в нее, помимо подшитых пожелтевших страниц, были вложены запечатанные конверты большого формата, которые, как предупредила сотрудница, вскрывать было нельзя. Нельзя было также фотографировать или ксерокопировать, но делать выписки разрешалось. В конверте незапечатанном — фотография. Яков Осецкий в день оформления, в профиль и анфас — бритая голова, небольшие усы, плотно сжатый рот.

Дух перехватило от этого лица...

Нора положила рядом с "Делом" принесенную из дома общую тетрадь, в которой первые три страницы были исписаны Юриковой рукой в 1991 году, незадолго до его отъезда в Америку. Чистой тетради в доме не нашлось, а писчебумажный рядом с домом оказался закрыт. Перевернула страницу с Юриковыми каракулями и начала делать выписки...

Родился... учился... служил в армии... работал...
Первый арест 1931 г. — 3 года ссылки (СТЗ)
Второй арест 1933 г. — 3 года ссылки (Бийск)
Третий арест 2.12.1948 г.

Про первые две ссылки Нора уже прочитала в письмах деда. Про последний срок знала только, что посадили его в 48-м, а выпустили в 55-м.

Бросился в глаза лист плотной хорошего качества бумаги, на котором было написано прекрасным писарским дореволюционным почерком: "Ордер на арест от 1 дек 1948 года". И отпечаток пальца!

На прочих листах — вшивеньких, пожелтевших, — была записана вся история безграмотной рукой, коряво в грамматическом и графическом отношении, но этого Нора уже почти не замечала.

"Обыск был проведен по месту проживания у сестры, Ивы Самойловны Резвинской на ул. Остоженке 41, кв 32, работающей учительницей в школе № 57, по немецкому и французскому языкам.

ГЛАВА 50

При обыске присутствовали сестра Резвинская И. С., дворник Соскова М. Н. и понятой Чмурило А. А."

Далее шла длинная опись имущества, которую Нора начала было переписывать, но потом остановилась.

Опись имущества:
1. Кровать железная
2. Этажерки две
3. Радоприемник "Телефукен" импортный

Здесь один лист с нумерацией отсутствовал. Далее шло:

17. Чемодан фанерный
18. Счеты конторские
19. Бритва безопасная
20. Счетная линейка
21. Пальто муж. демисезонное в елочку б/у
22. Пальто муж. летнее шерст
23. Костюм муж. шерст
24. Черная двойка — старая
25. Пиджак муж. шерст.
26. Рубашки 3 старые
27. Рубашки нательные 2 старые
28. Кальсоны 4 пары старые
29. Трусы б/у 4 пары
30. Полотенце х/б

Мысленно Нора расставила кровать, две этажерки, стол в узкой комнате, разложила эти вещи б/у и поняла, что уже ставит спектакль...

"При обыске изъяты:
1. Диссертация Я. Осецкого "Демографические понятия поколения" 3 т., 754 стр, 46–48 гг
2. Брошюра Осецкого "Статистические данные экономики Европы"
3. Ж. "Мысль" 6–11 №№ за 1919 г. Харьков
4. Материалы в черновых записях "Англо-палестинский справочник" 577 стр.
5. Записи по эконом. статистике 314 стр.
6. Письма 173 штук на 190 листах
7. Газеты на разных иностранных языках (анлийский, немецкий, французский и турецкий — со слов Я. Осецкого) — 18 штук.
8. Рефераты для ЕАК по полестинскому (через О — невозможно не заметить!) вопросу — четыре тома (машинопись) с надписью на каждом томе "Михоэлс"
9. Доклад по палестинскому вопросу для МИД СССР (с надписью "советнику МИД Б.Штерну")

Пунктов было всего 68, далее шли книги, тоже длинный список.

Книги:
1. Покровский, "Рус. история"
2. Мартов, "История российской социал-демократии", с пометками
3. Урланис, "Рост населения в Европе"
4. "История еврейского народа", Мир, 1915
5. Еврейская энциклопедия дореволюционного издания, 17 томов...
6. Л. Розенталь, "Вокруг переворотов", с пометками
7. Ю. Ларин, "Соц. структура СССР и судьбы аграрного переселения", с пометками
8. Карл Маркс, "К критике политической экономии", с пометками

ГЛАВА 50

Нора заглянула в конец списка — 980 номеров, из них половина на иностранных языках…

> "При обыске также изъяты 34 записные книжки большого формата, 65 папок и 180 тетрадей по истории литры и музыки и сберкнижка на 400 руб."

Квитанция из внутренней тюрьмы МГБ. №1807/6 от 2 дек 1948.

Приняты носильные вещи — от наволочки до запонок — снова список.

На отдельном листке, двадцатью страницами позже, Нора обнаружила постановление:

> "Постановление от 21.3.49 года
> Постановление — уничтожить перечисленные материалы путем сожжения. Подпись: майор Езепов"

На следующей странице отчет "о приведении в исполнение сжигания во Внутренней тюрьме МГБ-КГБ в присутствии майора Езепова". И подпись майора.

Три месяца, судя по датам, исследовали специалисты дедовы книги и бумаги, прежде чем приговорить их к сожжению.

Тут Нора почувствовала дурноту, прервала свои выписки, сдала "Дело" в руки милой сотруднице и ушла. Вернулась на следующий день и ходила до конца недели, переписывая фрагменты дела в тетрадку, плохо соображая, зачем она это делает. Тетрадь была наполовину заполнена, но Нора не могла остановиться.

Медицинские справки. В одной — "хрАнический радикулит", в другой, более культурной, с латынью — "eczema tybolicum, хроническая форма". И заключение — "трудоспособен к физическому труду".

Нора взглянула на свои запястья: последние годы экзема затихла, напоминала о ней тонкая блестящая кожица, покрывшая прежде пораженные участки. А у малыша с первых же дней диатез. Видимо, фамильное заболевание. Генетика…

"Протокол допроса от 2 декабря 1948"

Двадцать четыре страницы рукописного текста. В конце подпись: подполковник Горбунов. И еще одна — Осецкий.

Допрос мягкий, нейтральный. Вопрос — ответ.

— В материалах вашего дела имеется работа "Удержат ли большевики государственную власть?". У вас были какие-то сомнения в этом отношении?
— Работа "Удержат ли большевики государственную власть?" принадлежит Ленину. Написана она была в сентябре 1917 года, а обсуждали мы эту статью… в тридцать первом или в тридцать втором году… Точно не помню…
— Мы, это кто? Перечислите поименно…
— Прошло более шестнадцати лет. Я точно не помню…

Сначала Нора переписывала все подряд, потом стала делать выписки — то, что подчеркнуто красным карандашом…

— "Антисоветскую деятельность (пропаганду) отрицает…"
— "Участие в Совете рабочих и солдатских депутатов в Харькове в 1918 году отрицает…"
— "Утверждает, что его отец Самуил Осецкий был до революции служащим на мельнице…"
— "Знакомство с председателем ЕАК Соломоном Михоэлсом и секретарем Хейфец признаёт…"

ГЛАВА 50

— "Участие в работе ЕАК в качестве наемного сотрудника, выполнявшего литературную работу по заказам, признаёт".

Далее был приведен длиннейший и удивительный по своему разнообразию список мест его трудовой деятельности:

1919 —	Городская биржа труда, статистик, Киев.
1920 —	Наркомат труда, зав. статистикой рынка труда, Киев.
1920–1921 —	Зав. статистикой союза рабочей кооперации, Киев.
1921–1923 —	контора Центросоюза, г. Киев.
1923–1924 —	Центральное статистическое управление при Совнаркоме, Москва.
1924–1931 —	ВСНХ, экономист, Москва.
В 1931 —	арестован, обвинен во вредительстве. Решением Коллегии ОГПУ было запрещено проживание в 12 режимных городах СССР.
1931–1933 —	экономист на СТЗ, Сталинград. В 1933 арестован, 6 месяцев под следствием. ОСО при ГПУ от 26 авг 1934 г приговорен к 3 годам ссылки. Отбывал до декабря 1936 года в Бийске, после чего вернулся в Московскую область.
1937 —	Егорьевский район, рудник, начальник правового отдела.
1938 —	вольнонаемный начальник планового отдела в Унжинском исправит.-трудовом лагере.
1939 —	Вернулся в Егорьевск, давал частные уроки музыки.

1940 —	Кунцево, карандашная фабрика им. Красина, зав. производственной группы.
1941 —	НИИ гор. транспорта, зав планово-договорного отдела.
	1941 год, окт. — Ульяновск, плановик в строит.-монтажном управлении.
1943, май —	учреждение реэвакуировалось в М-ву.
1944 —	научный сотрудник Тимирязевской Академии.
1945–1948 —	преподаватель статистики экономического факультета и-та Кинематографии.
С 1 сент 1948 г. —	без определенных занятий.

Вернулась ближе к началу папки, просмотрела материалы первого допроса, перешла к следующему, сравнила. Во втором страниц вдвое меньше, вопросы все те же, но ответы другие. Почему изменились ответы и что за это время произошло с Осецким за шесть дней между первым и вторым допросами, можно только догадываться. Нору мутит. Она не понимает, зачем делает эти хаотические выписки. Но остановиться не может.

"Я. Осецкий изобличается показаниями Романова В. И., который обвиняет в «злобных и нецензурных выражениях Якова Осецкого о руководстве ВКП(б) и правительства», а также показаниями Хотинского О. И., который обвиняет Осецкого в распространении слухов о голоде на Кубани в период 1932–1933 гг"
"Я. Осецкий отрицает «возможность нецензурных выражений в адрес кого бы то ни было и признается в распространении слухов о голоде на Кубани»".

"Я. Осецкий признается, что его отец Самуил Осипович Осецкий был до революции купцом первой гильдии, торговец хлебом, арендатор мельниц, содержал пором на Днепре и собственные баржи. В 1917 г. все имущество было национализировано. В годы НЭПа — мелкая торговля. В 1922 году привлекался к суду за сокрытие золота".

Я. Осецкий признается, что "буржуазно-демократическую революцию встретил положительно, затем работал в Киевском эсеро-меньшевистском Совете рабочих и солдатских депутатов, разделял взгляды меньшевиков. Работал в Совете инструктором юридического отдела до октября 1917 г. Октябрьскую революцию встретил враждебно, производил агитацию, направленную на подрыв и свержение сов. власти. С 1918 г. окончательно отошел от меньшевистских взглядов, т.к. эта партия перестала его интересовать".

"Признаю, что действительно в 1931–1933 гг я враждебно относился к политике ВКП (б) по вопросам проведения коллективизации сх, высказывая это среди своего окружения".

"Должен сообщить, что с Михоэлсом я познакомился по своей инициативе с целью предложить ему услуги по составлению рефератов по вопросу Палестины... Я представил Еврейскому Антифашистскому Комитету всего 4 реферата объемом от 150 до 250 страниц каждый. Рефераты одобрили и заплатили более 3-х тыс. рублей. Я излагал по вопросу Палестины буржуазно-националистическую точку зрения проанглийского направления".

"— С кем еще из окружения Михоэлса вы общались?
— С заведующим ближневосточным отделением МИДа бывшим меньшевиком Штерном. По заданию этих лиц

разрабатывал так называемый политический вопрос и снабжал их буржуазно-националистическими клеветническими материалами проанглийского направления, заимствованными из иностранной лит-ры".

Это было "чистосердечное признание", и с этого момента уже ясно, что он обречен. Вопрос был только в том, пойдет ли он вместе с первым эшелоном, который весь был расстрелян, или со вторым, которым давали милостивые сроки, начиная от десяти лет...

Далее Осецкому предъявили его телефонную книгу.

"Расскажите о ваших взаимоотношениях с лицами из телефонной книги. По алфавиту... Абашидзе? Николай Атаров? Виктор Васильев? Герчук? Дмитрева? Кронгауз? Литвинова? Лукьянов? Левашев? Найман? Полянский? Половцев? Потапова? Урланис? Шор? Шкловский?.."

Десятки фамилий...
Ответы: сослуживец, никогда не встречался, домашнего адреса не имею, дома не был, сведений не имею, номер дома не помню... сосед, гулял вместе с собакой во дворе... номера квартиры не знаю, в доме никогда не был... случайный знакомый по Киеву... член редколлегии... сослуживец, не общался...

"— Кто такой Михаил Кернс?
— Знакомый по Киеву, не встречался с довоенных лет. Погиб во время войны".

Кернс — родной брат Маруси, — это Нора прекрасно помнила, знала его внучек, одна из которых, Любочка, художница... Яков и словом не обмолвился о своем с ним родстве. Берёг Марусю. Всех берёг... Про Марусю сказал, что прервал с ней всякую связь с 1931 года, отношений не поддерживал и сведений о ней не имел...

На четвертый день исследования Нора обнаружила в папке ошеломившие ее документы. Заявление Генриха Осецкого в партком института, где он работал, от 3 декабря 1948 года, через два дня после ареста отца, и второе, аналогичное, от 2 января 1949 года, на имя министра Гос. Безопасности.

"Заявление от Осецкого Генриха Яковлевича, начальника лаборатории Всесоюзного НИ инструментального и-та, Б.Семеновская, 49.

Мною было заявлено в партбюро и-та, где я работаю, об аресте моего отца Осецкого Якова Самойловича, органами МГБ. Арест произошел по ордеру МГБ от 1.12.48 за №359.

При разборе моего заявления на заседании партбюро 24.12.48 меня просили припомнить, не было ли со стороны отца каких-либо враждебных высказываний или действий. Так как я с отцом не живу с 31-го года, я общаюсь с ним мало. Однако я припомнил один факт, который показался партийному бюро подозрительным, и партийное бюро предложило мне сообщить об этом факте следственным органам.

В начале войны, примерно в сентябре 41 года, я встретил отца случайно на улице; обсуждая положение на фронте, отец высказал предположение о том, что в скором времени немцы могут подойти к Москве и занять ее (точной формулировки этой фразы я не помню, однако смысл ее был примерно таким). Я в то время не обратил

внимания на это высказывание и лишь позже оценил его высказывание как пораженческие настроения.
Выполняя решение партийного бюро и спрашивая вас об этом факте, прошу вас учесть, что в данном случае, если вам понадобятся мои показания, то я их буду давать не как сын арестованного, а как член ВКП(б), так как мои политические убеждения выше моих родственных чувств.
В случае, если мой отец окажется врагом народа, то я без каких-либо колебаний откажусь от него, тк партия и Советская власть, воспитавшие меня, мне дороже всего. 5.1.1949"

Следом шла страница, на которой был записан протокол допроса Генриха Яковлевича Осецкого. Ужасно болела голова. Мутило. Во рту пересохло. Началась мигрень, каких давно у Норы не было. Последняя выписка, которую Нора сделала в тот день, — "Направляется в особый лагерь МВД СССР — 10 лет за агитацию и хранение контрреволюционной литературы"...

Она закрыла папку, отнесла ее на стойку, где дежурила новая сотрудница, постарше, тоже приветливая и симпатичная, и вышла на улицу... Но перед выходом Нора совершила кражу — стащила из "Дела" лежавшую в конверте книгу — "Восстание ангелов" Анатоля Франса с надписью:

"Переплет из украденной папки, носков и хлеба. Переплетено 4–6 марта 1934 в самые тяжелые дни пребывания в камере № 2 в Сталинградской тюрьме.
Resigne Toi, mon Coeur,
Dors, mon soleil!"

ГЛАВА 50

Архив

Как она сюда попала и почему сохранилась, никто никогда и не узнает.

Дождь, который вяло капал уже два дня, закончился. Вышло предзакатное солнце, слабое и неуверенное. Ужасно болела голова, Нора вспомнила, что должна быть "аварийная" таблетка, которую она никогда не вынимала из сумки. Таблетка нашлась, но воды не было. Нора разжевала медицинскую горечь.

Дошла до Лубянки. Остановилась против серого чудовища. Высокие двери подъездов были мертвы, никто не входил и никто не выходил. От этого адского монстра, прикидывающегося просто безобразным зданием, исходил гнусный и душный запах страха и жестокости, подлости и трусости, и никакой нежный закатный свет не смягчал его. Почему не излился сюда небесный огонь? Почему смола и сера не упали на это проклятое место? Бедный маленький Содом, ничтожная Гоморра, приют сластолюбивых развратников, был выжжен, почему не свершилась небесная кара и это адское гнездо стоит посреди безразличного самовлюблённого города? Навеки? Нет, ничего навеки не бывает... Нет Проломных ворот, нет фонтана Витали, нет дома страхового общества "Россия", даже памятника Дзержинскому уже нет... Нора развернулась и пошла в сторону Театрального проезда.

Головная боль не отпускала, и билась все одна и та же мысль — "Бедный Генрих!". Добрый, недалекий, смеющийся глупым анекдотам, безвредный и легкий Генрих, почему побежал он на следующий же день после ареста отца отрекаться, доносить, оправдываться и гробить окончательно своего отца? Защищал свою карьеру, место под чахлым солнцем, может, семью? Меня и маму? Бедный Генрих...

Что за глубокая червоточина? Что за порча? Страх, трусость... Или он знал что-то, чего я никогда не узнаю...

Нора шла в сторону дома, но каким-то кривым, случайным путем. По Дмитровке прошла мимо Камергерского переулка, мимо углового дома, описанного Пастернаком. Того, где "свеча горела на столе, свеча горела"... Антипов снимал тут квартиру, а Юрий Андреевич Живаго, в кружеве еще не свершившейся судьбы, проезжал мимо, приметил этот ничего не значащий огонек в одном из окон и оставил его в литературной вечности.

Потом Нора свернула в Столешников переулок. Раньше здесь почти в каждом доме жили какие-то знакомые, но многие отсюда были выселены, съехали или умерли. Когда всю жизнь живешь в одном городе, он наполняется точками памяти, как будто в каждой подворотне, на каждом углу прибито гвоздиком нестираемое воспоминание...

В храме Космы и Дамиана зазвонили колокола. Раньше в этом здании помещалась типография Министерства культуры, однажды Нора приходила сюда по делу — печатать какие-то программки, рекламки... Уже не припомнить, какие, для чего... Проходя мимо, услышала из отворенного окна церкви чудесное пение. Остановилась. Нищие клубились у входа. Зачем-то вошла. Народу в храме было довольно много. Пахло яблоками и свечами. Сбоку стоял длинный стол, на котором разложены были яблоки, виноград, какие-то турецкие фрукты... Пение смешивалось с яблочным духом, пение было прекрасным. Нора села на скамью у самого входа. Рядом сидели две старухи и мамаша со спящей девочкой лет двух. Что там пели, было не разобрать, но это и не имело значения.

ГЛАВА 50

Неожиданно Нора заплакала. Она вовсе не была религиозна, православие к ней никакого отношения не имело, как и все другие религии. Но сердце отозвалось на звуки. Бог мой! Это второй дед, регент, Александр Игнатьевич Котенко послал мне сигнал, это его музыка, его жизнь. Ничего, ничего про него не знаю — бабку мучил, был слепой и злой, как говорила Амалия... Почему так ударило это пение? Правда, сигнал, что ли... Они же все были такие музыкальные, и дед Александр, и дед Яков, и Генрих... Генрих... И в душе ее поднялся вдруг ужасный плач, и как будто не она плакала, а Генрих в ней... маленький Генрих, несносный ребенок, который бросался на пол и бил ножками, который хотел летать на планёре или на самолете, которого не пустили в его любимую авиацию, ну да, потому что его отец Яков был врагом народа и все испортил. Отняли мечту, надежду, прекрасное будущее... О, бедный Генрих! И Нора плакала вместе с ним, этим мальчиком, своим будущим отцом и бывшим отцом, у которого не получилось прожить ту жизнь, о которой мечтал... Он всхлипывал, захлебывался, потом уставал и тихо ныл, выл, впадал в истерику, а Нора только утирала слезы. Какой ужас! Неужели это его горе никогда у него не кончится, никогда не перегорит, никогда не умрет, а будет терзать и его, и Нору, и того маленького Якова, который только что родился и ни в чем, ни в чем не виноват... Неужели все зло, которое мы совершаем, не растворяется во времени и висит над каждым следующим младенцем, выныривающим из этой реки?

Нора вышла из церкви. Это был канун Преображения Господня. "Обыкновенно свет без пламени исходит в этот день с Фавора..." Да, да, конечно. Свет без пламени… Свет уже померк, но праздник еще не кончился… Стало легко, как будто кто-то снял с нее всю тяготу этого дня. Она перешла какой-то рубеж.

Рядом, почти дверь в дверь, был когда-то ресторан "Арагви". В давние времена Нора приходила сюда с Тенгизом. Она улыбнулась и этому воспоминанию. Театр теней, который он ей показал, сам того и не зная, был догадкой о том, что за пределом плотного, полного страхом и стыдом пространства их существования, было что-то иное, что отсюда видится только смутными и прекрасными тенями…

Нора перешла по подземному переходу Тверскую улицу, вышла на Тверской бульвар, который она видела в двойном зрении — кроме сегодняшнего еще и тот, послевоенный, со старыми деревьями, с Пушкиным в начале бульвара, с аптекой на месте Новопушкинского сквера, с видной отсюда стеной разрушенного Страстного монастыря и давно не существующей музыкальной школой во дворе давно не существующего дома, куда ее водили в детстве тыкать в клавиши, на месте теперешней коробки "Известий"…

Она шла по Тверскому бульвару, вспоминая знакомых людей, живших в окрестных домах — маминых и своих одноклассниц и подруг, — прошла мимо дома, где когда-то жила Таисия, давно умершая в Аргентине; перешла с Тверского на Никитский, сделав небольшой крюк возле давно закрытого кинотеатра повторного фильма, где получала свое первоначальное художественное образование, о том не ведая; взглянула мимолетно на Дом полярников, на последний приют Гоголя и первую квартиру Витаси в полуподвальном этаже, откуда он, перебежав бульвар, приходил к ней — ее единственный муж и отец ее единственного сына…

ГЛАВА 50

Стемнело, но свет без пламени все еще теплился в небе. "Бедный Генрих!" — вздохнула Нора в последний раз и вошла в подъезд дома, где прожила всю жизнь. Лифт вызывать не стала, поднялась пешком на четвертый этаж, радуясь, что подниматься ей легко. И до самых дверей квартиры думала, как все хорошо на самом деле сложилось, а у нее еще есть время свести концы с концами и додумать кое-что, о чем догадывается, но наверняка не знает. А может, разложит старые письма и напишет книжку... Такую книжку... которую дед то ли не успел написать, то ли ее сожгли во внутреннем дворе Внутренней тюрьмы на Лубянке...

Но кто он, мой главный герой? Яков? Маруся? Генрих? Я? Юрик? Нет, нет! Вообще ни одно из существ, осознающих свое индивидуальное существование, рождение и предполагаемую и неминуемую смерть.

Можно было бы сказать — не существо, а вещество с определенным химическим составом. Но можно ли назвать веществом то, что, будучи бессмертным, обладает свойством меняться в каких-то своих коленцах, поворотах, радикалах... Скорее сущность, не принадлежащая ни бытию, ни не-бытию. То, что блуждает в поколениях, из личности в личность, что создает самую иллюзию личности. Бессмертная сущность, записанная кодом, организующим смертные тела Пифагора и Аристотеля, Парменида и Платона, а также первого встречного в трамвае, в метро, в соседнем кресле самолета... Он тот, кто вдруг мелькнет узнаванием, смутным чувством прежде виденной черты, поворота, подобия — может, у прадеда, у односельчанина или вовсе у иностранца... Значит, мой герой — сущность. Носитель всего, чем располагает человек, — высота и низость, смелость и трусость, жестокость и нежность, и страсть к познанию.

Сто тысяч сущностей, соединенных известным порядком, образуют человека, временную обитель всех личностей. Вот оно, бессмертие. А ты, человек, белый мужчина и черная женщина, идиот, гений, нигерийский пират, парижский булочник, трансвестит из Рио-де-Жанейро, старый раввин из Бней-Брака, — только временный дом...

Яков! Яков! Эту книгу ты хотел написать и не написал?

Эпилог

Все кончается хорошо: за хеппиэндом следует смерть. Все в конце концов принимается: и гибель народа, и похороны единственного ребенка, умершего от лейкемии... Старый Яков в нездешних библиотеках читает нездешние книги, слушает нездешнюю музыку. Маленький Яков учится читать, трогает клавиши и прислушивается к ясным звукам. Маруся полностью обрела себя — взгляните, как движутся облака, меняя ежеминутно свой облик, произвольно, не подчиняясь никакой логике. Она движется вместе с тенями и звуками, и это счастье... Нора в конце жизни становится похожей на Тусю, носит ее большие кольца на костлявых пальцах, учит молодых художников театру. Витя получает вполне заслуженную им Главную Премию, о которой тайно мечтал Гриша. Гриша в конце тридцатых годов двадцать первого века скончается в глубокой старости в Иерусалиме, на его могиле многочисленные дети и внуки поставят плиту, на которой, в соответствии с его завещанием, написано не его имя, а выбит сайт "www...". Открыв его, желающие могут прочитать восторженное послание о Божественном Тексте потомкам, а заодно и всему человечеству. Его текст длинный и путаный, но прекрасный по своей сути. Юрик, подобно своему прадеду Якову, весь в музыке. Не кларнет, не фортепиано, не гитара — он пытается услышать ту музыку, которая разлита в космосе. Совершенно не важно, стал он профессиональным композитором или остался тем мальчиком, который спрашивает: "Мама, а ты помнишь, как я у тебя в животе пел?"

КОНЕЦ

В этой истории использованы фрагменты писем
из семейного архива и выписки из дела
Якова Улицкого
(Архив КГБ № 2160)

Генеалогическое древо семьи Осецких

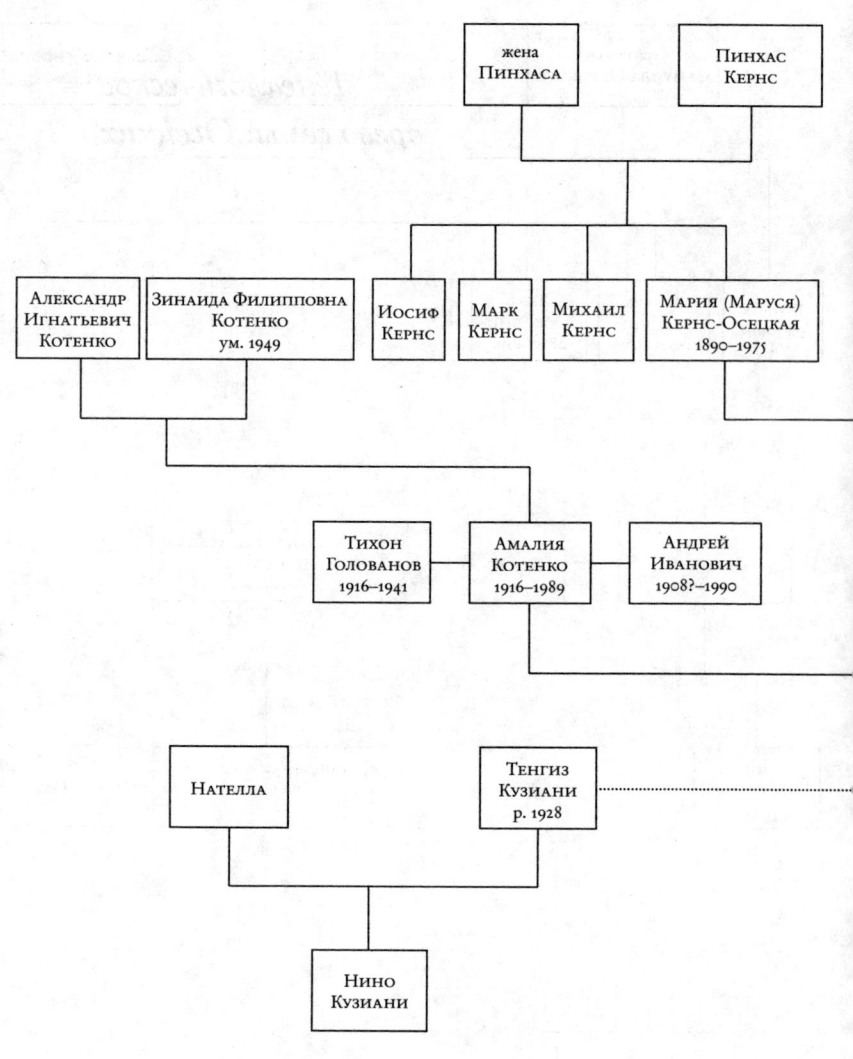

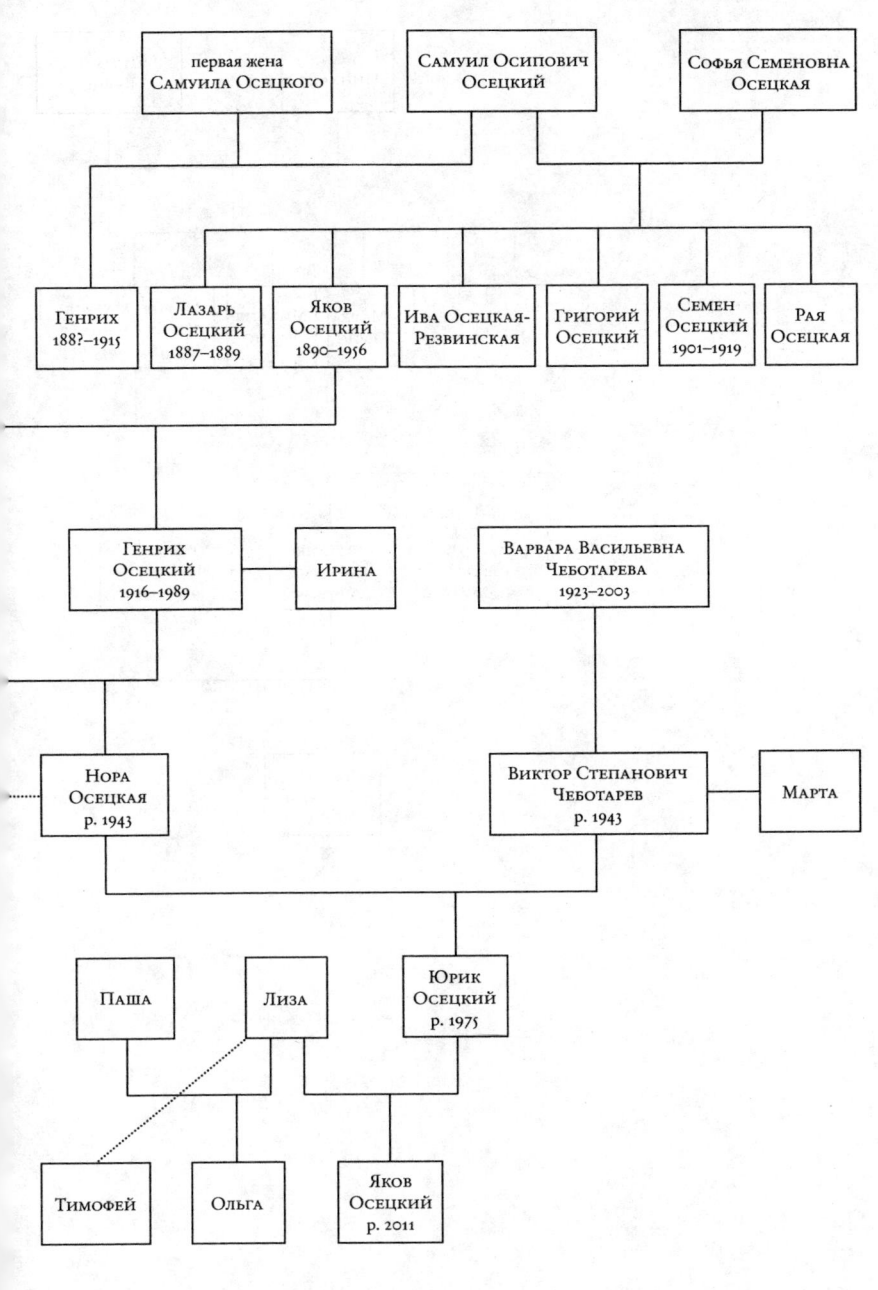

Благодарность родственникам и друзьям

Эта книга не была бы написана без помощи и поддержки моей семьи: мужа Андрея Красулина — его благодарю за терпение и снисходительность; сыновей Алеши и, в особенности, Пети Евгеньева — их благодарю за поддержку всяческую и информационную; троюродную сестру Олю Булгакову благодарю за сохраненную атмосферу нашей семьи, от которой почти никого не осталось.

Мои друзья — Никита Шкловский, потративший много времени на разговоры и обсуждения биологических проблем, о которых заходит речь в книге, и Владимир Андреевич Успенский, вразумлявший меня по части математики, — в большой степени мои соавторы.

Особая благодарность Кате Гордеевой за гениальное соучастие — пока я рожала эту книгу, она родила сына Якова, который внес подлинность во всю эту частично придуманную историю.

Благодарю моих дорогих подруг — Лику Нуткевич, Иру Щипачеву, Любу Григорьеву, Таню Горину за заботу, терпение и всяческую поддержку, когда я совсем падала духом и отчаивалась, Дианочку, которая ежедневно помогает в той части жизни, которая для меня особенно трудна.

Благодарю моих первых читателей и редакторов: издателя Елену Шубину, Елену Костюкович, Юлю Добровольскую, Сашу Климина (его особенно — больше всех пота проливал!). Приношу благодарность всем друзьям, построгавшим немало текст, Диме

Бавильскому, открывшему мне глаза на употребление притяжательных местоимений и некоторых навязчивых глаголов, Ире Уваровой и Алене Зайцевой за консультации, касающиеся театра, Мише Голубовскому за научные консультации. Благодарю дорогих Александров, которые сопровождают меня всю жизнь:

Хелемского, который прояснял мне вещи, которые я всю жизнь силилась понять и кой-чего достигла,

Горина, который давал консультации по программированию, благодаря им обоим я теперь знаю несколько больше, чем до начала работы,

Бондарева и Смолянского — за въедливость,

Окуня — за поддержку в критическую минуту,

Варшавского — за снисходительность,

Борисова, который молился, чтобы я выжила,

и тех не менее дорогих друзей, которые мне помогали тем, что не мешали...

Приношу извинения тем, кого я забыла упомянуть в этом списке. В сущности, я должна была бы идти по алфавитной записной книжке и благодарить всех моих любимых и дорогих друзей, всех времен моей жизни, всех возрастов, некоторых ушедших... Это было бы правильно, но слишком хлопотно.

И особая точка: когда книга уже была закончена, умерла моя дорогая подруга Катя Гениева. Я успела с ней попрощаться, и ее уход был таким осмысленным и благородным, что полностью примирил меня с грядущим прощанием с нашим потрясающим, прекрасным и порой очень трудным миром, в котором мы пока еще живем. Благодарю всех.

Люся

Литературно-художественное издание

Людмила Улицкая
Лестница Якова
роман

18+

Содержит нецензурную брань

Главный редактор Елена Шубина
Ответственный редактор Алексей Портнов
Выпускающий редактор Анна Колесникова
Художник Андрей Бондаренко
Корректоры Максим Кривов, Ольга Грецова, Марина Либензон
Компьютерная верстка Константина Москалева

 http://facebook.com/shubinabooks

 http://vk.com/shubinabooks

Общероссийский классификатор продукции
ОК-005-93, том 2; 953000 — книги, брошюры

Подписано в печать 14.06.2017. Формат 84×108 1/32
Бумага офсетная. Гарнитура *OriginalGaramondC*
Печать офсетная. Усл. печ. л. 38,64
Доп. тираж 3000 экз. Заказ № 2076/17.

Отпечатано в соответствии с предоставленными материалами
в ООО "ИПК Парето-Принт", 170546, Тверская область,
Промышленная зона Боровлево-1, комплекс № 3А,
www.pareto-print.ru

ООО "Издательство АСТ",
129085, г. Москва, Звездный бульвар, д. 21, строение 3, комната 5
Наш электронный адрес: www.ast.ru
E-mail: astpub@aha.ru

"Баспа Аста" деген ООО
129085 г. Мәскеу, жұлдызды гүлзар, д. 21, 3 құрылым, 5 бөлме
Біздің электрондық мекенжайымыз: www.ast.ru
E-mail: astpub@aha.ru

По вопросам оптовой покупки книг обращаться по адресу:
123317 г. Москва Пресненская наб. д. 6, стр. 2 БЦ "Империя" а/я № 5
Тел.: (499) 951 60 00 доб. 574

Қазақстан Республикасында дистрибьютор және өнім бойынша
арыз-талаптарды қабылдаушының
өкілі "РДЦ-Алматы" ЖШС, Алматы қ., Домбровский көш., 3"а", литер Б,
офис 1.
Тел.: 8(727) 2 51 59 89,90,91,92, факс: 8 (727) 251 58 12 вн. 107;
E-mail: RDC-Almaty@eksmo.kz
Өнімнің жарамдылық мерзімі шектелмеген.

Охраняется законом РФ об авторском праве. Воспроизведение всей книги
или любой ее части воспрещается без письменного разрешения издателя.
Любые попытки нарушения закона будут преследоваться в судебном порядке.